Deutsch von Sonja Schleichert

Barbara Taylor Bradford

Und greifen nach den Sternen

Roman

Wunderlich

1. Auflage September 1989

Gesetzt aus der Baskerville bei LibroSatz, Kriftel
Druck und Bindung Franz Spiegel Buch GmbH, Ulm
Printed in Germany
ISBN 3 8052 0483 3

In Liebe für Bob,
den Allerbesten.

Prolog

Um zu meinem Team zu gehören, mußt du die Allerbeste sein. Und um die Allerbeste zu sein, mußt du Charakter haben.

Emma Harte in *Des Lebens bittere Süße*

Paula verließ Pennistone Royal kurz vor der Morgendämmerung.

Es war noch dunkel, als sie das Auto bedachtsam durch das hohe Eisentor lenkte und dann nach links zum Moor abbog. Als sie die Straße erreichte, die die Bergkette der Penninen durchschnitt, begann der Himmel sich bereits zu verändern. Das großflächig verwischte Anthrazit machte Amethyst- und Rosatönen und einem kalten, verblassenden Grün Platz; weit hinten am Horizont glitzerten die ersten Sonnenstrahlen wie Scherben aus Silber vor dem dunklen Rand der Moorlandschaft auf. Es war eine unheimliche Stunde, weder Tag noch Nacht, und das schweigende, unendliche Moor wirkte leerer und abweisender denn je. Ganz unerwartet brach plötzlich eine strahlende Helligkeit hervor, und jenes kristallklare Licht, das so charakteristisch für den Norden Englands ist, erfüllte den ganzen Himmel. Der Tag brach an.

Paula kurbelte das Fenster herunter und atmete tief durch. Dann lehnte sie sich entspannt zurück, während sie das Auto in gleichmäßigem Tempo dahinbrausen ließ. Die Luft, die hereinwehte, war kühl, aber es war ja immer kühl «hier oben», ganz gleich zu welcher Jahreszeit. Man konnte daraus keinesfalls schließen, wie das Wetter werden würde. Sie wußte, daß ihr wieder ein glühendheißer Tag bevorstand, und war froh darüber, so rechtzeitig nach Fairley aufgebrochen zu sein.

Es war Ende August, wenn in Yorkshire das Heidekraut erblüht und sich die wilde, unbewohnte Moorlandschaft in atemberaubender Schönheit zeigt. Sonst meist düster und einschüchternd, war sie heute morgen großartig, ein Meer von Lila und Magenta, das im Wind wogte, so weit das Auge reichte. Einer plötzlichen Eingebung folgend, hielt Paula an und stieg aus, um sich an allem satt zu sehen. Diese Landschaft war unglaublich eindrucksvoll ... erhaben. Sie hatte einen Kloß im Hals vor Rührung. Grandys Heide, murmelte sie und dachte an Emma Harte. Ich liebe diese Landschaft ebenso, wie sie sie geliebt hat ... und wie meine Töchter Tessa und Linnet sie lieben gelernt haben.

Paula blieb einen Moment lang beim Auto stehen, genoß den Anblick und nahm alle Geräusche in sich auf. Sie konnte das durchdringende Trillern der Lerchen hören, die hochstiegen und auf den Wolken schwebten, und in der Ferne hörte sie das Rauschen eines kleinen Baches, der von Felsklippen herabstürzte. Die kühle, klare Luft war angefüllt mit dem Duft von Heide und Blaubeeren, von wildwachsenden Blumen und Farnkraut. Paula schloß kurz die Augen und gab sich ihren Erinnerungen hin, dann hob sie den Kopf und sah zum Himmel empor. Die umgedrehte Schale des Himmels war von strahlendem Sonnenschein erfüllt, ein Kobaltblau, auf dem weiße Lämmerwölkchen trieben. Es wird ein schöner Tag heute, dachte sie und lächelte. Nichts kommt dem Moor bei schönem Wetter gleich, auf der ganzen Welt nicht. Sie war schon lange nicht mehr hier gewesen. Allzu lange. Hier gehöre ich hin, genau wie Grandy, dachte sie und verweilte noch etwas länger, ließ sich von ihren Erinnerungen in die Vergangenheit zurücktragen ...

Schließlich drehte Paula sich abrupt um, stieg wieder in ihren Aston Martin DB 2-4 und fuhr weiter auf der gewundenen Landstraße, bis diese nach ungefähr einer Stunde zum Tal und zum Dorf Fairley abfiel. Zu dieser frühen Stunde lag alles noch in tiefem Schlaf. Die Straßen waren völlig leer. Paula parkte vor der alten grauen Steinkirche mit dem viereckigen normannischen Turm und den Buntglasfenstern, dann stieg sie aus, ging um das Auto herum und öffnete die Beifahrertür. Sie hatte die Pappschachtel unten vor dem Sitz eingeklemmt; nun hob sie die Vase mit Sommerblumen aus der Schachtel und stieß die Tür mit dem Knie zu.

Die Vase in beiden Händen, schob sie das überdachte Tor auf, das zum Friedhof neben der Kirche führte.

Sie ging den steingefliesten Pfad entlang, bis sie ein abgelegenes Eckchen erreichte, das von dichtem Grün bedeckt und unendlich still war. Hier lagen nahe der alten, moosbewachsenen Mauer, im Schatten einer verwachsenen Ulme, ein paar Gräber. Sie blieb vor einem Grabstein stehen und sah ihn lange an.

Emma Harte war auf dem dunkelgrünen Marmor eingemeißelt, darunter die Lebensdaten: *1889–1970*.

Elf Jahre ist es nun schon her, dachte Paula. Sie ist heute vor elf Jahren gestorben. Wo ist nur die Zeit geblieben? Sie ist so schnell vergangen ... Es ist, als sei es erst gestern gewesen, daß sie voller Energie ihre Geschäfte geführt und uns alle auf ihre unnachahmliche Weise herumdirigiert hat.

Paula trat dichter an das Grab ihrer Großmutter heran, bückte sich, legte die Blumen darauf und stand dann reglos da, eine Hand auf den Grabstein gelegt. Sie sah zu den fernen Bergen hinüber. Ihr Blick war nachdenklich, und einen Moment lang überließ sie sich ganz ihren Gedanken.

Ich muß etwas in Angriff nehmen, Grandy, etwas Drastisches, was dir nicht gefallen würde. Aber ich bin sicher, daß du meine Gründe verstehen würdest ... daß ich etwas Eigenes schaffen möchte. Wenn du in meiner Lage wärst, würdest du es genauso machen. Das weiß ich. Und es wird gutgehen. Das muß es. Für Zweifel ist kein Platz.

Das Schlagen der Kirchturmuhr zerriß die Stille, so daß Paula zusammenschreckte und abrupt aus ihren Träumereien erwachte.

Sie wandte sich von Emmas Grab ab und ließ den Blick über die anderen Steine gleiten. Er verweilte auf David Amorys Grabstein, ging dann zu Jim Fairleys hinüber ... ihr Vater ... ihr Mann ... die hier beide schon zehn Jahre lagen. Sie waren viel zu jung gestorben. Paula wurde plötzlich so traurig, daß sie überrascht den Atem anhielt, als ihr Herz sich in altvertrautem Schmerz zusammenzog. Endlich fing sie sich wieder, drehte sich um und schritt den Pfad hinunter, verdrängte den Schmerz und die Trauer, die diese Erinnerungen in ihr hervorriefen. Sie ermahnte sich, daß das Leben den Lebenden gehöre.

Nur einmal verhielt sie ihren schnellen Schritt, als sie an einem abgetrennten Familiengrab vorüberkam, das dicht neben der Kirche lag. Von einem eisernen Geländer umfriedet, lagen dort Jims Vorfahren ... Adam und Adele ... Olivia ... Gerald. So viele Fairleys ... und so viele Hartes. Zwei Familien, deren Leben seit drei Generationen ineinander verstrickt waren ... verbunden in einer bitteren Fehde ... in Liebe und Haß, Rache und Ehe ... und schließlich im Tode vereint. Hier lagen sie beisammen an ihrem ewigen Ruheplatz, im Schatten der windgepeitschten Heide, hatten in dieser gütigen Erde endlich Frieden gefunden ...

Als das Tor hinter ihr ins Schloß fiel, richtete Paula sich auf, nahm die Schultern zurück und ging eilig zum Auto. In ihren Schritten lag eine neue Entschlossenheit, auf ihrem Gesicht zeigte sich wiedergewonnene Entschiedenheit. Ihr stand so vieles bevor, so viele Herausforderungen mußten gemeistert, so vieles mußte bewältigt werden.

Sie stieg ein und machte es sich für die lange Fahrt, die vor ihr lag, bequem.

Die Kassette lag auf dem Beifahrersitz, wohin sie sie am Morgen gelegt hatte, als sie alles für die Reise vorbereitete. Sie schob sie in das Gerät und drehte den Lautstärkeregler auf. Die ersten Töne von Mozarts *Jupitersymphonie* erklangen ... reich, melodisch, voll überschwenglicher Lebensfreude, war sie für Paula ein Symbol der Hoffnung. Es war eines ihrer Lieblingsstücke. Tessa hatte es ihr vor einigen Wochen besorgt. Es war die neueste Aufnahme, Herbert von Karajan und die Berliner Philharmoniker. Paula schloß die Augen und ließ sich von der Musik einhüllen, begeistert lauschte sie dem ersten Satz ... *allegro vivace* ... Sie fühlte sich emporgehoben.

Nach einer Weile öffnete sie die Augen, warf den Motor an und glitt den Hügel hinunter zur Straße von Leeds nach Bradford, die sie zur M 1 bringen würde, der Autobahn, die südwärts nach London führte. Eine halbe Stunde später hatte sie diese erreicht und bemerkte sogleich, daß kaum Verkehr herrschte. Nur wenige Autos und kein einziger Lastwagen waren in Sicht. Wenn sie Glück und weiterhin freie Fahrt hatte, würde sie vier Stunden später hinter ihrem Schreibtisch im Kaufhaus Harte in Knightsbridge sitzen.

Paula gab Gas und sauste dahin, den Fuß auf dem Pedal, den Blick unbeirrt auf die Straße gerichtet.

Die Symphonie erreichte ein Crescendo, wurde leiser, schwoll wieder an und umgab sie mit ihrer Schönheit, bestrickte sie mit ihrem Zauber. Sie fühlte sich wahrhaft glücklich. Ihr Geist war hellwach. Sie konnte sich die vor ihr liegenden Monate genau vorstellen und wußte auf einmal ganz sicher, daß sie den richtigen Entschluß getroffen hatte.

Sie fuhr noch schneller. Der Aston Martin flog die Autobahn entlang, als schwebte er in der Luft. Sie genoß es, diese herrliche Maschine unter sich zu spüren, liebte das Gefühl, alles in der Hand zu haben ... das Auto, sich selbst, die Zukunft. Sie hatte ihren Plan. *Ihren großen Plan*. Sie gedachte, ihn so schnell wie möglich in die Tat umzusetzen. Er war wasserdicht. Nichts konnte schiefgehen ...

Liebende und Fremde

Nenne keinen Menschen Feind, doch liebe auch keinen Fremden. Stella Benson

Gastfrei zu sein vergesset nicht; denn dadurch haben einige ohne ihr Wissen Engel beherbergt.
Bibel, Hebräerbrief

Wir tauschten Herzen aus, nach bestem Wissen,
Mein Liebster hat mein Herz, ich hab das seine,
Ich halt seins hoch, und meins kann er nicht missen,
Ein beßrer Handel kam noch nie ins Reine.
Sir Philip Sidney

I

*Mit gewohnter Frische betrat Paula ihr Büro im Londoner Kauf-*haus, nahm einige Schnellhefter aus dem Aktenköfferchen und setzte sich an den antiken Doppelschreibtisch in der Ecke. In diesem Augenblick bemerkte sie den braunen Umschlag, der gegen die Porzellanlampe gelehnt war.

PERSÖNLICH stand darauf, und er war offenbar eigens überbracht worden. Die Handschrift erkannte sie sofort. Ein kleiner Freudenschauer überlief sie. Neugierig griff sie nach dem Umschlag, schlitzte ihn mit dem Papiermesser aus Jade und Gold auf und zog den gefalteten Briefbogen hervor.

In kühner Schrift stand dort:

Triff mich in Paris. Heute abend, las sie. *Du bist für den Flug 902 gebucht. British Airways, 18 Uhr. Warte ganz ungeduldig auf dich, an unserem üblichen Treffpunkt. Enttäusche mich nicht.*

Paula runzelte die Stirn. Das war ein herrischer Ton, und aus seinen Worten wurde klar, daß er fest mit ihrem Kommen rechnete. Sie war etwas ärgerlich über seine Anmaßung, was ihr die Freude ein wenig verdarb, die sie eben noch empfunden hatte. Natürlich würde sie nicht kommen. Sie konnte nicht. Sie mußte das Wochenende wie geplant mit ihren Kindern verbringen, ja, sie *wollte* es mit ihnen verbringen.

Immer noch den Brief in der Hand, lehnte sie sich im Sessel zurück und sah ins Leere, dachte über ihn nach. Diktatorisch ... eingebildet ... das waren die Adjektive, die ihr spontan einfielen. Sie waren sicherlich angemessen. Der Hauch eines Lächelns glitt über ihre Lippen. Plötzlich fand sie seine Einladung charmant und war versucht, sie anzunehmen. Gib's doch zu, du hättest schreckliche Lust, das

Wochenende mit ihm in Paris zu verbringen. Aber du würdest überhaupt viele Dinge schrecklich gern tun, die du immer wieder aufschiebst, ermahnte sie eine leise Stimme in ihrem Inneren. Und wieder mußte sie lächeln, diesmal etwas schmerzlich, sogar etwas bedauernd, denn sie wußte, daß sie sich nie würde gehenlassen können. Was für ein Gedanke überhaupt. Die Pflicht ging immer vor. Schon in ihrer Kindheit hatte Emma Harte ihr diese kleine Regel eingeschärft, und Paula wünschte manchmal, ihre Großmutter hätte weniger Erfolg damit gehabt. Aber Grandy hatte sie gut geschult, hatte sie gelehrt, daß Reichtum und Privilegien auch Verantwortung mit sich brachten und man diese ohne Zögern auf sich nehmen mußte, ganz gleich, wie schwer es einem fallen mochte. Mittlerweile sechsunddreißig, fast siebenunddreißig, erschien es Paula unwahrscheinlich, daß sich ihr Charakter noch grundlegend ändern sollte.

Paula richtete sich wieder auf und schob die Nachricht in den Umschlag zurück, wobei sie leise seufzte. Ein romantisches Zwischenspiel in ihrer Lieblingsstadt mit jenem so außergewöhnlichen und besonderen Mann war unglaublich verlockend, aber leider nicht möglich. Nein, sie würde nicht für ein Wochenende voller Liebe und Lust nach Paris fahren, sondern als gute Mutter bei ihren Kindern sein. Ihre Kinder brauchten sie. Schließlich hatte sie sie schon zwei Wochen lang nicht mehr gesehen. Ihn hatte sie allerdings schon genauso lange nicht mehr gesehen . . .

«Ach, verdammt», murmelte sie und wünschte, er hätte ihr keine Botschaft übersandt. Es hatte sie aus dem Gleichgewicht gebracht, mit plötzlicher Unruhe erfüllt, und das zu einer Zeit, da sie sich keinerlei Ablenkungen leisten konnte. Die kommenden Monate drohten außerordentlich schwierig zu werden, und es würden entscheidende Monate sein.

Sie wollte ihn nachher anrufen und ihm sagen, daß sie nicht käme; sie mußte auch die Flugreservierung stornieren, die er für sie arrangiert hatte. Dann überlegte sie es sich und fand, sie könne British Airways ebensogut gleich anrufen.

Als sie nach dem Hörer greifen wollte, klingelte das Telefon.

Schnell nahm sie ab. «Hallo?» Gleichzeitig sah sie zur Tür, da ihre Assistentin Jill eilig mit einer Tasse Kaffee hereinkam.

«Hallo, Paula, ich bin's», sagte ihr Cousin Alexander am anderen Ende der Leitung. «Ich bin nach Leeds ins Kaufhaus gefahren, um dich zu sehen – und an dem *einen* Tag, an dem ich mal dorthin komme, bist *du* in London.»

«Sandy, Liebster, das tut mir aber leid», rief sie, hielt dann den Hörer zu und bedankte sich leise, als Jill lächelnd den Kaffee vor sie hinstellte und wieder ging.

«Warst du gestern abend in Yorkshire?» fragte Paula ihn.

«Ja. Ich kam so gegen halb sieben an.»

«Da war ich noch im Kaufhaus, Sandy. Du hättest mich anrufen sollen. Wir hätten zusammen essen können.»

«Nein, das wäre nicht gegangen. Ich mußte so schnell wie möglich nach Nutton Priory herausfahren, verstehst du. Mein Verwalter fährt heute in Urlaub, und wir mußten noch eine Menge besprechen.» Alexander hielt inne und räusperte sich. «Du warst doch heute morgen an Grandys Grab, nicht wahr . . . das sind doch deine Blumen, Paula, oder?»

«Ja», sagte sie, und ihre Stimme wurde weicher. «Ich war sehr früh dort, vor meiner Abfahrt nach London.»

«Ich bin dir wohl auf dem Fuße gefolgt.» Er lachte leise. «Wir sollten uns anscheinend heute nicht treffen. Na . . . schade für mich.»

Paula hatte ihren Cousin sehr gern und kannte ihn genau. Sein Ton schien ihr merkwürdig, er beunruhigte sie. «Sandy, hast du irgendwelche Schwierigkeiten?» fragte sie schnell. «Möchtest du etwas mit mir besprechen?»

Er zögerte nur ganz kurz, ehe er entschlossen abwehrte: «Nein, nein, überhaupt nicht! Ich dachte nur, es wäre nett, wenn wir zusammen zu Mittag essen könnten. Ich habe dich schon Wochen nicht mehr gesehen. Klar, ich weiß, daß du viel zu tun hast . . . aber trotzdem vermisse ich unsere Tête-à-têtes, altes Mädchen.»

Paula hatte ihm aufmerksam zugehört und sich bemüht, jene seltsame Nuance wieder herauszuhören, die ihr eben aufgefallen war, es gelang ihr aber nicht. Seine Stimme klang ganz normal – so moduliert und beherrscht wie immer.

«Ja, ich vermisse sie auch, Sandy, und es war wirklich zu hektisch diesen Sommer mit all dem Hin- und Herfliegen zwischen Südfrankreich und England, ganz abgesehen davon, dabei alles Geschäftliche unter Kontrolle zu behalten. Weißt du, da wir nun schon einmal zusammen telefonieren – ich wollte dir immer schon sagen –» Sie holte tief Luft, und ihre Stimme klang jetzt ein wenig strenger: «Ich bin sehr böse mit dir, Alexander. Du hast uns in Cap Martin dieses Jahr kaum Gesellschaft geleistet, dabei ist es doch dein Haus. Außerdem meine ich . . .»

«Du bist nicht die einzige, die für ihren Lebensunterhalt arbeitet!» schoß er zurück. Dann sagte er schnell: «Ich hab momentan wirklich viel am Hals, Paula, also mach mir bitte keine Vorwürfe. Das ist neuerdings Emilys Domäne. Sie geht mir langsam aber sicher auf die Nerven damit.»

«Deine Schwester findet, du erholst dich nicht genug. Sie möchte, daß du das Leben leichter nimmst, es mehr genießt. Und zufällig bin ich einer Meinung mit ihr. Völlig einer Meinung.»

Alexander ignorierte Paulas Worte und den Vorwurf in ihrer Stimme und sagte: «Du fliegst wohl zur Villa herunter dies Wochenende?»

«Ja. Ich nehme morgen früh um neun Uhr den Flug nach Nizza und komme Montag zeitig zurück. Sandy! Da kommt mir gerade eine großartige Idee. Warum fliegst du nicht mit mir? Es würde dir Spaß machen, bestimmt, und die Kinder würden sich so freuen, dich zu sehen. Und Emily auch.»

«Ich muß in den nächsten Tagen in Nutton Priory bleiben, Paula, wirklich. Ich würde sehr gern mit dir fahren, aber es gibt hier so viele Dinge, um die ich mich kümmern muß. Weißt du was – warum treffen wir uns nicht am Dienstag zum Lunch?» Seine Stimme klang jetzt ganz erwartungsvoll.

«Da kann ich leider nicht», stöhnte sie. «Dienstag morgen nehme ich als allererstes die Concorde nach New York, und am Ende der Woche fliege ich von New York nach Sydney. Dort bleibe ich dann bis Ende September.»

«Ach so.»

Sie spürte seine Enttäuschung so deutlich, daß sie sagte:

«Aber warum verabreden wir uns nicht schon jetzt für Oktober?» Dabei blätterte sie in ihrem Terminkalender. «Wie paßt dir der erste Mittwoch im Monat?»

«Das müßte gehen, aber laß mich noch mal meinen Kalender anschauen. Warte bitte eine Sekunde, Paula.»

Es klapperte, als er den Hörer hinlegte.

Paula hob die Tasse und nahm einen Schluck heißen Kaffee.

Kurz darauf war Sandy wieder da, er klang munter und unbeschwert. «Alles klar, meine Liebe. Bis Oktober dann. Und ich freu mich schon darauf.»

«Und ich erst! Und noch was, Sandy . . .»

«Ja?»

«Paß gut auf dich auf.»

«Ja natürlich, und du auch, Paula. Und grüße alle in der Villa.»

Nachdem sie aufgelegt hatten, saß Paula da, trank ihren Kaffee und betrachtete stirnrunzelnd das Telefon, während sie über ihren Cousin nachdachte.

Sie bedauerte aufrichtig, daß sie Sandy nicht schon früher bestürmt hatte, mit ihnen an die Riviera zu kommen. Aber hätte größere Hartnäckigkeit ihrerseits Erfolg gehabt? Wohl kaum. Schließlich hatte Emily ihn schon seit Ostern in der Mangel, hatte von allen Tricks Gebrauch gemacht, über die sie verfügte, alles in ihrer Macht Stehende getan, um ihn dazu zu überreden, mit ihnen in die Villa Faviola zu kommen. Zweimal war er heruntergeflogen, aber immer nur kurz dageblieben, und alles nur, um seiner Schwester einen Gefallen zu tun. Das hatten Paula und Emily deutlich gemerkt.

Trotzdem konnte sie sich eines Schuldgefühls nicht erwehren, als ihr klar wurde, daß sie Alexander in der letzten Zeit vernachlässigt hatte. Im vergangenen Jahr hatte sie mit so vielem fertigwerden müssen, so vieles hatte ihre freie Zeit in Anspruch genommen und sie ihren Freunden entzogen. Sandy war ein Opfer der erbarmungslosen Arbeitsmoral geworden, die sie sich angewöhnt hatte. Der arme Sandy, sie hatte keine Zeit für ihn gehabt, das war traurig aber wahr, und sie gab es offen zu.

Vielleicht hatte er deshalb so merkwürdig geklungen. Nein, das konnte nicht der Grund sein. Sein seltsamer Tonfall, den sie sich bestimmt nicht eingebildet hatte, war einfach Angespanntheit gewesen. Nein, eher Streß. Oder Angst? Ja, das war es. *Angst.* Und das hatte sie hellhörig gemacht; er hatte irgendwelche Schwierigkeiten.

An diesem Punkt dachte Paula niedergeschlagen: *Mit Sandy ist irgend etwas ganz und gar nicht in Ordnung.*

Eine seltsame Unruhe überkam sie, so daß sie sich in ihrem Sessel aufrichtete und angespannt grübelte, worum es sich handeln könnte. Sie runzelte wieder die Stirn und ließ einige Möglichkeiten rasch Revue passieren. Die Harte Unternehmensgruppe konnte es nicht sein. Das hätte Emily gewußt und ihr erzählt. Sandy war gesund. Er hatte bestimmt keine finanziellen Probleme. Und auch wenn er gerade keiner bestimmten Frau den Hof machte – so hatte es Emily erzählt, die alles über jeden in der Familie wußte –, sah es doch nicht so aus, als würde es ihm an weiblicher Gesellschaft mangeln, wenn er nach ihr verlangte. Besonders gesellig war er nicht. Aber das wollte er anscheinend auch nicht sein, er hatte sich selbst für ein zurückgezogeneres Leben entschieden.

Er muß sich oft einsam fühlen, dachte sie und wünschte zum hundertsten Mal, daß Sandy wieder heiraten würde.

Nach Maggies Tod, bei der Lawine von Chamonix, war er lange untröstlich und am Boden zerstört gewesen. Dann tauchte er langsam aus seiner Trauer auf, gewann die Kontrolle über sich zurück und fing sich nach und nach wieder. Aber es war, als hätte er alle Teile seines Ichs neu und vollkommen anders zusammengesetzt. Er war eigentlich nie wieder ganz der Alte geworden.

Die Lawine hat uns alle schwer getroffen, überlegte Paula, wobei sie besonders an ihren Bruder Philip denken mußte. Auch er war an jenem Tag Skifahren gewesen. Aber er war das eine Familienmitglied, das überlebte . . . als einziger. Ihre Mutter hatte ihren Gatten verloren. Und *ich* verlor einen

Vater; meine Kinder verloren einen Vater. Ja, die Lawine war eine Katastrophe für die ganze Familie gewesen. Sie hat uns mitgenommen und verändert, auf immer verändert. Seitdem sind wir alle etwas seltsam geworden ...

Sie mußte leise lachen. Besonders ich, dachte sie und bemühte sich, das ungute Gefühl abzuschütteln, das sie eben noch beherrscht hatte. Vielleicht hatte sie auch nur eine zu lebhafte Phantasie. Schließlich hatten Sandy und sie sich schon als Kinder nahegestanden, und das hatte sich auch jetzt nicht geändert. Wenn ihn tatsächlich Sorgen drückten, hätte er sich ihr doch bestimmt anvertraut. Ich reime mir heute wirklich ein absurdes Zeug zusammen, dachte sie und schob resolut ihre Sorgen um Alexander beiseite.

Sie schaute wieder die Papiere an, die auf ihrem Schreibtisch lagen.

Mit einem flüchtigen Blick stellte sie fest, daß nichts sonderlich Dringendes darunter war, worum sie sich kümmern mußte, und das erleichterte sie. Probleme, die an einem Freitag auftraten, pflegten meist ihren Wochenenden zu schaden oder sie ganz zu verderben. Im Winter war das nicht so schlimm, aber im Sommer, wenn die Kinder in den großen Ferien aus ihren jeweiligen Internaten nach Hause gekommen waren, machte sie so etwas sehr traurig. Die Wochenenden, die sie mit ihrer Mutter verbrachten, waren ihnen heilig, sie hüteten sie eifersüchtig und haßten es genauso wie sie, wenn ihre Zeit von etwas anderem in Anspruch genommen wurde.

Sobald sie die morgendliche Post und eine Notiz von Jill gelesen hatte, worin diese strukturelle Veränderungen im Designer Salon vorschlug, sah sie den Stapel Einkaufsaufträge durch und griff nach den Telexen. Alle kamen vom New Yorker Kaufhaus und waren von ihrer amerikanischen Assistentin Madelana O'Shea unterzeichnet. Sie waren gestern am späten Abend eingetroffen, und nur eines von ihnen verlangte eine Antwort.

Paula zog einen gelben Block zu sich heran und machte sich daran, den Brief zu formulieren. Als sie das erledigt hatte, schlug sie den dicksten der Ordner auf, die sie aus Yorkshire mitgebracht hatte, und entnahm das oberste Blatt. Es war das einzige, was sie an diesem Morgen wirklich interessierte. Darauf waren die wichtigsten Punkte ihres großen Plans umrissen. Nur ein Stück Papier . . . aber es war der Schlüssel zu so vielem . . . der Schlüssel für die Zukunft.

Sekunden darauf war sie so in ihre Arbeit vertieft, machte sich so eifrig Notizen, daß alle Gedanken an ihren Cousin Sandy vergessen waren. Aber Monate später sollte Paula sich an diesen Tag nur allzu gut erinnern. Dann würde sie sich sehr lebhaft ihrer Besorgnis entsinnen und inständig wünschen, ihrem Gefühl mehr vertraut zu haben. Am stärksten würde sie bedauern, daß sie ihn nicht dazu gedrängt hatte, sich ihr anzuvertrauen. Das Wissen um sein Problem hätte sie zwar nicht dazu befähigt, den unvermeidlichen Gang der Dinge zu ändern, aber zumindest hätte sie ihre Reisepläne umstellen können. So hätte sie ihm helfen können, einfach, indem sie da gewesen wäre, wenn er sie gebraucht hätte.

Aber an diesem glühendheißen Augustmorgen des Jahres 1981 konnte Paula von alldem nichts wissen, und jenes Gefühl eines heraufziehenden Unheils – fast eine Vorahnung –, das sie vorhin verspürt hatte, war von ihrer Willenskraft beiseite gedrängt worden. Ebenso wie ihre Großmutter besaß Paula die beneidenswerte Gabe, alles beiseite schieben zu können, wenn sie sich wie jetzt auf die Forderungen ihrer Geschäfte konzentrieren wollte. Mit gesenktem Kopf, den Blick unverwandt auf die Papiere gerichtet, versank sie immer tiefer in Konzentration und war wie stets derart in ihre Arbeit vertieft, daß sie nichts anderes mehr wahrnahm.

Zwanzig Minuten später hob Paula schließlich den Kopf, heftete ihre Notizen zusammen und legte sie mit dem einzelnen Blatt Papier in den Ordner, dann schloß sie diesen zur sicheren Aufbewahrung übers Wochenende in der mittleren Schreibtischschublade ein. Halb in sich hineinlächelnd, zufrieden damit, daß sie an alles gedacht hatte und auf jede Eventualität gefaßt war, saß sie noch einen Augenblick lang da, den Schlüssel in der Hand, ehe sie ihn sorgfältig in ihr Aktenköfferchen legte.

Sie schob den Stuhl zurück und stand auf, reckte sich und ging ein bißchen hin und her, um sich Bewegung zu verschaffen. Ihr Körper war ganz verkrampft, und ihre Knochen waren steif vom Sitzen – erst im Aston Martin und dann hier am Schreibtisch. Sie teilte die Vorhänge und schaute aus dem Fenster auf Knightsbridge hinunter. Heute morgen erschien ihr der Verkehr chaotischer denn je, aber in den Sommermonaten war es freitags immer besonders schlimm.

Paula drehte sich um und betrachtete das Zimmer, wobei sich ein Ausdruck tiefer Befriedigung auf ihrem Gesicht zeigte. Von ihren frühesten Kindertagen an hatte sie dieses Büro geliebt und sich in ihm wohlgefühlt. Als sie es von ihrer Großmutter erbte, hatte sie keinen Grund gesehen, es zu verändern, sie hatte es fast völlig so gelassen, wie es war. Außer ein paar eigenen Erinnerungsstücken und ein paar Fotos von ihren Kindern hatte sie nichts hinzugefügt.

Das Büro sah eher wie ein Salon in einem englischen Landhaus aus als wie ein Arbeitsplatz, und das war das eigentliche Geheimnis seines großen Charmes. Dieser Eindruck war beabsichtigt. Er war von Emma Harte vor über sechzig Jahren geschaffen worden, als sie sich für wertvolle englische Möbel des achtzehnten Jahrhunderts und teure Ölbilder anstelle einer prosaischeren Einrichtung entschied. Die klassischen Chintzstoffe auf Sesseln, Sofas und an den Fenstern verliehen den mit Kiefernholz getäfelten Wänden herrliche Farbakzente, während antike Porzellanlampen und weitere exquisite Accessoires dem Raum etwas Elegantes und Vornehmes gaben. Von seinem dekorativen Aspekt abgesehen, war der Raum anmutig und großzügig und besaß einen schönen alten Kamin von Adam, der an kalten Tagen immer in Betrieb war. Für Paula verlor dieses Büro nie seinen Reiz, und sie freute sich stets, wenn Leute, die es zum ersten Mal sahen, seine Schönheit und Einzigartigkeit lobten.

Wie alles, was sie tat, hatte Grandy diesen Raum vollendet gestaltet, dachte Paula und schritt über den abgenutzten, aber unbezahlbaren Savonnerieteppich. Vor dem aus Kiefernholz geschnitzten Kamin blieb sie stehen. Sie schaute zum Porträt ihrer Großmutter empor, das darüber hing und gemalt worden war, als Emma eine junge Frau war. Paula vermißte sie immer noch, manchmal sehr heftig, aber sie hatte schon lange Trost aus dem Gefühl gewonnen, daß Emma ja in ihr weiterlebte ... in ihrem Herzen und in ihren Erinnerungen.

Während sie das schöne, entschlossene Gesicht auf dem Bild unverwandt betrachtete, war sie plötzlich unglaublich stolz auf Emmas ungewöhnliche, einzigartige Leistungen. Grandy hat anfangs nichts besessen und doch eines der größten Geschäftsimperien der Welt geschaffen ... welch unglaublichen Mut muß sie in meinem Alter gehabt haben. Ich brauche jetzt ihren Mut und ihre Kraft und ihre Entschlossenheit. Ich darf in dem, was ich tun muß, nicht wankend werden ... mein großer Plan muß ebensoviel Erfolg haben wie ihrer. In Paulas Kopf überschlugen sich die Ideen und flogen der Zukunft entgegen, und bei dem Gedanken an das, was vor ihr lag, wurde sie ganz aufgeregt.

Dann kehrte sie an den Schreibtisch zurück, weil sie mit der Arbeit des Tages fortfahren mußte.

Sie schaltete die Sprechanlage ein. «Jill ...»

«Ja, Paula?»

«Meine Sachen sind doch aus dem Auto hochgebracht worden, nicht?»

«Ja, schon vor einiger Zeit, aber ich wollte Sie nicht stören. Möchten Sie sie jetzt haben?»

«Bitte.»

Sekunden später schaute Jill mit ihrem glänzend kastanienbraunen Schopf zur Tür herein, und sie kam in Paulas Büro geeilt, in der einen Hand Paulas Kleidertasche, in der anderen einen Koffer. Jill war groß, gut gebaut, eine athletische junge Frau, und es schien, als handhabe sie diese Gegenstände mit Leichtigkeit.

«Ich stelle alles in Ihr Ankleidezimmer», sagte sie und verschwand durch die Tür, die zu jenem Raum führte.

«Danke», murmelte Paula, und als ihre Assistentin wieder im Büro war, sagte sie: «Setzen Sie sich doch bitte für eine Minute, Jill. Ich möchte einige Dinge mit Ihnen besprechen.»

Jill Marton nickte, nahm den Stuhl auf der anderen Seite des Schreibtisches und schaute Paula mit ihren warmherzigen, intelligenten braunen Augen an. Jill arbeitete jetzt schon über fünf Jahre für Paula und hatte nie aufgehört, sie zu bewundern, ihre ungewöhnliche Energie, ihr Durchhaltevermögen, ihre Tatkraft. Die Frau ihr gegenüber war ein Energiebündel, und darüber hinaus noch scharfsinnig, phantasievoll und oft kühn, was geschäftliche Dinge anging. Jill hatte noch nie für einen Menschen wie sie gearbeitet. Diejenigen im Kaufhaus, die noch die legendäre Emma gekannt hatten, erzählten, Paula käme ganz nach ihrer Großmutter. Jill glaubte ihnen und meinte auch, daß die Dinge, die sie an ihrer Chefin so bewunderte, von der berühmten Gründerin der Harte-Kaufhauskette vererbt worden seien. Ja, es steckt alles im Blut, dachte Jill und betrachtete Paula weiterhin diskret.

«Ach, da ist es ja ... Ihre Notizen zum Designer Salon», sagte Paula und nahm das Blatt Papier hoch, nach dem sie auf ihrem Schreibtisch gesucht hatte.

Jill richtete sich gerader auf und schaute Paula gespannt an. «Hoffentlich können Sie etwas damit anfangen.»

«Aber sicher. Ihre Vorschläge sind großartig. Ich habe dem nichts hinzuzusetzen. Sie können die strukturellen Veränderungen gleich in Angriff nehmen und auch die anderen Umstellungen ausführen. Sie werden für den Salon Wunder wirken, Jill.»

Als sie dies Kompliment hörte, spürte Jill, wie ihr das Blut in Hals und Wangen schoß, und ganz erhitzt vor Freude nahm sie das Papier entgegen, das Paula ihr über die blanke Schreibtischplatte hin zuschob. «Ich bin so froh, daß es Ihnen gefällt», sagte sie strahlend.

Paula erwiderte ihr Lächeln. «Und schicken Sie bitte nachher Madelana dies Telex, und hier ist die heutige Post ... nichts Besonderes, wie Sie ja schon wissen. Sie werden leicht damit fertig. Die Einkaufsaufträge habe ich gegengezeichnet.» Sie tippte mit einem knallroten Fingernagel auf die Liste und fragte dann: «Sind eigentlich schon die Anzeigen von letzter Woche aus der graphischen Abteilung gekommen?»

Jill schüttelte den Kopf. «Aber sie werden gleich nach dem Lunch auf Ihrem Schreibtisch liegen. Ich hab vorhin mit Alison Warren gesprochen, sie sind fast fertig.»

«Gut. Und wo wir gerade vom Lunch sprechen, hat Michael Kallinski sich gemeldet? Oder gesagt, wo wir uns treffen?»

«Er hat vorhin angerufen. Er wollte Sie aber nicht stören, weil Sie bei seinem Anruf gerade erst angekommen waren. Deshalb habe ich ihn nicht durchgestellt. Er holt Sie um Viertel nach zwölf ab.»

«Oh.» Paula sah auf ihre Armbanduhr, stand auf und ging ins Ankleidezimmer hinüber. An der Tür hielt sie inne und schaute auf ihre zerknitterten Baumwollhosen hinab. «Da will ich mich lieber gleich umziehen. Ich möchte noch nach unten gehen und einiges überprüfen, ehe Michael kommt, und da bleibt mir nicht mehr allzu viel Zeit. Sie entschuldigen mich, Jill.»

«Natürlich.» Jill sammelte die Papiere auf dem Schreibtisch ein und ging auf ihr eigenes Büro zu. «Sagen Sie Bescheid, wenn Sie irgend etwas brauchen.»

«Das werde ich», erwiderte Paula und schloß die Tür hinter sich.

Das Ankleidezimmer war zu Emmas Zeit Aktenkabinett gewesen, aber Paula hatte es umgestaltet, deckenhohe Schränke mit Spiegeltüren einbauen lassen, für einen Ankleidetisch und gute Beleuchtung gesorgt. Dort saß sie nun, legte neues Make-up auf und kämmte sich, dann streifte sie Hemd, Hose und Sandalen ab, die sie auf der Fahrt von Yorkshire hierher getragen hatte.

Blitzschnell hatte sie sich die Sachen angezogen, die sie in der Kleidertasche mitgebracht hatte: ein Kostüm aus schwarzer Schantungseide von klassischer Einfachheit, chic und auf Figur gearbeitet, das Christina Crowther exklusiv für sie entworfen hatte, dazu ein weißes Seidenmieder, dunkle, hauchdünne Strümpfe und hochhackige schwarze Lacklederpumps. Ihr Schmuck war einfach, aber eindrucksvoll: eine dreireihige enge Perlenkette mit einer Diamantschließe und große, diamantenbesetzte *mabé*-Ohrringe.

Paula schaute sich mit kritischem Blick im Spiegel an und fand, sie sehe gut aus. Das Kostüm war forsch und geschäftsmäßig, ohne allzu streng auszusehen, und deshalb ideal fürs Geschäft geeignet; außerdem war es auch chic genug, um damit zum Lunch in ein elegantes Restaurant zu gehen. Und sie würden zweifellos etwas Elegantes aufsuchen. Michael bot ihr immer nur das Beste.

Der Personalaufzug beförderte sie geschwind ins Erdgeschoß des Kaufhauses.

Paula durchquerte die Schmuckabteilung und ging auf die Kosmetik- und Parfümerieabteilung zu, wobei sie sich gründlich umsah.

Heute morgen wimmelte es von Kunden.

Aber so war es meist, von dem Augenblick an, da sich die Kaufhaustüren um zehn öffneten, bis um sechs, wenn geschlossen wurde. Im Laufe der Jahrzehnte war Harte's eine berühmte Sehenswürdigkeit von London geworden, und Menschen aus der ganzen Welt strömten durch seine großen Portale, um in den berühmten Hallen herumzuschlendern und sich einfach umzusehen, aber natürlich auch, um etwas zu kaufen.

Paula liebte die Geschäftigkeit, die Umtriebigkeit, die Menschenmengen, das helle Stimmengewirr, das sich aus den unterschiedlichsten Sprachen zusammensetzte, die Erregung, die in der Luft zu hängen schien. Selbst nach einer nur kurzen Abwesenheit war sie immer etwas aufgeregt, wenn sie wieder dorthin zurückkam, und heute morgen ging es ihr genauso. Die Kaufhäuser in Yorkshire waren wichtige Glieder der Kette, ebenso wie die in Paris und New York, aber dies war das Flaggschiff, und sie hatte es am liebsten.

Emma Harte hatte es im Jahre 1921 eröffnet.

In drei Monaten würden sie sein sechzigstes Jubiläum feiern. Dafür hatte sie sich Großes vorgenommen. Es sollte ein Tribut an ihre Großmutter sein, eine der größten Kaufherrinnen aller Zeiten, und auch an sechzig Jahre großartigen Einzelhandels und einen Verkaufsrekord, der von keinem anderen Kaufhaus irgendwo sonst auf der Welt erreicht worden war. Harte's in Knightsbridge war das größte. Einzig in seiner Art. Eine Legende.

Eine übermütige Freude erfüllte sie, wieder an diesem ganz besonderen Ort zu sein, auf ihrem Lieblingsterrain, und ihr Gang wurde noch beschwingter, als sie in die Parfümerieabteilung einbog und dort stehenblieb.

Mit ihrem gewohnten Adlerblick suchte sie nach Mängeln, fand aber keine. Das freute sie sehr. Diese Abteilung war erst kürzlich unter ihrer Aufsicht umgestaltet worden, und auch wenn sie es selbst sagte, das Ergebnis war großartig.

Wanddekorationen aus geätzten Glastafeln à la Lalique, viele Spiegel, Akzente aus Silber und Chrom, Kristallüster und Wandleuchter . . . alles vereinte sich zu einer schimmernden Gesamtwirkung, die einfach umwerfend war. Es war der perfekte Hintergrund für die ins Auge fallenden Kosmetika, Parfüms und Schönheitsprodukte. Luxuriös, chic und einladend, sollte diese Abteilung Frauen dazu verlocken, viel Geld auszugeben, und darin war sie auch sehr erfolgreich gewesen. Alles war gekommen, wie Paula es sich vorgestellt hatte, als es sich noch auf dem Reißbrett befand.

Ein gutes Marketing und eine gute Verkaufspolitik, darin besteht das Geheimnis, dachte Paula, schritt zügig voran und machte auf dem Weg zum Rayne-Delman Schuhsalon noch einen Abstecher in die Miederwarenabteilung. Sie genoß ihren Morgenspaziergang durch das Kaufhaus . . . das prächtigste Kaufhaus der ganzen Welt. Es war der Sitz ihrer Macht, ihre starke Zitadelle, ihr Stolz und ihre Freude. Es war ihr Ein und Alles.

2

Zum zweiten Mal an jenem Morgen wurde das Porträt von Emma, das in Paulas Büro hing, einer eingehenden Betrachtung unterzogen.

Der Mann, der gerade davor innegehalten hatte, war Ende dreißig, blond, mit hellblauen Augen und sommerlich gebräunt. Er war ungefähr einssiebzig groß, wirkte aber wegen seines schlanken, durchtrainierten Körpers größer. Auch seine Kleidung trug zu dem Eindruck von Größe bei. Er trug ein weißes Hemd und eine burgunderrote Seidenkrawatte, und sein dunkelblauer Anzug aus feinster importierter Rohseide saß perfekt und konnte seine Herkunft von der Savile Row nicht verleugnen.

Er hieß Michael Kallinski und stand vor dem verführerischen Gesicht, das in Öl gemalt von der lebensgroßen Leinwand auf ihn hinuntersah. Vor Konzentration hatte er die Augen zusammengekniffen, während er über die bemerkenswerte Emma Harte nachdachte.

Plötzlich schien es ihm sehr seltsam, daß man über eine Frau, die seit mehr als zehn Jahren tot war – heute waren es genau elf –, immer so sprach, als lebte sie noch, und zwar taten das die meisten Leute, nicht nur ihre engsten Angehörigen. Aber jemand mit Emmas Charisma und Brillanz, der schon zu Lebzeiten eine solch enorme und bewegende Wirkung ausgeübt hatte, mußte wohl ein Anwärter auf die Unsterblichkeit sein. Schließlich war der Nachhall, den sie in der Welt hinterlassen hatte – in ihren persönlichen Beziehungen, im internationalen Geschäftsleben und durch ihre vielen Wohltaten –, einfach außergewöhnlich.

Michael trat einen Schritt zurück, hielt den Kopf schräg und versuchte zu schätzen, wie alt Emma wohl gewesen war, als sie für dieses Bild gesessen hatte. Ungefähr Ende dreißig, glaubte er. Mit ihren wie gemeißelten Zügen, dem makellosen Teint, dem rotgoldenen Haar und diesen ungewöhnlichen grünen Augen war sie als junge Frau eine große Schönheit gewesen, daran gab es keinen Zweifel.

Kein Wunder, daß sein Großvater vor vielen Jahren rasend in sie verliebt gewesen war und ihretwegen Frau und Kinder hatte verlassen wollen, wenn man dem Familienklatsch der Kallinskis glauben durfte. Und nach dem, was er von seinem Vater gehört hatte, war David Kallinski nicht der einzige Mann gewesen, der in ihren unwiderstehlichen Bann gezogen wurde. Blackie O'Neill war als junger Mann anscheinend auch von ihr betört gewesen.

Die drei Musketiere. So hatte Emma sie genannt – seinen Großvater, Blackie und sich selbst. In ihrer ersten Zeit zusammen, um die Jahrhundertwende herum, waren sie ein unwahrscheinliches Trio gewesen . . . ein Jude, ein irischer Katholik und eine Protestantin. Offenbar hatten sie nicht viel darauf gegeben, was andere Leute von ihnen oder von ihrer Freundschaft dachten, und das ganze lange Leben hindurch waren sie eng befreundet, ja fast unzertrennlich gewesen. Sie hatten sich als unschlagbares Dreigestirn erwiesen, drei eindrucksvolle Finanzimperien gegründet, die sich über die halbe Welt erstreckten, und drei mächtige Familiendynastien, die im Laufe der Zeit immer einflußreicher geworden waren.

Aber Emma war die eigentliche Triebkraft gewesen, die Macherin, die voller Zukunftsvisionen und Unternehmensgeist voranschritt, die beiden Männer im Gefolge. So hatte es ihm zumindest sein Vater erzählt, und Michael hatte keinen Anlaß, ihm nicht zu glauben. Überdies wußte er aus eigener Erfahrung, daß Emma absolut einzigartig gewesen war. Was die jüngeren Mitglieder der drei Clans anging, hatte sie ganz sicher jedem von ihnen – auch ihm – ihren Stempel aufgedrückt, ihnen ihr unauslöschliches Gepräge verliehen, wie sein Vater es nannte.

Michael lächelte in sich hinein, als er daran dachte, wie Emma vor dreißig Jahren gewesen war . . . wie sie die Kinder zusammengetrieben und in den Frühjahrs- und Herbstferien nach Heron's Nest verfrachtet hatte. Hinter ihrem Rücken hatten sie sie «der General» genannt, und das Haus in Scarborough hieß im Familienjargon «das Armeelager». Sie hatte sie auf Herz und Nieren geprüft und ihnen die eigene Lebensphilosophie eingeprägt, hatte ihnen beigebracht, was Ehre und Rechtschaffenheit und wie wichtig Fairness und der richtige Teamgeist waren. Und in all den Jahren ihrer Jugend hatte sie ihnen freigebig ihre Liebe, ihr Verständnis und ihre Freundschaft zukommen lassen, und sie waren heute bessere Menschen, weil sie sie damals gekannt hatten.

Ein liebevoller Ausdruck trat in sein Gesicht, und er legte die Hand an die Schläfe, brachte dem Porträt einen kleinen Ehrengruß. Sie war die Allerbeste gewesen . . . wie auch ihre Enkelinnen die Besten waren. Die Harte-Frauen waren schon ein seltener Schlag, allesamt, und besonders Paula.

Er hörte, wie hinter ihm eine Tür geöffnet wurde, und drehte sich geschwind um.

Bei Paulas Anblick erhellte sich sein Gesicht.

«Verzeih mir, daß ich dich hab warten lassen!» rief sie entschuldigend und eilte zur Begrüßung auf ihn zu.

«Hast du gar nicht, ich war früh dran», erwiderte er und kam ihr entgegen. Er umarmte sie ungestüm und hielt sie dann ein Stück von sich weg, sah in ihr Gesicht hinab. «Du siehst ganz großartig aus.» Dann schaute er sich nach dem Porträt um und sah sie wieder an. «Und du wirst dieser legendären Dame von Tag zu Tag ähnlicher.»

Paula stöhnte auf und sah ihn mit gespieltem Entsetzen an, als sie sich losließen.

«O Gott, Michael, fang jetzt nicht auch damit an! *Bitte.* Es gibt schon genügend Leute, die mich hinter meinem Rücken den Klon nennen, du brauchst jetzt nicht auch in dies Lied einzustimmen.» Sie schüttelte den Kopf. «Das kann ich gerade gebrauchen von einem guten Freund . . .»

Er lachte laut heraus. «Manchmal denke ich, ihr seid alle Klone. Alle wie ihr da seid . . . Emily und Amanda ebenso wie du.» Er drehte sich zum Porträt um. «Wann ist das eigentlich gemalt worden?»

«1929. Warum?»

«Ich habe mich gefragt, wie alt Emma war, als sie dafür saß.»

«Neununddreißig. Es wurde kurz vor ihrem vierzigsten Geburtstag in Auftrag gegeben und beendet.»

«Mmmm. Das hab ich mir so ungefähr gedacht. Sie war wirklich schön damals, nicht?» Ohne Paula Zeit zu lassen, etwas dazu zu sagen, fuhr er lächelnd fort: «Ist dir eigentlich klar, daß wir beide verwandt wären, wenn David meine Großmutter Rebecca wirklich verlassen hätte und mit Emma durchgebrannt wäre?»

«Ach, laß uns bloß nicht mit all diesen alten Geschichten anfangen heute», sagte sie und lachte kurz auf, trat dann eilig an den Schreibtisch und setzte sich. «Und außerdem kommt es mir so vor, als wären wir verwandt, weißt du.»

«Ja.»

Er folgte ihr durchs Zimmer und nahm ihr gegenüber Platz.

Ein kurzes Schweigen entstand, dann bemerkte er ruhig: «Bei einigen Familien ist Blut vielleicht wirklich nicht dicker als Wasser, aber für die drei Clans gilt es doch. Unsere Großeltern hätten füreinander gemordet, und ich glaube, ihre Loyalität zueinander ist an unsere Generation weitergereicht worden, meinst du nicht?»

«Ja, ich glaube schon . . .» Sie unterbrach sich, als das Telefon klingelte, und nahm ab. Nachdem sie sich gemeldet und kurz zugehört hatte, legte sie ihre schlanke, schöne Hand über den Hörer und sagte: «Es ist der Geschäftsführer des Kaufhauses in Harrogate, dauert nicht lange.»

Er nickte, lehnte sich auf dem Stuhl zurück und wartete, bis sie zu Ende telefoniert hatte, wobei er sie in aller Ruhe ebenso betrachtete, wie er vor ein paar Minuten das Bild betrachtet hatte.

Michael Kallinski hatte Paula seit über zwei Monaten nicht mehr gesehen, und deshalb war ihm ihre unheimliche Ähnlichkeit mit Emma stärker als sonst aufgefallen, als sie das

Zimmer betrat. Natürlich unterschieden sich die beiden Frauen auch voneinander. Paula hatte pechschwarzes Haar und tiefblaue Augen. Aber sie hatte Emmas klare, feingeschnittene Züge geerbt wie auch das berühmte Witwenhäubchen, das über diesen großen, weit auseinanderstehenden Augen besonders dramatisch aussah. Im Laufe der Zeit hatte es zumindest für ihn den Anschein, als verschmölzen die beiden Frauen immer stärker zu einer Person und würden identisch. Vielleicht lag es auch an dem Ausdruck in Paulas Augen in letzter Zeit, an ihren Gewohnheiten, ihrer prägnanten Art, ihren Bewegungen – schnell, immer eilig – und an ihrer Gewohnheit, über ihre Mißgeschicke zu lachen. Diese Eigenschaften erinnerten ihn an Emma Harte, ebenso wie es ihre Haltung im Geschäftsleben tat.

Er hatte Paula schon sein Leben lang gekannt, und dennoch hatte er sie merkwürdigerweise nie richtig kennengelernt, ehe beide in den Dreißigern waren.

Als Kind hatte sie ihm gar nicht gefallen, er fand sie kalt, hochnäsig und gleichgültig gegen alle, mit Ausnahme ihrer Cousine Emily, jenes pummeligen Kindes, das sie immer bemuttert hatte, und Shane O'Neills natürlich, dem sie immer schon hatte gefallen wollen.

Hinter ihrem Rücken hatte Michael sie «das kleine Vortrefflichkeitsekel» genannt, weil sie genau das gewesen war, ein Kind, das anscheinend fehlerlos war, um das man immer Getue machte und es lobte und das ihnen von ihren Eltern immer als Vorbild hingehalten wurde. Sein Bruder Mark hatte noch einen anderen Namen für sie . . . den «Ausbund an Tugend». Er und Mark hatten heimlich über sie gelacht, sich hinter ihrem Rücken über sie lustig gemacht, aber so hatten sie sich eigentlich gegenüber allen Mädchen der Clans verhalten – sie wollten mit ihnen nichts zu tun haben und lieber mit den anderen Jungen herumtollen. Sie hatten sich mit Philip, Winston, Alexander, Shane und Jonathan zusammengetan, die zu jener Zeit ihre fröhlichen Kumpel gewesen waren.

Erst in den letzten sechs Jahren hatte er Paula besser kennengelernt, und er hatte entdeckt, daß diese kluge, hart arbeitende, brillante Frau eine tiefe Gefühlswelt hinter ihrer kühlen Art und der ihr eigenen Vornehmheit verbarg. Ihr abweisendes Gehabe war nur das äußere Zeichen ihrer Schüchternheit und natürlichen Zurückhaltung, jener Charakterzüge, die er in ihrer gemeinsamen Kindheit so mißverstanden hatte.

Es war wie ein Schock für ihn zu entdecken, daß Paula ganz anders war, als er geglaubt hatte. Zu seiner Überraschung stellte er fest, daß sie sehr menschlich war. Sie war verletzlich, liebevoll, treu ergeben und hielt fest zu ihrer Familie und ihren Freunden. In den vergangenen zehn Jahren waren ihr schreckliche Dinge zugestoßen, niederschmetternde Dinge, die die meisten anderen Menschen zu Boden gedrückt, sie vielleicht sogar zerstört hätten. Aber nicht Paula. Sie hatte sehr gelitten, hatte aber aus allen Widrigkeiten Kraft geschöpft und war eine äußerst mitfühlende Frau geworden.

Seit sie zusammen gearbeitet hatten, waren sie gute Freunde geworden, und sie unterstützte ihn in geschäftlichen Dingen und war eine Verbündete, wann immer er sie brauchte. Jetzt erst begriff Michael, daß er mit seiner unangenehmen Scheidung und seinen großen persönlichen Problemen ohne Paulas Freundschaft nie fertiggeworden wäre. Sie hörte sich am Telefon immer geduldig seine Sorgen an und fand jedesmal Zeit für einen Drink oder ein Essen, wenn es richtig schlimm wurde. Sie hatte einen besonderen Platz in seinem Leben eingenommen, und dafür würde er ihr immer dankbar sein.

Trotz all ihres Erfolgs, ihrer Weltgewandtheit und ihres Selbstvertrauens gab es etwas an Paula – etwas liebenswert Kleinmädchenhaftes –, das sein Herz bewegte und ihm den Wunsch eingab, etwas für sie zu tun, ihr eine Freude machen zu können. Er gab sich oft große Mühe, um das zu erreichen, so wie jüngst in New York. Er wünschte, das endlose Telefonat mit dem Kaufhaus in Harrogate möge ein Ende nehmen, so daß er ihr seine Neuigkeit mitteilen konnte.

Endlich war es dann soweit.

Paula legte auf und zog eine kleine Grimasse.

«Tut mir leid», entschuldigte sie sich. Dann lehnte sie sich im Stuhl zurück und sagte freundlich: «Wie schön, dich zu sehen, Michael . . . und wie war's in New York?»

«*Großartig. Hektisch.* Ich steckte bis über beide Ohren in Arbeit, denn unser Geschäft dort geht momentan sehr gut. Trotzdem ist es mir aber auch gelungen, mich zu amüsieren, ich war sogar ein paar Wochenenden über in den Hamptons.» Er neigte sich dichter an den Schreibtisch. «Paula . . .»

«Ja, Michael?» Sie sah ihn scharf an, aufmerksam geworden durch seinen dringlichen Tonfall.

«Ich habe vielleicht gefunden . . . wonach du in den Staaten gesucht hast.»

Sie sah plötzlich ganz aufgeregt aus. Leicht vorgebeugt in ihrem offensichtlichen Eifer fragte sie: «Privat oder öffentlich?»

«Privat.»

«Und es steht zum Verkauf?»

«Steht nicht alles zum Verkauf, wenn man den richtigen Preis bietet?» Etwas Mutwilliges lag in seinem Gesicht, als er ihren Blick festhielt.

«Also, mach dich nicht über mich lustig!» rief sie. «Steht es wirklich zum Verkauf?»

«Nein. Aber was heißt das schon im Zeitalter der Firmenübernahmen? Man kann an die Besitzer herantreten . . . das kostet nichts.»

«Und wie heißt die Firma? Wo ist sie? Wie groß ist sie?»

Michael lachte in sich hinein. «Nun mal sachte, ich kann doch nur eine Frage zur Zeit beantworten. Die Firma heißt Peale and Doone und liegt im Mittleren Westen. Sie ist nicht groß, nur sieben Kaufhäuser . . . in kleineren Städten in Illinois und Ohio. Aber es ist eine alte Firma, Paula, in den zwanziger Jahren von Schotten gegründet, die sich in den Staaten niedergelassen hatten und anfangs nur mit schottischen Importen handelten, Wollsachen, Schottentücher und Plaids, Kaschmirschals und so weiter. In den vierziger und fünfziger Jahren vergrößerten sie ihren Warenbestand. Aber die Sachen sollen ziemlich spießig sein, und die Firma ist in einer Flaute, was das Management angeht. Finanziell ist sie aber solide, hat man mir gesagt.»

«Und wie hast du von Peale and Doone erfahren?»

«Durch einen befreundeten Juristen, der bei einer Sozietät in der Wall Street arbeitet. Ich habe ihn gebeten, nach einer Warenhauskette Ausschau zu halten, und er hat von dieser Firma durch einen Kollegen in Chicago erfahren. Mein Kumpel meint, sie wären reif für eine Übernahme.»

Paula nickte. «Und wer hat das Aktienkapital?»

«Die Erben von Mr. Peale und Mr. Doone.»

«Es gibt keine Gewähr dafür, daß sie verkaufen, Michael.»

«Richtig. Andererseits wissen Aktionäre oft gar nicht, daß sie verkaufen wollen, ehe man tatsächlich an sie herantritt.»

«Das ist wahr, es lohnt den Versuch.»

«Bestimmt tut es das, und wenn diese Kette auch klein ist, könnte sie doch gerade das Richtige für dich sein, Paula.»

«Schade nur, daß die Kaufhäuser in der finstersten Provinz sind», murmelte sie und zog ein Gesicht. «Große Städte wie Chicago und Cleveland wären eher nach meinem Geschmack.»

Michael sah sie scharf an. «Hör mal, mit deinem Talent und deiner Erfahrung kannst du jedem Kaufhaus dein besonderes Gepräge geben, und das weißt du auch. Und was macht schon die Provinz? Da draußen kann man eine Menge Geld verdienen.»

«Ja, du hast eigentlich recht», sagte sie schnell, da ihr plötzlich bewußt wurde, daß sie vielleicht undankbar klang nach all der Mühe, die er sich ihretwegen gemacht hatte. «Kannst du denn noch mehr Informationen einholen, Michael?»

«Ich werde nachher meinen New Yorker Freund anrufen und ihn bitten, die Sache weiterzuverfolgen.»

«Weiß er, daß du in *meinem* Auftrag nach einer Einzelhandelskette suchst?»

«Nein, aber ich kann es ihm sagen, wenn du möchtest.»

Entschlossen sagte Paula: «Nein, lieber nicht, zumindest nicht schon jetzt, verstehst du. Es ist besser, wenn niemand es weiß. Die Erwähnung meines Namens könnte den Preis hochschnellen lassen. Falls es einen Preis geben wird, heißt das.»

«Sehr scharfsinnig. Ich werde Harvey erst mal darüber im dunkeln lassen.»

«Bitte . . . und vielen Dank, Michael, daß du dir für mich so viel Mühe gemacht hast.» Ihr Lächeln war herzlich und aufrichtig, als sie hinzusetzte: «Ich weiß es wirklich zu schätzen.»

«Ich würde alles für dich tun, Paula, wirklich alles», erwiderte er und sah sie liebevoll an. Dann schaute er auf seine Armbanduhr. «Oh, es ist schon spät! Wir sollten lieber aufbrechen», verkündete er und erhob sich sofort. «Ich hoffe, du hast nichts dagegen, aber der alte Herr hat sich zum Lunch miteingeladen.»

«Natürlich habe ich nichts dagegen», sagte sie, und ihre Stimme wurde etwas heller. «Du weißt doch, wie gern ich Onkel Ronnie habe.»

«Und das beruht auf Gegenseitigkeit, das kann ich dir versichern.» Er warf ihr einen amüsierten Blick zu. «Der alte Herr ist ganz vernarrt in dich . . . du bist sein Augenstern.»

Sie ergriff ihre schwarze Lackledertasche und schritt durch das Zimmer. «Also komm, laß uns gehen. Wir wollen ihn doch nicht warten lassen, oder?»

Michael nahm ihren Arm und geleitete sie aus dem Büro.

Während sie im Fahrstuhl hinabfuhren, mußte er unwillkürlich an seinen Vater und Paula denken und das ganz besondere Verhältnis, das sie im Laufe der Jahre zueinander entwickelt hatten. Der alte Mann behandelte sie wie eine geliebte Tochter, während sie ihn zu verehren schien. Sie benahm sich jedenfalls so, als sei er der klügste Mann auf Erden, was er natürlich auch war. Dad ist ihr Rabbi geworden, dachte Michael und schmunzelte in sich hinein, außerdem ist er ein Ersatz für ihre Großmutter. Kein Wunder, daß manche Leute ihre Freundschaft seltsam fanden und neidisch waren. Er für seinen Teil freute sich darüber. Paula füllte ebenso eine Lücke im Leben seines Vaters wie dieser in ihrem eigenen.

3

Sir Ronald Kallinski, Aufsichtsratsvorsitzender der Kallinski Industries, ging gemessenen Schrittes durch die eindrucksvolle marmorne Empfangshalle von Kallinski House.

Groß, schlank und eine stattliche Erscheinung, hatte er schwarzes, lockiges Haar, das von vielen grauen Strähnen durchzogen war, und ein gebräuntes Gesicht. Er hatte die Augen seines Vaters David und seiner Großmutter Janessa Kallinski geerbt; sie waren von einem ganz hellen Kornblumenblau und wirkten in seinem wettergegerbten Gesicht um so erstaunlicher.

Bekannt dafür, nie unordentlich oder zerzaust auszusehen, ganz gleich unter welchen Umständen, war er auch an diesem Tag untadelig gepflegt und elegant gekleidet. Er trug einen kohlegrauen dreiteiligen Anzug mit makellosem weißen Hemd und einer perlgrauen Seidenkrawatte. Obwohl fast siebzig, war er so gesund und kräftig für sein Alter, daß man ihn viel jünger schätzte.

Während er durch die riesige Empfangshalle schritt, nickte er mehreren Leuten, die ihn erkannten, freundlich zu und hielt dann inne, um die liegende Plastik von Henry Moore zu bewundern, die sich in der Mitte des Raumes befand und die er auf eigenen Wunsch bei dem großen englischen Bildhauer in Auftrag gegeben hatte, der zufällig auch in Yorkshire geboren und aufgewachsen war. Sir Ronald war ebenso stolz auf seine Herkunft aus dem North Country wie auf seine jüdische Abstammung.

Nach einer kurzen Besinnungspause vor der großartigen Bronze setzte er seinen Weg fort, schob die Schwingtüren auf und trat auf die Straße hinaus. Nach nur zwei Schritten blieb er unvermittelt stehen, als ihn die Hitze des Tages traf. Er hatte gar nicht gemerkt, wie heiß es geworden war.

Sir Ronald konnte Hitze nicht ertragen. Oben in seiner Vorstandsetage, einer Reihe von schön ausgestatteten Räumen, die das ganze Obergeschoß des gigantischen Bürokomplexes einnahmen, der seinen Namen trug, war es dank der Klimaanlage eiskalt, sie war immer voll aufgedreht, außerdem wurden die Fenster stets vor Sonneneinfall geschützt. Unter denjenigen, die diese Etage von Kallinski House mit ihm teilten, hieß sie «die Antarktis». Doris, seit zwölf Jahren seine Sekretärin, hatte sich inzwischen an die Kälte gewöhnt, ebenso die anderen leitenden Angestellten, die mehr als ein, zwei Jahre bei ihm tätig waren, und niemand machte sich mehr die Mühe und beschwerte sich. Sie bekämpften die Kälte in ihren Büros einfach, indem sie sich warme Pullover anzogen. Auch im Winter hielt Sir Ronald die Vorstandsetage und seine diversen Häuser so kalt, wie er es nur wagen konnte, ohne sich heftige Proteste von Mitarbeitern, Familienangehörigen und Freunden zuzuziehen.

Vorhin hatte er noch erwogen, zu Fuß zum Connaught Hotel zu gehen, nun war er aber froh darüber, es sich doch anders überlegt und seinen Wagen bestellt zu haben. Hier draußen herrschte eine drückende Gluthitze, kaum das Wetter, das man sich wünschen mochte, um durch die überfüllten Straßen von Mayfair zu schlendern.

Sein Chauffeur hatte ihn sofort entdeckt, als er aus dem Gebäude trat, und stand bereits in Habtachtstellung neben der hinteren Autotür.

«Sir Ronald», sagte er, neigte ehrerbietig den Kopf und hielt die Tür noch weiter auf.

«Danke, Pearson», erwiderte Sir Ronald, lächelte ein wenig und stieg in den burgunderroten Rolls-Royce ein. «Zum Connaught, bitte.»

Der Wagen rollte vom Bürgersteig weg, und Sir Ronald machte es sich hinten bequem und sah geistesabwesend vor sich hin. Er freute sich schon darauf, mit Paula und Michael zu essen. Paula hatte er schon seit mehreren Wochen nicht mehr gesehen, und sein Sohn war über zwei Monate lang in New York gewesen. Er hatte beide vermißt ... auf unterschiedliche Weise.

Sein Sohn war seine rechte Hand, sein Alter ego und sein Liebling. Er liebte seinen jüngeren Sohn Mark auch sehr, aber Michael nahm einen besonderen Platz in seinem Herzen ein. Er wußte nie genau, warum das so war. Wie konnte man diese Dinge auch erklären? Manchmal glaubte er, es komme daher, daß sein Sohn ihn so sehr an seinen eigenen Vater erinnerte. Michael sah David Kallinski gar nicht einmal so ähnlich, mit seinem hellen Teint und dem blonden Haar wirkte er viel angelsächsischer. Nein, es lag eher an seinem Charakter und seiner Persönlichkeit, und ebenso wie Sir Ronald bis zu Davids Tod ein herrlich kameradschaftliches Verhältnis zu seinem Vater gehabt hatte, so hatte er es jetzt zu seinem Sohn. Schon in dessen Kindheit war es so gewesen, und wenn Michael nicht da war, merkte er es sehr in der letzten Zeit und fühlte sich oft einsam, wenn sein Erstgeborener auf Reisen war.

Was Paula anging, war sie die Tochter, die er nie gehabt hatte, oder der Ersatz für die Tochter, die über ihre Kinderzeit nicht herausgekommen war. Miriam, sein zweites Kind, das nach Michael und vor Mark geboren wurde, wäre in diesem Jahr vierunddreißig geworden, wenn sie nicht mit fünf Jahren an Gehirnhautentzündung gestorben wäre. Wie sehr hatten sie um sie getrauert, Helen und er; sie konnten nicht verstehen, warum man sie ihnen schon in diesem zarten Alter genommen hatte. «Gottes Wege sind unerforschlich», hatte seine Mutter damals zu ihnen gesagt, und erst jetzt im Alter konnte er mit solch unerschütterlichem Gottvertrauen etwas anfangen.

Paula war die klügste Frau, die er je gekannt hatte, von Emma abgesehen, und er schätzte ihren scharfen, wachen Verstand, ihre Schnelligkeit, ihren Geschäftssinn. Aber sie konnte andererseits auch sehr weiblich sein, und er verehrte ihre Weiblichkeit ebenso, wie er sie als Zuhörerin schätzte und manchmal als Beraterin. Er bewunderte Paula sehr. Sie war eine ebenso gute Mutter wie eine erfolgreiche Geschäftsfrau. Ihr Weg war hart, aber sie ging ihn sehr geschickt und stolperte kaum.

Er wünschte, seine Schwiegertochter wäre nur halb so praktisch und sachlich wie sie. Valentines Problem war, daß sie in einer anderen Welt lebte. Sie war flatterhaft und ewig unzufrieden. Nichts war jemals richtig, nichts jemals gut genug für sie, und er konnte Michaels Gefühle nur allzugut verstehen. Die Enttäuschung seines Sohnes war im Laufe der Jahre gewaltig gewachsen, und als die unvermeidliche Explosion dann eintrat, war sie sehr heftig. Das hatte ihn nicht überrascht. Er hatte Valentine als Frau für Michael nie akzeptiert, nicht weil sie eine Goi war – religiöse Unterschiede bedeuteten ihm kaum etwas –, sondern weil sie so oberflächlich und seiner unwert war. Er hatte es immer gewußt, aber wie sollte man das einem jungen, verliebten Mann klarmachen? Jedenfalls kam es nach heftigen Auseinandersetzungen und dem Austausch großer Geldsummen schließlich zur Scheidung. Michael hatte seine Wünsche glücklicherweise durchsetzen können – ein vorläufiges Scheidungsurteil und das gemeinsame Sorgerecht für seine drei Kinder, den Jungen Julian und die beiden jüngeren Mädchen Arielle und Jessica.

Auf Sir Ronalds strenges Gesicht trat ein Lächeln, als er an seine kleinen Enkelinnen dachte. Hätte Helen sie doch noch erleben können, sie wäre so glücklich gewesen. Aber seine Frau war vor acht Jahren gestorben. Er hatte nie aufgehört, sie zu vermissen, und als er im Jahre 1976 von Harold Wilson geadelt wurde, war seine Freude nur davon getrübt, daß Helen nicht länger bei ihm war.

Die einzigartige Ehrung hatte ihn völlig überrascht. Er hatte sich nie um einen Titel bemüht, versucht, einen zu kaufen oder deshalb große Schenkungen für wohltätige Zwecke zu machen. Er war ein wirklicher Philanthrop, und er hatte seine Anliegen, hatte großzügig für die medizinische Forschung und die Künste gespendet, das aber immer diskret und ohne Aufhebens getan.

Es war sehr schmeichelhaft, auf der Ehrenliste des Premierministers zu stehen, besonders, da jeder wußte, daß er den

Titel ehrlich verdient hatte. Kallinski Industries war einer der größten und erfolgreichsten Mischkonzerne Großbritanniens und stellte nicht nur Tausenden den dringend benötigten Arbeitsplatz zur Verfügung, sondern war auch ein Hauptexporteur britischer Waren im Ausland. Ronald Kallinski hatte sein ganzes Leben der jetzigen Führungsposition seines Unternehmens gewidmet, und er war stolz auf seine Leistung. Ebenso stolz war offenbar sein Land, da es ihn dafür in den Adelsstand erhoben hatte.

Sir Ronald bedeutete sein Titel sehr viel. Er war nicht der erste Jude Yorkshires, der geadelt wurde; schon andere waren im Laufe der Jahre von dankbaren Premierministern hervorgehoben worden ... Männer wie Montague Burton und Rudolph Lyons. Dennoch schätzte er diese Ehrung so, als sei *er* der erste gewesen, besonders wenn er an die weit zurückliegende Familiengeschichte der Kallinskis dachte, an seinen Großvater Abraham, der aus Rußland und vor den Pogromen des letzten Jahrhunderts geflohen war, sich im Getto von Leeds niederließ und schließlich seine Schneiderwerkstatt in der North Street eröffnete. Diese kleine Fabrik, die im Akkord für die John Barran Company arbeitete – er war der erste Fabrikant von Konfektionskleidern in Leeds, nachdem Singer die Nähmaschine erfunden hatte –, war der Anfang gewesen, der Kern des Milliarden Pfund schweren Imperiums, das die Kallinski Industries heute waren.

Am Morgen seiner feierlichen Auszeichnung bedauerte er nur, daß Helen, Abraham, sein Vater David, Emma und Blackie nicht mehr dabeisein konnten, um mit ihm gemeinsam stolz und glücklich zu sein. Besonders die vier «Alten» hätten die Zeremonie im Buckingham Palast wirklich zu schätzen gewußt und verstanden, wie weit die Kallinskis es gebracht hatten seit Abraham, der junge Flüchtling aus Kiew, 1880 bei Hull erstmals englischen Boden betrat.

Der Rolls-Royce blieb plötzlich am Carlos Place stehen.

Sir Ronald schüttelte seine Gedanken ab, beugte sich vor und sagte zum Chauffeur: «Bitte holen Sie mich gegen halb drei wieder ab, Pearson.» Dann trat der livrierte Portier, der vor dem Connaught stand, an den Wagen heran, hielt Sir Ronald den Schlag auf und war ihm beim Aussteigen behilflich.

Ein «Sir Ronald» folgte auf das nächste, während er von den Eingangsstufen in den Speisesaal trat, und ein leichtes Lächeln erschien auf seinem Gesicht, als man ihn zu dem Tisch geleitete, den sein Sohn reserviert hatte. Vor fünf Jahren hatte er sich noch gefragt, wie er sich wohl jemals daran gewöhnen würde, mit seinem Titel angeredet zu werden. Aber in Wirklichkeit war es ganz schnell gegangen.

Nachdem er einen trockenen Sherry bestellt hatte, trank er einen Schluck vom Eiswasser, das ein Kellner gebracht hatte. Dann lehnte er sich zurück, um auf Paula und Michael zu warten.

Sir Ronald mußte zweimal hinschauen.

Paula und sein Sohn kamen durch das Restaurant auf ihn zu geschritten, und sie sah plötzlich Emma im gleichen Alter derart ähnlich, daß es unglaublich war.

Als sie näher kam, sah er, daß sie eine neue Frisur hatte und diese ihre sowieso schon auffallende Ähnlichkeit mit ihrer Großmutter noch betonte. Ihr dunkles, glänzendes Haar war zu einer Art glatten Bubikopf geschnitten. Das war chic und bestimmt hochmodern, dennoch erinnerte es ihn an die dreißiger Jahre, die Filmstars seiner Jugend . . . und an die elegante Emma, wie er sie als Knabe gesehen und bewundert hatte.

Er erhob sich, nahm Paulas ausgestreckte Hand in seine, erwiderte ihr strahlendes, liebevolles Lächeln und küßte sie auf die Wange. Sie begrüßten einander herzlich, nahmen Platz und fingen sogleich an, lebhaft zu plaudern.

Michael ging um den Tisch herum, nahm gegenüber Platz und machte dem Kellner ein Zeichen. Nachdem Paula und er Aperitifs bestellt hatten, bat er um die Speisekarte.

Zu Paula gewandt, sagte er: «Du hast es ja immer so eilig, also laß uns gleich bestellen . . . dann können wir uns entspannen.»

«Ja, warum nicht?» Sie lachte und nahm die Speisekarte

vom Oberkellner entgegen. Dieser blieb bei ihnen stehen, erläuterte die Spezialitäten des Tages und gab ihnen besondere Empfehlungen. Nach einem flüchtigen Blick folgten Paula und die Kallinskis seinem Rat. Alle drei baten um kalten, pochierten Lachs mit Gurkensalat, und Michael bestellte eine Flasche Sancerre.

Währenddessen waren die Aperitifs gekommen, und sobald der Kellner verschwunden war, erhob Sir Ronald sein Glas. Er sah Paula in die Augen. «Auf die Erinnerung an deine Großmutter!»

«Auf Emma!» sagte Michael.

Paula lächelte beiden zu. «Ja, auf Grandy.»

Sie stießen an und tranken.

Nach einem Augenblick sagte Paula: «Ich dachte, du würdest gar nicht dran denken, was für ein Tag heute ist, Onkel Ronnie.»

«Wir haben beide daran gedacht!» rief Michael.

«Wie könnte man auch den Verlust einer so wundervollen Frau vergessen», sagte Sir Ronald. «Und sie wäre stolz auf dich gewesen, meine Liebe. Du hast sie nie enttäuscht und ganz großartig ihren Traum bewahrt.»

«Das hoffe ich, Onkel Ronnie ... Ich habe mich immer bemüht, alles zu erhalten, was sie aufgebaut hat ... und es noch solider zu machen.»

«Das hast du», sagte Sir Ronald und schaute sie herzlich an. «Du bist ebenso ein Einzelhandelsgenie wie Emma, hast in all den Jahren viel Weitsicht gezeigt, und ich kann dich nur zu allem beglückwünschen, was du für die Kaufhäuser getan hast.»

«Danke, Onkel Ronnie», sagte Paula lächelnd. Sie freute sich sehr über sein Lob.

«Und ich kann dem, was Dad gesagt hat, nur beipflichten», erklärte Michael bestimmt. Er nahm einen Schluck von seinem Cinzano Bianco und zwinkerte ihr dann über den Rand des Glases hinweg zu.

Paulas blauviolette Augen strahlten. «Du bist voreingenommen, Michael. Ihr seid beide voreingenommen.»

Sir Ronald lehnte sich zurück und sagte in vertraulicherem

Ton: «Einer der Gründe, warum ich mich mit euch zum Essen eingeladen habe, ist der, daß ich deinen Rat brauche, meine Liebe.»

Diese Worte erregten sofort Paulas Neugier, und schnell fragte sie: «Wie kann ich *dir* denn einen Rat geben? Du bist doch der klügste Mensch, den ich kenne, Onkel Ronnie.»

Darauf entgegnete er nichts. Es schien fast so, als hätte er es nicht gehört. Ein geistesabwesender Zug ging über sein Gesicht; er nahm einen Schluck Sherry und sah sie dann aufmerksam an. «Doch, du kannst mir raten, Paula. Was Alexander angeht. Oder, genauer gesagt, kannst du mir deine Meinung dazu sagen.» Sir Ronald machte eine kurze Pause und fragte dann: «Meinst du, daß Sandy die Lady Hamilton-Kleider an Kallinski Industries verkaufen würde?»

Dies war das letzte, womit Paula gerechnet hatte, und sie war etwas aus der Fassung gebracht. Ohne ein Wort zu sagen, starrte sie Sir Ronald einen Augenblick lang an. «Ich bin mir ziemlich sicher, daß er es nicht tun würde», sagte sie schließlich überrascht. «Diese Abteilung ist viel zu wichtig für die Harte Unternehmensgruppe. Und für die Harte-Kaufhäuser.»

«Ja, sie ist Sandy immer sehr wichtig gewesen und dir auch, versteht sich, da die Lady Hamilton-Kollektion ja exklusiv für Harte's angefertigt wird», sagte Sir Ronald.

«Aber vielleicht möchte er sie doch loswerden, Paula», fiel Michael ein. «Zum richtigen Preis und an die richtigen Leute. Wir wollen uns doch nichts vormachen – Sandy ist seit jenem Familienkrach, als er Jonathan und Sarah entließ, ziemlich überlastet gewesen. Er und Emily haben wirklich alle Hände voll zu tun, und sie müssen sehr hart arbeiten bei der Leitung der Harte Unternehmensgruppe . . .»

«Also, ich weiß nicht», fiel sie ihm schnell ins Wort, «sie kommen doch offenbar gut zurecht, Michael.»

«Auf jeden Fall würden wir viel Geld für diese Abteilung zahlen», setzte Michael hinzu, fest entschlossen, ihr seinen Standpunkt nahezubringen.

«Davon bin ich überzeugt», erwiderte Paula ruhig. «Aber ich bin trotzdem sicher, daß Sandy es nicht einmal in Erwägung ziehen würde, ganz gleich, wieviel ihr ihm anbietet.» Sie schaute schnell und zunehmend interessiert vom jüngeren Kallinski zum älteren. «Warum wollt ihr denn die Lady Hamilton-Kleider kaufen, Onkel Ronnie?»

«Wir würden gern unsere eigene Damenmodeabteilung haben», erklärte Sir Ronald. «Und deine Kaufhäuser genauso mit Damenkonfektion beliefern, wie wir es schon bei deiner Herrenmode tun, und auch an deine Boutiquen in den Hotels verkaufen. Ebenso dringend möchten wir eine starke Kollektion für den Export aufbauen.»

Paula nickte langsam. «Verstehe.»

«Natürlich würden wir die Damenmode nicht in den Ländern verkaufen, in denen du deine eigenen Geschäfte hast», sagte Michael bedächtig. «Wir denken daran, nur mit den EG-Ländern zu handeln . . .»

«Außer Frankreich, versteht sich», unterbrach Sir Ronald ihn, «denn du hast ja ein Kaufhaus in Paris.»

«Oh, ich weiß, daß ihr nie etwas tun würdet, was mein Geschäft schädigen könnte», murmelte Paula. «Ich verstehe jetzt auch, warum ihr gern kaufen wollt, es ist sehr einleuchtend.»

Sie schaute Michael an. «Aber du weißt ja, wie konservativ Sandy ist und wie sehr er an Traditionen festhält. Unter anderem aus diesen Gründen hat Grandy ihm die Leitung der Harte Unternehmensgruppe übertragen. Sie wußte, daß sie in seinen Händen sicher wäre, weil er nie etwas tun würde, was ihre Grundstruktur schwächen könnte. Wie etwa, eine sehr, sehr einträgliche Abteilung zu verkaufen», schloß sie kühl, aber ihre Mundwinkel zuckten vor plötzlicher Heiterkeit.

Beide Männer lachten.

«Touché», sagte Sir Ronald.

«Ja, ich weiß genau, was für ein Mensch Sandy ist», räumte Michael ein und rückte auf seinem Stuhl. «Deshalb habe ich Dad auch vorgeschlagen, daß wir erst mal deine Meinung zu dieser Angelegenheit hören.»

In diesem Augenblick näherte sich der Kellner mit den Speisen, und Michael wechselte das Thema. In den nächsten Minuten plauderten die drei über unbedeutende Dinge. Sowie man ihnen vorgelegt hatte, goß der *Sommelier* Michael den gekühlten Weißwein ein. Dieser probierte und nickte dann zufrieden: «Ganz ausgezeichnet», sagte er zum Weinkellner, der sich sofort daranmachte, die Gläser der anderen zu füllen.

Sir Ronald und Paula tranken kleine Schlucke von ihrem Wein und lobten beide sein frisches, trockenes, leichtes Bouquet. Dann setzte Sir Ronald seinen Kelch ab. *«Bon appétit»*, sagte er, nahm die Gabel und zerteilte den pochierten Lachs.

«Bon appétit», erwiderten Paula und Michael fast einstimmig.

Eine Zeitlang aßen sie schweigend, dann blickte Paula von einem Kallinski zum anderen und fragte neugierig: «Onkel Ronnie, Michael, warum gründet ihr denn nicht eine eigene Damenkollektion? Ihr verfügt doch über alle nötigen Mittel.»

«Daran haben wir auch schon gedacht, meine Liebe», gestand Sir Ronald. «Aber offen gesagt würden wir eine gut eingeführte Marke bevorzugen. Das ist viel einfacher, weißt du. Und es würde uns viel Zeit ersparen – und natürlich auch Geld, was die Werbung und Promotion für ein neues Produkt angeht.»

«Aber es muß doch viele Herstellerfirmen geben, die ganz versessen darauf wären, Kallinski Industries zu beliefern!» rief sie.

«Ganz sicher gibt es die.» Sir Ronald warf ihr einen bedeutsamen Blick zu. «Aber ich interessiere mich für die Lady Hamilton-Kleider, weil sie von Emma und meinem Vater vor vielen Jahren gegründet worden sind. Er hatte für diese Abteilung immer etwas übrig, lange nachdem er seine Anteile an deine Großmutter verkauft hatte, und mir geht's genauso.» Sir Ronald lächelte sarkastisch. «Ich muß gestehen, daß ich da etwas sentimental bin.»

Paula legte eine elegante, makellos manikürte Hand auf Sir Ronalds Arm und drückte ihn liebevoll. «Aber Alexander hat gar keinen Grund, die Abteilung zu verkaufen . . . zumindest fällt mir keiner ein, Onkel Ronnie. Seine Schwester leitet sie nun schon einige Jahre lang erfolgreich.» Ihre gewölbten schwarzen Brauen zogen sich etwas zusammen. «Und außerdem: Was würde sie denn tun, wenn er die Lady Hamilton-Kleider verkaufte? Amanda wäre dann arbeitslos, und Sandy würde sich so etwas doch zweimal überlegen. Du weißt, wieviel Theater er immer um sie macht.»

«Sie müßte nicht automatisch arbeitslos werden», warf Michael schnell ein. «Amanda ist ganz großartig in diesem Job. Sie würde bei der Abteilung bleiben und sie für uns leiten.»

Paula sagte nichts dazu. Sie stocherte in ihrem Gurkensalat herum und sah plötzlich ein, daß, falls der Verkauf der Lady Hamilton-Kleider jemals zur Debatte stünde, Sandy sie an die Kallinskis verkaufen müßte. In gewisser Weise hatten sie ein Anrecht darauf.

Sir Ronald tupfte sich den Mund mit der Serviette ab und sagte dann: «Ich möchte dir eine hypothetische Frage stellen, Paula.»

«Ja?» Sie betrachtete ihn aufmerksam und überlegte, was das jetzt wohl sein könnte.

«Nehmen wir einmal an, Alexander würde die Lady Hamilton-Kleider verkaufen wollen, es sei ihm sogar sehr daran gelegen. *Könnte er es überhaupt?* Oder müßte er sich erst von den anderen Anteilseignern die Zustimmung dazu holen?»

«Aber nein. Da ist bloß Emily, und sie würde allem zustimmen, was ihr Bruder vorhat. So ist es schon immer gewesen, weißt du.»

Sir Ronald schaute etwas verwirrt drein, dann lehnte er sich zurück und sah Paula nachdenklich an. Darauf sagte er langsam: «*Bloß Emily* . . . aber du hast mir doch vor ein paar Jahren erzählt, daß Sarah und Jonathan immer noch ihre Anteile an der Harte Unternehmensgruppe besäßen, obwohl man sie wegen ihres niederträchtigen Benehmens hinausgeworfen hat.»

«Ja, das ist völlig richtig. Sie erhalten ihre Dividende, bekommen die Firmenberichte und Bilanzen, aber sie besitzen keinerlei Macht. Emily auch nicht, fällt mir gerade ein.»

Sir Ronald wirkte jetzt ganz durcheinander.

Paula merkte das und sagte: «Ich will es dir gerne erklären, Onkel Ronnie, und dir auch, Michael.»

Vater und Sohn nickten, und Sir Ronald entgegnete: «Tu das doch bitte, meine Liebe.»

«Meine Großmutter hat Sandy zweiundfünfzig Prozent der Harte Unternehmensgruppe hinterlassen. Die restlichen achtundvierzig Prozent wurden zu gleichen Teilen zwischen Emily, Jonathan und Sarah aufgeteilt, die jeder sechzehn Prozent erhielten. Als Aufsichtsratsvorsitzender und Hauptaktionär kann Sandy praktisch alles in und mit der Firma machen, was er will. So hat Grandy es eingerichtet. Sie wollte zwar, daß alle aus der Firma ihr Einkommen beziehen sollten, wußte aber auch, daß Sandy die absolute Macht haben mußte, um sich bei Streitigkeiten unter den vier Cousins und Cousinen durchzusetzen. Sie fand, daß Sandy sich den Löwenanteil ihrer im Privatbesitz befindlichen Firma ehrlich verdient hatte und gab ihm die uneingeschränkte Macht, weil sie wußte, daß er immer ihren Wünschen entsprechen würde.»

«Ah ja, ich verstehe schon, was deine Großmutter sich dabei gedacht hat.» Sir Ronald war immer wieder beeindruckt von den klugen Schachzügen der verstorbenen Emma Harte. Dann fuhr er fort: «Emma war so klug wie immer – und sehr weitblickend. Sicherlich hat Sandy die Harte Unternehmensgruppe durch einige schwierige Zeiten gesteuert und sich in den letzten Jahren hervorragend geschlagen.»

Schnell fiel Michael ein: «Sieh mal, Paula, ich weiß, daß du fest davon überzeugt bist, daß Sandy nicht verkaufen will, und vielleicht hast du recht. Zumindest, was seine Einstellung zur Zeit angeht. Aber vielleicht überlegt er es sich einmal anders und beschließt, die Harte Unternehmensgruppe zu verkleinern . . . irgendwann einmal . . .» Michael hielt inne. Nachdenklich sagte er dann: «Meinst du nicht?»

Paula konnte sich ein Lächeln über seine Hartnäckigkeit nicht verkneifen. «Also du möchtest trotzdem mit ihm darüber sprechen und ihm sagen, daß Kallinski Industries quasi auf Abruf bereitstehen, falls er sich je dazu entschließen sollte, die Lady Hamilton-Kleider loszuwerden. Ist es das, was du meinst?» fragte sie lachend.

Michael nickte. «Genau. Du hättest doch nichts dagegen, wenn Dad einmal mit ihm darüber sprechen würde, Paula?»

«Nein, natürlich nicht. Es schadet ja nicht, wenn ihr Alexander sagt, daß ihr an seiner Abteilung interessiert seid.» Sie wandte sich dem älteren Mann zu. «Fährst du dies Wochenende nach Yorkshire, Onkel Ronnie?»

«Ja, Liebes.»

«Warum schaust du dann nicht in Nutton Priory vorbei und redest mit ihm? Er ist immer viel entspannter auf dem Land.»

«Ja, ich glaube, das werde ich machen», erwiderte Sir Ronald. «Und noch vielen Dank, Paula, du hast mir sehr geholfen.»

Michael schenkte ihr sein gewinnendes Lächeln. «Ja, danke, wir wissen deinen Rat wirklich sehr zu schätzen.» Er nahm einen Schluck Wein, seine hellblauen Augen wurden nachdenklich, und dann fragte er: «Ach übrigens, nur aus Neugier: Ist Sarah Lowther eigentlich immer noch mit diesem französischen Maler verheiratet? Oder hörst du gar nichts mehr von ihr?»

«Natürlich nicht direkt, denn ich habe sie ja mitsamt Jonathan aus der Familie geworfen», murmelte Paula, und alle Fröhlichkeit wich sofort aus ihrem Gesicht. «Aber letztens stand ein Artikel über Yves Pascal in einer französischen Zeitschrift, vor etwa einem halben Jahr . . . in *Paris Match*, glaube ich. Ganz gleich, unter den vielen Fotos war jedenfalls eins von Sarah und Yves und ihrer fünfjährigen Tochter Chloe. Anscheinend wohnen sie in Mougins in den Alpes Maritimes. Sie haben ein altes Bauernhaus, darin hat er auch sein Studio. Er ist das *enfant terrible* der französischen Kunst und sehr groß herausgekommen, unglaublich erfolgreich.»

«Er ist ein verdammt guter Maler, wenn seine Arbeiten auch nicht nach meinem Geschmack sind. Ich bin mit den französischen Impressionisten aufgezogen worden, und all dieses ultramoderne Zeug läßt mich kalt. Von Monet, Manet, Sisley und van Gogh kann ich dagegen nie genug bekommen.»

«Mir geht's genauso», pflichtete Paula ihm bei.

«Und wo wir gerade über Sarah reden, was ist eigentlich aus ihrem Komplizen geworden, diesem Jonathan Ainsley?»

Michael starrte Paula stirnrunzelnd an. «Lauert er immer noch im Fernen Osten?»

«Ich denke schon, aber nicht einmal Sandy weiß das genau», sagte Paula leise und betont ruhig. «Freunde von Emily haben erzählt, daß sie ihn in Hongkong gesehen haben, und ein anderes Mal in Singapur. Jonathans Dividende und die Bilanzen der Harte Unternehmensgruppe gehen an eine Steuerberatungsfirma in London, die offenbar seine Geschäfte für ihn abwickelt.» Sie zog ein saures Gesicht. «Solange er nicht in England auftaucht, ist es mir auch gleich. Wie Emma gesagt haben würde, zur Hölle mit ihm.»

«Herrgott, ja!» Michael schüttelte verständnislos den Kopf. «Ich habe nie begreifen können, warum er sich so übel aufführen konnte. Er war so ein Narr – ein verdammter Idiot, wenn ihr mich fragt. Er hatte alle Trümpfe in der Hand und warf sie weg.»

«Er dachte wohl, man würde ihn nie erwischen», sagte Sir Ronald zu Michael. «Aber ich bin sicher, daß er mit dieser Dame hier nicht gerechnet hat.» Er schaute Paula aus den Augenwinkeln an, tätschelte ihren Arm und schloß dann lächelnd: «In dir, meine Liebe, hat er seinen Meister gefunden, daran gibt es gar keinen Zweifel.»

Paula versuchte, in sein Lachen einzustimmen, aber es klang gezwungen und künstlich, und einen Augenblick lang war es ihr, als könnte sie kein Wort herausbringen. Sie haßte jede Unterhaltung über ihren Cousin Jonathan Ainsley, ihren Todfeind aus der Vergangenheit.

Aber Michael ließ nicht locker. «Also weiß keiner in der Familie, womit er sich seinen Lebensunterhalt verdient?»

Paula starrte Michael mit ausdruckslosem, undurchsichtigem Blick an. Dann spitzte sie ihre Lippen, eine Gewohnheit, die sie vor langer Zeit von ihrer Großmutter angenommen hatte. Darauf sagte sie mit einigem Nachdruck: «Jonathan Ainsley hat es nicht nötig, sich seinen Lebensunterhalt zu verdienen, denn er bezieht ein sehr ansehnliches Einkommen von der Harte Unternehmensgruppe.» Eine kleine Pause entstand, dann setzte sie hinzu: «Und niemand von uns hat sich jemals die Mühe gemacht, irgend etwas über sein Privatleben herauszufinden . . . weil es keinen von uns interessiert, wie es ihm geht.» Paula zog unwillig die Brauen zusammen, fixierte Michael dann mit ihren ausdrucksvollen blauen Augen und fragte gereizt: «Wieso interessierst du dich plötzlich so für Jonathan?»

«Ich weiß auch nicht, ich habe schon seit Jahren nicht mehr an ihn gedacht, und plötzlich erfüllt mich eine verzehrende Neugier», erwiderte Michael mit schuldbewußtem Lächeln.

«Mich nicht.» Trotz der Wärme, die den Speisesaal des Connaught erfüllte, erschauerte Paula. Sie hatte die letzten Worte nie vergessen, die Jonathan zu ihr gesagt hatte . . . *Ich werde dich zur Strecke bringen, Paula Fairley. Sebastian und ich werden dich verdammt noch mal zur Strecke bringen*, hatte er gebrüllt und ihr theatralisch mit der Faust gedroht, wie der Schurke in einem viktorianischen Schauerroman. Nun, Sebastian Cross konnte sie nicht «zur Strecke bringen», denn er war tot. Aber Jonathan würde es tun, wenn er nur irgendeine Möglichkeit dazu bekäme. Manchmal hatte sie Alpträume von ihrem Cousin, Alpträume, in denen er ihr Schreckliches zufügte. Es war ihm sicherlich zuzutrauen. Ihm war fast alles zuzutrauen. Sie wußte das schon seit ihrer gemeinsamen Kinderzeit. Einmal, vor ein paar Jahren, hatte sie Sandy ihre Ängste anvertraut, der gelacht und gesagt hatte, sie solle Jonathan einfach vergessen. Er hatte sie daran erinnert, daß Jonathan ein Maulheld sei und wie alle Maulhelden ein Feigling. Das war richtig, aber trotzdem konnte sie die Erinnerung an den Tag, als Sandy ihn hinauswarf, nie loswerden. Es fiel nur allzu leicht, sich seines tückischen Blicks zu erinnern, der Maske aus Haß, die sein Gesicht verzerrte, und seit damals wußte sie instinktiv, daß er ihr unerbittlicher Feind bleiben würde, bis man ihn begrub. Zehn Jahre waren seitdem vergangen, und sie hatte ihn nie wieder gesehen, keiner von ihnen hatte ihn gesehen, und doch saß tief in ihr verwurzelt ein kleiner Rest von Angst.

Plötzlich merkte sie, daß Michael und Sir Ronald sie beobachteten und darauf warteten, daß sie etwas sagte, und so wandte sie sich Michael zu. So leicht, wie sie es vermochte, sagte sie: «Der junge Herr Ainsley hat sich als schlechter Kerl erwiesen, und je weniger man über ihn sagt, desto besser.»

«Genau, meine Liebe, vollkommen richtig!» murmelte Sir Ronald. Er hatte ihre Veränderung bemerkt, als sie über Ainsley sprachen, und war zu dem Schluß gekommen, daß man lieber das Thema wechseln sollte. Und so sagte er mit echter Begeisterung: «Ich habe deine Einladung zum Dinner mit anschließendem Tanz erhalten, Paula, das du zum sechzigsten Jubiläum des Kaufhauses gibst, und ich freue mich schon sehr darauf. Erzähl mir doch bitte von den anderen Festlichkeiten, die du sonst noch dafür geplant hast.»

«Gern, Onkel Ronnie, ich habe mir ein paar ganz besondere Sachen ausgedacht . . .» Sie brach ab, als der Kellner neben dem Tisch stehenblieb. «Aber vielleicht sollten wir erst das Dessert bestellen», fuhr sie fort und nahm eine der Speisekarten entgegen, die man ihr hinhielt.

«Gute Idee – also ich empfehle das Fruchteis», sagte Sir Ronald. «Es ist doch wirklich zu heiß für irgendwas anderes, meint ihr nicht?»

Paula nickte. «Ja, das werde ich nehmen. Du auch, Michael?»

«Für mich bitte nur einen Kaffee.»

Als der Kellner mit ihrer Bestellung gegangen war, ließ Michael einen wohlgefälligen Blick über Paula gleiten. Lächelnd sagte er dann: «Mir kommt es vor, als könntest *du* alles essen und würdest kein Gramm zunehmen . . . ich fürchte, ich muß jetzt langsam aufpassen.»

Paula schüttelte den Kopf und lachte mit ihm. «Also, das glaube ich nicht, du bist doch schlank genug, Michael.»

Dann wandte sie sich seinem Vater zu, nahm die Unterhaltung dort auf, wo sie sie vor einem Augenblick abgebrochen hatten, und stürzte sich in einen ausführlichen Bericht über die Veranstaltungen, die im Kaufhaus in Knightsbridge Ende des Jahres stattfinden sollten.

Michael hatte sich zurückgelehnt und spielte mit seinem Weinglas. Er hörte Paula nur mit halbem Ohr zu.

Seine Gedanken verweilten immer noch bei den Lady

Hamilton-Kleidern und den unbegrenzten Möglichkeiten, die diese Firma ihnen bot, *wenn* sie das Glück haben sollten, sie von der Harte Unternehmensgruppe zurückkaufen zu können. Amanda Linde, Sandys Halbschwester, war nun schon seit mehreren Jahren für die Kollektion verantwortlich, und er fand, sie sei eine viel bessere Modedesignerin, als Sarah Lowther es je gewesen war. Ihre Kleider waren einfach und bequem zu tragen und hatten dennoch eine besondere Eleganz, weil es ihr immer gelang, ihnen etwas von der für die Harte-Modelle typischen Klasse zu verleihen. Ihre Modelle würden sich in den übrigen europäischen Ländern ebensogut wie in Frankreich verkaufen, davon war er überzeugt.

Sir Ronald und Paula unterhielten sich immer noch über die geplanten Feierlichkeiten zum Jubiläum des Kaufhauses. Ihre Stimmen waren ein leises Gemurmel, kaum vernehmbar im mittäglichen Stimmengewirr des vollbesetzten Restaurants.

Jetzt kam der Kellner mit dem Dessert zurück und schenkte Michael Kaffee ein.

Er hob die Tasse zum Mund, während er noch weiter über die talentierte Amanda nachdachte. Wenn sie die Lady Hamilton-Kleider kauften, ob jetzt oder später, mußte sie unbedingt als Chefdesignerin und Hauptgeschäftsführerin bei ihnen bleiben. Das war ein Muß. Falls sie aus irgendeinem Grund zögern sollte, für sie zu arbeiten, mußte er sich eben besondere Anreize ausdenken . . .

Paulas plötzliches Lachen vibrierte in der warmen Luft und unterbrach seine Gedanken. Es war ein volles, kehliges, seltsam erotisches Lachen, und bei seinem Klang hob Michael schnell den Kopf.

Er schaute über den Tisch zu ihr hin. Sie löffelte gerade ihr Fruchteis. Ein Klümpchen davon hing an ihrer Oberlippe. Sie leckte es mit der Zungenspitze ab, dann aß sie weiter. Er beobachtete sie ganz fasziniert und verspürte plötzlich eine heftige körperliche Anziehung zu ihr. Seine Reaktion machte ihn ganz nervös. Michael blieb reglos auf dem Stuhl sitzen und starrte mit niedergeschlagenen Augen in seine Kaffeetasse.

Als er schließlich aufsah, hatte sie ihr Fruchteis aufgegessen, ihr Gesicht war abgewandt, da sie auf etwas antwortete, was sein Vater gerade gesagt hatte. Er blinzelte und verstand sich selbst nicht mehr. Er mußte wahnsinnig geworden sein, in dieser Weise an Paula zu denken.

Strahlender Sonnenschein fiel durch das Fenster, das sich direkt hinter ihr befand, und umgab sie mit schimmerndem Licht, hob sie aus ihrer Umgebung hervor, als stände sie im Scheinwerferlicht auf der Bühne. Sie schien noch schöner zu sein als jemals zuvor . . . das schwarze Haar, die violetten Augen, die unvergleichliche Haut, über der eine leichte Bräune lag wie der goldene Schimmer auf einem Sommerpfirsich. Wie unglaublich lebendig sie doch in diesem Augenblick war . . . und wie erotisch.

Michael, der für Paula noch nie etwas anderes als brüderliche Zuneigung empfunden hatte, wurde plötzlich von dem heftigen Verlangen überkommen, sie zu lieben. Eisern unterdrückte er die Regungen, die ihn so plötzlich erfüllten, und senkte den Kopf in der Angst, man könnte es ihm an den Augen ablesen, ihm wäre die Lust, die er für sie empfand, anzusehen. *Warum?* fragte er sich. Warum möchte ich *jetzt* mit ihr ins Bett gehen, nachdem ich sie schon so viele Jahre lang kenne? Wie gebannt schaute er auf die kleine Blumenvase, die mitten auf dem Tisch stand, und sein Gesicht war ausdruckslos, während er sich bemühte, seiner Gefühle Herr zu werden.

Sir Ronald sagte gerade: «Nächstes Wochenende werde ich in Paris sein, Paula, auf dem Weg nach Biarritz, und wenn du dann auch gerade dort bist, vielleicht das Pariser Kaufhaus besuchst, können wir gemeinsam essen gehen.»

«Nein, ich werde nächstes Wochenende leider nicht in Paris sein . . .», setzte Paula an und hielt dann plötzlich inne. «Ach!» rief sie dann und schreckte hoch, denn ihr war gerade die Nachricht auf ihrem Schreibtisch eingefallen. Sie hatte vergessen, die Flugreservierung zu stornieren, die man für sie gemacht hatte.

«Ist irgend etwas passiert?» fragte Sir Ronald besorgt.

«Nein, nein, gar nichts», beruhigte Paula ihn und nahm sich vor, in ihrem Büro als erstes British Airways anzurufen.

«Ich habe vergessen, etwas noch vor dem Lunch zu erledigen, aber es ist eigentlich kein Problem, wirklich nicht, Onkel Ronnie.»

Michael, dem es mittlerweile gelungen war, seine Lustgefühle, was Paula anging, zu bezwingen, warf seinem Vater einen überraschten Blick zu. «Warum willst du denn jetzt nach Biarritz, Dad? Die Saison ist doch vorbei.»

«Ja, das weiß ich . . . aber ich will mir ein kaiserlich-russisches Osterei von Fabergé anschauen», verkündete Sir Ronald vergnügt.

Er strahlte sie beide an. «Mein Kunsthändler in Paris hat eine Kundin in Biarritz. Eine sehr alte Dame, Weißrussin. Anscheinend ist sie jetzt endlich willens, ihr wertvolles Ei zu verkaufen. Und natürlich möchte ich zuerst da sein, ehe der amerikanische Verleger Malcolm Forbes oder irgendein anderer ernsthafter Sammler davon erfährt und es mir vor der Nase wegschnappt. Ihr wißt ja, wie ungemein selten die Eier von Fabergé geworden sind.» Sir Ronald schaute auf seine Armbanduhr, schnalzte mit der Zunge und fuhr eilig fort, ehe Michael etwas dazu sagen konnte: «Und da fällt mir ein, daß ich in einer Viertelstunde eine Verabredung bei Wartski habe. Kenneth Snowman hat vor kurzem ein Zigarettenetui erstanden, das Zar Nikolaus dem Zweiten gehört hat. Es ist von Perchin, einem der berühmtesten Designer von Fabergé, und ich habe versprochen, daß ich heute nachmittag vorbeikommen und es mir anschauen würde.»

«Das freut mich für dich, Dad, ich hoffe, du kannst beide Sachen bekommen», sagte Michael aufrichtig, denn er wußte, wie wichtig es für seinen Vater geworden war, diese schönen Gegenstände zu sammeln. Was als beiläufiges Hobby begonnen hatte, war jetzt zu einer großen Leidenschaft geworden. Die Kallinski Fabergé-Kollektion war berühmt und wurde oft mit der Sandringham-Kollektion zusammen ausgestellt, die von König Edward VII. und Königin Alexandra begründet worden war, der Schwester der Zarin Marja Fjodorowna, später von Königin Mary erweitert wurde und jetzt Königin Elizabeth II. gehörte.

Michael lächelte seinem Vater zu. «Wenn du es so eilig

hast, werde ich mal die Rechnung verlangen, Dad», sagte er und machte dem Kellner ein Zeichen.

Sir Ronald warf Paula einen Blick zu. «Wenn es dir nichts ausmacht, mich erst bei Wartski abzusetzen, kann dich mein Wagen zum Kaufhaus zurückbringen, Liebes.»

«Danke, Onkel Ronnie, das wäre ganz wunderbar.»

«Michael, kann ich dich auch irgendwohin mitnehmen?»

«Nein, laß nur», erwiderte Michael, der plötzlich nicht länger in Paulas Gegenwart verbleiben wollte, als unbedingt notwendig war. «Das ist sehr nett von dir, Dad, aber ich gehe lieber zu Fuß.»

4

Schließlich flog sie dann doch nach Paris.

Sie faßte diesen plötzlichen Entschluß, als sie um drei Uhr zum Kaufhaus zurückkehrte. Sie hatte schon den Hörer in der Hand und die Nummer von British Airways gewählt, um die Flugreservierung zu stornieren, als sie es sich anders überlegte und einhängte.

Sie mußte sich sehr beeilen, ihre Arbeit zu beenden und mehrere Seidenkleider in die Kleidertasche einzupacken, um rechtzeitig in Heathrow für die Sechs-Uhr-Maschine einzutreffen. Ihr blieben gerade noch zehn Minuten, der Flug ging glatt und schnell, sie hatten Rückenwind, und genau eine Stunde und fünf Minuten nach dem Start waren sie sicher auf dem Flughafen Charles de Gaulle gelandet.

Auch ihr Gepäck war ohne große Verzögerungen eingetroffen, und sie war unverzüglich und problemlos durch den Zoll gekommen. Jetzt saß sie gemütlich auf dem Rücksitz des vom Chauffeur gefahrenen Autos, das er ihr geschickt hatte, und brauste auf Paris und ihr Rendezvous zu.

Zum ersten Mal seit dem Lunch mit den Kallinskis am Mittag begann Paula sich zu entspannen. Dabei merkte sie, daß es doch kein so zufälliger Entschluß gewesen war, hierher zu kommen ... sie hatte es eigentlich gleich gewußt, als sie seine Nachricht las, daß sie zu ihm fahren würde. War es nicht von Anfang an ein *fait accompli* gewesen? Natürlich. Aber sie wollte das einfach nicht wahrhaben und hatte ihren Wunsch mit Gedanken wie Pflicht und Verantwortung zur Seite gedrängt.

Paula machte es sich in ihrer Ecke bequem, schlug die

langen, schönen Beine übereinander, und ein Lächeln ging über ihr Gesicht, als sie sich daran erinnerte, was ihre Großmutter vor vielen Jahren einmal gesagt hatte: «Wenn der richtige Mann winkt, dann wird eine Frau zu ihm kommen, ganz gleich, wer sie ist, ganz gleich, was sie für Pflichten hat. Und du wirst zweifellos einmal in dieselbe Falle gehen wie ich, als ich deinem Großvater begegnete. Denk an meine Worte, Paula», hatte Grandy wissend verkündet. Und wie stets hatte sie recht gehabt.

Das Lächeln lag immer noch auf Paulas Gesicht, als sie den Kopf wandte, um aus dem Fenster zu sehen. Bei der einen Stunde Zeitverschiebung zwischen London und Paris war es jetzt fast neun und wurde langsam dunkel.

Der Wagen verließ mit ziemlich hohem Tempo den Boulevard de Courcelles und reihte sich, ohne langsamer zu werden, in den übrigen Verkehr auf dem Etoile ein, und als sie in schwindelerregender Fahrt um den Arc de Triomphe fuhren, jenes gigantische Ehrenmal einer heldenmütigen Nation, bekam Paula eine Gänsehaut. Sie fragte sich, wie all diese schnellen Autos, die wie in einem Grand Prix dahinsausten, es jemals ohne Zusammenstoß und größere Katastrophe schaffen sollten. Es schien fast unmöglich.

Aber plötzlich hatte ihr Auto sich aus dem Verkehrschaos der rempelnden Stoßstangen, quietschenden Reifen und ohrenbetäubenden Hupen befreit und bog in die Champs Elysées ein. Sie hielt vor Freude den Atem an, wie stets, wenn sie dieser glitzernden Avenue ansichtig wurde.

Sobald sie wieder in Paris war, erinnerte sie sich an ihre ersten Besuche dieser Stadt, die immer noch ihr Gefühl für Paris bestimmten. Erinnerungen und Nostalgie waren verwoben in ihrer Liebe zu der Stadt des Lichtes, ihrer Lieblingsstadt, der schönsten Stadt der Welt. In ihr wurde die Vergangenheit beschworen, die Erinnerung an all jene, die mit ihr hier gewesen waren und diesen Reisen so etwas Besonderes verliehen hatten: Grandy, ihre Eltern, ihr Bruder Philip, Tessa und ihre Cousine Emily, die auf so vielen Reisen ihre liebste Gefährtin gewesen war, als sie noch Mädchen waren.

Auch *er* spielte eine große Rolle in ihren Erinnerungen an Paris, und gleich würde sie ihn sehen. Sie beschloß, ihnen das Wochenende in Paris nicht damit zu verderben, daß sie sich Sorgen um die Kinder machte oder bedauerte, ihre Pläne geändert zu haben, um mit ihm und nicht mit den Kleinen zusammenzusein. Das wäre nicht fair, und überhaupt erschien ihr Bedauern immer unsinnig und wie eine Verschwendung kostbarer Zeit.

Sie waren jetzt am Rond-Point angelangt, und von weitem konnte sie schon den ägyptischen Obelisk sehen, der unter Ramses II. erbaut und von Luxor hergeschafft worden war, um in jenem beeindruckenden Rechteck lichtüberfluteten Steins Ruhe zu finden, auf der Place de la Concorde. Welch spektakulärer Anblick . . . eine atemberaubende Szenerie, die sich auf ewig in ihre Erinnerung gebrannt hatte. Sie empfand plötzlich eine heftige Freude darüber, wieder hier zu sein, und war froh, daß sie den Chauffeur darum gebeten hatte, einen Umweg zum Hotel zu nehmen.

Einige Minuten später fuhren sie auf die Place Vendôme, jenes stille, anmutige Rechteck von vollkommen proportionierten Gebäuden, das in den Tagen von Ludwig XIV. entworfen worden war, und blieben vor dem Ritz stehen. Paula stieg aus, dankte dem Chauffeur und bat ihn, sich um das Gepäck zu kümmern.

Rasch schritt sie durch die großartige, elegante Lobby, vorbei an den Schaukästen zahlreicher Pariser Geschäfte, die in der schier endlosen Galerie standen, und ging auf die Rue Cambon-Seite des Hotels zu – die *côté Cambon* hieß, ebenso, wie die andere Seite, auf der sie eingetreten war, *côté Vendôme* genannt wurde. Als sie die kleinere Lobby erreicht hatte, nahm sie den Lift in den siebten Stock und eilte über den Korridor zu seiner Suite. Sie merkte, daß sie ganz angespannt vor Aufregung war, als sie seine Tür erreicht hatte. Diese stand leicht offen, da er ja mit ihrem Kommen rechnete, und sie trat ein, schloß die Tür leise wieder, lehnte sich mit dem Rücken daran und atmete tief durch.

Er stand hinter dem Schreibtisch, hatte das Jackett ausgezogen und die Ärmel des weißen Hemds aufgerollt, seine dunkle Krawatte hing ihm lose um den Hals. Er telefonierte gerade und hob eine sonnengebräunte Hand zum Gruß, sein Gesicht hellte sich auf bei ihrem Anblick. Eine Pause trat ein, er hörte dem Anrufer aufmerksam zu, dann sagte er schnell und leise: *«Merci, Jean-Claude, à demain»,* und legte auf.

Sie gingen im selben Augenblick aufeinander zu.

Als sie an dem kleinen Tischchen aus der Zeit Ludwigs XV. vorbeikam, auf dem ein Eiskübel mit Champagner und zwei Kristallgläser standen, wirbelte sie übermütig die Flasche herum und sagte vergnügt: «*Du* warst deiner aber mächtig sicher, warst sicher, daß ich kommen würde, nicht wahr?»

«Natürlich», erwiderte er lachend. «Ich bin unwiderstehlich.»

«Und zutiefst bescheiden.»

Sie standen sich mitten im Zimmer gegenüber und sahen sich eine Sekunde lang an.

Schnell sagte sie: «Fast wäre ich nicht gekommen . . . ich machte mir Sorgen . . . um die Kinder . . . sie brauchen mich . . .»

«Madame», entgegnete er, «Euer Gatte braucht Euch auch», und dann zog er sie in seine Arme. Er beugte sich hinunter und küßte sie fest auf den Mund, sie erwiderte seinen Kuß und schmiegte sich an ihn. Er hielt sie noch lange nach dem Kuß fest in den Armen.

«O Shane», sagte sie schließlich, an seine Brust gedrückt, «du hast mich doch.»

«Ja, das weiß ich», antwortete er. Dann machte er sich mit einem kleinen Lachen von ihr frei, hielt sie an den Schultern und sah in ihr Gesicht, das zu ihm emporgewandt war. Langsam schüttelte er den Kopf.

«Aber du bist ständig von anderen Menschen umgeben», fuhr er fort, noch einen Rest von Lachen in der einschmeichelnden Stimme. «Von Kindern und Verwandten und Sekretärinnen und Angestellten, und es kommt mir so vor, als hätte ich dich in der letzten Zeit nie sehr lange für mich allein. Deshalb habe ich heute morgen beschlossen, als ich nach Paris flog, um Jean-Claude zu treffen, daß wir dies Wochenende für uns haben sollten. Ohne unseren üblichen Anhang.

Ein bißchen Zeit für uns, ehe du nach New York abfährst. Wir haben doch ein Recht darauf, meinst du nicht?»

«Ja, natürlich.» Paula lächelte ihm zaghaft und reumütig zu. «Als ich vom Flughafen kam, habe ich mir noch geschworen, daß ich die Kinder auf keinen Fall erwähnen würde, und nun bin ich erst ein paar Minuten hier und habe schon . . .»

Shane legte ihr sanft die Hand auf den Mund. «Schschsch! Ich weiß ja, wie gern du die Kinder vor deiner Reise noch einmal gesehen hättest, und das sollst du auch.»

«Wie meinst du das?» fragte sie und warf ihm einen erstaunten Blick zu.

«Heute und Samstag gehören uns, und am Sonntagmorgen wird Kevin uns an die Riviera hinunterfliegen, um den Sonntag und Montag mit der Brut zu verbringen. Du mußt dann eben einen Tag später nach New York fliegen, das ist alles. Mittwoch anstelle von Dienstag. Okay?»

«Ja, natürlich, Liebling! Was für eine großartige Idee; wie nett von dir, daran zu denken, ihnen sowohl wie mir eine Freude zu machen!»

Er grinste. «Es sind ja auch meine Kinder, weißt du.»

«Aber du hast dich jetzt die letzten zwei Wochen allein mit ihnen herumgeschlagen und hast inzwischen sicher genug von ihnen.»

«Du sagst es . . . in gewisser Hinsicht. Andererseits haben sie sich riesig darauf gefreut, dich zu sehen, und ich will sie nicht enttäuschen und will auch nicht, daß du mich für einen vollkommen selbstsüchtigen Mistkerl hältst. Also bin ich bereit, dich mit deiner Brut zu teilen . . . schließlich wirst du fünf oder sechs Wochen von uns fort sein.»

Paula schaute liebevoll zu ihm auf. «Ja, das stimmt . . .» Sie machte eine Pause, zögerte und fragte dann leise, fast zaghaft: «Wie geht es Patrick? Geht es ihm gut, Shane?» Ihre dunklen Brauen waren besorgt zusammengezogen, und ihre klaren blauen Augen voller Unruhe.

«Es geht ihm großartig, Paula, er ist quietschvergnügt und genießt jede Minute, amüsiert sich prächtig», beruhigte Shane sie betont optimistisch. «Bitte, Liebes, mach dir nicht zu viele Sorgen.» Er legte die Hand unter ihr Kinn, hob ihr

Gesicht zu seinem empor und sagte dann: «Patrick kommt sehr gut zurecht, wirklich.»

«Es tut mir leid, Shane, ich weiß, daß ich mich zu sehr um ihn sorge, aber er ist so ein kleiner Junge und so schüchtern . . . und anders. Die anderen können manchmal zu stürmisch werden, und ich habe immer Angst, daß er Schaden nehmen kann, wenn er aus seiner gewohnten Umgebung heraus ist . . .»

Ihr Satz endete im Nichts, weil sie den Gedanken nicht aussprechen wollte, daß ihrem Sohn einmal etwas zustoßen könnte. Der siebenjährige Patrick war langsam, zurückgeblieben, und sie machte sich immer Sorgen um ihn, wenn er sich außerhalb ihres scharfen, aufmerksamen Blicks befand.

Wenn Shane ihren gemeinsamen Sohn auch ebenso hegte, tadelte er sie doch auch immer sanft wegen ihrer Überängstlichkeit. In ihrem innersten Herzen wußte sie, daß Shane recht hatte, und so bemühte sie sich sehr, ihre Angst zu zügeln und Patrick so zu behandeln, als sei er vollkommen normal, so wie seine fünfjährige Schwester Linnet und seine Halbgeschwister Lorne und Tessa, die zwölfjährigen Zwillinge aus der Ehe mit Jim Fairley.

Shane, der sie aufmerksam beobachtete, verstand ihre komplizierten Gefühle für Patrick und vertraute ihr dann lächelnd an: «Ich habe es dir noch gar nicht erzählt, aber Linnet hat sich zu einer richtigen kleinen Mutter entwickelt, seit alle dort unten in der Villa sind. Sie hat Patrick unter ihre winzigen, aber sehr liebevollen Fittiche genommen – wenn du nicht da bist, ist sie richtig ein bißchen herrschsüchtig. Und du weißt ja, wie Lorne mit Patrick umgeht . . . er hat ihn sehr lieb. Also ist alles in Ordnung, Liebling, und . . .» Shane unterbrach sich, als es klopfte, rief: *«Entrez!»* und eilte zur Tür, die auf seine Aufforderung hin geöffnet wurde.

Ein freundlicher Dienstmann trat mit Paulas Kleidertasche und ihrem kleinen Koffer ein, und Shane kümmerte sich schnell um ihn, geleitete ihn ins Schlafzimmer, sagte ihm, wohin er die Sachen stellen sollte, und gab ihm ein Trinkgeld.

Sobald sie wieder allein waren, ging Shane zum Tisch hinüber und löste den Metallstreifen vom Champagnerkorken.

«Weißt du was», sagte er, «lassen wir doch die Kinder jetzt. Es geht ihnen hervorragend bei Emily und Winston.»

«Ja, natürlich, Liebling.»

Gerade hatte Paula an ihre Jüngste gedacht, und nun kicherte sie und kniff belustigt die Augen zusammen. «Also hat sich jetzt Linnets wahrer Kern gezeigt, wie? Ich habe immer schon den Verdacht gehabt, daß unsere Tochter etwas von Emmas gebieterischem Wesen geerbt und das Zeug zu einem General hat.»

Shane sah auf, zog ein Gesicht und verdrehte die Augen. «Noch ein General in der Familie! O Gott, das kann ich, glaube ich, nicht aushalten. Na ja, allerdings entschädigen all meine Frauen einen für ihre Herrschsucht damit, daß sie so wohltuend anzuschauen sind.» Er zwinkerte ihr zu und sagte dann: «Übrigens läßt Emily dich herzlich grüßen. Als ich sie heute abend anrief und ihr erzählte, daß ich dich nach Paris gelockt hätte und wir erst am Sonntag in der Villa sein würden, hat sie sich über unser privates Wochenende sehr gefreut. Sie fand die Idee großartig und läßt dir sagen, du solltest dir gar keine Sorgen machen. Und wie ist es jetzt mit einem Glas von diesem tollen Zeug, ehe wir uns fürs Abendessen fertigmachen?»

«Ja, das wäre schön, Liebling.»

Paula hatte sich aufs Sofa gesetzt, während er sich um den Dienstmann kümmerte, und nun streifte sie ihre Schuhe ab, zog die Beine unter sich und lehnte sich zurück, schaute ihm zu.

Es war ganz gleich, ob sie sich vier oder vierzehn Tage lang nicht gesehen hatten, sie war immer ein wenig überrascht, wenn sie Shane wiedersah, und überwältigt von seiner bloßen körperlichen Präsenz. Es hatte sowohl mit der Kraft seiner Persönlichkeit zu tun – jenem außergewöhnlichen Charisma, das er besaß – als auch mit seiner Größe, seiner Figur und seinem natürlichen guten Aussehen. Vor sechzehn Jahren, an seinem vierundzwanzigsten Geburtstag, hatte Emma Harte gesagt, Shane sei ein sehr eindrucksvoller Mann, und das war nie wahrer gewesen als heute. Er war ein ganz unglaublicher Mann.

Shane hatte im vergangenen Juni seinen vierzigsten Geburtstag gefeiert, war jetzt in seinen besten Jahren und sah auch so aus. Er hatte einen mächtigen Körper mit kräftigem Rücken und breiten Schultern, war schlank und geschmeidig geblieben und durch den Aufenthalt in der Sonne mit den Kindern tiefbraun gebrannt. Inzwischen waren seine Schläfen leicht ergraut, aber das machte ihn seltsamerweise nicht älter. Zusammen mit seiner Bräune schien das Grau die Jugendlichkeit seines kräftigen, männlichen Gesichts nur noch zu unterstreichen. Anders als in seinem Haar fand sich in seinem Schnurrbart keine einzige graue Strähne – er war so kohlrabenschwarz wie immer.

Ich kenne ihn schon mein ganzes Leben lang, und es hat sich nie geändert, dies ungewöhnliche Gefühl, das ich für ihn empfinde, dachte Paula, die ihn immer noch still beobachtete. Er ist der einzige Mann, den ich jemals geliebt habe. Der einzige Mann, den ich haben will . . . für den Rest meines Lebens . . . mein Mann, mein Geliebter, mein bester Freund.

«He, Bohnenstange», sagte er, sich ihres Spitznamens aus Kinderzeiten bedienend, und kam auf sie zu. «Du bist ja ganz weit weg.» Er reichte ihr das Glas Champagner, setzte sich neben sie aufs Sofa und warf ihr einen schnellen, forschenden Blick zu.

«Ich träume nur», erwiderte sie und stieß mit ihm an.

Er beugte sich über sie und hielt sie mit den Augen fest. «Emma hätte unser Wochenende gutgeheißen . . . sie war eine echte Romantikerin, genau wie ich.»

«Ja, das stimmt.»

«Vorhin habe ich an sie gedacht, der Anlaß liegt auf der Hand», fuhr Shane fort, «und plötzlich fiel mir auf, wie schnell doch die Zeit seit ihrem Tod vergangen ist. Es ist wirklich fast erschreckend, wie die Jahre verstrichen sind. Es kommt mir vor wie gestern, daß sie uns alle herumdirigiert hat . . .»

«Genau dasselbe habe ich auch gedacht, als ich heute morgen auf dem Friedhof war!»

Ihre Augen trafen sich. Sie tauschten einen etwas überraschten Blick aus und lächelten einander dann wissend zu.

Dies passierte ihnen oft, sie hatten einen gemeinsamen Gedanken, wenn sie getrennt waren, oder der eine äußerte ein Gefühl, das der andere gerade hatte aussprechen wollen, wenn sie zusammen waren.

Als kleines Kind hatte Paula geglaubt, daß Shane ihre Gedanken lesen könnte und über alles in ihrem Kopf Bescheid wüßte, und irgendwie glaubte sie das noch immer. Aber es überraschte sie nicht mehr; sie waren jetzt zu sehr Teil des anderen, sie nahm ihre Verbundenheit als gegeben hin und fand es völlig normal, daß sie so miteinander harmonierten.

Sie schaute zu ihm hinüber und sagte mit etwas hellerer Stimme, als sei sie überrascht: «Es ist kaum faßbar, daß wir im November schon zehn Jahre verheiratet sind, findest du nicht auch?»

«Ja . . .» Er hob die Hand und berührte sanft ihre Wange. «Aber das sind wir, und jeder einzelne Tag, seit ich dein Mann war, ist mir wichtig gewesen, ich möchte keinen davon missen, nicht einmal die richtig schlechten Tage. Lieber mit dir, ganz gleich, unter welchen Umständen, als ohne dich.»

«Ja, mir geht es genauso», sagte sie, und in ihren Augen stand die tiefe, stetige Liebe zu ihm geschrieben.

Shane erwiderte Paulas unverwandten Blick, der Ausdruck seiner glänzendschwarzen Augen war ein Widerschein der ihren.

Stille trat ein.

Es war eine harmonische, stimmige Stille, eines dieser ruhigen Zwischenspiele, die sie oft hatten, wenn sie merkten, daß sie keine Worte benötigten, um ihre Gefühle auszudrücken.

Paula lehnte sich zurück, trank einen Schluck Champagner und dachte plötzlich, wie es wohl wäre, ohne ihn zu sein, ein Gedanke, der sie entsetzte und erschauern ließ. Shane war es, der ihrem Dasein seinen wirklichen Sinn verlieh. Er war ihr Lebensinhalt, ihr Fels, und er war immer für sie da, so wie sie für ihn. Sie war froh darüber, daß er dieses Wochenende geplant hatte, daß sie ein wenig Zeit füreinander hatten, bevor sie ihre Geschäftsreise in die Staaten und Australien antrat. Sie lächelte innerlich, als sie daran dachte, wie klug und zwingend er diese kleine Pause für sie beide ausgedacht hatte, und liebte ihn dafür.

Shane, der sie beobachtete, merkte, daß die Angespanntheit des Tages langsam aus ihrem Gesicht wich, und das machte ihn sehr froh. Er sorgte sich oft um sie, da er wußte, wie hart sie arbeitete, aber er mischte sich nie ein. Sie war wie Emma. Es wäre reine Zeitverschwendung, sich über ihr allzu volles Tagespensum zu beschweren, und es würde sie nur ärgern.

Er lehnte sich in die Ecke des blauen Samtsofas aus der Zeit Ludwigs XVI. und genoß seinen Drink; auch er konnte sich jetzt entspannen und zum ersten Mal, seit er morgens die Villa verlassen hatte, locker lassen. Vom Augenblick an, da er aus dem Firmenjet der O'Neills gestiegen war, bis zu Paulas Ankunft in der Suite, hatte er hart mit Jean-Claude Soissons gearbeitet, dem Geschäftsführer der O'Neill-Hotels in Frankreich. Aber er hatte nicht die Absicht, sich jetzt noch weiter von geschäftlichen Angelegenheiten stören zu lassen, weder heute abend noch morgen, deshalb waren sie auch nicht in seinem eigenen Hotel in Paris abgestiegen. Wenn er Paula ganz für sich haben und ein paar ruhige Tage mit ihr verbringen wollte, nahm er eine Luxussuite im Ritz, wo er wußte, daß niemand ihn stören würde.

Nun tat er es Paula nach und wandte seinen Blick nach innen, dachte über die nächsten sechsunddreißig Stunden nach und die Freude, die es ihnen bereiten würde, zusammenzusein – nur sie beide.

Paula und Shane verband etwas ganz Besonderes.

Es war schon immer dagewesen, schon in ihrer Kinderzeit, diese spirituelle Einheit, diese Nähe, diese Verbundenheit, und was in der Kindheit begonnen hatte, war in ihrer erotischen Vereinigung als Erwachsene vollendet worden.

Eine Zeitlang, während Paulas katastrophaler Ehe mit Jim Fairley, hatte Shane mit ihr überkreuz gelegen, aber das Band zwischen ihnen war eigentlich nie zerrissen worden. Als sie ihre Freundschaft wieder aufnahmen und schließlich ein Liebespaar wurden, waren sie beide zutiefst erschüttert gewesen von dem unglaublichen Ausmaß ihrer körperlichen Leidenschaft füreinander. Aber sie begriffen, wie unausweichlich dies war, und wußten, daß sie immer schon füreinander bestimmt gewesen waren, und zum ersten Mal in ihrem Leben fühlten sie sich vollkommen glücklich.

Shane sah ein, wie leer seine unzähligen Liebeleien mit anderen Frauen gewesen waren, und verstand sofort, daß sein Leben ohne Paula keinen Wert hatte; Paula begriff schließlich, daß Shane der einzige war, den sie jemals geliebt hatte, merkte, wie leer und lieblos ihre Ehe mit Jim war, und gestand sich ein, daß es gleichbedeutend mit einem Selbstmord wäre, würde sie diese Lebenslüge weiterführen. So kam sie zu der Einsicht, daß sie diese Ehe beenden mußte, wollte sie ihr Leben retten – und ihre Selbstachtung und geistige Gesundheit bewahren.

Wenn sie auch mit Jims Abwehr gerechnet hatte, war sie doch von seinen Ausfälligkeiten und der Bösartigkeit, die er an den Tag legte, sobald er wußte, daß sie eine Scheidung wollte, wie vor den Kopf geschlagen. Sie hatten zäh gekämpft, waren hart aneinandergeraten und hatten zu keiner Lösung gefunden.

Inmitten ihres heftigsten Konflikts hatte Jim sich nach Chamonix geflüchtet, um mit ihren Eltern in einem gemieteten Chalet Winterurlaub zu machen. Paula war sehr zornig darüber gewesen, daß er an einem so wichtigen Zeitpunkt ihres Lebens einfach Skifahren ging. Und dann wurde er am Mont Blanc von einer Lawine getötet, die noch weitere Familienmitglieder traf, und sie brauchte sich keine Sorgen um eine Scheidung mehr zu machen, weil sie mit sechsundzwanzig Jahren Witwe war.

Jims Tod war zwischen Paula und Shane getreten, und aus ihrem großen, schrecklichen Schuldgefühl heraus hatte sie ihn abgewiesen. Aber schließlich hatte sie sich dann doch besonnen und sich wieder gefangen. Sie war zu ihm gegangen und hatte ihm gesagt, daß sie den Rest ihres Lebens mit ihm verbringen wollte. Auf der Stelle hatten sie sich versöhnt, denn Shane O'Neill hatte nie aufgehört, sie zu lieben.

Zwei Monate darauf wurden sie mit Emily und Winston

Harte als Trauzeugen im Caxton Hall-Standesamt in London getraut.

Und in ihrem innersten Herzen wußten sie, daß ihr Leben nun seine Bestimmung gefunden hatte.

Die antike Ormuluuhr auf dem Kaminsims aus weißem Marmor fing laut an zu schlagen.

Paula und Shane fuhren beide erschreckt zusammen, warfen einen Blick darauf, und Shane rief: «Herrgott nochmal, es ist schon halb zehn, und ich habe im Espadon für Viertel vor zehn einen Tisch bestellt. Meinst du, daß du dich in fünfzehn Minuten fertigmachen kannst, Liebling?»

«Ja, natürlich», sagte Paula, stellte ihr Glas hin, reckte sich und unterdrückte dann ein Gähnen.

Shane sah sie prüfend an und runzelte die Stirn: «Du bist schrecklich müde», sagte er dann besorgt. «Wie gedankenlos von mir, heute abend noch mit dir essen gehen zu wollen. Du nimmst jetzt ein heißes Bad, Liebling, und zwar sofort. Wir lassen uns eine Kleinigkeit vom Zimmerservice bringen.»

«Sei nicht albern, es geht mir gut», fing Paula an und mußte dann wieder gähnen. «Aber ehrlich gesagt ist es doch ein langer Tag gewesen», gestand sie. «Vielleicht ist es wirklich besser, wenn wir in der Suite essen.»

«Das denke ich auch.»

Shane erhob sich, ergriff sie bei den Händen und zog sie auf die Füße. Dann legte er ihr den Arm um die Schultern und schob sie auf die Schlafzimmertür zu. «Hätte ich doch Kevins freies Wochenende verschoben, so daß er dich mit dem Jet abgeholt hätte . . .»

«Also ich bin sehr froh, daß du das nicht getan hast», rief Paula und sah ihn scharf, fast vorwurfsvoll an. Sie mochte Kevin Reardon gern und wußte, der Pilot war ihnen so ergeben, daß er oft sein Familienleben deshalb vernachlässigte. «Kevin hat sich schon seit Wochen auf die Geburtstagsparty seiner Freundin morgen abend gefreut. Und er ist doch auch ein guter Bote gewesen, findest du nicht? Es war doch Kevin, der heute morgen deine Nachricht im Geschäft abgegeben hat, nicht wahr?»

«Ja.» Shane lachte, während er sie ins Schlafzimmer

führte. « Komm, zieh dich aus und nimm ein heißes Bad, und während du dich entspannst, werde ich uns das Abendessen bestellen. Was möchtest du denn?»

«Ach, was du denkst . . . das überlasse ich dir, Liebling.»

«Wie wäre es mit einem Picknick . . . ein paar von deinen Lieblingssachen? Und noch einer Flasche Schampus.»

Paula lachte fröhlich. «Wenn ich noch mehr Champagner trinke, falle ich um.»

«Das macht doch nichts», konterte Shane. «Dein Gatte ist ja hier und kann sich um dich kümmern.»

«Richtig. Und es ist ein ganz besonderer Gatte.» Sie reckte sich auf die Zehenspitzen und küßte ihn auf die Wange.

Shanes Arme schlossen sich um sie, er hielt sie einen Augenblick lang fest an sich gedrückt und küßte sie auf ihren dunklen Scheitel. Dann ließ er sie abrupt los und trat einen Schritt von ihr zurück.

«Ich will lieber brav sein und das Essen bestellen, wer weiß, was sonst noch passiert. Schließlich habe ich dich zwei volle Wochen entbehrt, und ich kann dir sagen, daß ich dich schrecklich vermißt habe, Liebes . . .»

«Shane, Liebling», sagte sie langsam, ganz leise. «Ja . . . ich verstehe dich.»

Es war ihr Tonfall, das plötzlich aufflammende Verlangen in ihrem Gesicht, das ihn instinktiv einen Schritt nach vorn tun ließ.

Sie reichte ihm die Hand.

Er nahm sie.

Sie hielten einander an den Händen, dann umarmten sie sich. Er neigte sein Gesicht zu ihrem hinab, suchte ihren Mund und spürte die plötzliche Hitze ihrer Wangen, und das Wissen, daß sie ihn ebenso begehrte wie er sie, ließ sein Herz unregelmäßig schlagen und erregte ihn. Sie küßten sich, einen langen, tiefen, aufreizenden Kuß, seine Zunge erforschte ihren Mund, und sie erwiderte seine Leidenschaft; dann hielten sie inne und genossen das gemeinsame Gefühl tiefster Intimität.

Plötzlich erschauerte Paula in seinen Armen, und sie schwankten beide hin und her, als seien sie berauscht – und das waren sie ja auch, berauscht voneinander –, dann gingen sie halb stolpernd zu Bett, die Arme immer noch umeinander geschlungen.

Shane befreite sie von ihren Kleidern.

Sie legte sich auf das Bett, wartete auf ihn, und ihre Augen wichen nicht von seinem Gesicht, während er Hemd und Hose auszog. Als sie ihn so eindringlich betrachtete, konnte sie sich kaum beherrschen, so sehr verlangte es sie nach ihm, und als sie sah, wie erregt er war, lief ihr ein Schauer die Wirbelsäule entlang.

Shane blickte in diese violetten Augen, die vor Verlangen nach ihm tintenschwarz geworden waren, und empfand so heftiges Begehren, daß ihm das Blut zu Kopf stieg und sein Herz gegen den Brustkorb klopfte. Ihm war etwas schwindlig, er schwebte wie auf Wolken, als er zum Bett hinüberging und sich neben ihr ausstreckte.

Er richtete sich auf einem Ellbogen auf, beugte sich über sie, schaute in ihr Gesicht.

Sie sah zu ihm empor.

Ihre Blicke trafen sich und waren einen langen Augenblick liebevoll vereint, dann berührte er ihre Wange mit zwei Fingern und ließ die Fingerspitzen über ihre Augenbrauen laufen, ihre Augenlider, ihre Nase, ihren Mund; langsam zeichnete er die Konturen ihrer Lippen nach, öffnete sie und ließ seine Fingerspitzen an ihrer Zunge ruhen. Sie leckte daran, und die Sinnlichkeit dieser kleinen Handlung entflammte ihn, ließ ihn entbrennen. Sofort preßte er seinen Mund auf ihren. Er war hart und fordernd, ihre Zähne berührten sich, und er küßte sie immer leidenschaftlicher, dabei verließen seine Finger ihren Mund und glitten über die langgestreckte Linie ihres schönen Halses. Dort blieben sie nicht, sondern bewegten sich weiter, um ihre sinnlichen Brüste zu streicheln, glitten nach unten und liebkosten sanft ihren flachen Bauch, bis sie schließlich zwischen ihren Schenkeln ruhten.

Shane begann sie liebevoll zu streicheln, langsam und sehnsüchtig, mit solcher Zärtlichkeit, daß es war, als berührte er sie kaum. Aber er spürte, wie ihre samtige Weichheit weicher wurde, und streichelte weiter, erforschte sie, bis seine

Fingerspitzen sich an jene Kostbarkeit von ihr schmiegten, die das Zentrum ihrer Weiblichkeit darstellte.

Sofort wandte Paula sich ihm zu, preßte ihren Körper enger an seinen, streckte ihre schlanke Hand nach ihm aus und dann streichelte sie ihn ebenso sanft wie er sie. Shane spürte, wie er härter wurde, als sie ihre Hand unerwartet schneller bewegte, und er mußte einen Schrei unterdrücken, als er unter ihrer Berührung zu pochen begann. Er griff nach ihrem Handgelenk, hielt ihre Hand fest und verstärkte dann den Druck seiner Fingerspitzen, bis ihr Körper starr wurde. Er entdeckte ihre Tiefen, ließ seine Finger tiefer in ihre samtigen Falten gleiten, woraufhin er sie erstickt stöhnen hörte.

Nun beugte er sich über ihre satinglatten Brüste, die ganz straff und aufrecht waren, und kostete ihre harten, aufgerichteten Brustspitzen, erst die eine, dann die andere. Sie wand sich leicht unter seinen geschickten Fingern, seinem sie liebkosenden Mund, seufzte und murmelte immer wieder leise seinen Namen. Sie streckte die Hände nach ihm aus, sie glitten stark und kräftig über seinen Nacken und wühlten in seinem dichten Haar, dann krallte sie sich plötzlich an seinen breiten Schultern fest, als ihre Erregung wuchs.

Paula erschauerte und keuchte. Eine köstliche Wärme durchrieselte sie. Seine Berührungen wurden schneller, flinker und geschickter, dann schrie sie in ihrer Erregung: «Shane, o Shane, mein wundervoller Mann, ich liebe dich so!» Und an ihren Hals gepreßt, die Stimme belegt vor Verlangen, sagte er: «Du bist meine einzige Liebe, Paula, meine große Liebe. Komm zu mir, Liebling, damit ich dich nehmen kann.» Keuchend antwortete sie: «Ja, bitte, ja» und hielt ihn noch fester.

Shane glaubte, ersticken zu müssen, als sie ihm wie eine exotische Blume ihre weichen, üppigen Blütenblätter öffnete, erbebte und stöhnend seinen Namen sagte. Er konnte sich nicht mehr halten, legte sich auf sie und ergriff schnell von ihr Besitz, von derselben flüssigen Hitze durchströmt, die auch sie erfüllte.

Er verlor jetzt alle Beherrschung, und sie war ebenso ungehemmt wie er. Sie schlang ihre Arme kraftvoll um ihn und drückte ihn an sich. Er schob seine Hände unter ihren Körper, hob sie zu sich empor, und sie schmiegten sich aneinander, vereinten sich, wurden eins.

Als Shane tiefer in sie hineinstieß, sich völlig in ihr verlor und in der Lust, die sie ihm schenkte, dachte er plötzlich: *Ich möchte sie heute nacht schwängern, ich möchte noch ein Kind.*

Diese unerwartete Idee ließ heftige Schauer in ihm aufsteigen. Er bewegte sich drängender, und sie reagierte mit ungezügelter Glut, ihre Leidenschaft entsprach genau der seinen, und sie fanden schnell ihren speziellen Rhythmus, wie immer in all den Jahren ihrer Ehe. Doch schien es Shane in dieser Nacht, als liebten sie sich zum allerersten Mal, und im Nu fielen all die Jahre von ihm ab. Er war wieder in Connecticut, in der ausgebauten Scheune, die ihm einst gehört hatte, und nahm sie, wie er sich immer danach gesehnt hatte, während sie mit einem anderen Mann verheiratet war, liebte sie, wie er noch nie eine Frau geliebt hatte, liebte sie, wie nur sie beide einander lieben konnten.

Und dann stieg er nach oben ... stieg in das Licht hinein ... das Licht umgab ihn ... sie war im Zentrum des Lichtes ... sie wartete auf ihn ... das Traumkind seiner Kinderträume. Und jetzt war sie sein. Nichts, niemand konnte sie jemals trennen. Sie gehörten für immer zusammen, bis in alle Ewigkeit. Er fühlte sich ganz schwerelos ... er schwebte immer höher hinauf ... stieg zu jenem zeitlosen Licht empor ... trieb in die Unendlichkeit hinaus. Und er trug sie mit sich, hielt die Welt in seinen Armen, rief ihren Namen, so wie sie den seinen rief.

Und gemeinsam trieben sie auf den Wellen der Ekstase im golden schimmernden Licht ... wurden davon geblendet und konnten es dann sehen ... welch himmlischer Frieden!

Shane wachte plötzlich auf.

Er drehte den Kopf nach rechts und sah zum Wecker auf der Kommode herüber. Im Dämmerlicht erkannte er, daß es fast fünf Uhr war.

Paula schlief lautlos an seiner Seite.

Er stützte sich auf einen Ellbogen, beugte sich über sie,

berührte liebevoll ihr Gesicht, aber nur ganz sanft, um sie nicht aus ihrem erschöpften Schlaf zu wecken, und schob eine Haarsträhne beiseite, die über ihren Augen lag. Dann legte er sich wieder auf den Rücken, schloß die Augen, merkte aber, daß er doch nicht so schnell und einfach einschlafen würde, wie er es sich gedacht hatte. Mit einem Male war er hellwach. Nun, in den vergangenen Stunden hatte er sehr tief geschlafen, wie er es immer tat, wenn er mit Paula zusammen war – so, als sei er ruhiger und zufriedener, wenn sie in seinem Bett lag. Aber das stimmte ja auch.

Er rollte sich auf seine Seite und schmiegte seinen Körper an ihren. Sie war sein Leben, und jetzt, da er neben ihr im Dunkeln lag und sie in der Stille seines Herzens heftig liebte, fragte er sich, ob er sie wohl geschwängert hatte. Vor Wochen schon waren sie übereingekommen, daß sie die Pille absetzen sollte.

Heute nacht hatte er seinen Samen in sie eingepflanzt und betete, daß er in ihr Wurzeln schlagen und als Kind aufblühen würde – ein echtes Kind der Liebe, empfangen auf dem Gipfel der Leidenschaft und des seelischen Verschmelzens. Er unterdrückte ein Seufzen, als er an Patrick denken mußte. Er empfand für seinen kleinen Jungen eine sehr zärtliche und beschützende Liebe, konnte sich aber der Trauer darüber nicht erwehren, daß ihr Erstgeborener kein normales Kind war. Er wagte nicht, Paula seine Gefühle zu gestehen, weil er fürchtete, ihren eigenen Schmerz noch zu vertiefen. Sein Kummer über Patrick war stets in ihm, und doch gelang es Shane irgendwie, ihn vor Paula zu verbergen.

Impulsiv hob Shane den rechten Arm und schlang ihn um sie, rückte näher, vergrub das Gesicht in ihrem duftenden Haar. Seine Liebe zu ihr überwältigte ihn. Dann schloß er wieder die Augen und ließ sich in den Schlaf hinübertreiben. Ja, dachte er, jetzt ist der richtige Zeitpunkt für unser nächstes Kind gekommen. Und während er schließlich einschlummerte, fragte er sich, ob das wohl der tiefere Grund dafür war, sie nach Paris gelockt zu haben.

5

Die Villa Faviola gehörte zum Städtchen Roquebrune-Cap Martin, ungefähr auf halber Strecke zwischen Monte Carlo und Menton.

Sie lag in einem kleinen Privatpark am Ende der Halbinsel Cap Martin, auf der Rückseite wurde sie von Pinien geschützt, alle großen Fenster gingen aufs Meer hinaus.

Das schöne alte Haus, in den zwanziger Jahren erbaut, war weitläufig, voller Licht und anmutig; die gewundene Auffahrt war von Pinien gesäumt, die weiten grünen Rasenflächen fielen von der Terrasse zum Swimmingpool ab und reichten bis zum Felsvorsprung am Ende des Grundstücks, unter dem das glitzernde Mittelmeer lag.

Die Außenwände der Villa waren in einem sanften Melonengelb gestrichen, einem blassen, fast sandfarbenen Ton, und die Markisen vor den Fenstern waren von einem dunkleren Melonengelb, dazu Fensterläden in reinem Weiß.

Vor dem Haus erstreckte sich eine große Terrasse mit Blick aufs Meer. Aus weißem Stein und Marmor gebaut, schien sie über den grünen Gärten zu schweben, in denen in prächtigen Farben Blumen blühten und Springbrunnen im strahlenden Sonnenschein sprudelten. Auf der Terrasse standen verstreut ein paar runde weißmetallene Tische, die von melonengelben Sonnenschirmen beschattet wurden; auf den dazugehörenden weißen Sesseln, Hollywoodschaukeln und Klappstühlen lagen cremefarbene Kissen. Da man nur diese sanften, aufeinander abgestimmten Farben verwandt hatte, gab es nichts, das den harmonischen Fluß heller Farbe an der schönen Fassade störte.

Emma Harte hatte die Villa Faviola Ende der vierziger Jahre erworben, kurz nach dem Ende des Zweiten Weltkriegs, und sie hatte damals auch die Gärten angelegt, die das Haus umgaben und die Rasenflächen unterteilten. Aber in den vergangenen Jahren hatte Paula die Blumenbeete und Rabatten vergrößert. Sie hatte eine Vielzahl kleiner blühender Bäume, Sträucher und exotischer Gewächse angepflanzt und den Park in seiner gegenwärtigen Pracht kultiviert – der an der ganzen Côte d'Azur für seine Schönheit berühmt war.

Die kühlen, hohen Räume der Villa waren von wundervoll gedämpftem Licht erfüllt und mit einfacher, aber betonter Eleganz eingerichtet. Reizende französische Antiquitäten aus dunklem Holz oder gebleichter Eiche standen zwischen großen Sofas, gemütlichen Sesseln, Liegesofas und Ottomanen. Auf Beistelltischen mit kleinen Usambaraveilchen und rosa und weißen Zyklamen lagen Zeitschriften und Bücher.

Auf den Fußböden aus hochpoliertem Parkett und rosageädertem cremefarbenen Marmor lagen hier und da wertvolle Aubussons und einfache, cremefarbene Wollteppiche. Im ganzen Haus herrschten milde, kühle Farben vor. Besonders Creme, Vanille und Weiß flossen über die Wände und spiegelten sich in den Stoffen, die an den Fenstern herabfielen, Sofas und Stühle bedeckten; verschiedene Melonentöne, Pfirsich und Sand setzten einige erfrischende Akzente. An manchen Stellen fand sich *café au lait*, jenes schöne, milchige Braun, das so typisch französisch ist.

Romantisch-lyrische Ölbilder von solch berühmten zeitgenössischen französischen Künstlern wie Epko, Taurelle und Bouyssou sowie die riesigen kristallenen Baccara-Urnen, die mit Blumen und Laub aus dem Garten überflossen, brachten lebhafte Farben in die monochromatischen Räume.

Jedoch war keiner der Räume so imposant oder großartig, daß sich Gäste und Kinder eingeschüchtert und wie in einem Museum fühlten. Ganz im Gegenteil hatte Emma das Haus als Feriendomizil eingerichtet, in dem man sich ausruhen und amüsieren sollte, und es besaß eine ganz unverkennbare, heitere Anmut. Es war eines dieser Häuser, in denen immer eine warme, gastfreundliche Atmosphäre herrschte, und eine wohltuende Ruhe lag über seinen sonnendurchwärmten Räumen und dem einladenden, von Pinien beschatteten Park mit seinen großartigen Gärten.

Faviola gehörte Alexander Barkstone, der die Villa komplett eingerichtet von Emma geerbt hatte – nur die impressionistischen Kunstwerke waren Philip in Australien vermacht worden. Aber Sandy besuchte die Villa selten, er zog seinen Landsitz in Yorkshire vor. Faviola wurde vorwiegend von seiner Schwester Emily und ihrer Familie genutzt, von seiner Cousine Paula O'Neill und seinem Cousin Anthony Dunvale sowie deren Ehegatten und Kindern. Manchmal kamen auch seine Mutter Elizabeth und ihr französischer Ehemann Marc Deboyne aus Paris auf ein langes Wochenende herunter, meist nach der Saison.

Von allen war es Emily, die Faviola am meisten liebte – mit nicht nachlassender Leidenschaft.

Als kleines Mädchen hatte sie den glücklichsten Teil ihrer Kindheit mit ihrer geliebten Gran in der Villa verbracht, und es war für sie immer ein verzauberter, magischer Ort gewesen. Sie kannte dort jeden Spalt, jede Ecke aller Räume und Stockwerke und jeden Fußbreit Boden in Park und Garten und dem Streifen Strand unter dem Felsvorsprung. Nachdem sie im Juni 1970 ihren Cousin Winston Harte geheiratet hatte, waren sie in den Flitterwochen an die Riviera geflogen, und die ersten beiden Wochen ihres Lebens als Mann und Frau hatten sie in der Villa verbracht. Die schönen, sorglosen Tage und romantischen Abende waren so herrlich gewesen, daß sich Emilys Verbundenheit mit Faviola nur noch verstärkte, und seitdem war die Villa ihr Zufluchtsort, an den sie sich jederzeit zurückziehen konnte, allein oder mit Winston, und wo sie sich in den Sommermonaten immer mit ihren Kindern Toby, Gideon und Natalie aufhielt. Sie war dieses Hauses noch nie überdrüssig geworden und wußte, daß das auch nie der Fall sein würde; für sie war die Villa der vollkommenste Ort der Welt.

Im Gegensatz dazu waren Sandys Besuche in der Villa seit dem Tod seiner Frau immer seltener geworden. Da er wußte, wie sehr seine Schwester Emily das Haus liebte, hatte er sie

1973 gebeten, es von ihm zu übernehmen und sich um die Verwaltung zu kümmern. Er war erleichtert und glücklich, als sie sofort begeistert zusagte.

Natürlich hatte Emma auch Faviola ihren eigenen Stempel aufgedrückt, aber sie hatte sich nicht darum bemüht, ein englisches Landhaus daraus zu machen. Statt dessen hatte sie Faviolas gallisches Flair bewahrt und die vorherrschende provenzalische Atmosphäre sogar noch mit unverkennbaren Akzenten betont. Wenn sich Emily auch in den letzten acht Jahren stets um alles gekümmert hatte, sah sie die Villa doch niemals als ihr Eigentum an und vergaß nie, daß sie ihrem Bruder gehörte. Trotzdem war sie in gewisser Weise dennoch ihre, schon wegen der Zeit, Sorgfalt und Hingabe, die sie stets auf das Anwesen verwandte. Nach außen galt sie sicherlich als die *grande châtelaine* der Villa Faviola.

Zu Emma Hartes Lebzeiten hatte die tägliche Bewirtschaftung der Villa in den fähigen Händen einer Frau aus der Gegend gelegen, Madame Paulette Renard aus Roquebrune. Von Emma im Jahre 1950 eingestellt, hatte sie das schöne, geräumige Haus des Verwalters im privaten Park bezogen, das man *la petite maison* nannte, und sich mit immerwährender Sorgfalt die nächsten zwanzig Jahre lang um die Harte-Familie gekümmert.

Bei Emmas Tod 1970 hatte Madame Paulette jedoch beschlossen, daß es an der Zeit sei, in den Ruhestand zu treten, und sie hatte die Verantwortung und die Schlüssel an ihre Tochter Solange Brivet übergeben, die ihre Stelle als Wirtschafterin in einem Hotel in Beaulieu aufgeben wollte. Madame Paulette war Witwe, und die Brivets hatten schon seit einigen Jahren mit ihren Kindern in *la petite maison* gewohnt, so daß keine großen Veränderungen oder traurigen Abschiede nötig waren. Und da es durch den Gemüsegarten zur Villa nur ein kurzer Spaziergang war, konnte man Madame Paulette immer erreichen, wenn man ihren fachmännischen Rat brauchte oder von ihrem beträchtlichen Wissen profitieren wollte.

Im Laufe der letzten elf Jahre waren die Verwaltung und die Bewirtschaftung von Faviola zu einer Art Familienangelegenheit der Brivets geworden. Solanges Mann Marcel war der Küchenchef, zwei ihrer drei Töchter, Sylvie und Marie, fungierten als Hausmädchen, und ihr Sohn Henri war Butler und, wie Emily es formulierte, «unser Mädchen für alles *par excellence*», während Marcels Neffen Pierre und Maurice als Gärtner arbeiteten. Jeden Morgen kamen diese beiden in ihrem kleinen Renault von Roquebrune herübergefahren und brachten noch eine weitere Brivet mit, nämlich Cousine Odile, die Marcel in der Küche assistierte, und es war Odile, die einen riesigen Korb mit Broten aus der *boulangerie* ihrer Mutter trug ... frische *croissants* und *brioches*, die Marcel warm zum Frühstück servierte, und *baguettes*, jene langen französischen Brote mit harter Kruste, die die Kinder so gern mochten.

Madame Solange, wie alle sie nannten, war im Hotel de Paris im nahen Monte Carlo ausgebildet worden und leitete die Villa fast wie ein großes Hotel im großartigen Rivierastil – sehr perfekt, peinlich genau auf jedes Detail bedacht und mit derselben liebevollen Hingabe wie ihre Mutter zuvor. In all den Jahren, da sie hier angestellt war, hatten Emily und sie harmonisch zusammengearbeitet und waren kaum einmal verschiedener Meinung gewesen.

Die sprichwörtliche Formulierung «Gott sei Dank, daß es Solange gibt» war ständig auf Emilys Lippen, und auch an diesem Montagmorgen im August murmelte sie diese Worte vor sich hin, als sie eilig in die Küche ging, in der Mitte des Raumes stehenblieb, sich umsah und befriedigt nickte.

In der Nacht zuvor hatten sie ihre alljährliche Dinnerparty zum Sommerende gegeben, aber der großen, altmodischen Küche konnte man nichts mehr davon ansehen. Wie immer blitzten die aufgehängten Töpfe und Pfannen, die hölzernen Arbeitsflächen waren strahlendweiß geschrubbt, die Fußbodenkacheln aus Terracotta glänzten, und auch sonst war alles pieksauber und lag an seinem angestammten Platz.

Solange muß kräftig die Peitsche geschwungen haben, daß heute morgen alles so tipptopp ist, dachte Emily und erinnerte sich an den chaotischen Zustand der Küche in der vergangenen Nacht, nachdem ihre letzten Gäste schließlich gegangen waren. Dann nahm sie lächelnd ein Glas vom Regal, ging zum Kühlschrank und goß sich etwas Vichywasser ein. Das Glas in der Hand, ging sie durch den Anrichteraum und das Eßzimmer und trat auf die Terrasse hinaus. Außer dem leisen Klappern ihrer Sandalen war in der warmen, stillen Luft kein Laut zu hören.

Emily war morgens immer als erste auf den Beinen, manchmal schon bei Morgendämmerung.

Sie genoß diese Zeit, die sie für sich hatte, ehe die Familie aufwachte und das Hauspersonal eintraf. Sie war gern ganz allein und liebte die sanfte Stille des schlafenden Hauses und die frühmorgendlichen Gerüche und Farben der mediterranen Landschaft.

In dieser Stunde setzte sie sich auch an die Schreibarbeit, die sie stets mitbrachte, und machte Notizen für ihre Sekretärin in London, die sie mehrmals in der Woche anrief, stellte den täglichen Speiseplan zusammen und dachte sich Unternehmungen für die Kinder aus. Oft saß sie aber auch nur still auf der Terrasse und war froh darüber, ein paar Augenblicke des Alleinseins und der inneren Einkehr zu haben, ehe eine Horde Kinder über sie herfiel und ein allgemeines Chaos über sie hereinbrach.

Es war nicht so anstrengend, wenn sie nur ihre eigenen drei zu bewältigen hatte, aber wenn Paulas vier und Anthonys drei Kinder ebenfalls in Faviola waren, dazu oft noch ein paar junge Gäste, war es, als hätte sie eine ungebärdige jugendliche Fußballmannschaft um sich. Aber Emily hatte ihre eigene Methode und konnte die Kinder viel besser bändigen als alle anderen. Nicht umsonst nannten die Kinder sie hinter ihrem Rücken «der Feldwebel».

Im Gehen trank sie kleine Schlucke Vichywasser, trat dann an den Rand der Terrasse, lehnte sich gegen das Geländer und sah über die Gärten auf das Meer hinunter. Es war von einem dunklen, metallischen Blau und sehr unruhig; der Himmel darüber war wolkig grau und etwas unheimlich.

Sie hoffte, daß das Wetter nicht wieder umschlug wie letzte Woche, als der Mistral, jener trockene Wind, der aus dem Rhonedelta herabwehte, mehrere Tage schlechtes Wetter mitgebracht hatte. Die Kinder waren ausnahmslos reizbar, launisch und schwierig gewesen. Solange hatte dafür sofort den Mistral verantwortlich gemacht und Emily gesagt, daß dieser Wind stets jeden aus der Ruhe bringe. Emily mußte ihr recht geben. Beide waren erleichtert, als der Wind schließlich abnahm. Das Wetter änderte sich zum besseren – und die Kinder auch. Sie wurden viel ruhiger, fast wieder so wie immer. Auch Emily fühlte sich besser. Sie war nervös und gereizt gewesen während jener trüben, unglaublich windigen Tage; jetzt mußte sie zugeben, daß an dem, was Solange – und die Ortsansässigen – über den Mistral und seine besondere Wirkung auf die Menschen sagten, wohl viel Wahres war. Sie warf einen flüchtigen Blick auf ihre Armbanduhr. Es war erst zwanzig nach sechs. Um neun würde der Himmel in einem makellosen Tiefblau erstrahlen, die Sonne schiene, und die See wäre so still wie ein Teich, entschied sie, immer Optimistin, ganz wie ihre Großmutter.

Sie wandte sich vom Geländer ab, trat an den Tisch heran, auf dem sie zuvor ihre Papiere ausgebreitet hatte, und setzte sich. Was ihre Arbeit betraf, hatte ihre geplante Reise nach Hongkong momentan Priorität, auf der sie Ware für Genret einkaufen wollte, die Import-Exportfirma, die sie für die Harte Unternehmensgruppe leitete. Sie schlug ihren Kalender auf und schaute sich die Termine für den September an, die sie vor einigen Wochen vorläufig notiert hatte. Sie blätterte hin und her, studierte aufmerksam ihren Zeitplan, markierte die Änderungen, die sie vornehmen wollte; dann schrieb sie eine Notiz für Janice, ihre Sekretärin in London, auf der sie ihre neuen Reisepläne umriß.

Ein paar Minuten später erschreckte Emily sich fast zu Tode, als eine starke, kühle Hand plötzlich schwer auf ihrer Schulter lag. Sie fuhr in ihrem Sessel auf und drehte sich schnell um, die Augen geweitet vor Staunen. «Herrgott nochmal, Winston! Du sollst mich doch nicht anschleichen! *So leise!* Du hast mich erschreckt!» rief sie.

«Tut mir leid, Liebling», entschuldigte er sich, dann beugte er sich zu ihr herab und küßte sie auf die Wange. «Guten Morgen», sagte er dann, ging über die Terrasse und lehnte sich gegen das Geländer, wo er sie erst einen Augenblick lang liebevoll betrachtete, ehe er ihr ein herzliches Lächeln schenkte.

Emily lächelte zurück. «Nun sag schon, was machst *du* hier so früh? Du bist doch sonst mindestens bis zehn für niemanden zu sprechen.»

Winston zuckte die Achseln und legte das Handtuch, das er bei sich hatte, aufs Geländer. «Ich konnte heute morgen nicht schlafen. Aber es ist ja immer dasselbe mit mir, nicht wahr, Em? An unseren letzten Tagen hier ist es immer, als wollte ich alles mitnehmen, jede einzelne Sekunde genießen, ebenso wie die Kinder.»

«Mir geht es genauso.»

«Ja, das stimmt . . . du liebst dieses Haus. Aber es liebt dich auch, Emily . . . du siehst einfach großartig aus.»

«Ich danke Ihnen, mein Herr», erwiderte sie.

Er betrachtete das Glas, das vor ihr stand. «Das ist wohl Mineralwasser, was du da trinkst . . . willst du uns keinen Kaffee machen?»

Emily schüttelte den Kopf. «Nein, will ich nicht, Winston», sagte sie unerbittlich. «Denn wenn ich Kaffee aufbrühe, mache ich auch ein paar Scheiben Toast, und die bestreiche ich mit Butter und tue Marmelade darauf und esse sie, und wenn Odile um sieben mit all den tollen Sachen aus der Bäckerei kommt, dann frühstücke ich noch einmal, das *zweite* Mal, und du weiß ja genau, daß ich auf mein Gewicht achten muß.»

«Ich finde, Sie sehen großartig aus, Mrs. Harte.» Er lachte und betrachtete sie begehrlich. «Ich hätte direkt Lust auf dich.»

«Also wirklich, Winston, um diese Uhrzeit!»

«Was ist denn falsch an der Uhrzeit? Es ist noch sehr früh . . . komm doch, Liebling, laß uns wieder ins Bett gehen.»

«Sei doch nicht albern, ich muß heute morgen noch tausend Dinge erledigen.»

«Ich auch», sagte er leichthin und betrachtete sie wieder anzüglich. Dann veränderte sich sein Gesicht plötzlich, und er maß sie schnell mit einem anerkennenden Blick. Sie gefiel ihm sehr. Emily war jetzt vierunddreißig und seiner Meinung nach die hübscheste Frau der Welt. Sie war blonder denn je, sonnengebräunt, und ihre strahlend grünen Augen, die so sehr seinen eigenen glichen, funkelten vor aufgeweckter Lebhaftigkeit und einer *joie de vivre*, die typisch für sie war. Emily trug ein limettengrünes Baumwollhemd mit rosa Streifen über ihrem Bikini und sah unglaublich jung und frisch und appetitlich aus heute morgen.

«Winston, du starrst mich an. Das ist sehr ungezogen. Was ist los?»

«Nichts. Ich bewundere dich, das ist alles. Und ich finde, daß du wie eine köstliche Tüte Eiscreme aussiehst . . . zum Aufessen schön.»

«Also so was!» Emily lachte, aber ihr Hals war wie mit Blut übergossen. Sie senkte den Kopf und sah wie gebannt auf ihren Terminkalender herab.

Eine kleine Pause entstand.

Winston unterdrückte ein Lächeln, gleichzeitig amüsiert und befriedigt darüber, daß er sie nach elf Jahren Ehe immer noch zum Erröten bringen konnte, aber so war seine Emily eben, und er liebte ihre Mädchenhaftigkeit, Weiblichkeit und Weichheit. Wie seltsam, dachte er, daß sie so hart sein kann in geschäftlichen Angelegenheiten und so weich privat. Genau wie Paula und Tante Emma, als sie noch lebte. Es war gerade diese Gegensätzlichkeit ihres Wesens, die die Harte-Frauen so besonders machte. Das war ihm schon vor vielen Jahren klargeworden.

Emily hob den Kopf. Sofort bemerkte sie den nachdenklichen Gesichtsausdruck ihres Mannes und fragte: «Woran denkst du?»

«Ich habe mich gerade gefragt, wozu das alles gut sein soll heute morgen», murmelte Winston und ließ sich ihr gegenüber auf einen Stuhl fallen. Sein Blick wich nicht von ihrem Gesicht.

«Wovon sprichst du?» fragte sie erstaunt.

«Warum legst du dich heute so mächtig ins Zeug mit deiner Arbeit, wenn du doch schon Ende der Woche wieder in London bist? Das lohnt sich doch gar nicht, Liebes.»

«Ich arbeite gar nicht richtig. Ich mache mir nur über den Zeitplan meiner Einkaufsreise nach Hongkong Gedanken», erklärte Emily. «Wenn ich am zehnten September losfahre, statt am sechsten, wie ich es erst geplant hatte, bin ich noch da, wenn Paula aus Sydney zurückkommt und eine kurze Pause macht, ehe sie in die Staaten fährt. Wir haben gestern nachmittag darüber gesprochen und fanden, daß es nett wäre, wenn wir noch ein paar Tage zusammen in Hongkong verbringen könnten. Uns ein wenig entspannen ... unsere Weihnachtseinkäufe erledigen ... dann könnten wir gemeinsam nach New York weiterfliegen, dort auch noch ein oder zwei Tage bleiben, ehe wir mit der Concorde zurück nach England fliegen. Was meinst du dazu?»

«Es klingt gut, wenn du dazu Lust hast. Ich habe natürlich nichts dagegen einzuwenden, denn ich muß erst in der ersten Oktoberwoche in Kanada sein. Du bist doch vor meiner Abreise wieder in England?»

«Ja, natürlich. Ich habe an deine Kanadareise gedacht und alles um sie herum geplant.»

«Dann ist es ja gut, Liebling», erwiderte Winston lächelnd und erhob sich, um sein Handtuch zu holen. «Wenn du dich deines armen Mannes nicht erbarmen und ihm keine Tasse Kaffee machen willst, werde ich wohl noch einmal schwimmen, ehe die Teufelsbrut hier einfällt und alles niederwalzt.»

Emily konnte sich das Lachen nicht verkneifen, als sie sein Gesicht sah. «Also ich weiß nicht, Liebling, so schlimm sind sie doch gar nicht», widersprach sie, da sie plötzlich das Bedürfnis hatte, die jüngere Generation verteidigen zu müssen.

«Sie sind mehr als schlimm!» beharrte er. «Die meiste Zeit sind sie abscheulich!» Dann lächelte er. «Aber ich muß zugeben, daß ich sie liebhabe ... besonders die drei, die mir gehören.» Dann küßte er sie schnell und ging ohne ein weiteres Wort federnd auf den Swimmingpool zu, wobei er sorglos sein Handtuch schwang und fröhlich pfiff.

Emily sah ihm nach. Wie fit und gesund sah er aus mit seinem gebräunten Gesicht und Körper und seinem rötlichen Haar, das von der Rivierasonne golden geworden war. Der Sommer hier hatte ihm gutgetan. Er mußte sich sehr einsetzen bei der Leitung der Yorkshire Consolidated Verlagsgruppe und ihrer kanadischen Tochtergesellschaften, und Emily drängte ständig darauf, daß er sich etwas Ruhe gönnte. Aber er schenkte ihr nicht die geringste Beachtung und sagte nur, daß sie *alle* wie verrückt arbeiteten, was natürlich stimmte. So hatte Gran sie erzogen. Gran hatte für Bummelanten nur Verachtung übriggehabt, und so waren sie alle unglaublich leistungsfähig geworden.

Wie froh ich darüber sein kann, Winston zu haben, dachte Emily, lehnte sich im Sessel zurück, ließ ihre Gedanken dahintreiben und schob es noch etwas auf, sich um den heutigen Speiseplan zu kümmern.

Manchmal, wenn sie in die Vergangenheit blickte, wurde ihr klar, daß sie ihn nur um Haaresbreite erwischt hatte, und sie sah ein, wie leicht sie ihn an eine andere Frau hätte verlieren können.

Emily liebte Winston, seit sie sechzehn war. Sie waren Cousins dritten Grades. Sein Großvater und Namensvetter Winston Harte war der Bruder ihrer Großmutter. Obwohl Winston fünf Jahre älter war als Emily, waren sie als Kinder unzertrennlich gewesen. Aber sobald er erwachsen wurde, beachtete er sie kaum noch und schon gar nicht als eine attraktive junge Frau, mit der er liiert sein könnte.

Dann ging er mit seinem besten Freund Shane nach Oxford, und die beiden erlangten schnell einen gewissen Ruf als unglaubliche Don Juans. Fast alle waren entsetzt über ihre schändlichen Eskapaden. Sie jedoch hatte sich eifersüchtig danach gesehnt, eines der Mädchen zu sein, hinter denen Winston her war und die er verführte. Nur ihre Gran war optimistisch gewesen. Emma hatte einfach gelacht und gesagt, sie seien junge Kerle, die sich halt die Hörner abstießen. Allerdings hatten Winston und Shane bei Emma fast Narrenfreiheit. Sie hatte beide besonders in ihr Herz geschlossen.

Und so hatte Emily Winston aus der Ferne angehimmelt und gehofft, daß sein Blick eines Tages wieder auf sie fallen würde. Das passierte aber nicht, und zu ihrem großen Kummer war er plötzlich eine ernsthafte Verbindung mit einem Mädchen aus der Nachbarschaft, Alison Ridley, eingegangen. Anfang 1969 wurde in den drei Clans gemunkelt, er wolle sich mit Alison verloben. Emily glaubte, ihr Herz müsse brechen.

Dann kam alles ganz anders. Wunderbarerweise fiel sie Winston bei der Taufe von Paula und Jim Fairleys Zwillingen im Mai desselben Jahres auf. Und alles wegen eines Vorfalls mit Shane, der ihre Großmutter aufgeregt hatte. Emily und Winston wurden in die Bibliothek von Pennistone Royal zitiert und von Emma nach Shanes Gefühlen für Paula ausgefragt. Als sie schließlich entkommen konnten, machten sie einen Spaziergang im Garten, um sich wieder zu erholen, und dann ließ Winston sich aus irgendeinem Grund dazu hinreißen, sie zu küssen. Diese Annäherung seinerseits kam ebenso plötzlich wie unerwartet. Sogar Emily, die ihn ja liebte, war von ihrer intensiven körperlichen Reaktion aufeinander ebenso überrascht wie er, als sie dort eng umschlungen auf der Bank beim Lilienteich saßen. Wundersam und schwindelerregend hatte sich die Welt für sie auf den Kopf gestellt.

Winston, ein typischer Harte, hatte wenig Zeit verloren. Sowie ihre Affäre begann, trennte er sich von Alison; kurz darauf fragte er ihre Großmutter, ob sie sich verloben dürften. Emma hatte ihre Zustimmung erteilt, da sie die Verbindung zwischen ihrer Enkelin und ihrem Großneffen sehr freute. Im Jahr darauf, als Gran aus Australien zurückgekehrt war, hatten sie in der malerischen alten Kirche im Dorf Pennistone geheiratet, und Gran hatte in den Gärten von Pennistone Royal einen wunderschönen Hochzeitsempfang für sie ausgerichtet. So hatte ihr Leben als Winstons Frau angefangen ... es war das beste Leben, das sich eine Frau wünschen konnte.

Emily seufzte zufrieden, kehrte mit ihren Gedanken wieder in die Gegenwart zurück, nahm ihren Kugelschreiber und machte sich an den Speiseplan fürs Mittagessen. Als sie damit fertig war, fing sie mit dem fürs Abendessen an, hielt aber unvermittelt inne, da ihr eine Idee gekommen war. Heute abend würden sie und Winston mit Paula und Shane nach Beaulieu hinüberfahren und im La Reserve essen. Nur sie vier. Ohne die Kinder. Das war viel ruhiger. Ganz zu schweigen davon, daß es romantischer war. Winston wird sich freuen, dachte sie und lächelte verschmitzt.

6

«*Du Trottel! Du dämlicher Trottel! Was hast du da gemacht! Du* hast mein schönes Bild bespritzt und verdorben!» schrie Tessa Fairley in vollster Lautstärke und blitzte Lorne wütend an. Zornentbrannt stand sie vor ihm und fuchtelte mit dem Pinsel in der Luft herum.

«Ein Swimmingpool ist kaum der geeignete Ort für eine Staffelei», erwiderte Lorne hochmütig und hielt ihrem Blick stand. «Besonders, wenn ständig jemand hineinspringt und wieder herausklettert. Es ist deine eigene Schuld, wenn das Aquarell verdorben ist. Und noch was – ich bin kein dämlicher Trottel.»

«Nein, du bist ein dämlicher *Kretin*», schoß seine zwölfjährige Zwillingsschwester zurück und hielt dann entsetzt den Atem an. «Mach das nicht nochmal, Lorne Fairley! Schüttel dich nicht! Oh! Oh! Du gemeiner Hund! Jetzt hast du auch noch meine anderen Bilder verdorben. Verdammt, überall läuft die Farbe herunter. Mummy ... Mummy ... sag Lorne, daß er von meinen Bildern wegbleiben soll», jammerte sie.

«Ich will das haben», verkündete Linnet rundheraus und zerrte Tessas großen gelben Sonnenhut vom Klappstuhl neben der Staffelei, setzte ihn sich auf die leuchtendroten Locken und marschierte vergnügt davon, wobei sie eine Gummiente am Band hinter sich herzog und den Hut hochschob, der ihr ständig über die Augen rutschte.

«Gib ihn sofort wieder her, du ungezogenes Mädchen!»

Als ihre fünfjährige Schwester ihr überhaupt keine Beachtung schenkte, rief Tessa: «Habt ihr das gesehen? Sie hat mir ohne meine Erlaubnis meinen Hut weggenommen.

Mummy ... *Mummy* ... dies Kind ist einfach scheußlich verzogen. Du und Daddy, ihr habt es verwöhnt. Es ist hoffnungslos ...»

«Tessa bläst sich auf und plappert alles Lorne nach», sang Gideon Harte höhnisch aus der relativen Sicherheit des Swimmingpools heraus.

«Diese lächerliche Bemerkung überhöre ich einfach», schnob Lorne, ließ sich auf einer Luftmatratze nieder, nahm seine *Ilias* und steckte die Nase ins Buch.

«Gib mir meinen Hut wieder!» kreischte Tessa und stampfte mit den Füßen.

«Herrgott nochmal, laßt sie doch in Ruhe», ließ sich eine Stimme mahnend aus dem Schwimmbecken vernehmen, und Toby Hartes rotgoldenes Haupt schaute über den Rand. Der Zehnjährige grinste Tessa zu, die seine Lieblingscousine war, und hievte sich dann vorsichtig aus dem Wasser, um ihre Bilder nicht zu bespritzen, da er sich nicht ihren Zorn zuziehen wollte. «Sie ist doch noch ein kleines *Baby*.»

«Gar kein Baby», teilte ihnen eine gedämpfte Stimme unter dem großen Sonnenhut mit.

«Und wieso machst du dir überhaupt soviel daraus, Tess? Es ist doch nur ein billiger Lumpen, den du auf dem Markt in Nizza gekauft hast», sagte Toby.

«Ist er nicht! Er ist *schön*! Und er hat mich das Taschengeld einer ganzen Woche gekostet, Toby Harte!»

«Schön dumm von dir», rief der achtjährige Gideon.

«Was weißt du denn schon, Gideon Harte! Du bist genauso ein *Kretin* wie mein Bruder.»

«Ist das das einzige *dumme* Wort, das du kennst, du *Dumme*?» brüllte Gideon zurück und streckte ihr die Zunge heraus.

«Gör! Gör!» brüllte Tessa ihn an. «Du bist auch ein verzogenes Gör!»

«Nun seid doch bloß ruhig, ihr beiden», mahnte Toby gelangweilt. «Weißt du was, Tess, darf ich mir eine deiner alten Beatles-Platten leihen?»

«Welche denn?» fragte Tessa plötzlich hellwach und sah ihn wegen der Sonne mit zusammengekniffenen Augen an.

«Sgt. Pepper's Lonely Hearts Club Band.»

«O nein, die kann ich dir nicht leihen! Sie ist inzwischen ... ein *Klassiker.* Als Tante Amanda sie mir schenkte, sagte sie, sie würde eines Tages sehr, sehr wertvoll sein. Sie besaß diese Platte schon, ehe wir auf die Welt kamen. Aber ... nun ... weil *du* es bist, werde ich eine Ausnahme machen, also ...»

«Ehrlich, vielen Dank, Tess», unterbrach Toby sie. Sein sommersprossiges Gesicht strahlte.

«... kannst du sie mieten, wenn du willst – zehn Pence die Stunde», beendete Tessa ihren Satz, wobei sie ebenso großmütig dreinschaute, wie sie klang.

«Zehn Pence die Stunde! Das ist ja der reine Wucher!» sprudelte Toby hervor. «Nein danke, Tessa, ich will dir nicht dazu verhelfen, eine Kapitalistin zu werden.»

«In dieser Familie sind alle Kapitalisten», erklärte Tessa selbstzufrieden.

«Schon gut, dann werde ich eben meine neue Bee Gees-Platte spielen.»

«Wie du willst.»

«Tante Paula. *Tante Paula* ... deine Tochter hat sich in diesem Sommer zu einer richtigen kleinen Gaunerin entwickelt», rief Toby und warf einen angewiderten Blick in Tessas Richtung.

«Mummy ... ich zieh meine Schlüpfer aus, sie sind ganz naß», rief Linnet unter ihrem Sonnenhut hervor.

«Siehst du jetzt, was ich meine, Mummy?» Tessa kicherte höhnisch. «Sie ist die einzige Fünfjährige, die ich kenne, die immer noch ins Höschen macht.»

«Tu ich nicht! Hab ich nicht, Mummy!» verkündete ein schrilles Stimmchen, als der Hut nach hinten rutschte und Linnets rundes, gerötetes Gesicht zum Vorschein kam.

«Tante Paula, darf ich noch ein paar Ingwerwaffeln haben, bitte?» fragte die dreijährige Natalie Harte, nahm eine und biß hinein, ehe man es ihr verbieten konnte.

«Mummy! Sieh dir das nur an! Sie läßt meinen schicken Sonnenhut durch die Pfützen schleifen. Laß das sofort sein, du kleines Biest! *Hör auf!* Mummy, sag, daß sie aufhören soll. *Mutter* ... du hörst mir gar nicht zu. Wenn du diesen Hut in den Swimmingpool wirfst, bring ich dich um, Linnet O'Neill! Gideon! Hol meinen Hut wieder! Schnell, bevor er untergeht!»

«Okay, das mach ich, aber es wird dich eine Menge kosten.»

Tessa überging diese Drohung. «Warte, bis ich dich kriege, Linnet», schrie sie der kleinen, rundlichen Gestalt nach, die sich schnell in Richtung Badehäuschen verdrückte.

«Mutter ... *Mutter* ... kannst du so gut sein, Tessa zu untersagen, daß sie hier wie ein Dämon herumkreischt? Mein Kopf ist am Zerspringen», murmelte Lorne träge von der Matratze, auf der er lag und las.

«Tante Paula, Natalie hat *alle* Ingwerwaffeln aufgegessen», stieß India Standish hervor, wandte sich an ihre Cousine und sagte so unheilverkündend, wie es ihre sieben Jahre zuließen: «Dir wird schlecht werden. Ganz, ganz schlecht, und damit geschieht dir ganz recht, du gieriges kleines Mädchen.»

«Hier, India», sagte Natalie mit gewinnendem Lächeln und zog einen angeknabberten Schokoladenriegel aus der Tasche ihres Strandkleidchens, staubte ihn ab und bot ihn dem älteren Mädchen an, das sie sehr gern hatte.

«Iih! *Vielen Dank*. Das sieht ja eklig aus!»

«Tante Paula, da ist ein totes Etwas unten im Swimmingpool», brüllte Gideon, als er planschend auftauchte und triumphierend den durchweichten Sonnenhut hochhielt.

«O nein! Mummy, sie hat mir den *teuren* Hut verdorben. *Mummy*, hast du das gehört, was ich eben gesagt hab?»

«Wo ist denn das tote Etwas?» fragte Patrick, warf sich bäuchlings hin und ließ seinen dunklen Kopf über den Rand des Swimmingpools hängen, so daß er in die Tiefen herabschauen konnte. «Ich kann nichts sehen, Gid.»

«Ich muß danach tauchen», verkündete Gideon und verschwand in den Tiefen wie ein wendiger kleiner Delphin.

«Nimmst du fünf Pence die Stunde für *Sgt. Pepper's Lonely Hearts Club Band?*» verhandelte Toby hoffnungsvoll.

«Acht Pence ... vielleicht.»

«Nein danke, Fräulein Halsabschneider. Steck sie dir in den ... Pulli.»

«O Mummy, Mummy, sieh doch mal! Ein toter Vogel», rief Patrick. «Der arme Vogel. Dürfen wir eine Beerdigung machen?»

«Tante Paula, nimm doch bitte Gideon dies eklige, abstoßende Ding weg», rief der elfjährige Jeremy Standish. «Es stinkt zum Himmel und verpestet die Luft.»

«Tut es nicht!» Gideon sah seinen Cousin wütend an. «Wir werden ihn beerdigen, wie Patrick es möchte, nicht wahr, Tante Paula? Tante Paula, hallo! *Tante Paula*, wir dürfen ihn doch beerdigen, nicht?»

«*Mummy*, darf der kleine Vogel ein Grab haben?»

«*Mummy*, ich möchte trockene Schlüpfer haben.»

«*Mutter*, sieh dir doch jetzt Linnet an. Sie schwenkt ihre Schlüpfer in der Luft herum. Mummy. Mummy! *Mutter!*»

«Herrgott nochmal, Tessa, hör doch endlich auf mit dem Geschrei», brüllte Lorne. «Wie soll ich mich auf meinen Homer konzentrieren, wenn du mir in die Ohren bellst. Ich bin wirklich froh, wenn nächste Woche die Schule wieder anfängt und ich dich nicht mehr sehe. Du bist eine verdammte Nervensäge.»

«Wenn Daddy erfährt, daß du geflucht hast, dann . . .»

«Wer soll es ihm denn sagen, Fräulein Petze?»

«Ich hab dich noch nie verpfiffen, du *Schwachkopf*.»

«Wenn ich ein Schwachkopf bin, bist du auch einer, *geliebte Zwillingsschwester*!»

«Bring ja dies eklige Stinkding nicht in meine Nähe, Gideon, sonst schlag ich dir auf die Nase», drohte Jeremy.

«Tante Paula! Tante Paula! Natalie wird schlecht! Das hab ich gleich gewußt», rief India.

«Gideon Harte, *ich warne dich!* Halte Abstand, sonst passiert dir was!»

«*Tante Paula*, sag Toby, er soll mich loslassen!» kreischte Gideon. «Er tut mir *weh*.»

«Und gleich bin ich dran», drohte Jeremy in bösartigem Überschwang.

«Mummy, Mummy, mach, daß die Jungen aufhören zu kämpfen», kreischte Linnet.

Paula warf ihr Buch hin und sprang zornig auf.

Sie fing an, alle lautstark zu maßregeln, aber ihre Stimme wurde von ein paar seltsam dröhnenden Lauten übertönt, die in der warmen Luft widerhallten, und als die Echos verklungen waren, konnte Paula endlich fragen: «Was um aller Welt war *das* denn?»

«Der Gong», erwiderte Linnet.

«Gong», wiederholte Paula ratlos, und sogleich fiel ihr auf, wie ernüchtert die Kinder wirkten.

«Was für ein Gong denn? Wessen Gong?»

«Tante Emilys Gong», erklärte Lorne. «Sie hat ihn . . .»

«Vom Haus oben auf dem Berg gekauft», mischte Tessa sich schnell ein und setzte ihrer immer noch verblüfften Mutter auseinander: «Die alte Dame, der das Haus gehörte, ist gestorben, und es gab einen Flohmarkt vor einigen Wochen. Wir sind alle mit Tante Emily hingegangen, sie meinte, es wären vielleicht einige schöne Stücke da.»

«Aber alles, was wir fanden, war der Gong», murmelte Jeremy.

«Mummy gibt uns damit Signale», sagte Toby. «Ein Schlag bedeutet, daß das Frühstück fertig ist, zwei Schläge sind fürs Mittagessen, drei, wenn wir nach drinnen kommen sollen, und . . .»

«Wenn sie immer wieder gongt, so wie jetzt, heißt es, daß wir unser Fett kriegen», sagte Linnet vertraulich und zog ein Gesicht. «Weil wir böse gewesen sind. Weil wir was ausgefressen haben.»

«Ah ja», sagte Paula, und ihre scharfen Augen gingen wieder über die Kinderschar hin. Es war offensichtlich, daß alle gehörig eingeschüchtert waren – sogar die Aufsässigsten. Sie wandte sich ab, um ein Lächeln zu verbergen, als sie dachte, wie gerissen Emily doch war.

«Jetzt hat es uns ganz klar erwischt», murmelte Lorne, sprang auf und wollte entwischen.

«Ja, das stimmt», pflichtete Toby ihm bei. «Kommt, Leute, laßt uns abhauen, ehe meine Mutter uns irgendwelche dämlichen Pflichten aufbürdet oder, was noch schlimmer wäre, sich stumpfsinnige Unternehmungen ausdenkt, um uns ordentlich zu beschäftigen.»

Innerhalb von Sekunden waren die älteren Kinder hinter Lorne und Toby hergerannt, die, Anführer wie stets, in halsbrecherischem Tempo auf die Stufen zuliefen, die zum Strand unterhalb des Felsvorsprungs führten. Nur Patrick, Linnet und Natalie blieben bei Paula am Swimmingpool zurück.

Endlich herrschte Ruhe.

Paula sank dankbar in ihren Liegestuhl und freute sich, daß sie zum ersten Mal an diesem Morgen Ruhe und Frieden hatte. Sie hatte ihr Bestes getan, sie alle zu ignorieren und sich aus ihrem endlosen Gezänk herauszuhalten – das hatte sie im Laufe der Jahre gelernt –, jedenfalls bis Toby und Gideon miteinander gekämpft hatten und es den Anschein hatte, als wolle sich Jeremy ihnen anschließen. Das konnte sie nicht zulassen, da Anthony und Sally Dunvales ältester Sohn sich nicht gut fühlte und sein Vater ihnen vor seiner Abreise nach Irland heute früh als letztes auf den Weg gegeben hatte, sie sollten ja darauf achten, daß der Junge sich nicht überanstrengte in den letzten Tagen in der Villa. Paula wußte, daß Jeremys Mutter ihnen endlos in den Ohren liegen würde, wenn der Junge nach Clonloughlin zurückkam und so aussah, als hätte er mit den anderen herumgerauft. Ihre Cousine Sally machte eine Menge Umstände um ihren Erstgeborenen, den Erben des Titels, der Ländereien und des Vermögens der Dunvale.

Paula holte tief Luft und wollte ihrer kleinen Tochter gerade die Leviten lesen, daß sie sich in der Öffentlichkeit ihrer Schlüpfer entledigt hatte, als sie Emily eilig den Gartenweg entlangkommen sah.

«Hallo! Hallo!» rief Emily und winkte.

Paula winkte zurück.

Kurz darauf stand Emily vor ihnen, sie und Paula wechselten einen wissenden Blick. Dann mußten beide laut lachen.

Emily sagte: «Ich weiß, daß es Lärm macht, aber es ist sehr wirkungsvoll.»

«Das kann man wohl sagen», pflichtete Paula ihr bei. «Ich habe sie noch nie so schnell still werden sehen. Noch nie. Es war ein begnadeter Kauf.»

«Ja», Emily kicherte. «Herrgott nochmal, was haben sie für einen Krach gemacht; eigentlich müßtest du inzwischen rasende Kopfschmerzen haben. Ich weiß, daß ich kaum einen klaren Gedanken fassen konnte, als ich in der Küche stand und mit Marcel über den heutigen Speiseplan sprach.»

«Mummy, mir ist slecht geworden», verkündete Natalie, ging zu Emily und zog an ihrem Hängerkleid. «Slecht geworden.»

«Sprich nicht wie ein Baby, du bist doch schon ein großes Mädchen. *Schlecht* geworden, heißt es», verbesserte Emily. Dann sah sie ihre Jüngste stirnrunzelnd an und legte ihr besorgt eine Hand auf die Stirn. «Ist es jetzt gut? Fühlst du dich jetzt besser, Süße?»

«Ich weiß nicht, Mummy.»

«Das kommt, weil sie *alle* Ingwerwaffeln aufgegessen hat», sagte Linnet.

«Also, Linnet, du weißt doch, daß man nicht petzen soll!» tadelte Paula scharf und sah ihre Tochter stirnrunzelnd an. «Und wir wollen nicht vergessen, daß du heute morgen sehr unartig gewesen bist. Erst hast du Tessas Sonnenhut in den Pool geworfen und dann vor allen Leuten deinen Schlüpfer ausgezogen. Ich bin sehr böse mit dir und schäme mich für dich, Linnet.» Paula schüttelte den Kopf und gab sich große Mühe, böse genug auszusehen, was ihr nicht gelang, aber dennoch fuhr sie fort: «Du hast uns Schande gemacht, und ich habe dich nur deshalb noch nicht bestraft, weil ich immer noch nach einer *angemessenen* Strafe suche.»

Linnet biß sich auf die Lippen, zog ein betrübtes Gesicht und schwieg weise.

Emily sah von ihrer Tochter zu ihrer Nichte und dann zu Paula. Schließlich rief sie: «Warum mache ich auch so einen Blödsinn? Gebe beiden Kindermädchen gleichzeitig einen freien Tag, so daß sie nach Grasse fahren und Parfüm einkaufen können. Und das ausgerechnet heute – wo du deine letzte Chance hast, dich noch ein wenig auszuruhen, ehe du am Mittwoch nach New York fliegst. Es tut mir wirklich leid, Paula.»

«Schon gut, es macht nichts, Emily.»

Emily seufzte leise und nahm Natalie bei der Hand. «Nun komm, laß uns hineingehen und etwas suchen, was dein Bäuchlein wieder beruhigt. Und du kommst am besten auch mit, Linnet, und holst dir ein Paar frische Schlüpfer.»

«Vielen Dank, Emily», murmelte Paula und machte es sich wieder in ihrem Liegestuhl bequem.

«Um eins gibt's Essen», sagte Emily, «und für heute abend habe ich uns einen Tisch im La Reserve bestellt. Nur für uns vier.»

«Das will ich auch gehofft haben.» Paula lachte. «Die Idee klingt großartig. Es ist ewig her, daß wir dort gewesen sind . . . dabei ist es eines meiner Lieblingsrestaurants.»

«Ja, ich weiß», erwiderte Emily und machte ein sehr zufriedenes Gesicht. Dann wandte sie sich ab, nahm ein paar Stufen und sagte dann über die Schulter: «Ach übrigens, ich muß heute nachmittag noch nach Monte Carlo fahren, um ein repariertes Stück von meinem antiquarischen Porzellanhändler abzuholen. Hast du Lust, mitzufahren? Ich muß mich nur ein paar Minuten bei Jules aufhalten, dann könnten wir etwas herumbummeln und im Hotel de Paris Tee trinken . . . und die elegante Welt vorüberflanieren lassen, so wie wir es immer mit Gran gemacht haben.»

«Ja prima, Emily, dazu hätte ich große Lust.»

Emily warf ihr ein strahlendes Lächeln zu und schob ihre Schützlinge dann vorwärts, wobei sie sich halb herabbeugte und mit ihnen sprach, während sie auf die Villa zugingen.

Paula schaute den dreien nach, wie sie den Gartenweg hinaufgingen, Emily in der Mitte zwischen den beiden kleinen Mädchen, die sie fest an der Hand hielten. Linnet und Natalie sahen sich sehr ähnlich, man hätte sie fast für Schwestern halten können, da sie die berühmten Harte-Farben geerbt hatten – Emmas rotes Haar, ihre lebhaften grünen Augen und den milchweißen englischen Teint. Es waren wirklich wunderhübsche Kinder, zwei kleine Botticellis.

Jetzt trat Patrick an Paula heran, stand neben ihrem Stuhl, berührte ihren Arm und sah sie eindringlich an. «Mummy . . .»

«Was ist denn, Schatz?»

«Mummy ... das arme Vögelchen. Gid hat's weggenommen. Keine Beerdigung.» Das Kind schüttelte traurig den Kopf.

«Natürlich werden wir es beerdigen», sagte Paula sanft, ergriff seine kleine, ziemlich schmierige Hand und schaute ihm ins Engelsgesicht. Seine schwarzen O'Neill-Augen waren heute strahlend und wach, nicht leer und ausdruckslos wie so oft sonst. Ihr Herz machte einen Satz vor Freude, daß heute soviel Leben in ihnen war.

Sie schenkte ihrem Sohn ein beruhigendes Lächeln und fuhr dann fort: «Gideon wird das Vögelchen bestimmt wieder zurückbringen, und dann bitten wir Madame Solange um eine alte, blecherne Keksdose und legen es hinein. Nach dem Lunch machen wir dann die Beerdigung. Das verspreche ich dir, Schatz.»

Patrick hielt den Kopf schief und sah sie aufmerksam an. «Beerdigen wir im Garten?» fragte er, und ein schüchternes Lächeln trat auf sein Gesicht.

«Ja, genau so werden wir es machen. Liebling, schau doch mal, wer da kommt!»

Patrick drehte sich um, und als er Shane näherkommen sah, leuchtete sein Gesicht auf, er ließ die Hand seiner Mutter los und lief seinem Vater entgegen.

Besorgt rief Paula hinter ihm her: «Patrick, sei ja vorsichtig. Fall nicht hin!»

Patrick antwortete nicht. Er sauste los, so schnell ihn seine Beinchen trugen, und rief: «Daddy! Daddy! Daddy!»

Shane fing den Kleinen in seinen Armen auf und schwang ihn hoch in die Luft. Dann ließ er ihn auf seinen Schultern sitzen, und beide lachten fröhlich, als Patrick Shane unter anfeuernden Rufen zum Swimmingpool zurückritt.

«Ich werde ein bißchen mit ihm schwimmen. Darf ich das, Liebling?» rief Shane. Er kniete nieder und ließ Patrick vorsichtig herabsteigen.

«Ja, natürlich», rief Paula zurück.

Sie richtete sich etwas auf, so daß sie die beiden besser sehen konnte, und schützte ihre Augen mit der Hand gegen die Sonne.

Shane sprang in das flache Ende des Swimmingpools, wobei er Patrick fest in den Armen hielt, und dann tollten sie im Wasser herum, lachten und kreischten vor Vergnügen, und Patricks Gesicht strahlte ebenso vor Aufregung und Glück wie das von Shane.

Aus der Entfernung wirkte ihr Sohn wie irgendein anderer Siebenjähriger; nur leider würde er immer auf der Stufe eines Siebenjährigen stehenbleiben. Sein Körper würde wachsen und älter werden, aber seine geistigen Fähigkeiten würden sich nicht verändern. Er würde nie anders werden; sie hatten jede Hoffnung darauf aufgegeben. Als sie zuerst merkten, daß Patrick behindert war, hatte Paula sich die Schuld gegeben, geglaubt, sie trüge irgendeinen genetischen Defekt in sich, den sie von ihrem Großvater geerbt hatte. Paul McGill hatte einen Sohn mit seiner Frau Constance in Australien gehabt, und dieser Junge, der nun schon einige Jahre tot war, war geistig behindert gewesen. Paula hatte sich diese Theorie derart zu Herzen genommen, daß sie Shane gesagt hatte, sie könne das Risiko nicht eingehen, weitere Kinder zu bekommen. Aber Shane hatte das alles für Unsinn erklärt und darauf bestanden, daß sie Professor Charles Hallingby, einen renommierten Genetiker, aufsuchten.

Sie wurden beide untersucht, und aus den Ergebnissen ging einwandfrei hervor, daß weder sie noch Shane irgendeinen genetischen Defekt auf ihren Sohn vererbt hatten. Patricks Krankheit war unerklärlich, ein schreckliches Versehen der Natur. Professor Hallingby, der ihre jeweiligen Familiengeschichten genau studiert hatte, wies Paula darauf hin, daß der Sohn ihres Großvaters auch vorgeburtliche Schäden davongetragen haben könnte, weil Constance McGill während ihrer Schwangerschaft eine schwere Alkoholikerin gewesen war. Genau dasselbe hatte Paulas Mutter Daisy schon immer gesagt. Schließlich räumte Paula ein, daß der Professor und ihre Mutter recht haben konnten. Verständlicherweise fühlte sie sich nach den Unterhaltungen mit Professor Hallingby sehr erleichtert. Kurz darauf erwartete sie wieder ein Kind, und als Linnet kam, war diese ein ganz normales Baby.

Paula liebte all ihre Kinder und bemühte sich, keinen

Liebling zu haben, aber in ihrem Innersten wußte sie, daß Patrick ihr besonders lieb war, daß er einen Sonderplatz in ihrem Herzen einnahm. In ihrer Liebe zu dem behinderten Kind lag etwas sehr Heftiges, vielleicht weil es krank war und dadurch so verletzlich und abhängig.

Seine Geschwister liebten ihn ebenfalls sehr und gingen sehr vorsichtig mit ihm um, wofür sie äußerst dankbar war. Sie dachte oft daran, wie schrecklich es gewesen wäre, hätten sie ihn verachtet oder wären ihm ausgewichen, wie es manchmal in Familien mit einem geistig behinderten Kind der Fall war. Aber Lorne, Tessa und sogar die kleine Linnet kümmerten sich ebenso fürsorglich um Patrick wie sie und Shane. Genauso verhielten sich Patricks viele Cousins und Cousinen. Kein einziges Kind der Familie hatte Patrick jemals das Gefühl vermittelt, er sei in irgendeiner Weise anders als die anderen. Es war einfach eine Tragödie, daß ihr kleiner Patrick nicht als gesundes Kind zur Welt gekommen, daß er behindert war. Aber Paula erkannte, daß seine zärtliche, liebe Art für vieles entschädigte und die Familie ihn deshalb liebhatte – und sicherlich bewirkte seine Zutraulichkeit auch, daß alle sich von ihrer besten Seite zeigten.

Ein behindertes Kind ist wie eine Wunde im Herzen – der tiefe Schmerz darum hört nie ganz auf, dachte Paula unvermittelt; dann seufzte sie leise und blieb ganz still sitzen, bezwang ihren Kummer und sah weiter zu den beiden dunklen Köpfen hinüber, die im Wasser auf und ab hüpften. Ihr Mann, ihr Sohn. Sie liebte sie beide so sehr, daß ihr manchmal fast das Herz stehenblieb.

Mitanzusehen, wie sehr sie ihre Wasserspiele genossen, tat ihr gut. Shane konnte sehr sanft und zärtlich mit Patrick umgehen, dann aber auch wieder wild mit ihm herumtoben, so wie jetzt, und an den wilden Kreischern und Freudenschreien, die in der Stille widerhallten, merkte sie, daß der kleine Junge sich mit seinem Vater, den er so liebte, köstlich amüsierte. Ein heftiges Glücksgefühl überkam sie und verdrängte den Schmerz, den sie eben noch verspürt hatte.

Paula legte sich gemütlich zurück und schloß die Augen, etwas wie Zufriedenheit wollte sich gerade auf sie herabsenken, da vernahm sie Winstons Stimme, öffnete die Augen wieder und richtete sich auf.

Mit einem großen Tablett voller Plastikbecher trat er an den Swimmingpool heran; sein Neffe Giles Standish, der zweite Sohn seiner Schwester Sally, der Gräfin von Dunvale, folgte ihm pflichteifrig auf dem Fuß. Giles hielt achtsam einen großen Krug Limonade in beiden Händen.

«Bonjour, tante Paula. Voilà! Ici, citron pressé pour toi», verkündete der neunjährige Giles und gab mit seinem bißchen Französisch an, wie er es schon den ganzen Sommer über getan hatte. Er bekam Einzelunterricht in dieser Sprache und hatte es sich zur Gewohnheit gemacht, sie immer zu verwenden, wenn es irgend ging, sehr zum Ärger der anderen Kinder, die nicht so fließend Französisch sprechen konnten. Ihr ewiges Gehänsel glitt einfach an ihm ab; er war von Natur aus unabhängig, beachtete sie gar nicht und sprach Französisch, wann er Lust dazu hatte.

Giles stellte den Krug auf einen der Tische im Schatten und machte dann höflich seinem Onkel Platz.

«Wie köstlich das aussieht, lieber Giles», sagte Paula. «Gerade das, was ich brauche, ich bin ganz ausgetrocknet von dieser Hitze. Sind deine Eltern gut weggekommen?»

«Ja, aber der Flughafen in Nizza war schrecklich verstopft, stimmt's, Onkel Winston?» sagte Giles, diesmal auf Englisch.

«Es war wirklich furchtbar, Paula», pflichtete Winston ihm bei, während er Limonade in ein Glas goß und es ihr reichte. «Das reine Chaos. Ich habe noch nie so viele Leute gesehen. Sally und Anthony waren froh, daß sie mit Shanes Privatjet zurückfliegen konnten, und ich muß auch sagen, dieses Flugzeug ist ein wahres Gottesgeschenk. Ich bin wirklich froh darüber, daß Emily und ich den Haufen Gören dorthin einladen können am Ende der Woche. Wie ist es, Giles, möchtest du auch ein Glas hiervon haben?»

«Nein, vielen Dank.» Giles sah sich um. «Wo sind denn Jeremy und India, Tante Paula?»

«Ich glaube, deine Geschwister haben sich an den Strand verdrückt. Zusammen mit der übrigen Schar.»

«Toll! Bestimmt fischen sie oder suchen nach *oursins*. Ich

gehe auch hin!» rief Giles aufgeregt. «Bitte entschuldigt mich, Tante Paula, Onkel Winston», sagte er, sprang in großen Sätzen über den Rasen und eilte auf die lange Treppe zum Strand zu.

Winston starrte hinter ihm her und sagte dann zu Paula: «Der Bursche hat die besten Manieren vom ganzen Verein. Wenn nur ein paar der anderen – besonders meine – sich ein kleines Stück davon abschneiden würden, wäre ich glücklich.» Er ließ sich auf den nächsten Stuhl fallen, nahm einen großen Schluck Limonade und sagte: «Emily hat mir erzählt, daß sie alle vorhin einen Heidenspektakel gemacht haben.»

«Es wurde wirklich ein bißchen zuviel, Winston. Aber Emily hat ihrem Gezänk schließlich mit diesem wundervoll zweckmäßigen Gong ein Ende bereitet.» Sie warf ihrer Cousine einen Blick aus den Augenwinkeln zu und kicherte. «Typisch Emily, sich sowas Albernes auszudenken. Aber es funktioniert, und ich muß zugeben, daß ich die Bande auch gern so gut in der Hand hätte wie sie.»

Winston grinste. «Das möchten wir alle.»

7

«*Ich liebe altmodische Hotels, besonders die im Belle Epoque-Stil, die* sowas Grandioses haben», sagte Emily zu Paula, als die beiden am Nachmittag die Place Casino in Monte Carlo betraten. «Du weißt schon, so wie das Hotel de Paris hier, das Negresco in Nizza, das Ritz in Paris und das Imperial in Wien.»

«Ganz zu schweigen vom Grandhotel in Scarborough», fiel Paula ihr lachend ins Wort und hakte sie freundschaftlich ein. «Ich kann mich noch gut daran erinnern, wie du daran hingst, als wir klein waren. Du hast mich unentwegt bearbeitet, daß ich dich doch dorthin zum Nachmittagstee ausführen soll, und konntest es gar nicht abwarten, deinen dicken kleinen Bauch mit Gurkensandwiches, Windbeuteln und Scones mit Erdbeermarmelade und dicker Sahne vollzustopfen», neckte sie. Ihre violetten Augen blitzten vor Vergnügen.

Emily erschauerte bei der Erinnerung und zog ein finsteres Gesicht. «Herrgott nochmal, all diese Dickmacher! Kein Wunder, daß ich es seitdem immer so schwer habe, mein Gewicht zu halten. Weil ich eben schon als Kind zuviel Ballast auf den Rippen gehabt habe!» Sie lächelte Paula verschmitzt zu. «Du hättest es mir nicht erlauben sollen, soviel zu essen.»

«Wie hätte ich dich denn daran hindern sollen! Ich gab mir große Mühe, dich aus dem Grandhotel herauszuhalten, benutzte alle möglichen Tricks, tat sogar so, als hätte ich kein Geld mit. Aber du hattest auf alles eine Antwort, sogar darauf . . . ‹Kritzele doch unten auf die Rechnung wie Großmutter›, sagtest du dann. Du warst ein sehr phantasievolles Kind, weißt du das?»

«Du auch.»

Beide blieben im selben Moment stehen, sahen einander ins Gesicht und lächelten, als sie an jene glücklichen, unbeschwerten Tage dachten, da sie in Yorkshire und London gemeinsam aufwuchsen. Ein kurzes, liebevolles Schweigen trat ein, dann sagte Emily: «Wir haben wirklich Glück gehabt, Paula. Wir hatten so eine herrliche Kindheit, ganz besonders die Zeit mit unserer Gran.»

«Ja, das war das Allerbeste», pflichtete Paula ihr bei. «Und Emma war die Allerbeste.»

Gedankenverloren schlenderten sie weiter über den schönen Platz und gingen auf das Hotel de Paris zu, das ganz am anderen Ende lag, gegenüber vom berühmten Kasino von Monte Carlo.

Es war ein lieblicher Nachmittag, von mildem Sonnenlicht erfüllt; weiche, weiße, tieftreibende Wolken zogen über den azurblauen Himmel, und von der See her wehte eine erfrischende Brise. Sie blähte die Röcke ihrer Sommerkleider wie Tulpenkelche, bauschte die weißen Segel der Boote, die im Hafen lagen, und ließ die bunten Wimpel an den Masten knatternd auf und ab tanzen.

Emily hatte sie in ihrem staubblauen Jaguar nach Monte Carlo gefahren, nachdem sie den Lunch im Familienkreis auf der Terrasse eingenommen und den toten Vogel im Garten beerdigt hatten. Zu Patricks Zufriedenheit hatten alle am Begräbnis teilgenommen.

Sobald sie das Fürstentum Monaco erreicht hatten, parkten sie das Auto, gingen zu Jules et Cie, dem Antiquitätengeschäft, in dem Emily oft altes Porzellan kaufte, und holten einen Limoges-Teller ab, den Monsieur Jules für sie repariert hatte. Der charmante alte Mann plauderte lange mit ihnen über altes Porzellan und Glas und zeigte ihnen seine private Sammlung seltener Stücke. Diese schauten sie sich noch kurz an, ehe sie den *antiquaire* verließen, um auf dem Weg zum berühmten Hotel, wo sie den Nachmittagstee einnehmen wollten, in den Hauptstraßen herumzubummeln und die Schaufenster anzusehen.

«Es ist grandios, ja fast überladen, aber ich find's unwiderstehlich», sagte Emily, als sie auf dem Bürgersteig vor dem Hotel de Paris standen. Sie sah an der Fassade empor und mußte über sich selbst lachen. Dann schritten sie die Eingangsstufen herauf. Plötzlich brach Emilys Lachen ab, und sie ergriff Paula so fest am Arm, daß ihre Cousine zusammenzuckte und ihrem Blick folgte.

Die Treppen hinab und ihnen entgegen kam eine hochgewachsene Frau geschritten, deren üppiges, flammendrotes Haar und elegante Kleidung unmißverständlich französisch wirkten. Sie trug ein weißes, sehr schickes maßgeschneidertes Seidenkleid von strengem Schnitt, eine schwarze Seidenrose an einer Schulter, schwarzweiße hochhackige Schuhe, eine passende Tasche und weiße Handschuhe. Dazu hielt sie einen breitkrempigen, federgeschmückten schwarzen Strohhut in der einen und die Hand eines kleinen Mädchens in der anderen Hand. Die Kleine war etwa drei Jahre alt, hatte dasselbe flammendrote Haar und war ebenfalls ganz in Weiß gekleidet. Die Frau beugte sich über das Kind und sagte etwas zu ihm, während sie weitergingen. Sie hatte Paula und Emily nicht bemerkt.

«Du liebe Zeit! Sarah!» stieß Emily verwirrt hervor und drückte wieder Paulas Arm.

Paula hielt den Atem an, aber sie konnte weder etwas entgegnen, noch konnten Emily und sie kehrtmachen und eilig weggehen.

Den Bruchteil einer Sekunde später hatte ihre Cousine sie erreicht. Die drei Frauen standen wie festgenagelt auf derselben Treppenstufe und starrten einander sprachlos an.

Paula brach schließlich das unbehagliche Schweigen.

«Hallo, Sarah», sagte sie leise und ruhig. «Du siehst sehr gut aus.» Sie unterbrach sich und holte tief Luft. «Und dies ist bestimmt deine Tochter ... Chloe, nicht wahr?» setzte sie hinzu und rang sich ein Lächeln ab. Das emporgewandte Gesicht des Kindes war von ernster Neugier erfüllt. Auf den zweiten Blick entdeckte Paula, daß dies eine echte Nachfahrin von Emma Harte war.

Sarah hatte sich inzwischen gefangen und warf Paula einen vernichtenden Blick zu. «Wie kannst du es wagen, mit mir zu reden!» rief sie und machte aus ihrer Feindseligkeit, ihrem Abscheu keinen Hehl. «Wie kannst du es wagen, mit mir freundlich zu tun.» Sie trat näher und zischte Paula ins Gesicht: «Du bist doch beispiellos abgebrüht, Paula O'Neill, tust geradezu so, als sei gar nichts passiert, nach allem, was du mir angetan hast, du Miststück!»

Der unverhüllte Haß in Sarahs Gesicht und die Drohung in ihren Worten ließen Paula bestürzt und entsetzt zurückschrecken.

«Bleib ja weg von mir und meiner Familie!» rief Sarah, deren Gesicht knallrot angelaufen war. Sie sah fast cholerisch aus, und ihre Stimme war unnötig laut und schrill. «Und du ebenfalls, Emily Harte, du bist kein bißchen besser als sie», höhnte sie, und ihre scharlachroten Lippen kräuselten sich vor Zorn. «Ihr beiden habt Großmutter gegen mich aufgebracht und mich dann um das betrogen, was mir zustand! Ihr seid *Diebe!* Und nun geht mir aus dem Weg! Alle beide!»

Sarah umklammerte die Kinderhand fester und drängte sich zwischen Paula und Emily hindurch, wobei sie Paula fast umstieß. Dann rauschte sie großartig die Treppen hinunter, das Kind stolperte neben ihr her und rief *«Maman, Maman, attendez!»*

Paula war es ganz kalt geworden, trotz der Hitze des Tages, und sie hatte ein komisches Gefühl in der Magengrube. Einen Augenblick lang stand sie wie gelähmt da und konnte sich nicht bewegen. Dann merkte sie plötzlich, daß Emily ihren Arm drückte.»

«Puuh! Das war ja gräßlich», sagte Emily. «Sie hat sich kein bißchen verändert.»

«Nein», stimmte Paula ihr zu und riß sich wieder zusammen. «Laß uns hineingehen, Emily, die Leute sehen uns schon an.» Paula machte sich los, eilte dann die Stufen empor und betrat das Hotel, da sie Abstand zwischen sich und jenen Passanten haben wollte, die dem Auftritt beigewohnt hatten. Sie fühlte sich gedemütigt und zitterte immer noch.

Emily lief hinter ihr her und fand ihre Cousine, die hinter der Eingangstür wartete und sich um Fassung bemühte. Emily hakte Paula ein und zog sie mit sich: «Zumindest *kannten* wir niemanden von diesen Leuten, die da zuhörten und uns anstarrten, Liebes, also vergiß es. Und nun komm, wir wollen eine schöne Tasse Tee trinken. Das wird uns beiden guttun.»

Nachdem man sie zu einem ruhigen Tisch in der großen Eingangshalle geführt hatte, sie sich gesetzt und ihren Tee bestellt hatten, lehnte Emily sich zurück und seufzte tief: «Was war das doch für ein scheußlicher Auftritt.»

«Ja. Häßlich. Und peinlich. Ich traute kaum meinen Ohren, als sie anfing, uns wie ein Fischweib anzubrüllen, mal ganz abgesehen von den schrecklichen Sachen, die sie gesagt hat.»

Emily nickte und schaute Paula eindringlich an. «Warum hast du überhaupt mit ihr geredet?»

«Ich wußte nicht, was ich sonst hätte machen sollen. Wir standen uns Auge in Auge gegenüber. Es war furchtbar peinlich, das weißt du doch, Emily», erwiderte Paula und hielt inne. Dann trat ein nachdenklicher Zug in ihr Gesicht, und sie schüttelte langsam den Kopf. «Mir hat Sarah wohl immer ein bißchen leid getan. Sie war einfach Jonathans Schachfigur, sein Opfer. Er hat sie betrogen, sie und ihr Geld benutzt. Ich habe eigentlich nie geglaubt, daß sie so schlecht ist wie Jonathan. Nur etwas naiv.»

«Da bin ich deiner Meinung – was ihre Naivität angeht – aber leid tut sie mir nicht, und dir sollte sie auch nicht leid tun», rief Emily. Sie rückte näher und sagte dann: «Nun schau mal, Paula, du bist einfach zu nett, versuchst immer, gerecht und mitfühlend zu sein und dich in die Lage des anderen zu versetzen. Das ist alles gut und schön, wenn du mit Leuten zu tun hast, die deiner Rücksicht würdig sind, aber ich glaube, Sarah gehört nicht dazu. Ob naiv oder nicht, sie wußte, daß es falsch war, Jonathan zu unterstützen und ihm Geld für seine private Firma zu geben. Das ging ganz klar gegen die Interessen der Harte Unternehmensgruppe – und gegen die Familie.»

«Ja, das stimmt», sagte Paula. «Aber ich glaube immer noch, daß sie eher einfältig als bösartig ist und daß Jonathan ihr Sand in die Augen gestreut hat.»

«Schon möglich.» Emily lehnte sich zurück, schlug die Beine übereinander und fuhr fort: «Findest du es nicht auch seltsam, daß wir Sarah bis heute nie über den Weg gelaufen sind? Sie wohnt doch schon seit rund fünf Jahren an der Küste bei Cannes, wenn man der Geschichte glauben darf, die wir im *Paris Match* gelesen haben, und Mougins ist wirklich nicht weit weg.»

Paula schwieg.

Dann richtete sie ihren ruhigen Blick auf Emily und murmelte: «Es ist wirklich seltsam, daß Michael Kallinski letzten Freitag Sarah und Jonathan auch erwähnt hat, seit Jahren wieder, und . . .»

«Wieso das?» unterbrach Emily sie abrupt.

«Nur so, er war einfach neugierig. Wir redeten gerade über die Lady Hamilton-Kollektion, das habe ich dir ja gestern erzählt, und so war es wohl naheliegend, daß er nach Sarah fragte. Trotzdem . . .» Paula unterbrach sich und schüttelte den Kopf.

«Was trotzdem?» hakte Emily nach.

«Jetzt will es mir fast prophetisch erscheinen, daß er über sie gesprochen hat.» Paula stieß ein seltsames, ziemlich nervöses kleines Lachen hervor und sah Emily bedeutungsvoll an.

«Das kann man wohl sagen! Und ich hoffe wirklich, daß wir nicht als nächstes in Jonathan hineinlaufen. Ich bin mir nicht sicher, ob ich eine Begegnung mit *ihm* ebenso lässig wie die mit Sarah verkraften könnte.»

«Ich könnte das bestimmt nicht.» Paula lief unwillkürlich ein kalter Schauer über den Rücken, während sie das sagte, und eine Gänsehaut überzog ihre Arme. Sie lehnte sich im Stuhl zurück, biß sich auf die Lippen und wünschte, daß nicht schon die bloße Erwähnung von Jonathan sie so aufregen würde.

Gott sei Dank kam jetzt der Kellner mit dem vollbeladenen Teetablett, und Paula freute sich über die Ablenkung, als er Tassen und Teller vor sie hinsetzte und in schnellem Französisch auf Emily einredete, die er offenbar vom Ansehen kannte. Paula lehnte die vielen köstlichen Torten dankend ab und fragte sich mit einem unauffälligen Blick auf Emily, ob ihre Cousine wohl der Versuchung erliegen würde.

Emily sah sehnsüchtig zu den Kuchen hin, schüttelte aber ebenfalls den Kopf, und als Paula ihr den Tee einschenkte, sagte sie: «Glaub ja nicht, daß ich nicht von jedem eins gewollt hätte. Ich hätte sofort die Schokoladenéclairs und Vanilleschnitten herunterschlingen können, aber ich habe widerstanden, das hast du ja gesehen. Alles wegen meiner Figur. Und wegen Winston. Er mag es, wenn ich gertenschlank bin, also habe ich einen eisernen Willen entwickelt, wenn es um tückische Dickmacher wie gefüllte Rosinenbrötchen geht. Du solltest sehr stolz auf mich sein», sagte sie, wobei sie ihr Lachen nicht mehr unterdrücken konnte.

«Winston auch», sagte Paula und mußte ebenfalls lachen. Ihre plötzliche Ausgelassenheit trug dazu bei, die unangenehme Szene mit Sarah zu verdrängen, an die sie immer noch denken mußten, und ihre Stimmung besserte sich. Fast gleichzeitig fingen sie an, über die Tage in Hongkong zu sprechen, die sie im nächsten Monat miteinander verbringen wollten, und schmiedeten Pläne.

Einmal, zwischen zwei Schluck Tee, sagte Paula: «Du und Shane, ihr habt recht, Emily, ich glaube auch, daß ich Madelana mit nach Australien nehmen sollte.»

«Da bin ich aber froh, daß du unserer Meinung bist, Liebling. Wenn die Boutiquen wirklich in einem schlechten Zustand sind, wird sie dir eine enorme Hilfe sein.»

«Ja, das stimmt, und ich glaube, sie wird sich auch freuen, mit mir kommen zu dürfen, meinst du nicht?»

«Wer würde das nicht – es ist eine großartige Reise, und außerdem ist sie dir sehr ergeben.»

«Das ist sie. Es war wirklich ein Glücksgriff, als ich sie vor einem Jahr zu meiner Assistentin befördert habe. Sie hat sich als unschätzbar erwiesen.» Paula sah auf ihre Armbanduhr. «Es ist jetzt fünf Uhr . . . elf Uhr früh in New York. Ich werde sie nachher mal anrufen und ihr erzählen, daß ich sie gerne dabeihaben möchte. Sie wird diese Woche über alle Hände voll zu tun haben, wenn sie Samstag abreisefertig sein will, und je eher sie es weiß, um so besser.»

«Du kannst sie doch von hier aus anrufen, Paula», schlug Emily vor, die sich immer bemühte, keine Zeit zu verschwenden.

«Nein, nein, das ist schon in Ordnung. Ich kann das erledigen, wenn wir wieder in der Villa Faviola sind. Die sechsstündige Zeitverschiebung läßt mir viel Spielraum.»

Emily nickte, dann sagte sie unvermittelt: «Wetten, daß sie ein Kleid von Givenchy anhatte?»

«Ganz sicher. Sarah hat schon immer etwas für Kleider übriggehabt.»

«Mmmm.» Emily wurde nachdenklich und saß eine Weile lang da, schaute in die Ferne. Schließlich fragte sie Paula: «Glaubst du, daß sie noch etwas von Jonathan hört?»

«Da habe ich nicht die geringste Ahnung.»

«Ich möchte wirklich wissen, was aus ihm geworden ist, Paula. Wo wohnt er überhaupt?» sagte Emily leise und ließ ihre Gedanken spielen.

«Das möchte ich lieber nicht wissen. Und ich möchte auch nicht über ihn reden, wenn es dir nichts ausmacht, Emily. Du weißt ganz genau, daß Jonathan Ainsley nicht gerade mein Lieblingsthema ist», erwiderte Paula scharf.

«Tut mir leid, ich wollte dich nicht aufregen, Liebes», entschuldigte Emily sich, die sofort bedauerte, daß sie wieder damit angefangen hatte. Sie wechselte das Thema und sagte schnell: «Also, ich zahle jetzt wohl besser, so daß wir nach Hause können und du Madelana bei Harte's in New York anrufen kannst.»

«Ja, laß uns aufbrechen», stimmte Paula ihr zu.

8

Sie gehörte zu den Frauen, die Männer zweimal anschauen müssen. Und Frauen übrigens auch.

Madelana O'Shea war keine atemberaubende Schönheit. Aber sie besaß, was die Franzosen *je ne sais quoi* nennen, jenes gewisse Etwas, das sie besonders machte und dazu führte, daß man sich überall nach ihr umdrehte.

Der heutige Abend war keine Ausnahme.

Sie stand vor dem Harte-Kaufhaus auf der Fifth Avenue und wartete geduldig auf das Taxi, das sie vor einigen Minuten von ihrem Büro aus bestellt hatte. Es war acht Uhr an einem Donnerstagabend, und das Kaufhaus hatte noch geöffnet. Die eilig Hinein- und Hinausgehenden warfen ihr alle einen schnellen Blick zu und fragten sich, wer sie wohl sei, denn sie hatte Stil und etwas wie königliche Würde in ihrer Haltung.

Sie war eine hochgewachsene junge Frau von etwa einssiebzig, schlank und anmutig, und hatte lange, schöne Beine. Ihr volles, kastanienbraunes Haar ging ihr bis zur Schulter und umrahmte locker und üppig ihr herzförmiges Gesicht. Es war etwas zu schmal, als daß man sie hätte hübsch nennen können, aber die glatte Stirn und die hohen, schrägen, scharfgeschnittenen Backenknochen verliehen ihr das Aussehen eines Vollblutpferdes, ebenso wie die feine, aristokratische Nase, die schwach mit Sommersprossen bedeckt war. Madelana hatte einen breiten irischen Mund mit voller, recht sinnlicher Unterlippe und ein reizendes Lächeln, das ihr Gesicht aufleuchten ließ, aber ihre Augen waren es, die einen faszinierten und bannten. Sie waren groß, standen weit auseinander und zeigten ein ungewöhnliches blasses Meergrau. Ihre wunderbare Klarheit wurde noch von den dunklen Brauen betont, die sich über ihnen wölbten. Es waren äußerst intelligente Augen, von einer Entschlossenheit beseelt, die stahlhart werden konnte, aber es lag auch ein Lachen in ihnen und manchmal eine verborgene Waghalsigkeit.

Madelana hatte ein Gespür für Mode und war immer elegant gekleidet. Alles, was sie trug, sah gut an ihr aus, sie gab ihm ihr eigenes Gepräge – es konnte die Art sein, wie sie einen Schal band, eine Hutkrempe herunterzog, eine Bahn orientalischer Seide zu einer originellen Schärpe wickelte oder alte Perlen um ihren langen, schlanken Hals wand. Und es war dieser persönliche Chic zusammen mit ihrem gertenschlanken guten Aussehen, was ihre Erscheinung so eindrucksvoll machte.

Der Abend war drückend und schwül, wie es nur in New York im Hochsommer sein kann, und alle sahen erschöpft und mitgenommen von der lastenden Luft aus, als sie sich die Fifth Avenue hinaufschleppten, auf dem Gehweg nach einem gelben Taxi Ausschau hielten oder darauf warteten, die Straße überqueren zu können.

Nur Madelana O'Shea nicht. Ihre maßgeschneiderte cremefarbene Seidentunika mit dem einfachen, runden Halsausschnitt und den Dreiviertelärmeln, die sie über einem engen schwarzen Seidenrock trug, war ebenso frisch wie am Morgen, als sie zur Arbeit ging, und auch Madelana selbst sah kühl, unberührt von der Hitze und so elegant aus wie immer.

Das burgunderrote Funktaxi fuhr beim Kaufhaus vor, und sie eilte mit einer Leichtfüßigkeit und Anmut darauf zu, die die Ballett- und Stepstunden verriet, die sie als Kind erhalten hatte. Sie war geschmeidig und hatte die flinke Grazie einer Tänzerin, was ebenfalls Teil ihrer großen Anziehungskraft war.

Sie zog die Taxitür auf, schob die große Harte-Einkaufstasche hinein und glitt daneben auf den Sitz.

«West Twenty-fourth Street, stimmt's, Miss?» sagte der Fahrer und fuhr die Fifth Avenue hinunter.

«Ja, zwischen der Seventh und der Eighth, in der Mitte des Blocks, bitte.»

«Geht in Ordnung, Miss.»

Madelana lehnte sich zurück, legte die Hände auf die schwarze Lackledertasche in ihrem Schoß und überließ sich ihren Gedanken, die fast immer eilig dahinschossen, ganz gleich, wo sie war oder was sie gerade tat.

Seit Montagmittag, als Paula aus Südfrankreich angerufen und ihr gesagt hatte, sie solle mit nach Australien fahren, kam sie sich wie in einem Marathon vor. Sie hatte ihre anliegenden Arbeiten erledigen und alle geschäftlichen Termine für die nächsten Wochen absagen müssen, ebenso wie die wenigen privaten Verabredungen, die sie gemacht hatte. Vorkehrungen für ihre mögliche längere Abwesenheit vom Kaufhaus waren zu treffen und entsprechende Kleidung und Accessoires für die Reise zu besorgen gewesen.

Dann war Paula früh am Mittwochmorgen mit der Concorde in New York eingetroffen und gleich ins Kaufhaus gekommen. Die beiden hatten zwei volle Tage wie Wahnsinnige gearbeitet, aber sie hatten wahre Wunder zustande gebracht und würden morgen einen ganz normalen Geschäftstag haben, ehe sie am Samstag zur ersten Etappe ihrer Reise aufbrechen würden. Heute abend wollte sie noch den Stoß Papiere durchgehen, die sie in die Einkaufstasche gelegt hatte, und sie zu Ende bearbeiten, und morgen abend mußte sie packen.

Ich bin gut in der Zeit, dachte Madelana plötzlich erleichtert und nickte zufrieden. Sie warf einen kurzen Blick aus dem Fenster, achtete kaum auf den grellen Glanz und die Verkommenheit des Times Square mit seinen Gaunern, Bettlern und Drogensüchtigen, Dealern, Zivilfahndern und Prostituierten. Während das Taxi schnell durch diesen lärmenden, altmodischen Teil der Stadt glitt und nach Chelsea fuhr, war sie in Gedanken bei der Reise auf die andere Seite der Welt.

Sie wollten erst nach Sydney fahren, von dort nach Melbourne und vielleicht noch weiter nach Adelaide und dann wieder nach Sydney zurückkehren, wo sie die meiste Zeit verbringen würden. Nach dem, was Paula ihr gesagt hatte, gab es dort für sie beide eine Menge zu tun, es würden zwei oder drei harte Wochen werden. Aber diese Aussicht ängstigte sie nicht. Sie und Paula O'Neill konnten gut zusammenarbeiten, hatten sich von Anfang an gut verstanden. Sie paßten zueinander.

Nicht zum ersten Mal dachte sie, wie seltsam es doch war, daß sie, ein armes katholisches Mädchen aus den Südstaaten mit irischem Hintergrund, und eine aristokratische Engländerin, Erbin eines der größten Vermögen der Welt und renommierte internationale Magnatin, sich in vielen Dingen so ähnlich sein konnten. Sie waren beide arbeitswütig und verfügten über grenzenlose Energien, waren pedantisch genau, diszipliniert, engagiert, hatten viel Antrieb und alles sehr gut im Griff. So gingen sie einander nicht auf die Nerven, schufen einander keine Probleme und schienen immer im Gleichschritt zu gehen. Es ist, als würde man mit Fred Astaire oder Gene Kelly tanzen, dachte sie und mußte schmunzeln, so sehr gefiel ihr dieser Vergleich.

Seit einem Jahr war sie Paulas persönliche Assistentin und hatte noch keinen einzigen Fehler gemacht, und sie wollte auch in Zukunft keinen machen, besonders nicht auf ihrer bevorstehenden Australienreise. Paula war der Schlüssel zu ihrer Zukunft. Madelana wollte eines Tages zur Direktorin des Harte-Kaufhauses in New York aufsteigen, und mit Paulas Hilfe könnte ihr das gelingen.

Ehrgeiz. Sie war erfüllt davon. Das wußte sie und war zufrieden darüber. Für sie war dies etwas Positives und nichts Negatives. Ihr Ehrgeiz hatte sie vorangebracht und ihr geholfen, dorthin zu kommen, wo sie heute war. Ihr Vater hatte sich gelegentlich beschwert, daß sie zu ehrgeizig sei. Aber ihre Mutter hatte ihm dann einfach auf ihre charmante irische Art zugelächelt, ihr hinter seinem Rücken zugezwinkert und zufrieden genickt. Sie schätzte Madelanas Ehrgeiz und ermutigte sie immer.

Wenn ihre Eltern doch noch am Leben wären. Und ihre kleine Schwester Kerry Anne, die mit vier Jahren gestorben war. Und Joe und Lonnie. Ihre beiden Brüder waren in Vietnam gefallen. Sie vermißte sie so schmerzlich, wie sie auch ihre kleine Schwester und ihre Eltern vermißte, und manchmal kam es ihr so vor, als hätte sie keinen Halt im

Leben, nachdem alle von ihr gegangen waren. Sie hatten einen sehr starken Familienzusammenhalt gehabt und einander sehr geliebt. Sie dachte an ihre schmerzlichen Verluste in den letzten Jahren, an ihr Leid, und ihr Herz zog sich zusammen. Entschlossen verdrängte sie den Schmerz.

Madelana holte ein paarmal tief Luft und hatte sich und ihre Gefühle wieder vollkommen unter Kontrolle, wie sie es sich beigebracht hatte, als ihr Vater vor vier Jahren beerdigt wurde. Erst als er im Grabe lag, wurde das Gefühl des Alleinseins übermächtig in ihr, erst dann begriff sie, daß sie keine Familie mehr hatte, abgesehen von Tante Agnes, der Schwester ihres Vaters, die in Kalifornien lebte und die sie kaum kannte.

Das Taxi hielt jetzt vor dem Wohnheim Jeanne d'Arc. Sie nahm von dem Fahrer die Quittung entgegen, verabschiedete sich, ergriff ihre Einkaufstasche und stieg aus. Dann lief sie schnell die Treppen hinauf und betrat das Haus.

Sobald sie drinnen war, spürte Madelana, wie sie sich entspannte.

Dieses Haus war ihr so vertraut, es hieß sie willkommen ... sie hatte hier ein Zimmer gehabt, als sie zuerst nach New York gezogen war, und war drei Jahre hiergeblieben. Für sie war es immer noch ein Zuhause, obwohl sie jetzt ihr eigenes Apartment etwas außerhalb besaß, in den East Eighties.

Sie durchschritt die kleine Vorhalle und hielt sich dann rechts, ging auf das Büro zu.

«Hallo, Schwester Mairéad», sagte Madelana zu der Nonne hinter dem Schalter, die an diesem Abend Dienst hatte. «Wie geht es Ihnen?»

«Ja Madelana – wie schön, Sie zu sehen! Mir geht es gut, sehr gut», erwiderte die Schwester mit ihrem weichen irischen Akzent. Auf ihren rosigen Apfelwangen erschienen vor Freude Grübchen. Die Schwester hatte Madelana ins Herz geschlossen, als sie noch hier wohnte, und freute sich immer, diese reizende junge Frau wiederzusehen, die ihren Eltern so viel Ehre machte, Gott sei ihrer Seele gnädig, und in jeder Hinsicht ihre gute katholische Erziehung erkennen ließ.

«Schwester Bronagh erwartet mich», sagte Madelana

lächelnd, stellte die große Einkaufstasche von Harte's ab und holte ein verpacktes Geschenk heraus. «Darf ich vielleicht meine Einkaufstasche hierlassen?»

«Selbstverständlich, Madelana. Schwester Bronagh läßt dir ausrichten, du möchtest schon in den Garten gehen, sie käme in ein paar Minuten nach. Ich werde ihr Bescheid sagen, daß du da bist.» Strahlend nahm Schwester Mairéad den Hörer ab und wählte eine Nummer.

«Danke, Schwester», murmelte Madelana und ging zum kleinen, kastenförmigen Aufzug hinüber, der sie in den fünften Stock befördern sollte, und zu den Treppen, die aufs Dach des Hauses führten.

Erstaunlicherweise war sie allein auf dem Dachgarten.

Normalerweise kamen an schönen Sommerabenden einige der Mädchen her, die hier wohnten, um miteinander oder mit den Schwestern zu plaudern und ein Glas Wein oder Saft zu trinken, ein Buch zu lesen oder auch, um allein zu sein.

Es war ein herrliches Plätzchen; Kletterefeu und Wein wuchsen an Spalieren, es gab Blumenkästen mit leuchtendroten und rosa Geranien, Töpfe mit gelben und pfirsichfarbenen Begonien sowie Gemüse, das die Schwestern hier angebaut hatten. Zwanglos verstreut standen Stühle und mehrere kleine Tische, und es herrschte eine einladende, gesellige Atmosphäre.

Sie hielt inne, um einen Blick auf die Figur der Heiligen Jungfrau zu werfen, die wie stets im Sommer üppig mit Blumen geschmückt war, und dachte daran, wie oft sie sich um die Blumen gekümmert hatte, als sie noch hier wohnte. Dieses Plätzchen war ihr immer wie eine Oase erschienen, eine wunderschöne grüne Ecke inmitten der Asphaltdschungel Manhattans. Hier hatte sie sich immer wohlgefühlt, es tat ihrer Seele gut.

Rasch trat sie an einen der Tische heran, legte das Geschenk und ihre Handtasche hin und setzte sich so, daß sie über die Stadt schauen konnte. Direkt vor ihr, genau in ihrem Blickfeld, ragten das Empire State und das Chrysler Building über dem kunterbunten Gewirr der Dächer und Schornsteine von Chelsea und den übrigen, weniger auffallenden Wolkenkratzern der Stadt empor.

Schon senkte sich die Dämmerung herab, und in den grau-lavendelfarbenen Himmel sickerte ein dunkles Kobaltblau wie Tinte ein und verdrängte langsam die helleren Farben. Die Scheinwerfer, die über die Türme der beiden alles beherrschenden Gebäude hinwegglitten, waren schon angeschaltet worden, aber die Großartigkeit der Architektur würde erst bei einem pechschwarzen Himmel richtig zum Vorschein kommen. Bei Nacht traten diese beiden Türme deutlich hervor und schimmerten prächtig vor dem dunkelsamtigen Hintergrund des Himmels – ein Anblick, der sie vor Freude immer den Atem anhalten ließ.

Auch im Winter war Madelana gern auf den Dachgarten gestiegen, als sie noch im Wohnheim wohnte. Warm angezogen, hatte sie sich in eine geschützte Ecke gekuschelt und diese beiden außergewöhnlichen Bauwerke bewundert, die Skyline, deren einzigartige Schönheit einen sprachlos machte.

Das Chrysler mit seinem Sonnenmotiv im Art Deco-Stil auf dem sich elegant nach oben verjüngenden Turm wurde stets von weißem, strahlendem Licht überflutet, das ihm eine jungfräuliche Schönheit verlieh und die Klarheit seines Entwurfs betonte, während das Empire State Building seine Farben in den verschiedenen Jahreszeiten und zu den Festtagen wechselte. Zu Thanksgiving wurden die beiden Blöcke und der schlanke Turm darüber in Bernstein, Gold und Orange angestrahlt, zum Weihnachtsfest in Rot und Grün. Beim Chanukkafest und anderen jüdischen Feiertagen wurden die Lichter blau und weiß, Ostern gelb, am St. Patrickstag grün, und rot, weiß und blau am Tag der Unabhängigkeit, dem vierten Juli. Und war das Chrysler Building im Grunde auch das schönere der beiden, fiel doch das Empire State am meisten ins Auge mit seiner festlichen Auswahl von Regenbogenfarben.

«Guten Abend, Madelana», rief Schwester Bronagh und kam mit zwei Gläsern Weißwein auf ihren Tisch zugeschritten.

Beim Klang ihrer Stimme sprang Madelana auf.

«Hallo, Schwester.» Sie tat eilig ein paar Schritte, nahm lächelnd das Glas entgegen, das man ihr reichte, und dann gaben die beiden Frauen sich herzlich die Hand, ehe sie sich setzten.

«Du siehst sehr gut aus», sagte Schwester Bronagh und betrachtete sie eingehend im sinkenden Licht.

«Danke, ich fühle mich auch so.»

Sie stießen miteinander an und probierten den Wein.

«Dies ist für Sie, Schwester», sagte Madelana dann nach einer Weile und schob ihr das Geschenk hin.

«Für mich?» Schwester Bronaghs Augen blitzten plötzlich fröhlich hinter ihrer Brille, und auf ihr Gesicht trat ein Lächeln.

«Deshalb bin ich hier ... um Ihnen das Geschenk zu überreichen und Lebewohl zu sagen. Zu Ihrer Abschiedsfeier in der nächsten Woche werde ich leider nicht kommen können, weil ich dann schon in Australien bin.»

«Australien! Du meine Güte, Madelana, so weit weg. Aber es ist bestimmt auch sehr aufregend für dich. Schade, daß du nicht zu meiner Party kommst ... wir werden dich vermissen. So ist das immer, wenn du zu einer unserer kleinen Zusammenkünfte nicht kommen kannst. Aber erstmal vielen Dank für dein Geschenk, darf ich es jetzt schon aufmachen?»

«Natürlich.» Madelana lachte und genoß die offensichtliche Freude der Schwester über die kleine Aufmerksamkeit.

Schwester Bronagh wickelte die gelbe Schleife ab, legte das Geschenkpapier beiseite und hob den Deckel des silbernen Harte-Pappkartons hoch. Im Seidenpapier lagen drei verschieden große Kulturtaschen aus dunkelblauer Seide, die mit einer hellblauen Stoßkante verziert waren.

«Wie hübsch!» rief Schwester Bronagh und holte eine heraus. Sie drehte sie hin und her, machte den Reißverschluß auf und sah hinein. Ihr kleines Vogelgesicht strahlte vor Glück, dann ergriff sie Madelanas Hand und drückte sie. «Sei ganz herzlich bedankt, meine Liebe – gerade so etwas konnte ich gut gebrauchen.»

«Wie ich mich freue, daß es Ihnen gefällt – ich wollte Ihnen unbedingt etwas Hübsches *und* Nützliches geben.» Madelana lächelte sie an. «Ich kenne Sie ja . . . und weiß, wie praktisch Sie sind. Und ich finde wirklich, daß so etwas auf Reisen sehr praktisch ist.» Sie stützte die Ellbogen auf den Tisch und spielte mit dem Weinglas. «Wann fahren Sie denn nach Rom?»

«Am zehnten September, und ich bin schon ganz aufgeregt deswegen. Es wird eine Herausforderung für mich sein, bei der Leitung des dortigen Wohnheims mitzuhelfen. Es liegt nicht weit vom Vatikan entfernt, und das ist eine weitere Freude für mich, so dicht am Heiligen Stuhl zu sein.» Sie errötete anmutig und sagte dann: «Wirklich, Madelana, ich war ganz aufgeregt, als Schwester Marie-Theresa mich für diese Aufgabe erwählte.»

Madelana nickte. «Aber alle hier werden Sie vermissen, ich auch.»

«Ach, ich werde dich auch vermissen, Madelana, und die anderen Mädchen von früher, die mich immer noch hin und wieder besuchen, und diejenigen, die jetzt hier wohnen, und die anderen Schwestern.» Ein kurzes Schweigen entstand. Über Schwester Bronaghs Augen legte sich ein flüchtiger Film von Trauer, sie wurden feucht, dann räusperte sie sich schnell, richtete sich auf und rückte am Kragen ihrer weißen Bluse. Sie lächelte Madelana warmherzig zu. «Und nun erzähle mir von deiner Australienreise. Das kommt doch ziemlich plötzlich, oder?»

«Ja. Ich fahre mit meiner Chefin Paula O'Neill auf Geschäftsreise. Wir werden Samstagmorgen nach Los Angeles fliegen und dort die Nacht verbringen, weil sie meint, daß wir beide in besserer Verfassung sind, wenn wir eine Pause einlegen, als wenn wir direkt fliegen. Sonntag um zehn fliegen wir mit der Quantas nach Sydney weiter.»

«Und wie lange werdet ihr fort sein?»

«Zwei oder drei Wochen, vielleicht auch vier. Vielleicht muß Paula mich da lassen, damit ich für sie dort weiterarbeite. Wir fahren wegen der Boutiquen in den Hotels hin. Sie macht sich Sorgen, daß sie nicht richtig geleitet werden. Die Geschäftsführerin ist krank, und ihre Assistentin scheint abwechselnd ins Schwimmen zu kommen und in Panik zu geraten.»

«Du hast dich sehr gut gemacht bei Harte's, Madelana, ich bin stolz auf dich.»

«Danke. Aber Sie wissen ja, daß mir meine Karriere sehr wichtig ist . . .» Madelana hielt inne, zögerte und sah auf ihre Hände hinab, die auf dem Tisch lagen. Dann fuhr sie nachdenklich und etwas gedämpfter fort: «Daß ich in den letzten Jahren so hart gearbeitet habe, half mir auch, mit dem Kummer fertigzuwerden und den Verlust meiner Lieben zu bewältigen . . .» Ihre Stimme erstarb plötzlich.

Die Schwester streckte die Hand aus und ergriff tröstend Madelanas. «Ja, das weiß ich. Aber dein tiefer Glaube hat dir auch geholfen, Madelana. Denk immer daran, daß Gott Seine Gründe hat und Er uns nie eine Bürde auflastet, die für uns zu schwer ist.»

«Ja, das haben Sie mir schon oft gesagt.» Madelana hielt Schwester Bronaghs Hand fester. Ein kurzes Schweigen entstand. Dann hob sie den Kopf und lächelte dieser frommen, sanften Frau schüchtern zu, die immer so warmherzig und liebevoll zu ihr gewesen war, als sie noch im Wohnheim gewohnt hatte, und der sie immer besonders wichtig gewesen war.

«Ich konnte Sie nicht nach Rom fahren lassen, ohne Sie noch gesehen zu haben, Schwester Bronagh, und Ihnen aus tiefstem Herzen zu danken, daß Sie mir halfen, soviel Schmerz und Leid zu überwinden, und mich so freundlich empfangen haben, als ich hierherkam. Sie haben mir Mut gemacht.»

«Nein, nein, ich war das nicht, Madelana», entgegnete die Schwester schnell. «Der Mut war in dir, war schon ein Teil von dir damals. So wie jetzt. So, wie es immer sein wird. Wenn ich etwas getan habe, dann nur, dir zu zeigen, daß du ihn hast, dir begreiflich zu machen, daß du nur in dich selbst zu schauen und daraus zu schöpfen brauchst.»

«Ja . . . aber ich werde Ihnen nie für alles danken können, was Sie für mich getan haben. Und was Sie mich gelehrt haben – besonders über meinen eigenen Charakter.»

«Du warst mir immer sehr lieb, mein Kind», sagte Schwester Bronagh leise. «Wenn ich nicht diese Lebensweise gewählt hätte, nicht den Dienst Gottes und Seine Arbeit gewählt hätte, wenn ich geheiratet und eine Tochter gehabt hätte, wäre es mein Wunsch gewesen, sie gliche dir.»

«Schwester Bronagh, wie schön, daß Sie so etwas sagen, ich danke Ihnen herzlich!» Madelana wurde von ihren Gefühlen überwältigt, Tränen brannten ihr in den Augen. Sie blinzelte sie weg, weil sie nicht ganz die Beherrschung verlieren wollte. Es wurde ihr mit einem Mal klar, wie sehr sie Schwester Bronagh vermissen würde, wenn die Nonne ihre neue Tätigkeit in Rom angetreten hatte.

Dann sagte sie: «Ihr Glaube an mich ist so wichtig gewesen, Schwester Bronagh, es war für mich ein Abbild des Glaubens, den meine Mutter an mich gehabt hat. Sie hat mich ebenso ermutigt wie Sie. Ich werde mich bemühen, Sie nie zu enttäuschen.»

Das allersanfteste Lächeln glitt über Schwester Bronaghs blassen Mund, und dann sagte sie langsam, um ihren Worten genügend Nachdruck zu verleihen: «Das Wichtigste, Madelana, ist, daß man sich selbst nie enttäuscht.»

9

Es war eine lange, stickige Fahrt vom Jeanne d'Arc-Wohnheim zur East Eighty-fourth Street, und zum ersten Mal an diesem Tag fühlte Madelana sich unangenehm feucht und verschwitzt, als sie schließlich vor dem kleinen Apartmenthaus ausstieg, in dem sie wohnte.

«Hi, Alex», begrüßte sie fröhlich den Pförtner, der ihr aus dem Taxi half.

Er grüßte zurück und sah ihr mit einem bewundernden Blick nach, als sie eilig und so beschwingt wie immer über den Gehweg schritt. Sie betrat das Haus, ehe er noch herbeieilen und ihr die Tür aufhalten konnte, und glitt durch die Eingangshalle; es war, als ob ihre Füße kaum den Marmor berührten, so schnell ging sie.

Madelana nahm ihre Post und stieg in den Fahrstuhl zum siebzehnten Stock. In ihrer Wohnung klingelte gerade das Telefon, als sie den Schlüssel herumdrehte. Sie eilte hinein, das schrille Klingeln hallte immer noch durch die kühle Stille des leeren Apartments.

Sie knipste das Licht im winzigen Flur an, ließ achtlos ihre Sachen auf den Fußboden fallen und rannte zum Telefon.

Es stand auf dem Tisch des in Gelb und Weiß gehaltenen Wohnzimmers, das direkt auf den kleinen Flur hinausging. Sie schnappte sich den Hörer und rief: «Hallo», aber am anderen Ende war niemand mehr. Sie hörte nur noch ein leises Summen in der Leitung – offenbar hatte der Anrufer den Bruchteil einer Sekunde zuvor aufgelegt.

Na schön, sagte sie sich, wer es auch gewesen sein mag, er wird wieder anrufen, wenn es etwas Wichtiges ist. Achselzuckend legte sie auf, zögerte, und sah sich dann noch einmal nach dem Apparat um. Fast hätte sie wieder nach dem Hörer gegriffen, denn es war ihr eingefallen, daß Paula sie vielleicht angerufen hatte, mit irgend etwas Geschäftlichem in der letzten Minute. Oder sie hatten etwas vergessen. Aber das war ziemlich unwahrscheinlich, denn es ging bereits auf zehn Uhr zu. So verwarf sie den Einfall, ihre Chefin in ihrem Apartment in der Fifth Avenue anzurufen. Es wäre eine unnötige Störung gewesen; außerdem ging Paula immer früh ins Bett, wenn sie in New York angekommen war, um die Zeitverschiebung aufzufangen.

Madelana fröstelte, es war kalt hier drinnen. Die Klimaanlage war den ganzen Tag über auf Hochtouren gelaufen, und die Wohnung war wie ein Eisfach. Aber sie würde sich schnell daran gewöhnen und freute sich im Grunde über die Kühle nach den feuchtheißen, stickigen Straßen Manhattans.

Sie ging zu ihren Sachen zurück, holte sie ins Wohnzimmer, setzte sich aufs gelbe Samtsofa und sah ihre Post durch. Da nichts Wichtiges darunter war, legte sie diese auf den messingeingefaßten Glastisch und ging erst mal ins Schlafzimmer, um sich umzuziehen.

Nach einigen Minuten war sie zurück, barfuß und in einen langen rosa Baumwollkaftan gehüllt, und ging in die Küche, um sich ein leichtes Abendessen zuzubereiten, ehe sie sich wieder an die Arbeit machte, die sie aus dem Kaufhaus mitgebracht hatte.

Die Küche ihrer kleinen Wohnung war lang und schmal; als sie sie zum ersten Mal gesehen hatte, diesen Monat war es genau ein Jahr her, hatte sie Madelana an eine Schiffskombüse erinnert. Deshalb hatte sie sie in verschiedenen Blautönen, viel Weiß und ein paar Tupfern leuchtenden Rots ausgestattet. Die Wände hatte sie mit Seefahrtsmotiven verschönt – Drucke von Walfängern aus Boston, Segelschiffen des neunzehnten Jahrhunderts, Raddampfern aus Mississippi bis hin zu Ozeanriesen und modernen Jachten. Alle Rahmen waren aus Messing, und hier und da fanden sich noch weitere Messingaccessoires. Über dem Herd und den

Spülbecken hingen kupferne Backformen, die zusätzlichen Glanz in den Raum brachten.

Vor dem Fenster hatte sie einen kleinen Klapptisch und zwei Wiener Stühle aufgestellt, als schönes Plätzchen für einen kleinen Imbiß. In einem Blumenkasten auf dem Fenstersims wuchsen zartgefiederte Farne, und die ganze Küche besaß soviel Charme und Fröhlichkeit, die mehr auf Madelanas Phantasie und Geschick zurückzuführen waren als auf das Geld, das sie dafür ausgegeben hatte.

Ein bunter Druck von einer Segeljacht fiel Madelana ins Auge, und lächelnd mußte sie an ihre Freundin Patsy Smith denken. Patsy war ein Mädchen aus Boston, das zur gleichen Zeit wie Madelana im Wohnheim gelebt hatte. Vor zwei Jahren hatte Patsy sie ins Sommerhaus der Smiths in Nantucket zum langen Wochenende des vierten Juli eingeladen. An jenen vier herrlichen Tagen waren sie viel gesegelt, und Madelana hatte jeden Augenblick auf dem Wasser genossen. Für sie war es ein wunderbares Erlebnis gewesen – zu ihrer großen Überraschung hatte sie festgestellt, daß sie sich sehr zu Schiffen und zum Meer hingezogen fühlte.

Vielleicht werde ich es eines Tages wieder machen, dachte sie, trat an den Kühlschrank heran und wollte sich einen Salat zubereiten.

Hinter ihr an der Wand klingelte das Telefon. Sie nahm ab: «Hallo?»

«Jetzt bist du also endlich zu Hause.»

«Ach, Jack – hallo. Ja, ich war . . .»

«Du hast unsere Verabredung abgesagt, weil du arbeiten wolltest, so hast du es jedenfalls genannt», unterbrach er sie unhöflich. In seiner sonst so angenehmen, sonoren Stimme klang Gereiztheit an. «Aber du bist gar nicht zu Hause gewesen, Kleines, ich hab's den ganzen Abend probiert.»

Madelana spürte, wie sie bei seinem vorwurfsvollen Ton erstarrte, und es ärgerte sie, daß er hinter ihr herspioniert hatte. Sie holte tief Luft, bemühte sich um Ruhe und konnte schließlich beherrscht antworten: «Ich mußte zum Wohnheim fahren. Schwester Bronagh besuchen.»

«Die Ausrede kommt dir wohl gelegen.»

«Es ist keine Ausrede – behandele mich bitte nicht so. Ich mag das nicht, Jack.»

«Du erwartest doch wohl nicht, daß ich dir das abnehme? Hast eine Nonne besucht!» Er lachte hohl. «Laß gut sein, Süße . . .»

«Ich bin keine Lügnerin», unterbrach sie ihn voller Wut. Kühl setzte sie hinzu: «Und ich lasse mich auch nicht als solche hinstellen.»

Er überging ihre Worte. «Warum sagst du mir nicht, wen du heute abend getroffen hast?»

«Ich war bei Schwester Bronagh.» Sie hielt den Hörer fester umklammert, um sich zu beherrschen. Sie war äußerst gereizt und mit ihrer Geduld am Ende.

Er lachte wieder, jetzt boshafter. «Klar, bei Schwester Bronagh! Hör endlich damit auf, Süße, und spiel mir hier keine falsche Tugend vor. Du redest mit Jack. *Mit mir. Jack.* Jack, deinem Geliebten, Jack, dem großen Mann in deinem Leben. Aber ist er der *einzige* Mann in deinem Leben? Das frag ich mich.»

Nun war ihr klar, daß er nicht nur schon wieder angefangen hatte zu trinken, sondern ziemlich betrunken war. Obwohl er nicht nachlässig sprach, konnte sie es merken. Er wurde dann sarkastisch, streitsüchtig und mißtrauisch, und all seine Unsicherheit kam plötzlich zum Vorschein. Und natürlich machte es ihm dann Spaß, sie zu reizen, was sie noch mehr erzürnte. Jack wurde unangenehm, wenn er getrunken hatte. In den letzten Monaten hatte sie gelernt, daß man nur mit Konsequenz bei ihm durchkam und sie die Oberhand hatte, wenn sie die strenge Haltung einer Lehrerin einnahm. Aber sie wollte gar nicht die Oberhand haben. Sie wollte eine gleichberechtigte Beziehung, eine ausgewogene Beziehung, in der keiner den anderen manipulierte oder kontrollierte.

Kühl und kurz angebunden sagte sie: «Gute Nacht, Jack. Geh jetzt ins Bett. Ich ruf dich morgen früh wieder an.»

Am anderen Ende des Drahtes war es plötzlich still.

Sie hörte, wie er die Luft anhielt, als sei er bestürzt, daß sie einfach auflegen wollte.

Entschlossen und kühler denn je sagte sie noch einmal: «Gute Nacht.»

«Also warte doch, Madelana, wie wäre es denn mit einem Essen morgen abend? Einem schnell zubereiteten, ruhigen kleinen Dinner. Bei mir. Oder bei dir. Oder irgendwo bei dir in der Nähe. Komm schon, sag ja, Liebling», bettelte er, nun gar nicht mehr feindselig, sondern fast zerknirscht.

«Du weißt doch, daß das nicht geht, Jack. Ich habe dir bereits Anfang der Woche erklärt, daß ich am Freitagabend packen muß. Falls du es vergessen haben solltest – ich fliege Samstagmorgen nach Australien.»

«Genau! Natürlich! Ich vergesse ja immer, daß du so ein kleines Karrieremädel bist, das sich mit Haut und Haaren der Arbeit verschrieben hat. Oder sollte ich sagen *großes* Karrieremädel? Das trifft es doch viel besser. Die *große* Karriere. Der *große* Job. Der *große* Ehrgeiz. Aber sag mir eins, Babe, wird dich die Arbeit an kalten Nächten im Bett auch warmhalten?» Er lachte gezwungen. «Das bezweifle ich. Du brauchst keine *große* Karriere, Babe. Du brauchst einen *großen* Mann. So einen wie mich. Weißt du was, mir ist etwas Großartiges eingefallen – wie wär's, wenn ich gleich zu dir herüberkomme und . . .»

«Du hast zuviel getrunken, Jack Miller! Du bist so betrunken wie ein Stinktier am Schnapsfaß!» rutschte es ihr heraus. Manchmal, wenn sie wütend wurde oder sonstwie erregt, fiel sie in den Südstaatenjargon ihrer Kindheit zurück. «Geh ins Bett», befahl sie zornig, «ich ruf dich morgen früh wieder an.» Dann legte sie vorsichtig auf, obwohl sie gern den Hörer auf die Gabel geknallt hätte. Sie fühlte sich durch sein Verhalten erniedrigt und war erzürnt und wütend.

In letzter Zeit macht er mich nur noch unglücklich, dachte sie, öffnete den Schrank und nahm ein kleines Metallsieb heraus. Wütend zerpflückte sie den Kopfsalat, warf ihn ins Sieb, das im Spülbecken stand, und ließ Wasser über die zerrissenen Blätter laufen.

Trübsinnig sah sie unverwandt die Wand an, während sie intensiv über Jack Miller nachdachte.

Er ist ein Idiot, dachte sie, und ich bin eine noch größere

Idiotin, daß ich mich überhaupt noch mit ihm abgebe. Ich weiß schon seit Wochen, daß es mit uns nicht klappt. Es hat keinen Sinn. Ich kann seine tyrannische Art und seine Vorwürfe nicht hinnehmen, und die betrunkenen Szenen, die er mir in der letzten Zeit gemacht hat, sind einfach unerträglich.

Sie fuhr sich gedankenverloren durchs Haar. Und er macht mich fuchsteufelswild. Zum Donnerwetter nochmal, wieso lasse ich mir das eigentlich gefallen?

Sie zog eine Schublade auf und holte ein scharfes Hackmesser heraus, aber ihre Hände zitterten so, daß sie es wieder hinlegte, aus Angst, sie könnte sich verletzen.

Sie lehnte sich eine Weile gegen das Waschbecken und bemühte sich, ihren heftigen Zorn zu besänftigen.

Es ist alles aus zwischen uns.

Als dieser unerwartete Gedanke sich wie ein gutgezielter Pfeil durch ihr Gehirn bohrte, spürte sie, wie ihre Anspannung nachließ. Langsam hörte sie auf zu zittern.

Es stimmte, es war nichts mehr übrig. Zumindest nicht bei ihr. Auch ihr körperliches Verlangen nach ihm hatte abgenommen. Sein schlechtes Benehmen stieß sie immer mehr ab. Ich werde mit ihm Schluß machen, wenn ich aus Australien zurück bin, dachte sie. Es hat einfach keinen Sinn, noch mehr Zeit auf ihn zu verschwenden. Ich muß mit meinem eigenen Leben weiterkommen. Ich kann nicht die Babysitterin von Jack Miller spielen, was ich jetzt schon einige Monate lang getan habe. Nein, ich sage es ihm lieber gleich morgen. Das ist ihm gegenüber anständiger, als wenn ich damit warte, bis ich wieder zurück bin. Aber wieso bemühe ich mich eigentlich, anständig zu ihm zu sein? Dieser Kerl hat mir in der letzten Zeit schwer zu schaffen gemacht.

Madelana seufzte erschöpft. Es war, als wolle Jack sie für irgend etwas bestrafen. Oder bestrafte er jemanden anderes? Vielleicht sich selbst? Er war schon einige Monate arbeitslos, und das machte ihm große Probleme. Als er noch arbeitete, war er ein anderer Mensch. Ein ganzer Mann. Er trieb sich nicht ständig mit seinen Freunden in irgendwelchen Bars herum und rührte keinen Tropfen Alkohol an.

Der arme Jack, dachte sie plötzlich und war gar nicht mehr wütend. Er hatte so vieles. Er sah gut aus, hatte Charme und Talent, ja, er war sogar brillant. Aber er verschwendete alles, ließ alles durch sein Trinken verkommen. Sein Trinken machte ihr Sorgen, es war zwischen sie getreten. Natürlich war er immer ganz zerknirscht hinterher und entschuldigte sich bei ihr, aber das machte seine Szenen nicht ungeschehen und linderte den Schmerz nicht, den er ihr zugefügt hatte.

Ihr war klar, daß man ihn eigentlich bemitleiden mußte. Ein Broadway-Schauspieler, der nicht ganz ein Star war, ein meisterhafter Darsteller, der ganz groß hätte herauskommen können, wenn er es gewollt hätte, der nach Hollywood hätte gehen können und auf der Leinwand ebenso erfolgreich hätte werden können wie auf der Bühne, wo seine Stärke lag. Sein scharfgeschnittenes, attraktives Gesicht, das silberblonde Haar und jene großartigen, babyblauen Augen zogen alle Aufmerksamkeit auf sich und machten ihn außerordentlich fotogen. Und wenn er es wollte, verfügte er auch über das Charisma eines Filmstars. Er hätte ein zweiter Paul Newman werden können, das sagten seine Freunde zumindest immer. Ihr lag es dann stets auf der Zunge, zu fragen: «Und warum ist er es nicht?» Sie sagte es aber nie. Ja, seine Freunde bewunderten Jack Miller alle . . . er sei ein Topschauspieler, sagten sie. Der Allerbeste. In derselben Klasse wie Al Pacino und Jack Nicholson. Aber in Madelanas Augen fehlte ihm etwas, war da etwas Verqueres an ihm. Wenn er nur einen anderen Charakter gehabt hätte.

Sie hatte den Eindruck, daß es Jack an Antrieb mangelte, daß er nicht ehrgeizig genug war. Vielleicht hackte er deshalb immer auf ihr herum und hatte etwas gegen ihre Karriere . . . weil sie voller Ehrgeiz war und er gar keinen hatte. Vielleicht hatte er einmal welchen gehabt, jetzt hatte er jedenfalls keinen mehr.

Madelana lachte wissend. Jack hatte etwas gegen ihre Karriere, weil er in seinem innersten Herzen ein Chauvinist war. Indirekt, wie es seine Art war, hatte er es ihr mehr als einmal gesagt.

Sie ergriff das Messer und schnitt eine Tomate in Scheiben,

wobei sie befriedigt feststellte, daß ihre Hände nicht länger zitterten.

Später, nachdem Madelana ihren Hühnersalat gegessen hatte, saß sie mit einem Glas Eistee im Wohnzimmer und starrte geistesabwesend auf den Fernsehschirm, ohne den albernen Film wirklich zu sehen, der gerade lief, und auf jeden Fall, ohne hinzuhören.

Während sie sich in die Kissen kuschelte, bemerkte sie, daß ihr viel leichter zumute und sie jetzt viel fröhlicher war. Das Engegefühl in ihrer Brust war verschwunden, und sie mußte sich eingestehen, daß sie erleichtert war und sich wohler fühlte, weil sie endlich den Entschluß gefaßt hatte, ihre Beziehung zu Jack Miller zu beenden.

In der letzten halben Stunde war ihr auch klargeworden, daß diese Entscheidung weder so schnell noch so unverhofft gefallen war, wie es ihr anfangs scheinen wollte. Schon seit einiger Zeit hatte sie das Band zwischen ihnen durchtrennen wollen, aber sie hatte einfach nicht den Mut dazu aufbringen können.

Sie fragte sich, warum das so gewesen war und ob sie in den letzten Monaten etwa mit Jack zusammengeblieben war, weil sie Angst davor hatte, wieder ganz allein zu sein?

Patsy Smith war nach Boston gezogen, und Madelana hatte nicht viele gute Freunde in New York. Und weil sie so hart und bis spät in den Abend hinein arbeitete, hatte sie auch kaum Zeit, sich mit den wenigen Frauen zu treffen, die sie kannte und mochte.

Aber Jack stand auf einem anderen Blatt.

Da er im Theater arbeitete, fing sein Feierabend um zehn Uhr abends an, wenn der Vorhang heruntergegangen war. So paßten ihre seltsamen Stundenpläne gut zueinander.

Mehrmals in der Woche hatte sie Überstunden gemacht oder sich noch Arbeit mit nach Hause genommen und hatte sich dann mit ihm um elf bei Joe Allen's oder Sardi's zum Abendessen getroffen. An anderen Abenden hatte er sie nach seinem Auftritt besucht. Sie hatte ihm etwas gekocht, und er war über Nacht geblieben. Die Sonntage verbrachten sie meist in seinem Apartment in der East Seventy-ninth Street.

Aber wenn er in keinem Stück auftrat, so wie jetzt, wollte er sie jeden Abend sehen und nahm auf ihre Arbeit keine Rücksicht. Sie aber hielt mit religiöser Inbrunst an ihrem Stundenplan fest und ließ sich nicht von ihm beirren. So ging der Ärger los. Er liebte die Schauspielerei leidenschaftlich; in gewisser Weise war sie das Zentrum seines Lebens. Trotzdem konnte er nicht begreifen, daß ihre Arbeit ebenso wichtig war für sie wie seine für ihn. Deswegen gab es zwischen ihnen immer wieder Streit.

Patsy hatte sie miteinander bekannt gemacht. Madelana kannte ihn jetzt seit zwei Jahren, sie hatte ihn aufrichtig geliebt, und er war der einzige Mensch, der ihr wirklich nahegekommen war, seit sie in Manhattan wohnte. In gewisser Weise gehörte er fast zur Familie, und vielleicht hatte sie sich deshalb noch immer an ihn geklammert, als eine innere Stimme ihr schon riet, um ihr Leben zu laufen.

Familie, dachte sie und wendete das Wort in ihren Gedanken hin und her. Dann wandte sie den Kopf und sah die gerahmte Farbfotografie auf dem kleinen Tisch an. Sie waren alle darauf . . . ihre Brüder Joe und Lonnie, sie selbst mit der kleinen Kerry Anne auf dem Schoß und ihre Eltern. Wie jung auch sie aussahen, welche Freude und Liebe aus den guten, strahlenden Gesichtern sprach. Ihre Familie hätte Jack Miller reizend, amüsant und sympathisch gefunden, das war er auch, aber sie hätten ihn nicht geschätzt. Zumindest nicht als einen Freund für Madelana.

Seit sie sich erinnern konnte, hatten ihre Eltern und Geschwister sie immer einzigartig gefunden und große Dinge von ihr erwartet, besonders ihre Mutter. «Du wirst diejenige sein, die in die Welt hinauszieht und es schafft, mein Liebling», hatte ihre Mutter stets mit ihrem reizenden melodischen Tonfall gesagt. Sie hatte nie ihren verführerischen irischen Akzent verloren. «Du bist unsere Kluge, Maddy, die Gesegnete . . . die Götter lieben dich, mein Schatz. Du bist ein Glücksmädel, Maddy.»

Madelana verharrte plötzlich reglos, als sei sie auf ihrem

Sofa zu Stein verwandelt worden, da sie ihre Stimmen in ihrem Inneren widerhallen hörte, so lebendig, klar und individuell verschieden ... Joe ... Lonnie ... Kerry Anne ... ihre Mutter ... und ihr Vater ...

Sie waren tot, und doch fühlte sie sich ihnen sehr nahe.

Jeder von ihnen hatte Seiten seiner Persönlichkeit in ihr hinterlassen. Sie waren tief in ihr Herz eingeschlossen und immer bei ihr. Und sie besaß solch schöne Erinnerungen, die sie hegen konnte, die sie aufrecht hielten und ihr eine ungeheure Kraft schenkten.

Einen Augenblick lang war sie sehr weit weg, ging in Gedanken in ihre Vergangenheit zurück, dann nahm sie sich zusammen und stand auf. Sie schaltete den Fernsehapparat aus, holte sich ihre Gitarre und setzte sich wieder aufs Sofa.

Die nackten Füße gekreuzt, schlug sie ein paar Akkorde an, stimmte die Saiten, zupfte wieder ein bißchen und dachte dabei an ihre Familie und jene glücklichen Jahre, die sie miteinander verbracht hatten. Alle O'Sheas waren musikalisch, und sie hatten viele schöne Abende lang zusammen auf ihren verschiedenen Instrumenten gespielt oder jeweils ein Solo übernommen.

Und nun fing Madelana ganz leise, fast nur für sich an, eine der alten Balladen zu summen, die sie und ihre Brüder immer gesungen hatten, und als sie schließlich das richtige Gefühl dafür hatte, den Rhythmus gefunden hatte, den sie haben wollte, erklang ihre Stimme rein und klar im stillen Apartment:

«On top of old Smoky, all cover'd with snow,
I lost my true lover for courtin' too slow.
Now courtin's a pleasure, but partin' is grief,
A false-hearted lover is worse than a thief.
A thief will just rob you and take what you have,
But a false-hearted lover will send you to your grave.
On top of old Smoky, all cover'd with snow,
I lost my true lover for courtin' too slow.»

10

Nach ihrer Ankunft in New York hatte sie den heimischen Staub von ihren silbernen Ziegenlederstiefeln geschüttelt.

Das war im Herbst 1977, sie war damals dreiundzwanzig. Es war typisch für ihren trockenen Humor, daß sie sich als «arme Unschuld vom Lande, die von nichts viel Ahnung hat» bezeichnete, denn das stimmte natürlich nicht.

Ihr vollständiger Name lautete Madelana Mary Elizabeth O'Shea, und sie hatte in der Nähe von Lexington, dem Herzen des *bluegrass country*, im Juli 1954 das Licht der Welt erblickt.

Sie war die erste Tochter von Fiona und Joe O'Shea, und vom ersten Augenblick an hatte man sie vergöttert. Sie hatte zwei ältere Brüder, Joseph Francis Xavier Jr., den man nach seinem Vater genannt hatte und der bei Madelanas Geburt elf war, und den siebenjährigen Lonnie Michael Paul. Beide Jungen verliebten sich leidenschaftlich in ihre wunderschöne kleine Schwester, und es war eine Liebe, die im tragisch kurzen Leben der Jungen nie nachlassen sollte.

Alle verwöhnten und herzten sie in ihrer Kinderzeit, und es war ein Wunder, daß Madelana davon nicht affektiert und unangenehm verzärtelt wurde, wofür sie vorwiegend ihrem starken Charakter und ihrem warmherzigen Wesen danken konnte.

Ihr Vater war von irischer Abstammung und in dritter Generation Amerikaner, durch und durch ein Mann aus Kentucky, aber ihre Mutter war in Irland geboren und 1940, mit siebzehn, nach Amerika gekommen. Fiona Quinn war von ihren älteren Geschwistern zu Cousins nach Lexington geschickt worden, um vor dem Krieg in Europa in Sicherheit zu sein. «Ich bin von der alten Erde evakuiert worden», pflegte sie mit einem strahlenden Lächeln in ihren leuchtenden grünen Augen zu sagen und ihre originelle Stellung unter Verwandten und Freunden zu genießen.

Joe O'Shea war 1940 dreiundzwanzig, ein Ingenieur, der in der kleinen Baufirma seines Vaters arbeitete, und sein bester Freund war Liam Quinn, Fionas Cousin. Bei Liam zu Hause begegneten Joe und Fiona sich zum ersten Mal, und er verliebte sich sofort in das hochgewachsene, geschmeidige Mädchen aus Cork County. Er fand, sie hätte das hübscheste Gesicht und das betörendste Lächeln, das er jemals hatte sehen dürfen. Er begann um sie zu werben, und zu seiner großen Freude gestand Fiona bald, daß sie seine Gefühle erwiderte, so daß sie 1941 heirateten.

Nach ihren Flitterwochen in Louisville ließen sie sich in Lexington nieder, und 1943 kam ihr erster Sohn zur Welt, nur wenige Wochen, nachdem sein Vater nach England eingeschifft worden war, um im Zweiten Weltkrieg mitzukämpfen.

Joe, der in der ersten US-Infanteriedivision war, wurde anfangs in England stationiert, dann kam seine Einheit zu der Omaha Beach Angriffstruppe, die am D-Day, dem sechsten Juni 1944, in der Normandie landete. Er hatte Glück und überlebte diese und andere alliierte Offensiven des europäischen Kriegstheaters und kehrte zum Ende des Jahres 1945 heil nach Hause zurück, stolz das Verwundetenabzeichen an seinen Kampfanzug geheftet.

Sobald Joe sich ans Zivilistendasein in Kentucky gewöhnt hatte, war er in die kleine Firma seines Vaters eingetreten, und langsam ging das Leben der O'Sheas wieder seinen normalen Gang. 1947 kam Lonnie zur Welt, sieben Jahre später Maddy, und Fiona und Joe beschlossen, es sei klüger, keine weiteren Kinder mehr zu haben, da sie ihren dreien möglichst viel geben wollten. Dabei dachten sie insbesondere an die Kosten eines Studiums für die beiden Jungen und Maddy. Joes Vater war in den Ruhestand getreten, Joe hatte die kleine Familienfirma übernommen und kam gut zurecht. Sie waren keineswegs arm, aber auch nicht reich. «Es geht so leidlich gut», pflegte er immer zu sagen, «aber das ist kein Grund zum Feiern oder um verschwenderisch zu sein.»

Joe O'Shea war ein guter Ehemann und Vater, Fiona eine zärtliche, liebevolle Frau und stolze Mutter, und sie waren eine glückliche Familie und hingen ungewöhnlich stark aneinander.

Joe, Lonnie und Maddy waren unzertrennlich – Fiona nannte sie immer «das schreckliche Trio».

Madelana war als heranwachsendes Mädchen ein rechter Wildfang; sie wollte alles tun, was ihre Brüder taten – mit ihnen gemeinsam schwamm und fischte sie in den Bächen, wanderte und jagte mit ihnen in den Bergen und machte jede Expedition tapfer mit.

Reiten war ihr Lieblingssport, sie war schon in jungen Jahren eine ausgezeichnete Reiterin, da sie das Glück hatte, in verschiedenen Gestüten bei Lexington reiten zu dürfen, in denen Vollblüter trainiert wurden und wo ihr Vater gelegentlich arbeitete.

Sie liebte Pferde und hatte eine Hand für sie. Ebenso wie ihr Vater und ihre Brüder begeisterte sie sich für Pferderennen, und ihre größte Freude war es, wenn sie sie zu den Churchill Downs in Louisville zum Kentucky Derby begleiten durfte. Sie war es auch, die am lautesten schrie, wenn ihr Favorit gewann.

Von Anfang an war Maddy entschlossen, sich von ihren Brüdern nie überholen zu lassen, und sie, die sie so vergötterten und so unglaublich stolz auf ihre Attraktivität, Intelligenz, Unabhängigkeit und Courage waren, bestärkten sie darin immer. Nur ihre Mutter, die ständig den Kopf schütteln mußte über Maddys Jeans und buntkarierte Arbeitshemden und ihre lärmende, burschikose Art, bemühte sich, ihr mehr Damenhaftigkeit zu vermitteln.

«Was soll bloß aus dir werden, Maddy O'Shea?» wollte Fiona wissen und runzelte dabei verärgert die Stirn. «Sieh dich doch mal an ... wirklich, man könnte dich für einen Stallburschen halten in diesem Aufzug, wo deine Freundinnen doch so hübsch und weiblich aussehen in ihren niedlichen

Kleidern. Du wirst keinen netten jungen Mann finden, der dir den Hof macht, nicht, wenn du weiter so herumläufst, Mädel. Ich werde dich in Miss Sue Ellens Tanzschule anmelden, und wenn es das letzte ist, was ich tue, damit du ein bißchen Betragen, Anmut und Weiblichkeit lernst. Darauf kannst du rechnen, Maddy O'Shea. Paß bloß auf.»

Maddy lachte dazu nur laut und warf ihren kastanienbraunen Schopf zurück, denn dies war eine alte Drohung. Dann schloß sie ihre Mutter fest in die Arme und gelobte Besserung. Sie setzten sich an den Küchentisch mit einer Tasse heißer, dampfender Schokolade und redeten und redeten und waren die allerbesten Freundinnen.

Schließlich, nur um ihrer Mutter eine Freude zu machen, ging Madelana doch noch zu Miss Sue Ellens Tanz- und Anstandsschule in Lexington und nahm Ballett- und Stepunterricht. Es stellte sich heraus, daß sie eine natürliche Begabung für das Tanzen hatte, der Unterricht machte ihr Spaß, sie lernte hier, sich leicht und elegant zu bewegen, und erwarb die geschmeidige Anmut einer Tänzerin, die sie nie wieder verlieren sollte.

Später, wenn sie zurückschaute, gewann Madelana Trost daraus, daß sie und ihre Brüder solch eine wundervolle Kindheit gehabt hatten. Ihre Mutter hatte ihnen eine ganze Menge Katholizismus vermittelt, ihr Vater hatte sie Disziplin gelehrt, und sie mußten in der Schule hart arbeiten und in Haus und Garten Pflichten übernehmen, aber es war die schönste Zeit ihres Lebens gewesen und hatte sie zu all dem gemacht, was sie war.

Niemand war überraschter als Fiona selbst, als sie zum Ende des Jahres 1964 erfuhr, daß sie wieder schwanger war. Im darauffolgenden Jahr brachte sie im Alter von einundvierzig Kerry Anne zur Welt.

Obwohl das Kind unerwartet kam, liebten sie es alle, und die Taufe war eine fröhliche Angelegenheit. Ihre Freude wurde nur dadurch getrübt, daß Joe bald seine Pflicht in Vietnam tun sollte. Er war Gefreiter der amerikanischen Armee und gerade zweiundzwanzig Jahre alt.

Manchmal wird eine Familie mehrmals hintereinander vom Schicksal heimgesucht, ganz unbegreiflich, ganz unerklärlich. So erging es auch den O'Sheas.

Joe fiel 1966 bei Da Nang, ein Jahr, nachdem er nach Indochina verschifft worden war. Lonnie, der in die Marineinfanterie eingetreten war und auch in Vietnam diente, verlor 1968 bei der Tet-Offensive das Leben. Er war einundzwanzig.

Weiteres Entsetzen und Leid brachte der Tod der kleinen Kerry Anne, die 1970, kurz vor ihrem fünften Geburtstag, an Komplikationen nach einer Mandeloperation starb.

Fiona, Joe und Maddy, denen der Schock den Boden unter den Füßen weggerissen hatte und die wie betäubt waren von ihrem ungeheuren Schmerz, klammerten sich aneinander und konnten der Qual und der Schmerzen über ihre plötzlichen schrecklichen Verluste in nur fünf Schicksalsjahren kaum Herr werden. Jeder neue Schlag erschien ihnen niederschmetternder als der zuvor, und ihr Leid war unerträglich.

Fiona sollte sich nie wieder davon erholen, sie trauerte immer weiter. Aber obwohl sie das ihr einzig verbliebene Kind bei sich brauchte, bestand sie darauf, daß Madelana ihre weitere Ausbildung an der Loyola University in New Orleans fortsetzen sollte, sobald sie achtzehn geworden war.

Es war schon vor Jahren Madelanas Herzenswunsch gewesen, dorthin zu gehen, und ihre Eltern schätzten dieses kleine, von Jesuiten geleitete College. Trotzdem ließ sie ihre Eltern nur widerwillig allein, besonders ihre Mutter, der sie beistehen wollte, und hätte ihr Vorhaben lieber aufgegeben.

Aber Fiona bestand darauf, denn es war ein langgehegter Wunsch von ihr, daß Madelana studieren sollte. Damals wußte sie schon, daß sie Krebs hatte, aber Joe und sie gaben sich ungeheure Mühe, diese vernichtende Neuigkeit vor ihrer Tochter geheimzuhalten.

Vier Jahre später ging es mit ihr dem Ende zu, und Fiona wurde so kraftlos, daß man die medizinischen Tatsachen nicht länger vor Maddy verheimlichen konnte, die sich durch ihre letzten Monate in Loyola kämpfte, sich ihrer Verzweiflung und ihres Schmerzes nur mühsam erwehren konnte. In dieser unglaublich schweren Zeit hielt sie nur der Wille auf den Beinen, ihre Mutter nicht zu enttäuschen.

Fiona erlebte es noch, daß Maddy ihren ersten akademischen Grad in Betriebswirtschaftslehre im Sommer 1976 ablegte. Zwei Monate später war sie tot.

«Kerry Annes Tod war der letzte Nagel zum Sarg deiner Mama», sagte Joe den ganzen Winter hindurch immer wieder zu Maddy, bis ihr dies wie eine schreckliche Litanei in den Ohren klang.

Die übrige Zeit saß er da, sah Maddy starr an und sagte, wobei ihm die Tränen in die Augen traten: «Hat es nicht gereicht, daß ich meinem Land einen Sohn gegeben habe? Warum mußte Lonnie auch noch abgeschlachtet werden? Wozu?» Und ehe sie etwas entgegnen konnte, sagte er voll bitteren Zorns: «*Umsonst*. Das ist es nämlich, Maddy. Joe und Lonnie sind *umsonst* gestorben.»

Dann ergriff Madelana seine Hand und versuchte, ihn zu trösten, aber ihr fiel nie eine Antwort für ihn ein, und sie hatte auch selbst keine. Wie die meisten Amerikaner begriff sie kaum etwas von dem Krieg, für den sie in Vietnam kämpften.

Nachdem sie ihren Abschluß in Loyola gemacht hatte, fand Madelana eine Tätigkeit im Büro des Kaufhauses Shilito in Lexington.

Trotz ihrer Ausgelassenheit und ihrem Desinteresse an weiblichen Belangen als Kind hatte sie als Teenager ihre Liebe zu Kleidern entdeckt und gemerkt, daß sie viel Gespür für Mode hatte. Der Einzelhandel zog sie an, und als sie das College besuchte, beschloß sie, auf diesem Gebiet Karriere zu machen.

Madelanas Aufgabe im Vertrieb bei Shilito war eine Herausforderung, die ihr Antrieb gab und sie fesselte. Sie hatte sich in die Arbeit gestürzt und ihre Zeit zwischen dem Kaufhaus und ihrem Zuhause aufgeteilt, wo sie weiterhin mit ihrem Vater lebte.

Joe machte ihr zu Beginn des Jahres 1977 große Sorgen, denn er war seit dem Tod ihrer Mutter apathisch und zunehmend grämlicher geworden, und anders als ihrer Mutter gelang es ihm offenbar nicht, in der Religion Trost zu finden. Er murmelte immer noch vor sich hin, daß seine Söhne vergebens gestorben seien, und Maddy überraschte ihn oft dabei, wie er ihre Fotos auf dem Kaminsims im Wohnzimmer anschaute, Schmerz und Ratlosigkeit im Blick, das Gesicht schrecklich schmal geworden.

Maddy tat dann das Herz weh, und sie bemühte sich auf jede erdenkliche Weise, ihn abzulenken und ihm einen Lebenssinn zu geben, aber es war alles vergebens.

Bis zum Frühling desselben Jahres war Joe O'Shea nur noch ein Schatten des gutaussehenden, vergnügten Mannes von vorher, und als er im Mai plötzlich an Herzversagen starb, merkte Maddy inmitten ihres tiefen Schmerzes, daß sie nicht eigentlich überrascht war. Es schien, als hätte er sterben wollen, als hätte es ihn verzweifelt zu Fiona ins Grab gedrängt.

Sobald Madelana ihren Vater zu Grabe getragen hatte, machte sie sich daran, seine geschäftlichen Angelegenheiten durchzusehen. Das war nicht schwierig, da er alles geordnet hinterlassen hatte.

Seine kleine Baufirma stand schon seit einigen Jahren in den schwarzen Zahlen, und sie konnte die Geräte, Baustoffe und den «ideellen Geschäftswert» an Pete Andrews verkaufen, der die rechte Hand ihres Vaters gewesen war und das Geschäft übernehmen und mit einigen der älteren Arbeiter weiterführen wollte. Und obwohl es schmerzhaft für sie war, hatte sie auch das Haus verkauft, in dem sie aufgewachsen war, und die meisten Möbel ihrer Mutter. Für sich selbst hatte sie eine Wohnung in Lexington genommen.

Kurz darauf wurde ihr klar, wie schwer es ihr jetzt fallen würde, in Lexington zu wohnen. Wenn ihr geliebtes Bluegrass Country auch ein Teil von ihr war, in ihrem Blut war, schmerzte sie doch jeder Tag mehr. Wohin sie auch ging, was immer sie tat, sie sah ständig ihre Gesichter . . . ihre Eltern, Kerry Anne, Joe und Lonnie. Sie sehnte sich nach ihnen und nach der Vergangenheit und danach, wie es einst gewesen war.

Der Tod ihres Vaters hatte den alten Schmerz um die

anderen, die vor ihm gestorben waren, wieder aufbrechen lassen.

Ihr war klar, daß sie weggehen mußte. Vielleicht konnte sie eines Tages wiederkehren und sich an der Vergangenheit freuen. Aber jetzt mußte sie Abstand zwischen sich und diesen Ort legen. Ihr Schmerz war zu frisch, zu stark, und ihre Gefühle waren zu nahe an der Oberfläche, als daß sie irgendeinen Trost aus den Erinnerungen an ihre Familie hätte ziehen können.

Nur die Zeit würde ihren Schmerz verklingen lassen, erst dann würde sie Trost aus ihren Erinnerungen schöpfen können und Frieden in ihnen finden.

So faßte Madelana den Entschluß, nach Norden zu gehen, nach New York City, und dort ein neues Leben anzufangen.

Sie war sehr tapfer.

Sie hatte keine Arbeit dort, kannte niemanden, hatte keine Beziehungen, aber zumindest hatte sie eine Bleibe, als sie in Manhattan ankam. Das hatte man vor ihrer Abreise arrangiert.

Die Schwestern der Göttlichen Vorsehung, ein lehrender Nonnenorden aus Kentucky und als solcher einer der ersten, die man in Amerika gegründet hatte, unterhielt ein Wohnheim in New York. Katholische Mädchen und junge Frauen aus der ganzen Welt konnten dort für eine geringe Summe Zimmer mieten.

In dieses Wohnheim, das ‹Jeanne D'Arc›, zog Maddy im Oktober des Jahres 1977.

Eine Woche nach ihrer Ankunft in der West Twenty-fourth Street hatte sie sich dort eingerichtet und begann, sich zurechtzufinden.

Die Schwestern waren herzlich und hilfsbereit, die anderen Mädchen freundlich, und das Wohnheim selbst war angenehm, bequem und gut geführt. Es besaß fünf Stockwerke mit Zimmern, die Dusche und Bad auf dem Flur hatten. Es gab eine kleine, recht schöne Kapelle, in der die jungen Mädchen und die Schwestern beten und meditieren konnten, und dicht daran lagen die Gemeinschaftsräume – eine Bibliothek und ein Fernsehzimmer. Außerdem stand ihnen noch eine Küche und Kantine im Keller zur Verfügung, wo man seine Mahlzeiten kochen und verzehren konnte, sowie ein Wäscheraum und Schließfächer für die Verwahrung persönlicher Dinge.

Gleich nach ihrem Eintreffen in New York brachte Maddy ihre eiserne Reserve von vierzigtausend Dollar zur Bank und eröffnete ein Giro- und ein Sparkonto. Danach ließ sie sich ein eigenes Telefon in ihrem Zimmer im vierten Stock anschließen. Patsy Smith, die schräg gegenüber wohnte, hatte ihr das empfohlen und gesagt, es würde alles viel einfacher machen.

Dann hatte sie sich nach Arbeit umgesehen.

Seit sie sich dazu entschlossen hatte, im Einzelhandel zu reüssieren, war die verstorbene Emma Harte, eine der größten Kaufherrinnen aller Zeiten, zu Maddys Vorbild geworden. In den vergangenen Jahren hatte sie alles über die berühmte Emma gelesen, was ihr in die Hände kam, und Harte's in New York war das einzige Kaufhaus, in dem sie arbeiten wollte. Aber als sie sich dort bewarb, mußte sie feststellen, daß zur Zeit keine Stellen frei waren. Trotzdem war der Personalchef von ihr beeindruckt gewesen und hatte versprochen, sich mit ihr in Verbindung zu setzen, sobald sich etwas Passendes böte. Ihre Bewerbungsunterlagen wurden zu den Akten genommen.

Gegen Ende ihrer dritten Woche in der großen Stadt war es Maddy dann gelungen, einen Job in der Verwaltung von Saks auf der Fifth Avenue zu finden.

Genau ein Jahr darauf wurde schließlich bei Harte's eine Stelle frei, und Maddy griff sofort zu, ganz begeistert über die Chance, dort arbeiten zu können, und innerhalb von sechs Monaten hatte sie sich gut bewährt.

Zudem war sie Paula O'Neill aufgefallen.

Paula hatte sie in der Vertriebsabteilung entdeckt, und ihr Stil, ihr angenehmes Auftreten, ihre Tüchtigkeit und lebhafte Intelligenz hatten ihr imponiert. So hatte Paula sie oft vor allen anderen ausgezeichnet, ihr besondere Aufgaben übertragen und sie schließlich in die Chefetage geholt. Im Jahr darauf, im Juli 1980, hatte Paula Maddy zu ihrer persönlichen Assistentin befördert, ja diese Stelle erst für sie geschaffen.

Nach dieser wichtigen Beförderung und einer beträchtlichen Gehaltserhöhung hatte Madelana sich schließlich sicher genug gefühlt, nach einer eigenen Wohnung zu suchen. In den East Eighties fand sie ein Apartment, das ihr gefiel, und ließ ihr Hab und Gut von dem Speicher aus Kentucky heraufschicken, wo es aufbewahrt wurde. Als sie schließlich aus dem Wohnheim auszog, verspürte sie einen leichten Schmerz beim Abschied von Schwester Bronagh und Schwester Mairéad.

Ihr erstes Essen in der neuen Wohnung hatte sie eines Sonntagabends für Jack und Patsy gekocht, gerade bevor Patsy zurück nach Boston gegangen war.

Es war ein schöner und sehr festlicher Abend gewesen, und Jack hatte sie gut amüsiert und zum Lachen gebracht. Aber zum Ende hin waren Patsy und sie ein bißchen traurig geworden bei dem Gedanken, daß sie bald in verschiedenen Städten wohnen würden. Sie hatten sich hoch und heilig versprochen, weiterhin gute Freundinnen zu sein, und schrieben sich seitdem ziemlich regelmäßig Briefe.

Mit ihrer neuen Beförderung war Madelanas Leben auch sonst anders geworden, eine ganz neue Welt hatte sich für sie eröffnet. Paula hatte sie nach London geholt, damit sie im berühmten Kaufhaus in Knightsbridge hinter die Kulissen schauen konnte, und sie hatte die Harte-Kaufhäuser in Yorkshire und Paris besucht. Zweimal hatte Paula sie mit nach Texas genommen, obwohl sie dort eher in Sitex-Angelegenheiten unterwegs war als wegen der Kaufhäuser. Madelana hatte gemerkt, wie sehr Reisen ihr Spaß machte, daß sie es genoß, neue Städte und neue Leute kennenzulernen.

Ihr erstes Jahr als Paulas Assistentin war wie im Fluge vergangen, randvoll mit Erlebnissen, Herausforderungen und einer Kette von Erfolgen, und Maddy war sehr schnell klargeworden, daß sie jetzt ihren Platz gefunden hatte: bei Harte's in New York, wo sie ein Star war.

11

Es hatte sie sehr beruhigt, einige ihrer alten Lieblingslieder zu spielen. Endlich fühlte sie sich mit sich selbst im reinen.

Vorhin hatte sie noch halb gefürchtet, daß Jack Miller sie noch einmal anrufen würde. Aber das hatte er nicht. Nun erfüllte sie endlich ein Gefühl von Ausgeglichenheit, und sie war ganz ruhig. Sie erhob sich, legte die Gitarre beiseite und trat an den Schreibtisch, der am Fenster stand.

Dort warteten schon die aufgetürmten Aktenordner, die sie aus dem Büro mitgenommen hatte. Sie setzte sich und stellte mit einem Blick auf die Uhr fest, daß es fast Mitternacht war. Aber das war nicht wichtig. Sie war hellwach und steckte voller Energie. Eine ihrer Stärken war immer schon ein gutes Durchhaltevermögen gewesen, und sie wußte, daß sie mit ihrer Arbeit leicht in zwei, drei Stunden fertig sein konnte.

Sie ergriff ihren Füllfederhalter, lehnte sich im Stuhl zurück und sah einen Augenblick lang nachdenklich auf die Wand.

Das Petit Point-Sticktuch, das dort hing und das ihre Mutter ihr gemacht hatte, als sie ein kleines Mädchen war, zog plötzlich ihre Aufmerksamkeit auf sich. Es hatte in ihrem Zimmer in Lexington über ihrem Bett gehangen und gehörte zu den Dingen, die sie mitgenommen hatte, als sie nach New York zog.

Ist dein Tag mit Gebeten umsäumt, hält er besser zusammen, hatte ihre Mutter mit königsblauer Wolle auf den beigen Hintergrund gestickt und alles mit winzigen Blümchen in leuchtenden Grundfarben umsäumt.

Madelana mußte lächeln, denn sie sah Fionas liebliches

Bild vor sich. Ich glaube, daß sie stolz auf mich wäre, stolz auf das, was ich aus meinem Leben gemacht habe, stolz darauf, wie weit ich gekommen bin. Jack würde sie natürlich nicht gutheißen. Ich tue das, glaube ich, auch nicht. Er ist kein Mann für mich. Nicht mehr. Ich werde ihn morgen früh anrufen und ihm vorschlagen, daß wir zusammen zu Mittag essen; dann mache ich mit ihm offen Schluß, überlegte sie und bekräftigte noch einmal den Entschluß, den sie vorhin gefaßt hatte. Das bin ich ihm einfach schuldig. Ich kann es ihm nicht am Telefon sagen.

Sie legte den Füllfederhalter hin und blätterte in den Ordnern auf der Suche nach demjenigen, der ihre Notizen und die Unterlagen für die Modeausstellung enthielt.

Alle Ordner hatten etwas mit den bevorstehenden Feierlichkeiten zum sechzigsten Jubiläum von Harte's zu tun. Paulas Motto war von raffinierter Einfachheit: Sechzig Jahre Mode von der Jazzära bis zur Raumfahrtära.

Paula hatte Madelana mit dem Jubiläumsprogramm des New Yorker Kaufhauses betraut, und sie war für die gesamte Planung der verschiedenen Veranstaltungen und Vorführungen verantwortlich. Schon viele Monate lang waren Telexe über den Atlantik hin- und hergeflogen. Paula hatte Madelanas Vorschläge gutgeheißen oder verworfen; sie hatten Ware bestellt, Kampagnen gestartet, Werbeplakate fertigmachen lassen, Kataloge und Einladungen gedruckt. In diesen Ordnern steckten viele Stunden Arbeit, Nachdenken und Einsatz, und heute nacht mußte sie noch die letzten Vermerke zu allen Veranstaltungen und Kampagnen machen.

Zu Maddys eigenen Projekten gehörten der Duftmonat, eine Kunstausstellung in der Galerie des Kaufhauses, bei der dekorative Objekte aus der Art Deco-Periode im Vordergrund standen und eine Ausstellung von echtem Schmuck und Modeschmuck von Art Deco bis heute, darunter die Arbeiten von einigen der berühmtesten Schmuckdesigner wie etwa Verdura, Jeanne Toussaint von Cartier und Renée Puissant von Van Cleef und Arpels mit ihren Arbeiten aus vergangenen Jahrzehnten. Alain Boucheron und David Webb waren zwei der zeitgenössischen Designer, deren Werke ausgestellt werden würden. Für das andere Ende der Preisskala hatte sie beschlossen, den originellen Modeschmuck und die großartigen Fälschungen von Kenneth Jay Lane zusammen mit einer Sammlung von Kunststeinen aus den dreißiger Jahren zu zeigen.

Schließlich blieben ihre Hände auf dem Modeordner liegen. Darin befanden sich Informationen und Details zur Modeausstellung, die Paula im Londoner Kaufhaus im kommenden Frühling veranstalten wollte. Maddy hatte sie überredet, diese im Sommer darauf auch nach New York zu bringen. Paula hatte aber gemeint, daß Maddy die Ausstellung dann erweitern und Kleider von Amerikanerinnen beisteuern sollte, die einmal auf der Liste der bestangezogenen Frauen gestanden hatten oder sonst ein Kleid von einem zeitgenössischen oder schon verstorbenen Spitzencouturier besaßen. Das hatte Maddy auch getan – mit großem Erfolg.

Den Kern der Modeausstellung bildeten Kleider, die einst Emma Harte gehört hatten und die sie all die Jahre vor ihrem Tod immer in gutem Zustand gehalten hatte. Auch Paula hatte diese Kleider gut gepflegt, nachdem sie vor zehn oder elf Jahren schon einmal im Londoner Kaufhaus bei der Modephantasien-Ausstellung gezeigt worden waren.

Einige von Emmas Kleidern stammten vom Anfang der zwanziger Jahre; darunter war ein Abendmantel von Paquin aus braunem Samt mit einem riesigen Fuchspelzkragen, ein kurzes Abendkleid mit einer großen Schleife auf dem Rücken, das Poiret 1926 entworfen hatte, und ein blaugrünes, perlenbesticktes langes Abendkleid von Vionnet. Dieses war offenbar noch in hervorragendem Zustand und sah großartig aus auf dem Foto, das die Londoner Vertriebsabteilung geschickt hatte. Es kam Madelana kein bißchen altmodisch vor.

Sie blätterte in anderen Zeichnungen und Fotografien und dachte länger über Emmas Chanelkostüme aus den zwanziger Jahren nach und ihre große Hutsammlung von französischen und englischen Modeschöpfern, betrachtete ihre Kleider von Lanvin, Balmain und Balenciaga, zwei plissierte seidene Abendkleider von Fortuny, einen Hosenanzug von

Molyneux und einen raffiniert geschnittenen Mantel von Pauline Trigère aus den fünfziger Jahren, der jetzt noch ebenso chic war wie damals. Es gab darunter auch neuere Kreationen von Dior, Givenchy, Yves Saint Laurent, Bill Blass und Hardy Amies.

Maddy machte sich an ihre Notizen und stellte eine genaue Reihenfolge auf, wie die Zeichnungen und Fotografien im Katalog erscheinen sollten. Sie hatte ihn schon bei der Werbeabteilung in Auftrag gegeben, und diese drängte sie nun wegen der Illustrationen.

Zu Maddys Lieblingskleidern gehörte ein *charmeuse*-Abendkleid von Mainbocher, das laut Paula ein Geschenk Paul McGills an Emma in New York 1935 gewesen war. Es war üppig mit Seidenblumen verziert, die wie Epauletten auf die Schultern gestickt waren, und wurde mit einem dazugehörigen Muff aus denselben Seidenblumen getragen.

Madelana nahm das Foto von Emma in die Hand, auf der sie dieses Kleid trug, und betrachtete es einen Augenblick lang. Was für eine schöne Frau sie doch gewesen war, dachte Madelana und beschloß, dieses Foto an den Anfang zu setzen.

Nachdem sie mit dem Ausstellungsordner zu Ende gekommen war, kümmerte sie sich um die Informationen, die noch für den Duftmonat benötigt wurden, und setzte sich dann an die Art Deco-Ausstellung, wobei sie die endgültigen Details der Schmuckausstellung bis zuletzt aufschob.

Energisch arbeitete sie noch anderthalb Stunden weiter, um sicherzugehen, daß keine Fehler passierten, während sie in Australien war.

Um zwei Uhr morgens stand sie in ihrer kleinen Küche und wartete darauf, daß der Wasserkessel kochte, damit sie sich eine Tasse Instantkaffee aufbrühen konnte. Sie ging mit dem Kaffee zurück ins Wohnzimmer und richtete sich auf mindestens noch eine weitere Stunde Arbeit ein.

Nun, dachte Madelana, als sie sich wieder an den Schreibtisch setzte, wenn Emma Harte rund um die Uhr arbeiten konnte, kann ich das auch. Schließlich ist sie mir all die Jahre über Vorbild und Anregung gewesen, und ich möchte es ihr in jeder Hinsicht gleichtun.

12

«Wie ist es dir nur gelungen, alles noch fertigzubekommen?» fragte Paula mit einem Blick auf die Ordner, die sie gerade durchgelesen hatte, und sah dann Madelana an.

«Ich bin heute nacht bis halb vier aufgeblieben.»

«Aber Maddy, das wäre doch nicht nötig gewesen. Wir hätten die Ordner doch auf dem Flug gemeinsam durchgehen und dann unsere letzten Beschlüsse von Australien aus herübertelexen können.» Während Paula noch sprach, konnte sie doch ihre Erleichterung darüber nicht verhehlen, daß sie das nicht zu tun brauchten.

«Aber so ist es doch viel angenehmer, Paula, meinst du nicht?» sagte Madelana. «Wir haben jetzt den Kopf frei und können uns viel besser auf die Boutiquen konzentrieren, nachdem diese Aufgabe erledigt ist.»

«Da hast du vollkommen recht», pflichtete Paula ihr bei. «Und ich muß wirklich sagen, daß deine harte Arbeit, all das, was du geschafft hast, wirklich lobenswert ist.» Sie kniff die veilchenfarbenen Augen zusammen und sah Madelana scharf an, dann lachte sie. «Und was noch bemerkenswerter ist – man kann die Nachtwache deinem Gesicht nicht ansehen.»

«Nein?» Madelana lachte mit ihrer Chefin, die sie nicht nur achtete und bewunderte, sondern auch sehr schätzte.

«Vielen Dank, nett, daß du das sagst.»

Paula tippte auf die Aktenordner. «Es gefällt mir, daß du so viele verschiedene Produkte und Waren einbezogen hast. Dadurch hast du mein Motto erheblich verstärkt. Ich will dir ehrlich sagen, als ich unsere Sechzigjahrfeier *Von der Jazzära zur Raumfahrtära* nannte, habe ich mich gefragt, ob das nicht zu weit gegriffen sei. Aber du hast mir das Gegenteil bewiesen, ja du bist noch einen Schritt weiter gegangen als die Londoner Vertriebsabteilung. Das hat mich in der letzten Stunde sehr begeistert, als ich deine Notizen las.»

Paula glaubte fest daran, daß man einer guten Leistung unbedingt Lob zollen sollte, und sagte nun: «Gratuliere. Einige deiner Ideen sind ganz großartig, ich bewundere die Mühe, die du dir gemacht hast.»

Madelana strahlte zufrieden. «Danke, Paula, aber wir sollten doch nicht vergessen, daß dein Motto sehr raffiniert und eine große Herausforderung für mich war. Alles war im Grunde schon da und wartete nur darauf, aus den Nachschlagewerken und Akten herausgesucht zu werden.»

«Ganz zu schweigen von deinem kleinen Schlaukopf!» rief Paula. Sie nahm jetzt den Ordner zur Hand, auf dem DUFT-PROMOTION stand, öffnete ihn und nahm das oberste Blatt heraus.

Sie überflog es noch einmal und sagte dann: «Einige dieser Sachen sind wirklich faszinierend. Zum Beispiel wußte ich nicht, daß Coco Chanel die Fünf tatsächlich für ihre Glückszahl hielt und sie deshalb ihr erstes Parfüm *Chanel No. 5* genannt hat. Und ich hatte auch keine Ahnung davon, daß Jean Patou *Joy* schon 1931 schuf und Jeanne Lanvin *Arpège* 1927 herausbrachte. Das sind drei der berühmtesten Parfüms der ganzen Welt, die sich auch heute noch unglaublicher Beliebtheit erfreuen, und doch sind sie sage und schreibe schon fünfzig Jahre alt.»

«Qualität hält eben lange», sagte Madelana. «Ich fand auch einige dieser kleinen Details sehr interessant. Vielleicht können wir sie für die Verkaufsförderung nutzen oder in unserer Werbung.»

«Genau. Das ist eine großartige Idee. Du könntest der Werbeabteilung Bescheid sagen, sie sollen uns Displays für die Stände in der Parfümerieabteilung anfertigen, in denen auf einige dieser Details hingewiesen wird.»

«Okay. Und wo wir gerade über Displays reden, hast du vielleicht noch ein paar Minuten Zeit? Ich würde dir gern eine Werbegrafik zeigen, die ich gemacht habe und die wir hoffentlich hier im Kaufhaus verwenden können. Wenn sie dir gefällt.»

«Laß sie uns anschauen.» Paula sprang auf und folgte Madelana ins Büro nebenan.

In der Ecke nahe am Fenster, von dem man auf die Fifth Avenue hinunterschauen konnte, stand eine Staffelei. Madelana ergriff ein großes Display auf Zeichenkarton und stellte es darauf. «Das hier würde ich gern auf Seidenwimpel drucken lassen und fürs ganze Kaufhaus nehmen, und wenn ich dazu von dir ein Ja oder Nein bekommen könnte, wäre das schön. Die Wimpel müssen heute bestellt werden, allerspätestens Montag, wenn sie rechtzeitig zur Eröffnungsfeier im Dezember fertig sein sollen.»

«Verstehe. Also schauen wir es uns mal an.»

Madelana schob das Pauspapier hoch, das den Zeichenkarton schützte, und trat zur Seite.

Paula stand da und betrachtete gebannt die kühnen Schriftzüge: *VON DER JAZZÄRA ZUR RAUMFAHRTÄRA: 1921 bis 1981.*

Unter dem riesigen Slogan stand der kleinere Untertitel: *Sechzig Jahre stilvolle Eleganz bei Harte's.*

Paula betrachtete es immer noch versunken.

Das war ihr Slogan, die Worte, die sie vor über einem Jahr niedergeschrieben hatte, als sie die ersten Pläne machte für die Jubiläumsfeier und die Sonderveranstaltungen. Der einzige Unterschied zwischen diesem Wimpel und denen von der Werbeabteilung in London war ein Bild von Emma Harte, das schattenhaft hinter den Buchstaben skizziert war.

Paula schwieg. Ihr Gesicht sah nachdenklich aus.

Madelana, die sie gebannt und ängstlich betrachtete, hielt den Atem an und wartete auf ihre Reaktion. Als Paula immer noch nichts sagte, fragte sie besorgt: «Es gefällt dir nicht, oder?»

«Ich weiß nicht so recht, wenn ich ehrlich sein soll», murmelte Paula und zögerte. Sie ging im Büro umher und schaute sich den Zeichenkarton aus verschiedenen Blickwinkeln an. «Doch . . . doch, es gefällt mir, glaube ich», sagte sie schließlich, und ihre Stimme klang etwas zuversichtlicher. «Aber ich möchte das Bild meiner Großmutter nicht auf *jedem* Wimpel im Kaufhaus haben. Das wäre zuviel des Guten und auch nicht geschmackvoll. Und ich möchte es wirklich nicht übertreiben. Aber je länger ich es anschaue, desto mehr bin ich davon überzeugt, daß wir es wirklich verwenden können, wenn auch nur hier und da . . . in einigen der großen Hallen in den Kaufhäusern von London und Paris und hier im ersten Stock. Und natürlich auch in Leeds! Da ist es ja wirklich unabdinglich, schließlich hat dort alles begonnen.»

«Bist du sicher? Du klingst immer noch ein wenig unschlüssig.»

«Nein, ich bin sicher. Du kannst die Wimpel bestellen, und warum besorgst du nicht auch gleich welche für die anderen Kaufhäuser? Wir können sie doch alle in New York anfertigen lassen. Dann können sie per Luftfracht nach London und Paris befördert werden.»

«Eine gute Idee. Und ich freue mich, daß du es soweit gut findest, was wir gemacht haben. Alle werden sich schrecklich darüber freuen, und wir können dann an diesen Plänen weiterarbeiten.»

Ein flüchtiges Lächeln ging über Paulas Gesicht. «Nun, das war's wohl, was die Sonderveranstaltungen betrifft. Aber komm doch noch auf eine Minute in mein Büro, Madelana, ich möchte etwas mit dir besprechen.»

«Ja», sagte Maddy und schritt eilig hinter ihr her, wobei sie sich fragte, was es wohl sein könnte. Plötzlich hatte Paulas Stimme besorgt geklungen, was ganz ungewöhnlich für sie und deshalb beunruhigend war.

Paula ging um ihren Schreibtisch herum und setzte sich.

Madelana nahm den Stuhl gegenüber und schaute, auf der Stuhlkante hockend, ihre Chefin an, wobei sie sich fragte, ob es wohl Schwierigkeiten gab.

Paula lehnte sich zurück, legte die Finger aneinander und dachte einen Augenblick lang nach. Dann sagte sie: «Ich möchte dich in einer Angelegenheit ins Vertrauen ziehen, Madelana, muß aber betonen, daß es streng vertraulich ist.

Ich habe es noch nicht einmal Shane oder Emily gegenüber erwähnt, allerdings eher, weil ich noch nicht die rechte Gelegenheit dazu hatte. Aber weil du so eng mit mir zusammenarbeitest, fand ich, du solltest es umgehend erfahren.»

«Du kannst auf meine Verschwiegenheit rechnen, Paula. Ich würde deine geschäftlichen Belange nie ausplaudern. Das ist nicht meine Art.»

«Das weiß ich, Madelana.»

Paula lehnte sich mit ernstem Blick zurück. Dann sagte sie bedächtig: «Ich hatte in den vergangenen Tagen mehrere Anrufe von einem gewissen Harvey Rawson, was dir auch nicht entgangen sein dürfte, da du einige dieser Anrufe zu mir durchgestellt hast.»

Madelana nickte.

«Er ist Anwalt in einer Sozietät in der Wall Street und ein Freund von Michael Kallinski. Er hat einige Sachen für mich gemacht. Privat.»

«Du hast doch keine Rechtsstreitigkeiten, oder?»

«Aber nein, Maddy. Seit langem schon will ich mich in Amerika vergrößern . . . Ich will die Harte-Kaufhäuser über das ganze Land verteilen und habe nach einer schon bestehenden Warenhauskette gesucht, die ich zu diesem Zweck kaufen kann. Michael war eingeweiht und hat meine Wünsche vor einiger Zeit durchblicken lassen, natürlich ohne meinen Namen zu erwähnen. Letzte Woche erfuhr er durch Harvey Rawson von einer kleinen Kette in der Provinz. Ehe ich nach New York flog, habe ich mit Michael gesprochen und ihm erzählt, daß er Harvey jetzt sagen könnte, ich sei die Interessentin und er solle sich direkt mit mir in Verbindung setzen.»

«Also vertritt Harvey Rawson dich beim Kauf», versetzte Madelana, richtete sich gerader auf ihrem Stuhl auf und sah ihre Chefin aufmerksam an.

«Bisher ist es mit dem Kauf noch nicht soweit. Aber er vertritt mich insofern, als er die Kette anspricht, allerdings ohne zu verraten, daß ich die Interessentin bin.»

«Ja, ich verstehe. Sonst würde der Preis beträchtlich nach oben schnellen, wenn sie wüßten, daß du es bist. Aber ich finde diesen Schachzug von dir ganz großartig, Paula, sehr weitsichtig.» Man konnte Madelana ansehen, daß sie aufgeregt war, und sie beugte sich eifrig vor. «Wie heißt die Kette? Wo liegen die Kaufhäuser?»

«Die Kette heißt Peale and Doone, sieben Kaufhäuser sind es insgesamt, alle in Illinois und Ohio», erwiderte Paula. «Es ist eigentlich nicht die Kette, die ich anfangs im Sinn hatte – ich möchte meine Kaufhäuser lieber in Großstädten haben. Aber Peale and Doone, das wäre ein Anfang.»

«Ist es eine staatliche Firma?»

«Nein, privat. In der nächsten Woche wird Harvey eruieren, ob die Aktionäre an einem Verkauf interessiert sind oder nicht, dann werden wir weitersehen. Er wird mit mir und Michael in Verbindung bleiben; beide wissen über die Stationen meiner Australienreise Bescheid, zumindest, was den geplanten Teil angeht», schloß sie und lehnte sich im Sessel zurück.

Madelana, die bemerkte, daß Paula die Unterhaltung abgeschlossen hatte, erhob sich und sagte: «Danke, daß du mir von deinen Plänen erzählt und mich ins Vertrauen gezogen hast, Paula. Das ehrt mich, und ich freue mich schon darauf, bei deinen Amerikaplänen mitarbeiten zu dürfen.»

«Prima. Das hatte ich auch gehofft. Ich möchte, daß du dabei sehr eng mit mir zusammenarbeitest, Maddy», sagte Paula und erhob sich ebenfalls. Sie nahm den Stapel Aktenordner von ihrem Schreibtisch und gab ihn Madelana.

Dann schritten die beiden Frauen durch das Zimmer, blieben an der Tür zu Madelanas Büro stehen und sahen einander an.

«Du bist ja offenbar fertig, also brauchst du nach dem Mittagessen nicht wiederzukommen, wenn du nicht möchtest. Ich brauche dich für den Rest des Tages nicht mehr, und du hast doch bestimmt noch eine Menge zu tun bis morgen früh.»

«Danke, das ist sehr nett, Paula, aber ich komme bestimmt wieder, außerdem wollte ich mir noch ein paar Jogginganzüge in der Sportabteilung besorgen. Hast du nicht behauptet, das sei das einzige, worin man fliegen könnte? Nach Australien, meine ich.»

Paula lachte. «Das ist richtig – diese Anzüge sind zwar nicht besonders elegant, aber wirklich sehr praktisch. Und vergiß deine Turnschuhe nicht. Von Los Angeles nach Sydney sind es rund vierzehn Stunden, es kommt auf den Wind an, und man hat das Gefühl, als schwölle einem jeder Körperteil an. Und nicht nur das, ich finde auch, daß ich in einem Jogginganzug viel bequemer schlafen kann.»

«Dann werde ich mir die richtige Ausrüstung zum Flug besorgen, nachdem ich mit Jack zum Lunch gewesen bin . . .» Madelana unterbrach sich, ihr Gesicht sah plötzlich anders aus, blaß vor Besorgnis.

Dies entging Paula nicht. Sie runzelte die Stirn und fragte dann leise: «Ist irgend etwas nicht in Ordnung?»

Maddy schüttelte den Kopf. «So kann man es nicht sagen», fing sie dann an und brach wieder ab. Paula und sie standen einander sehr nahe, und sie waren immer aufrichtig und offen zueinander gewesen. «Ich sollte so was nicht sagen, Paula, denn es ist nicht wahr. Es steht ziemlich schlecht um Jack und mich, und ich will ihm heute den Laufpaß geben. Ich möchte es hinter mir haben, ehe ich fortgehe. Deshalb bin ich zum Lunch mit ihm verabredet.»

«Das tut mir leid», murmelte Paula, schenkte ihr ein schüchternes, mitfühlendes Lächeln und berührte leicht ihren Arm. «Ich dachte, zwischen euch würde alles gut klappen. Zumindest hast du mir diesen Eindruck vermittelt, als wir das letzte Mal in London über ihn redeten.»

«Damals war das auch so, und er ist ja auch in vieler Hinsicht ein netter Kerl. Aber wir streiten uns so oft. Ich glaube, er hat etwas gegen mich zur Zeit, und er hat etwas gegen meine Karriere.» Madelana schüttelte den Kopf. «Soweit ich sehen kann, hat das Ganze keine Zukunft.»

Paula schwieg und dachte daran, was Emma einst gesagt hatte, als sie, Paula, dort stand, wo Madelana heute war. Still sagte sie: «Vor vielen Jahren, als ich in meiner ersten Ehe große Schwierigkeiten hatte, gab meine Großmutter mir einen Rat, den ich nie vergessen habe. Sie sagte: ‹Wenn eine Sache nicht klappen will, scheue dich nicht, sie zu beenden, solange du noch jung genug bist, von vorne anzufangen und mit einem anderen glücklich zu werden.› Grandy war eine sehr weise Frau. Und ich kann dir ihre Worte heute nur wiederholen, Maddy, und sagen, daß du deiner inneren Stimme folgen mußt. Soweit ich dich kenne, hat sie dich noch nie im Stich gelassen.»

Paula hielt inne, sah Maddy scharf an und sagte dann: «Ich glaube, daß du es richtig machen wirst. Daß du die beste Lösung für dich wählen wirst.»

«Das weiß ich. Und danke, daß du daran Anteil nimmst, Paula. Ich werde heute mit Jack Schluß machen, einen raschen, sauberen Schnitt machen. Und dann will ich mich auf meine Karriere konzentrieren.»

13

Er stieg vor dem azurblauen Himmel wie ein großer Monolith auf, ein ungeheures, unnachgiebiges Gerüst aus schwarzem Glas und Stahl. Er war ein Symbol des Reichtums und der Privilegiertheit, des Prestiges und der Macht, ein glitzerndes Monument zu Ehren der Gründer eines riesigen Geschäftsimperiums.

Der McGill Tower beherrschte die Skyline von Sydney.

Der Mann, der dieses einzigartige, schöne Gebäude entworfen und in Auftrag gegeben hatte, residierte in diesem Turm wie ein Magnat aus längst vergangenen Zeiten, hatte alles unter Kontrolle und überblickte und beherrschte alles, was er besaß, von dieser eleganten, modernen Kommandozentrale aus, und das mit einer Klugheit, Besonnenheit und Fairneß, die weit über seine Jahre hinausging.

Der schwarze Glasturm war sein Reich. Er arbeitete dort von frühmorgens bis spätabends, und die Woche über wohnte er auch oft dort. Die Chefetage und seine Penthouse-Wohnung lagen übereinander und nahmen die zwei obersten Stockwerke des Gebäudes ein.

An diesem späten Montagnachmittag stand der Mann mit dem Rücken zur riesigen Fläche aus Spiegelglas, aus der die Fensterwand zu einer Seite seines Büros bestand, von der aus man das Panorama des Hafens von Sydney und der ganzen Stadt vor Augen hatte. Den Kopf etwas schräg geneigt, die Augen konzentriert zusammengekniffen, hörte er aufmerksam seinem Besucher, einem jungen amerikanischen Geschäftsmann, zu.

Philip McGill Amory, der schon immer der attraktivste

von Emma Hartes Enkeln gewesen war, befand sich mit fünfunddreißig auf dem Höhepunkt seiner Ausstrahlung und Macht. Er besaß große Anziehungskraft und hatte einen gewissen Ruf in internationalen Geschäftskreisen und bei der Presse, und vielen Leuten war er ein Rätsel. Wie seine Mutter und Schwester ähnelte er seinem Großvater Paul McGill. Sein Haar war ebenso glänzend schwarz, seine Augen von jenem ungewöhnlichen Blau, das ins Violette hinüberspielte, und er verfügte über die gleiche Vitalität, die Größe und männliche Erscheinung, die auch seinen Großvater so faszinierend gemacht hatte.

Heute trug er einen steinfarbenen, leichten, modisch geschnittenen Gabardineanzug und sah vom Kragen seines dunkelblauen Hemdes bis zu den Spitzen seiner dunkelbraunen Slipper, die wie auf Hochglanz poliertes Glas glänzten, makellos gepflegt aus.

«Also», sagte sein Besucher gerade, «so ist das. Und bevor ich ein paar Millionen Dollar hineinstecke – US-Dollar –, dachte ich, es sei besser, mal herzukommen und Ihren Rat einzuholen. Bevor ich London verließ, hat Shane mir gesagt, daß ich mit Ihnen über alles sprechen sollte, wenn ich das Bedürfnis dazu hätte, da Sie mehr vom Opalabbau verstünden als irgendwer sonst.»

Philip lächelte.

«Das ist etwas zu hoch gegriffen, Mr. Carlson. Mein Schwager übertreibt manchmal ein bißchen, aber ich habe schon etwas Ahnung davon, das stimmt. Wir bauen seit Jahren Opale ab – unter anderem. Eine unserer Tochtergesellschaften, McGill Mining, wurde 1906 von meinem Urgroßvater gegründet, ein paar Jahre, nachdem man das berühmte Lager schwarzer Opale bei Lightning Ridge entdeckte – 1903 war es wohl. Aber um zu Ihnen zurückzukehren – nach dem, was Sie mir erzählt haben, glaube ich nicht, daß Sie gut beraten worden sind. Wenn ich Sie wäre, würde ich sehr vorsichtig sein und es mir zweimal überlegen, ob ich in dieses Syndikat Geld stecken würde.»

Steve Carlson richtete sich auf und warf Philip einen fragenden Blick zu. «Sie meinen doch nicht, daß es irgendein

Schwindel ist?» fragte er, wobei seine Stimme nervös anstieg und seine Augen plötzlich angstvoll dreinschauten.

Philip schüttelte den Kopf. «Nein, das nicht», sagte er schnell und nachdrücklich. «Aber wir haben von Jarvis Lanner gehört, und wenn er auch einigermaßen ehrlich ist, soweit wir das feststellen konnten, ist er kaum der richtige Mann, Ihnen Ratschläge zur Opalgewinnung im Buschland zu geben.»

«So stellt er sich aber nicht dar.»

«Vielleicht nicht. Aber er ist nun mal ein *Pommy Jackaroo*, zum Teufel.»

Carlson schaute verblüfft drein. «*Pommy Jackaroo* – was ist denn das?»

Ohne viel Erfolg bemühte Philip sich, ein Lachen zu unterdrücken. «Tut mir leid, ich hätte Sie nicht mit australischem Slang verwirren sollen. So nennt man einen englischen Einwanderer, der noch nicht ganz trocken hinter den Ohren ist.»

«Ah, verstehe», nickte Carlson. Dann sagte er: «Es ist mir allerdings vor ein paar Tagen auch aufgefallen, daß Jarvis Lanner nicht soviel weiß, wie er vorgibt, und deshalb bin ich wohl zu Ihnen gekommen, schätze ich.»

Philip sagte dazu nichts. Er schlenderte zu seinem Schreibtisch hinüber und betrachtete den jungen Mann einen Augenblick lang. Er tat ihm leid. Wenn es einen *Jackaroo* gab, dann war er es. Aus dem Wunsch heraus, ihm zu helfen und diese Unterredung zum Ende zu bringen, sagte Philip: «Ich glaube, daß es das beste ist, Mr. Carlson, wenn ich Sie mit ein paar guten Bergbauleuten und führenden Geologen zusammenbringe. Die können Sie in die richtige Richtung steuern. Möchten Sie, daß ich das für Sie tue?»

«Ja doch, ganz sicher, und ich möchte Ihnen sehr dafür danken, daß Sie sich die Mühe gemacht haben, mich anzuhören. Aber mal so aus reiner Neugier: Was denken *Sie* eigentlich über Queensland in Hinsicht auf Opale? Meinen Sie nicht, daß es soviel bietet, wie man mir erzählt hat?»

«Ehrlich gesagt, nein.»

Philip setzte sich, zog einen Schreibblock heran und griff

nach seinem goldenen Füllfederhalter. «Eine Menge Schürfer und Bergleute werden Ihnen erzählen, daß die Felder von Queensland immer noch eine Menge versprechen, und das stimmt wohl auch in mancher Hinsicht. Aber ich bezweifle, daß Sie dort viel Edelopal finden werden. Der ist sehr selten. Es gibt natürlich viel gewöhnlichen Opal in Queensland. Jarvis Lanner hat Sie nicht belogen, als er Ihnen das erzählte. Aber ich muß betonen, *gewöhnlichen* Opal. Sie haben mir aber angedeutet, daß Sie *Edel*steine schürfen möchten.»

«Ja.» Carlson erhob sich vom Sofa, schlenderte zum Schreibtisch hinüber und setzte sich auf den Stuhl gegenüber. «Wo meinen *Sie* denn, daß ich schürfen sollte, Mr. Amory?»

«Da gibt es verschiedene Orte», erwiderte Philip achselzuckend, da er sich darüber nicht gern auslassen mochte und auch nicht für eine Empfehlung geradestehen wollte, die sich für den jungen Carlson schließlich als falsch erweisen konnte. Aber er wollte ebensowenig unhöflich wirken und sagte deshalb: «Unsere Gesellschaft schürft immer noch bei Lightning Ridge in New South Wales und auch bei Coober Pedy. Dort findet man zur Zeit die größten Opalvorkommen von ganz Australien, von dort bekommen wir unseren kostbaren hellen Opal. Daneben gibt es noch Mintabie in Südaustralien. Dort hat man seit 1976 erfolgreich geschürft.»

«Also ist es ein neues Feld.»

«Nein, es wurde schon 1931 entdeckt, aber der Mangel an Wasser, die ungünstigen Bedingungen und eine schlechte Ausrüstung machten es außerordentlich schwer, den Opal aus dem Boden zu bekommen, und verhinderten viele Jahre lang einen lukrativen Abbau. Die moderne Technik von heute hat das Feld sehr gut erschließen können. Nun lassen Sie mich die Namen und Telefonnummern von den Experten besorgen, von denen ich sprach. Gehen Sie hin und sprechen Sie mit ihnen. Ich bin zuversichtlich, daß Sie Ihnen den richtigen Rat geben werden. Sie werden Ihnen auch sagen können, ob Sie nun in das Syndikat investieren sollen, das Lanner empfiehlt, oder nicht.»

«Glauben Sie denn, daß diese Firma in Ordnung ist?»

«Ich habe nie gesagt, daß mit dieser Firma etwas nicht in

Ordnung sein sollte, nur, daß Sie es sich zweimal überlegen sollten, ehe Sie Ihr Geld dort hineinstecken», konterte Philip schnell. «Und ich habe Sie darauf aufmerksam gemacht, daß Lanner Sie nicht allzugut beraten hat.» Philip lächelte kurz, gab Carlson keine Gelegenheit, etwas zu sagen, und murmelte dann: «Entschuldigen Sie mich.» Er nahm wieder seinen goldenen Füllfederhalter zur Hand und notierte etwas mit seiner ordentlichen, flinken Schrift.

«Ja, natürlich», erwiderte Steve Carlson etwas verspätet und lehnte sich im Stuhl zurück. Er beobachtete Philip scharf. Dieser Mann, der sich so schnell und ohne besondere Umstände dazu bereiterklärt hatte, ihn zu empfangen, beeindruckte ihn sehr. Nun ja, er hatte auch die besten Empfehlungen gehabt. Andererseits kam man an Bonzen von Amorys Kaliber und Macht kaum persönlich heran, auch wenn einem Familienmitglieder halfen. Normalerweise waren solche Leute zu beschäftigt und steckten bis über die Ohren in Finanzoperationen und irgendwelchen Bilanzen, um sich mit Fremden abzugeben, die ihren Rat suchten. Ohne Ausnahme geriet man sonst an ihren Stellvertreter. Aber bei diesem Cowboy war es anders – er schien ein ganz anständiger Kerl ohne Getue und Allüren zu sein. Vor einer Stunde, als Steve ihm zum erstenmal begegnete, hatte es ihm glatt die Sprache verschlagen. Philip McGill Amory sah so verflixt gut aus, daß er eigentlich vor eine Filmkamera in Hollywood gehörte und nicht hinter einen Schreibtisch. Man mußte dieses schöne Gesicht, diese faszinierenden blauen Augen, die glänzenden Zähne und die tiefe Bräune gesehen haben, um es zu glauben. Und sein tadelloser Anzug, das maßgeschneiderte Voilehemd, ganz zu schweigen von den saphirnen Manschettenknöpfen. Dieser Mann war einfach legendär, mehr Superstar als Geschäftsmann. Steve hatte allerdings nicht damit gerechnet, daß Amory einen Schnurrbart haben würde. Das sah einfach verwegen aus und gab dem Bonzen das Aussehen eines Südstaatenspielers ... nein, eines Freibeuters.

Steve Carlson unterdrückte sein aufsteigendes Lachen beim Gedanken daran, daß heutzutage sicherlich eine ganze Menge Piraten unterwegs waren, die alle die Gewässer des

Big Business durchpflügten. Aber Amory besaß nicht den Ruf eines Hais, eines dieser modernen Gauner der Firmenübernahme, die fremde Unternehmen verschlangen und sie zu ihren eigenen Zwecken beherrschten. Amory hatte es nicht nötig, irgend jemanden auszurauben, nicht wahr? Nicht mit einer Firmengruppe, die die Größe der McGill Corporation hatte, mit der er spielen konnte und die ihn in Atem hielt. Sie war Millionen wert, nein, Billionen.

Carlson rückte auf seinem Stuhl herum und warf Philip einen Blick zu, in dem viele Spekulationen mitschwangen. Bestimmt hat dieser Cowboy ein tolles Privatleben, einen Heidenspaß, dachte der junge Amerikaner mit einem Stich von Neid und auch Bewunderung. Mit dem Aussehen, der Macht und dem vielen Geld werfen sich ihm die Frauen wohl scharenweise an den Hals. Junge, Junge, was würde ich bloß dafür geben, wenn ich nur einen Abend solche handgenähten italienischen Slipper hätte.

Philip knipste die Sprechanlage an. «Maggie?»

«Ja?»

«Mr. Carlson steht im Begriff zu gehen. Ich gebe ihm eine Namensliste mit. Würden Sie ihm bitte die entsprechenden Telefonnummern dazuschreiben?»

«Selbstverständlich.»

Philip kam um den Schreibtisch herumgeschlendert.

Carlson erhob sich eilig, nahm das Blatt Papier von ihm entgegen und ging mit ihm zur Tür.

Philip schüttelte dem jungen Mann herzhaft die Hand. «Viel Glück, Mr. Carlson. Ich bin davon überzeugt, daß alles klappen wird.»

«Danke, Mr. Amory. Vielen Dank, daß Sie mir soviel Zeit gewidmet haben, und für Ihren Rat.»

«Es war mir ein Vergnügen», erwiderte Philip und machte dann seiner Sekretärin ein Zeichen, die wartend neben seinem Schreibtisch stand. «Kümmern Sie sich doch bitte um Mr. Carlson, Maggie», setzte er hinzu, ehe er in sein Büro zurückging und fest die Tür hinter sich schloß.

Schließlich allein und sehr froh darüber, schlenderte Philip zur Wand aus Spiegelglas hinüber und schaute über den

Hafen hin. Es war Frühlingsbeginn, und das Wetter war den ganzen Tag lang schon prächtig gewesen. Viele Segelboote eilten auf dem strahlendblauen Wasser vor dem Wind dahin, ihre bunten Spinnaker blähten sich, und die Großsegel waren ausgerefft.

Es war ein großartiger Anblick – die Sydney Harbour Bridge, die von fern so majestätisch wirkte, die weißen Rennjachten und ihre bunten Spinnaker, die glitzernde, besonnte See und an der Seite das Opernhaus mit seinem einzigartigen Dach aus geschwungenen weißen Halbkuppeln, die aus dieser Perspektive wie die gigantischen Segel einer Galeone aussahen, die sich am Rande des Horizonts vom staubblauen Himmel abhob.

Über Philips Augen ging ein Lächeln. Er liebte diese Stadt, seit er ein Junge war, und für ihn gab es auf der ganzen Welt kein Panorama wie den Hafen von Sydney. Sein Anblick bereitete ihm immer wieder Vergnügen, besonders von diesem Aussichtspunkt aus.

Er wandte sich vom Fenster ab und nahm sich vor, den Spinnaker an seiner Rennjacht nachsehen zu lassen. Er bestand aus spinnwebfeinem Nylon, und man mußte ihn und die anderen Segel regelmäßig überprüfen. Er lächelte etwas sarkastisch. Eine Rennjacht war heutzutage ein teures Hobby. Ein vollständiger Satz Segel, von dem Spinnaker für leichten Wind bis zu dem Sturmsegel aus Kevlar kostete knapp eine Million australische Dollar.

Es klopfte. Die Tür ging auf, und Barry Graves, sein persönlicher Assistent, steckte grinsend den Kopf hinein. «Darf ich eintreten?»

«Natürlich», erwiderte Philip und ging zu seinem Schreibtisch hinüber.

«Hatte wohl ’ne Menge Flausen im Kopf, wie?» fragte Barry, eine Augenbraue beredt hochgezogen.

Beide Männer wechselten einen wissenden Blick und brachen dann in Gelächter aus.

«Nein», sagte Philip dann, «er ist nicht verrückt. Carlson ist bloß jung und unerfahren. Ihn hat wohl die Abenteuerlust gepackt. Offenbar hat er irgendwo gehört, daß Australien fünfundneunzig Prozent aller Opale der Welt liefert, und so beschloß er, hier herüberzukommen, sein Glück zu versuchen und sein Erbe in den Opalbergbau zu investieren.»

«Noch so ein *Jackaroo*.» Barry seufzte. «Der arme Kerl. Na ja, es kommt wohl alle Augenblicke so einer an. Und was hat Shane mit ihm zu tun?»

«Eigentlich nichts. Carlsons Schwager ist einer von Shanes leitenden Angestellten bei O'Neill International New York, und Shane wollte dem Mann einen Gefallen tun. Der Junge hat ihn in London aufgesucht, und Shane hat ihm gesagt, er solle auf jeden Fall mit mir sprechen, ehe er etwas Unüberlegtes täte.»

«Verdammt gute Idee von ihm.» Barry hatte sich auf die Schreibtischkante gehockt und sagte schnell: «Ich wollte mich eigentlich bloß für heute verabschieden, Philip. Wenn du mich jetzt nicht mehr brauchst, würde ich gern gehen. Ich habe heute abend eine Komiteesitzung im Tennis Club.»

«Dann viel Spaß, Barry.»

«Danke. Ach, da ist noch etwas – möchtest du, daß ich Paula morgen früh mit einem Auto vom Flughafen abholen lasse?»

«Das ist nett, danke, aber es ist nicht nötig. Meine Mutter kümmert sich schon darum.»

«Prima.» Barry ging zur Tür. Dann zögerte er noch einmal und drehte sich nach Philip um. «Mach nicht zu lange heute abend.»

«Nein, werd ich nicht. Ich fahre gleich zur Rose Bay hinaus und esse mit meiner Mutter zu Abend.»

«Grüße Daisy von mir.»

«Das mache ich.»

«Bis morgen, Philip.»

Philip nickte, setzte sich dann an die Papiere, die auf dem Schreibtisch lagen, und fing an zu arbeiten. Kurz vor sechs sagte er Maggie über die Sprechanlage, daß sie nach Hause gehen könnte.

«Danke, Philip.»

«Ach, noch was, Maggie, würden Sie bitte bei der Garage anrufen und Ken sagen, daß er um sieben das Auto bereit haben soll.»

«Das mache ich. Guten Abend.»

«Guten Abend, Maggie.» Er schaltete die Sprechanlage aus und machte sich wieder mit jenem Fleiß an seine Papiere, den ihm seine Großmutter vor vielen Jahren beigebracht hatte.

Vom Augenblick an, da er im Juni 1946 seinen ersten Atemzug tat, war es seinen Eltern und allen anderen Familienmitgliedern klar, daß Philip McGill Amory so erzogen werden würde, daß er eines Tages die McGill Corporation in Australien leiten konnte.

Ehe Paul McGill sich im Jahre 1939 erschoß, nachdem er durch einen beinahe tödlichen Autounfall von der Taille ab gelähmt war, hatte er ein neues Testament aufgesetzt. Darin hatte er alles, was er besaß, Emma Harte vermacht, seiner Lebensgefährtin seit sechzehn Jahren.

Sein ungeheures Privatvermögen, seinen Landbesitz und andere Werte in Australien, England und Amerika hatte er Emma direkt vermacht, die nach Gutdünken damit verfahren konnte. Aber sein Geschäftsimperium in Australien und seine große Beteiligung an der Sitex-Ölfirma in Amerika, dem Unternehmen, das er in Texas gegründet hatte, sollte Emma treuhänderisch für Daisy verwalten, ihrem einzigen gemeinsamen Kind, und eventuelle Erben, die Daisy eines Tages haben würde.

Von 1939 bis 1969 hatte Emma selbst die McGill Corporation geleitet, sowohl vor Ort in Sydney als auch von London aus. Das war ihr mit Hilfe von vertrauenswürdigen Angestellten gelungen, von denen einige für Paul McGill bis zu dessen Tod gearbeitet hatten. Diese Männer, die Generaldirektoren der verschiedenen Gesellschaften des Mischkonzerns, führten ihre Anordnungen aus und waren für die tägliche Leitung der Abteilungen verantwortlich. Davon gab es viele – Abbau von Opal und anderen Bodenschätzen, Kohlegruben, Landerschließung, Grundstückshandel bis hin zur familieneigenen Schaffarm in Coonamble.

Das riesige Geschäftsimperium der McGills, das nun Philip unterstand, hatte mit jener Schaffarm, einer der größten in

New South Wales, seinen Anfang genommen. Dunoon war 1852 von Philips Ururgroßvater Andrew McGill gegründet worden, einem schottischen Kapitän, der ein freier Siedler auf den Antipodeninseln war. Die McGill Corporation als solche wurde von seinem Urgroßvater Bruce McGill ins Leben gerufen und später von seinem Großvater Paul zu einer der führenden Firmengruppen der Welt ausgebaut.

Schon als Philip noch ein ganz kleiner Junge war, hatte Emma ihm von Australien erzählt, von den Wundern, der Schönheit und den Reichtümern jenes außerordentlichen Landes. Und sie hatte ihm den Kopf verdreht mit Abenteuergeschichten von seinem Großvater, hatte ihm so schön, lebendig und mit immer noch andauernder Liebe von Paul erzählt, daß das kleine Kind ihn richtig vor sich sah. Sicherlich kam es Philip manchmal so vor, als hätte er seinen Großvater wirklich gekannt.

Als er älter war, hatte Emma ihm eines Tages erklärt, daß Pauls großes Imperium, dessentwegen *sie* so oft nach Australien fliegen mußte, eines Tages ihm und Paula gehören, aber daß er es leiten werde, so wie sie es jetzt für seine Mutter und sie alle tue.

Philip war sechs Jahre alt, als Emma ihn zum ersten Mal mit seinen Eltern Daisy und David Amory und seiner Schwester Paula nach Sydney mitnahm, und vom ersten Augenblick an, da er australischen Boden betreten hatte, war er in dieses Land verliebt gewesen. Und seine Liebe hatte nie nachgelassen.

Philip war in England erzogen worden, in Wellington, der alten Schule seines Großvaters, aber mit siebzehn begehrte er dagegen auf, sagte Emma und seinen Eltern, daß er die Schule verlassen und keine Universität besuchen wollte. Mit einer gewissen Bestimmtheit hatte er erklärt, daß nun für ihn die Zeit gekommen sei, etwas über das Geschäft zu lernen, das er leiten sollte, wenn er alt genug war.

Schließlich hatte sein Vater mit einem philosophischen Achselzucken nachgegeben, da er merkte, daß ihm nichts anderes übrigblieb.

Emmas Haltung war ähnlich gewesen. Sie hatte Philip zu

sich geholt, um ihn mitarbeiten zu lassen, und sich am ersten Tag das Lächeln verkniffen, da sie wußte, daß ihr Enkelsohn nicht die geringste Ahnung davon hatte, was ihm bevorstand. Und so hatte es angefangen – Emmas schonungsloses Trainingsprogramm, das völlige Hingabe verlangte. Sie war streng, anspruchsvoll und die härteste Zuchtmeisterin, der er je begegnet war. Sie bestand darauf, daß alles tadellos sein mußte, verlangte äußersten Fleiß und Konzentration. Sein Leben gehörte ganz ihr, bis es soweit war, daß er die Gebote ihres Geschäftsethos verinnerlicht hatte.

Aber Emma war außerordentlich fair, und Philip sah schließlich ein, daß der unablässige schwere Beschuß, unter den seine Großmutter ihn, seine Schwester, Cousins und Cousinen nahm, bloß ihre Methode war, sicherzugehen, daß sie ihre Position zu halten verstünden, wenn sie erst einmal auf sich allein gestellt waren und sie nicht mehr da war, sie zu beraten oder zu beschützen.

Während seiner Lehrjahre war Philip regelmäßig mit Emma nach Australien geflogen, und wenn es irgend ging, verbrachte er auch seine Ferien dort und ging stets nach Dunoon bei Coonamble, weil er soviel wie möglich über die Schaffarm lernen wollte. Manchmal ging Emma mit ihm, und dann machte es ihm noch mehr Spaß als sonst, weil sie sich dann an die vergangenen Zeiten erinnerte, die alten Tage, da sie mit Paul hier gewesen war, und er ihre Erzählungen immer fesselnd fand.

1966, als Philip zwanzig war, schickte Emma ihn ganz nach Australien.

Sie wollte, daß er aus erster Hand Erfahrungen über das Geschäftsimperium sammeln sollte, das er als Chef und Aufsichtsratsvorsitzender lenken und leiten würde.

Am Ende der drei Jahre hatte Philip sich des Vertrauens, das sie in ihn gesetzt hatte, würdig gezeigt.

Das kam für sie nicht überraschend, denn sie wußte, daß er ihre Klugheit, ihre gerissene Yorkshire-Art und ihren Instinkt für Geld geerbt hatte und überdies die Fähigkeit besaß, Situationen zu seinem eigenen Nutzen zu wenden, wie sie es ihr ganzes Leben lang getan hatte. Emma erkannte auch, daß Philip nicht nur wie das Ebenbild seines Großvaters aussah, sondern ebenso mit Pauls Geschäftssinn und seinem Finanzgenie gesegnet war.

Bald hatte Philip sich geschäftlich und privat gut in Sydney eingelebt und führte in Australien ein schönes Leben. Das Land seiner McGill-Vorfahren, das ihn seit seinen Besuchen als Kind immer so fasziniert und gefesselt hatte, wurde nun sein wahres Zuhause. Er verspürte nicht das geringste Verlangen danach, irgendwo anders zu leben.

Zwei von Emmas Vertrauensleuten, Neal Clarke und Tom Patterson, waren bei Philips australischer Ausbildung behilflich gewesen und hatten sich seinen ehrlichen Respekt und seine Zuneigung verdient. Trotzdem war es meist Emma, an die Philip sich wandte, wenn er Rat brauchte, unsicher war oder vor einem Problem stand. Nach dem Tod seiner Großmutter im Jahre 1970 nahm sein Vater ihren Platz ein, indem er Philips Vertrauter und sein Mentor wurde, wann immer dieser es nötig fand, sich von außerhalb seines Imperiums Rat einzuholen. David Amorys verfrühter Tod bei der Lawine von Chamonix im Januar 1971 nahm Philip nicht nur den geliebten Vater, sondern auch einen weisen Berater und Führer.

Als Philip im März jenen Jahres wieder nach Sydney zurückkehrte, nachdem er sich von den kleineren Verletzungen wieder erholt hatte, die er an jenem verhängnisvollen Tag auf dem Berg erlitten hatte, war er ein sehr verstörter junger Mann von fünfundzwanzig Jahren gewesen. Er trauerte nicht nur um seinen Vater, sondern war auch von Angst und Sorgen um die Zukunft erfüllt. Er hatte eine mächtige Firma zu leiten, auf ihm lastete eine unglaubliche Verantwortung, und er war jetzt, da sein Vater und Emma tot waren, ganz auf sich allein gestellt.

Paula, die immer so treu und liebevoll zu ihm war, hatte ihre eigenen Probleme, er konnte ihr seine Sorgen nicht zusätzlich aufbürden.

Seine Mutter Daisy, die auf Paulas Drängen hin mit ihm nach Australien gefahren war, wurde vom Schmerz um den

Tod ihres Mannes niedergedrückt. Obwohl ihr die McGill Corporation formell gehörte, hatte sie nie etwas mit dem Geschäft zu tun gehabt und konnte ihm keine Hilfe sein. Ihm war im Gegenteil klar, daß sie bei ihm Halt und Beistand suchte.

Von diesen Problemen ganz abgesehen, rang Philip an diesem Punkt seines Lebens mit etwas ganz anderem: *dem Schuldgefühl, überlebt zu haben.*

Wohl nur wenige Menschen wären davon nicht betroffen, eine Lawine zu überleben, die andere Familienmitglieder tötete, und Philip bildete keine Ausnahme. Er hatte sich gequält und konnte nicht zur Ruhe kommen. Warum war es *ihm* bestimmt gewesen zu leben, während die anderen umgekommen waren? Diese Frage ging ihm nicht aus dem Kopf und beherrschte seine Gedanken.

Er fand keine Antwort darauf.

Dennoch war ihm nach und nach klargeworden, daß er über jenes traumatische Erlebnis hinwegkommen, es hinter sich lassen und, wenn irgend möglich, ins Positive verwandeln mußte. Seine Mutter und Schwester brauchten ihn, und er mußte den Konzern leiten, so sagte er es sich immer wieder in den darauffolgenden Monaten. Also konzentrierte er sich auf die Zukunft und hoffte, daß sich ihm vielleicht eines Tages der Grund für sein Überleben, der Sinn offenbaren würde.

Mit dem Blut von Emma Harte und Paul McGill in den Adern war Philip zumindest ein harter, unnachgiebiger Arbeiter, und während er seiner heftigen Emotionen langsam Herr wurde, richtete er seine ganze Aufmerksamkeit auf die McGill Corporation. Arbeit verdrängte Sorgen und Probleme, und was ihn anging, war es einfach die befriedigendste Art, sein Leben zu führen und seine Tage und Nächte auszufüllen.

Im Jahre 1981 war Philip McGill Amory ein bedeutender Mann, mit dem man rechnen mußte und der zu den führenden Industriemagnaten Australiens gehörte.

Der Konzern hatte in den elf Jahren seit Emmas Tod seine Blütezeiten und Krisen durchlaufen. Aber Philip hatte das

Ruder fest in der Hand behalten und die Firma vorangesteuert. Er hatte Abteilungen, die Verluste machten, abgestoßen, sein Kapital auf vielfältige Weise angelegt, andere Gesellschaften dazuerworben, die Eisenerz abbauten und andere Bodenschätze nutzbar machten, und hatte sich auch auf den Nachrichtensektor begeben und Zeitungen und Zeitschriften, Radio- und Fernsehstationen gekauft.

Unter Philips Ägide war die Firma, die seine Vorväter gegründet und stark gemacht hatten und die in den Jahren von Emmas Treuhänderschaft enorm vorangekommen war, mit mehr Macht und finanziellem Wachstum als je zuvor in die achtziger Jahre eingetreten.

Das Telefon auf Philips Schreibtisch summte mehrmals. Er nahm ab.

«Ja?» sagte er und warf dabei einen Blick auf seine Armbanduhr.

«Ich bin's, Ken, Mr. Amory – das Auto steht bereit.»

«Danke, Ken, ich bin gleich unten.» Philip legte den Hörer auf, stopfte einen Stapel Finanzberichte, andere Dokumente und *The Asian Wall Street Journal* in das Aktenköfferchen, schlug es zu und verließ das Büro.

Sein weinfarbener Rolls-Royce stand wartend vor dem McGill Tower in der Bridge Street; Ken, sein Fahrer, der schon fünf Jahre für ihn arbeitete, hatte sich an die Motorhaube gelehnt.

«Guten Abend, Mr. Amory», sagte Ken, richtete sich auf und hielt den hinteren Wagenschlag für ihn auf.

«Hallo, Ken», erwiderte Philip und stieg ein. Eine Sekunde darauf fuhren sie los, und er sagte: «Nach Rose Bay, bitte. Zu Mrs. Rickards Haus.»

«Geht in Ordnung, Sir.»

Philip lehnte sich in die weichen, beigen Lederpolster zurück und bemühte sich, seine Gedanken vom Arbeitstag im Geschäft loszulösen.

Er schloß die Augen, entspannte und lockerte sich. Er dachte an Paula und empfand kurz ein heftiges Glücksgefühl bei dem Wissen, daß sie morgen in Sydney ankommen würde.

Er vermißte sie. Ihrer Mutter ging es genauso. Philip mußte sofort an Daisy denken. Er hatte sie in der letzten Woche nicht gesehen, da sie sich mit ihrem Mann Jason Rickards in Perth aufgehalten hatte und gestern erst sehr spät in die Stadt zurückgekehrt war. Aber er war sicher, daß sie sich kaum noch halten konnte vor Ungeduld, Paula wiederzusehen.

Er wußte, daß das einzige, was zur Zeit einen leichten Schatten auf das Glück seiner Mutter warf, die Entfernung von ihrer Tochter und den Enkelkindern war. Aber sie hatte ja Jason, und darüber war er sehr froh.

Wie wichtig im Leben doch der richtig gewählte Zeitpunkt ist, überlegte Philip plötzlich. Er hatte seine Mutter im Jahre 1975 mit dem Industriellen aus Perth bekannt gemacht, als Jason sich gerade von seiner unangenehmen Scheidung erholt hatte und seine Mutter schließlich soweit war, eine Beziehung zu einem anderen Mann zu beginnen. Trotz ihrer vielen Arbeit und ihren vielen Verpflichtungen waren Daisy wie auch Jason einsam und freuten sich, einander kennenzulernen. Und so war auch Philip der einzige, der nicht überrascht war, als sich die beiden ineinander verliebten und ein Jahr darauf heirateten.

Offenbar war es eine gute Ehe. Jason trug ständig ein Lächeln auf seinem zerfurchten Gesicht, und seine Mutter strahlte einfach immer, sie hatte ihren Schmerz wirklich überwunden. Allerdings war seine Mutter eine kluge Frau.

In den Jahren unmittelbar nach dem Tod seines Vaters hatte sie sich sehr bemüht, das Beste aus ihrem neuen Leben in Australien zu machen. Sie hatte Philips Gäste empfangen und sich dann einen eigenen geselligen Kreis geschaffen, außerdem hatte sie sich mit viel Eifer und Hingabe in die Wohltätigkeitsarbeit gestürzt, wobei sie sich besonders um Kinder kümmerte. Das hatte ihr eine große Befriedigung verschafft und ihrem Leben einen neuen Sinn gegeben.

Daisy, einzige Tochter von Paul McGill, der einer der reichsten Männer Australiens gewesen war, Erbin seines großen Vermögens und selbst eine halbe Australierin, war davon überzeugt, daß es ihre Pflicht sei, Gutes zu tun, daß ihr Reichtum und ihre Privilegien sie dazu unwiderruflich aufforderten. Sie hatte die McGill Foundation gegründet und Millionen für die medizinische Forschung gespendet, für Kinderkrankenhäuser und Erziehung. Ja, es war gut für seine Mutter gewesen, in Sydney zu leben, genauso wie sie auf ihre Weise gut für Sydney war.

Jason Rickards war ein weiterer Pluspunkt in ihrem Leben, eigentlich im Leben von ihnen allen. Alle mochten ihn, und er gehörte ganz zur Familie. Selbst kinderlos, war Jason doch ein leidenschaftlicher Adoptivgroßvater, und Paulas Kinder liebten ihn sehr.

Ja, der richtig gewählte Zeitpunkt hatte ihnen geholfen, dachte Philip. Und Glück . . . eine Menge Glück.

Er öffnete die Augen, richtete sich auf und lächelte wehmütig. *Seine* Zeitpunkte stimmten nie, und *er* hatte nie Glück, wenn es um Frauen ging. Ganz im Gegenteil. Aber es war ihm eigentlich egal. Er hatte gar keine Lust zu heiraten und zog das Leben eines Junggesellen bei weitem vor. Schließlich gab es Schlimmeres.

14

Die linde Abendluft, die durch die offenen Glastüren drang, trug eine Vielzahl vermischter Düfte mit sich . . . nach Geißblatt, Glyzine, Kletterrosen und Eukalyptus. Im Raum duftete es leicht nach *Joy*, Daisys Lieblingsparfüm, das sie immer benutzte.

Von der Stereoanlage im Hintergrund erklang leise eine *étude* von Chopin, und die seidenen Lampen erhellten den Salon mit ihrem sanften Schein, in dem die Farben Pfirsich, Weiß und Blaßgrün dominierten und in dem stets eine sanfte Ruhe herrschte.

Philip saß seiner Mutter am antiken chinesischen Kaffeetisch gegenüber, der aus handgeschnitztem Elfenbein war, und ließ sich nach dem köstlichen gemeinsamen Mahl ein Gläschen Cognac schmecken. Fernando, der philippinische Küchenchef, hatte Barramundi zubereitet, seinen Lieblingsfisch, und Daisy hatte einen englischen Bisquitauflauf gemacht, der schon in seiner Kinderzeit immer eine besondere Leckerei für ihn gewesen war. Er war ganz und gar zufrieden nach dem herrlichen Essen und den erlesenen Weinen und räkelte sich verwöhnt auf dem bequemen Sofa.

Er hob den Cognacschwenker zur Nase und zog den Duft ein, genoß das kräftige, fast herbe Bouquet. Dann nahm er einen Schluck, ließ ihn langsam über die Zunge laufen und lehnte sich zurück, wärmte den Schwenker in der Hand und nickte von Zeit zu Zeit, während er ihrer weichen, melodischen Stimme lauschte und ihr seine ganze Aufmerksamkeit schenkte.

«Und da Jason am Donnerstag aus Perth zurückkommt, dachte ich, es wäre vielleicht schön, mit Paula übers Wochenende nach Dunoon zu fahren. Meinst du nicht auch, Liebling? Und du kommst doch auch mit, oder?»

Philip stellte sein Glas hin und runzelte die Stirn.

«Meinst du wirklich, daß sie gleich, nachdem sie hier angekommen ist, wieder reisen will, wo sie doch gerade halb um die Welt geflogen ist?» Er schüttelte den Kopf. «Ich möchte das bezweifeln, Mutter.» Dann ging ein Lächeln über sein Gesicht. «Außerdem wird Paula, so wie ich *meine* Schwester und *deine* Tochter kenne, am Samstag schon wieder schwer schuften und versuchen, in die Boutique des Sydney-O'Neill Ordnung zu bringen. Deshalb ist sie schließlich hergekommen, vergiß das nicht.»

«Aber sie ist auch gekommen, um uns wiederzusehen!» sagte Daisy beharrlich und warf ihm einen scharfen Blick zu, wobei sie sich fragte, ob eines ihrer Kinder jemals an etwas anderes als an geschäftliche Dinge dachte. Sie bezweifelte das. Sie schlugen alle nach ihrer Großmutter.

Daisys Gesichtsausdruck veränderte sich, wurde nachdenklich, und einen Augenblick später sagte sie: «Vielleicht hast du recht, Philip. Es ist wohl etwas zu hektisch für sie. Wir können ja am Wochenende darauf zur Schaffarm fahren.»

«Ja, warum nicht, Mutter», pflichtete er ihr nachgiebig bei.

Daisys lebhafte blaue Augen strahlten wieder fröhlich, sie beugte sich eifrig und begeistert vor. «Jason und ich haben beschlossen, noch einen Monat in England zu verbringen, Philip. Wir fahren schon Anfang November statt im Dezember, und vor Januar kommen wir nicht zurück. Drei Monate . . . und ich freue mich schon so darauf, wieder in London und Pennistone Royal zu sein. Weihnachten in Yorkshire mit Paula, Shane, den Enkeln und der übrigen Familie, das ist für mich das absolute Glück. Dann wird es wieder wie früher sein . . . als Mummy noch lebte.»

«Ja», sagte Philip. Mit hochgezogenen Augenbrauen fragte er dann: «Kann Jason es sich denn leisten, so lange wegzusein?»

«Natürlich. Deshalb hat er in den letzten Wochen auch soviel Zeit in Perth verbracht, um sicherzugehen, daß alles glatt läuft während seiner Abwesenheit. Jedenfalls hat er großes Vertrauen zu seinen Angestellten, genauso wie du.» Sie lächelte ihn an. «Du kommst doch auch, nicht wahr? Zu Weihnachten nach England, meine ich.»

«Also, ich weiß noch nicht so recht», fing er an und unterbrach sich dann, als er das niedergeschlagene Gesicht seiner Mutter sah.

«Ich hoffe, daß ich es einrichten kann, Mutter», sagte er unverbindlich, da er sich nicht jetzt schon für Weihnachten festlegen und ihr auch nichts versprechen wollte. Denn damit würde sie ihn festnageln.

«Ach Philip, du mußt kommen! Du hast es Paula doch *versprochen*! Hast du denn das sechzigjährige Jubiläum von Harte's vergessen? Du mußt unbedingt bei der Abendgesellschaft mit Tanz dabeisein, die sie zum Neujahrsfest gibt. Alle werden dasein, es wird einfach schrecklich aussehen, wenn du fehlst.»

«Ich werde mein Bestes tun, Mutter, in Ordnung?»

«Ja, gut», erwiderte sie still, lehnte sich gegen die üppigen Sofakissen und strich den Rock ihres Seidenkleids glatt. Sie seufzte leise. Dann schaute Daisy auf, betrachtete Philip eindringlich, versuchte seine Stimmung zu erraten und überlegte, ob sie es wagen konnte, seine derzeitige Freundin zu erwähnen. Er konnte sehr empfindlich sein, besonders, wenn es um sein Privatleben ging.

Sie beschloß, es zu riskieren, und sagte leise und ruhig: «Falls du nach England kommst, fände ich es sehr nett, wenn du Veronica mitbrächtest. Sie ist so eine reizende junge Frau.»

Philip lachte laut und warf ihr einen seltsamen Blick zu.

Daisy sah ihn starr und überrascht an, ihr Gesicht war ganz ratlos. «Was ist denn?»

Philip schnappte nach Luft und sagte glucksend: «Also da bist du wirklich hinter dem Mond, Mutter. Ich habe mich schon vor Wochen von Veronica Marsden getrennt. Es ist Schluß . . . aus und vorbei . . . gegessen.»

«Das hast du mir ja gar nicht gesagt», erwiderte Daisy vorwurfsvoll. Eine große Niedergeschlagenheit überkam sie.

«Lieber, das tut mir sehr leid. Ich finde, daß sie ein ganz reizendes Mädchen ist, und ehrlich gesagt dachte ich, es sei ernst mit euch beiden. Aber laß nur, du wirst es schon am besten wissen, Pip», murmelte sie, seinen kindlichen Kosenamen benutzend.

Dann schaute sie ihn neugierig an und wagte die Frage: «Würdest du vielleicht gern die derzeitige Favoritin mitbringen?»

«Es gibt keine derzeitige Favoritin, Mutter. Und hör doch bitte damit auf, mich verheiraten zu wollen!» rief er gereizt aus. Sobald er an ihren Augen sah, wie verletzt sie war, mäßigte er seinen schroffen Ton und setzte lachend hinzu: «Du willst mich bloß verheiraten, damit du eine Menge Enkelchen hier in Australien kriegst, die du verhätscheln kannst.»

«Ja, da ist etwas Wahres daran», gab Daisy zu.

Sie nahm ihre Tasse, trank einen Schluck Zitronentee und verfiel in Schweigen, überließ sich ihren Gedanken. Sie fragte sich, warum ihr Sohn stets mit netten jungen Frauen brach, sobald seine Beziehung zu ihnen den entscheidenden Punkt erreicht hatte. Sie dachte an Selena, die Vorgängerin von Veronica, die sie immer noch gelegentlich besuchte, nachdem Philip sich im letzten Jahr von ihr getrennt hatte. Selena hatte ihr anvertraut, daß Philip das Bedürfnis hätte, eine Beziehung dann zu beenden, wenn sie ernst oder, wie sie es genannt hatte, *bedrohlich* wurde. Daisy fragte sich, ob das Mädchen damit wohl recht gehabt hatte. Sie unterdrückte einen weiteren Seufzer. Ihr Sohn war ebenso undurchsichtig für sie, wie er es für viele andere Leute war. Einige behaupteten, er sei ein Rätsel, vielleicht stimmte das ja.

Philip, der sie scharf beobachtete, sagte: «He, Ma, was braut sich da in deinem Kopf zusammen? Ich sehe richtig, wie es darin arbeitet.»

«Nichts, gar nichts, Liebling.» Dann mußte Daisy lachen und gab schließlich zu: «Also ich hab mich gerade gefragt, ob du wohl jemals heiraten würdest.»

«Man sagt mir nach, ich sei der größte Playboy der südlichen Halbkugel, und diesen Titel möchte ich gern behalten.»

Er hob den Cognacschwenker zum Mund und zwinkerte ihr über den Rand hinweg schelmisch zu.

«Ein Playboy bist du nicht, Philip, dafür arbeitest du zuviel. Das ist bloß eine Übertreibung, ein Schlagwort der Presse, weil du so eine begehrenswerte Partie bist.»

Daisy rückte auf dem Sofa hin und her und schlug ihre langen Beine übereinander. Ihre Stimme klang jetzt ernster. «Aber ich kann den Gedanken nicht ertragen, Philip, daß du in deinem späteren Leben einsam sein wirst. Das ist eine schreckliche Aussicht für dich und auch keine sehr tröstliche für mich. Ich möchte einfach nicht, daß du ein vertrockneter alter Junggeselle wirst.»

Daisy machte eine Pause, warf ihm einen durchdringenden Blick zu und hoffte, daß er sich ihre Worte zu Herzen nehmen würde. «Nicht wie der arme John Crawford», schloß sie dann, als ihr der Rechtsanwalt in London einfiel. Er war einst in sie verliebt gewesen und hätte sie nach Davids Tod gern geheiratet. Aber sie hatte für John nichts als Freundschaft empfinden können.

«Ja, der arme John», stimmte Philip ihr zu. «Er ist schon ein bedauernswerter Kerl. Er sehnt sich wohl sehr nach dir, Ma. Aber ich und *vertrocknet*? Nie im Leben. Die Damen werden mich bis ins hohe Alter jung und vergnügt halten.» Er lächelte verschmitzt. «Du kennst doch den Spruch: ‹Abwechslung hält jung›, und deshalb achte ich immer darauf, ein hübsches Mädchen im Arm zu haben, auch wenn ich mal alt bin.»

«Daran zweifle ich nicht», lenkte Daisy ein und lachte mit ihm. Aber im stillen fragte sie sich, ob diese flüchtigen Liebschaften mit unzähligen Frauen ihren Sohn letztendlich zufriedenstellen würden. Wenn er das wirklich wollte, würde es wohl so sein. Andererseits entging ihm so vieles, weil er nicht verheiratet war. Sie hätte brennend gern die Unterhaltung weitergeführt, ernsthaft mit ihm über sein Privatleben, seine Zukunft und die Zukunft der McGill Corporation, wenn es keine Erben gäbe, gesprochen. Aber ihr Einfühlungsvermögen und ihr gesunder Menschenverstand hießen sie schweigen. Schließlich war Philip fünfunddreißig und hatte niemandem außer sich selbst Rechenschaft abzulegen, und ihre Fragen könnten ihn sehr leicht reizen.

Nebenan in der Bibliothek surrte das Telefon, und eine Sekunde später stand Rao, Daisys philippinischer Butler, im gewölbten Eingang zum Wohnzimmer. «Verzeihen Sie die Störung, Madam, Mr. Rickards ist am Apparat.»

«Danke, Rao», sagte Daisy und wandte sich an ihren Sohn: «Es wird nur eine Minute dauern, Philip.»

Die Seide ihres Kleids raschelte leise, und ein Hauch von *Joy* stieg empor, als Daisy sich erhob und hinauseilte.

Philip schaute ihr nach.

Wie jung seine Mutter doch heute abend aussah. Im Mai hatte sie ihren sechsundfünfzigsten Geburtstag gefeiert, aber sie wirkte viel jünger. Sie hatte einen schlanken, fast mädchenhaften Körper, ihr hübsches Gesicht ließ kaum Falten sehen, und da sie sich den überwiegenden Teil ihres Lebens vor der Sonne gehütet hatte, war ihr der makellose englische Teint erhalten geblieben. Immer noch war sie von Frische und Jugendlichkeit umgeben, selbst die wenigen grauen Strähnen, die ihr schwarzes Haar durchzogen, konnten sie nicht alt machen. Sie war einfach großartig; allerdings hatte Emma sich auch sehr gut gehalten.

Philip leerte gerade den Rest Cognac aus seinem Glas, als Daisy zurückkam.

«Jason läßt dich grüßen, Pip. Ich habe ihm erzählt, daß ich Paula mit nach Coonamble nehmen wollte, und er ist deiner Meinung, daß es zuviel wäre. Vielleicht geben wir am Samstag eine kleine Dinnerparty für sie. Wie findest du das? Du kommst doch auch, nicht?»

«Natürlich. Ich würde es mir auf keinen Fall entgehen lassen, die alte Bohnenstange wiederzusehen. Aber weißt du was, Mutter, ich möchte eigentlich, daß du dir mal die Finanzberichte und Bilanzen anschaust, die ich mitgebracht habe. Wir gehen das gleich mal alles durch . . .»

«Du weißt ganz genau, daß das nicht nötig ist, Philip», unterbrach Daisy ihn. «Ich habe von geschäftlichen Dingen nicht die geringste Ahnung, trotzdem mußt du mir immer diese Papiere aufdrängen.»

«Aber die McGill Corporation ist doch *deine* Firma, Mutter.»

«Ach was, Philip, sie gehört dir und Paula, außer auf dem Papier, das weißt du doch. Und außerdem habe ich unbegrenztes Vertrauen zu dir. Meine Güte, Philip, meine Mutter hat dich doch all die Jahre darauf vorbereitet, deine Sache gut zu machen. *Sie* hat vollkommen an dein Urteilsvermögen und deinen Geschäftssinn geglaubt, und ich tue das genauso.»

«Vielen Dank für diesen schönen Vertrauensbeweis, Ma, aber ich bestehe darauf, daß du dir die Papiere ansiehst. Ich hole sie schnell.» Er schritt rasch zur Eingangshalle und kam mit seinem Aktenköfferchen zurück.

Widerstrebend nahm Daisy die Papiere entgegen, die er ihr reichte, setzte sich auf dem Sofa zurecht und fing langsam an zu lesen, nur um ihrem Sohn damit einen Gefallen zu tun.

Philip seinerseits saß da und beobachtete sie ruhig, fand sie ganz großartig in ihrem Seidenkleid. Es war von einem merkwürdigen Violettblau, ganz wie die Glyzinen, die in ihrem Garten wuchsen, und es betonte die Farbe ihrer Augen, ebenso wie die Saphire an ihren Ohren und an ihrem Hals, die ein neueres Geschenk von Jason waren, wie sie ihm beim Essen erzählt hatte. Jason Rickards ist ein Glückspilz, dachte Philip, und als seine Mutter dann den dunklen Kopf hob und zu ihm hinsah, reichte er ihr lächelnd das nächste Blatt.

«Ach du lieber Himmel, nicht noch mehr», stöhnte Daisy und verzog das Gesicht. «Das ist wirklich eine überflüssige Übung, du weißt doch, daß mir das alles völlig schleierhaft ist.»

Philip beschränkte sich auf ein breites Lächeln. Es war ein altes Spiel zwischen ihnen.

«Ich erklär's dir gern», sagte er und setzte sich zu ihr aufs Sofa. Die nächste halbe Stunde lang ging er mit ihr Schritt für Schritt die Bilanzen durch und bemühte sich, es ihr so einfach wie möglich verständlich zu machen, wie er es schon seit Jahren tat.

An jenem Abend fuhr er nicht in die Stadt zurück.

Statt dessen ließ er sich in sein Haus am Point Piper chauffieren. Er hatte zuvor dort angerufen und seiner Haushälterin gesagt, daß er später kommen würde, man aber nicht auf ihn warten sollte. Als der Wagen ihn um elf dort absetzte, hatten sich schon alle Hausangestellten zurückgezogen.

Er ging sofort in sein Zimmer, legte das Aktenköfferchen aufs Sofa und trat an die Bar hinüber, um sich einen Brandy einzuschenken. Er trug ihn mit auf die Terrasse und lehnte sich ans Geländer, nahm hin und wieder einen Schluck und sah über den Ozean hinaus, der sich jetzt pechschwarz unter dem mondlosen Himmel erstreckte.

Die Worte seiner Mutter klangen in ihm nach.

Sie wollte, daß er heiratete, damit er nicht am Ende der Einsamkeit anheimfiel. Das war ein Witz. Eine Ehe schützte nicht unbedingt vor Einsamkeit. Manchmal verstärkte sie sie noch. Er war noch nie verheiratet gewesen, hatte aber schon einmal mit einer Frau zusammengelebt, und er wußte, daß die Anwesenheit eines anderen Menschen nichts änderte. Auf jeden Fall vertrieb es die bösen Geister nicht.

Schon seit Jahren führte er ein unkonventionelles Leben. Das bereitete Daisy Sorgen, und er verstand, warum. Aber es gab nichts, wodurch er es hätte ändern können. Er seufzte. Es waren zu viele Frauen in der letzten Zeit gewesen, zu viele selbst für ihn. Ein plötzlicher Ekel überkam ihn.

Als er sein Leben jetzt aus der Distanz zu betrachten versuchte, erschien es ihm so leer wie die große Sandwüste. Es war ihm noch nie gelungen, eine tiefere Beziehung zu einer Frau einzugehen. Es würde ihm nie gelingen. Aber war das wirklich wichtig? Vor langer Zeit hatte er bereits beschlossen, sich einfach auf Sex zu beschränken. Eine körperliche Beziehung war relativ unkompliziert. Und überhaupt war er von Natur aus ein einsamer Wolf. Zumindest kam er gut mit sich selbst aus.

Er trank den letzten Schluck Brandy, drehte sich um und ging ins Haus zurück. Philip McGill Amory konnte nicht ahnen, daß sein Leben sich bald ändern würde, im Guten wie im Schlechten. Und für immer.

15

«Ich möchte die Sitex-Anteile verkaufen.»

Paulas Worte platzten wie eine Bombe in die Ruhe des schönen pfirsichfarbenen Salons ihrer Mutter, und sie merkte, daß sie selbst ebenso überrascht war wie ihre Mutter und ihr Bruder.

Daisy und Philip waren völlig sprachlos, keiner von ihnen sagte ein Wort – sie starrten Paula einfach an.

Paula sah von einem zum anderen. Sie hatte es ihnen eigentlich gar nicht schon heute abend sagen wollen, auch nicht so direkt, aber da sie ihre Worte nun nicht mehr zurücknehmen konnte, wollte sie die Sache auch zu Ende bringen.

Sie holte tief Atem, aber ehe sie fortfahren konnte, unterbrach ihre Mutter das kurze, ungemütliche Schweigen.

«Ich verstehe dich nicht, Paula», sagte Daisy. «Warum willst du plötzlich die Aktien verkaufen?»

«Ich habe mehrere Gründe dafür, Mummy, aber der wichtigste ist, daß die Ölpreise beträchtlich gesunken sind, und da momentan eine Ölschwemme auf dem Weltmarkt ist, glaube ich, daß sie noch weiter sinken werden. Außerdem wißt ihr ja, daß Sitex mir schon seit Jahren Ärger gemacht hat, und deshalb finde ich, wir sollten endgültig aussteigen – unsere ganzen vierzig Prozent verkaufen und ein Ende machen.»

«Verstehe», murmelte Daisy stirnrunzelnd. Dann sah sie Philip an.

Dieser erwiderte den fragenden Blick seiner Mutter, schwieg aber.

Er stand auf, ging zu den Glastüren hinüber und schaute über die Rose Bay hinweg auf die Lichter von Sydney, die in der Ferne glitzerten. Der McGill Tower, der sich weit in den sternenklaren Himmel erhob, beherrschte die Skyline auch bei Nacht.

Paulas unerwartete Ankündigung wunderte ihn, und er fragte sich, was wohl wirklich dahintersteckte. Dann drehte er sich langsam um und maß sie mit einem kurzen Blick, während er zu seinem Stuhl zurückging. Trotz ihrer Bräune sah sie abgekämpft und müde aus, und er fand, sie gehörte ins Bett und sollte um diese Zeit keine Geschäftsangelegenheiten besprechen. Dennoch sah er an ihren Augen, daß sie von ihm irgendeinen Kommentar erwartete.

«Die Lage wird sich auch wieder ändern, Paula, so ist das meistens», sagte er schließlich. «Der Ölpreis hat schon immer geschwankt, manchmal sogar sehr stark, und ich finde, wenn wir verkaufen, sollten wir einen günstigeren Zeitpunkt dafür wählen als gerade jetzt – so daß wir einen Höchstpreis für die Aktien bekommen, meinst du nicht?»

«Und wann soll das sein, Philip? Ich habe ja gerade gesagt, daß momentan überall auf der Welt eine Ölschwemme ist, was du natürlich genausogut weißt wie ich.» Paula seufzte und schüttelte müde den Kopf. «Hunderttausende Barrels Öl liegen auf Halde, und die Weltnachfrage nach Öl ist um fünfzehn Prozent gesunken – seit diesen künstlich hohen Preisen, die 1979 von den Kartellen diktiert worden sind. Ich bin ernsthaft der Meinung, daß die Nachfrage noch weiter sinken wird. Sie wird immer weiter nach unten gehen. Und dieser Trend wird sich fortsetzen . . . meines Erachtens bis 1985.»

Philip lachte. «Also weißt du, meine Liebe, du schaust ja wirklich finster in die Zukunft.»

Paula erwiderte nichts. Sie lehnte sich im Sofa zurück, rieb sich den Nacken und war auf einmal sehr müde, wünschte, sie hätte mit dieser Geschichte überhaupt nicht erst angefangen.

Daisy, deren blaue Augen immer noch besorgt waren, wandte sich jetzt an ihre Tochter: «Aber ich habe doch meiner Mutter versprochen, daß ich unsere Sitex-Aktien nie verkaufen würde, wie sie das Paul vor all den Jahren versprochen hat. Mein Vater sagte ihr, sie solle an ihnen festhalten und sie nie weggeben, ganz egal, was passieren mochte, und . . .»

«Die Zeiten haben sich geändert, Mummy», unterbrach Paula sie leise.

«Ja, das haben sie, und ich bin die erste, die das zugibt. Andererseits würde ich mich sehr seltsam fühlen, wenn ich unsere Aktien von Sitex verkaufte. Sehr unwohl.»

Paula warf Daisy einen bedeutungsvollen Blick zu. «Wenn Grandy noch am Leben wäre, würde sie mir bestimmt beipflichten.» Sie mußte ein Gähnen unterdrücken. Plötzlich war ihr richtig schwindlig, es war, als würde das Zimmer vor ihren Augen verschwimmen, und sie hatte das Gefühl, hier auf dem pfirsichfarbenen Sofa zusammenzubrechen, wenn sie sich nicht gleich hinlegte. Philip hatte angefangen, etwas zu sagen, und so bemühte sie sich, ihm zuzuhören und sich auf ihn zu konzentrieren.

«Was macht es schon, wenn die Aktien ein, zwei oder auch drei, vier Jahre lang niedrigere Dividenden abwerfen. Mutter braucht doch dies zusätzliche Einkommen gar nicht.»

«Ja, stimmt genau», pflichtete Daisy ihm bei. «Aber ich finde, Paula, mein Liebling, daß wir über die ganze Angelegenheit nicht gerade jetzt sprechen sollten. Du siehst so erschöpft aus, als würdest du gleich umkippen. Das wundert mich auch überhaupt nicht – wie gewöhnlich hast du viel zuviel gearbeitet, seit du gestern angekommen bist», tadelte sie mild.

Paula blinzelte wieder. «Ja, das ist leider wahr, Mutter, und die Zeitverschiebung macht mir am zweiten Tag auch immer besonders zu schaffen.» Eine Welle der Erschöpfung überkam sie, so daß es ihr schwerfiel, die Augen offen zu halten. «Ich glaube, ich muß ins Bett gehen. Jetzt sofort. Es tut mir leid, ich hätte nicht damit anfangen sollen . . . wir müssen unsere Unterhaltung über Sitex ein andermal fortführen.»

Sie raffte sich auf und ging zu ihrer Mutter hinüber, um ihr einen Gutenachtkuß zu geben.

Philip, der sich gleichzeitig erhoben hatte, legte seinen Arm um sie und führte sie durch den Salon in die Eingangshalle.

Zusammen standen sie unten an der Treppe.

«Soll ich dir nach oben helfen, Bohnenstange?» fragte er. Seine Augen waren gütig, voll brüderlicher Zuneigung.

Paula schüttelte den Kopf. «Sei nicht albern, Pip. Ich bin noch nicht so klapprig, daß ich's nicht mehr bis ins Schlafzimmer schaffe.» Dann bedeckte sie den Mund mit der Hand und gähnte mehrmals, hielt sich am Geländer fest und erklomm die erste Treppenstufe. «Herrgott nochmal, ich hoffe, daß ich es schaffen werde . . . ich hätte zum Essen nicht soviel Wein trinken sollen!»

«Du wirst schlafen wie ein Bär.»

«Dazu brauche ich keinerlei Hilfsmittel», murmelte sie, beugte sich dann vor und küßte ihn auf die Wange. «Gute Nacht, mein Lieber.»

«Gute Nacht, Paula, meine Süße, und laß uns doch morgen gemeinsam zu Mittag essen – sagen wir, so um halb eins im Orchideenzimmer? Ja?»

«In Ordnung, Bruderherz.»

Als Paula schließlich ihr Zimmer erreicht hatte, war sie so unglaublich müde, daß sie kaum noch die Kraft hatte, sich umzuziehen und ihr Make-up zu entfernen. Aber irgendwie gelang es ihr dann doch, und nach ein paar Minuten zog sie ihr seidenes Nachthemd über den Kopf und ließ sich dankbar ins Bett sinken.

Als ihr Kopf das Kissen berührte, gestand sie sich ein, daß sie einen taktischen Fehler gemacht, sich wirklich den falschen Zeitpunkt ausgesucht hatte, um über Sitex zu sprechen. Und plötzlich wußte sie, daß ihre Mutter sich nie damit einverstanden erklären würde, die Aktien zu verkaufen, ganz gleich, was sie, Paula, vorbrachte, und daß dies ihre Pläne schwerwiegend durchkreuzen würde.

Oder doch nicht? Ihr letzter Gedanke vor dem Einschlafen galt ihrer Großmutter. «Es führen viele Wege nach Rom», hatte Emma immer gesagt. Im Dunkeln lächelte Paula bei dieser Erinnerung, ehe ihre Lider schließlich zufielen.

Im Büro der Harte Boutique des Sydney-O'Neill Hotels herrschte am nächsten Morgen tiefes Schweigen.

Paula und Madelana saßen einander an dem großen

Schreibtisch gegenüber; ihre gesenkten Köpfe berührten sich fast, während sie über zwei Hauptbüchern brüteten.

Madelana sah als erste auf.

«Ich begreife nicht, wie Callie Rivers es fertiggebracht hat, so ein Chaos anzurichten», sagte sie kopfschüttelnd zu Paula. Ihr Gesicht war ein Bild des Unglaubens. «Nur eine Art perverses Genie vermag so ein Durcheinander zu bewerkstelligen.»

Paula blickte auf, sah Madelana an und zog eine Grimasse. «Entweder ist sie völlig beschränkt und meine Menschenkenntnis war sonstwo, als ich sie eingestellt habe, oder sie ist durch ihre Krankheit dermaßen beeinträchtigt worden, daß sie in den vergangenen Monaten einfach nicht wußte, was sie tat.»

«Es muß ihre Krankheit gewesen sein, Paula. Du bist doch viel zu scharfsinnig, einen Dummkopf nicht gleich zu durchschauen», sagte Madelana überzeugt und schloß dann das vor ihr liegende Hauptbuch mit einer gewissen Endgültigkeit. «Ich habe diese Zahlen jetzt dreimal nachgerechnet ... zweimal mit dem Taschenrechner und einmal auf dem Papier. Ich fürchte, du hast recht. Wir stecken in den roten Zahlen ... und zwar tief.»

Paula seufzte, erhob sich und ging ein wenig im Zimmer auf und ab. Ihr Gesicht war nachdenklich. Wieder an ihrem Schreibtisch angelangt, nahm sie die Hauptbücher, legte sie in den Aktenschrank zurück und schloß ab. Den Schlüssel steckte sie in die Tasche ihrer grauen Leinenjacke.

«Komm, Maddy, laß uns zurück zum Lager gehen und versuchen, uns dort einen Überblick zu verschaffen.»

«Gute Idee», erwiderte Madelana, erhob sich sogleich und folgte Paula aus dem Büro in die Verkaufsetage der dreistöckigen Boutique.

«Wir sind unten, Mavis», ließ Paula die zweite Geschäftsführerin wissen und ging, ohne ihren Schritt zu verlangsamen, an ihr vorbei auf die schweren Glastüren zu, die zur Hotellobby führten.

«Ja, Mrs. O'Neill», antwortete Mavis leise und schaute Paula mit einem düsteren Gesicht, in dem sich ihre Angst abzeichnete, nach.

Madelana nickte der jungen Frau nur zu.

Aber sobald Paula und sie die dunkelgrüne Marmorlobby durchquerten, sagte sie vertraulich: «Ich glaube, daß Mavis im Grunde in Ordnung ist, Paula. Sie ist bloß überfordert. Callie Rivers hätte sie nie zu ihrer Stellvertreterin machen dürfen. Sie hat nicht das Zeug dazu, eine Boutique von dieser Größe zu leiten, und sehr phantasievoll ist sie auch nicht. Aber sie ist bestimmt ehrlich, und das ist doch auch viel wert, denke ich.»

«Ja, das ist alles richtig», stimmte Paula ihr zu, stieg eilig in den leeren Fahrstuhl und drückte den Knopf zum unteren Stockwerk. «Callie hat ihr ein Heidendurcheinander hinterlassen, und sie wußte wohl nicht, wie sie es wieder einrenken sollte, das ist mir klar.» Sie sah Madelana aus den Augenwinkeln an. «Ich mache Mavis ja auch nicht dafür haftbar. Ich wünschte nur, sie wäre so klug gewesen, mir alles zu sagen. Sie wußte doch, daß sie mich praktisch jederzeit anrufen oder per Telex benachrichtigen konnte.»

Die beiden Frauen verließen den Fahrstuhl, und Paula sagte: «Schließlich ist das doch der entscheidende Punkt: Wenn der Hotelmanager es nicht vor ein paar Wochen Shane gegenüber am Telefon erwähnt hätte, wüßte ich immer noch von nichts.»

«Ja, Gott sei Dank hat er Wind davon bekommen, daß es Schwierigkeiten gab und Mavis ins Schwimmen und in Panik geraten war. Ich glaube, wir sind gerade noch rechtzeitig gekommen, um eine richtige Katastrophe abzuwenden.»

«Das kann man wohl sagen», murmelte Paula.

Das Lager der Harte Boutique befand sich im Zwischengeschoß des Hotels und hatte mehrere Räume. Dazu gehörte ein Büro mit Aktenschränken, einem Schreibtisch, Stühlen und Telefonen am Eingang sowie mehrere große Lagerräume. Dort standen Kleiderständer und Kisten voller Accessoires, von Modeschmuck, Schals, Hüten und Gürteln bis zu Handtaschen und Schuhen.

Madelana verzog das Gesicht, als Paula und sie an den vollgestopften Ständern vorbeidefilierten und den Lagerbestand zum zweiten Mal seit ihrer Ankunft begutachteten, wobei sie erst jetzt eine genauere Einschätzung vornahmen. Mit einem Seitenblick auf ihre Chefin stöhnte sie: «Wir werden verflixt hart arbeiten müssen, wenn wir hier Ordnung schaffen wollen. Es ist schlimmer, als ich gestern dachte.»

«Wem sagst du das», erwiderte Paula grimmig. «Und ich mag gar nicht daran denken, welche schrecklichen Geheimnisse wohl in diesen Kisten da liegen.» Sie schüttelte den Kopf, wieder überkamen sie Ärger und Niedergeschlagenheit. «Es ist auch meine Schuld. Ich hätte mich von Callie nicht dazu überreden lassen dürfen, daß sie zusätzlich zu den Lady Hamilton-Kleidern noch weitere, weniger teure Kollektionen angeboten hat. Aber sie machte mir weis, daß sie den Markt besser kenne als ich, und dumm, wie ich war, gab ich ihr reichlich Spielraum. Und das haben wir nun davon, stehen vor einem Haufen Kleider, die sie von anderen Herstellern gekauft hatte und nicht loswerden konnte.»

«Ich meine, wir sollten einen Ausverkauf machen, das hast du doch gestern selbst vorgeschlagen», sagte Madelana.

«Ja. Wir müssen die alte Ware losschlagen, auch die Reste der Lady Hamilton-Kollektion aus der letzten Saison. Reinen Tisch machen, etwas anderes bleibt uns nicht übrig – und dann können wir von vorn anfangen. Ich werde Amanda heute nachmittag ein Telex schicken und ihr sagen, sie soll soviel Lady Hamilton-Ware schicken, wie sie hat. Sie kann es ja per Luftfracht senden. Wir brauchen natürlich Frühlings- und Sommersachen, denn Australien geht ja jetzt auf diese Jahreszeiten zu.» Sie schwieg und sah mit Besorgnis im Gesicht die Kleider an, die dort hingen.

«Was ist denn los?» fragte Madelana, die Paulas Stimmungsumschwünge immer sehr sensibel registrierte.

«Hoffentlich können wir diese Kleider bei einem Ausverkauf losschlagen und noch ein bißchen aus ihnen herausholen, wie wenig es auch sein mag.»

«Da bin ich sicher, Paula, und ich habe auch eine Idee», rief Madelana. «Warum machen wir keinen Riesenausverkauf und sagen in der Werbung, daß er sich nur noch mit dem von Harte's in Knightsbridge vergleichen läßt. Das ist der berühmteste Ausverkauf der Welt – also laß uns davon profitieren. Der Agentur in Sydney werden doch sicher ein paar raffinierte Slogans für die Zeitungsanzeigen einfallen.»

Maddy dachte einen Augenblick lang nach, dann sagte sie begeistert: «Der Slogan, mit dem wir an die Öffentlichkeit treten, könnte folgendermaßen lauten: . . . *Sie brauchen nicht nach London zu fahren, um den großen Jahresausverkauf von Harte's mitzumachen. Er findet direkt vor Ihrer Haustür statt.* Was hältst du davon?»

Zum ersten Mal an diesem Morgen spielte ein wirkliches Lächeln um Paulas Mund. «Großartig, Maddy, ich werde heute nachmittag Janet Shiff von der Werbeagentur anrufen, auf daß sie sich an einen ihrer flotten Werbetexte setzt. Und nun komm, laß uns mal diese Kleider durchgehen und soviel wie möglich für den Ausverkauf heraussuchen.»

Das brauchte man Madelana nicht zweimal zu sagen. Sie flitzte zu einem der Kleiderständer hinüber und fing an, resolut einige auszuwählen, andere auszumustern.

Das Orchideenzimmer des Sydney O'Neill Hotels galt als einer der schönsten Plätze der Stadt, um essen zu gehen. Außerdem war es *der* Ort, an den man ging, um zu sehen und gesehen zu werden, und weit über die Stadtgrenzen hinaus bekannt.

Im obersten Stock des Hotels gelegen, bestanden zwei seiner Wände ganz aus Spiegelglas, so daß man den Eindruck hatte, zwischen dem blauen Himmel und der tief darunterliegenden See zu schweben, außerdem bot der Raum einen weiten Blick über viele Meilen hin.

Großartige, riesige Wandbilder handgemalter weißer, gelber, rosa und kirschroter Orchideen bedeckten die übrigen beiden Wände, und überall standen echte Orchideen . . . in hohen chinesischen Glasvasen angeordnet, in chinesische Porzellantöpfe gepflanzt und üppig in Schalen auf jedem Tisch dekoriert.

Paula war auf diesen Raum besonders stolz, weil Shane ihn entworfen und mit den Architekten zusammen geplant hatte, als das Hotel gebaut wurde. Er verwendete in seinen ausländischen Hotels gern landestypische Tiere, Vögel oder Blumen als Motiv für eine Lobby, einen Speisesaal oder eine Bar, und da in den Wäldern und Ebenen Australiens in solcher Fülle Orchideen wuchsen, fand er die Wahl sehr passend. Diese Blume bot sich auch wegen ihrer vielfältigen Formen und Größen und ihrer schönen, lebhaften Farben für alle denkbaren künstlerischen Effekte und dekorativen Themen an.

Paula saß im eleganten, sonnendurchfluteten Restaurant, trank ein Mineralwasser vor dem Essen, schaute sich bewundernd um und stellte fest, daß sie ganz vergessen hatte, wie großartig echte Orchideen doch waren und wie genial der Florist des Hotels sie im Raum angeordnet hatte, so daß sie sich von ihrer besten Seite zeigten. Als ambitionierte Gärtnerin bedauerte sie, diese exotischen Blumen nicht auch in England ziehen zu können.

«Einen Penny für deine Gedanken», sagte Philip und schaute sie über den Tisch hinweg an.

«Es tut mir leid, ich wollte nicht so abwesend wirken ... ich habe gerade daran gedacht, ob man in Pennistone Royal auch Orchideen züchten könnte, aber es geht wohl nicht.»

«Natürlich geht es. Du könntest dir ein Gewächshaus bauen lassen und sie darin anpflanzen ... so wie Tomaten, weißt du.» Er gluckste, Übermut blinkte in seinen strahlendblauen Augen, dann sagte er scherzhaft: «Schließlich hast du ja momentan auch so viel Freizeit.»

Paula lächelte ihn an. «Das wäre schön ... aber Gartenarbeit entspannt mich immer sehr, weißt du. Und warum kein Gewächshaus? Das ist eine prima Idee von dir.»

«O mein Gott, was habe ich nur gemacht!» stöhnte ihr Bruder mit gespieltem Entsetzen. «Shane wird mich umbringen.»

«Nein, wird er nicht, er hat es gern, wenn ich im Garten arbeite und Dinge wachsen lasse, er schenkt mir immer neue Saatkataloge und Tütchen mit Saat und Blumenzwiebeln und ähnliches. Ich werde ihm sagen, daß ich zu Weihnachten ein Orchideengewächshaus haben möchte. Wie findest du das?» fragte sie und schaute ebenso fröhlich drein wie ihr Bruder.

«Wenn er es dir nicht schenkt, tue ich es.» Philip lehnte sich zurück und fuhr dann fort: «Übrigens hat Mutter mich angerufen, kurz bevor ich aus dem Büro ging. Sie freut sich sehr, daß du am Wochenende mit nach Dunoon kommst. Ich habe mich in dir getäuscht, weißt du das?»

«Wieso?»

«Als Ma mir sagte, sie wolle dich dort hinholen, sagte ich, du hättest bestimmt keine Lust dazu, nachdem du gerade einen vierzehnstündigen Flug von L. A. hinter dir hast.» Er betrachtete Paula einen Augenblick lang genau. «Ich muß schon sagen, ich war etwas überrascht, daß du eingewilligt hast. Und ohne alle Umstände, hat sie gesagt. Ich dachte, du würdest am Samstag wie eine Wilde in der Boutique arbeiten. Erzähl mir nicht, du hättest das Durcheinander dort schon in Ordnung gebracht?» Fragend hatte er die Augenbrauen hochgezogen.

«Noch nicht ganz, Philip, aber ich bin auf dem besten Wege dazu.»

«Gratuliere! Und nun erzähl mir schon, Bohnenstange.»

Paula informierte ihn schnell über alles und sagte dann: «Nach dem Ausverkauf nächste Woche dekoriere ich die Schaufenster neu mit den Lady Hamilton-Sachen, die ich aus London angefordert habe, und wir verstärken das Ganze mit einer neuen Werbekampagne. Und wo hier die Frühling-Sommer-Saison vor der Tür steht, denke ich, daß ich die Boutique in relativ kurzer Zeit wieder flottbekommen kann.»

Philip nickte. «Du bist einfach großartig im Einzelhandel. Wenn du es nicht hinbekommst, schafft es niemand. Und was ist mit deiner Geschäftsführerin? Du behältst sie doch nicht, oder?»

«Das kann ich nicht, Pip, obwohl ich glaube, daß einige ihrer Fehler auf ihre Krankheit zurückzuführen sind. Ich habe dadurch leider das Vertrauen zu ihr verloren und würde mir unglaubliche Sorgen machen, wenn ich sie weiter beschäftigte.»

«Das kann ich dir nicht verdenken. Und wie steht's mit den Boutiquen der Hotels in Melbourne und Adelaide? Sie sind doch nicht betroffen, oder?»

«Gott sei Dank nicht. Dort scheint alles in Ordnung zu

sein, wenn es stimmt, was die Geschäftsführer mir gestern erzählt haben. Glücklicherweise hat Callie mit ihnen nichts mehr zu tun. Du erinnerst dich vielleicht, daß ich vor einiger Zeit ein neues System eingeführt habe, in dem jeder Geschäftsführer unabhängig und nur mir Rechenschaft schuldig ist. Aber wo ich schon einmal hier in Australien bin, fliege ich nächste Woche hin, um mich zu vergewissern, daß wirklich alles in Ordnung ist.»

«Gute Idee. Es sollte auch nicht schwierig sein, eine neue Geschäftsführerin für die Boutique in Sydney zu finden. Es gibt hier viele gute Leute.»

«Ja, das habe ich auch gehört. Ich fange am Montag mit den Vorstellungsgesprächen an, und wenn ich niemanden finde, ehe ich in ein paar Wochen wieder zurückfliege, wird Madelana O'Shea die Sache für mich weiterverfolgen. Sie bleibt sowieso noch eine Weile da, um mit der Werbeagentur zusammenzuarbeiten und die Boutique hier gut in den Griff zu bekommen, damit sie auf Dauer läuft. Ich vertraue ihrem Urteil und kann mich ganz auf sie verlassen.»

«Das hast du vorhin schon gesagt. Ich freue mich darauf, sie demnächst kennenzulernen.»

«Schon dieses Wochenende, Pip. Ich habe sie nach Coonamble eingeladen. Fliegst du morgen abend mit uns hinunter?»

«Nein, ich kann nicht. Ihr und Mutter werdet mit Jasons Flugzeug fliegen, ich komme Samstagmorgen nach. Ich bin froh darüber, daß wir ein gemeinsames Wochenende haben werden, und überhaupt wird es dir guttun – zwei Tage völlige Ruhe und viel frische Luft.»

Paula lächelte ein wenig und lehnte sich vor, wobei sie ihren Bruder scharf ansah. Ihre Stimme klang ein wenig anders, als sie sagte: «Glaubst du, daß Mummy es sich mit den Sitex-Aktien noch anders überlegen wird?»

«Nein», erwiderte Philip schnell. «Ihre Haltung, was die Aktien angeht, ist eng mit ihren Gefühlen für ihren Vater verknüpft. Du weißt ebensogut wie ich, daß sie ihn sehr geliebt hat, sie kann einfach seinen Wünschen nicht zuwiderhandeln. Und sie meint, genau das würde sie tun, wenn sie die

Aktien verkaufte. Das klingt vielleicht etwas weit hergeholt, ist aber die Wahrheit.»

«Aber Paul hat diesen Wunsch vor vierzig Jahren geäußert, Philip!» rief Paula heftig. «Seine Einschätzung der heutigen Lage wäre doch ganz anders, genau wie die von Grandy.»

«Kann schon sein, aber ich weiß, daß Mutter nicht nachgeben wird.» Philip warf Paula einen forschenden Blick zu. «Warum willst *du* überhaupt die Aktien verkaufen? Warum brennt es dir so unter den Nägeln damit?»

Paula zögerte für den Bruchteil einer Sekunde und überlegte, ob sie ihrem Bruder die Wahrheit sagen sollte, entschied sich dann aber, es nicht zu tun. «Ich habe dir doch gestern abend die Gründe gesagt», erwiderte sie mit gespieltem Gleichmut. «Allerdings gebe ich zu, daß ich Marriott Watson und seine Sportsfreunde im Aufsichtsrat auch reichlich satt habe. Sie tun alles, was in ihrer Macht steht, um mich zu behindern und mir das Leben so schwer wie möglich zu machen.»

Philip sah sie neugierig an. «Aber Paula, das haben sie doch schon immer gemacht – das ist doch nichts Neues, oder? Und auch mit Grandy lagen sie immer schon überkreuz.» Er hielt inne, runzelte die Stirn, rieb sich das Kinn und überlegte kurz. «Aber wenn dich ihr Verhalten so sehr stört, sollte ich es Mama vielleicht erklären, und . . .»

«Nein, nein, laß das lieber», fiel Paula ihm schnell ins Wort. «Vergessen wir die ganze Sache einfach. Ich werde mit Marriott Watson und dem Aufsichtsrat schon fertigwerden.»

«Ja, das weiß ich», sagte Philip. «Du hast es immer geschafft. Du bist mir sehr ähnlich. Es ist dir einfach unmöglich, nicht deine Pflicht zu tun, das geht dir gegen den Strich.» Er lächelte sie liebevoll an. «Und nun komm, laß uns bestellen.»

16

Der durch die Rouleaus dringende Sonnenschein weckte Madelana auf.

Sie blinzelte, setzte sich in dem alten Himmelbett abrupt auf, verwundert und verwirrt zugleich, und wußte nicht, wo sie war. Dann aber hatten sich ihre Augen an das sanfte, dunstige Licht gewöhnt, und sie sah sich um, nahm die Einzelheiten des schönen Zimmers in sich auf und erinnerte sich, daß sie in Dunoon war, der Schaffarm der McGills bei Coonamble.

Sie wandte den Kopf, sah zu dem kleinen Wecker auf dem mit Seidentaft verkleideten Nachttisch und stellte fest, daß es noch früh war, erst sechs Uhr. Aber das schadete nichts, sie war es gewöhnt, bei Morgengrauen aufzustehen. Gestern abend hatte Daisy ihr gesagt, daß sie aufstehen könnte, wann sie wollte, daß sie sich ganz zu Hause fühlen sollte und die Haushälterin ab Viertel nach sechs in der Küche sein würde. Ab dann würden frischgepreßte Fruchtsäfte, Kaffee, Tee Toast und Obst im Frühstückszimmer bereitstehen; nach sieben, wenn eine der beiden Köchinnen eingetroffen war, könnte Madelana auch ein warmes Frühstück bestellen, wenn sie wollte, hatte Daisy hinzugefügt.

Madelana warf die Bettdecke zurück, sprang aus dem Bett und eilte nach nebenan ins Bad, um zu duschen.

Zehn Minuten später war sie wieder zurück, in ihren weißen Bademantel aus Baumwolle gehüllt, und ging zu den Fenstern hinüber. Sie zog beide Rouleaus hoch und stand dann einen Augenblick da, sah auf die Gärten hinab. Alles war strahlend grün, üppige bunte Blumen wuchsen in großartig angelegten Rabatten und großen Beeten in der Mitte des leicht gewellten Rasens. Es war ein prächtiger, sehr sonniger Morgen; der strahlendblaue Himmel war mit Schwaden weißer Wölkchen bedeckt, die wie eine Handvoll Zuckerwatte aussahen.

Die erwartungsvolle Spannung, die sie bei der Ankunft gestern nacht verspürt hatte, befiel sie wieder, und sie konnte es kaum abwarten, hinauszugehen und die nähere Umgebung in Augenschein zu nehmen. Am meisten drängte es sie, durch jene einladenden Gärten zu schlendern, die, wie sie wußte, mit Paulas Hilfe vor einigen Jahren angelegt worden waren.

Sie nahm an dem nierenförmigen Ankleidetisch Platz, der zwischen den beiden hohen Fenstern stand, und begann, ihr dickes, kastanienbraunes Haar zu bürsten, ehe sie Make-up auflegte, und während sie ihre Bürste schwang, verweilten ihre Gedanken bei diesem einzigartigen Ort, wohin sie mit Paula, Daisy und Jason Rickards gekommen war, um das Wochenende zu verbringen.

Dunoon war ganz anders, als Madelana es sich vorgestellt hatte.

Es lag ungefähr fünfhundertsiebzig Kilometer von Sydney entfernt, in den nordwestlichen Ebenen von New South Wales, und der Flug mit Jason Rickards Firmenjet war kurz und angenehm gewesen. Sie hatten Sydney gestern nachmittag um fünf verlassen und waren kurz nach sechs auf dem privaten Flugplatz von Dunoon gelandet.

Tim Willen, der die Farm leitete, hatte sie abgeholt, herzlich begrüßt und dann mit ihnen gelacht und gescherzt, während er dem Piloten und dem Steward half, ihr Gepäck in den Oldtimer Kombiwagen zu verladen.

Zehn Minuten später, als sie vom Flugplatz hinunterfuhren, überraschte es Madelana, mehrere verschiedene Flugzeuge in den riesigen Hangars zu sehen, an denen sie vorbeikamen, und auch zwei Helikopter auf dem nahegelegenen Hubschrauberlandeplatz.

Daisy sagte auf ihre überraschte Frage hin, es sei leichter, sich per Flugzeug auf Dunoon zu bewegen, besonders, wenn irgendein Notfall passiert sei. Auf dem Flug hierher hatte Daisy ihr erzählt, daß die Schaffarm sich über Tausende von Morgen erstreckte, und aus der Luft hatte es tatsächlich wie ein kleines Königreich ausgesehen. Der Anblick der Flugzeuge und Helikopter hatte dieses Gefühl von Grenzenlosigkeit für Madelana nur noch verstärkt.

Das Hauptgebäude lag fünf Meilen vom Flugplatz entfernt, und auf dem Weg dorthin hatte Madelana die ganze Zeit über die Nase ans Fenster gepreßt und war von dem, was sie sah, tief beeindruckt gewesen. Daisy war gestern ihre Führerin gewesen und hatte sie auf alles Interessante aufmerksam gemacht, als der Kombiwagen über die breite, geteerte Straße rollte, die das riesige Areal durchschnitt und umkreiste.

Einmal waren sie an einer Gebäudegruppe vorübergekommen, die wie ein kleines Dorf aussah, und Madelana hatte von ihrer Gastgeberin erfahren, daß es sich um Schuppen für die Schafschur handelte und um Scheunen, in denen die Rohwolle der hier gezüchteten Merinos gelagert wurde, um Schafhürden, einen kleinen Schlachthof für die Versorgung der Farm mit Fleisch, ein kleines Kühlhaus für die Hammel-, Lamm- und Rinderseiten und ein paar weitere Scheunen, in denen Futter, Heu und Getreide gelagert wurden. Weiter abgelegen standen ein Wasserturm und ein Generator, der die Schaffarm mit Elektrizität versorgte.

Etwas von diesen Gebäuden entfernt lagen mehrere eingezäunte Koppeln, teilweise im Schatten von schönen Goldulmen und Weiden. Hier grasten Rinder und Pferde zufrieden im üppigen Gras. Oberhalb der idyllischen Koppeln befand sich eine Gruppe schöner Häuser, die von Goldulmen und dicken alten Eichen umgeben war.

Tim fuhr jetzt etwas langsamer, so daß sie alles besser sehen konnte, und sagte ihr, daß er dort mit seiner Frau wohne, ebenso die Farmarbeiter und einige vom Hauspersonal; neben den Häusern befand sich für die Angestellten und deren Angehörige ein Tennisplatz und ein Swimmingpool.

Nach einer weiteren Viertelmeile auf der Hauptstraße fuhren sie an Reithallen und offenen Reitplätzen vorüber, in denen die Pferde trainiert wurden, dicht dabei lagen große Ställe.

Diese Gebäude hatten es Madelana angetan. Niedrig, weitgestreckt und rustikal aussehend, waren sie aus dunkelgrauen und schwarzen Steinen gefertigt und zum Teil von Efeu überwachsen. Sie kamen ihr sehr alt vor, und als sie es Daisy sagte, erwiderte diese, daß die Ställe um 1920 von ihrem Vater Paul McGill erbaut worden seien.

Während ihrer Fahrt vom Flugplatz zum Haus hatte die Landschaft einen tiefen Eindruck auf Madelana gemacht. Sie hatte sich das Land nicht so schön vorgestellt und solch üppiges Grün in Australien nicht erwartet. Bisher hatte sie immer gedacht, dieser Kontinent sei trocken und unfruchtbar und bestünde fast ausschließlich aus dürrem Gestrüpp, sobald man die großen Küstenstädte hinter sich gelassen hatte.

Aber Dunoon war wunderschön und lag in lieblich gewelltem Hügelland, wo sanfte Hänge sich zu grünen Tälern, weiten Wiesen und Waldstücken öffneten. Es war eine wahrhaft pastorale Landschaft, durch deren dunkle, reiche Erde der Castlereagh River floß und in der alles zu gedeihen schien.

Die Auffahrt zum Haupthaus, das einfach «Herrenhaus» hieß, war eine halbe Meile lang, und sobald sie darin eingebogen waren, kurbelte Daisy ein Fenster herunter. Sofort war der Kombiwagen mit durchdringendem Zitronenduft erfüllt. *«Eucalyptus citriodora»*, erklärte Daisy, wobei sie auf die Bäume wies, die sich hoch über ihnen erhoben und zu beiden Seiten der Auffahrt standen. «Sie wachsen bis ans Haus heran und sind sehr aromatisch.» Und Paula hatte hinzugefügt: «Wenn ich irgendwo Zitronen rieche, ganz gleich wo, muß ich sofort an Dunoon denken.» Madelana nickte: «Das kann ich gut verstehen», sagte sie leise und atmete den köstlichen, durchdringenden Zitrusduft ein.

Überall im Herrenhaus blinkten freundliche Lichter, um sie in der Abenddämmerung willkommen zu heißen, und als Madelana aus dem Kombiwagen stieg und zum Haus emporsah, war sie einen Augenblick lang ganz verwirrt und fand sich in ihr geliebtes Bluegrass Country zurückversetzt. Heimweh und eine Fülle von Erinnerungen befielen sie schlagartig, sie hatte einen Kloß in der Kehle und mußte blinzeln, um die aufsteigenden Tränen zu bezwingen. Das Herrenhaus von Dunoon war in einem klassischen Stil erbaut, der an die großen Plantagen des amerikanischen Südens, an die Zeit vor dem Sezessionskrieg erinnerte, und es war einfach großartig.

Die Fassade bestand vorwiegend aus weiß gestrichenem Holz, dazwischen waren Abschnitte aus dunkelroten Ziegeln. Auf allen vier Seiten gab es breite Veranden, die den Wänden im Sommer Schatten spendeten, im Winter aber trotzdem noch Sonne heranließen. Die vordere Veranda wurde von Säulen flankiert, vier auf jeder Seite der Eingangstür, die aus blankem Mahagoni bestand. Diese Säulen waren hoch, majestätisch und schwangen sich an den ersten beiden Stockwerken empor, um einen Balkon abzustützen, der ganz um den dritten Stock herumführte.

Das grüne Blattwerk der Glyzinien, die am weißgestrichenen Holz emporwuchsen, trug sehr zum allgemeinen Eindruck kühler, heiterer Ruhe bei, ebenso die vielen Laubbäume, die dem schönen Anwesen auf der Rückseite Schatten spendeten. Zu beiden Seiten der kiesbestreuten Auffahrt erstreckten sich Rasenflächen, die von riesigen Azaleen in Rosa und Weiß eingefaßt waren, und hinter diesem glatten, großzügig angelegten Grün lagen die Blumengärten.

Sobald Madelana das Herrenhaus betrat, sah sie, daß das Innere dem Äußeren durchaus standhielt. Die Räume waren mit erlesenen Antiquitäten, Kristallüstern, schönen alten Teppichen und großartigen Bildern ausgestattet, unter denen sich viele französische Impressionisten befanden. Später erfuhr sie, daß die Sammlung Emma Harte gehört hatte und Werke von Monet, van Gogh, Gauguin, Cézanne und Degas enthielt.

Dann hatte Paula sie in dieses hübsche Schlafzimmer gebracht, das direkt neben ihrem eigenen lag. Es war groß und luftig, in zarten Schattierungen von Aprikose, Limone und Hellblau gehalten, hatte eine hohe Decke, einen weißen

Marmorkamin, und die Wände waren mit Aquarellen von Dunoon geschmückt. Im Zentrum befand sich das antike Himmelbett, vor dem Kamin waren ein Sofa und zwei Sessel arrangiert.

Überall standen frische Schnittblumen, die den Raum mit allen Düften des Gartens erfüllten. Heute morgen war es ein sehr schwerer Duft, aber er störte Madelana nicht.

Sie warf einen Blick in den Spiegel des Ankleidetisches, zog die Bürste noch einmal über ihr Haar, ging dann zum Schrank hinüber und nahm ihre maßgeschneiderten grauen Flanellhosen, ein weißes Seidenhemd und eine handgestrickte Jacke aus blaugrauer Mohairwolle heraus.

Nachdem sie sich angekleidet hatte, schlüpfte sie in braune Ledermokassins, band ihre goldene Armbanduhr um, befestigte die goldenen Ohrringe von Tiffany und verließ das Zimmer.

Es war kurz nach halb sieben, als sie die Tür des Frühstückszimmers aufstieß und hineinschaute.

Die Haushälterin Mrs. Carr, mit der sie gestern bekannt gemacht worden war, war nirgends zu sehen, aber Madelanas Nase kribbelte vom verführerischen Duft nach Kaffee, frischgeröstetem Brot und reifen Früchten. Sie bemerkte, daß diese Köstlichkeiten auf einem an die Wand gestellten Tisch aufgebaut waren, über dem das Bild eines Clowns hing. Der runde Tisch in der Mitte des achteckigen Zimmers war mit einer blütenweißen Organdydecke bedeckt und mit hübschem Geschirr mit Blumenmuster für vier Personen eingedeckt.

Madelana trat an den Tisch und goß sich eine Tasse Kaffee ein. Sie betrachtete das Clowngemälde. Das ist ja ein Picasso, dachte sie und wandte sich davon ab, ohne überrascht zu sein. In Dunoon konnte sie gar nichts mehr überraschen. Es war ein magischer Ort.

Sie trug ihren Kaffee nach draußen, setzte sich auf die hintere Verandatreppe und trank ihn in kleinen Schlucken, genoß den Duft von Gras und Grünpflanzen, den scharfen Zitronengeruch der Eukalyptusbäume, der in der Luft hing, und lauschte der Stille der Natur. Diese wurde nur vom

Gezwitscher kleiner Vögel und dem schwachen Rascheln der Blätter in der sanften Brise unterbrochen.

Wie friedlich es hier war. Es herrschte der Frieden, den man nur auf dem Land findet; sie hatte schon ganz vergessen, daß es ihn gab. Wie schön ist das doch, dachte sie und schloß die Augen, gab sich ganz der Atmosphäre hin und atmete tief ein. Plötzlich wurde ihr klar, daß sie seit ihrer Kinderzeit keinen solchen Frieden mehr verspürt hatte.

Nach einer Weile ging Madelana zurück ins Haus, stellte die Tasse im Frühstückszimmer ab und schlenderte zur großen Eingangshalle. Vorhin beim Schminken hatte sie noch vorgehabt, einen Spaziergang durch die Gärten vor dem Haus zu machen, aber jetzt zögerte sie.

Von der anderen Seite des Foyers ging die Gemäldegalerie ab. Paula hatte ihr das gestern abend gesagt, als sie die Treppe hinaufgingen, aber sie hatten keine Zeit gehabt, sich die Bilder anzusehen, weil sie sich noch schnell zum Abendessen umkleiden mußten. Als sie gemeinsam die großartig geschwungene Treppe hinaufgingen, hatte Paula gesagt: «In der Galerie hängen die Porträts von unseren McGill-Vorfahren, aber da ist auch ein hervorragendes Bild von Emma. Du mußt es dir unbedingt anschauen, ehe du wieder wegfährst, Maddy.»

Ihre Neugier von gestern abend regte sich wieder, und Madelana beschloß, jetzt gleich einen Blick auf Emmas Porträt zu werfen. Sie konnte ja hinterher ihren Spaziergang machen.

Die Galerie war viel länger, als sie gedacht hatte; die Decke war hoch, und an einem Ende befand sich ein großes Fenster. Der blankpolierte Holzfußboden lag frei, die Wände waren weiß gestrichen, und in der Mitte stand ein Refektoriumstisch aus dunkler Eiche. Auf ihm thronte ein ziemlich großes chinesisches Porzellanpferd, das Madelana wie eine weitere, unbezahlbare Antiquität vorkam.

Schnell schritt sie die Galerie entlang und warf kaum einen Blick auf die Porträts der McGills, da sie nur das eine von Emma Harte suchte.

Als sie schließlich davorstand, verschlug es ihr den Atem.

Es war großartig, genau, wie Paula es gesagt hatte, so lebensnah und viel besser als jene, die sie in den Harte-Kaufhäusern gesehen hatte, ja sogar besser als das in Pennistone Royal in Yorkshire.

Madelana schaute es sehr lange an, bewunderte seine Lebendigkeit und den hervorragenden Pinselstrich. Es war sicher um 1930 entstanden, denn das Abendkleid, das Emma trug, war im Stil der damaligen Zeit. Madelana hatte das Gefühl, daß sie, wenn sie die Hand ausstreckte und das Bild berührte, den wirklichen Stoff fühlen würde. An Emmas Hals, ihren Ohren und Handgelenken blitzten Smaragde, auch an ihrer linken Hand steckte ein viereckig geschnittener Smaragd, und die Steine reflektierten ihre strahlenden Augen.

Welch kleine Hände sie nur hat, dachte Madelana überrascht und trat etwas näher heran. Sie sind fast so klein wie die eines Kindes.

Direkt neben Emma hing das Porträt eines dunklen, schönen Mannes, der elegant mit weißer Krawatte und Frack angetan war. Er hatte die intensivsten blauen Augen, die sie jemals gesehen hatte, ein kräftiges, faszinierendes Gesicht, einen schwarzen Schnurrbart und ein tiefes Grübchen im Kinn. Clark Gable, dachte Maddy, und dann mußte sie lächeln, denn sie wußte ja, daß es nicht der verstorbene Filmstar sein konnte. Es handelte sich zweifellos um Paul McGill.

Sie hielt den Kopf schief, betrachtete das Bild sehr sorgfältig, in Gedanken versunken, und überlegte, was für ein Mann er wohl gewesen war. Offenbar jemand, der Emma Harte ebenbürtig war, daran gab es keinen Zweifel.

Philip kam die Treppe hinuntergeschritten, als die Standuhr in der Eingangshalle gerade sieben schlug.

Er durchquerte die riesige Halle und ging aufs Frühstückszimmer zu, als er sah, daß die Flügeltür aus Mahagoni, die zur Galerie führte, etwas offenstand. Er ging hin, um sie zuzumachen, und sah plötzlich die junge Frau dort drinnen. Sie stand ganz hinten und hatte sich etwas vorgebeugt, betrachtete versunken das Porträt seines Großvaters. Ihm wurde klar, daß sie Paulas Assistentin sein mußte.

Als ob sie seine Anwesenheit gespürt hätte, wandte sie sich schnell um. Als sie ihn in der Tür stehen sah, wurden ihre Augen ganz groß, und Erstaunen malte sich auf ihrem Gesicht. Sie sah ihn wie gebannt an. Er merkte, daß er sie ebenfalls wie gebannt ansah.

Und in diesem Augenblick vollzog sich eine Wandlung in seinem Leben.

Philip schien es, als sei alles um sie herum Licht, nicht einfach der helle Sonnenschein, der durch das große Fenster einfiel, sondern das Licht, das aus ihrem Innersten kam. Sie war ein strahlendes Geschöpf.

Er wußte sofort, daß er sie haben wollte und daß er sie haben würde. Philip begriff nicht, woher er das wissen konnte, aber es zuckte durch seinen Kopf wie ein Blitz, und er nahm es als unabwendbare Wahrheit hin.

Langsam kam er auf sie zu, die Absätze seiner Reitstiefel knallten laut auf den Holzfußboden, und er fand dieses Geräusch unerträglich, eine schreckliche Störung der vollkommenen Stille, die sie umgab. Sie stand da und wartete auf ihn, bewegte sich nicht, schien kaum zu atmen und sah ihn immer noch wie gebannt an. Seine Augen wichen nicht von ihrem Gesicht.

Sie war eine Fremde und ihm doch ganz vertraut, und er hatte ein starkes Gefühl von Vorherbestimmtsein – von Schicksalhaftigkeit –, als er schließlich vor ihr stehenblieb.

Zu ihm emporschauend, lächelte sie ein langsames, scheues Lächeln, und er begriff, daß ihm in diesem Augenblick etwas Außergewöhnliches zustieß, und am meisten überraschte ihn, daß es hier passierte, in seinem eigenen Haus, an dem einen Ort, den er auf dieser Erde am meisten liebte. Sie lächelte immer noch, und es kam ihm vor, als hätte man eine Last von seinen Schultern genommen. Aller Schmerz verebbte und ihn überkam ein großer Friede.

Schwach, wie aus weiter Ferne, hörte er sich sagen: «Ich bin Philip, Paulas Bruder», und es überraschte ihn, daß er so normal klang.

«Ich bin Madelana O'Shea.»

«Das habe ich mir schon gedacht.»

Sie legte ihre Hand in seine, und er umschloß sie fest in der Gewißheit, sein ganzes Leben lang auf sie gewartet zu haben.

17

Es fiel Philip sehr schwer, Madelanas Hand wieder loszulassen, aber schließlich gelang es ihm doch.

Sofort steckte Madelana ihre Hand in die Tasche. Das Gefühl seiner starken Finger hielt an, als sei deren Abdruck ihr auf ewig eingebrannt worden. Sie trat von einem Fuß auf den anderen und schaute weg. Philip McGill Amory machte sie nervös.

Er beobachtete sie scharf und sagte dann: «Sie sahen so überrascht aus, als ich plötzlich in der Tür stand. Es tut mir leid, ich wollte Sie nicht erschrecken.»

«Ich glaubte eine Sekunde lang, Paul McGill sei plötzlich wieder auferstanden . . .»

Sein schallendes Lachen unterbrach ihren Satz und hallte in der stillen Galerie wider. Er schaute das Porträt aus den Augenwinkeln an, sagte aber kein Wort.

«Außerdem hat Paula gesagt, daß Sie erst gegen Mittag aus Sydney kämen», sagte sie dann.

«Ich hab's mir anders überlegt und beschlossen, schon gestern abend zu fliegen. Um halb zwölf war ich hier, aber alles lag schon im Bett.»

Sie nickte schweigend und sah ihn immer noch unverwandt an.

«Sie haben das Porträt meines Großvaters sehr genau studiert», sagte er und lächelte jungenhaft, in seinen strahlendblauen Augen tanzte fröhlicher Übermut. «Und hat es Ihnen irgend etwas enthüllt? Vielleicht geheime Seiten seines Charakters?»

«Ich dachte, er muß ein sehr besonderer, ein wirklicher

Mann gewesen sein, um Emma Harte zu gewinnen und sie zu heiraten.»

«Nach allem, was meine Großmutter mir von ihm erzählt hat, war Paul McGill alles, was Sie oder ich uns nur denken können. Und wohl noch mehr, schätze ich», sagte Philip. Eine kleine Pause entstand, ehe er mit leiserer Stimme fortfuhr: «Aber sie sind nicht verheiratet gewesen ... seine Frau hat nie in die Scheidung eingewilligt. So haben sie die Angelegenheit in die eigenen Hände genommen, sich über alle Konventionen hinweggesetzt und sechzehn oder siebzehn Jahre lang zusammengelebt. Bis zu seinem Tod 1936. Damals fand man ihre Handlungsweise wohl sehr skandalös, aber das kümmerte sie nicht.» Philip zuckte die Achseln. «Sie waren rasend verliebt, furchtbar glücklich, und haben es offenbar nie bereut. Und natürlich haben sie auch ihr einziges Kind sehr geliebt, meine Mutter.» Er machte wieder eine Pause und sagte dann: «Sie ist natürlich unehelich geboren.»

Madelana war bestürzt. «Das wußte ich nicht, nichts von allem, was Sie mir gerade erzählt haben. Paula hat nie irgend etwas über das Privatleben ihrer Großmutter gesagt. Und was ich gehört oder gelesen habe, betraf ihre geschäftlichen Erfolge.»

«Ja, sie hat eine ganz schöne Erfolgsliste, nicht? Sie war ihrer Zeit wirklich weit voraus. Eine brillante und wahrhaft emanzipierte Frau, die anderen Frauen den Weg bereitet hat ... was Big Business und die Geschäftswelt angeht. Und ich freue mich darüber. Ich zum Beispiel weiß nicht, was ich ohne die weiblichen Führungskräfte in unserer Firma machen sollte.»

Philip gluckste und schaute wieder amüsiert drein. «Aber ich bin sicher, daß inzwischen alle Emmas Privatleben vergessen haben. Es ist schließlich schon sehr lange her. Und sie ist eigentlich bereits ein Mythos geworden. Eine Legende. Es gibt jede Menge Gralshüter, sowohl in der Familie als auch außerhalb ... die nicht wollen, daß man ihr Bild in irgendeiner Weise befleckt.» Er schüttelte den Kopf. «Meiner Meinung nach gibt es natürlich gar nichts, was Emmas Bild beflecken könnte, und schon gar nicht ihr Zusammenleben mit dem Mann, den sie wirklich geliebt hat ... mit ganzem Herzen.»

«Da muß ich Ihnen beipflichten. Aber warum wollte sie sich nicht von ihm scheiden lassen? Seine Frau, meine ich.»

«Ihre Religion stand ihr im Wege, was ihr wohl auch ganz gut zupaß kam, glaube ich. Constance McGill war katholisch, aber *ich* habe eher das Gefühl, daß sie sich einfach hinter der Kirche und ihren Dogmen versteckte, um Paul eins auszuwischen. Sie wollte ihn zwar nicht, aber es sollte ihn auch keine andere haben. Und sie wollte es nicht zulassen, daß er glücklich war, das ist offensichtlich. Also hat sie eine Menge Pfaffen und viel religiösen Hokuspokus mit ihren Eheproblemen vermischt, um zu vertuschen, worum es wirklich ging, vermute ich.»

«Oh ...»

Philip hatte Madelana genau betrachtet und sah jetzt, daß sie ganz eigenartig dreinschaute. Feinfühlig wie er war und mit viel Intuition begabt, wußte er instinktiv, daß er einen Fauxpas begangen hatte. «Ich habe Sie beleidigt ... Sie sind katholisch, stimmt's?»

«Ja, das bin ich, aber Sie haben mich nicht beleidigt. Ehrlich nicht.»

«Es tut mir leid.»

«Es ist wirklich in Ordnung, Philip ...» Sie verstummte. Sie sah zu ihm empor.

Ihre Augen trafen sich und ließen einander nicht mehr los. Keiner konnte wieder wegschauen. Das Schweigen zwischen ihnen wurde länger.

Und während er gebannt in ihre strahlenden, silbrigen, seltsam durchsichtigen Augen sah, begriff Philip, daß wirklich alles in Ordnung war. Sie meinte, was sie sagte, und würde das immer tun. Denn es war kein Falsch an ihr. Sie war offen und ehrlich, und das gefiel ihm. Und wieder verspürte er jenes seltsame Gefühl von Vertrautheit. Es war, als kenne er sie schon lange, sei von ihr getrennt worden und hätte sie nun wiedergefunden. Er fühlte sich ganz normal in ihrer Gegenwart, so wohl wie mit keiner anderen Frau zuvor, und war ganz entspannt. *Ich will sie haben*, dachte er zum zweiten Mal an diesem Morgen. *Und ich werde sie bekommen.* Aber laß es langsam angehen, ganz langsam, ermahnte ihn eine innere Stimme.

Madelana, von seinem unwiderstehlichen blauen Blick gebannt, wurde ebenfalls von seltsamen Gefühlen bestürmt, die sie noch nie zuvor verspürt hatte. Ihre Kehle war eng und trocken, sie hatte ein Druckgefühl auf der Brust und zitterte innerlich. Körperlich und seelisch reagierte sie sehr stark auf Philip, so wie sie es nie zuvor getan hatte, nicht einmal bei Jack Miller.

Aber sie war auch noch nie jemandem wie Philip McGill Amory begegnet. Er war so männlich, hatte so etwas Zwingendes, und dann noch diesen Charme. Diesen verhängnisvollen Charme. Er brachte sie aus dem Gleichgewicht. Und, was noch schlimmer war, er machte ihr angst.

Aus irgendeinem Grund glaubte Madelana plötzlich, gleich in Tränen ausbrechen zu müssen. Sie wandte schnell das Gesicht ab und unterbrach den Blickkontakt zwischen ihnen. Sie hatte angefangen zu zittern, und aus Angst, daß er es vielleicht merken könnte, ging sie auf die andere Seite der Galerie hinüber.

Sie räusperte sich und sagte dann, ohne ihn anzusehen: «Und welcher Vorfahr ist das?»

Philip ging ihr nach.

Nun stand er direkt hinter ihr und atmete den Duft ihres Haars, ihres Parfüms ein. Es war würzig, fast wie Moschus, und es erregte ihn. Er hatte plötzlich den Wunsch, die Arme um sie zu legen, und mußte sich unglaublich zusammenreißen, um es nicht zu tun.

Mit mühsam beherrschter Stimme sagte er: «Ach, das ist Andrew, der schottische Kapitän, der als freier Siedler 1852 nach Australien kam, und daneben ist seine Frau Tessa. Andrew war der Gründervater; er ließ sich hier auf diesem Land nieder, begründete die Schaffarm und legte das Fundament zu diesem Haus, das er nach seinem Geburtsort in Schottland Dunoon nannte.»

«Es ist ein wunderschönes Haus», murmelte Madelana

heiser. Sie spürte Philips Nähe so stark, daß sie kaum sprechen konnte.

«Vielen Dank . . . das finde ich auch. Aber es war eigentlich Andrews Sohn Bruce, mein Urgroßvater, der dem Herrenhaus um die Jahrhundertwende herum dieses Flair der alten amerikanischen Südstaaten gab, nachdem er Amerika besucht hatte. Er baute die neue Fassade, fügte die Säulen hinzu und gab dem Ganzen etwas von den Plantagen in Georgia und Virginia.»

«Und von Kentucky . . . es erinnert mich an zu Hause.»

Philip ging um sie herum, so daß er ihr Gesicht sehen konnte; vor Überraschung hatte er die dunklen Augenbrauen hochgezogen. «Sie stammen aus dem Bluegrass Country?»

Madelana nickte.

«Aber Sie haben gar keinen Südstaatenakzent.»

«Und Sie klingen auch nicht sehr australisch», sagte sie und lachte zum ersten Mal, seit sie ihn kannte, wodurch sich etwas von der Spannung löste, die sich in ihr angesammelt hatte. «Ich bin in Lexington aufgewachsen.»

«Dann müssen Sie in der Nähe von Pferden großgeworden sein, stimmt's? Sie reiten doch?»

«Ja.»

Seine Augen leuchteten auf, spontan rief er aus: «Reiten Sie mit mir aus! Jetzt gleich. Ich möchte Ihnen das Land zeigen, Sie mit auf die Farm nehmen . . . gestern abend haben Sie bestimmt nicht viel davon gesehen, es dämmerte ja schon.» Er warf einen Blick auf ihre Kleidung. «Ich bin sicher, daß wir Reithosen und Stiefel da haben, die Ihnen passen.»

«Ich habe meine eigenen Reitsachen mitgebracht», erklärte Madelana. «Ehe wir aus New York abflogen, sagte Paula, daß wir vielleicht ein Wochenende hier verbringen würden und daß ich mich darauf einstellen sollte. Sie hat mir genau gesagt, was für Sachen ich mitbringen soll.»

«Kluges Mädchen, meine Schwester», erwiderte er, und das schräge Lächeln erschien wieder in seinem Gesicht. «Also kommen Sie, worauf warten wir noch!»

Philip ergriff ihre Hand, führte sie eilig aus der Gemäldegalerie in die Eingangshalle und sagte: «Ich werde schnell noch einen Kaffee im Frühstückszimmer trinken, während Sie sich umziehen. Ich warte dort auf Sie.»

«Ich brauche nur ein paar Minuten», sagte sie leise, von der magnetischen Kraft dieses Mannes ganz aufgewühlt.

Sie hielt Wort und betrat das Frühstückszimmer, ehe noch zehn Minuten vergangen waren.

Daß sie so schnell wieder da war, überraschte ihn angenehm. Frauen, die viele Umstände mit ihrem Haar und ihrem Make-up machten, lange trödelten und ihn warten ließen, waren ihm immer schon ein Dorn im Auge gewesen. Er war an die Harte-Frauen gewöhnt, die sich selten herausputzten, aber immer chic aussahen, und es freute ihn, daß Madelana auch von dieser Art war.

Er erhob sich und trat zu ihr hin. Bewunderung lag in seinem Blick. Es gefiel ihm, wie sie gekleidet war. Sie war eine echte Reiterin, keine Anfängerin, die sich nur in Reitkleidung gefiel und den Sport nicht ernst nahm; das konnte er an ihrem Anzug erkennen. Ihr rotlilakariertes Männerhemd und die cremefarbenen Reithosen waren gepflegt, aber keineswegs neu, und ihre schwarzen Stiefel, ebenso blankgeputzt wie seine eigenen, waren schon ziemlich abgetragen und sicher ein paar Jahre alt.

Strahlend lächelnd nahm er ihren Ellbogen, führte sie aus dem Haus und über den Hinterhof zur Garage.

Als sie an der Sammlung von Oldtimern vorübergingen, die nebeneinander im überdachten Gehweg standen, fragte er sie: «Wie sind Sie gestern vom Flugplatz zum Herrenhaus gekommen?»

«Tim Willen hat uns über die Hauptstraße gefahren», antwortete Madelana. «Ich habe eine ganze Menge von der Farm gesehen – die Schafhürden, die Schurschuppen, die Gruppe von Arbeitsgebäuden und das Gehege.»

«Großartig – dann können wir ja gleich aufs Land hinaus und einen richtigen Ausritt machen, anstatt nur herumzutrödeln», sagte er und half ihr dann in seinen dunkelblauen Maserati hinein.

Philip hatte schon mit den Ställen telefoniert, während sie

sich umzog, und als sie bei den alten Gebäuden ankamen, die sie am Abend zuvor so bewundert hatte, waren ihre Pferde bereits gesattelt.

Der Stallmeister wartete auf sie, und nachdem Philip sie Matt vorgestellt hatte, nahm er sie mit zu den Boxen. «Das ist Gilda», sagte er, öffnete die Boxentür und führte die braune Stute hinaus. Er übergab Madelana die Zügel und fügte hinzu: «Sie gehört ganz Ihnen. Sie werden merken, daß sie sanft ist, aber genügend Feuer besitzt, um Ihnen nicht langweilig zu werden.»

Damit trat Philip von dem Pferd zurück und widerstand der Versuchung, Madelana beim Aufsitzen zu helfen.

«Danke, sie ist wunderschön», sagte Madelana und schaute die Braune mit Kennerblick an. Dann liebkoste und streichelte sie die junge Stute, drückte ihren Kopf an sich und flüsterte ihr etwas in die Ohren, versuchte sich mit ihr anzufreunden, wie es ihr die Stallburschen in Kentucky beigebracht hatten für den Fall, daß sie einmal ein fremdes Pferd reiten sollte. Nach einigen Minuten dieses Spiels fand Madelana, daß sie sich nun gut genug kannten, schob den linken Fuß in den Steigbügel und schwang sich mühelos in den Sattel.

Philip hatte zugesehen, wie sie mit Gilda umging, und lächelte heimlich über ihre Kennerschaft. Nun bestieg er Black Opal, seinen glänzenden, ebenholzfarbenen Hengst, und ritt über das Kopfsteinpflaster des Hofes voraus, überquerte die Hauptstraße und schlug einen Feldweg ein, der zu einem kleinen Wäldchen hinabführte.

Im Gänsemarsch trabten sie den schmalen Pfad entlang, über dem sich Goldulmen und Weiden wölbten, und kamen bald auf eine große Wiese, wo das grüne Gras sich in der leichten Brise wellte. Sie ritten eine Weile in leichtem Galopp nebeneinander her, dann legte Philip plötzlich an Tempo zu, spornte Black Opal an und ließ Madelana hinter sich.

«Komm, Gilda, los, vorwärts, Süße», flötete Madelana, beugte sich über den Pferdehals, erhob sich leicht aus dem Sattel und stellte sich in die Steigbügel, als sie hinter Philip hersauste.

Sie holte ihn ein, und dann galoppierten sie gemeinsam über mehrere angrenzende Weiden, sprangen über Gatter und veranstalteten ein Kopf-an-Kopf-Rennen, bis Philip schließlich das Tempo verlangsamte und Black Opal durchparierte.

Madelana tat es ihm gleich, denn sie wußte, daß sie seine Führung akzeptieren mußte, da sie sich auf fremdem Boden und in ungewohnter Umgebung befand.

Sie holten beide tief Luft und schauten einander an.

«Das war phantastisch. Sie sind großartig», sagte Philip. «Aber wir müssen jetzt langsamer reiten, denn wir kommen zu den Schaf- und Rinderweiden.»

«Ja, ich verstehe», sagte sie.

Gemessenen Schrittes streiften sie durch das schöne, idyllische Land, kamen an den großen Rinder- und Schafherden vorbei, die sich auf den Weiden und in den Senken verteilten. Sie ritten an kleinen Wäldern aus Goldulmen und Eukalyptus vorüber und gelangten in ein tiefes, wunderschönes Tal, folgten dort eine Weile dem gewundenen, silbrigen Band des Castlereagh River und stiegen langsam zu den grünen Hügeln von Dunoon empor.

Von Zeit zu Zeit unterhielten sie sich.

Mal fragte Madelana etwas, gelegentlich wies Philip sie auf etwas Bemerkenswertes hin, aber die meiste Zeit schwiegen sie.

Das gefiel Philip sehr. Er hatte nicht immer Lust zu reden, war oft geistesabwesend und in sich gekehrt, und Frauen, die unablässig plapperten, gingen ihm auf die Nerven. Madelanas Schweigen war wie Balsam. Er war sich ihrer in jeder Hinsicht bewußt, dennoch war sie keine Belästigung oder ein Eindringling in seine geheiligte Privatsphäre, und es gab auch keine Verlegenheiten zwischen ihnen, zumindest von seiner Seite nicht. Einfach so neben ihr herzureiten erleichterte ihm das Herz und machte ihn glücklicher, als er sich seit Jahren gefühlt hatte.

Madelana ging es ähnlich.

Die Angst und Anspannung, die sie in der Gemäldegalerie verspürt hatte, war etwas abgeklungen, als sie sich auf ihrem

Zimmer umzog, und hier in der frischen Luft mit ihm war sie fast völlig verschwunden.

Obwohl New South Wales so weit von Kentucky entfernt lag, fühlte sie sich mehr zu Hause als in all den vier Jahren, seit sie ihr geliebtes Bluegrass Country verlassen hatte. Die Stille der Gärten, die sie so angerührt hatte an diesem Morgen, war in dieser unermeßlichen Landschaft noch ausgeprägter, und diese überwältigende Stille erfüllte sie mit tiefer Ruhe. Und weil sie entspannt war, fühlte sie sich unerwartet wohl mit sich selbst und mit Philip.

Fast zwei Stunden lang ritten sie gemeinsam über sein Land hin.

Schließlich erreichten sie die Stelle, die er seit dem Aufsitzen im Kopf gehabt hatte. Es war der höchste Punkt auf Dunoon, und bei dem steilen Aufstieg übernahm Philip die Führung. Als er den Gipfel erreicht hatte, saß er ab und wartete neben Black Opal auf Madelana, die nur noch ein kleines Stück hinter ihm war.

Jetzt kam sie über den Bergrücken. Sie hatte die Stute großartig in der Hand und besaß die Geschicklichkeit einer erfahrenen Reiterin. Trotzdem verspürte er den Wunsch, ihr beim Absitzen zu helfen, und wieder unterdrückte er ihn. Er hatte Angst davor, sie zu berühren.

Als sie sich aus dem Sattel schwang und leicht auf dem Gras landete, schlenderte er zu der riesigen Eiche hinüber, die ihre alten Äste über dem Berggipfel ausbreitete wie einen riesigen Sonnenschirm aus grüner Spitze.

Madelana trat zu ihm, und er sagte: «Mein Ururgroßvater hat diese Eiche vor über hundert Jahren gepflanzt, und dies ist mein Lieblingsplatz. Emma hat mich zum ersten Mal hier hinaufgeführt, als ich noch ein kleiner Junge war – sie liebte es hier auch. Man kann von hier aus meilenweit über das Land sehen. Schauen Sie doch!» rief er und machte eine plötzliche, weitausholende Armbewegung. Dann schirmte er die Augen mit seiner Hand, sah über das gewellte Terrain hin, und stolze Liebe schwang in seiner Stimme mit, als er sagte: «Es gibt auf der ganzen Welt keinen zweiten Ort wie diesen, zumindest für mich nicht.»

«Es ist wirklich atemberaubend schön», erwiderte Madelana aufrichtig. Alles kam ihr hier in Dunoon lebhafter vor . . . der Himmel sah viel blauer aus, die Wolken weißer, das Gras und die Bäume grüner, die Blumen farbenprächtiger. Es war ein Paradies, wie er es vorhin schon gesagt hatte, als sie durch das Tal ritten. Sie holte mehrmals tief Atem. Hier oben war die Luft kristallklar, rein und erfrischend.

Philip nahm seinen breitkrempigen Hut ab, warf ihn zu Boden und fuhr sich mit der Hand durch das dichte schwarze Haar. «Lassen Sie uns doch etwas rasten, ehe wir uns auf den Rückweg machen», schlug er vor, machte eine Handbewegung und setzte sich auf den Boden.

Madelana nickte, setzte sich ebenfalls und genoß die dunkelgrüne Kühle unter dem schattigen Baum nach ihrem langen Ritt in der Sonne.

Sie schwiegen beide einen Augenblick lang, dann sagte Philip:

«Es muß wunderbar gewesen sein, so wie die beiden zu empfinden, meinen Sie nicht auch?»

«Ja», erwiderte Madelana, die sogleich begriff, daß er von Paul und Emma sprach.

«Waren Sie schon einmal so verliebt?» fragte Philip.

«Nein, und Sie?»

«Nein.» Er verstummte sofort wieder und überließ sich seinen Gedanken. Auch Madelana schwieg.

«Sind Sie verheiratet?» fragte er plötzlich.

«Nein . . . und bin es auch noch nie gewesen.»

Philip warf ihr einen Seitenblick zu. Er hätte sie gern gefragt, ob sie eine ernsthafte Beziehung hatte, doch er wagte es nicht. Schon jetzt hatte ihre Unterhaltung eine atemberaubend persönliche Wendung genommen, die er sich nie hätte träumen lassen.

Und als spürte sie, daß er sie heimlich beobachtete, wandte sie den Kopf und warf ihm einen langen Blick aus jenen stillen, unbeirrbaren grauen Augen zu.

Er lächelte sie an.

Sie lächelte zurück. Dann zog sie die Knie an die Brust, legte das Kinn darauf und saß da, schaute in den blauweißen

Dunst des Himmels und zu den dahintreibenden Lämmerwölkchen.

Philip lehnte sich zurück und legte den Kopf an den knorrigen Baumstamm. Er merkte instinktiv, daß sie von seinem Ruf als Playboy gehört hatte. Er unterdrückte ein Seufzen. In der Vergangenheit hatte dieser Ruf ihn nie gestört. Nun war es anders.

18

Der Abend war plötzlich kühl geworden, und ein starker Wind fegte von den Hügeln über Dunoon herab, bauschte die Vorhänge, brachte sie zum Flattern und kühlte die Luft in ihrem Schlafzimmer ab.

Paula fröstelte, erhob sich vom Ankleidetisch und schloß das Fenster.

Als sie wieder saß, nahm sie ihre Perlenhalskette, legte sie um, steckte die *mabé*-Perl-und-Diamantohrringe an und lehnte sich zurück, um ihr Spiegelbild zu betrachten. Gar nicht übel, dachte sie, für eine überarbeitete Managerin, abgekämpfte Ehefrau und vierfache Mutter, die auf die siebenunddreißig zugeht.

Sie wandte den Kopf und sah zur Farbfotografie hinüber, die auf dem Ankleidetisch stand. Darauf waren Shane und sie selbst mit Lorne, Tessa, Patrick und Linnet, von Emily im Frühling auf der Terrasse von Pennistone Royal aufgenommen. Unmerklich zog sich ihr Herz zusammen, als sie an ihre beiden jüngsten Kinder dachte; in unterschiedlicher Weise waren sie beide so verletzlich und brauchten sie.

Als sie heute morgen mit Shane telefoniert hatte, lagen sie noch im Bett und schliefen tief. Bei der Zeitverschiebung zwischen Australien und England war sie in Wirklichkeit schon einen Tag weiter, und es war fast Mitternacht gewesen, als sie ihn Freitag in Pennistone Royal erreicht hatte. Er war gerade von einem Abendessen mit Winston im Beck House zurückgekehrt; Emily war schon nach Hongkong geflogen, um für Genret einzukaufen, und offenbar hatten die beiden

Busenfreunde einen ihrer seltenen Junggesellenabende miteinander verbracht.

Es war großartig gewesen, seine liebevolle, beruhigende Stimme zu hören, zu erfahren, daß zu Hause alles in Ordnung war. Lorne und Tessa waren inzwischen gut in ihrem jeweiligen Internat untergebracht, und das Kindermädchen Pat war von ihrem einwöchigen Urlaub im Lake District zurückgekehrt und hatte das Kinderzimmer und ihre jungen Schützlinge wieder unter sich.

«Alles ist bestens, Liebling», hatte Shane gesagt, dessen Stimme klang, als käme sie aus dem Nebenzimmer. «Ich werde das Wochenende hier mit den Kindern verbringen und am Sonntagabend dann nach London fahren. Und weißt du was, Engel, ich habe heute von Dad gehört. Er hat angerufen und gesagt, Mutter und er kämen auf jeden Fall zu Weihnachten, Laura wird auch bei uns sein und Merry und Elliott hätten ebenfalls angenommen. Es sieht danach aus, als hätten wir eine ganze Menge Leute hier in Yorkshire . . . wie in den alten Tagen, als Blackie und Emma noch lebten. Es wird großartig werden.»

Diese Neuigkeiten freuten sie sehr, und dann hatten sie noch eine halbe Stunde lang über die Weihnachtsvorbereitungen, die Kinder und sonstige Familienangelegenheiten gesprochen, und Shane hatte gelobt, sie in ein paar Tagen zurückzurufen.

Ihr war viel ruhiger zumute, als sie aufgelegt hatte. Sie vermißte ihn und die Kinder sehr, wenn sie auf Reisen war, und fühlte sich nie ganz wohl, wenn sie von ihrer Familie getrennt war. Sie versuchte, sich keine Sorgen zu machen, konnte aber nicht verhindern, daß sie es doch tat, und es schien ihr, als würde das immer so bleiben. Es war nun einmal ihre Natur.

Paula warf einen Blick auf ihre Armbanduhr und stellte fest, daß ihr noch zehn Minuten blieben, ehe sie nach unten zu den Drinks gehen wollte. Sie erhob sich, glättete den Rock ihres seidenen Cocktailkleides, ging dann zum Schreibtisch hinüber und suchte zwischen den Papieren herum, die darauf verstreut lagen. Darunter befanden sich die Weihnachtslisten, die sie Anfang der Woche in Sydney aufgestellt hatte. Bei Shanes Familie waren die Hauptgeschenke eingetragen, aber noch nicht das, was in den Strumpf gelegt und an den Baum gehängt wurde. Nun, da sie alle nach Yorkshire kamen, mußte sie ihre Namen neu aufschreiben und Ideen für passende kleine Geschenke dazu notieren, denn sie wollte sämtliche Weihnachtseinkäufe in Hongkong erledigen, wenn sie sich dort in zehn Tagen mit Emily traf.

Paulas Gedanken richteten sich nun auf Shanes Eltern, während sie sich über den Schreibtisch lehnte und eilig Notizen machte. Sie war wirklich froh darüber, daß Bryan und Geraldine im Dezember nach England kommen würden; anfangs hatten die beiden gezögert, ihre Einladung anzunehmen. Seit Bryans Herzanfall vor fünf Jahren wohnten sie auf Barbados. Bryan hatte auf die anderen O'Neill-Hotels in der Karibik ein Auge, aber meist ließ er alles ganz ruhig angehen und war auf Shanes Drängen hin halb im Ruhestand.

Sie vermißte sie, es war eine Lücke in ihrer aller Leben geblieben, seit die O'Neills im Ausland lebten. Sie vermißte auch Miranda. Shanes Schwester und Paula waren seit ihrer Kindheit enge Freundinnen gewesen, und obwohl es ihnen von Zeit zu Zeit gelang, einander in New York zu besuchen, murrten sie doch ständig, sie hätten nie genug Zeit, zusammen zu sein.

Als Chefin der O'Neill-Hotels International in den Vereinigten Staaten war Merry eine vielbeschäftigte Managerin, und nun, da sie mit dem renommierten amerikanischen Architekten Elliot James verheiratet war, wollte sie die freie Zeit, die ihr noch blieb, mit ihm in ihren Häusern in Manhattan und Connecticut verbringen. Deshalb war sie auch in der letzten Zeit selten in England gewesen, und sogar ihre Geschäftsreisen dorthin waren nur kurz, «Stippvisiten», wie Merry sie lachend nannte.

So würden endlich wieder alle O'Neills gleichzeitig unter einem Dach sein, gemeinsam mit den Hartes. Sir Ronald und Michael Kallinski hatten fürs Weihnachtsdinner schon zugesagt, also würden alle drei Clans vertreten sein, zum ersten Mal seit Jahren. Bei diesem Gedanken mußte Paula vor Freude lächeln.

Sie heftete den Stapel Zettel zusammen und steckte ihn zur Aufbewahrung in ihr Aktenköfferchen. Wenn sie wieder eine freie Minute hatte, heute abend spät oder morgen früh, würde sie sich noch ein paar zusätzliche Notizen machen, die Schlafzimmer in Pennistone Royal verteilen, die Speisenfolge für die Feiertage festsetzen und die Gästelisten für die Parties aufstellen, die sie geben wollte.

Bis Weihnachten waren es noch drei Monate, aber das war gar nicht mehr so viel Zeit bei ihrem vollen Terminkalender und allem, was sie noch bewältigen mußte. Vorausplanen, alles möglichst gut organisieren, das war die einzige Methode, die sie kannte, um mit allem fertigzuwerden. In diesem Sinne hatte ihre Großmutter sie erzogen, und manchmal fragte sie sich, ob dies wohl das wichtigste Geheimnis ihres Erfolges war.

Als sie ein paar Minuten später in der Tür des Wohnzimmers stand, glaubte Paula, als erste unten zu sein, so ruhig und still war es.

Aber dann trat Jason Rickards von der Veranda ins Zimmer, machte die Glastüren zu, verschloß sie fest und drehte sich um. Sein sonnengebräuntes, zerfurchtes Gesicht hellte sich auf, als er sie sah.

«Hallo, Liebling», sagte er und kam mit weit ausholenden Schritten auf sie zu.

Hager und schlaksig, hatte Jason den Gang eines Mannes, der Jahre zu Pferd verbracht hat, ein wettergegerbtes Gesicht, weil er sich immer im Freien aufgehalten hatte, und dunkles Haar, das an den Schläfen silbrig war. Er war Anfang sechzig, sah aber jünger aus. Heute abend trug er eine marineblaue Kaschmirjacke und dunkelgraue Hosen, dazu ein weißes Hemd und eine marineblaue Krawatte. Er sah so untadelig gepflegt aus wie immer, aber Paula schien es, als fühle er sich unbehaglich, wenn er formell angezogen war, als ob derartige Kleidungsstücke ihn beengten. Sie konnte sich des Gedankens nicht erwehren, daß Jason wohl viel lieber in Jeans, einem offenen Hemd und Reitstiefeln stecken würde.

Er blieb vor ihr stehen, ergriff ihre Hand und drehte sie

herum. «Wie hübsch du bist, Paula. Und Rot steht dir ebenso gut wie deiner Mutter.»

«Danke, Jason.» Paula lächelte zu ihm empor, hakte ihn ein und ging mit ihm an den Kamin. «Wo ist Mummy denn?»

«Oben, sie zieht sich gerade um. Sie kommt gleich. Also, mein Liebling, laß uns doch einen Drink zusammen nehmen. Was möchtest du denn?»

«Wenn das da im silbernen Eimer eine Flasche Champagner ist, dann hätte ich gern etwas davon.»

«Wird gemacht.» Er ging zur Anrichte hinüber, auf der ein Tablett mit Alkohol, Gläsern, ein Eiskühler und der Champagner standen, und machte sich daran, den Louis Roederer Crystal zu öffnen.

Paula beobachtete ihn voller Wärme. Sie hielt große Stücke auf Jason, hatte ihn sehr liebgewonnen und bewunderte seine praktische Lebenseinstellung. Sie hatte unglaublich viel Respekt vor ihm, nicht nur, weil er ein brillanter Geschäftsmann war, sondern auch wegen seiner persönlichen Qualitäten. Er war immer gütig und rücksichtsvoll. Ebenso wie Philip war auch Paula sehr froh darüber, daß ihre Mutter seine Frau geworden war. Trotz ihrer unterschiedlichen Herkunft kamen sie sehr gut miteinander aus. Er war ein vorbildlicher Ehemann.

Jason hatte sich aus eigenen Kräften hochgearbeitet und erst spät geheiratet. Nach nur sieben Jahren Ehe hatte er seine Frau durch Krebs verloren; danach war er dann eine kurze, katastrophale zweite Ehe eingegangen. «Das dritte Mal klappt's», lautete einer seiner Lieblingssprüche, und er liebte Daisy ebensosehr wie sie ihn. Manchmal kamen Paula die beiden wie ein junges Liebespaar vor, und das fand sie wunderbar.

Während er den Champagner in eine Sektflöte goß und sich selbst einen Scotch mit Soda mixte, bemerkte Jason: «Ist ganz schön windig da draußen heute abend, Paula. Bestimmt tobt ein verdammter Sturm in Sydney.»

«Ich will nur hoffen, daß er nicht hier herunterkommt», sagte sie und nahm das Glas entgegen, das er ihr reichte.

«Das wird er wohl nicht, und wenn, geht das immer schnell vorüber. Wir kriegen im Frühling jedes Jahr ein bißchen

Regen ab, weißt du. Und morgen wird es wieder ein schöner, sonniger Tag, mach dir keine Sorgen.» Er stieß mit ihr an. «Prost, Liebes.»

«Prost, Jason.»

Sie standen gemeinsam vor dem Feuer, völlig entspannt und voller Zuneigung füreinander.

Plötzlich schaute Jason sie nachdenklich von der Seite an. «Also Paula, da lächelst du so still vor dich hin und siehst verdammt zufrieden mit dir selbst aus.» Er gluckste. «Wie deine Mutter immer sagt, du siehst aus wie die Katze, die den Kanarienvogel gefressen hat.»

Paula mußte lachen. Jason hatte viele Redensarten ihrer Mutter übernommen, die Daisy wiederum fast alle von *ihrer* Mutter gelernt hatte, aber sie klangen etwas anders ohne Emmas markige Art.

«Ich freue mich einfach, daß das Weihnachtsfest langsam Gestalt annimmt», sagte sie. «Das ist alles. Es wird das größte Treffen werden, was wir seit Jahren gehabt haben, jetzt, wo auch Shanes Eltern und Schwestern kommen werden.»

«Deine Mutter macht sich Sorgen wegen . . .»

«Weswegen mache ich mir Sorgen?» fragte Daisy, die gerade in die Tür kam und auf einer Wolke von *Joy* und mit dem Geraschel von lila Seide ins Wohnzimmer schwebte.

«Mein Engel, du siehst ja umwerfend aus!» rief Jason, dessen dunkelbraune Augen vor Liebe und Bewunderung strahlten. Er eilte auf sie zu, nahm ihren Arm und geleitete sie zum Kamin. «Was darf ich dir anbieten, Liebling? Champagner oder einen Wodka-Tonic?»

«Champagner bitte, lieber Jason.»

«Jason hat recht, du siehst großartig aus heute abend, Mummy», sagte Paula. «Ich habe dich schon seit Jahren nicht mehr in Lila gesehen. Es ist eine tolle Farbe für dich, die einfach hinreißend aussieht mit diesen erlesenen Opalen. Sind sie neu?»

«Vielen Dank, meine Liebe, ja, sie sind neu. Jason hat sie mir Donnerstagabend geschenkt. Sie kommen aus seinem Bergwerk bei Coober Pedy.»

«Lightning Ridge», verbessert Jason sie lächelnd und

brachte ihr den Drink. «Es sind sehr seltene schwarze Opale, Paula.»

«Danke», sagte Daisy und nahm das Glas entgegen. «Und weswegen mache ich mir nun Sorgen, Jason?» fragte sie noch einmal.

«Wegen Philip.»

Daisy runzelte die Stirn, nahm dann auf dem Sofa Platz und hob ihren Sektkelch. «Prost.»

«Prost», sagten Paula und Jason wie aus einem Munde.

Daisy nahm einen Schluck Champagner und schaute über den Rand des Glases hinweg ihren Mann spöttisch an. «Und *warum* mache ich mir Sorgen um ihn?»

«Weil er sich so ungern festlegen will . . . was die Englandreise mit uns zu Weihnachten angeht», erklärte Jason. «Paula hat gerade gesagt, wie sehr sie sich über das große Familientreffen freut, und ich wollte sagen, daß ihr Bruder sich noch nicht entschieden hätte.»

«Ach, ich denke, daß er jetzt kommen wird», murmelte Daisy mit einem kleinen, wissenden Lächeln.

«Ja?» Jason klang sehr erstaunt und schaute Daisy wie gebannt an. «Was hat dich denn anderen Sinnes werden lassen, Schätzchen? Du hast ganz anders geredet, als ich am Donnerstagabend von Perth zurückkam, und das ist doch erst zwei Tage her.»

«Heute beim Lunch hat Paula Madelana nach London zum Dinner mit anschließendem Tanz im Ritz eingeladen, anläßlich des sechzigjährigen Jubiläums von Harte's, und ebenso zum Weihnachtsfest bei uns in Yorkshire. Und Madelana hat die Einladung angenommen, stimmt's, Paula?»

«Ja, natürlich, Mummy.» Paula wirkte etwas aus der Fassung gebracht und runzelte die Stirn. «Aber was hat das damit zu tun?»

Daisy lehnte sich zurück, strahlte erst ihre Tochter an und dann ihren Mann. «Es hat sehr viel damit zu tun, daß Philip im Dezember nach England kommen wird.»

Jason und Paula starrten sie verdutzt an, sagten aber kein Wort.

«Ist euch denn gar nicht aufgefallen, wie Philip Madelana

ansieht?» sagte Daisy mild. «Wenn er sich unbeobachtet fühlt, heißt das. Und ist euch auch nicht aufgefallen, wie er sich ihr gegenüber benommen hat heute . . . beim Swimmingpool, während des Mittagessens und beim Tee? *Er war so bemüht um sie*. Und sie sind den ganzen Morgen lang ausgeritten, weißt du das, Paula? Fast vier Stunden lang!»

«Also wirklich, Mummy, was bist du nur für eine Romantikerin!» rief Paula. «Er hat sich doch bloß als guter Gastgeber gezeigt. Du hast ihn eben gut erzogen. Er ist ein Gentleman.» Paula lachte ein wenig abschätzig: «Er kennt sie doch erst einen einzigen Tag! Noch nicht einmal so lange, Herrgott nochmal!»

«Und was ändert das?» sagte Daisy und nahm noch einen Schluck Champagner. Paula sah ihre Mutter stirnrunzelnd an und schaute dann mit hochgezogener Braue zu Jason hinüber.

Jason grinste amüsiert. «Ich habe deine Mutter erst eine Stunde lang gekannt, als ich schon wußte, daß ich sie heiraten wollte, und ich sag dir ehrlich, Paula, ich war ganz versessen darauf, sie zu bekommen. Ich glaube, daß ein Mann und eine Frau es sofort merken, wenn sie in einer bestimmten Weise aufeinander reagieren, wissen, was sie wirklich füreinander empfinden. Es ist eben was Instinktives. Und Zeit spielt da eigentlich gar keine große Rolle. Man kann jemanden jahrelang kennen und ihn doch nicht richtig kennen, nichts für ihn empfinden. Und man kann jemandem begegnen, und wumms! Dann hat es gefunkt!» Er warf Daisy einen Blick zu. «Wie hieß noch dieser französische Ausdruck dafür, Liebling?»

«*Coup de foudre* . . . ein Donnerschlag, ein Treffer aus dem Blauen . . . ein anderes Wort für Liebe auf den ersten Blick», erwiderte Daisy. «Und du hast vollkommen recht, Jason, ich stimme dir aus ganzem Herzen zu.» Sie lächelte ihn liebevoll an.

«*Madelana* und *Philip*», murmelte Paula. «O nein!» Ihr Herz wurde schwer. Sie liebte ihren Bruder, aber sie wollte auf keinen Fall, daß er eine Affäre mit Madelana anfing. Um Madelanas willen. Paula wollte nicht, daß sie verletzt wurde. Außerdem hatte sie wichtige Zukunftspläne für ihre Assistentin.

«Vielleicht interessiert er sich für sie, Mutter, aber du weißt ja, wie er mit Frauen umgeht», sagte Paula langsam. «Er meint, sie seien im Dutzend billiger. Er hat es mir selbst oft genug gesagt, und du weißt es schließlich besser als jeder andere, daß er sich von ihnen trennt, sobald die Beziehung über ein bloßes Spiel hinausgeht.» Sie schüttelte den Kopf. «Es tut mir leid, wenn ich das über ihn sagen muß, aber Philip interessiert sich nur für einmalige Gastspiele.»

«Also wirklich, Paula, wie kannst du nur so was sagen! Er ist mit Veronica Marsden fast drei Monate zusammengewesen», rief Daisy erzürnt, obwohl ihre Stimme immer noch gedämpft war.

Paula stöhnte gequält auf. «Ja, so lange dauern seine Beziehungen. *Drei Monate.* Ich hoffe nur, daß er Maddy in Ruhe läßt, denn er wird ihr nur Kummer bereiten, und das könnte ich nicht ertragen. Sie hat schon so viel Schmerzliches erlebt. Bitte unterstütze ihn nicht noch, Mutter. Versprich es mir.»

Daisy schaute niedergeschlagen drein. «Ja, du hast wohl wie immer recht, Paula.» Sie stieß einen tiefen Seufzer aus. «Ach, und ich mag sie so gern. Ich war so glücklich heute, als ich merkte, wie sehr es ihm daran gelegen war . . .» Müde brach sie ab.

«Mummy, bitte versprich mir, daß du Philip nicht ermutigst. Ich meine das ganz ernst», wiederholte Paula beharrlich.

Daisy nickte schnell. «Ja, natürlich, Liebling.» Dann bemerkte sie Paulas strenge, fast drohende Miene und fügte hinzu: *«Ich verspreche es dir.»* Daisy sah ein, daß ihre Tochter nur das wiederholte, was sie selbst schon Anfang der Woche überlegt hatte, und eine tiefe Niedergeschlagenheit überkam sie. Sie konnte den Gedanken nicht ertragen, daß ihr Sohn für den Rest seines Lebens ein Playboy bleiben sollte. Was wäre das für ein leeres, oberflächliches Leben.

«Sollten wir nun nicht ganz rasch das Thema wechseln? Die beiden können jede Minute herunterkommen», gab Jason zu bedenken.

«Natürlich, Jason», stimmte Daisy ihm eilig zu. «Und es ist auch nicht sehr freundlich von uns, wenn wir in dieser Weise über sie sprechen, meint ihr nicht auch?»

«Ja», murmelte Paula, die immer noch etwas irritiert war und sich fragte, warum *ihr* Philips Verhalten gegenüber Madelana, die Aufmerksamkeiten, die er ihr angeblich gezollt haben sollte, nicht aufgefallen waren. Sie war in der Familie für ihre Adleraugen berühmt und dafür, daß ihr nichts entging, und nun fragte sie sich, ob sie etwa nachließ.

Jason schlenderte zur Anrichte hinüber, füllte sein Glas und sagte: «Ach übrigens, Paula, wann willst du denn nach Hongkong fliegen?»

«Frühestens in zehn Tagen. Es hängt davon ab, was ich in Melbourne und Adelaide vorfinden werde. Madelana und ich werden am Mittwoch dorthin fliegen, sobald wir die Boutique in Sydney für den Ausverkauf vorbereitet haben. Aber warum fragst du, Jason?»

«Einer meiner leitenden Angestellten, Don Metcalfe, muß zur gleichen Zeit die Kronkolonie aufsuchen, und da habe ich gedacht, daß du vielleicht gern im Firmenjet mitfliegen würdest.»

«Jason, das wäre ja ganz großartig!» rief Paula und strahlte ihn an. «Vorausgesetzt, unsere Termine fallen zusammen, versteht sich.»

«Don kann so um den einundzwanzigsten, zweiundzwanzigsten oder auch dreiundzwanzigsten September fliegen, wie es dir am besten paßt, Liebling.»

«Vielen Dank, ich sag dir Bescheid.»

«Du hast noch gar nicht gesagt, warum du überhaupt nach Hongkong fliegst, Liebes», murmelte Daisy und sah Paula fragend an.

«Um mich mit Emily zu treffen, Mummy. Sie ist gerade dort, auf einer ihrer Einkaufsreisen für Genret, und wir dachten, es wäre schön, ein paar gemeinsame Tage dort zu verleben, auszuspannen und unsere Weihnachtseinkäufe zu erledigen. Dann werden wir nach New York weiterfliegen, ein, zwei Tage bleiben und mit der Concorde zurück nach London fliegen.»

Daisy lächelte ein wenig wehmütig. «Also ich weiß nicht, Paula, da bist du nun die Chefin eines der größten Kaufhäuser der Welt und mußt zum Einkaufen nach Hongkong fahren.» Sie schüttelte den Kopf und sah etwas verwirrt aus. «Ich begreife das nicht.»

Paula lächelte verschmitzt. «Es macht viel mehr Spaß, anderswo einzukaufen . . .» Sie brach ab, als Madelana in die Tür kam.

«Da bist du ja, Maddy! Ich habe mich schon gefragt, ob dir was zugestoßen ist, und wollte einen Suchtrupp losschicken», neckte Paula sie liebevoll.

Infolge der vorausgegangenen Unterhaltung richteten sich automatisch drei Paar wachsame, neugierige Augen auf Madelana, als sie mit ihrer üblichen Anmut durchs Zimmer geschritten kam und das elegante, wunderschön geschnittene Kleid sich gefällig um ihre langen Beine schmiegte.

«Verzeihen Sie mir, daß ich so spät dran bin», entschuldigte sie sich. «Ich wollte mich noch ein bißchen ausruhen und bin prompt eingeschlafen. Es muß all die frische Luft sein, die ich heute bekommen habe . . . und das Reiten. Ich habe seit einer Ewigkeit nicht mehr auf einem Pferd gesessen.»

«Dann werden Sie es morgen spüren», warnte Jason sie. «Sie werden einen kräftigen Muskelkater kriegen. Nehmen Sie heute abend ein sehr heißes Bad mit Epsomer Bittersalz, das hilft ein bißchen. Ich weiß, daß Mrs. Carr reichlich davon in der Küche hat. Wir werden Ihnen ein, zwei Päckchen geben, ehe Sie zu Bett gehen. Und was darf ich Ihnen jetzt zu trinken anbieten? Ein Glas Champagner?»

«Danke, Jason, aber ich hätte lieber ein Mineralwasser», sagte Madelana leise und setzte sich dann zu Paula vor den Kamin.

Diese betrachtete Madelanas Cocktailkleid. Es war ein großartiges Gewand aus Seidenchiffon und Samt, von einem hellen Grau, das die silbrigen Lichter in ihren Augen unterstrich.

«Das Kleid sieht ganz großartig an dir aus, Maddy», sagte Paula. «Ist es von Trigère?»

«Ja, vielen Dank.» Madelana lächelte ihrer Chefin zu. «Du bist auch ziemlich elegant ... das ist doch von Christina Crowther.»

«Ja, aber ein altes, das ich vor ein paar Jahren hiergelassen habe. Aber es ist kein bißchen veraltet, nicht? Genau wie die Kleider von Pauline Trigère sind auch die von Christina wundervoll zeitlos.»

Daisy lächelte Madelana anerkennend zu. «Paula hat mir die Worte aus dem Mund genommen, Maddy, Sie sehen heute abend wirklich besonders reizend aus.» Sie klopfte auf das Sofa und sagte: «Setzen Sie sich doch zu mir, meine Liebe.»

Madelana entsprach ihrem Wunsch, und dann unterhielten sich beide sofort angeregt über Kleider und die Vorzüge einer Reihe von Modedesignern in New York, Paris und London.

Paula hielt sich immer noch vor dem Kamin auf und hörte Daisy und Maddy nur mit halbem Ohr zu. Sie hatte das deutliche Gefühl, daß ihre Mutter Philip doch in seinem Werben um Madelana unterstützen würde, falls er wirklich interessiert sein sollte – auch wenn Daisy ihr das Gegenteil versprochen hatte. Ihre Mutter wollte ihn einfach unbedingt verheiraten, und es war sonnenklar, daß sie in Madelana die ideale Schwiegertochter sah.

Jason brachte Madelana ein Perrier, in der anderen Hand hielt er die Champagnerflasche. Er füllte erst Paulas Glas nach und dann Daisys, und als er zur Anrichte zurückging, sagte er über die Schulter: «Philip ist ja spät dran heute, Paula. Ich hoffe, auf der Farm ist alles in Ordnung. Dieser Wind ist verdammt stark, fast ein Sturm, wenn ihr mich fragt.»

«Bestimmt ist alles in Ordnung, Jason», erwiderte Paula. «Ach, da kommt er ja schon.»

Philip kam nonchalant ins Wohnzimmer geschlendert und sah so aus, als hätte er auf dieser Welt keine Sorgen. Er entschuldigte sich für sein Zuspätkommen und sagte: «Tim Willen hat mich länger am Telefon festgehalten, als ich dachte.»

«Gibt es irgendwelche Probleme wegen des Wetters?» fragte Jason.

«Nein, gar keine», beruhigte Philip ihn. «Und wie wäre es, wenn du deinem alten Kumpel nun mal einen Scotch on the rocks eingießen würdest, wo du schon neben der Flasche stehst, Jason?»

19

Philips vorsichtige innere Stimme hatte ihn ermahnt, bei Madelana langsam vorzugehen. Aber an diesem Mittwochabend, zehn Tage, nachdem er ihr in Dunoon begegnet war, fragte er sich, ob er vielleicht *zu* langsam vorgegangen war.

Er schritt durch das Wohnzimmer seiner Penthouse-Wohnung im obersten Stock des McGill Towers und sah geistesabwesend aus dem Fenster. Doch diesmal nahm er nichts vom großartigen Panorama des Hafens auf, das er so liebte. Er war ganz von seinen Grübeleien in Anspruch genommen.

Instinktiv wußte er, daß er Madelana nicht bedrängen durfte; es war ihm klar, daß er erst seinen Ruf als Frauenheld bei ihr überwinden mußte. Wenn sie das Gefühl hatte, nur eine weitere Eroberung für ihn zu sein, würde sie ihn zweifellos abweisen. Aber er mußte fast ständig an sie denken. Er war fasziniert von ihr, und sein Verlangen, sie besser kennenzulernen, hatte eine starke Spannung in ihm entstehen lassen. In der letzten Zeit war ihm schon ein paarmal zumute gewesen, als müsse er gleich explodieren.

Ich hätte meine Züge wirklich eher machen sollen, dachte er niedergeschlagen, bedauerte, daß er gezögert hatte, und hielt sich vor Augen, daß ihm die Zeit davonlief. Bald würde sie in die Staaten zurückfahren. Andererseits wäre es auch unter Paulas Augen schwierig gewesen, die Sache schneller voranzutreiben.

Während des Wochenendes in Dunoon hatte seine Schwester sich zu Madelanas Anstandsdame gemacht. Am Sonntag hatte sie die beiden keine einzige Minute allein gelassen.

Wohin sie auch gehen mochten, Paula ging mit, und danach hatte sie Madelana für den überwiegenden Teil der darauffolgenden Woche nach Melbourne und Adelaide entführt; erst am Freitagabend waren die beiden nach Sydney zurückgekehrt.

In ihrer Abwesenheit war ihm die Idee gekommen, Madelana die Sehenswürdigkeiten von Sydney zu zeigen. Dabei hoffte er, sie etwas besser kennenzulernen, vielleicht auch ihr näherzukommen. Aber auf ihrer Spritztour durch die Stadt wurden sie von Paula begleitet, und wenn es auch Spaß machte, war es nicht das, was er ursprünglich beabsichtigt hatte. Es war ihm nicht an einer Verführung gelegen, aber er glaubte, daß etwas sanftes Flirten ihn immerhin in den Stand setzen würde, sie auszuloten. Aber zu dritt war das natürlich unmöglich.

Ein sarkastisches Lächeln spielte um Philips Mund, als er die letzten Tage Revue passieren ließ. Im gleichen Maße, in dem Paula sich große Mühe gegeben hatte, sie nie allein zu lassen, hatte seine Mutter alles in ihrer Macht Stehende getan, um ihn Madelana in die Arme zu treiben. Natürlich ganz unauffällig. Aber er hatte Daisys diskrete kleine Tricks sehr wohl durchschaut. Leider hatte keiner von ihnen bei Paulas Wachsamkeit Erfolg gehabt.

Schließlich war seine Schwester heute morgen nach Hongkong abgereist.

Er hatte sie selbst zum Flughafen gebracht; auf dem Weg dorthin erzählte er ihr, daß er Madelana am Abend zum Essen einladen wollte.

«Ja, das habe ich schon befürchtet», hatte Paula entgegnet. Zwischen ihnen entstand ein kurzes Schweigen, dann rief er: «Sie ist siebenundzwanzig Jahre alt, Paula, und eine erwachsene Frau. Ganz abgesehen davon, daß sie außerordentlich intelligent ist und für sich selbst entscheiden kann. Du hättest nicht für sie mitdenken sollen ... damit bist du weder ihr noch mir gegenüber fair gewesen. Und das ist so gar nicht deine Art, Liebes.»

Seine Schwester hatte sich sofort entschuldigt und zugegeben, daß er völlig im Recht war; dann hatte sie sich bemüht, ihm ihre beschützende Haltung verständlich zu machen. «Ich habe Madelana sehr gern», sagte Paula. «Sie ist eine der großartigsten Frauen, die mir je begegnet sind, und ich könnte es nicht ertragen, wenn ausgerechnet du ihr Kummer zufügtest.»

Dann hatte sie ihm etwas von Madelanas Leben erzählt, von den Tragödien, die ihre Familie heimgesucht hatten, ihren schrecklichen Verlusten, und das hatte ihn zutiefst berührt. Er hatte Paula versprochen, nichts zu tun, was ihre Assistentin verletzen könnte, und er wollte dieses Versprechen auch halten.

Philip sah auf seine Armbanduhr. Es war zwanzig vor acht und Zeit zu gehen. Er wandte sich von der Glaswand ab, schritt eilig durch das riesige, moderne Wohnzimmer, das ganz in den Farben Weiß und Creme gehalten war, und ging durch das Marmorfoyer. Endlich würde er mit Madelana allein sein; er konnte es kaum erwarten, sie zu sehen.

Während er mit seinem Privataufzug nach unten fuhr, fiel ihm plötzlich ein, daß er nicht die geringste Ahnung hatte, ob Madelana sich überhaupt für ihn interessierte. Ihr Verhalten hatte ihre Gedanken oder Gefühle nicht erkennen lassen; ihre ruhigen grauen Augen hatten ihm nichts verraten. Das einzig Gewisse waren seine Gefühle für sie. Und es war sehr gut möglich, daß sie seine Annäherungen unangenehm finden und ihn zurückweisen würde.

In Philips kühlen blauen Augen lag ein sarkastisches Lächeln. Er würde bald herausfinden, woran er bei ihr war ... ob er ihr überhaupt wichtig war.

Madelanas Suite im Sydney-O'Neill befand sich im dreißigsten Stock. Sie erstreckte sich über eine Ecke des Gebäudes, und von der weiten, L-förmigen Fensterfläche des Wohnzimmers aus hatte man einen Panoramablick über die Stadt.

Sie stand an einem der Fenster und sah hinüber zur Oper am Bennelong Point und der Sydney Harbour Bridge dahinter. Es war fast acht Uhr, und der Nachthimmel war hell von Sternen und den tausend Lichtern der Großstadt.

Inzwischen war ihr dieser spektakuläre Anblick vertraut,

und sie fühlte sich hier langsam zu Hause, hatte Sydney und seine Bewohner liebgewonnen. Schnell hatte sie gemerkt, daß ihr die Australier gefielen, die freundlich, offen und realistisch waren, und Philip hatte ihr erklärt, daß ihr drastischer Humor lediglich ein Schutz gegen Heuchelei und Wichtigtuerei sei. «Das hat eine lange Vorgeschichte und geht bis in die Pionierzeit zurück, als sich besonders Cockneys hier niedergelassen haben», hatte er ihr erzählt.

Sie ging zum Sofa hinüber und setzte sich. Auf dem Kaffeetisch lagen die Fotos ausgebreitet, die sie am letzten Wochenende bei ihrer Besichtigungstour durch die Stadt gemacht hatten. Sie begann, diese zu ordnen, und suchte die besten für das Fotoalbum aus, das sie an diesem Nachmittag gekauft hatte.

Die Erinnerung an jenes Wochenende ließ sie lächeln. Da waren Paula und sie im Taronga Park Zoo. Sie standen neben einem Känguruh, das sein Junges im Beutel trug, und wieder fiel ihr auf, wie sehr dies Tier doch einem Reh ähnelte mit seinem schmalen, sensiblen Kopf und den seelenvollen Augen. Sie hatte gar nicht gewußt, daß es so sanfte Tiere waren, ehe sie am Samstagmorgen den Zoo besuchte. Das Foto war gut, und sie legte es beiseite, um es nachher ins Album zu kleben.

Sie nahm ein Foto mit Philip und Paula auf, das sie im Regenwald-Vogelhaus bei Taronga geschossen hatte, und staunte wieder über die edelsteinfarbenen Papageien und die anderen bunten, exotischen Vögel im Hintergrund. Dies mußte auch unbedingt ins Album. Nun griff sie nach dem kleinen Stapel Fotos, die sie auf Philips Jacht gemacht hatte, der *Sarabande*. Er besaß zwei Jachten. Die eine, die nach der Schaffarm *Dunoon* genannt worden war, benutzte er nur für Regatten; die *Sarabande* diente für Kreuzfahrten und die Unterhaltung von Gästen. Großartig ausgestattet und bequem eingerichtet, bot sie Platz für sechs Personen. Sie verfügte über eine ständige Mannschaft.

Für Madelana war der Sonntag am schönsten gewesen. Sie hatte ihren Ausflug entlang der Küste sehr genossen, der sie an Philips Haus bei Point Piper und an Daisys und Jasons

Haus an der Rose Bay vorbeiführte. Da sie das Meer sehr liebte, war der Ausflug auf dem Wasser wundervoll für sie gewesen. Sie beschloß, daß der Jachtausflug einen Ehrenplatz im Album einnehmen sollte, wählte ein paar Schnappschüsse von ihnen dreien an Bord der *Sarabande* aus und legte sie vor sich auf den Tisch.

Ein Bild von Philip fiel ihr ins Auge, sie nahm es in die Hand und betrachtete es einen Moment lang.

Paula hatte ihr nicht sehr viel über ihn erzählt, ehe sie New York verließen, und das wenige, was sie wußte, hatte sie aus allen möglichen Zeitungen zusammengesucht, ebenso, wie sie auch von Zeit zu Zeit Fotos von ihm gesehen hatte. Und jetzt, da sie wie gebannt auf den Schnappschuß in ihrer Hand blickte, war ihr klar, daß sie durch nichts auf Philip McGill Amory vorbereitet gewesen war. Seine Ausstrahlung überwältigte sie. Etwas an ihm, etwas in ihm wandte sich an sie, bewegte sie in einer Weise, wie sie noch nie zuvor von einem anderen Menschen bewegt worden war. Seit sie ihn zum ersten Mal in Dunoon gesehen hatte, hatte sie sehr intensiv auf ihn reagiert. Ihr war schwindlig, wenn sie mit ihm zusammen war, und sie war außer Atem, fast so, als hätte man ihr einen Schlag in die Magengrube versetzt.

Sie schaute sich das Bild genauer an und konnte sich des Gedankens nicht erwehren, daß er einfach hinreißend aussah, wie er da an Deck der schönen *Sarabande* stand. Die weiße Segelkleidung betonte seine Sonnenbräune und seine lebhaften Farben. Es war windig gewesen am Sonntag, und sein schwarzes Haar war zerzaust, die lachenden blauen Augen hatte er der grellen Sonne und der blitzenden See wegen zusammengekniffen. Wie unwiderstehlich er doch war!

Sie fühlte sich von ihm stark angezogen, und das verwirrte und ängstigte sie aus mehreren Gründen. Er war der Bruder ihrer Chefin, aber ganz davon abgesehen, würde er sich kaum für sie interessieren. Er war unglaublich reich, besaß unglaublich viel Macht, war unglaublich attraktiv und konnte deshalb alle Frauen haben, die er wollte. Sein Ruf als Playboy bestätigte das nur. Und eine Karrierefrau wie sie, die nicht zu den internationalen gesellschaftlichen Kreisen gehörte, in denen er sich bewegte, war schwerlich eine Kandidatin für eines seiner romantischen Zwischenspiele. Das wollte sie auch nicht sein. Eine kurze Affäre war das allerletzte, wonach sie sich sehnte. Für so etwas war sie nicht geschaffen. Nein, Philip McGill Amory war nicht die Sorte Mann, auf den eine Frau wie sie sich jemals einlassen sollte. Er war zu gefährlich und würde sie todsicher verletzen, ihr das Herz brechen.

Ich brauche nicht noch mehr Probleme mit schönen, schwierigen Männern, dachte sie und entsann sich ihrer jüngsten Erfahrungen mit Jack Miller. Ihre Karriere hatte jetzt Vorrang. Außerdem würde sie in zehn Tagen Sydney sowieso verlassen, damit hätte es dann sein Bewenden.

Glücklicherweise war es Paula und ihr gestern gelungen, eine Geschäftsführerin für die Boutique zu finden. Die junge Frau erfüllte Paulas sämtliche Erwartungen und hatte schon mit ihrer Probewoche begonnen. Vorausgesetzt, daß alles gutging, würde Madelana bald in Richtung New York abfliegen ... weit, weit weg von Mr. Amory.

Das Telefon auf dem Schreibtisch summte, und sie nahm ab.

«Hallo?»

«Ich bin's, Philip», sagte er. «Ich warte unten.»

«Ich komme», sagte sie und legte auf. Dann nahm sie ihre Tasche, den Seidenschal und die Schlüssel und verließ das Zimmer.

Während sie mit dem Lift hinunterfuhr, fragte sie sich, wie der Abend wohl verlaufen würde. Sie hatte seine Einladung wider bessere Einsicht angenommen, und das auch nur, weil er morgens am Telefon so liebenswürdig und nur ein kleines bißchen hartnäckig gewesen war. Außerdem wollte sie einen Mann wie ihn nicht beleidigen. Aber dies war das erste Mal, daß sie mit ihm allein sein würde, seit sie ihren Ausritt auf der Schaffarm gemacht hatten, und plötzlich überkam sie eine große Nervosität.

Sie entdeckte ihn, sobald sie aus dem Fahrstuhl trat.

Er trug einen dunkelblauen Blazer, ein hellblaues Hemd mit dazu passender Krawatte und graue Hosen. Mit seiner Größe und seinem faszinierenden Aussehen, seinem angeborenen Selbstvertrauen und der zwingenden Autorität, die er ausstrahlte, fiel er jedem sofort auf.

Als er sie erblickte, hob er grüßend die Hand und kam auf sie zu.

Sogleich verspannte sie sich wieder wie an jenem Tag, da sie ihm in der Gemäldegalerie begegnet war, und wäre fast gestolpert, als sie über den Marmorfußboden schritt. Dann riß sie sich zusammen, setzte ein strahlendes Lächeln auf, und als sie mitten in der Lobby voreinander standen, streckte sie immer noch lächelnd die Hand aus.

Philip ergriff ihre Hand, drückte sie und ließ sie gleich wieder los. Er sah zu ihr herab, erwiderte ihr Lächeln und sagte: «Wie ich mich freue, daß Sie gekommen sind, Madelana. Sie sehen so reizend aus wie immer.» Wohlgefällig blickte er auf ihren weiten schwarzen Wollrock und die taillierte weiße Seidenbluse.

«Danke. Sie sagten, ich solle etwas Einfaches anziehen.»

«Ja», murmelte er, während er sie durch die Lobby führte, und erklärte dann: «Ich habe bei Doyle's einen Tisch reservieren lassen . . . das ist ein Fischrestaurant am Strand. Dort ist es ganz zwanglos und amüsant; sie haben die besten Fish and Chips von ganz Sydney, ganz abgesehen von dem großartigen Blick auf die Skyline von dort.»

«Das klingt herrlich.»

Sie traten auf die Straße hinaus. Sein weinfarbener Rolls-Royce stand direkt vor dem Hotel, und nachdem er ihr hineingeholfen hatte, ging Philip zur Fahrerseite, stieg ein, drehte den Zündschlüssel um und fuhr los.

«Doyle's liegt draußen bei der Watson Bay», sagte er zu ihr. «Wir brauchen etwa eine halbe Stunde bis dorthin. Lehnen Sie sich ruhig zurück, entspannen Sie sich und genießen Sie die Musik.» Er drückte auf die Musiktaste, und die Stimme von Mel Torme, der «Moonlight in Venice» sang, erfüllte das Innere des Wagens.

Madelana versuchte seinem Rat zu folgen und bemühte sich nicht um Konversation. Ihr fiel sowieso nichts ein, was sie zu ihm sagen könnte. Eine plötzliche Anwandlung von Panik überkam sie und ließ ihre Kehle trocken werden. Sie hatte nicht die geringste Ahnung, wie sie den Abend überstehen sollte. Hier neben ihm, so dicht bei ihm, erfüllte sie ein starkes Angstgefühl, und sie wünschte inständig, sie hätte seine Einladung nicht angenommen.

«Entspannen Sie sich», sagte er, als hätte er ihre Gedanken gelesen.

Sie sah ihn aus den Augenwinkeln an und lachte nervös. «Ich bin entspannt.»

«Nein, das glaube ich nicht.»

Sie schwieg und biß sich auf die Lippen.

Nun war es an ihm, zu lachen, und dabei klang er ebenso nervös wie sie.

Schließlich sagte er leise: «Ich glaube, wir beide arbeiten einfach zuviel, und Sie hatten wohl einen ebenso anstrengenden Tag wie ich. Es dauert immer ein bißchen, ehe man abschalten kann ... und ich bin nicht sehr rücksichtsvoll gewesen. Ich hätte Ihnen erst einen Drink an der Bar anbieten müssen.»

«Nein, ich fühle mich ganz wohl», sagte sie zu ihm und merkte dann, daß das beinahe stimmte. Die Panik verebbte langsam. Und überhaupt stellte sie sich albern an. Er wußte doch gar nicht, wie sehr sie sich von ihm angezogen fühlte. Gott sei Dank.

In den letzten Tagen hatte sie stets, extra für ihn, ein ausdrucksloses Gesicht zur Schau getragen. Und außerdem war er offenbar nur höflich und kümmerte sich um sie an Paulas Stelle. Zweifellos war es ihre Chefin gewesen, die ihn darum gebeten hatte, sie auszuführen. Paula war immer so umsichtig und machte sich stets Gedanken um ihr Wohlergehen.

Die Fassade von Doyle's trug reizende, viktorianische Züge. Das Gebäude aus beigem und roten Ziegelstein hatte zwei Stockwerke, und die oberen Balkone waren mit weißgestrichenen Holzschnitzereien verziert, die sich vorn am Säulengang wiederholten. Im Inneren waren die Räume hell und fröhlich, einfach ausgestattet, und es herrschte eine ähnliche Atmosphäre wie in einem Pub.

Es war bereits voll, als sie ankamen, aber der maître d'hotel führte Philip sogleich zu einem Tisch in einer ruhigen Ecke, von der aus man über den Strand und die dunkle See blicken konnte, die sich bis zum verschwommenen Horizont hin erstreckte. Philip bestand darauf, daß Madelana den Stuhl mit der besten Aussicht nahm, und ganz wie er gesagt hatte, war der Anblick von Sydney von der Watson Bay aus atemberaubend. Der McGill Tower beherrschte auch von hier aus die Skyline.

Er bestellte eine Flasche trockenen, kalten und erfrischenden Pouilly Fuisse, und während sie kleine Schlucke davon nahmen, fragte er sie nach der neuen Geschäftsführerin und danach wie der Ausverkauf in der Boutique laufe. Sie fühlte sich bei diesen geschäftlichen Fragen auf sicherem Terrain, und während sie miteinander sprachen, entspannte sie sich noch mehr.

Ihm ging es genauso. Er beantwortete ihre Fragen zu den Opalbergwerken bei Coober Pedy und Lightning Ridge, erzählte ihr viel vom Opalbergbau im allgemeinen und sprach länger von den verschiedenen Bereichen des Konzerns, den er leitete. Die McGill Corporation faszinierte sie, und sie schenkte ihm ihre ungeteilte Aufmerksamkeit, da Big Business sie immer fesselte. Ehe es einem von ihnen auffiel, war fast eine Stunde vergangen.

«Wir sollten langsam bestellen», sagte Philip, als die Kellnerin zum dritten Mal an ihrem Tisch erschien.

«Ich nehme dasselbe wie Sie», murmelte Madelana nach einem schnellen Blick auf die Speisekarte.

Er lächelte. «Bratfisch mit Pommes frites . . . wie wäre das?»

«Großartig. Danke.»

Nachdem er bestellt hatte, fragte er, was genau sie für Paula bei Harte's in New York tue, und sie erzählte ihm ein bißchen von ihrer Arbeit, wie sie gerade die Festlichkeiten zum sechzigsten Jubiläum der Kaufhäuser plane und vorbereite.

Als sie fertig war, lachte er und schüttelte den Kopf. «Und ich dachte, Paula sei ein zwanghaftes Arbeitstier! Du meine Güte, Sie sind ja genauso schlimm!»

«Ja, da haben Sie wohl recht», stimmte Madelana ihm zu

und mußte ebenfalls lachen. Jetzt genoß sie es, mit ihm allein zu sein; ihre frühere Angespanntheit war völlig verschwunden.

«Und sagen Sie mir doch, wie können Sie da noch ein Privatleben haben, wenn Sie so hart arbeiten? Wird Ihr Freund da nicht rebellisch?»

«Ich habe keinen.»

«Oh.» Eine schwarze Augenbraue ging in die Höhe. «Ein Mädchen wie Sie . . . so schön . . . so intelligent . . .» Er beendete seinen Satz nicht und schaute sie nur unverwandt an.

Sie ignorierte seine Komplimente und sagte leise: «Ich habe mich gerade von jemandem getrennt.»

«Das tut mir leid.»

«Das ist nicht nötig. Es war am besten so . . . ich hatte mich geirrt.»

Nun zogen die schwarzen Augenbrauen sich stirnrunzelnd zusammen. «Wie meinen Sie das?»

«Ich habe Persönlichkeit für Charakter gehalten.»

«Verstehe», sagte er.

Die Scharfsinnigkeit dieser Beobachtung gefiel ihm. Plötzlich erfaßte ihn eine verzehrende Neugierde nach dem Mann, mit dem sie vor kurzem zusammengewesen war, und er konnte sich das Fragen nicht verkneifen: «Was macht er denn – ich meine, was arbeitet er?»

«Er ist Schauspieler. Und auch ein ziemlich guter. Am Broadway.»

«Berühmt? Kenne ich ihn vielleicht?»

«Möglich . . . vielleicht. Jack Miller.»

«Aber ja, ich habe ihn vor ein paar Jahren in irgendwas gesehen, als ich in New York war. Ich glaube, es war ein Stück von Eugene O'Neill.»

Madelana nickte.

«Und was ist schiefgegangen bei Ihnen beiden?»

Madelana biß sich auf die Unterlippe und schaute weg.

Einen Augenblick später richtete sie ihren Blick wieder auf ihn und lächelte schwach. «Mein Daddy sagte immer, es gebe nichts Besseres, um eine Romanze zu beenden und eine Frau von fixen Ideen zu kurieren, die sie sich eines Kerls wegen macht, als den guten alten selbstgebrannten Schnaps. Und mir scheint, das stimmt.»

Philip lächelte; ihr plötzlicher Südstaatentonfall gefiel ihm sehr. Er war weich, verlockend, sehr weiblich. «Nun klingen Sie wirklich so, als kämen Sie aus Kentucky», sagte er. «Und ich muß Ihnen sagen, ich bin einer Meinung mit Ihrem Daddy . . . was einen Trinker angeht.»

«Es war nicht nur der Alkohol», sagte sie jetzt mit ihrer New Yorker Stimme. «Jack war immer ein bißchen komisch . . . was meine Arbeit angeht, meine ich. Er ist ein Macho, das gibt er selbst zu, und meine Karriere ist ihm ein Dorn im Auge. Und überhaupt . . .»

In diesem Augenblick kam die Kellnerin mit dem Essen, und Madelana wechselte das Thema, indem sie ihn nach der Regattasegelei fragte. Da dies Philips Lieblingssport war und sein einziges wirkliches Hobby, unterhielt er sich sehr gern mit ihr darüber. Als er schließlich innehielt, erzählte sie ihm, wie sehr sie das Meer liebte und wie sie zuerst mit den Smiths bei Nantucket gesegelt war.

«Ich bin Patsy Smith am ersten Tag im Wohnheim begegnet, und wir sind sofort Freundinnen geworden. Wir stehen uns immer noch nahe, obwohl sie zurück nach Boston gegangen ist.»

«Und was für ein Wohnheim war das?» fragte Philip zwischen zwei Bissen Fisch.

Nun erzählte sie ihm von Schwester Bronagh, von den anderen Nonnen, von ihrer Zeit im Wohnheim und ihren ersten Tagen in New York.

Philip hörte aufmerksam zu, nickte ab und zu, lachte manchmal über ihre Anekdoten. Aber er unterbrach sie kein einziges Mal. Sie öffnete sich ihm heute abend wirklich, ließ zum ersten Mal viel von sich sehen, und er wollte sie darin ermutigen. Er mußte wissen, was es über diese Frau zu wissen gab. Sie bedeutete ihm alles.

Später, sie waren schon beim Kaffee, sagte Philip plötzlich: «Ich dachte, Sie hätten vielleicht Lust, dies Wochenende nach Dunoon zu kommen, Madelana. Das würde Ihnen jedenfalls guttun nach dem vielen Herumgelaufe mit Paula, all Ihrer harten Arbeit. Und es ist wirklich Ihre letzte Chance, denn Ende nächster Woche fliegen Sie ja schon zurück, stimmt's?»

«Ja, das ist richtig.» Sie hob ihre Tasse und nahm einen Schluck.

Er wartete einen Augenblick lang, dann drängte er sie: «Sagen Sie doch ja, Madelana. Ich hätte Sie so gern mit dort ... so gern.»

Ein seltsamer Klang in seiner Stimme bewog sie dazu, ihn genauer anzusehen, und sie erblickte einen seltsamen Ausdruck in seinen Augen, den sie nicht ganz zu ergründen vermochte. Instinktiv wußte sie, daß er sich für sie interessierte, und sie fühlte, wie die Anspannung von vorhin zurückkehrte. Sie konnte kein Wort herausbringen. Wieder schnürte sich ihr die Kehle zu, und ihr Mund wurde trocken. Sofort war ihr klar, daß sie mit dem Feuer spielen würde, wenn sie nach Dunoon ginge. Deshalb mußte sie seine Einladung ablehnen. Um sich zu schützen. Das war die einzige vernünftige Möglichkeit.

«Ja, ich würde sehr gern kommen», sagte sie. «Vielen Dank, Philip.» Als diese Worte ihren Mund verlassen hatten, saß sie zurückgelehnt auf dem Stuhl und wunderte sich über sich selbst und ihre Verdrehtheit. Närrin, dachte sie. Du willst wohl unbedingt Probleme kriegen.

Philip strahlte sie an und sagte: «Wir könnten morgen nachmittag hinfliegen.»

«Nein, nein, dann kann ich noch nicht», rief sie schnell. «Ich muß in der Boutique sein. Vor Samstag kann ich einfach nicht.»

«Freitag», sagte er beharrlich und ließ sie nicht aus den Augen. «Sie können Freitag morgen hinaufkommen. In der Boutique wird schon alles in Ordnung sein. Machen Sie sich nicht so viele Sorgen.»

Sie schluckte schwer und fragte sich, warum sie seine Einladung überhaupt angenommen hatte. «Ich muß aber wenigstens auf ein paar Stunden in die Boutique gehen», lenkte sie schließlich ein.

«Okay, wenn es unbedingt sein muß», gab Philip nach.

«Ken wird Sie um elf dort abholen und fährt Sie zum Flughafen. Mein Flugzeug wartet dann schon auf Sie, und wenn Sie Sydney gegen Mittag verlassen, werden Sie noch pünktlich zum Lunch kommen.» Philip sah ihr lächelnd in die Augen, ergriff ihre Hand und hielt sie fest in seiner.

Madelana nickte nur und traute sich nichts zu sagen.

20

Philip zog sich den klatschnassen Sweater und das Hemd vom Leib und warf beides von sich. Dann steckte er seinen rechten Fuß in den Stiefelknecht und streifte erst einen Reitstiefel ab, danach den anderen, entkleidete sich bis auf die Unterwäsche und eilte völlig durchgefroren ins Badezimmer.

Er duschte sehr heiß, ließ sich das dampfende Wasser über den Körper spülen, bis sein Blut kribbelte und ihm wärmer war. Dann trat er aus der Duschkabine, trocknete sich ab, streifte seinen Bademantel über und trat ans Waschbecken vor den Spiegel. Während er sich das nasse Haar kämmte und sich mit Eau de Toilette betupfte, dachte er an Madelana.

Welch ein Jammer, daß vor einer Stunde so unvermutet ein Gewitter aufgekommen war. Es hatte ihren Ausritt abgekürzt. Sie waren gerade in den Hügeln oberhalb von Dunoon gewesen, und er hatte dort, in der friedlichen Abgeschiedenheit, gespürt, wie ihre Anspannung langsam nachließ. Heute schien sie sich in seiner Gegenwart schon viel wohler zu fühlen. Als sie gestern zum Lunch hier ankam, war sie sehr still gewesen und derartig angespannt, daß es ihm vorkam, als könnte sie jeden Augenblick in zwei Teile zerspringen, und so war sie für den Rest des Tages auch geblieben. Abends wirkte sie allerdings schon ein bißchen gelockerter, das Essen mit Tim und Anne Willen hatte ihr offensichtlich Spaß gemacht.

Heute nachmittag bei ihrem Ausritt war sie beschwingt, fast ausgelassen gewesen, sie öffnete sich ihm wieder, und er wußte, daß er dabei war, ihr Vertrauen zu gewinnen. Fast hätte er ihr gestanden, wie gern er sie hatte, als das Wetter unversehens umschlug. Der Himmel zog sich zu und wurde dunkel. Sturzbachartig prasselte der Regen herab, sie waren eilig aufgesessen und so schnell sie nur konnten zum Stall zurückgeritten. Trotzdem hatten sie gute zwanzig Minuten gebraucht. Matt und ein anderer Stallbursche warteten schon auf sie und führten Gilda und Black Opal zur Sattelkammer; Philip fuhr Madelana in seinem Maserati zum Herrenhaus. Beide waren bis auf die Haut durchnäßt und zitterten vor Kälte. Sie war sehr blaß geworden, ihre Zähne klapperten, als sie ins Haus hineinliefen, und jetzt, da er in sein Schlafzimmer ging, hoffte Philip, daß sie sich keine Erkältung geholt hatte.

Er stellte sich ein paar Minuten lang vor den Kamin, um sich aufzuwärmen, ehe er zum schwarzen chinesischen Lackschränkchen trat, in dem sich eine kleine, aber gut bestückte Bar befand. Er goß zwei Cognacs in kleine Schwenker, schüttete einen hinunter und zog sich dann einen dicken Fair Isle-Sweater, Socken und eine dicke graue Flanellhose an. Er schlüpfte in ein Paar braune Slipper, ergriff den anderen Cognacschwenker und verließ das Zimmer.

Kurz darauf stand er vor Madelanas Tür. Er wollte schon klopfen, zögerte dann aber noch kurz und überlegte, ob er ihr auch genügend Zeit gelassen hatte, ihre nassen Reitsachen auszuziehen, zu duschen und sich umzukleiden. Er entschied, daß das der Fall war, und klopfte leise.

«Herein», rief sie.

Er blieb an der Schwelle stehen.

Sie saß zusammengekauert vor dem Kamin, den Rücken zum Sofa, in einem Trainingsanzug und dicken Socken, und trank in kleinen Schlucken den Tee, den er ihr eben von Mrs. Carr hatte hinaufbringen lassen.

«Vielleicht würden Sie gern einen Schluck hiervon nehmen», sagte er und hielt den Cognacschwenker hoch. «Das wird Sie richtig durchwärmen.»

«Danke.» Sie stellte die Tasse, die sie gerade in der Hand hielt, auf den Beistelltisch. «Ja, sehr gern, Philip.» Eine kleine Pause entstand. «Danke», sagte sie noch einmal.

Er schloß die Tür mit dem Fuß, kam zu ihr und reichte ihr das Glas. Sie nahm es aus seiner Hand entgegen, und dabei berührten sich ihre Finger. Sie schrak leicht zusammen, als sei sie überrascht, wich zurück und preßte sich enger ans Sofa. Dann schaute sie zu ihm empor.

Draußen regnete es noch immer und war düster, sie hatte kein Licht angemacht, und in den Schatten des halbdunklen Raumes, vom lodernden Kaminfeuer angeleuchtet, sah sie ätherisch aus. Ihr Gesicht leuchtete in zarter, strahlender Schönheit, und ihre Augen waren riesig, durchsichtig und glänzend.

Er konnte einfach nicht wieder wegsehen.

Sie schauten einander unverwandt an. Den Bruchteil einer Sekunde lang war es Philip, als schaute er tief in ihre Seele. Schließlich schlug er die Augen nieder. In ihrer Gegenwart traute er sich selbst nicht über den Weg, also drehte er sich ohne ein Wort um, ging zur Tür und wollte sie bis zum Dinner allein lassen. Aber er konnte es nicht vermeiden, noch einmal zu ihr hinzusehen, ehe er hinausging, und wieder war sein Blick unwiderstehlich von ihrem gebannt.

Unverwandt und ernst erwiderte sie seinen langen, eindringlichen Blick. Ihr Gesicht war unendlich still. Sie regte sich nicht und sagte kein Wort. Zwischen ihnen lag ein tiefes, erwartungsvolles Schweigen.

Er trat einen Schritt vor, dann noch einen. «Ich möchte bei dir bleiben», sagte er, wobei seine Stimme eigenartig heiser klang. «Bitte schick mich nicht weg.»

«Das werde ich nicht.»

Erst dachte er, er hätte nicht richtig gehört, und er sah sie unsicher und forschend an.

Sie stellte den Cognacschwenker hin, erhob den Arm und streckte ihm die Hand hin.

Er ging eilig zu ihr zurück, ergriff ihre schlanke Hand, hob sie an den Mund und ließ seine Lippen über ihre langen Finger gleiten. Dann kniete er sich neben ihr hin.

«O Maddy», sagte er, wobei er sich zum ersten Mal dieser Koseform bediente. «O Maddy.»

«Philip», flüsterte sie so leise, daß er sie kaum hören konnte.

Er zog sie zu sich heran. Sie war in seinen Armen, schmiegte sich an ihn, sagte immer wieder seinen Namen, und er hielt sie noch enger an sich gedrückt. Mit der einen Hand streichelte er ihre Haare. Sein Mund fand ihren, und dann küßte er sie, wie er sie vom ersten Tag an hatte küssen wollen, tief, heftig, leidenschaftlich; seine Zunge drang in sie ein, als wollte er mit dem Mund von ihr Besitz ergreifen. Sie erwiderte seine Küsse, und ihre Zunge streifte über seine, so daß er begriff, daß ihr Verlangen nach ihm genauso groß war wie sein eigenes. Bei dieser Erkenntnis durchflutete ihn eine glühende Erregung.

Es gab keinen Weg zurück, das wußte er. Sie mußten sich jetzt, gleich, hier auf dem Teppich vor dem Kamin lieben. Sie hatten keine Zeit zu verschwenden . . . es war schon zuviel Zeit verschwendet worden. Er zog sie unter sich und ließ seine Hand unter ihr lockeres Oberteil gleiten. Als seine Finger sich um eine ihrer Brüste schlossen, stieß sie einen langen Seufzer aus; er streichelte sie sanft, rieb ihre Brustwarze mit den Fingerspitzen und liebkoste sie zärtlich. Fast sofort fühlte er, wie sie unter seiner Berührung steif wurde, und das entflammte ihn noch stärker. Er zog an ihrem Oberteil und wollte es über ihren Kopf streifen.

Sie setzte sich auf und streifte es ab. Er riß an seinen eigenen Kleidern und warf sie beiseite. Plötzlich lagen sie nebeneinander auf dem Teppich ausgestreckt, ganz nackt. Wieder küßten sie sich, jetzt wie Rasende, heftiger denn je zuvor, und konnten die Hände nicht voneinander lassen. Hungrig und sehnsüchtig griffen sie nacheinander, um zu berühren, zu entdecken, zu streicheln und zu erregen. Je erregter sie wurden, desto heftiger und intensiver war ihr Verlangen.

In seiner Begierde nach ihr lag etwas Wildes, und er ahnte dasselbe stürmische Gefühl in ihr. Sie wollte ihn genausosehr wie er sie, das zeigte sie ganz deutlich. Und so ließ er sich auf sie fallen und glitt in sie hinein. Er spürte, wie sie sich anspannte, keuchte und dann nachgab.

Er stützte sich mit beiden Händen ab, schwebte über ihr, sah in ihr Gesicht herab. Es war voll brennenden Verlangens, und die Wildheit, die in ihren Augen funkelte, spiegelte seine eigenen Gefühle wider; vor Freude und Überraschung hielt er den Atem an.

Philip bewegte sich jetzt gegen sie, zuerst langsam, dann heftiger, und sie schob ihren Körper dem seinen entgegen, klammerte sich an ihn.

Ihr Rhythmus wurde schneller, und der Sturm ihrer Leidenschaft trieb sie unausweichlich zur völligen Hingabe. Sie befanden sich in einem schwindelerregenden Auftrieb, stiegen immer höher, jenseits aller Beherrschung. Er hatte schon tagelang von ihr geträumt. Nun waren seine Phantasien wahr geworden, und er konnte sich nicht mehr zurückhalten. Er stürzte in sie hinein, gab sich ihr hin, dann war sein Mund auf ihrem und verschlang ihn. Und sie flog mit ihm auf diesem berauschenden Flug und rief plötzlich seinen Namen, wurde starr, und dann glitten sie langsam über den Rand hinweg, in die glühende Helligkeit hinein.

Ihre Arme und Beine waren um ihn geschlungen, hielten ihn in ihrem seidigen Klammergriff. Er war mit ihr verschmolzen, war ein Teil von ihr, und sie war ein Teil von ihm, und das Wunder bestand darin, daß sie eins geworden waren . . .

Völlig erschöpft lagen sie einander reglos in den Armen. Es gab keinen Laut außer ihrem mühsamen Atmen, dem Prasseln der Holzscheite im Kamin und dem leisen Ticken einer Uhr.

Philip regte sich als erster. Er vergrub das Gesicht in der Fülle ihres kastanienbraunen Haars und murmelte an ihren Hals gepreßt: «Ich wollte dich haben, seit ich dich unten in der Gemäldegalerie zum ersten Mal sah, Maddy.»

Als sie nichts darauf entgegnete, fragte er: «Wußtest du das nicht?»

«Nein», flüsterte sie. Dann gestand sie mit schüchternem Lächeln: «Ich wollte dich auch haben.»

«Das hast du allerdings sehr geschickt verborgen», rief er leise.

«Ebenso geschickt wie du», entgegnete sie.

Sie mußten beide lachen, verstummten dann aber gleich wieder, jeder in seine Gedanken vertieft. Nach einer Weile lockerte Philip seine Umarmung, erhob sich, ergriff ihre

Hände und zog sie auf die Füße. Er schlang den Arm um sie, und dann standen sie gemeinsam vor dem Kamin, sahen einander wie gebannt an. Er hob ihr Kinn zu sich empor und küßte ihren Mund, sanft, flüchtig. Er griff nach dem Cognacschwenker und hielt ihn ihr hin. Sie schüttelte den Kopf. Er trank ein paar Schlucke, stellte das Glas auf den Tisch und sagte, während er sie zum großen Himmelbett führte: «Hoffentlich hältst du mich jetzt nicht auch für einen Trinker . . .»

Madelana lachte nur und schlüpfte unter die Bettdecke. Philip kam zu ihr und schlang die Arme um sie. Sie schmiegte sich an ihn, ließ ihre Schultern an seine breite Brust sinken und empfand ein ungewöhnliches Glücksgefühl. Es hatte ebensoviel mit der Lust zu tun, die sie Philip gegeben hatte, wie mit der Befriedigung und Erlösung, die er ihr gewährt hatte. Die Angespanntheit, die sie in den letzten Tagen erfüllt hatte, war gewichen. Ihr war, als säße sie in einem Kokon aus Ruhe, Glück und Zufriedenheit. Und sie wußte, daß es seinetwegen so war, wegen all seiner Eigenschaften.

Philip hielt sie immer noch eng an sich gedrückt, küßte ihren Nacken, ihr Haar, die Stelle zwischen ihren Schulterblättern. Zu seiner eigenen Überraschung war er wieder sehr erregt. Er warf die Bettdecke beiseite, stützte sich auf einen Ellbogen und sah zu ihr herab.

Madelana lächelte zu ihm empor. Ihr Gesicht leuchtete.

Er lächelte zurück, hob die Hand und streichelte ihre Wange, sein Blick verriet, wie aufgewühlt er war. Die Wahrheit war, daß er sie liebte. Er hatte sich gleich am ersten Tag in sie verliebt. Er war froh, daß es in Dunoon passiert war und sie sich dort zum ersten Mal geliebt hatten. Es erschien ihm ganz angemessen, daß etwas derart Wichtiges sich in seinem Zuhause zugetragen hatte. Er wußte, daß er sie immer lieben würde. Es war kein vorübergehender Flirt. Es konnte von nun an keine andere Frau in seinem Leben mehr geben. Nie wieder.

«Du siehst so nachdenklich aus», sagte sie und schaute ihn fragend an.

Er beugte sich über sie und erwiderte leise: «Es ging zu schnell, Maddy. Es tut mir leid . . . ich hab's wohl überstürzt.» Er lachte leise und reumütig. «Aber ich verzehre mich schon seit Tagen nach dir ... hab von dir geträumt.»

«Du warst wundervoll.»

«Vielleicht bist du voreingenommen, Liebling.»

Er senkte den Mund auf ihre Brüste herab und küßte sie, während er ihren Körper überall streichelte. Ihre Haut fühlte sich an wie Satin, und im Widerschein des Feuers lag ein lieblicher Rosenhauch darüber. Er staunte über die Schönheit ihres geschmeidigen Körpers, der so schlank, so zart gebaut war, über ihre langen Beine und die schweren, sinnlichen Brüste, die sich jetzt unter seiner Berührung strafften.

Er hob den Kopf, legte seinen Mund auf ihren und küßte sie inbrünstig, zog mit dem Finger eine Linie über ihren Bauch, bis seine Hand zwischen ihren Schenkeln ruhte. Er streichelte sie sanft und geschickt, und sie streckte die Hand nach ihm aus und streichelte ihn ebenfalls. Als er fühlte, wie sie starr wurde und kam, schob er ihre Hand weg und drang in sie ein, und wieder wurden sie sogleich von der heftigen Glut ihrer Leidenschaft füreinander davongerissen.

Sie waren lange vereint, dann stand er auf und ging zum Kamin herüber, wo er vorhin seine Kleider hingelegt hatte, und zog sich an.

Sie sah ihm zu, während er sich vor dem Kaminfeuer bewegte, und dachte, wie phantastisch er doch aussah. Er hatte einen großartigen Körper, war über 1,80 groß und breitschultrig mit einer gewölbten Brust. An ihm war kein überflüssiges Gramm Fett, und er war braungebrannt von dem ständigen Aufenthalt in der Sonne.

Plötzlich hatte Madelana das seltsame Gefühl, ihn schon vorher gekannt zu haben ... vor langer Zeit. Etwas an ihm war ihr so vertraut, daß es sie geradezu bestürzte. Und trotzdem waren sie Fremde ... wenn auch inzwischen *vertraute* Fremde.

Er kam zu ihr zurück, setzte sich auf die Bettkante und schob ihr eine Haarsträhne aus dem Gesicht. Dann beugte er sich über sie, küßte sie sanft und sagte: «Dies ist erst der Anfang, Maddy, mein Liebling.»

«Es ist der Anfang vom Ende ...» Sie unterbrach sich und

sah ihn mit großen Augen an, selbst ganz überrascht von ihren Worten.

Er runzelte die Stirn. «Wie seltsam, so etwas zu sagen. Was meinst du denn damit?»

«Ich weiß es nicht», rief sie. «Es war einfach ein Gedanke, der mich überkam, ich habe gar nicht darüber nachgedacht.»

«Ich weigere mich, über irgendein Ende zu sprechen.» Er lachte wegwerfend und zog sie in seine Arme, drückte sie ganz fest an sich. Dann gab er sie frei und stand auf. «Wir sehen uns nachher unten. Zieh dir was Bequemes an, Liebes, wir sind ja unter uns.»

«Ja», sagte sie.

Nachdem er gegangen war, blieb sie noch eine Weile liegen. Auf dem Kissen neben ihr, wo sein Kopf gelegen hatte, war eine kleine Delle, und sie streckte die Hand danach aus, rutschte dann auf seine Seite herüber und vergrub ihr Gesicht im Kissen. Es roch nach ihm ... nach seinem Haar und seinem Eau de Toilette. Sie fing an zu weinen.

Ein schreckliches Gefühl von Verlust erfüllte sie, und sie hatte Angst.

21

Hongkong glitzerte. Es war nichts als Licht und Farbe, Bewegung und Lärm.

Von dem Augenblick an, da Jason Rickards' Firmenjet vor fünf Tagen die Rollbahn des Flughafens Kai Tak entlanggedonnert und Paula ausgestiegen war, hatte sie sich im Bann der britischen Kronkolonie befunden.

Sie war seit vierzehn Jahren nicht mehr dort gewesen und hatte vergessen, wie es wirklich war – in jeder Hinsicht überwältigend.

Rein optisch erinnerte es sie an Manhattan mit seinen schwindelerregenden Wolkenkratzern, den Kaufhäusern mit Klimaanlagen, den Boutiquen, Banken und Geschäften, schicken Restaurants und eleganten Hotels. Dennoch besaß Hongkong seinen eigenen, unverwechselbaren Rhythmus, ein schnelles, pulsierendes, erregendes und lärmendes Tempo.

Überall um sich herum spürte Paula Bewegung. Wohin sie auch blickte, sie sah ständig ein buntes Treiben. Große Flugzeuge erhoben sich in die dunstigen blauen Himmel über dem Victoria Peak, Segelboote und Sampans, Yachten und Dschunken, Tragflächenboote und Fähren durchquerten die wimmelnden Gewässer des Hafens zwischen der Hauptinsel und Kowloon, Autos, Straßenbahnen, Busse und Rikschas drängten sich auf den Straßen, und überall stießen Leute einander an, während sie in einer schwärmenden Menschenmenge eilig ihren Geschäften nachgingen. Es gab zu wenig Platz. Raum war Gold wert, sowohl zu Land als auch zu Wasser, und wohin man sah, war so viel wimmelndes Leben mit ohrenbetäubendem Lärm, daß Paula sich schon ein wenig angegriffen davon fühlte.

Trotzdem gab es im Gegensatz dazu schöne kleine Oasen der Ruhe und des Friedens, die sie überraschten . . . die stillen Berge der New Territories, jenes ländlichen Gebiets zwischen Kowloon und dem Festland . . . die Tempel und Schreine . . . und auch ein Plätzchen neben dem Star Ferry Pier, wo eine Gruppe chinesischer Männer jeden Morgen die langsamen, meditativen Bewegungen des T'ai Chi vollführte.

Paula fand, die vielen Kontraste seien es, die so überraschend waren und den tiefsten Eindruck auf sie machten.

Nirgends auf der Welt gab es solch grenzenlosen Reichtum und eine derart bittere Armut im Abstand von nur wenigen Kilometern, solch atemberaubende Schönheit unmittelbar neben einer ekelerregenden Verkommenheit. Die hochvornehme Welt lag bedrohlich dicht an der gefährlichen Unterwelt. Große, alte Familien lebten in enger Nachbarschaft mit verzweifelten Flüchtlingen. Hongkong war geprägt von alteingesessenem Geld und Taipans, von mehr als hundertvierzig Jahren britischer Herrschaft und kolonialen Traditionen, neuerworbenen Reichtümern, phantastischen Karrieren und schwindelerregenden Finanzoperationen. Es hatte allerdings auch eine der höchsten Selbstmordraten der Welt.

Es nahm Paula gefangen, und sie verstand den unglaublichen Reiz, den es für Fremde und Einheimische besaß.

Bis zu Paulas Ankunft hatte Emily es sich im Peninsula in Tsimshatsui auf der Kowloonseite bequem gemacht. Das war das Hotel, in dem sie bei ihren Einkaufsreisen immer abstieg. Es lag günstig für ihre geschäftlichen Verhandlungen mit Festlandchina, da sie von dort aus leicht zu den Fabriken gelangen konnte, die die verschiedenen Produkte herstellten, welche sie für Genret einkaufte.

Am Abend, ehe Paula mit Don Metcalfe von Rickards International im Firmenjet einflog, war Emily auf die Hongkongseite hinübergewechselt. Sie hatte die riesige, wunderschöne Suite bezogen, die sie im berühmten Mandarin Hotel im Central District reserviert hatte.

«Ich habe all meine Geschäfte erledigt, und das Zentrum ist viel bequemer für uns, für das, was wir vorhaben», hatte Emily Paula erklärt, als diese sich nach ihrer Ankunft etwas einzurichten versuchte. «Es ist das Einkaufsmekka von Asien, und überhaupt wird es viel interessanter für dich sein, wenn du auf der Insel Hongkong bist.» Paula hatte ihr beigepflichtet: «Wie du meinst, Emily. Hier hast du das Sagen.»

Emily hatte ein Programm für sie ausgearbeitet, das ihnen kaum einen Moment Zeit zum Atemholen ließ. Trotzdem war Paula ganz begeistert gewesen und wollte alles mitmachen, und die Besichtigungen, Einkäufe und Abstecher in verschiedene Restaurants und einige andere der eleganten Hotels hatten sie mit neuer Energie erfüllt, ganz zu schweigen von ihrer Runde durch die Nachtclubs von Wanchai.

An ihrem ersten Abend hatte Emily sie ins Gaddi's zum Essen ausgeführt. Es galt als das beste europäische Restaurant in Hongkong, und Rolf Heiniger, der renommierte maître d'hôtel, hatte die in ihn gesetzten Erwartungen, was Kenntnis und Aufmerksamkeit anging, voll erfüllt und ihnen die köstlichsten Speisen und die besten Weine angeboten.

Am Morgen darauf hatten sie in Emilys bevorzugten Boutiquen, Geschäften, Märkten und Galerien gestöbert. «Vergiß nicht, ich bin ein alter Chinahase», hatte sie Paula lächelnd anvertraut. «Verlaß dich auf mich, und du wirst die besten Sachen bekommen. Qualitätsware zum richtigen Preis.»

Paula rief lachend aus: «Keine Sorge, ich vertraue dir, Emily. Du hast als Kind schon scharfe Augen gehabt. Das ist wohl auch einer der Gründe, warum Grandy dir die Leitung von Genret anvertraut hat.»

Im Laufe von mehreren hektischen Tagen erledigten sie all ihre Weihnachtseinkäufe, die großen Geschenke wie auch die Kleinigkeiten für den Strumpf und den Weihnachtsbaum. Sie erstanden Perlen, Jadeschmuck, Manschettenknöpfe für die männlichen Familienmitglieder, bestickte Seiden- und Brokatstoffe, chinesische Abendjacketts und Cheongsams, perlenverzierte Abendtaschen, exotisches Holzspielzeug, Cloisonnéarbeiten, handbesticktes Leinen sowie kleine Souvenirs und Nippes.

Emily hatte vorgeschlagen, daß sie noch einen Abstecher zur Hollywood Road machen sollten, die oberhalb des Zentrums lag, und behauptet, dies wäre ein absolutes Muß. Paula merkte schnell, daß sie damit recht hatte. Viele der bedeutenderen Antiquitätengeschäfte und Kunstgalerien befanden sich dort, und während sie herumbummelten, war Paula ganz begeistert von den angebotenen Kunstwerken. Sie nahm eine antike Nephritvase für Jason mit, der orientalische Kunst sammelte, und eine schöne alte Halskette aus Jade für ihre Mutter.

Zwischen den Einkaufsausflügen und allen erdenklichen exotischen Menüs in originellen Restaurants hatte Emily noch einige andere faszinierende Exkursionen vorbereitet. Sie hatte Paula mit nach Aberdeen Harbour genommen, wo Tausende der Boat People auf Dschunken und Sampans lebten und arbeiteten; sie hatten die New Territories auf der Kowloonseite besucht, waren auf die Spitze des nebligen Victoria Peak gefahren, um den einzigartigen Ausblick zu genießen, und hatten verschiedene Tempel und Schreine besichtigt.

Auf dem Flug von Sydney hatte Don Metcalfe, Paulas Reisegefährte, gesagt, er würde sie und Emily gern zum Abendessen ausführen, ehe sie wieder nach New York führen. Und das hatte er am gestrigen Abend auch getan. Sie waren alle mit dem Tragflächenboot nach Macau gefahren, der portugiesischen Enklave am Pearl River, die nur fünfzig Minuten entfernt lag, und hatten in einem eleganten Restaurant gespeist, ehe sie einige der berühmten Spielkasinos besichtigten. Sie hatten sich großartig amüsiert mit Don, der sie zum Lachen brachte und gut unterhielt; besonders Emily war sehr aufgeregt über diesen Ausflug nach Macau, wo sie noch nie gewesen war und immer hingewollt hatte.

In den frühen Morgenstunden, als Paula schließlich erschöpft ins Bett gesunken war, dachte sie noch, daß sie in den wenigen Tagen hier viel mehr gesehen hatten, als sie es sich hätte träumen lassen. Jede Minute ihres Aufenthalts in Hongkong war ein Genuß gewesen, und nur mit Emily zusammensein zu können, war ein weiterer Pluspunkt. Es erinnerte sie an die Reisen, die sie als Mädchen gemeinsam unternommen hatten, und sie fühlte sich wieder jung, beschwingt, fast sorglos.

Heute war ihr letzter Tag in Hongkong; sie hatten den Nachtflug nach New York gebucht. Emily bestand darauf, daß sie sich noch das wunderschöne Regent Hotel in Kowloon ansähen und den einzigartigen Blick auf die Insel Hongkong von dieser Stelle genössen. Also waren sie zum Lunch dorthin gefahren. Paula hatte sehr früh aufstehen müssen, um vorher noch zu packen, aber das war es wert gewesen. Noch lange würden das Essen und der Ausblick in ihrem Gedächtnis bewahrt bleiben.

Gleich nach dem Lunch nahmen sie die Star Ferry zurück zur Insel. Emily hatte sich zu ihrem Hotel aufgemacht, um ihre Koffer fertigzupacken; Paula war zum Juweliergeschäft zurückgegangen, wo sie ein Paar erlesener Ohrringe gesehen hatte, die sie als Weihnachtsgeschenk für Emily haben wollte.

Sowie sie das Geschäft betreten hatte, handelte Paula genauso, wie sie es Emily in den vergangenen Tagen hatte tun sehen. Zu ihrer großen Überraschung und Freude hatte sie die Ohrringe zu einem viel besseren Preis bekommen, als sie es gedacht hatte. Und jetzt, als sie das kurze Stück zum Hotel zu Fuß ging, erfüllte sie eine enorme Befriedigung über diesen kleinen Erfolg.

Während sie durch die Lobby des Mandarin eilte, stellte Paula fest, daß sie zu ihrem Tee-Rendezvous mit Emily schon zwanzig Minuten zu spät war. Also steuerte sie direkt auf die Clipper Lounge zu, die wie eine Empore über der Lobby im Zwischengeschoß hing, und lief leichtfüßig die Treppe hinauf.

Emily sah sie und hob grüßend die Hand.

Paula winkte zurück.

Kurz darauf saß sie Emily schon in einem der bequemen Sessel gegenüber.

«Tut mir leid, daß ich zu spät komme. Die letzte Stunde ist

wie im Fluge vergangen», sagte Paula mit entschuldigendem Lächeln.

«Ist schon gut. Ich bin noch nicht sehr lange da, und du weißt ja, daß ich dieses Plätzchen hier liebe. Mit all diesem Mahagoni und den Messingbullaugen habe ich das Gefühl, auf einem Schiff zu sein. Ach, ehe ich's vergesse . . . » Emily klappte ihre Handtasche auf, suchte darin herum und überreichte Paula zwei kleine Umschläge. «Die lagen für dich in der Suite, als ich nach dem Lunch zurückkam.»

«Telexe! Danke, Emily.» Paula nahm sie, riß das erste auf, überflog es schnell und las dann das zweite. Enttäuscht ließ sie die Blätter sinken. Das eine war von Michael Kallinski aus London, das andere von Harvey Rawson aus New York, und in beiden stand im Grunde dasselbe: Peale und Doone, die kleine Kaufhauskette im Mittleren Westen, war ihnen von einem anderen Käufer vor der Nase weggeschnappt worden. Wirklich schade, dachte sie, die Kette wäre ein guter Anfang für mein Expansionsprogramm gewesen. Andererseits war sie über die Lage der Kaufhäuser nie so begeistert gewesen wie Michael. Dieser Gedanke tröstete sie wieder etwas.

Emily hatte Paula scharf beobachtet. «Ist zu Hause etwas nicht in Ordnung?»

«Nein, das ist es nicht», beruhigte Paula sie schnell. «Es ist geschäftlich.»

«Ach. Von wem denn?» fragte Emily, wißbegierig wie immer.

«Eines ist von Michael, das andere von einem Wall Street-Anwalt, der für mich gearbeitet hat.» Paula lächelte schwach. «Ein Geschäft, das wir abschließen wollten, ist nicht zustande gekommen. Und nun laß uns bestellen. Ich glaube, ich nehme wieder diesen Maulbeeren-Tee. Ich habe eine richtige Schwäche dafür entwickelt.»

«Ja, ich schließe mich dir an.» Emily warf den blonden Kopf herum, wurde vom Kellner bemerkt und machte ihm ein Zeichen.

Nachdem sie bestellt hatte, beugte sie sich über den Tisch und richtete ihre schlauen grünen Augen auf ihre Cousine. «Und welches Geschäft war es, das nicht zustande gekommen ist?» Als Paula nicht sofort antwortete, sagte Emily: «Es muß dir wichtig gewesen sein. Ich habe gesehen, wie enttäuscht du warst.»

Paula nickte. «Ich war wirklich enttäuscht, Emily. Ich wollte eine kleine Kaufhauskette in den Staaten kaufen. Unglücklicherweise ist sie uns zwischen den Fingern entwischt.»

«Warum möchtest du denn noch mehr Kaufhäuser haben?» Erstaunt runzelte Emily die Stirn.

«Ich will Harte's in Amerika ausweiten. Und es schien eine gute Idee, dazu eine schon bestehende Kette zu kaufen, Emily.»

«Ein Kaufhaus in Amerika war genug für Gran. Warum willst *du* noch mehr haben?»

«Die Zeiten haben sich sehr geändert, das weißt du ebensogut wie ich. Ich muß mich vergrößern, Emily, anders kann man als Einzelhändler heutzutage nicht überleben.»

«Ich glaube, du nimmst den Mund ein bißchen zu voll, wenn du mich fragst», sagte Emily in der ihr eigenen, unverblümten Art.

Paula lachte. «Wie oft hat Großmutter uns erzählt, daß man ihr das immer gesagt hat, ihr ganzes Leben lang, und daß sie sich keinen Pfifferling darum geschert hat.»

Emily überging diese Bemerkung und sagte hartnäckig: «Ich bin sicher, daß Shane mir recht geben würde. Wie denkt er denn über deine Pläne?»

«Ehrlich gesagt hatte ich noch gar nicht die Gelegenheit, ihm davon zu erzählen, Emily. In diesem Sommer war es in Südfrankreich so hektisch, daß es einfach unsinnig gewesen wäre, davon anzufangen, ehe eine geeignete Kette da war. Und in der Woche, in der wir zusammen waren, ehe ich nach Australien flog, war auch keine Zeit, weißt du.»

«Ich bin sicher, daß es ihm nicht gefallen wird, Paula. Du hast doch schon alle Hände voll zu tun mit Harte's in London, Paris und Yorkshire, mit Sitex Oil und den Boutiquen in den Hotels.»

«Grandy hat uns immer gesagt, daß Organisation alles sei und daß der Frau die Welt gehöre, die gut zu organisieren verstehe.»

«Das stimmt, das hat sie gesagt. Trotzdem wird Shane bestimmt nicht glücklich darüber sein. Und da ist noch etwas, Paula. Ich glaube nicht, daß Gran deine Idee gutheißen würde, wenn sie noch am Leben wäre.»

«Unsinn! Natürlich würde sie das! Sie würde erkennen, wie weise das ist, was ich vorhabe», rief Paula temperamentvoll. Sie klang sehr sicher. Näher an Emily heranrückend, fing sie dann an, dieser ihre Pläne auseinanderzusetzen, was die Harte-Kaufhäuser in den Vereinigten Staaten anging.

Emily hörte ihr aufmerksam zu und nickte von Zeit zu Zeit.

Sie waren so in ihre Unterhaltung vertieft, daß keine von ihnen den Mann bemerkte, der auf der Treppe zur Clipper Lounge stand und sie wie gebannt betrachtete.

Der Anblick der beiden Frauen hatte ihm den Atem verschlagen, und er stand einen kurzen Augenblick lang wie angewurzelt da. Dann erholte er sich schnell wieder, machte auf dem Absatz kehrt, lief die Treppe hinunter, eilte durch die Lobby und verließ das Hotel durch die Eingangstür.

Ihm war alles Blut zu Kopf gestiegen, und eine kalte Wut hielt ihn gefangen, als er zur Pedder Street zurückeilte, Entgegenkommenden auswich und sich fast brutal durch die Menge drängte in seinem heftigen Verlangen, zwischen sich und dem Mandarin Abstand zu schaffen.

Genau zwei Minuten, nachdem er das Hotel verlassen hatte, stand er im Fahrstuhl und war auf dem Weg zum obersten Stock eines Wolkenkratzers, in dem seine Firma Janus and Janus Holdings Ltd. untergebracht war. Er ließ den Haupteingang hinter sich und umging so die großen Büros, in denen seine Angestellten arbeiteten, eilte den langen Korridor entlang und trat durch seine Privattür ein.

Diese führte in ein Foyer, das von chinesischen Antiquitäten verschönt wurde und seinerseits durch eine Doppeltür aus Mahagoni in sein eigentliches Büro führte, welches verschwenderisch ausgestattet war und durch Spiegelglas einen großartigen Blick über den Victoria Harbour bot.

Er ging sofort auf die kleine, verspiegelte Bar zu und schenkte sich einen Wodka pur ein. Zu seinem Ärger bemerkte er, daß seine Hand zitterte, als er das Glas zum Mund hob. Er schüttete den Drink hinunter, ging zu seinem Schreibtisch hinüber und schaltete die Sprechanlage ein.

«Yes, Sir?» sagte seine englische Sekretärin.

«Bitte sorgen Sie doch dafür, daß Lin Wu den Daimler vorfährt, Peggy. Ich gehe heute früher. Und ich möchte jetzt gleich die Briefe unterschreiben.»

«Yes, Sir. Ich bringe sie sofort.»

Er setzte eine ausreichend undurchdringliche Miene auf, nahm Platz und wartete darauf, daß sein Zorn nachließ.

22

Sein Zorn hielt an.

Während der Fahrt mit dem Daimler zum Peak hinauf, wo sich seine Wohnung befand, war er immer noch wütend. Sein Ärger legte sich noch nicht einmal, als er jetzt in der Bibliothek seiner eleganten Maisonette-Wohnung saß und seine private Post durchging. Solch einen Zorn hatte er schon lange nicht mehr verspürt, und es überraschte ihn unangenehm, daß er auf die beiden Frauen so heftig reagiert hatte. Er kochte, und mit gutem Grund. Dennoch wußte er, daß er seine Wut unter Kontrolle bringen mußte. Er durfte es nicht zulassen, daß sein Weitblick oder sein Urteilsvermögen von Gefühlen getrübt wurden.

Er atmete aus, legte ein halbes Dutzend Einladungen, Dankschreiben und persönliche Briefe beiseite, schob dann den aus Rosenholz geschnitzten Stuhl vom antiken Rosenholzschreibtisch zurück und trat in die Galerie hinaus.

Von diesem langen, breiten Gang gingen die anderen Zimmer der Wohnung ab; die Treppe an einem Ende führte zum zweiten Stock empor. Er durchschritt den weiten Raum und ging auf den Salon zu, wobei er dachte, wie friedvoll doch diese Galerie nach einem hektischen Tag im Büro war. Er freute sich immer wieder an ihr. Der Fußboden war aus gebeiztem, auf Hochglanz poliertem Ebenholz, die weißen Wände stellten den Hintergrund für seine Sammlung erlesener chinesischer Bilder von bedeutenden Meistern dar, vom fünfzehnten Jahrhundert bis zur Gegenwart.

Er blieb vor einer Tuschzeichnung auf Papier von Sun Kehong aus dem Jahre 1582 stehen, rückte sie gerade und trat dann einen Schritt zurück, betrachtete sie lange, lächelte und nickte wohlgefällig angesichts ihrer Zartheit, Anmut und schlichten Schönheit.

Langsam ging er die Galerie entlang und bewunderte die Kunstwerke, die er so liebevoll gesammelt hatte. Die Galerie war sehr sparsam möbliert, es stand dort nur ein Wandtischchen aus Ebenholz, auf dem eine geschnitzte blaßgrüne Vase mit einem Deckel aus der Qianlong-Periode und zwei weiße Nephritwidder, im Stil der Song-Periode geschnitzt, ausgestellt waren. Am anderen Ende der Galerie, vor einer niedrigen Wand, hingen Glasregale wie in der Luft schwebend an Messingketten von der Decke herab, auf denen seine berühmte Sammlung seltener Ming-Bronzen stand.

Versenkte Deckenstrahler, die diskret und raffiniert plaziert waren, beleuchteten die Kunstwerke; es waren die einzigen Lichter, ansonsten war dieser Bereich des Apartments schummrig, schattig und friedvoll. Er hielt sich noch ein Weilchen dort auf, ließ die Ruhe in sein Inneres ziehen und seinen aufgewühlten Geist besänftigen, wie er es in den vielen Jahren hier gelernt hatte.

Einen Augenblick später trat er in den Salon, und sein Gesichtsausdruck veränderte sich, hellte sich auf und entspannte sich etwas. Er blieb in der Tür stehen.

Es war früh am Abend, und der Nebel senkte sich vom Peak herab. Vor der langen Fensterfront wurde das großartige Panorama von Hongkong, Victoria Harbour und Kowloon jenseits des Wassers etwas verwischt. Vertraute Bilder zerflossen, wurden undeutlich, verschwanden in einem Nebel grauer Blau- und Weißtöne, wobei ihn die Farbzusammenstellung an die verblichene Glasur eines alten Stücks chinesischen Porzellans erinnerte. Ah Qom, die chinesische Amah, die sich von Anfang an um ihn und seinen Haushalt gekümmert hatte, hatte die geschnitzten Jadelampen mit Seidenschirmchen angeschaltet und das Kaminfeuer entfacht, und dieser luftige, anmutige Raum mit vollkommenen Proportionen war in ein warmes, mildes Licht getaucht. Er hieß ihn willkommen.

Riesige, üppig gepolsterte Sofas und Sessel, die mit blaßblauen, lavendelfarbenen und grauen thailändischen Seidenstoffen von Jim Thompson bezogen waren, wurden von chinesischen Schränkchen, Truhen und Tischen aller möglichen Größen und Schattierungen schwarzen oder dunkelrot lackierten Holzes ausbalanciert. Wohin er auch schauen mochte, sein Blick ruhte immer auf einem erlesen schönen Gegenstand. Seine Besitztümer waren ihm sehr wichtig. Sie taten ihm gut und richteten ihn wieder auf, wenn er sich nicht wohl fühlte.

Diese heilsame, normalisierende Wirkung verspürte er auch jetzt wieder, als er über den antiken chinesischen Seidenteppich schritt und sich aufs Sofa setzte. Er wußte, daß Ah Qoms Nichte Mee-Seen gleich seinen Jasmintee bringen würde, wie sie es immer eine halbe Stunde nach seiner Ankunft zu tun pflegte, ganz gleich, wann er aus dem Büro zurückkehrte. Es war ein Ritual, wie so viele Dinge hier ein Ritual waren.

Er hatte diesen Gedanken kaum zu Ende gedacht, als das hübsche, zierliche chinesische Mädchen in ihrem schwarzen Seidencheongsam eilig mit dem Tablett hereinkam.

Sie verbeugte sich lächelnd und stellte es vor ihn auf den niedrigen Tisch.

Er bedankte sich mit einem freundlichen Kopfnicken.

Sie verbeugte sich lächelnd und ging.

Er goß den duftenden Tee in das kleine, papierdünne Porzellanschälchen, trank es schnell aus, goß sich wieder ein und trank diese Tasse langsamer, gestattete seinem Geist, sich zu entspannen und alle Gedanken abzuwerfen. Nachdem er ein drittes Schälchen genossen hatte, stellte er es auf das dunkelrot lackierte Tablett zurück, lehnte den Kopf ans Sofa und schloß die Augen.

Nach und nach verebbte sein Zorn völlig.

Er war etwas eingenickt und wachte abrupt auf, als die alte Uhr auf dem Kamin sechs schlug.

Er richtete sich auf, reckte seinen langen Körper und sah ein, daß er nach oben gehen und sich für Lady Susan Sorrells Dinnerparty in ihrem Haus in Recluse Bay duschen und umziehen mußte.

Er sprang sogleich auf, schritt eilig durch den Salon, blieb aber plötzlich vor dem langen Wandgestell neben dem Koromandelschirm stehen. Die Fotos in Silberrahmen, die dort standen, glitzerten im Schein der benachbarten Lampe. Er schaute die Fotografie seines Vaters an und ließ seinen Blick dann zu dem kleineren Frauenbild wandern.

Sein Haß auf sie hatte nie abgenommen. Er stieg jetzt wieder in ihm auf. Ungeduldig schob er ihn beiseite. Nichts sollte seine gerade wiedergefundene Ruhe stören oder den Abend verderben, der vor ihm lag und auf den er sich schon seit Tagen gefreut hatte.

Es war nie seine Absicht gewesen, ausgerechnet ein Foto von *ihr* in seinem Zuhause zu haben, wo jeder einzelne Gegenstand vollkommen und von ihm, dem Perfektionisten, um eben seiner Vollkommenheit willen ausgewählt worden war. Aber sein gesunder Menschenverstand hatte über seine Gefühle gesiegt, als er dieses Bild plötzlich in einem Koffer alter Sachen fand. Er wollte es gerade wegwerfen, als ihm aufging, wie nützlich es ihm sein konnte.

Hongkong war ein Ort des Prestiges, des Gesicht-Bewahrens. Beides war von größter Bedeutung. Und so schadete es ihm kein bißchen, als Enkel der großen verstorbenen Magnatin Emma Harte dazustehen. Wie dem auch sei, heute abend konnte er den Anblick der diabolischen alten Frau jedenfalls nicht ertragen, und er schob ihr Bild hinter das größere seines Vaters, der vor dem Unterhaus posierte. Es hatte Jonathan auch nicht geschadet, der Sohn Robin Ainsleys zu sein, des angesehenen Labourpolitikers, Parlamentsabgeordneten und ehemaligen Kabinettsmitglieds. Seine familiären Verbindungen hatten ihn höchst würdig erscheinen lassen und in die ersten Kreise der hiesigen Gesellschaft befördert.

Er kehrte in die Bibliothek zurück, setzte sich an den Schreibtisch, nahm ein Schlüsselbund aus seiner Jackentasche und öffnete die unterste Schublade. Er holte den Ordner hervor, auf dem HARTE stand, schlug ihn auf und überflog das oberste Blatt, das mit mehreren, von ihm selbst sorgfältig notierten Zahlenkolonnen bedeckt war.

Ein triumphierendes Lächeln erschien auf seinen Lippen,

und er lachte leise vor sich hin. Er mußte immer lachen, wenn er sich diese Liste anschaute und sich in Erinnerung brachte, wie viele Aktien an den Kaufhäusern er inzwischen besaß. Die Harte-Aktien wurden an der Londoner Börse gehandelt, und seit Jahren schon hatte er über Stellvertreter, seine Schweizer Bank und andere Institutionen Anteile erworben. Heute war er ein Hauptaktionär der Harte-Kaufhauskette, auch wenn nur er dies wußte.

Er schloß den Ordner, ließ ihn auf den Schreibtisch gleiten, lehnte sich zurück, legte die Fingerspitzen aneinander und freute sich diebisch. Eines Tages würde Paula O'Neill einen Fehler begehen. Niemand war unfehlbar. Nicht einmal sie. Und dann würde er zuschlagen.

Jonathan holte nun einen anderen Ordner aus der Schublade, der keine Aufschrift trug, und zog ein Bündel Papiere heraus. Es waren die detaillierten Berichte der Londoner Detektei, deren Dienste er nun schon einige Jahre lang in Anspruch nahm.

Seit 1971 ließ Jonathan seine Cousine Paula O'Neill ständig beobachten. Es war aber nie irgend etwas Abträgliches über sie zutage gekommen, das hatte er auch nicht erwartet. Andererseits war es wichtig für ihn, soviel wie möglich über sie und ihr Leben, ihre Familie und Freunde und alle geschäftlichen Schachzüge, die sie machte, zu erfahren.

Gelegentlich ließ er auch Alexander Barkstone und Emily Harte beobachten und forderte Berichte über sie an. Sie waren ebenso unverdorben wie Paula. Aber für sie interessierte er sich nicht sonderlich. Solange seine Cousins und Cousinen weiterhin gewinnbringend die Harte Unternehmensgruppe leiteten und er in jedem Quartal seine beträchtliche Dividende ausbezahlt bekam, war er zufrieden. Er hatte es nur auf Paula abgesehen.

Er überflog den letzten Bericht von der Londoner Detektei. Danach war sie Ende August in ihrer Villa Faviola. Deshalb hatte es ihn wohl so überrascht, ihr vorhin in der Clipper Lounge des Mandarin Hotels zu begegnen. Offenbar war sie entweder auf dem Weg nach Australien oder auf der Rückreise von dort nach England in Hongkong zwischengelandet.

Zum Teufel mit ihr, dachte er. Dann legte er die Ordner in die Schublade zurück, schloß sie ab und verließ eilig den Raum, stieg die Treppe zu seinem Schlafzimmer hinauf. Er wollte sich nicht wieder ärgern. Es brachte sein Blut in Wallung, wenn er an dieses Weibsstück bloß dachte.

Auf dem Treppenabsatz hielt er inne, atmete tief durch und reinigte seine Sinne von ihrem aufreizenden Bild.

Als er in sein Zimmer trat, erwartete Jonathan, seinen Diener dort vorzufinden, aber zu seiner Überraschung war der Raum leer. Tai Ling war nirgends zu sehen, obwohl Jonathans plissiertes Frackhemd, die schwarze Krawatte und seine schwarzen Seidensocken auf dem Bett lagen. Zweifellos war Tai Ling unten in der Wäscherei, bügelte Jonathans Smoking über und würde jeden Moment wieder zurücksein. Jonathan summte vor sich hin, trat an eine Ming-Truhe, leerte seine Taschen von Schlüsseln, dem Portemonnaie mit den Kreditkarten und dem Geld und zog sich aus.

Wie alles in seinem Zuhause war das Schlafzimmer außerordentlich geschmackvoll eingerichtet, wobei das chinesische Ambiente mit einzigartigen orientalischen Kunstwerken vorherrschte. Es war bewußt zurückhaltend gestaltet, männlich, etwas kühl und streng, und die Frauen, die er mit in sein Bett nahm, merkten bald, daß dies Ambiente etwas in Jonathans Wesen widerspiegelte.

Er nahm einen dunkelblauen Bademantel aus chinesischer Seide aus dem Schrank und streifte ihn über, dann ging er ins Bad nebenan und überlegte, wer es wohl sei, den Susan extra für ihn zur Dinnerparty eingeladen hatte. Gestern am Telefon hatte sie sehr mysteriös geklungen, aber es würde sicher eine interessante Frau sein. Susan kannte seinen Geschmack sehr gut.

Er seufzte und dachte wieder daran, wie sehr er doch das Arrangement vermißte, welches sie fast ein Jahr lang gehabt hatten. Es war eine rein sexuelle Beziehung gewesen, für beide sehr bequem. Obwohl sie sich auch intellektuell reizvoll fanden, hatte es keine gefühlsmäßige Bindung gegeben, die alles verdorben hätte. Nur Sex und intelligente Unterhaltung. Ganz ideal seiner Meinung nach.

Vor drei Monaten, als sie ihm erzählte, daß ihr Mann Verdacht geschöpft hätte und sie ihre Beziehung beenden müßten, hatte er ihr geglaubt und sich sofort mit ihren Wünschen einverstanden erklärt. Zu dem Zeitpunkt wußte er noch nicht, welche Leere in sein Leben treten würde, wenn sie ihm nicht mehr zur Verfügung stünde. Es war noch nicht einmal der Sex, den er vermißte, obwohl sie sehr gut im Bett war, denn Sex war eine Massenware, die man heutzutage überall bekommen konnte. Nein, er vermißte ihre Unterhaltungen, ihre schlagfertigen Diskussionen, ihren gemeinsamen englischen Hintergrund, ihre englische Erziehung.

Aber er hatte nicht versucht, Susan zu bedrängen oder die Beziehung mit ihr wiederaufzunehmen. Als Mitbeklagter in einer unerfreulichen Scheidungsaffäre angegeben oder als eine der Hauptfiguren eines üblen kleinen Skandals in der Kronkolonie hervorgehoben zu werden war das letzte, wonach es ihn verlangte. Schließlich war er hier ein Mann von hohem Ansehen, und dies war sein Zuhause.

Er sah sich im Spiegel über dem Waschbecken an und strich sich mit der Hand übers Kinn. Er war heute sehr früh aufgestanden, um vor einem Geschäftsfrühstück um sieben noch Squash zu spielen, und jetzt lag ein Anflug blonder Stoppeln auf seinem Gesicht. Der Elektrorasierer stand griffbereit, er schloß ihn an und betätigte ihn. Dabei mußte er wieder an seine Cousinen Paula O'Neill und Emily Harte denken, aber nur ganz flüchtig. Und mit einem plötzlichen Anfall von Stolz beglückwünschte er sich zu allem, was er in elf Jahren erreicht hatte. Er hatte es weit gebracht.

Als Jonathan Ainsley im Jahre 1970 in Hongkong landete, wußte er sofort, daß er jetzt seinen angestammten Lebensraum, seine geistige Heimat gefunden hatte.

Erregung, Geheimnis, Abenteuer und Intrige lagen in der Luft. Alles – wirklich alles – erschien machbar. Und darüber hinaus roch er Geld. Eine Menge Geld.

Er war in den Fernen Osten gekommen, um seine Wunden zu lecken, nachdem man ihn mit Schimpf und Schande aus der Harte Unternehmensgruppe hinausgeworfen hatte, wo er die Grundstücksabteilung leitete. Alexander hatte ihn entlassen, Paula hatte ihn aus der Familie verbannt. Er gab ihr die Schuld an allem, denn er war sicher, daß Alexander ohne ihre Unterstützung und Ermutigung nie die Courage gehabt hätte, ihm die Tür zu weisen.

Ehe er England verließ, erledigte Jonathan drei Dinge. Er löste seine Partnerschaft mit Sebastian Cross auf, verkaufte ihm seine Anteile an Stonewall Properties für einen sehr guten Preis und bot seine Grundstücke in London und Yorkshire zur Versteigerung an, wobei er einen schönen Profit herausschlagen konnte.

Als er wegfuhr, wurde er von zwei Zielen beherrscht – ein großes Vermögen zu erwerben und sich an seiner Cousine Paula zu rächen, die er haßte.

Schon seit seiner Jugend hatte Jonathan sich zur östlichen Welt hingezogen gefühlt. Ihre Religionen, Philosophien und Sitten faszinierten ihn; aus ihrer Kunst, ihren dekorativen Objekten und Möbeln gewann er ein ästhetisches Vergnügen. Und so beschloß er, eine Rundreise durch diesen Teil der Welt zu unternehmen, ehe er sich in Hongkong niederließ, seiner Meinung nach der beste Standpunkt, um eine neue Karriere zu beginnen. In den ersten sechs Wochen seines selbstgewählten Exils war er einfach umhergezogen, hatte sich Sehenswürdigkeiten angeschaut und es genossen, ein Tourist zu sein. In Nepal und Kaschmir hatte er länger angehalten, war in Afghanistan zur Jagd gegangen und dann gemächlich durch Thailand gereist, ehe er sich zur Kronkolonie aufmachte.

Bevor er London verließ, hatte er noch die Umsicht besessen, sich Empfehlungsschreiben von Freunden in der Stadt und aus dem Grundstücksgeschäft geben zu lassen. Schon ein paar Tage, nachdem er sich im Mandarin Hotel eingerichtet hatte, war er auf die Personen zugegangen, an die diese Schreiben gerichtet waren. Gegen Ende seiner zweiten Woche hatte er bereits mehr als ein Dutzend Bankiers, Geschäftsleute, Landbesitzer und Inhaber von Baufirmen kennengelernt sowie eine Reihe von dubiosen Geschäftemachern getroffen, welche ihm allerdings für seine Zwecke nicht dienlich schienen.

Zwei der Männer, zu denen er sich besonders hingezogen fühlte, waren ein englischer Landsmann von ihm und ein Chinese. Beide hatten sich unabhängig voneinander entschlossen, Jonathan auf die Beine zu helfen, wofür sie ihre Gründe hatten und ihre eigenen Pläne, und sie sollten für ihn unersetzlich werden. Der Engländer Martin Easton war Stadtplaner; der Chinese Wan Chin Chiu war ein hochangesehener Bankier. Beide besaßen in ihren Kreisen viel Einfluß, sowohl beruflich als auch gesellschaftlich, aber es war Jonathan, der sie zusammenführte.

Genau vier Wochen, nachdem er auf dem Flughafen Kai Tak gelandet war, hatte er sich geschäftlich etabliert. Mit der Hilfe seiner neuen Freunde hatte er kleine, aber attraktive Büroräume im Zentrum gefunden, einen kleinen Mitarbeiterstab aufgebaut, der aus einer englischen Sekretärin, einem chinesischen Experten für Grundstücke und Bauwesen und einem chinesischen Buchhalter bestand, und hatte seine eigene Firma gegründet, Janus und Janus Holdings Ltd. In der griechischen Mythologie war Janus der Gott der Tore und der Schutzpatron von Anfang und Ende, und Jonathan hatte sich diesen Namen mit viel Vergnügen und Ironie ausgesucht und fand ihn den Umständen sehr angemessen.

Das Glück war auf seiner Seite, als er in Hongkong anfing. Es sollte ihm über ein Jahrzehnt lang treu bleiben.

Dieses ungewöhnliche Glück und die Beratung und der Schutz seiner beiden mächtigen Freunde und Stützen waren der Schlüssel zu seinem enormen Erfolg. Auch die zeitliche Koordinierung spielte eine wichtige Rolle.

Es ergab sich, daß 1970, als Jonathan in der Kronkolonie ankam, gerade ein Boom im Grundstückshandel und in der Bauwirtschaft war. Da er im Grundstücksgeschäft zu Hause war, wußte er, daß er direkt auf den Füßen gelandet war. Klug genug, eine großartige Gelegenheit zu erkennen und zu nutzen, stürzte er sich mit dem Instinkt eines Spielers ins örtliche Geschäftsleben und brachte auch einen beträchtlichen Mut ein, da er fast sein gesamtes Vermögen mitsamt dem Geld riskierte, das Martin Easton und Wan Chin Chiu in Janus und Janus investiert hatten.

Hinterher begriff er, daß er praktisch kein einziges Mal falsch gewürfelt hatte. Seine Zahl war immer oben gewesen.

Er machte in den ersten sechs Monaten beträchtliche Gewinne, und 1971, als der richtig große Bau- und Grundstücksboom über Hongkong kam, war er schon gut etabliert. Plötzlich tat sich eine Menge auf dem Hang Seng Index, dem wichtigsten Index für die Börse von Hongkong. Wie viele andere auch, nutzte Jonathan die Aktivität auf dem Markt. Er machte schnelle Profite, indem er seine Firma in eine Aktiengesellschaft umwandelte.

Seine beiden Berater, die ihn – unabhängig voneinander – bisher immer geleitet hatten, warnten ihn einige Monate später, daß er jetzt vorsichtiger manövrieren solle. Er machte noch bis Ende 1972 viele Geschäfte, reduzierte aber zu Anfang des Jahres 1973 sein Anlagekapital an der Börse von Hongkong. Wan Chin Chiu, der sein Ohr am Boden hatte und offenbar alles wußte, war vorsichtiger als Easton gewesen, und Jonathan hatte sich klüglich genau an seine Ratschläge gehalten.

Auf jeden Fall hatte er schon einen Riesenprofit gemacht und war jetzt dabei, diesen in ein großes Privatvermögen umzuwandeln. Von diesem Augenblick an schaute er nie mehr zurück.

Gegen 1981 war er ein Machtfaktor geworden, mit dem man in Hongkong und dem fernöstlichen Geschäftsleben rechnen mußte. Er war inzwischen ein vielfacher Millionär, besaß den Wolkenkratzer, in dem sich seine Büroräume befanden, die Maisonette-Wohnung am Peak, mehrere teure Autos und eine Koppel Vollblüter, die er auf der Happy Valley-Rennbahn in Hongkong laufen ließ.

Einige Jahre zuvor hatte er Martin Easton ausgezahlt, der sich in der Schweiz niederlassen wollte, aber er war mit Wan Chin Chiu immer eng befreundet geblieben, bis dieser vor zwei Monaten starb. Tony Chiu, der in Amerika ausgebildete Sohn des alten Bankiers, hatte den Platz seines Vaters eingenommen, und Jonathans Verbindung zur Bank war weiterhin sehr gut. Sein privates Anlagekapital war gesichert und Janus and Janus Holdings grundsolide.

Vom Geschäftlichen abgesehen, nahm er eine exponierte gesellschaftliche Stellung ein und war einer der begehrtesten Junggesellen der Stadt, eine gute Partie, wie viele fanden. Abgesehen davon, daß keine Frau ihm jemals nahe genug gekommen war, um ihn einzufangen.

Sein ausweichendes Verhalten gab ihm manchmal selbst Rätsel auf, und Jonathan fragte sich dann, ob er zu wählerisch sei, zu sehr Perfektionist, wenn es um die Frau ging, die er gern heiraten würde. Vielleicht gab es diese Frau gar nicht. Aber er stellte fest, daß es ihm unmöglich war, seine Einstellung zu ändern.

Vollkommen, dachte Jonathan plötzlich, als ihm einfiel, wie Susan Sorrell die junge Frau beschrieben hatte, die er heute abend kennenlernen sollte.

«Sie ist genau das richtige Mädchen für dich, lieber Jonny», hatte Susan gesagt. Sie klang ganz ernsthaft. «Sie ist göttlich. Einfach vollkommen.» Er hatte gelacht und sie um mehr Auskünfte gebeten, aber sie hatte nur leise gesagt: «Nein, nein, ich werde dir nichts erzählen. Nicht einmal ihren Namen verrate ich dir. Warte, bis du sie siehst.» Und er würde sie ja sehr bald sehen.

Er trat vom großen Spiegel an der Schranktür zurück und schaute sich noch einmal an. Er rückte an seiner Frackschleife, zupfte das schwarze Seidentuch in der Brusttasche seines weißen Smokings zurecht und zog an den Manschetten.

Im Alter von fünfunddreißig Jahren sah Jonathan seinem Großvater Arthur Ainsley, Emmas zweitem Mann, sehr ähnlich. Er hatte Arthurs blondes Haar und seinen Teint geerbt, die hellen Augen, das glatte, distinguierte gute Aussehen, und ebenso wie Arthur war er hochgewachsen, schlank und sehr englisch. Er sah jetzt eigentlich besser aus als je zuvor. Er hatte sich gut gehalten und wußte es.

So blond und schön er auch war, hatte sich Jonathans Charakter im Laufe der letzten zehn Jahre doch nur wenig geändert. Er war ebenso verschlagen und intrigant wie vorher, und trotz seines unbezweifelbaren Erfolgs immer noch verbittert darüber, aus der Harte Unternehmensgruppe hinausgeworfen worden zu sein. Trotzdem konnte er seine wahren Gefühle gut hinter einer Fassade verbergen, die sich aus der ihm eigenen verbindlichen Kühle, einer Undurchdringlichkeit, die er von seinen chinesischen Freunden gelernt hatte, und einer unbekümmerten, charmanten Art, sich zu geben, zusammensetzte.

Er warf einen Blick auf seine papierdünne Patek Philippe-Armbanduhr. Es war noch nicht ganz sieben. Er mußte in ein paar Minuten gehen. Eine halbe Stunde würde reichen, um zu Susans Haus in Recluse Bay zu gelangen und endlich jene geheimnisvolle Dame kennenzulernen, die sie für ihn ausgesucht hatte.

Ein Lächeln lag auf seinem Gesicht, als er eilig das Schlafzimmer verließ und die Treppe hinunterlief. Hoffentlich rechtfertigte sie Susans Beschreibung, hoffentlich war sie wirklich vollkommen. Aber falls nicht, würde das auch nichts machen. Er würde auf jeden Fall ein paarmal mit ihr ausgehen und sehen, was passierte. Überdies war sie offensichtlich neu in Hongkong. *Eine Fremde.* Und Fremde waren doch immer reizvoll, nicht wahr?

23

Er entdeckte sie sofort.

Sie stand ganz hinten im Wohnzimmer, neben der Glastür, die auf die Terrasse führte, und unterhielt sich mit Elwin Sorrell, Susans amerikanischem Bankiersgatten.

Einen Augenblick lang blieb er auf der Schwelle stehen und zögerte, ehe er eintrat, weil er sie genau betrachten wollte. Sie stand im Schatten, man sah nur ihr Profil und konnte schwerlich sagen, ob sie schön war oder nicht.

Dann entdeckte Susan ihn plötzlich und kam herangeschwebt, um ihn zu begrüßen, und wie so oft in der Vergangenheit dachte er wieder, was für eine schöne Frau *sie* doch war. Ihr rotes Haar war wie eine Aureole strahlenden Bernsteins um ihr schönes, heiteres Gesicht, und ihre lebendigen blauen Augen leuchteten vor unbezähmbarer Lachlust.

«Lieber Jonny», rief sie, als sie auf ihn zu kam, «ich habe mich schon gefragt, wo du wohl steckst.»

Sie hob ihm ihr Gesicht zum Kuß entgegen. Er berührte schnell und flüchtig ihre Wange, aber drückte ihr etwas vertrauter den Arm. «Ich komme doch nur ein paar Minuten zu spät», sagte er. Dann flüsterte er leise: «Ist es dir nicht irgendwie möglich, mich mal nachmittags in der Wohnung zu besuchen? Oder in meinem Büro? Da wären wir genauso ungestört. Ich vermisse dich.»

Sie schüttelte schnell den Kopf, sah sich um und lächelte strahlend. «Ich wage es nicht», murmelte sie, als sie ihn wieder ansah. Dann hakte sie ihn ein, lachte fröhlich und sagte mit ihrer gewöhnlichen Stimme: «Ach, übrigens, Jonathan, ich habe dir ja noch gar nicht gesagt, daß Elwin und ich übermorgen nach San Francisco fliegen. Für ein paar Monate. Das ist auch der eigentliche Grund für unsere Dinnerparty heute. Eine Art Abschiedstreffen für unsere besten Freunde.»

«Wir werden euch beide sehr vermissen», sagte Jonathan, der ihren Wink begriffen hatte und merkte, daß mehrere andere Gäste zu ihnen hinsahen.

Einer der chinesischen Boys kam jetzt mit einem Tablett voll Champagnergläser auf ihn zu, er nahm eines davon, murmelte seinen Dank und wandte sich wieder Susan zu. «Auf dein Wohl», sagte er und nahm einen Schluck. «Nun erzähl mir von der geheimnisvollen Dame. Sie ist es doch, nicht wahr, die da mit Elwin in der Tür steht und redet.»

«Ja, aber ich kann dir nicht viel sagen, weil ich sie nicht gut kenne. Ich habe sie erst einmal gesehen, letzte Woche bei Betsy Androtti. Ich war gleich sehr beeindruckt von ihr. Sie ist äußerst attraktiv, charmant, intelligent und zieht sich gut an. Da habe ich natürlich sofort an dich gedacht.»

«Am Telefon hast du das Wort ‹vollkommen› gebraucht.»

«Ich finde, das ist sie auch. Sie ist wie geschaffen für dich. Sie hat etwas an sich, das dich ungeheuer anziehen wird.» Susan hielt inne und betrachtete ihn. «Schließlich kenne ich dich gut, Jonny.»

Sein Mund zuckte von unterdrücktem Lachen, dann fragte er: «Und hat Betsy dir denn gar nichts von ihr erzählt?»

«Betsy kennt sie auch nicht. Sie kam mit einem Bankier, der hier gerade zu Besuch ist. Einem Deutschen, glaube ich. Und anscheinend hat er sie im letzten Sommer in Südfrankreich kennengelernt. Oder war es Sardinien? Ich kann mich nicht mehr erinnern.»

«Also ist sie wirklich eine geheimnisvolle Dame, wie?»

Susan lachte. «Ich denke schon. Andererseits bringt das auch mehr Spaß; eine Fremde erregt in unserer kleinen, abgeschlossenen Kolonie doch immer ziemlich viel Neugier, meinst du nicht?» Sie warf ihm einen wissenden Blick zu und fuhr dann fort, ohne ihm die Möglichkeit zu geben, etwas zu erwidern: «Einige der Junggesellen werden sich bestimmt für sie interessieren. Deshalb habe ich sie mir gleich für unsere Feier gesichert. Für meinen lieben Jonny.»

«Wie umsichtig von dir.» Er sah sie kurz und eindringlich an, dann murmelte er *sotto voce*: «Aber ich hätte viel lieber dich.»

«Ich bin leider verheiratet, Jonny», erwiderte sie ebenso leise wie er. «Mit Elwin. Und ich werde immer mit ihm verheiratet bleiben.»

«Ich habe auch nicht um deine Hand angehalten, sondern dir nur einen unsittlichen Antrag gemacht, Süße.»

Sie zeigte sich über seine Entgegnung sehr belustigt und verzog ein wenig das Gesicht, sagte aber nichts.

«Und überhaupt, was macht die geheimnisvolle Dame denn in Hongkong? Ist sie Touristin?» fragte Jonathan weiter.

«Sie wohnt jetzt hier. Sie hat mir erzählt, daß sie in der Hollywood Road ein kleines Antiquitätengeschäft mit Galerie eröffnet hat.»

«Tatsächlich?» rief er, die Ohren gespitzt, und schaute Susan gespannt an. «Was für Antiquitäten denn?»

«Jade, glaube ich. Ich hatte den Eindruck, sie sei eine Expertin. Das ist ein weiterer Grund, warum ihr euch bestimmt gut vertragen werdet. Und nun komm, mein Lieber, laß uns hier nicht auf der Schwelle herumstehen. Ich werde dich mit ihr bekannt machen. Deshalb habe ich sie schließlich zum Essen eingeladen. Für dich. Ehe ein anderer junger Galan sie dir wegschnappen kann.»

«Führe mich bitte zu ihr», erwiderte er und folgte seiner Gastgeberin – und ehemaligen Geliebten – durch den Raum.

Beim Anblick von Jonathan hellte sich Elwin Sorrells Gesicht auf. Sie waren gute Freunde, und Jonathan war davon überzeugt, daß der Amerikaner ihn noch nie in Verdacht gehabt hatte, er könne eine Liebschaft mit seiner Frau haben.

Die beiden Männer begrüßten einander herzlich, dann sagte Susan: «Arabella, ich würde Sie gern mit Jonathan Ainsley bekannt machen. Jonathan, dies ist Arabella Sutton.»

«Hallo», sagte sie und streckte die Hand aus. «Wie ich mich freue, Sie kennenzulernen.»

Er nahm ihre Hand, schüttelte sie und lächelte leicht. «Die Freude ist ganz meinerseits, Arabella.» Er hielt inne und sagte dann: «Sie sind Engländerin?»

«Ja.»

Sie betrachteten einander genau, versuchten den anderen einzuschätzen.

Sie hatte silberblondes, in der Mitte geteiltes Haar, das ganz glatt war und ihr fließend ums Gesicht bis auf die Schultern fiel. Ihr Gesicht war ungewöhnlich blaß, ohne einen Tupfer Farbe auf den Wangen. Es sah aus wie aus Alabaster gemeißelt, mit klar umrissenen Zügen. Sie hatte eine schmale Nase, hohe Backenknochen, ein rundes Kinn mit Grübchen, und ihr voller, sinnlicher Mund war leuchtend rot angemalt. Auf den ersten Blick wirkten die Lippen in dem blassen Gesicht schockierend, aber irgendwie paßte der Kontrast zu ihr. Eine junge, mittelgroße, schlanke Frau, trug sie ein elegantes weißes Seidenkleid, das unter Jonathans Kennerblick Paris und *haute couture* nicht verleugnen konnte.

Dreißig, zweiunddreißig ist sie, dachte Jonathan und fand, sie sei eher interessant als schön. Ihre Augen waren es schließlich, die ihn fesselten. Sie waren groß, seltsam verlängert, fast mandelförmig, pechschwarz und von bodenloser Tiefe.

Arabella betrachtete Jonathan ebenso aufmerksam wie er sie.

Sie hatte schon viel von ihm gehört, wußte, daß er aus einer berühmten Familie stammte und ein Enkel der legendären Emma Harte war. Sie hatte allerdings nicht damit gerechnet, daß er so gewinnend sein würde. Seine blonde Schönheit war faszinierend. Er war gut gepflegt, teuer gekleidet und hatte so etwas – etwas Undefinierbares. Und dann begriff sie, daß man es sehr wohl definieren konnte. Er hatte die Art eines Mannes, der an Autorität, Macht, Geld und an all das, was man für Geld kaufen kann, gewöhnt ist.

Was sie sah, gefiel ihr.

Jonathan ging es genauso.

Susan sagte: «Warum lernt ihr euch nicht etwas besser kennen? Komm, Elwin, wir müssen uns unter die anderen Gäste mischen.»

Plötzlich fanden Arabella und Jonathan sich allein. Er legte eine Hand unter ihren Ellbogen und führte sie auf die leere Terrasse hinaus.

«Ihr Anhänger ist ein ganz seltenes Stück, Arabella.»

Sie schaute auf den großen, geschliffenen Jadeanhänger herab, der an einer Kette geschliffener Jadeperlen hing. «Er ist aus der Daoguang-Periode», sagte sie. «Sehr, sehr alt.»

«Das habe ich schon bemerkt. Susan erzählt, Sie hätten ein Antiquitätengeschäft und handelten mit Jade.»

«Ja, mit Jadeitschmuck und aus Nephrit geschliffenen Stücken.»

Er mußte heimlich darüber lächeln, daß sie gleich diese Unterscheidung gemacht hatte, wie es nur ein Experte tun würde. «Und woher bekommen Sie Ihre Jade? Kaufen Sie sie hier in Hongkong von anderen Händlern? Oder auf dem Festland?»

«Sowohl als auch. Ich habe ein paar großartige Sachen in Schanghai entdeckt, besonders Jadeschmuck wie diesen hier» – sie hielt kurz inne, um den Anhänger zu berühren – «und Schnupftabakdosen und Vasen. Letzte Woche habe ich ein paar alte Nephritgürtelschnallen aus der Qing-Periode gefunden, und ich habe jetzt damit angefangen, buntes Beijing-Glas zu sammeln. Besonders das dunkelgelbe.»

«Sehr klug von Ihnen, das Glas zu kaufen, meine ich. Es wird inzwischen hoch gehandelt, weil es so schwierig zu verarbeiten ist. Diese Nephritschnallen interessieren mich übrigens auch. Ich würde gern mal in Ihrem Geschäft vorbeischauen und sie mir ansehen. Wie wäre es mit morgen?»

«Oh, aber ich habe ja noch gar nicht offiziell eröffnet! Bis jetzt habe ich nur eingekauft und Ware gesammelt. Meine offizielle Eröffnung ist am übernächsten Montag.» Als sie die Enttäuschung auf seinem Gesicht sah, fügte sie hinzu: «Aber kommen Sie doch morgen. Es ist alles noch ein bißchen unordentlich, aber ich würde Ihnen gern ein paar der wirklich seltenen Kunstwerke zeigen, die ich in den vergangenen Monaten erstanden habe.»

«Darauf freue ich mich sehr, Arabella. Hätten Sie vielleicht Lust, hinterher mit mir essen zu gehen?»

Sie zögerte nur den Bruchteil einer Sekunde lang und sagte dann: «Aber gern, Jonathan. Vielen Dank.»

Er nickte. «Sie können mir ja nachher Ihre Adresse dalassen, dann hole ich Sie gegen sechs Uhr ab.» Er verlagerte sein Gewicht ein wenig und sah auf sie hinunter. «Von Susan habe ich gehört, daß Sie eine Expertin für chinesische Jade und Antiquitäten sind. Wo haben Sie denn studiert?»

«Oh, gar nicht – ich meine, ich habe mir alles, was ich weiß, selbst beigebracht, und ich habe auch viel gelesen. In den letzten drei Jahren habe ich einige Kurse bei Sotheby's in London belegt.» Sie schüttelte lachend den Kopf. «Aber ich bin schwerlich eine Expertin. Ich habe nur ein bißchen Ahnung. Und ich hoffe, daß ich hier in Hongkong noch etwas dazulernen werde.»

«Bestimmt. Ganz bestimmt», murmelte er und wandte das Gesicht ab, damit sie das räuberische Glimmen in seinen Augen nicht sehen konnte.

«Susan hat mir erzählt, Sie hätten selbst eine bedeutende Sammlung chinesischer Antiquitäten, Jonathan, auch ein paar wunderschöne Bronzen.»

«Ja, das stimmt. Würden Sie sie gern sehen? Wir könnten morgen vor dem Essen auf einen Drink in meine Wohnung fahren. Hätten Sie dazu Lust?»

«Ja, das wäre sehr schön. Danke.»

«Woher kommen Sie, Arabella?» fragte er plötzlich und wechselte das Thema.

«Aus Hampshire. Mein Vater ist Arzt. Und Sie stammen aus Yorkshire, nicht wahr?»

«Unter anderem.» Jonathan lächelte schwach, legte die Hand unter ihren Ellbogen und geleitete sie ins Wohnzimmer zurück. «Wir sollten uns jetzt lieber wieder zu den anderen gesellen, meinen Sie nicht? Ich habe noch keinen meiner Freunde begrüßt. Und außerdem darf ich Sie nicht mit Beschlag belegen.»

Arabella lächelte zu ihm auf und dachte, wie leicht es doch gegangen war, viel leichter, als sie es erwartet hatte. Ein plötzliches Triumphgefühl überkam sie, und sie ließ ihren Blick noch etwas länger auf ihm ruhen. Dann schlenderte sie gemächlich zu Vance und Marion Campbell hinüber, die sie flüchtig kannte. Sie hatten sie vorhin zur Dinnerparty mitgenommen, und Arabella war fest entschlossen, auch wieder mit ihnen zurückzufahren.

Susan hatte Arabella Jonathan gegenübergesetzt, so daß er sie während des ganzen Essens diskret beobachten konnte.

Er selbst saß zwischen Susan, die zu seiner Linken am Kopf des Tisches saß, und Marion Campbell zu seiner Rechten. Er zollte beiden genügend Aufmerksamkeit, um nicht unhöflich zu erscheinen.

Meist jedoch beobachtete er Arabella Sutton und hörte ihr zu, und er war in vielfacher Hinsicht beeindruckt. Ihre Stimme nahm ihn gefangen. Sie war rauchig, sehr verführerisch. Und ihre Ausstrahlung war hypnotisch. Elwin schien ganz verzaubert zu sein, ebenso Andy Jones, der an ihrer anderen Seite saß.

Jonathan bemerkte, wie gewandt sie war, wie gut sie sich ausdrücken konnte, wie informiert sie war, nicht nur, was chinesische Kunst anging. Ihm gefiel ihre Intelligenz, ihre Kultiviertheit. Sie war offensichtlich weit gereist, hatte gelebt, und das sprach ihn an. Er interessierte sich nicht für linkische und unerfahrene Frauen, ob im Bett oder anderswo. Er mochte es, wenn Frauen ihm ebenbürtig waren. Wenn sie ihm das Wasser reichen konnten.

Je länger Jonathan sie betrachtete, desto mehr begriff er, daß sie wirklich schön war. Es war eine ungewöhnliche Art von Schönheit, anders, faszinierend. Jetzt im Kerzenschein war ihr Gesicht seltsam geheimnisvoll und anziehend.

Es war der vollkommene Bogen der gerundeten Wange, die Tiefe ihrer dunklen Augen, die Süße des vollen Mundes, der seidige Glanz des silberblonden Haares, die sie zu einer so sinnlich aussehenden Frau machten. Er spürte etwas unglaublich Erotisches an ihr, das sich nicht nur in ihrem Gesicht abzeichnete und am offenbar vollkommenen Körper unter dem weißen Kleid, sondern auch an ihren Händen.

Jonathan hatte noch nie solche Hände gesehen. Sie waren ganz außergewöhnlich. Schlank, sehr weiß, mit spitz zulaufenden Fingern und langen, vollendet geformten Nägeln, die im selben leuchtenden Rot lackiert waren wie ihr einladender Mund.

Er wollte diese Hände auf sich spüren, wollte sie haben. Aber der Gedanke daran, sie zu verführen, war zu quälend, die Vorfreude war ein zu gefährliches Spiel in diesem Augenblick. Ehe es ihm gelang, seine Gedanken auf etwas anderes zu lenken, war er zu seiner eigenen Überraschung sehr erregt. Seit seiner Schulzeit hatte er keine Erektion mehr am Eßtisch gehabt. Wie ungewöhnlich, dachte er, und es wurde ihm heiß in seinem Smoking.

Er wandte den Blick von der faszinierenden – und bezwingenden – Arabella ab und schenkte nun Andy Jones seine ganze Aufmerksamkeit, unterhielt sich mit ihm über Sport.

«Warum machst du das?» flüsterte Jonathan Susan ins Ohr, als sie nach dem Essen durch das Wohnzimmer schritten. Nahe am Kamin blieben sie stehen und warteten auf den philippinischen Butler, der den Kaffee servieren sollte.

«Was denn?» fragte sie zurück und sah sich im Raum um, vergewisserte sich, daß Elwin anderweitig beschäftigt war.

«Für mich kuppeln», erwiderte Jonathan, ließ heimlich eine Hand über ihren Rücken gleiten und massierte sanft ihre schmale Taille.

«Laß das, Jonny, man könnte uns sehen», flüsterte sie.

«Los, gib's doch zu. Es regt dich auf, nicht wahr?»

«Natürlich nicht!» zischte sie. In plötzlicher Wut drehte sie sich zu ihm um. Dann fing sie sich rasch wieder, setzte ein unverbindliches Gesicht auf, holte tief Luft und sagte gleichmütig: «Vielleicht tue ich das, weil ich mich noch immer schuldig fühle, unsere Beziehung abgebrochen zu haben. Ich möchte es wiedergutmachen, Jonny. Du warst mir immer sehr wichtig, und du bist ein wundervoller Liebhaber. Der beste, den ich je hatte. Und außerdem ist es das erste Mal, daß ich für dich gekuppelt habe, wie du es so grob nennst. Ich ziehe das Wort ‹bekannt machen› vor.»

Er grinste, sagte nichts dazu und überlegte, wie es wohl wäre, mit beiden gleichzeitig ins Bett zu gehen. Arabella und Susan wären eine wirklich interessante, aufregende Kombination. Aber er wußte, daß keine von ihnen es tun würde. Englische Frauen waren kein bißchen abenteuerlustig, wenn es um Sex ging. Und ausgerechnet diese beiden – Töchter eines Grafen und eines Arztes. Aussichtslos.

Susan sagte gerade: «Ich hatte doch recht, Jonny, oder? Arabella ist wirklich vollkommen?»

«Nach außen hin, oberflächlich gesehen, ja.» Er machte eine kurze Pause, wobei er sie im Auge behielt, und sagte dann leise und vieldeutig: «Ich kann dir aber mein Urteil, meine ehrliche Antwort erst geben, wenn ich ihr diese eleganten Kleider abgestreift und sie im Bett gehabt habe.»

Sein Blick hatte Susans Gesicht nicht losgelassen, und er entdeckte ein plötzliches Flackern tief in ihren Augen. Eifersucht? Zorn? Vielleicht eine Mischung aus beidem? Die Vorstellung, daß er sie verletzt haben könnte, wenn auch nur ein bißchen, befriedigte ihn. Er wollte nicht in einen Eheskandal verwickelt werden, aber tief in ihm schwärte es noch, daß sie ihn einfach so abserviert hatte.

Ein unbehagliches Schweigen entstand.

Schließlich sagte sie amüsiert: «Wie schade, daß ich nicht mehr in Hongkong sein werde, um deinen Bericht zu hören.»

«Vielleicht bist du es noch.»

«Oh.» Sie schaute ihn überrascht an.

«Ich werde mir morgen Arabellas Antiquitätengeschäft anschauen. Am späten Nachmittag. Dann nehme ich sie auf einen Drink mit zu mir. Vor dem Essen, einem intimen kleinen Essen zu Hause. Und vielleicht kommen wir dann im Laufe des Abends noch zu etwas Intimerem. Ich mache mir große Hoffnungen.»

«Mistkerl», murmelte sie leise, aber laut genug, daß er es hören konnte.

«Aber Süße, du hast das Ganze doch in die Wege geleitet», konterte er lächelnd, denn er wußte nun, daß er froh darüber war. Arabella Sutton war eine Herausforderung. Er war schon sehr lange keiner Herausforderung mehr begegnet.

Später saß Jonathan an seinem Schlafzimmerfenster, still und grüblerisch, den Blick auf den wolkenlosen Nachthimmel gerichtet, der mit unzähligen Sternen besät war. Das Zimmer lag vollkommen im Dunkeln, das einzige Licht kam von dem sehr hellen Vollmond, der über alles seinen silbrigen Schein breitete.

Jonathan hielt einen Kiesel aus Hammelfettjade in den Händen, drehte ihn hin und her, rieb ihn manchmal zwischen den Fingern. Es war sein Talisman, sein Glücksbringer, und er besaß ihn, seit er zum ersten Mal in die britische Kronkolonie gekommen war.

Lange dachte er nach, sinnierte über die beiden Frauen, denen er heute begegnet war.

Seine Cousine Paula O'Neill.

Die Fremde Arabella Sutton.

In unterschiedlicher Weise verfolgten sie ihn. Er trennte ihre Bilder in seinem Geist und gelobte sich dabei zweierlei.

Die erste Frau würde er vernichten.

Die zweite würde er erobern und besitzen.

Nachdem er diese Schwüre abgelegt hatte, atmete er tief durch, von einer seltsamen Befriedigung erfüllt. Dann stand er auf, streifte den blauen chinesischen Seidenbademantel ab und ging langsam zum Bett hinüber. Er konnte ein selbstzufriedenes Lächeln nicht unterdrücken. Er hatte nicht den geringsten Zweifel daran, daß er es schaffen würde.

Es war nur eine Frage der Zeit.

Heilige und Sünder

Eine stärkere Verlockung, ein schwächeres Verlangen
Macht den einen zum Ungeheuer, den anderen zum Heiligen.

Walter Learned

Der Kindheit Aug allein
Scheut den gemalten Teufel.

William Shakespeare, *Macbeth*

Reichtum und Macht sind nur Geschenke des blinden Schicksals, aber ein guter Mensch ist die Summe seiner Verdienste.

Héloïse

24

Der Erfolg lag in der Luft.

Sobald der erste Tanz eingesetzt hatte, wußte Paula, daß der Abend hinreißend werden würde.

Alles war genau richtig.

Der große Ballsaal des Claridge war vom Designerteam von Harte's nach ihren persönlichen Anweisungen dekoriert worden, und es sah großartig aus. Wirklich beeindruckend. Sie hatte auf alles Gesetzte und Traditionelle verzichtet und eine Farbpalette von Silber, Weiß und Kristall schaffen lassen, die aus Tischtüchern aus Silberlamé, weißen Kerzen in silbernen Leuchtern und Kristallschalen mit einem Arrangement weißer Blumen bestand. Noch mehr weiße Blumen – Lilien, Orchideen, Chrysanthemen und Nelken – waren üppig im ganzen Saal verteilt und ergossen sich aus riesigen Urnen, die in den Ecken standen.

In Paulas Augen sah der Ballsaal wie ein winterlicher Eispalast aus, überall silbriges Glitzern, und besaß doch auch etwas Unauffälliges, das für die Gäste eine großartige Kulisse abgab – für die Frauen in ihren farbenprächtigen eleganten Abendroben mit herrlichen Juwelen, für die Männer in ihren untadeligen, gut geschnittenen schwarzen Smokings.

Sie freute sich sehr, daß alle, die sie eingeladen hatten, zu dieser so besonderen Feier erschienen waren. Die illustre Runde setzte sich zusammen aus Familienmitgliedern und guten Freunden, leitenden Angestellten von den Harte-Kaufhäusern und der Harte Unternehmensgruppe, Ehrengästen und Prominenten.

Sie sah sich noch einmal um und fand wieder, daß besonders die Frauen der Familie heute abend besonders schön aussahen.

Ihre Cousine Sally, die Gräfin von Dunvale, reizend zurechtgemacht in rittersspornblauem Taft und mit den berühmten Dunvale-Saphiren, die genau zu ihren Augen paßten ... Emily, eine Erscheinung in dunkelrubinroter Seide mit einer herrlichen Kette aus Rubinen und Diamanten und Ohrringen, die Winston ihr zu Weihnachten geschenkt hatte ... Emilys Halbschwestern, die Zwillinge Amanda und Francesca, die hübsch und keck in magentafarbenem Chiffon beziehungsweise scharlachrotem Brokat aussahen ... ihre muntere rothaarige Schwägerin Miranda, die Eigenwilligkeit in Person, was Mode anging, hatte ein beeindruckendes, hautenges Kleid aus rotbraunem Satin an, trägerlos, schlicht und einfach, dazu eine passende lange Stola und eine antike Kette aus Topasen und Diamanten, die wie ein spinnwebfeines Halstuch an ihrem Dekolleté herabfiel.

Paulas Blick wandte sich nun den drei Schwestern zu.

Sie saßen an einem Tisch in der Nähe und unterhielten sich. Ihre Mutter Daisy, auffallend in dunkelgrünem Chiffon und mit den prächtigen McGill-Smaragden angetan, die Paul vor fast einem halben Jahrhundert für Emma gekauft hatte ... Tante Edwina, die verwitwete Gräfin von Dunvale, jetzt in den Siebzigern, weißhaarig, zart, dennoch von königlicher Eleganz in schwarzen Spitzen und dem Fairley-Diamantenhalsband, das Emma ihr zum letzten Weihnachtsfest, das sie noch erlebte, geschenkt hatte.

Diese beiden, die jüngste und die älteste Tochter von Emma Harte, beide unehelich geboren, wurden von den ähnlichen Umständen ihrer Geburt und von Daisys tiefem Mitgefühl für die ältere Frau vereint. Zwischen ihnen saß die mittlere, eheliche Tochter ... Tante Elizabeth. Immer noch eine Schönheit mit rabenschwarzem Haar, der man nur die Hälfte ihrer Jahre gegeben hätte, war sie einfach umwerfend in ihrem Kleid aus Silberlamé und mit einem Vermögen von Rubinen, Diamanten und Smaragden geschmückt.

Die drei Schwestern waren die einzigen Kinder von Emma Harte, die heute abend zugegen waren. Paula hatte Emmas beiden Söhne Kit Lowther und Robin Ainsley sowie deren Frauen nicht eingeladen. Sie waren wegen ihres Verrats an Emma und des Verrats ihrer Kinder Sarah und Jonathan schon seit Jahren *personae non gratae*.

Schlangennest, dachte sie und erinnerte sich, daß ihre Großmutter dies einmal gesagt hatte. Wie schrecklich sich dieses Urteil doch bewahrheitet hatte. Resolut riß Paula sich von diesen verachtungswürdigen Familienmitgliedern los, die für sie erledigt waren, hob ihr Glas und nahm einen Schluck Champagner.

Der Abend neigte sich dem Ende zu, und plötzlich ging ihr auf, daß dieses Abendmahl mit Tanz, die erste der von ihr geplanten Feierlichkeiten zum sechzigsten Jubiläum der Eröffnung des Kaufhauses in Knightsbridge, morgen *das* Stadtgespräch sein würde. Die Zeitungen würden ausgiebig darüber berichten. Über die atemberaubende Kulisse, das köstliche Essen, die guten Weine, die Kleider von berühmten Designern und den großartigen Schmuck, die prominenten Gäste, Lester Lannin und sein Orchester ... all das war Prunk höchster Güte, dem die Presse und die Öffentlichkeit nicht widerstehen konnten.

Paula war sehr zufrieden. Gute Publicity war eine hervorragende Werbung für die Kaufhäuser. Sie lächelte heimlich. Es war Silvesterabend. Das Ende des Jahres 1981. Der Beginn eines neuen Jahres. Und hoffentlich auch der Beginn einer neuen und glänzenden Ära des Einzelhandels für die Kaufhauskette, die ihre Großmutter gegründet hatte.

Sie lehnte sich zurück und faßte im stillen einen Beschluß fürs neue Jahr: *Im neuen Jahrzehnt sollten die Kaufhäuser noch erfolgreicher sein als je zuvor.* Das war sie ihrer Großmutter schuldig, die soviel Vertrauen zu ihr gehabt hatte, und ihren Töchtern, die die Kette eines Tages von ihr erben würden.

Shane, der gerade mit Jason Rickards und Sir Ronald Kallinski geplaudert hatte, unterbrach ihre Gedanken, als er sich ihr plötzlich zuwandte und murmelte: «Du siehst aus, als seist du meilenweit fort, Liebling.» Er nahm ihre Hand und beugte sich näher zu ihr. «Du kannst dich entspannen. Der

Abend ist ein voller Erfolg, alle amüsieren sich prächtig. Es ist wirklich ein großartiges Fest, Paula.»

Sie lächelte ihren Mann strahlend an. «Ja, nicht wahr! Und ich bin so froh, daß ich mich für den Ballsaal im Claridge's anstatt für eine Reihe Salons im Ritz entschieden habe. Dies ist soviel angemessener.»

Shane nickte. Dann rief er halb lachend, halb aufstöhnend aus: «Oho! Da kommt Michael! Offenbar werde ich dich gleich wieder verlieren, wo du doch erst ein paar Minuten gesessen hast.»

«Ich werde heute abend wirklich in Atem gehalten, nicht? Ich bin schon ganz erschöpft, aber ich bin schließlich die Gastgeberin, Shane, und muß meine Pflicht tun. Sie seufzte theatralisch. «Ich tanze für das ganze Jahr 1982 schon mit. Hoffentlich war es das dann auch, und wir müssen erst mal zu keinen Tanzveranstaltungen mehr. Erinnere mich daran, falls ich wieder welche planen sollte, Liebling.» Trotz ihrer Worte lächelte sie, und ihre Augen blitzten.

Shane schaute sie zärtlich und voller Bewunderung an. Er fand, sie hätte in all den Jahren, da er sie kannte, noch nie hinreißender ausgesehen als heute abend. Sie trug ein elegantes Abendkleid aus mitternachtsblauem Samt, das schön geschnitten, aber zurückhaltend war mit seinen langen Ärmeln, dem runden Ausschnitt und dem geraden Rock. Christina Crowther hatte es für sie entworfen, und es betonte ihre Größe und schlanke Figur. An einer Schulter steckte die große Stiefmütterchenbrosche, die er bei Alain Boucheron, dem Pariser Juwelier, hatte anfertigen lassen. Ganz aus Saphiren bestehend, war sie ein Widerschein von Paulas strahlend blauen Augen, ebenso wie die dazu passenden Saphirohrringe. Er hatte ihr den Schmuck zu Weihnachten geschenkt und an ihrem Gesicht abgelesen, wie sehr er ihr gefiel, wie begeistert sie war, obwohl sie protestiert hatte, daß er einfach zu extravagant sei. «Du hast mir doch schon das Gewächshaus bauen lassen. Das ist schließlich genug», hatte sie gesagt. Grinsend hatte er entgegnet, daß das Gewächshaus auch ein Geschenk von den Kindern sei. «Sie haben alle dazu beigesteuert, Liebling», hatte er ihr erzählt.

Michael blieb vor Paulas Sessel stehen. «Komm, schwing das Tanzbein, Paula ... du hast mir den ersten langsamen Tanz versprochen, und ich glaube fast, jetzt kommt er. Vielleicht bleibt es der einzige heute abend.» Er legte die Hand auf Shanes Schulter. «Du hast doch nichts dagegen, oder?»

«Und ob», konterte Shane schnell, klang aber scherzend. «Aber da du es bist, geht es in Ordnung.»

«Philips Frau ist wirklich wunderschön», sagte Michael, während er Paula auf die Tanzfläche führte. «Er ist ein Glückspilz.»

«Ja, das stimmt», pflichtete Paula ihm bei.

«Aber sein Gewinn ist dein Verlust.»

Paula lachte. «Ja, das ist leider wahr, Michael, jedenfalls für Harte's in New York.» Sie schaute über seine Schulter zu Philip und seiner jungen Braut hinüber, die zu den Klängen von «Strangers in the Night» vor ihnen herglitten. «Aber ich habe ihn noch nie so glücklich gesehen. Er betet sie an. Und sie ihn. Vielleicht habe ich die beste persönliche Assistentin verloren, die ich jemals hatte, aber ich habe eine reizende und sehr liebevolle Schwägerin bekommen.»

«Mmmm», murmelte Michael und rückte dichter an Paula heran. Er fing sich aber gleich wieder und hielt mehr Distanz, weil er einsah, daß er mit dem Feuer spielte, wenn er sie so intim an sich drückte. Ihre Gegenwart erregte ihn immer noch, und eng umschlungen zu tanzen, war gefährlich. Zumindest für ihn in körperlicher Hinsicht riskant. Sie waren einander viel zu nah. Außerdem könnte es Klatsch hervorrufen. Wenn Shane auch gescherzt hatte, war sein Blick doch schon den ganzen Abend über kaum von ihm gewichen, wie es Michael vorkam. Falls Shane ihn in Verdacht zu haben schien, ein Auge auf Paula geworfen zu haben, war diese selbst offensichtlich ganz unbefangen. Was sein romantisches Interesse an ihr betraf, war sie vollkommen ahnungslos und behandelte ihn wie einen alten Vertrauten, den Freund aus Kindertagen, der ihr nahestand, verläßlich und vertrauenswürdig war. Und so wollte er es auch haben.

Paula sagte gerade: «Und überhaupt wird Maddy weiterhin für mich arbeiten, wenn sie nach Sydney zurückkehren. Ich habe sie zur geschäftsführenden Direktorin der australischen Abteilung von Harte's gemacht. Sie wird die Leitung der Boutiquen in Shanes Hotels dort übernehmen. Aber ich werde sie in New York natürlich vermissen, daran gibt es gar keinen Zweifel, Michael. Andererseits ist das Glück der beiden mir auch sehr wichtig ... es geht vor.» Sie lehnte sich etwas zurück und schaute ihn lächelnd an. «Die beiden sind wahnsinnig verliebt ineinander, weißt du.»

«Das ist offensichtlich.»

Schweigend tanzten sie weiter.

Michael verzog heimlich das Gesicht. Hätte er doch auch so ein Privatleben und solch persönliches Glück wie Philip Amory! Aber er war nicht so gut dran. Seine Ehefrau Valentine hatte sich als die Falsche erwiesen, und er hatte nie eine andere gefunden, die die nötigen Eigenschaften gehabt hätte. Er fragte sich, ob er in Paula verliebt war oder sie nur begehrte. Er hatte keinen Zweifel daran, daß sie ihn erotisch anzog und er gern mit ihr schlafen würde. Aber Liebe? Da war er sich nicht so sicher.

Er verdrängte diese Gedanken sofort und sagte: «Es sieht aus, als sei Daisy überglücklich wegen Philip und Madelana.»

«Das ist sie auch. Natürlich war sie enttäuscht, als sie Anfang Dezember in New York heirateten und der Familie erst hinterher Bescheid sagten. Wir waren eigentlich alle enttäuscht. Aber Mummys Erleichterung darüber, daß ihr ungeratener Playboy-Sohn endlich eingefangen ist, hat ihre Enttäuschung wieder wettgemacht, da bin ich ganz sicher.»

«Ich wollte eine Dinnerparty für sie geben, aber Philip hat mir vorhin erzählt, daß sie in ein paar Tagen abreisen würden. Auf Hochzeitsreise.»

«Ja. Nach Wien, Berlin und dann hinunter nach Südfrankreich und zur Villa Faviola.»

«Ist doch ziemlich kühl in diesen Breiten momentan – ich dachte, sie hätten sich was Wärmeres ausgesucht. Zum Beispiel Shanes Hotel in Barbados.»

«Philip hat das Imperial in Wien schon immer geliebt, seit Grandy mit uns hinfuhr, als wir noch klein waren. Er und

Emily meinen, es sei eines der großartigsten Hotels überhaupt, und er möchte, daß Madelana es kennenlernt. Sie werden in der königlichen Suite absteigen, die wirklich sehr prächtig ist. Maddy hat vorgeschlagen, daß sie nach Berlin fahren und zum Schluß in die Villa Faviola. Sie hat von Emily und mir schon viel davon gehört. Überhaupt ist Maddy ganz besessen, was Grandy angeht; sie will unbedingt jedes Haus kennenlernen, das Grandy einmal gehört hat. Also ist Faviola ein Muß.»

Michael lachte, aber er verstand vollkommen, warum Madelana Emma Harte so faszinierend fand. Vielen Leuten war es ebenso gegangen, zu Emmas Lebzeiten und hinterher, sie war eben eine Legende. Plötzlich spürte er, wie die Anspannung in ihm nachließ. «Ich hatte noch keine Gelegenheit, Paula, dir das zu sagen, aber ich finde, daß du Tante Emma alle Ehre gemacht hast heute abend. Dies ist ein großartiges Fest, eines der schönsten, das ich seit langer Zeit erlebt habe, und . . .»

«Darf ich dich ablösen, alter Junge?» fragte Anthony mit breitem Grinsen.

«Immer, wenn ich mit dir tanze, kommt einer deiner Verwandten dazwischen», murrte Michael, überließ sie aber dann dem Grafen von Dunvale. «Es gibt gar keinen Zweifel daran, Paula, du bist heute abend die Ballkönigin.»

Paula lachte und zwinkerte ihm mutwillig zu.

Michael trat beiseite und schlenderte auf der Suche nach der jungen Amanda davon.

Anthony nahm Paula in die Arme und wirbelte mit ihr zur Mitte des Saals hinüber. Nach einigen Sekunden sagte er in ihre Haare hinein: «Wie sieht's aus, wollt ihr, Shane und du, nicht bald mal auf ein langes Wochenende nach Irland herüberkommen? Es ist schon ewig her, daß ihr in Clonloughlin wart, und Sally und ich würden uns so freuen. Ihr könntet ja Patrick und Linnet mitbringen.»

«Eine gute Idee, Anthony, danke für die Einladung. Vielleicht können wir es irgendwie einrichten . . . Ende Januar vielleicht. Ich werde mit Shane darüber sprechen. Soweit ich weiß, plant keiner von uns momentan eine Auslandsreise.»

«Das ist ja mal ganz etwas Neues!» sagte Anthony amüsiert. «Ihr beide seid momentan schlimmer als Zigeuner, reist ständig geschäftemachend in der Weltgeschichte herum. Ich kann euch kaum beide gleichzeitig im Auge behalten.»

Ehe sie noch etwas entgegnen konnte, tippte Alexander Anthony auf die Schulter und rief: «Du belegst diese Dame hier mit Beschlag. Jetzt bin ich dran, Cousin.»

Damit zog Sandy sie in seine Arme, und sie wirbelten von Anthony fort. Dieser starrte ihnen erstaunt nach.

Zuerst tanzten sie ohne etwas zu sagen, genossen es, zusammen über den Tanzboden zu fliegen. Als Kinder hatten sie immer am liebsten zusammen getanzt. Sie waren stets im Gleichschritt gewesen, so wie jetzt.

Schließlich murmelte Alexander ruhig: «Vielen Dank, Paula.»

Überrascht sah sie zu ihm empor. «Wofür denn, Sandy?»

«Für das Weihnachtsfest in Pennistone Royal und für diesen Abend. Einen kurzen Augenblick lang hast du die Uhr für mich zurückgestellt, so viele schöne Erinnerungen wieder erstehen lassen . . . an die Vergangenheit . . . an Menschen, die ich wirklich geliebt habe. Gran . . . meine liebe Maggie . . . dein Vater . . .»

«O Sandy, du klingst so traurig!» rief Paula. «Und ich wollte, daß wir zu Weihnachten und heute alle glücklich sein sollten. Ich . . .»

«Das ist dir doch auch wunderbar gelungen, Paula! Es ist großartig gewesen. Und ich bin kein bißchen traurig. Ganz im Gegenteil.»

«Bist du sicher?» fragte sie besorgt.

«Ganz sicher», log er glatt und sah sie lächelnd an.

Paula lächelte herzlich und liebevoll zurück, preßte sich dichter an ihn und drückte seine Schultern. Ihr Cousin Sandy war ihr immer sehr wichtig gewesen, und sie war fest entschlossen, ihn auch in Zukunft nicht zu vernachlässigen. Er brauchte sie ebensosehr wie seine Schwester Emily. Eigentlich war er ziemlich einsam. Das war ihr jetzt klarer als je zuvor.

Sandy schaute vor sich hin und war froh darüber, auf der

Tanzfläche zu sein, wo es schummrig und gedrängt voll war, denn sein Blick war jetzt düster und sein Mund finster verzogen. Paula konnte sein Gesicht nicht sehen, und alle anderen waren zu beschäftigt, um es zu bemerken, und für diese kleine Gnade war er dankbar. Sie beendeten ihren Tanz, und zu seiner Erleichterung kam er kein einziges Mal aus dem Takt.

Sandy war ein todgeweihter Mann, und es konnte sich nur noch um ein paar Wochen handeln, ehe die anderen es auch wußten. Sie mußten es erfahren. Er hatte keine andere Wahl, als es ihnen mitzuteilen. Dieser Tag stand ihm jetzt schon bevor.

«Na, Paula, was meinst *du* denn dazu? Kann die moderne Frau alles haben?» fragte Sir Ronald und schaute sie gespannt an. Er zwinkerte. «Du weißt schon, wie ich's meine – Karriere, Ehe, Kinder.»

«Nur wenn sie eine von Emma Hartes Enkelinnen ist», erwiderte Paula schlagfertig und lächelte verschmitzt.

Sir Ronald und die anderen, die mit ihm am Tisch saßen, kicherten, dann fuhr Paula fort: «Aber mal ernsthaft: Grandy hat uns gelehrt, alles gut zu organisieren, und das ist mein Geheimnis und auch das von Emily. Deshalb kann ich deine Frage bejahen – die moderne Frau kann alles haben, vorausgesetzt, sie hat ihr Leben gut im Griff und ist ein Organisationsgenie.»

«Viele würden da aber anderer Meinung sein, Paula», konterte Sir Ronald, «und behaupten, man könne höchstens zwei dieser Dinge haben, nicht alle drei. Aber versteh mich nicht falsch, meine Liebe. Ich finde es bewundernswert, wie du und Emily euer Leben führt. Ihr seid bemerkenswerte Frauen, ganz ohne Zweifel.»

«Wir wollen mal Maddy fragen, wie sie darüber denkt», sagte Paula. «Hier kommt sie ... wenn eine die moderne Frau der achtziger Jahre verkörpert, dann sie.»

Mehrere Augenpaare richteten sich jetzt auf Madelana und Philip, die auf den Tisch zugeschritten kamen. Sie sah schön und strahlend aus in einem Abendkleid von Pauline Trigère aus dunkellila Chiffon, der mit Wirbeln von lila Samt bestickt war. Dazu trug sie ein großartiges Diamanten- und Perlenhalsband und dazu passende diamantene Ohrringe, sämtlich Hochzeitsgeschenke von Philip. Ihr Haar war hochgesteckt, und sie sah großartiger aus denn je. Zu ihrer natürlichen Anmut und Haltung hatte sich eine neue, schöne Heiterkeit gesellt.

Sie hing am Arm ihres Mannes, als wollte sie ihn nie wieder loslassen, und Philip wirkte ebenso stolz auf seine junge Frau, als sie beim Tisch stehenblieben.

«Setzt euch doch zu uns», strahlte Paula ihn an.

Das taten sie, und Philip sagte: «Meinen herzlichen Glückwunsch, Liebling. Dies ist ein großartiger Abend gewesen, wirklich schön, und es war eine tolle Idee von dir, dazu Lester Lannin aus den Staaten einzufliegen.»

«Danke, Pip.» Zu Madelana gewandt, fuhr Paula fort: «Hör mal zu, meine liebe Maddy. Onkel Ronnie hat mich eben gefragt, ob die moderne Frau alles haben kann . . . Ehe, Karriere, Babys. Und ich sagte, wer könnte das besser beantworten als du . . . die frisch verheiratete Karrierefrau.»

«*Hoffentlich* kann ich alles haben», lachte Madelana und sah Philip aus den Augenwinkeln an. «Philip möchte, daß ich weiterarbeite, daß ich Karriere mache, und ich glaube, ich möchte das auch fortsetzen, wenn ich ein Kind habe.»

«Alles, was meine Frau glücklich macht, ist in Ordnung», bekräftigte Philip ihre Worte. Er griff nach ihrer linken Hand, an dem sie einen Ehering aus Platin trug und einen makellosen, dreißigkarätigen Diamanten, der im Kerzenschein blitzte.

Madelana erwiderte Philips Händedruck, schaute von Paula zu Sir Ronald und sagte ruhig: «Ich finde es schrecklich schade, wenn eine gebildete Karrierefrau aufhört zu arbeiten, weil sie ein Baby bekommen hat. Ich glaube, daß man beides tun kann . . . es ist alles eine Frage des Jonglierens. Und natürlich kommt es dabei auch etwas auf die Frau an.»

«Da ist er!» rief Shane. «Der letzte Walzer!»

Er spang auf, ging um den Tisch herum und ergriff Paulas Arm. Während er sie fortführte, sagte er: «Ich hätte dich keinem anderen überlassen für diesen Tanz, mein Liebling.»

«Ich hätte jeden anderen abgewiesen.»

Sie nahmen sich in den Arm, und Shane hielt sie dicht an sich gepreßt, während sie dahinwalzten. Paula entspannte sich an seinem Körper, fühlte sich bei ihm sicher und geborgen, wie sie es schon in ihrer Kinderzeit getan hatte. Sie hatten Glück, sie und Shane. Sie hatten so vieles gemeinsam. Ihre tiefe und überdauernde Liebe. Ihre Kinder. Gemeinsame Interessen. Eine ähnliche Herkunft. Und er verstand sie so gut, verstand ihr starkes Bedürfnis, ihr Schicksal als Erbin von Emma Harte zu erfüllen. Sie wünschte, sie hätte eben noch zu Sir Ronald gesagt, daß eine Frau es wirklich nur alles haben konnte, wenn sie mit dem richtigen Mann verheiratet war. Sie war es.

Sie mußte an Jim denken, aber nur ganz flüchtig. Er war für sie zu einer verschwommenen Figur geworden, und ihre Erinnerungen an ihn waren undeutlich, von Ereignissen überdeckt, die sich nach seinem Tod zugetragen hatten, von Menschen überlagert, die sie liebte, die nun ihr Leben füllten. Jetzt kam es ihr so vor, als könnte sie sich gar nicht mehr daran erinnern, einmal nicht Shanes Frau gewesen zu sein. Aber die Jahre waren wirklich schnell vergangen seit ihrer Hochzeit. Bei diesem Gedanken rückte sie plötzlich ein bißchen von ihm ab und sah zu ihm empor.

Er schaute zu ihr herab, die schwarzen Brauen zusammengezogen. «Was ist denn?»

«Nichts, Liebling. Ich habe nur gerade gedacht, daß sehr bald ein neues Jahr anfängt, das wohl auch im Handumdrehen wieder vorbei sein wird, so wie all die anderen.»

«Das ist allzu wahr, Liebes. Aber man kann es ja auch anders sehen – 1982 ist erst *das erste* der nächsten fünfzig Jahre, die wir miteinander verbringen werden.»

«O Shane, wie nett, daß du das sagst, und was für ein schöner Gedanke, um das neue Jahr anzufangen.»

Er berührte ihre Wange mit den Lippen, umfaßte sie fester, wirbelte sie ein paarmal herum und lenkte sie auf die Mitte des Ballsaals zu. Paula lächelte versonnen, sie liebte ihn so sehr. Dann sah sie sich um, suchte nach ihrer Familie, ihren besten Freunden. Es war wirklich eine Zusammenkunft der

Clans ... die Hartes, die O'Neills und die Kallinskis waren heute abend alle vertreten.

Sie entdeckte ihre Mutter, die mit Jason tanzte und ebenso verliebt aussah wie Madelana, die verträumt in Philips Armen vorbeischwebte. Ihr Schwiegervater Bryan führte Shanes Mutter in einem schwungvollen, altmodischen Walzer, und Geraldine zwinkerte ihr zu, als sie großartig an ihr vorübersegelten. Emily und Winston betraten nun die Tanzfläche, dicht gefolgt von Michael und Amanda. Sie sah ihre Tante Elizabeth, die ihrem französischen Ehemann Marc Deboyne ins Gesicht schaute, der sich offenbar heute abend großartig amüsierte; sogar ihre alte Tante Edwina hatte sich aufgerafft und wurde eifrig von einem galanten Sir Ronald herumbugsiert.

Plötzlich brach die Musik ab, und Lester Lannin sagte ins Mikrophon: «Meine Damen und Herren ... gleich ist es Mitternacht. Wir können über das Relaissystem des Hotels den BBC-Sender empfangen ... hier kommt der Big Ben ... der Countdown bis Mitternacht hat begonnen.»

Alle hatten innegehalten, um dem Bandleader zuzuhören, und im Ballsaal war es jetzt ganz still. Immer wieder ertönte die große Glocke von Westminster. Als der letzte Schlag schließlich verklang, setzte ein dröhnender Trommelwirbel ein, und Shane drückte Paula fest an sich, küßte sie, wünschte ihr ein frohes neues Jahr, dann wurde er von Philip und Madelana abgelöst.

Paula erwiderte Madelanas herzliche Umarmung.

«Ich möchte es noch einmal sagen, Maddy ... willkommen in unserer Familie. Und möge dies das erste von vielen glücklichen Jahren für dich und Philip sein.»

Maddy war ganz gerührt von Paulas liebevollen Worten, aber bevor sie noch etwas erwidern konnte, stimmte das Orchester «Auld Lang Syne» an.

Paula und Philip nahmen sie beide an der Hand und zogen sie mit sich, während sie sangen.

Von ihrer neuen Familie umgeben, spürte Maddy, wie deren Liebe ihr entgegenströmte, und wieder rätselte sie, warum gerade *sie* so ein Glück gehabt hatte, eine von *ihnen* werden zu dürfen. Aber es war so gekommen, und dafür würde sie ewig dankbar sein. Seit Jahren hatte sie nichts als Kummer und Verluste gekannt. Nun hatte sich schließlich alles geändert.

25

Madelana lag da und hatte den Kopf auf Philips Schulter gelegt.

Das Schlafzimmer war schattig und still, von dem Geräusch seines gleichmäßigen Atmens abgesehen, vom leisen Rascheln der Seidenvorhänge und dem Ticken der Ormuluuhr auf der antiken französischen Kommode.

Das Wetter war recht mild für Januar, fast frühlingshaft, und vorhin hatte Philip das große Fenster geöffnet. Nun kam die reine, kühle Nachtluft hereingeweht und trug den scharfen Salzgeruch des Mittelmeers und den frischen grünen Duft der großen Gärten von Faviola mit sich.

Sie schlüpfte aus dem Bett, trat ans Fenster und lehnte sich an den Sims, schaute über die Landschaft und genoß die sanfte Stille, die hier zu dieser späten Stunde herrschte. Sie hob ihren Blick. Der Himmel war von einem dunklen Pfauenblau, fast schwarz, und sah aus wie ein samtener Baldachin, der einem riesigen Bogen gleich über die Erde gespannt und überall mit leuchtenden Sternen besät war. Vorhin war der Mond von Wolken bedeckt gewesen, aber sie waren fortgezogen, und Maddy sah, daß der Mond voll war heute nacht, eine vollkommene, strahlende Kugel.

Ein langer, zufriedener Seufzer entrang sich ihr. Sie waren jetzt schon zehn Tage in der Villa, entspannten sich und ließen es sich wohl sein nach ihrer Reise nach Wien und Berlin. Sie hatten sehr wenig getan, seit sie hier angekommen waren, außer sich zu lieben, lange zu schlafen, in den Gärten und am Strand spazierenzugehen und kleinere Ausflüge entlang der Küste zu unternehmen. Die meiste Zeit hatten sie in der Villa zugebracht, wo Solange sie wie eine Glucke umhegte und Marcel ihnen köstliche, phantasievolle Menüs bereitete und sich immer neue Speisen ausdachte, mit denen er sie verwöhnen könnte.

Außerdem lasen sie viel und hörten Musik. Manchmal spielte Maddy Philip etwas auf der Gitarre vor und sang ihm ihre liebsten Südstaatenlieder. Er hörte ihr wie gebannt zu, und Madelana freute sich und fühlte sich geschmeichelt, daß er ihre Musik schön fand. «Es sind zehn Tage reines Glück gewesen, nichts Besonderes zu tun und dich ganz für mich zu haben», hatte Philip ihr am Morgen gesagt, und sie hatte geantwortet, daß sie es ebenso empfände wie er.

Faviola war reich an einer besonderen Stille, die der in Dunoon ähnelte, und sie zog viel Kraft und Vergnügen aus der Ruhe und der natürlichen Schönheit beider Anwesen. *Dunoon.* Das war jetzt ihr Zuhause, ebenso wie das Penthouse auf dem McGill Tower in Sydney. Aber das Haus auf der Schaffarm von Coonamble liebte sie am meisten. Es war eine Liebe auf den ersten Blick gewesen. Ebenso wie mit Philip. Und ihm war es mit ihr genauso gegangen.

Madelana erschauerte und bekam eine Gänsehaut an den Armen, als sie sich an das erste Mal erinnerte, da sie sich geliebt hatten. Sie hatte im Bett gelegen und in sein Kissen geweint, nachdem er das Zimmer verlassen hatte, weil sie, als sie sich eine Zukunft mit ihm vorzustellen versucht hatte, sich keine ausmalen konnte. Wie albern war sie damals doch gewesen ... und wie sehr hatte sie sich getäuscht. Sie und Philip McGill Amory *hatten* eine Zukunft. Sie war seine Frau. Und so wie Paula es gesagt hatte, war 1982 nur das erste von vielen glücklichen Jahren. Vor ihnen erstreckte sich ein Leben zu zweit.

Sie liebte ihn ... liebte ihn so sehr, daß es manchmal fast unerträglich war. Wenn er nicht bei ihr war, empfand sie ein ungeheures Gefühl von Verlorenheit und einen regelrechten körperlichen Schmerz, ein Engegefühl in der Brust, das nur verschwand, wenn er wieder da war. Glücklicherweise waren sie nicht oft getrennt gewesen, seit er ihr im letzten Oktober nach New York gefolgt war. Plötzlich war er dort eingetroffen, zwei Wochen, nachdem sie Sydney verlassen hatte, kam einfach fröhlich in ihr Büro bei Harte's in der Fifth Avenue spaziert, unangemeldet und über das ganze Gesicht strahlend. Aber seine Augen schauten besorgt drein, das hatte sie gleich gemerkt.

Er lud sie zum Lunch ins «21» ein und führte sie abends ins Le Cirque, und es war wunderschön, wieder mit ihm zusammenzusein. In dem Augenblick, da sie ihn am Flughafen von Sydney verließ, merkte sie schmerzlich, wie sehr sie an ihm hing. Und auf dem langen Flug nach Hause war eine Sehnsucht in ihrem Herzen, die nie wieder weggehen würde, das wußte sie. Ihr ganzes Leben lang nicht. Ihre Liebe zu Philip war plötzlich wichtiger als alles andere, sogar wichtiger als ihre Karriere, wenn sie hätte wählen sollen.

In jener Nacht, als sie einander in den Armen lagen, nachdem sie sich in der Abgeschiedenheit ihres Apartments geliebt hatten, hatte er sie gefragt, ob sie ihn heiraten wolle. Ohne zu zögern hatte sie seinen Antrag angenommen.

Sie hatten bis tief in die Nacht hinein miteinander geredet und Zukunftspläne geschmiedet. Er wollte, daß sie ihre Verlobung geheimhalten sollten. «Nur weil ich keinen großen Zirkus haben möchte», hatte er ihr erklärt. Sie, die in gewisser Weise einen ebenso starken Willen hatte wie er, bemühte sich, ihm die Erlaubnis abzuringen, es wenigstens Paula erzählen zu dürfen. «Sie muß doch einen Ersatz für mich finden. Ich ... ich darf und möchte sie doch nicht im Stich lassen, Philip. Sie ist immer so gut zu mir gewesen. Und außerdem ist so etwas nicht mein Stil. Ich habe eine Verantwortung ihr gegenüber und auch vor mir selbst.»

Philip hatte ihre Gefühle verstanden. Dennoch machte er sie darauf aufmerksam, daß sie einen Ersatz finden konnte, ohne Paula alles zu erzählen, und darin blieb er so hart, daß sie gar keine andere Wahl hatte, als ihm recht zu geben. Seltsamerweise mußte sie dann gar nicht lange suchen. Cynthia Adamson, die in der Marketingabteilung arbeitete, war schon längere Zeit von ihr und Paula gefördert worden. Diese junge Frau war außerordentlich vielversprechend, geschickt, intelligent, fleißig und sowohl Paula als auch Harte's sehr ergeben.

Maddy war klargeworden, daß Cynthia die meisten ihrer Arbeiten übernehmen konnte, wenn sie gegangen war, und das Zeug dazu besaß, schließlich einmal Paulas persönliche Assistentin zu werden. Das hatte sie sehr beruhigt, und sie hatte es sich zur Gewohnheit gemacht, Cynthia zu sich heranzuziehen für die restliche Zeit, da sie noch bei Harte's war.

Philip war bis zum Monatsende dageblieben und dann für zwei Wochen nach Australien zurückgekehrt, um sich um geschäftliche Angelegenheiten zu kümmern. Ende November war er dann endgültig nach New York gekommen.

Gleich bei seiner Ankunft hatte er gesagt, daß sie jetzt auf der Stelle heiraten müßten. Eine große Hochzeit in Anwesenheit seiner ganzen Familie würde sie zu lange aufhalten, meinte er. Und außerdem wäre es zu anstrengend. «Aber wir sollten ihnen doch die Gelegenheit geben, herzukommen. Und wir sollten es zumindest deiner Mutter sagen. Und Paula», sagte Maddy, ganz niedergeschlagen bei dem Gedanken, diese beiden auszuschließen.

Er blieb hart. «Nein, ich will nicht darauf warten, bis sie ihre endlosen Pläne geschmiedet und alles an sich gerissen haben. Es muß jetzt gleich sein.» Dann lachte er und sagte leichthin: «Ich habe Angst, dich zu verlieren, verstehst du das nicht? Ich muß dich sofort heiraten.» Trotz seines Lachens, seines sorglosen Tons hatte sie die Angst gesehen, die wieder seine hellblauen Augen überschattete. Und so hatte sie sich mit allem einverstanden erklärt . . . nur um diese Panik aus seinen Augen zu vertreiben. Sie konnte es nicht ertragen, wenn er unruhig oder verstört war.

Und so waren sie Anfang Dezember in aller Stille getraut worden, nach katholischem Zeremoniell in der St. Patrick's Cathedral in der Fifth Avenue, und nur ihre Bostoner Freundin Patsy Smith, Miranda O'Neill und deren Gatte Elliot James waren anwesend. Maddy trug ein elegantes weißes Wollkleid mit dazu passendem Mantel von Trigère und hatte ein großes Gebinde rosa und gelber Orchideen im Arm. Hinterher hatte Philip alle zum Lunch ins Le Grenouille eingeladen.

«Wir sollten diese Ehe am besten gleich vollziehen», hatte

er später scherzhaft zu ihr gesagt, als sie in ihre weitläufige Suite im Pierre Hotel zurückgekehrt waren. Erst nachdem sie sich geliebt hatten, fand er sich schließlich dazu bereit, seine Familie in England anzurufen.

Zuerst hatten sie mit Daisy gesprochen, die gerade auf Pennistone Royal in Yorkshire weilte, und danach mit Paula, die im Haus am Belgrave Square war. Seine Mutter und Schwester zeigten sich nicht besonders überrascht, nahmen die Neuigkeit freudig auf, waren aber recht enttäuscht darüber, die Hochzeitsfeierlichkeiten verpaßt zu haben. Beide hießen sie herzlich in der Familie willkommen. Madelana hatte ihre aufrichtige Liebe gespürt, während sie über den Atlantik hinweg mit ihnen telefonierte.

Und so hatte es angefangen ... ihr ganz neues Leben.

Philip liebte sie ebenso tief und heftig wie sie ihn. Das zeigte sich nicht nur an seiner körperlichen Leidenschaft, seiner Zärtlichkeit und Güte, sondern auch an der Art, wie er sie mit Geschenken überhäufte und sie unglaublich verwöhnte. Der makellose diamantene Ehering, das Halsband aus Perlen und Diamanten und die wundervollen Ohrringe waren nur die ersten der vielen kostbaren Geschenke, die er ihr gab. Er hatte ihr auch Pelze, Taschen von Hermès und *haute couture*-Kleider geschenkt. Ebenso konnte er plötzlich mit einem Paar Handschuhe oder einem Seidenschal, einem seiner liebsten Bücher oder Kassetten ankommen, die er mit ihr teilen wollte, einem Fläschchen Parfüm, einem Strauß Veilchen oder irgendeinem anderen kleinen, aber doch bedeutungsvollen Präsent.

Das Wichtigste in ihrem neuen Leben war ihr Mann. Philip füllte die Leere ihres Herzens aus und gab ihr Sicherheit und das Gefühl, zu ihm zu gehören, so daß sie sich nicht länger einsam fühlte.

Manchmal mußte sie sich richtig in den Arm kneifen, um sich zu vergewissern, daß nicht alles ein Traum war. Daß es wirklich war, daß es ihn wirklich gab ...

Sie hatte nicht gehört, daß Philip aufgestanden war, und schreckte überrascht zusammen, als er plötzlich die Arme um sie legte. Sie schaute sich nach ihm um.

Er küßte ihren Scheitel. «Was machst du denn da, warum stehst du hier am Fenster? Du wirst dich noch erkälten, Liebling.»

Madelana wandte sich in seinen Armen um, so daß sie ihm gegenüberstand. Sie berührte seine Wange. «Ich konnte nicht schlafen, deshalb wollte ich noch einmal in die Gärten schauen. Sie sind so schön im Mondenschein. Und dann habe ich nachgedacht . . .»

«Worüber?» unterbrach er sie und schaute zu ihr herab.

«Über alles, was in den letzten Monaten passiert ist. Es ist wie ein Traum, Philip. Und manchmal habe ich das schreckliche Gefühl, daß ich gleich aufwachen und merken werde, daß nichts davon wahr ist, daß es dich gar nicht gibt.»

«Oh, allerdings gibt es mich, mein Liebling, und dies ist kein Traum. Es ist die Wirklichkeit. *Unsere Wirklichkeit.*» Er zog sie dichter an sich und hielt sie fest an seine nackte Brust gedrückt, streichelte ihr Haar. Ein langes Schweigen trat ein, dann sagte er: «Ich habe noch nie so ein Gefühl von Frieden gekannt. Oder solche Liebe. Ich liebe dich, meine wundervolle Maddy. Und ich möchte, daß du weißt, daß ich dir immer treu sein werde. Es wird nie eine andere Frau in meinem Leben geben, nie wieder.»

«Das weiß ich, Philip. O Liebling . . . ich liebe dich so.»

«Dafür bin ich mehr als dankbar. Und ich liebe dich auch so sehr.»

Er beugte sich zu ihr herab und küßte sie sanft auf den Mund.

Sie schmiegte sich an ihn.

Spontan glitten seine Hände über ihren Rücken, über ihr kleines, schönes, rundes Hinterteil. Der Satin ihres Nachthemds war glatt, kühl und seltsam aufregend für ihn. Er drückte sich dichter an seine Frau und war gleich erregt.

Madelana fing an zu zittern, sie begehrte ihn ebenso wie er sie plötzlich begehrte, obwohl sie sich gerade vor kurzem erst geliebt hatten. Es ging ihnen immer so, daß sie die Hände nacheinander ausstrecken, sich berühren mußten. Sie hatte dieses schmerzende, alles verzehrende körperliche Verlangen noch nie zuvor verspürt, diese überwältigende Leidenschaft, diesen ständigen Wunsch, zu besitzen und besessen zu werden. Die Intensität und Heftigkeit ihrer Gefühle für ihn waren anders als alles, was sie vorher jemals erlebt hatte.

Die Hitze durchströmte sie, stieg aus ihren Schenkeln empor, aus ihrem Innersten, bis zu ihrem Hals und Gesicht. Ihre Wangen brannten. Sie küßte seine Brust und schlang fest die Arme um ihn. Sie drückte die Finger an seine Schulterblätter und streichelte seinen breiten Rücken.

Philip spürte die Hitze ihres Körpers, sie schien ihn zu versengen. Er berührte eine ihrer Brüste, streichelte sie, und dabei küßte er ihren Hals und preßte dann wieder seinen Mund auf ihren. Ihre Küsse waren inbrünstig, sinnlich. Sie standen in enger Umarmung vor dem Fenster, aneinandergeschweißt, als sollten sie nie mehr getrennt werden. Schließlich, als er sich nicht mehr beherrschen konnte, nahm er sie hoch und trug sie zum Bett hinüber.

Sie zogen sich aus, und er ließ seine starken, aber sanften Hände über ihren schlanken Körper gleiten, er staunte über ihre Schönheit. Mondenschein durchflutete das Zimmer, und im weichen, gedämpften Licht sah ihre Haut silbrig aus. Sie wirkte ätherisch, wie von einer anderen Welt.

Er beugte sich über sie, küßte die Vertiefung zwischen ihren Brüsten, glitt mit dem Mund auf ihren Bauch herab, und sie erbebte und streckte die Hand nach ihm aus. Schnell, ohne langes Vorspiel, nahm er sie, vereinigte sich mit ihr, und sie liebten einander lange.

Sie erzählte es ihm zwei Tage später.

Es war ein herrlicher Tag, strahlend und klar wie ein Diamant. Der Himmel war wolkenlos und von einem unvermischten Azurblau, das glitzernde Mittelmeer hatte die Farbe von Lapislazuli, die Sonne war eine goldene Scheibe, jedoch ohne jede Wärme. Und trotz der Schönheit des Tages lag ein Frosthauch in der Luft, ein Geruch nach Schnee, der von den Alpen kam.

Sie saßen in Pullis und warmen Mänteln vermummt auf der Terrasse und schauten über die weiten, sonnendurchfluteten Gärten von Faviola hin. Vorhin hatten sie noch einen

Spaziergang gemacht, und nun tranken sie gemächlich einen Aperitif vor dem Essen. Philip hatte über ihre Reisepläne der nächsten Wochen gesprochen, Maddy hatte ihm zugehört, aber wenig dazu gesagt, obwohl er ihr ja damit das Stichwort gab, auf das sie gewartet hatte. Ein kurzes Schweigen trat zwischen ihnen ein.

Dann sagte sie: «Ich glaube, wir sollten nicht nach Rom fahren, Philip. Es wäre besser, wenn wir nach London zurückkehren würden.»

Er warf ihr einen schnellen Blick zu, verwundert über die seltsame Anspannung in ihrer Stimme, eine Nuance, die er schon seit Wochen nicht mehr gehört hatte. Seine schwarzen Brauen schnellten in die Höhe. «Warum denn, Liebling?»

Madelana räusperte sich und sagte leise: «Es gibt da etwas, das ich dir schon seit ein paar Tagen sagen will . . . ich habe so ein seltsames Gefühl . . .» Sie hielt inne, räusperte sich wieder, zögerte etwas und schloß dann ruhig: «Ich glaube, ich bin schwanger.»

Er sah einen Augenblick lang überrascht und etwas fassungslos aus, dann brach sich ein Lächeln Bahn, und seine lebhaften blauen Augen blitzten vor Freude. Seine aufgeregte Stimme entsprach seinem Gesichtsausdruck, als er ausrief: «Maddy, das ist ja eine wunderbare Neuigkeit! Das Schönste, was ich gehört habe, seit du mir gesagt hast, daß du mich heiraten willst.»

Dann streckte er die Arme nach ihr aus, küßte sie zärtlich, drückte ihren Kopf an seine Brust und streichelte ihr Haar.

Er murmelte: «Du *glaubst* es, hast du gesagt. Bist du denn nicht sicher, Liebling?»

Sie rückte ein wenig von ihm ab, schaute zu ihm auf und nickte. «Ziemlich sicher. Alle Anzeichen sind da, und wenn ich einen Arzt konsultiere, wird er die Schwangerschaft sicher bestätigen. Deshalb möchte ich auch nach London zurück, anstatt weiter nach Italien zu fahren.»

«Ja, natürlich, Liebling. Da hast du recht. So werden wir es machen. O Maddy, das ist ja wunderbar.»

«Also bist du glücklich darüber?» Ihre Stimme war sehr leise.

«Ich bin ganz begeistert.» Er warf ihr einen erstaunten Blick zu und runzelte die Stirn. «Du denn nicht?»

«Doch, natürlich . . . ich dachte nur, daß es vielleicht zu plötzlich für dich kommt.»

«Einen Sohn und Erben zu haben? Du machst wohl Spaß. Ich bin überglücklich, Engel.»

«Es kann ja auch ein Mädchen werden . . .»

«Dann ist sie die Tochter und Erbin. Vergiß nicht, daß ich der Enkel von Emma Harte bin, und sie hat nie einen Unterschied zwischen Männern und Frauen gemacht, wenn es um Erben ging. Ebensowenig wie mein Großvater Paul. Er hat meine Mutter zur Erbin eingesetzt, weißt du.»

Madelana nickte und lächelte schwach.

Sie war so still, daß Philip kurz innehielt. Er schaute sie aufmerksam an und fragte dann: «Was ist denn, Liebling?»

«Nichts. Wirklich nichts, Philip.»

Dessen war er sich nicht so sicher. «Machst du dir Sorgen um deine Karriere? Um die Leitung von Harte's in Australien?»

«Nein.»

Immer noch nicht überzeugt, fuhr er eilig fort: «Denn das brauchst du nicht. Ich werde dir keine Schwierigkeiten machen, wenn du arbeiten willst. Meine Großmutter ist ins Geschäft gegangen, als sie schwanger war, ebenso Paula und Emily, und weder Shane noch Winston haben etwas dagegen einzuwenden gehabt. So sind die Männer in dieser Familie – wir sind ja alle von der berühmten Matriarchin aufgezogen und ausgebildet worden.»

«Das weiß ich alles, Liebling.»

«Was ist es denn dann? Du wirkst so still, fast niedergeschlagen.»

Sie ergriff seine Hand und hielt sie ganz fest. «Ich will es dir schon seit Tagen sagen und traue mich nicht, habe Angst, daß du den Zeitpunkt nicht gut findest, daß es zu früh in unserer Ehe ist, daß wir erst einmal mehr Zeit für uns beide brauchen und uns besser kennenlernen müssen, ehe ein Kind kommt. Ich denke, ich hatte Angst, daß du böse bist, mich nachlässig findest.»

«Zu dieser Sache gehören zwei» murmelte er.

«Ja.» Sie hielt inne, lächelte ihn bebend an. «Ich liebe dich so sehr, Philip ... du bist mein Ein und Alles. Und ich möchte, daß du mit mir glücklich bist ... ich möchte dich immer zufriedenstellen ...»

Er sah die Tränen, die plötzlich in ihren schönen grauen Augen glänzten, und das tat ihm in der Seele weh. Er hob die Hand zu ihrer Wange und streichelte sie liebevoll. «Du stellst mich doch zufrieden. In jeder Hinsicht. Und du machst mich sehr glücklich. Du bist mein Leben, Maddy. Und das Baby wird mein Leben sein.»

Plötzlich warf er den Kopf zurück und fing an zu lachen, was die Stimmung vollkommen änderte.

Sie schaute ihn überrascht und neugierig an. «Was hast du denn?»

«Allein der Gedanke, daß der unverbesserliche internationale Playboy jetzt ein ergebener Ehemann und werdender Vater ist! Wer hätte das gedacht?» fragte er lachend und betrachtete sie fröhlich.

Maddy lachte mit ihm. Er konnte immer so gut ihre Sorgen vertreiben und sie wieder aufrichten.

Philip sprang auf, nahm ihre Hand und zog sie hoch. «Komm jetzt, Kleines. Laß uns nach drinnen gehen. Ich möchte ein paar Anrufe erledigen.»

«Wen willst du denn anrufen, Liebling?»

«Die Familie natürlich.»

«Na gut.»

Sie schritten eng umschlungen über die Terrasse auf die Glastür zu.

Plötzlich blieb Madelana stehen und schaute Philip an. «Nachdem ich in London beim Gynäkologen gewesen bin und wir ein paar Tage mit deiner Mutter in Yorkshire verbracht haben, wie wir es ihr versprochen haben, möchte ich nach Hause zurück, Philip ... nach Hause in Australien. Nach Dunoon.»

Er nahm sie fest in die Arme und liebte sie noch mehr dafür, daß sie das gesagt hatte. «Ja, mein Liebling, wir gehen nach Hause», sagte er, «und bereiten alles für unser erstes Kind vor ...»

Eine halbe Stunde später war er immer noch in der Bibliothek am Telefon.

Er hatte erst mit Daisy und Jason in Yorkshire gesprochen, dann mit Paula im Londoner Kaufhaus und hatte allen die Neuigkeit von Maddys Schwangerschaft mitgeteilt. Jedesmal hatte er sie auch ans Telefon geholt, damit sie ein paar Worte sagte.

Es regnete Glückwünsche und liebe Grüße; besonders Daisy war vor Freude ganz außer sich bei der Nachricht, daß sie wieder Großmutter werden würde.

Jetzt sprach Philip gerade mit seinem Cousin Anthony auf Clonloughlin in Irland.

Sie hatte nicht damit gerechnet, hatte nicht gedacht, daß er allen ihre Neuigkeit mitteilen würde. Philip war so zurückhaltend, wenn es um sein Privatleben ging; schließlich hatte er doch auf einer heimlichen Verlobung und Hochzeit bestanden. Plötzlich ging es Maddy wie ein Blitz auf, warum er seine Familie von ihrer Hochzeit ausgeschlossen hatte. Es war ihretwegen gewesen, um ihr unnötigen Schmerz zu ersparen, um ein besseres Gleichgewicht zwischen ihnen zu schaffen. Er hatte eine riesige Familie – von ihrer dagegen war niemand mehr am Leben.

Wie schmerzlich hätte ihr Hochzeitstag doch sein können ... Philip wäre von seinen Lieben umringt gewesen, sie aber hätte ganz allein dagestanden ohne einen Menschen aus ihrer Verwandtschaft als Zeugen dieses wichtigen und besonderen Tages in ihrem Leben. Und sie hätte sich nach ihren Eltern und der kleinen Kerry Anne gesehnt, nach Joe und Lonnie.

Philip hatte es vorhergesehen. Natürlich. Plötzlich war ihr alles klar.

Madelana rollte sich auf dem großen, gemütlichen Sofa zusammen, hörte ihm zu, wie er telefonierte, beobachtete ihn und dachte, was er doch für ein außergewöhnlicher Mann sei. Klug, brillant, hart in geschäftlichen Dingen und doch so sensibel und liebevoll, wenn es um sie ging.

Sie lehnte sich zurück, hielt den Kopf schräg und kniff die Augen zusammen, versuchte, ihn eine Sekunde lang wie ein vorurteilsloser Betrachter zu sehen. Was für ein schöner

Mann er doch war. Sein strahlendes Aussehen brachte sie manchmal regelrecht aus der Fassung – das dunkle, glänzende Haar, der schwarze Schnurrbart, das gebräunte Gesicht, diese unglaublich blauen Augen. Er schien übernatürlich. Und er war doch so wunderbar lebendig und vital und leuchtete in diesem Augenblick förmlich vor Wohlbefinden.

So soll er immer sein, wie er heute ist, dachte sie. Voller Leben und Fröhlichkeit. Und ich darf nie der Anlaß seines Schmerzes sein.

26

Für Arabella gab es überhaupt keinen Zweifel daran, daß Sarah sie für einen Usurpator hielt.

Nein, das ist ein zu harter Ausdruck, dachte sie und warf ungeduldig die Zeitschrift hin, in der sie geblättert hatte, ohne sich konzentrieren zu können. Ich bin ... der *Eindringling*. Ja, so kann man es nennen. Ehe ich in sein Leben trat, hatte Sarah ihn immer ganz für sich, wenn er nach Europa kam. Diese Frau genießt es, im Mittelpunkt der Aufmerksamkeit zu stehen. Das wurde heute beim Lunch ganz klar.

Arabella stand auf, schritt ins Wohnzimmer ihres Gästeapartments in dem Bauernhaus in Mougins und sah eine Weile lang aus dem Fenster.

Es war ein herrlicher Tag gewesen, aber nun dunkelte es langsam, und die Gärten unten mit den vielen Büschen wirkten geheimnisvoll, fast unheimlich im sinkenden Licht. Ein leichter, dunstiger Nebel hüllte alles in einen Mantel aus grauen und opalfarbenen Schatten, und die Bäume im Obstgarten hinter dem weißen Zaun sahen unwirklich, wie gezeichnet aus.

Sie erschauerte, plötzlich war ihr traurig und melancholisch zumute. Ehe diese Gefühle Gewalt über sie bekommen konnten, schüttelte sie sie ab. Sie hatte gar keinen Grund dazu, traurig zu sein. Sie hatte doch alles. Arabella lächelte verstohlen. Nun ja, nicht *alles*. Aber sie war auf dem besten Wege dazu.

Sie drehte sich um und ging zum Kamin zurück, ließ sich wieder auf dem Sofa nieder und genoß die aufheiternde Wärme der lodernden Scheite. Sie hatte Kamine gern. Sie verströmten soviel Gemütlichkeit ... und vielleicht erinnerten sie sie auch an ihre Kindheit in Hampshire, an das große alte Haus, in dem sie aufgewachsen war.

Sie dachte kurz nach und beschloß einige Änderungen ihrer Pläne für die nächsten Wochen. Dann sah sie sich im Raum um, wie sie es schon oft getan hatte, seit sie hier angekommen waren, und bewunderte die Einrichtung.

Hier und im Schlafzimmer nebenan hatte man die dunklen Deckenbalken, die weißen Wände mit Fachwerk und die alten Ziegelkamine stehen gelassen. Mit der leicht abgeschrägten Decke verliehen sie dem Obergeschoß im Dachboden Wohnlichkeit und eine persönliche Note. Der dicke, milchkaffeebeige Wollteppich gab einen idealen Hintergrund ab für die schönen englischen Chintzbezüge auf dem riesigen Sofa und den Sesseln, typischen Landmöbeln aus der Provence, mit ihrem alten, sanftglänzenden Holz. Im Schlafzimmer lag derselbe kaffeefarbene Teppich; das Bett war mit Porthault-Leinen bedeckt, die alte Kopfstütze mit demselben Stoff bezogen, aus dem auch die Vorhänge an den von Mittelpfosten geteilten Fenstern gefertigt waren.

Das Apartment besaß die Frische eines Blumengartens; überall sah man Blumenmuster, die gut aufeinander abgestimmt waren und eine große Behaglichkeit verbreiteten. Auf das Bauernhaus war ein Vermögen verwandt worden, und jedes Zimmer war mit Geschmack, einem sicheren Urteil und einem Blick für Farbe und Design ausgestattet.

Was Sarah Lowther Pascal auch sonst sein mag, sie ist auf jeden Fall eine gute Innenausstatterin, dachte Arabella. Sie hatte an dem großen alten Bauernhof ein Wunder vollbracht, der in den Bergen hoch über Cannes lag, und hatte ihn wunderschön ausgestattet, ihm Charme und ein unverwechselbares Gepräge verliehen. Draußen auf dem Gelände hatte sie eine Reihe verfallener Scheunen zu einem einzigen riesigen, großartigen Atelier für Yves verwandelt und den Mittelteil mit einem Glasdach bedeckt, um ein Maximum an Licht hereinzulassen.

Yves Pascals Bilder hingen überall im Bauernhaus. Sie waren kühn und modern und nicht sehr nach Arabellas

Geschmack, die die alten Meister und traditionellere Stilrichtungen bevorzugte. Aber der Künstler war ein international anerkannter Star, und seine Bilder standen hoch im Kurs; offenbar mochten andere Leute seine Arbeiten, auch wenn sie ihr nicht gefielen. Zur Zeit erzielten sie enorme Preise.

Andererseits hatte sie an dem kleinen, drahtigen Franzosen sofort Gefallen gefunden. Er hatte ein bißchen von einem Pfau, einem Großtuer, und war zweifellos ziemlich überdreht. Trotzdem besaß er ungeheuer viel gallischen Charme. Sein Verhältnis zu Sarah war ihr nicht ganz klar. Zwischen ihnen schienen Welten zu liegen. Aber er liebte seine Frau und sein Kind Chloe sehr, das hatte sie gleich gemerkt.

Jonathan hatte ihr erzählt, daß das kleine Mädchen im Aussehen sehr seiner Großmutter nachkomme. In den vier Monaten, da sie ihn kannte, hatte er nicht viel über die legendäre Emma Harte gesprochen, aber aus einer Bemerkung Sarahs beim Mittagessen hatte sie geschlossen, daß die beiden mit ihrer Cousine Paula O'Neill nicht gerade auf dem besten Fuß standen. Am Nachmittag hatte sie Jonathan gefragt, warum denn Streit in der Familie sei, und er hatte etwas davon gemurmelt, daß Paula ihre Großmutter gegen Sarah und ihn aufgehetzt und sie dazu gebracht habe, Testamentsänderungen vorzunehmen. Plötzlich wirkte er unruhig, fast wütend, und nachdem Arabella ein paar mitfühlende Worte geäußert hatte, ließ sie die Sache klüglich auf sich beruhen. Sie wollte seine plötzliche Verärgerung nicht noch verstärken. So hatte sie ihn noch nie erlebt.

Ihre Gedanken blieben bei Jonathan.

Man hatte ihr den Eindruck vermittelt, es sei schwierig, ihn zu umgarnen. Aber das war keineswegs der Fall gewesen. Er hatte sich gleich sehr für sie interessiert und ihr in Hongkong eifrig den Hof gemacht. Sie hatte anfangs in jeder Hinsicht mit sich gegeizt. Dann hatte sie sich ihm langsam geöffnet, sowohl seelisch als auch körperlich. Sie hatte ihm ihre Intelligenz, ihr Wissen über Kunst und Antiquitäten, ihre Weltgewandtheit gezeigt, und sie hatte ihn mit ihrem Körper in Versuchung geführt. Ihre geschwisterlichen

Gutenachtküsse hatten zu intensiveren Küssen geführt, dann zu sanften Berührungen und zu immer intimeren Umarmungen, bis sie sich schließlich seiner starken erotischen Ausstrahlung unterworfen und ihm gestattet hatte, mit ihr ins Bett zu gehen.

Währenddessen hatte sie natürlich nie behauptet, Jungfrau zu sein, und hatte klargestellt, daß es andere Männer vor ihm gegeben habe. Aber sie hatte ihn merken lassen, daß sie Geschmack hatte, wählerisch war und sich über ihre und seine Gefühle sicher sein wollte, ehe sie sich in eine Affäre stürzte. Er hatte ihre Offenheit begrüßt und ihr anvertraut, daß er sich nur für Frauen interessiere, die ebenso erfahren und weltgewandt seien wie er selbst. Und er hatte Geduld mit ihr gehabt.

Ein wissender Blick trat in Arabellas pechschwarze Augen. Sie hatte Erfahrung. Sie wußte, wie sie ihm auf unzählige Weisen Vergnügen bereiten konnte ... Weisen, von denen Jonathan noch nichts ahnte. Er sollte nicht wissen, wie erfahren sie in der Liebeskunst war. Sie wollte, daß er ihr erst ganz hingegeben war und sich richtig in sie verliebte. Erst dann würde sie ihn zu Höhepunkten führen, von denen er sich noch nichts hatte träumen lassen, in einer Art und Weise, wie nur sie es vermochte.

Und so führte sie ihn weiterhin vorsichtig, und nach und nach kam es, wie sie es wollte ... mit jedem Tag band sie ihn stärker an sich. In ihm war eine neue Wärme, er konnte nicht genug von ihr bekommen, sowohl im Bett als auch sonst. Er wollte sie immer bei sich haben.

Arabella schaute den schlichten goldenen Ehering an ihrer linken Hand an. Er leuchtete hell im Schein des Feuers. Jonathan wollte ihr erst einen diamantenbesetzten Ring schenken, aber sie hatte ihn um diesen bescheidenen, altmodischen Goldring gebeten und ihm gesagt, sie fände ihn symbolischer. Er war überrascht gewesen, aber ihr Wunsch hatte ihn offensichtlich beeindruckt.

Und wie Tony doch vom Donner gerührt gewesen war, als Jonathan sie in Hongkong kurz vor Weihnachten so schnell geheiratet und sie dann zu den Flitterwochen nach Europa entführt hatte! Überrascht hatte Tony eingesehen, daß sie nun plötzlich monatelang aus seiner Reichweite entfernt war. Es hatte ihn sehr verstimmt. Und sie verspürte eine große Befriedigung darüber, endlich einmal Tonys enervierenden Gleichmut erschüttert zu haben.

Ihr frischgebackener Ehemann hatte mit ihr nach Paris fahren wollen. Aber dort war so vieles aus ihrer Vergangenheit, sie erinnerte sich an soviel Trauriges, daß es sie nicht reizte, ausgerechnet dort ihre Flitterwochen zu verbringen. Auch wollte sie nicht das Risiko eingehen, in jemanden hineinzulaufen, der sie von früher kannte. Sie wollte sich nicht mit Freunden abgeben, die schon lange aus ihrem Leben verschwunden waren, und sich auch keinen Erinnerungen stellen, die schon lange kalt und schal geworden waren. Deshalb hatte sie Jonathan davon überzeugt, daß sie Rom mehr genießen würden, und hatte vorgeschlagen, von dort nach Mougins in Südfrankreich zu fahren, um seine Cousine Sarah zu besuchen, von der er so herzlich gesprochen hatte. Diese Idee sagte ihm sehr zu, und er war schnell damit einverstanden gewesen, ihre Reisepläne zu ändern.

Rom hatte Spaß gemacht. Da sie die Stadt wie eine Einheimische kannte, konnte sie ihm die Sehenswürdigkeiten zeigen und ihn in die schicksten Restaurants und Clubs führen, die weitab von den Touristenrouten lagen und in denen sich die römische Gesellschaft und der internationale Jet-set trafen.

Und sie war sehr liebevoll, sehr anschmiegsam gewesen, hatte sich seinem Verlangen unterworfen und ihm willig gedient, was ihn sehr glücklich gemacht hatte.

In Rom hatte er ihr ein weiteres Hochzeitsgeschenk gemacht, eine außergewöhnliche Kette, die er ihr als Überraschung in ihrer letzten Nacht in der ewigen Stadt präsentiert hatte, ehe sie nach Frankreich flogen. Es war eine einzige Reihe großer schwarzer Perlen mit einer cremefarbenen, wie eine Träne geformten Perle in der Mitte, die von einem zehnkarätigen Diamanten herabhing.

Obwohl sie selbst einigen erlesenen Schmuck besaß, war diese schwarze Perlenkette nicht nur ausgefallen, sondern übertraf alles in ihrer Sammlung – abgesehen von dem enormen Rubin- und Diamantring aus Burma, den Jonathan ihr zur Verlobung geschenkt hatte.

Die Schläge der kleinen Uhr rissen Arabella aus ihren Träumereien. Sie schaute hoch und stellte überrascht fest, daß es schon sieben war. Jonathan, der mit Yves nach Cannes gefahren war, hatte gesagt, daß er um halb acht wieder zurück sein würde. Sie mußte sich noch für ihn zurechtmachen.

Sie stand auf und ging eilig ins Schlafzimmer, nahm ein hauchdünnes, schwarzes Chiffonnachthemd mit hellbrauner Spitze aus dem Schrank und betrat dann das Bad, um sich zu entkleiden und frisch zu machen.

Wenige Minuten darauf saß Arabella am Ankleidetisch, in ihrem großartigen Nachthemd und dem dazu passenden schwarzen Chiffonnégligé, das sie wie eine Wolke umgab. Sie hatte ihr silberblondes Haar den ganzen Tag über in einem strengen Chignon getragen, nun zog sie die Klammern heraus und ließ es um ihr Gesicht und auf ihren Rücken herabfallen. Sie bürstete es, bis es glänzte.

Dann beugte sie sich vor und schaute sich im Spiegel an. Manchmal war sie von ihrer eigenen Schönheit überrascht, davon, daß sie keine Fältchen um die Augen herum hatte und auch sonst keine Zeichen des Alterns trug, von ihrer geschmeidigen Haut und ihrem makellosen Teint. Das Leben hatte kaum Spuren auf ihrem Gesicht hinterlassen, nichts schien seine Jugend und Schönheit zu beeinträchtigen. Selbst wenn sie erkältet war oder sich sonst nicht wohl fühlte, sah sie immer nach blühender Gesundheit aus. Was für ein Glück sie doch hatte. Sie sah viel jünger aus als vierunddreißig.

Nachdem sie ihren leuchtendroten Lippenstift mit einem Papiertuch entfernt hatte, tönte sie ihr erhitztes Gesicht mit einer Grundierungscreme ab und trug durchsichtigen Puder auf, bis sie sehr blaß, fast fahl aussah. Sie zog ihre Lider mit Eyeliner nach und betonte den mandelförmigen Schnitt. Sie tupfte schwarzen Lidschatten auf und setzte auf die Wölbungen unter den Augenbrauen leuchtendes Lila und Silber. Sogleich stachen ihre Augen wie riesige, dunkle Kohlen in ihrem Gesicht hervor. Nachdem sie ihre Lippen abgetupft hatte, trug sie farblosen Balsam auf und besprühte sich großzügig mit dem moschusschweren Parfüm, das Jonathan liebte. Sie nahm die schwarze Perlenkette aus dem Lederetui und legte sie an. Jonathan hatte es gern, wenn sie im Bett Schmuck trug. Das war eine seiner Vorlieben.

Sie beeilte sich und trat an den Schrank, öffnete ihn und sah sich im großen Spiegel an. Sie gefiel sich. Sie sah so jung wie ein sechzehnjähriges Mädchen aus, das Gesicht voller Unschuld – und Versprechen. Doch im Gegensatz dazu hatte sie den Körper einer verlockenden Frau, wohlgeformt, sinnlich und aufreizend in dem freizügigen Nachthemd.

Der schwarze Chiffon spannte über ihren Brüsten. Man konnte die Brustspitzen und die dunklen Höfe durch den duftigen Spitzenchiffon hindurchschimmern sehen. Sie hatte das Nachthemd in Hongkong anfertigen lassen, und die Schneiderin hatte es genau ihrem Körper angepaßt, so daß es überall an den richtigen Stellen eng anlag, und das in ganz aufreizender Weise.

Sie schlüpfte in hochhackige Pantoffeln aus schwarzem Satin und ging ins Wohnzimmer zurück, wo sie sich kurz vor dem Kamin wärmte. Dann streckte sie sich auf dem Chesterfield-Sofa aus, um ihren Mann zu erwarten.

Während die Minuten vergingen, merkte Arabella plötzlich, daß sie Jonathan richtig herbeisehnte und sich darauf freute, ihn wiederzusehen, obwohl er doch nur ein paar Stunden weggewesen war. Sie hoffte, er würde sie lieben wollen, ehe sie zum Abendessen nach unten gehen mußten.

Von diesen Gedanken überrascht, setzte sie sich ruckartig auf, runzelte die Stirn, nahm sich eine Zigarette und steckte sie an.

Beim Rauchen überschlugen sich ihre Gedanken förmlich, und sie erkannte, wie sehr sie Jonathans blonde Schönheit, seine guten Manieren, die Raffinesse, mit der er Dinge tat, seine englische Art mochte. Es war so anders, eine solche Erholung, wieder mit einem Engländer zusammenzusein, nach all den Ausländern, die sie gekannt hatte. Sie genoß auch die intensive Aufmerksamkeit, die er ihr zollte, seine Leidenschaft, seine erotischen Fähigkeiten. Ihr Mann Jonathan Ainsley war einer der besten Liebhaber, die sie je gehabt hatte, wenn nicht sogar der beste.

Ihr kam der Verdacht, sie sei auf dem besten Wege, sich in ihn zu verlieben, und das setzte sie wiederum in Erstaunen.

Eine Viertelstunde später betrat Jonathan eilig das Wohnzimmer. Es war von gedämpftem Licht erfüllt, und das knisternde Kaminfeuer tauchte alles in einen rosigen Schein.

Arabella stand vor dem Kamin, und es schien ihm, als sei sie heute besonders schön. Deshalb verhielt er seinen Schritt.

Er blieb mitten im Zimmer stehen, sah sie wie gebannt an und genoß ihre Schönheit, ihre Sinnlichkeit. Wie einladend sah sie doch in diesem Négligé aus schwarzem Chiffon aus. Durch den zarten Stoff hindurch konnte er Teile ihres Körpers ausmachen . . . die hochangesetzten, vollen Brüste, die schlanke Taille, darunter der blonde Venusberg. Die Farbe Schwarz stand ihr gut. Sie betonte ihre cremefarbene, unvergleichliche Haut und die silbrigen Reflexe der großartigen Kaskade ihrer glänzenden blonden Haare.

Mit der Andeutung eines Lächelns breitete sie die Arme aus.

Es war, als würden ihre schwarzen Augen ein Loch in ihn brennen, und in ihnen stand ein Ausdruck, den er noch nie an ihr gesehen hatte. Aber dieser Ausdruck erregte ihn, was auch immer er zu bedeuten haben mochte. Während er einen Schritt nach vorn machte, spürte er, wie sein Verlangen nach ihr immer größer wurde.

«Ich habe dich vermißt, Liebling», murmelte sie mit ihrer leisen, rauchigen Stimme, als er neben ihr stehenblieb.

«Ich bin doch gar nicht lange weggewesen», erwiderte er. Trotzdem freute er sich. Er nahm sie in die Arme und küßte ihren Mund. Als sie sich schließlich voneinander lösten, hielt er sie etwas von sich weg, die Hände fest auf ihren Schultern, und schaute sie unverwandt an.

«Was ist denn?» fragte sie schließlich.

«Du bist so schön, Arabella, so unglaublich schön. Schöner als ich dich jemals gesehen habe, glaube ich.»

«O Jonathan . . .»

Er beugte sich zu ihr, küßte die Vertiefung an ihrer Kehle, und dabei glitt das Négligé von ihren Schultern herab. Es fiel zu Boden. Er zog an den schmalen Trägern des Nachthemds, die zu Schleifen gebunden waren, und als sie offen waren, fiel auch dieses Kleidungsstück in einem Wirbel von Chiffon zu ihren Füßen.

Sie stand nackt vor ihm, nur die schwarze Perlenkette umschloß noch ihren schlanken Hals.

Jonathan trat einen Schritt zurück. Von all den Frauen, die er gehabt hatte, war sie die erfahrenste, und deshalb auch die aufregendste, die begehrenswerteste ... Von all den Kunstwerken in seiner Sammlung war sie das schönste, die großartigste Errungenschaft ... sein kostbarster Besitz. Sie war die Vollkommenheit selbst. Und er besaß sie. Besaß jeden Teil von ihr. Nein, das stimmte nicht ganz. Sie hielt immer noch etwas von sich zurück, was ihn sehr überraschte. Aber bald würde sie sich ihm ganz hingeben, sich ganz aufgeben. Er vertraute seinen Fähigkeiten ... und seiner Macht über sie.

«Jonathan, ist etwas nicht in Ordnung?» fragte Arabella langsam. «Du schaust mich so merkwürdig an.»

«Nein, alles ist bestens», sagte er. «Ich bewundere dich nur, denke, wie schön du aussiehst ... mit nichts an als meinen schwarzen Perlen. Wie weiß dein Körper dagegen ist.» Während er sprach, streckte er die Hand aus und strich mit einem Finger über eine ihrer Brüste.

Plötzlich war ihm, als ob er gleich explodieren müßte. Er war ungeheuer erregt. Das Blut schoß ihm ins Gesicht, und er zitterte, als er dichter an sie herantrat, ihren Nacken umschloß und ihr die Perlenkette abnahm.

«So, das ist viel schöner», sagte er und steckte sie in die Tasche. «Du brauchst gar keinen Schmuck, Arabella. Du bist vollkommen, so wie du bist ... wie eine griechische Statue, die von Meisterhand aus dem kostbarsten Alabaster gemeißelt wurde.»

Er zog seinen Sportsakko aus und warf ihn über einen Stuhl. Dann ergriff er ihre Hand und geleitete sie zum Sofa. «Komm, laß uns hier eine Weile zusammen liegen. Wir wollen uns lieben, uns genießen», sagte er. «Ich möchte dich noch intimer kennenlernen, dich noch tiefer besitzen. Und dann immer tiefer und tiefer. Läßt du mich das tun, Arabella?»

«Ja», flüsterte sie heiser. «Wenn du mir dasselbe erlaubst.»

«Ach, Arabella, wir sind uns so ähnlich, du und ich, in jeder erdenklichen Hinsicht.» Er lachte leise. «Zwei Sünder, soweit ich sehe.»

Jonathan ließ sie nicht aus den Augen. Ein wissender Ausdruck glitt über sein Gesicht. Dann drückte er sie mit einer Hand in die Kissen nieder. Mit der anderen knöpfte er sich das Hemd auf.

27

«Ich weiß nicht so recht, wie ich es euch erzählen soll», fing Alexander an und sah von seiner Schwester Emily zu seiner Cousine Paula O'Neill und seinem Cousin Anthony Standish hin, dem Grafen von Dunvale.

Alle drei saßen auf den beiden Sofas vor dem Kamin und hatten ihre Drinks in der Hand, die er ihnen vor kurzem eingeschenkt hatte.

«Ehrlich gesagt», fuhr Alexander fort, «habe ich mir jetzt schon seit Wochen den Kopf zerbrochen, wie ich es in die rechten Worte kleiden, wie ich es euch erklären kann ...»

Er brach ab, erhob sich, ging durch den Salon, blieb vor dem großen Bogenfenster stehen, das bis zur Decke reichte, und schaute in den kleinen Hintergarten seines Hauses in Mayfair hinab.

Plötzlich wünschte er, daß er sie gar nicht hergebeten hätte und es ihnen nicht sagen müßte ... er wünschte inbrünstig, er könnte es einfach ... geschehen lassen. Aber das war undenkbar. Unfair. Und außerdem mußten zu viele Dinge geregelt werden, zu viele rechtliche Angelegenheiten spielten hinein.

Alexander war angespannt und stand steif da, die Schultern unter seinem Jackett fielen nach vorn. Er holte tief Luft und nahm all seinen Mut zusammen. Wahrscheinlich war dies die schwierigste Aufgabe, mit der er jemals konfrontiert worden war.

Emily, die ihn aufmerksam beobachtete, hatte schon gleich, als sie ankam, die Angespanntheit in seiner Stimme gehört. Und nun sah sie, wie verkrampft er war. Ihr ganzes

Leben lang hatten sie sich ungewöhnlich nahegestanden, und sie kannte ihn ebensogut wie sich selbst. Instinktiv wußte sie, daß irgend etwas ganz und gar nicht stimmte.

Ihre Sorge unterdrückend, sagte sie: «Du klingst so schrecklich ernst, Sandy.»

«Ja», erwiderte er, und suchte nach einem Anfang, während er immer noch aus dem Fenster sah. In der herabsinkenden Dämmerung dieses Januarabends sah der kleine Garten mit seinen geschwärzten, skelettartigen Bäumen, den leeren Blumenbeeten, die mit altem, vom Londoner Ruß grauen Schnee überzogen waren, traurig und verloren aus. Ihm war, als sei dieses Stück Erde ein Echo seiner düsteren Stimmung.

Die drei warteten, daß Alexander weitersprach und ihnen erklärte, warum er sie hierhergebeten hatte, darauf bestanden hatte, daß sie heute abend noch kamen. Hinter seinem Rücken wechselten sie besorgte Blicke.

Paula drehte den Kopf, schaute Anthony an und zog fragend eine Braue empor.

Der Graf zuckte die Achseln und hob die Hände in einer hilflosen Gebärde, die seine eigene, wachsende Ratlosigkeit ausdrücken sollte.

Nun warf Paula Emily, die auf dem Sofa gegenüber saß, einen verstohlenen Blick zu. Emily preßte die Lippen aufeinander, schüttelte schnell den Kopf und war offenbar auch mit ihrem Latein am Ende. «Keine Ahnung, was das alles soll», bedeutete sie Paula stumm. Dann räusperte sie sich und sagte mutig: «Sandy, Liebster . . . Gran hat immer gesagt, daß man bei einer schwierigen oder unangenehmen Mitteilung am besten geradewegs damit herausrücken sollte. Warum machst du das nicht einfach?»

«Das ist nicht so leicht, wie es klingt», erwiderte ihr Bruder ruhig.

«Welche Probleme du auch hast, du weißt, daß wir dir immer helfen», sagte Anthony so beruhigend, wie er es nur vermochte.

Alexander wirbelte auf dem Absatz herum, den Rücken zum großen Fenster, und sah alle drei nachdenklich an. «Ja, das weiß ich, Anthony, vielen Dank», sagte er schließlich. Ein schwaches, verzagtes Lächeln spielte um seinen Mund und verschwand sofort wieder.

Paula, die ihn genau beobachtete, sah etwas Seltsames auf dem Grund seiner hellblauen Augen, eine schreckliche Leere, und ihr zog sich das Herz zusammen. «Irgend etwas Schlimmes ist passiert ... etwas Schreckliches, nicht, Sandy?»

Er nickte. «Ich bin immer stolz darauf gewesen, daß ich alles im Griff habe, Paula. Aber jetzt ...» Er konnte nicht weitersprechen.

Da fiel Paula plötzlich jenes Telefonat ein, das sie Ende August letzten Jahres mit ihm geführt hatte. Sie hatte gespürt, daß er an jenem Morgen irgendein Problem hatte, und dann hatte sie diese Vorahnung als Spiel ihrer lebhaften Phantasie abgetan. Aber jetzt war sie sicher, daß sie doch recht gehabt hatte. Sie faltete fest die Hände und war plötzlich unglaublich nervös und von ängstlicher Erwartung erfüllt.

Alexander sagte langsam: «Ich habe euch drei gebeten, heute abend vorbeizukommen ... weil ihr mir all die Jahre hindurch nahegestanden habt und ich zu jedem von euch ein besonderes Verhältnis habe.» Er wartete und holte tief Luft. «Ich habe in der Tat gewisse Probleme. Vielleicht können wir vernünftig darüber sprechen, und ihr könnt mir einige Entscheidungshilfen geben.»

«Aber natürlich», sagte Anthony. Sein Cousin benahm sich heute so eigenartig, er war wohl sehr verzweifelt. Anthony richtete seinen klaren, stetigen Blick auf Alexander und versuchte, ihn seine Zuneigung und Ergebenheit spüren zu lassen. Sie hatten sich in der Vergangenheit schon oft über schlimme Zeiten hinweggeholfen und würden dies zweifellos auch wieder tun.

Anthony beugte sich einigermaßen dringlich vor und fragte: «Ist es etwas Geschäftliches? Oder eine Familienangelegenheit?»

«Eigentlich ist es privat», antwortete Alexander.

Er trat vom Fenster zurück, schritt langsam durch den eleganten, mit Stilmöbeln ausgestatteten Salon und ließ sich im selben Sessel nieder, den er vor einiger Zeit verlassen hatte.

Er wußte, daß es keinen Zweck hatte, es noch länger aufzuschieben. Sie mußten es erfahren.

Alexander stieß einen schrecklich müden Seufzer aus. Dann sagte er beherrscht: «Ich bin sehr krank . . . das heißt, ich werde sterben.»

Emily, Paula und Anthony starrten ihn an. Keiner von ihnen hatte mit einer derart niederschmetternden Nachricht gerechnet. Es verschlug ihnen die Sprache.

Alexander fuhr eilig fort: «Es tut mir leid, daß ich es euch so direkt sagen muß, aber ich habe mich an Emilys Ratschlag gehalten. Und Gran hatte eigentlich recht damit. Es *ist* die einzige Möglichkeit . . . einfach heraus damit, ohne allzu viele Umstände.»

Paula war so erschüttert, daß sie nichts entgegnen konnte. Blindlings griff sie nach Anthonys Hand.

Dieser nahm sie und umschloß sie tröstlich. Er war ebenso vor den Kopf geschlagen wie sie, wußte keinen Rat. Es gab keine Worte. Eine tiefe Traurigkeit überkam ihn. Wie schrecklich für den armen Sandy, der doch in den besten Jahren stand. Wenn sein Cousin einmal nicht mehr da war, würde er es sehr spüren. Sandy war so ein Kraftquell für ihn gewesen, als er seine großen Krisen hatte. Besonders, als man Min tot im See bei Clonloughlin gefunden hatte. Anthony griff nach seinem Scotch mit Soda auf dem Beistelltisch. Plötzlich brauchte er dringend einen Drink.

Emily war aschfahl vor Entsetzen.

Sie saß reglos da und starrte ihren Bruder ungläubig an, die Augen dunkel vor Qual. Ihr war, als hätte alles Blut ihren Körper verlassen. Dann riß sie sich zusammen, erhob sich etwas schwankend und ging zu ihm hin. Sie kniete neben seinem Sessel nieder, ergriff seine Hand, klammerte sich an ihn.

«Sandy, es ist nicht wahr! Es kann nicht wahr sein!» rief sie leise, aber wild. «Bitte sag, daß es nicht wahr ist . . .» Dann zitterte ihre Stimme, brach, und in ihre grünen Augen traten Tränen. «Nicht du, Sandy, bitte, nicht ausgerechnet du.»

«Leider doch», sagte er mit der ruhigsten Stimme der Welt, «und ich kann auch nicht viel dagegen tun, Klößchen. Das liegt nicht in meiner Macht.»

Daß er ihren alten Spitznamen benutzte, schnürte ihr die Kehle zu. Erinnerungen kehrten ungerufen zurück, ihre gemeinsamen Kinderjahre, und sie dachte daran, wie er sie immer beschützt, sich um sie gekümmert hatte, und ihre Kehle schmerzte plötzlich, es war ihr, als preßte man ihr das Herz in einem Schraubstock zusammen. Für den Bruchteil einer Sekunde schloß sie die Augen, bemühte sich, mit der tragischen, schrecklichen Neuigkeit ihres Bruders fertigzuwerden.

«Du sagst, du werdest sterben.» Sie brachte die Worte kaum heraus, mußte mehrmals tief Atem holen, ehe sie fortfahren konnte. «Aber weswegen? Was ist los mit dir, Sandy? Du siehst doch ganz normal aus. Was hast du denn?»

«Ich habe eine akute Rückenmarksleukämie . . . was man auch akute granulozytische Leukämie nennt.»

«Das kann man doch sicher behandeln!» rief Anthony, plötzlich Hoffnung im besorgten Gesicht. «Die Medizin hat doch enorme Fortschritte gemacht, besonders in der Krebsforschung, und vielleicht . . .»

«Es gibt kein Heilmittel», unterbrach Alexander ihn.

«Aber worum handelt es sich denn genau?» wollte Emily wissen; ihre Stimme war vor Angst heller und ungewöhnlich schrill. «Woher kommt es denn bloß?»

«Es ist eine bösartige Veränderung der Zellen, die Granulozyten produzieren, eine Sorte der weißen Blutkörperchen, die im Knochenmark entsteht», erklärte er, so gut über seine Krankheit informiert, daß ihm alle Einzelheiten leicht von den Lippen gingen. «Sie vermehren sich und leben länger als normale Zellen. Ganz simpel gesagt, zerstören sie. Bei zunehmender Menge dringen sie ins Knochenmark ein, geraten dann in den Blutkreislauf und greifen schließlich die Organe und das Gewebe an.»

«O mein Gott, Sandy . . .» fing Paula an und brach dann wieder ab. Ihre Gefühle überwältigten sie. Die Worte, die sie hatte sagen wollen, blieben ihr im Halse stecken. Sie bemühte sich um Ruhe; irgendwie gelang es ihr, die Selbstbeherrschung zurückzugewinnen. Nach einem Augenblick sagte sie: «Es tut mir so leid, so leid, Liebster. Ich bin für dich da, wir sind alle für dich da, wann auch immer du uns brauchen solltest, tags oder nachts.»

«Ja», sagte er, «das weiß ich. Ich zähle auch darauf, Paula.»

«Gibt es denn gar keine Möglichkeit, die Leukämie zumindest zu bremsen?» fragte Paula sanft, Mitgefühl und Anteilnahme im Blick.

«Nein, wirklich nicht», erwiderte Alexander.

Emily sagte plötzlich heftig: «Du bist wohl schon bei den besten Ärzten von London gewesen, aber wir müssen weitersuchen. Wirklich. Wie ist es mit den Staaten? Sloan-Kettering in New York zum Beispiel. Wir können doch nicht einfach tatenlos zusehen, wie so etwas passiert, Sandy. Wir müssen etwas *unternehmen.*»

«Da stimme ich dir zu, Emily», sagte Anthony. «Es muß doch heutzutage irgendeine fortschrittliche Behandlungsmöglichkeit geben. *Irgendwo.* Ich kann das auch nicht so einfach hinnehmen, Sandy. Ich will es nicht hinnehmen.» Er wandte sich ab und rang mit seinen Gefühlen.

Alexander schüttelte den Kopf, und in dieser Geste lag eine Endgültigkeit, die unmißverständlich war. «Ich kann verstehen, wie euch dreien zumute ist. So ging es mir auch zu Anfang. Ich suchte nach einem Heilmittel, voller Hoffnung, dann verwandelte sich die Hoffnung schnell in Enttäuschung, in Zorn und schließlich in *Hinnehmen.* Versteht ihr . . .» Er hielt inne, holte mehrmals tief Luft und fuhr dann langsam fort: «Es gibt absolut nichts, was man für mich tun kann. Und glaubt mir, ich bin schon bei den besten Spezialisten Londons, New Yorks und Zürichs gewesen. Meine Krankheit *ist* tödlich. Ich werde natürlich behandelt, aber es nützt kaum etwas.»

Ein düsteres Schweigen breitete sich im Zimmer aus.

Alexander lehnte sich im Sessel zurück, erleichtert darüber, es ihnen endlich gesagt zu haben. Er hatte sich schon seit einiger Zeit mit seinem Schicksal abgefunden, aber er hatte sich große Sorgen um die Familie gemacht und darum, wie sie es wohl aufnehmen würden, besonders Emily.

Seine Schwester, sein Cousin und seine Cousine bemühten sich jeder auf ihre Weise, mit der niederschmetternden Neuigkeit fertigzuwerden, die er ihnen gerade mitgeteilt hatte, sie aufzunehmen und dabei auch noch ihre Gefühle zu zügeln. Auf ihre unterschiedliche Art liebten sie Alexander alle, und obwohl sie es nicht wußten, dachten sie in diesem Augenblick alle dasselbe. Sie fragten sich, warum es gerade Alexander sein mußte, der von dieser Krankheit betroffen war. Er war der beste, der gütigste, der liebevollste Mensch, den man sich denken konnte. Der Allerbeste. Er war immer für sie dagewesen, wenn sie ihn gebraucht hatten, ganz egal, um welche Schwierigkeit es sich handelte, schon zu ihrer Kinderzeit. Die Cousinen und der Cousin fanden, er sei der einzige *gute* Mensch, den sie kannten. Wenn irgend jemand ein Heiliger war, dann Alexander.

Schließlich sagte Paula: «Du weißt das schon seit einigen Monaten, nicht wahr?»

Alexander nickte, ergriff sein Glas Weißwein und nahm einen Schluck.

«War es letztes Jahr Ende August, als du erfuhrst, daß du krank bist?»

«Nein, es war im Oktober. Aber du bist dicht dran, Paula.» Er warf ihr einen seltsamen Blick zu. «Woher weißt du das?»

Paulas ernstes Gesicht sah ganz ruhig aus. «Ich weiß es nicht. Nicht genau. Aber ich hatte so ein seltsames Gefühl, daß etwas mit dir nicht in Ordnung war, als du mich aus Leeds anriefst – an jenem Tag, als wir uns in Fairley verpaßten. Deine Stimme klang so eigenartig, ich mußte dich einfach fragen, ob irgend etwas nicht in Ordnung sei, und wenn ich mich richtig entsinne, wehrtest du das ab. Dann verwarf ich mein Gefühl und dachte, meine lebhafte Phantasie hätte mir einen Streich gespielt.»

«Du bist an jenem Morgen sehr hellhörig gewesen», murmelte Alexander. «Ich war unruhig und wollte mit dir reden. Ich hatte schon die ersten Symptome. Ich ermüdete sehr schnell, das machte mir Sorgen, und ich stellte auch fest, daß ich mich leicht verletzte und blutete ... wenn ich nur an irgend etwas anstieß.»

Alexander erhob sich, holte die Weinflasche, füllte Paulas, Emilys und sein eigenes Glas auf und stellte die Flasche dann wieder in den silbernen Eiskübel auf dem Beistelltischchen.

Die anderen warteten schweigend, fürchteten sich vor dem, was er ihnen erzählen würde.

Er nahm Platz und fuhr fort: «Damals, Ende September, arbeitete ich viel auf dem Gelände von Nutton Priory, und ich war einfach ratlos. Ich fragte mich, ob ich etwa über Nacht zum Bluter geworden war – falls es sowas überhaupt gibt. Anfang Oktober bekam ich dann schreckliche Geschwüre im Mund. Ich wurde immer besorgter, und deshalb habe ich auch unsere Verabredung zum Lunch abgesagt, Paula. Schließlich ging ich zu meinem Arzt. Er schickte mich gleich zu einem Spezialisten in der Harley Street. Die Untersuchungsergebnisse und die Knochenmarksbiopsie waren ganz eindeutig.»

«Du sagst, du seiest in Behandlung», warf Anthony ein. «Sie muß dir doch aber guttun, irgendwelche Resultate zeigen. Du siehst gar nicht aus, als seiest du schwer krank. Vielleicht bist du ein bißchen blaß, etwas dünner, aber ...»

«Die Behandlung bringt nur soviel, daß sie mich momentan auf den Beinen hält», unterbrach Alexander ihn.

Emily schaute ihren Bruder scharf an. «Und worin besteht sie?»

«Transfusionen roter Blutkörperchen und Blutplättchen, wenn ich welche brauche. Ich bekomme auch von Zeit zu Zeit Antibiotika, damit mein Infektionsrisiko gesenkt wird.»

«Ich verstehe.» Emily biß sich nervös auf die Lippen. «Du hast gesagt, deine Behandlung halte dich auf den Beinen ... wie ... wie ... lange noch?» fragte sie dann mit zitternder Stimme. Sie war voller Angst um ihren Bruder.

«Höchstens noch vier oder fünf Monate, denke ich. Menschen, bei denen man diese Art von Leukämie diagnostiziert hat, machen es selten länger als ein Jahr.»

Emilys Lippen bebten. «Ich kann es nicht ertragen. Nicht du. Es ist einfach nicht fair. O Sandy, du kannst doch nicht im

Sterben liegen!» Sie bemühte sich, ihrer Tränen Herr zu werden, denn sie wußte, daß er sie stark sehen wollte und sie in dieser Angelegenheit ebensoviel Mut zeigen sollte wie er. Aber es gelang ihr nicht.

Sie sprang auf und lief aus dem Salon, da sie merkte, daß sie gleich völlig zusammenbrechen würde.

28

Emily stand unten in der Eingangshalle bei der Treppe und hielt sich am Geländer fest. Sie zitterte am ganzen Körper. Langsam liefen ihr die Tränen über die Wangen, als sie um ihren Bruder weinte. Er war erst siebenunddreißig. Ihr Verstand scheute vor dem Gedanken seines baldigen Todes zurück. Es war ihr unvorstellbar.

Kurz darauf ging die Tür des Salons auf und schloß sich leise wieder. Emily fühlte, wie Alexander den Arm um sie legte. Dann drehte er sie zu sich herum, zog ein Taschentuch hervor und wischte ihr die Tränen vom Gesicht.

«Nun komm, Klößchen, versuch, es dort drinnen auszuhalten. Mir zuliebe», sagte er. «Ich kann es nicht ertragen, wenn du dich so aufregst. Es hilft mir nicht. Ich verstehe natürlich, daß es ein schrecklicher Schock für dich ist, aber es gibt eben keine angenehme Methode, solch eine Nachricht mitzuteilen. Wie soll man denen, die man liebt, beibringen, daß man sterben muß?»

Emily brachte kein Wort heraus. Ihre Augen liefen wieder über, sie vergrub ihr Gesicht an seiner Brust und hielt ihn ganz fest.

Sanft sagte er: «Ich bin froh darüber, daß du mich an Grans Einstellung erinnert hast . . . du weißt schon, daß man einfach mit der Sache herausrücken soll. Es hat mir enorm geholfen, so konnte ich all meinen Mut zusamennehmen und es sagen. Ich habe es schon seit Wochen vor mir hergeschoben.»

Alexander strich mit der Hand über ihr Haar, und es trat eine Pause ein, ehe er bemerkte: «Ich habe meine Krankheit sehr lange vor dir verborgen gehalten, altes Mädchen. Aber bald wird man es mir ansehen können. Also *mußte* ich es dir sagen. Und es gibt eine Menge Sachen, die vernünftig geregelt werden müssen. *Jetzt*. Man kann sie nicht länger aufschieben . . . die Zeit vergeht so schnell, besonders, wenn man versucht, sie festzuhalten.»

Emily schluckte schwer, sie wollte tapfer sein, aber es war so schwierig. Sie stand ganz still da und hielt die Augen fest geschlossen.

Nach einem Augenblick, als sie sich wieder etwas gefaßt hatte, sagte sie: «Nichts wird jemals wieder so sein wie zuvor, Sandy, wenn du . . . wenn du fortgegangen bist. Was wollen wir dann machen? Was soll ich dann machen?» Als sie die Worte ausgesprochen hatte, merkte sie, wie selbstsüchtig sie war, aber sie konnte sie nicht zurücknehmen. Sie waren ausgesprochen, und eine Entschuldigung würde alles nur noch schlimmer machen.

Leise und zuversichtlich erwiderte er: «Du wirst es schon schaffen, Emily. Du wirst weitermachen, mit der Kraft und dem Mut, den du schon immer gehabt hast . . . genauso tapfer wie Gran immer gewesen ist. Sie hat dich gelehrt, unermüdlich weiterzumachen, als du noch ein kleines Mädchen warst. Und du hast ja Winston und deine Familie.» Alexander seufzte tief, und als dächte er laut nach, murmelte er in ihre Haare: «Francesca wird es auch schaffen, nun, wo sie mit Oliver verheiratet ist, aber ich mache mir Sorgen um Amanda. Sie ist eine so verletzliche junge Frau, so leicht zu beeinflussen. Versprichst du mir, ein Auge auf sie zu haben?» Jetzt zitterte Alexanders Stimme zum ersten Mal. Er schaute weg, verbarg sein Gesicht vor ihr und hustete hinter vorgehaltener Hand.

«Aber natürlich, Sandy», entgegnete Emily.

Sie standen noch ein paar Minuten lang beieinander.

Alexander drückte sie noch fester an sich und nahm soviel er nur konnte von seinen schwindenden Kräften zusammen, da er wußte, daß er in der nächsten halben Stunde eine Menge zu sagen hatte. Er freute sich nicht darauf. Aber es mußte gemacht werden, und am besten, so hatte er es sich schon vorher überlegt, sollte er alles so geschäftsmäßig wie möglich angehen.

Emily konnte Sandys Rippen durch seinen Anzug fühlen, und sie begriff, wie dünn er geworden war. Sie rückte etwas von ihm ab, warf ihm einen raschen Blick zu und bemerkte seine Blässe und die leichten lila Schatten unter seinen Augen, und das Herz wurde ihr schwer. Sie verstand nicht, warum sie es vorher nicht gemerkt hatte, daß er krank war, und sie verfluchte sich dafür, ihm in den vergangenen Monaten nicht mehr Aufmerksamkeit geschenkt zu haben.

Schließlich gab Alexander sie frei. Er zog sein Taschentuch noch einmal heraus und trocknete ihre feuchten Wangen. Ein flüchtiges Lächeln spielte um seine Augen. Wie klein und blond und zierlich sie war. Sie hatte ihn schon immer an ein zerbrechliches Stück Meißner Porzellans erinnert. Aber sie hatte ein stählernes Rückgrat und besaß eine Unbeugsamkeit, die ihn an ihre Großmutter erinnerte. Er wußte, daß sie auf lange Sicht sehr stark sein würde, wenn sie auch jetzt niedergeschlagen war. Er konnte sich auf seine Schwester verlassen. Ebenso wie Emma Harte vor ihr hatte sie Mumm.

Emily spürte Alexanders prüfenden Blick genau. Sie erwiderte ihn und sagte: «Ich werd's schon schaffen, Sandy», als hätte sie seine Gedanken gelesen.

Alexander nickte lächelnd.

Ein kurzes Schweigen entstand, ehe Emily mit leiser Stimme langsam fortfuhr: «Du bist mir nicht nur ein wunderbarer Bruder gewesen, sondern auch eine Mutter, ein Vater und ein bester Freund. Du warst . . . alles für mich, Sandy. Ich habe dir noch nie gesagt, wie ich empfinde, aber ich möchte, daß du weißt, ich . . .»

«Ich weiß sehr wohl, wie du empfindest», unterbrach er sie schnell, da er mit noch mehr Gefühlen jetzt nicht fertigwerden konnte. «Und ich liebe dich ebenso, Emily. Aber jetzt sollten wir lieber in den Salon zurückgehen, zu den anderen, meinst du nicht? Es müssen Vorkehrungen getroffen werden. Für die Zukunft.»

«Zuerst würde ich gern über das Geschäft sprechen. Genauer gesagt, über die Harte Unternehmensgruppe», sagte Alexander, sobald sie wieder alle um den Kamin versammelt waren.

«Ja, natürlich, wie du willst», antwortete Paula. Ihre Augen waren gerötet und verweint und verrieten sie, auch wenn sie sich den Anschein von Ruhe gab. Offensichtlich hatte sie geweint, während Alexander und Emily draußen waren, aber nun schien sie ihre Fassung zurückgewonnen zu haben.

«Ich hatte Zeit, mir über einige Sachen Gedanken zu machen», fing Alexander an, «und ich würde mich gern mit euch besprechen, ehe ich endgültige Entscheidungen fälle. Ich möchte einfach eure Ansichten hören, ehe ich meine Pläne verwirkliche.»

«Aber ich habe doch mit keiner Firma der Familie etwas zu tun», erinnerte Anthony ihn gleich. «Bist du sicher, daß ich hier nicht störe?» Er sah ratlos aus.

«Nein, das tust du nicht. Und außerdem bist du der älteste von Emma Hartes Enkeln und solltest . . .»

«Aber Paula ist doch das Familienoberhaupt», entgegnete Anthony. «Gott sei Dank. Ehrlich gesagt möchte *ich* den Job nicht haben.»

Alexander lächelte etwas wehmütig. «Ich weiß schon, wie du's meinst. Aber du bist mein bester Freund, und ich möchte dich einfach hierhaben. Wenn du so willst, zur moralischen Unterstützung, alter Junge.»

Der Graf nickte, stand auf und ging zum Beistelltisch hinüber, wo er sich einen neuen Scotch mit Soda einschenkte. Dann sah er zu Paula und Emily hin. «Möchtet ihr auch noch einen Drink?»

Beide Frauen verneinten.

«Und wie ist es mit dir, Sandy?»

«Im Moment nicht, vielen Dank.»

Alexander wartete, bis Anthony wieder auf dem Sofa saß, dann wandte er sich Emily zu und sagte: «Tut mir leid, daß ich diese Sitzung anberaumt habe, während Winston gerade in Kanada ist, aber ich mußte es diese Woche machen, weil ich morgen zur Behandlung ins Krankenhaus gehe. Er hätte natürlich dabeisein sollen, als Geschäftsführer der Yorkshire Consolidated Verlags und unserer kanadischen Zeitungen. Andererseits sind die Abteilungen, die er leitet, für unsere Besprechung heute nicht direkt relevant.»

«Er wird Verständnis dafür haben, Sandy.» Emily beugte sich vor und nagelte ihren Bruder mit ihren grünen Augen fest. «Wie lange wirst du denn im Krankenhaus bleiben?» fragte sie besorgt.

«Nur ein paar Tage lang, mach dir keine Sorgen deswegen. Die Behandlung ist gut für mich. Und nun würde ich gern fortfahren. Hört mal, ich weiß, daß das, worüber ich nun sprechen werde, für euch ziemlich bestürzend ist. Aber bitte *regt euch nicht auf*. Es muß besprochen werden, und ich möchte meine Angelegenheiten geordnet hinterlassen . . . das ist wohl eine Familieneigenschaft der Hartes.»

Alexanders Blick ging über alle drei hin, dann fuhr er nachdenklich fort: «Ich habe in den letzten Wochen die Harte Unternehmensgruppe eingehend analysiert, um zu einer Entscheidung zu kommen, was mit der Firma passieren soll. Ich habe daran gedacht, sie zu verkaufen, das würde einige Hundert Millionen Pfund bringen, die wir wieder auf dem Markt investieren könnten. Dann habe ich mir überlegt, einige Abteilungen zu verkaufen und andere zu behalten. Aber plötzlich ging mir auf, wie unfair das alles dir gegenüber wäre, Emily.»

Ehe sie noch etwas einwerfen konnte, sagte er eilig: «Denn schließlich leitest du ja Genret, eine der Abteilungen, die das meiste Geld einbringen, und du bist die einzige Mitaktionärin . . .»

«Abgesehen von Jonathan und Sarah», fiel Emily ein. «Aber die zählen ja wohl nicht mit.»

«Nein», stimmte Alexander ihr zu. «Jedenfalls habe ich eingesehen, daß es ziemlich anmaßend von mir wäre, irgendwelche Entscheidungen zu treffen, ohne dich zu fragen. Und es wäre auch falsch, einfach vorauszusetzen, daß du die Harte Unternehmensgruppe nicht selbst würdest leiten wollen. Vor ein paar Tagen ist mir dann noch etwas eingefallen . . . was hätte Grandy uns geraten, wüßte sie von meiner Krankheit?

Mir war sofort klar, daß sie die Harte Unternehmensgruppe nicht verkauft hätte. Die Firma ist einfach zu solide, zu reich, zu wichtig für die ganze Familie, als daß wir sie aufgeben könnten. Seht ihr das nicht auch so?»

«Ja», brachte Emily mühsam heraus, der auf einmal klar wurde, was eine Zukunft ohne ihren Bruder bedeutete.

«Paula, was meinst du?» fragte Alexander.

«Ja, du hast ganz recht», antwortete Paula, die sich bemühte, ganz normal zu klingen. «Grandy hing sehr an der Harte Unternehmensgruppe. Sie hätte gewünscht, daß Emily sie an deiner Statt weiterführt. Das wolltest du doch sagen, nicht wahr?»

«Ja, ich finde, Emily sollte in den nächsten Wochen Aufsichtsratsvorsitzende und Hauptgeschäftsführerin werden. So können wir die Macht reibungslos übergeben, und ich kann zurücktreten. Ziemlich bald, wie ich hoffe.»

«Dann möchtest du wohl, daß Amanda Genret leitet?» fragte Emily.

«Mit deinem Einverständnis. Und was wir wirklich verkaufen sollten, sind die Lady Hamilton-Kleider.»

«Wohl an die Kallinskis», warf Paula ein.

«Ja.» Alexander räusperte sich, griff nach seinem Glas und trank einen Schluck Wein. «Wenn irgend jemand das Recht hat, die Lady Hamilton-Kleider zu kaufen, dann ist es Onkel Ronnie. Aus Respekt und weil wir mit dieser Familie seit über siebzig Jahre verbunden sind. Ich würde vorschlagen, alles innerhalb der drei Clans zu belassen. Und ihr wißt ja, . . .» Er schaute von Alexander zu Paula und fuhr dann fort: «Onkel Ronnie wird unseren Preis gern zahlen. Darüber mache ich mir keine Sorgen. Ich will nur, daß du mit dieser Transaktion einverstanden bist, Paula. Du hast zwar mit der Leitung der Harte Unternehmensgruppe nicht direkt zu tun, aber die Lady Hamilton-Kleider beliefern schließlich die Harte-Kaufhäuser und die Boutiquen.»

«Onkel Ronnie hat mir versichert, daß sie das auch weiterhin tun würden, und zwar exklusiv, als wir im letzten August eine mögliche Übernahme der Modeabteilung durch Kallinski Industries besprachen», sagte Paula zu ihm.

«Ja, ich bin einverstanden. Aber was ist mit Amanda? Sie hängt doch so an ihrer Abteilung, Sandy.»

«Das weiß ich. Aber unter diesen unerwarteten Umständen wird sie sicherlich die Notwendigkeit gewisser Veränderungen, gewisser Rationalisierungen einsehen. Es ist doch immer Grandys Überzeugung gewesen, daß wir dem Unternehmen als ganzem ergeben sein müssen, nicht unserer jeweiligen Abteilung. Und das finde ich auch, du und Amanda wißt das. Außerdem wird Genret eine Herausforderung für Amanda sein, ebenso wie für dich, als du die Firma vor zwölf Jahren von Len Harvey übernahmst.»

«Das ist wahr . . . ja . . .»

«Was ist denn, Emily?» fragte Alexander sie stirnrunzelnd. «Du klingst etwas zögernd.»

«Nein, das bin ich eigentlich nicht. Nur habe ich nicht gerade viel Ahnung von der Grundstücksabteilung der Harte Unternehmensgruppe. Und das macht mir Sorgen.»

«Also das ist nun wirklich kein Problem, Liebes. Thomas Lorring ist dort meine rechte Hand und leitet diese Abteilung schon seit mehreren Jahren. Das weißt du doch auch, Emily.» Er blickte sie lange und eindringlich an. «Er wird dasselbe für dich tun, wenn du meine Nachfolgerin wirst . . . und das wirst du doch, oder?»

«Natürlich.» Emily lehnte sich abrupt zurück und wünschte, sie würde nicht in ihres Bruders Fußstapfen treten müssen. Wenn nur alles so sein könnte wie gestern! Plötzlich sehnte sie sich sehr nach Winston, bedauerte es, daß ihr Mann nicht da war und erst übernächste Woche wieder nach England zurückkommen würde. Dieser Gedanke machte sie noch niedergeschlagener.

«Du hast einige sehr gut überlegte Entscheidungen getroffen, Sandy», sagte Paula.

Er stand auf, trat ans Fenster und schaute fast geistesabwesend auf den Garten herunter. Dann erwiderte er, ohne sich umzudrehen: «Ich denke, es sind in dieser Situation einfach die naheliegendsten.» Reglos blieb er noch kurz vor dem hell leuchtenden Lorbeerbaum stehen.

Niemand sagte etwas.

Schließlich kehrte Alexander an den Kamin zurück und lehnte sich mit dem Rücken daran, um sich aufzuwärmen.

Ohne weitere Umstände verkündete er dann kühl und geschäftsmäßig: «Nun zu meinem Testament. Ich möchte dieses Haus Francesca geben und Nutton Priory Amanda. Villa Faviola gehört natürlich dir, Emily.»

«O Sandy . . .» Sie brach ab. Sie konnte nichts sagen. Es schnürte ihr die Kehle zu. Sie versuchte sich der aufsteigenden Tränen zu erwehren.

Erbarmungslos sprach er eilig weiter: «Fünfzig Prozent meines Privatvermögens wird zwischen euch dreien aufgeteilt, Emily, die anderen fünfzig Prozent gehen an die Kinder der Familie, und zwar nicht nur an meine Neffen und Nichten, sondern auch an deine Kinder, Paula, und deine, Anthony.»

Beide nickten.

Anthony schaute weg, denn er wollte nicht, daß Alexander den Schmerz sah, der sein Gesicht überflutete. Verbissen starrte er auf das Bild, das ihm gegenüber an der Wand hing.

Paula drehte nervös an ihrem Ehering und sah auf ihre Hände herab. Wie unberechenbar war doch das Leben! Gerade heute nachmittag hatte sie sich noch zu allem beglückwünscht, was sie in der letzten Zeit erreicht hatte, und sie war sehr glücklich gewesen. Nun fühlte sie sich mit einem Male elend, machte sich Sorgen, war unruhig und mit dem allzu frühen Tod ihres geliebten Cousins konfrontiert, der auch ein guter Freund und wichtiger Geschäftspartner war. Sandys tödliche Krankheit hatte enorme Konsequenzen.

«Nun, Emily», fuhr Alexander fort, entschlossen, heute abend alles über die Bühne zu bringen, damit man diese Art von Besprechung keinesfalls noch einmal beginnen mußte. «Jetzt kommen wir zu meinen Anteilen an der Harte Unternehmensgruppe, genauer gesagt, zu meinen zweiundfünfzig Prozent, die Grandy mir hinterlassen hat. Ich werde zweiunddreißig Prozent dir und zwanzig Amanda geben. Francesca werde ich keine Anteile hinterlassen, da sie nicht für die Firma arbeitet.»

«Ja, ich verstehe . . . vielen Dank», sagte Emily, so ruhig sie es vermochte. «Aber ich frage mich . . . ist das denn auch fair gegen Amanda, Sandy?» Sie fragte das ganz sanft, denn sie wollte nicht mit ihm streiten; andererseits hatte sie den Wunsch, daß sich ihre Halbschwester an der Harte Unternehmensgruppe aus vollem Herzen beteiligen und sich dafür engagieren sollte. Schließlich würden beide die Firma leiten.

«Ich finde es *außerordentlich* fair», erwiderte Alexander schnell. «Großmutter hat darauf bestanden, daß einer die Macht in der Firma haben soll, damit es zu keinen Zwistigkeiten kommt, und ich möchte es genauso haben. Deshalb habe ich meine Anteile auf diese Weise verteilt. Du wirst die Hauptaktionärin und Chefin der Harte Unternehmensgruppe sein, so wie ich es zur Zeit noch bin.» Er klang ungewöhnlich entschlossen und kompromißlos, so daß an seiner Einstellung kein Zweifel war und sich jedes weitere Wort zu diesem Thema erübrigte.

Emily sagte auch nichts mehr dazu und schaute ins Kaminfeuer, kämpfte mit einer übermächtigen Traurigkeit. Sie fand den Gedanken immer noch unvorstellbar, daß ihr Bruder nicht mehr lange bei ihnen sein, daß er nächstes Jahr um diese Zeit schon tot sein würde. Sie war verzweifelt, und wieder sehnte sie sich nach ihrem Mann und seiner tröstlichen Anwesenheit, der Geborgenheit, die Winston ihr immer gab.

Jetzt meldete sich Anthony zu Wort. «Wenn deine Behandlung vorbei ist, möchte ich, daß du zu uns nach Clonloughlin kommst, Sandy. Und so lange bleibst, wie es dir möglich ist.»

«Ja, das will ich gern machen. Es wird mir guttun, mit euch zusammenzusein. Und hinterher werde ich dann ein paar Wochen mit dir arbeiten, Emily, und dir alle Details der Arbeit erklären. Allerdings bin ich sicher, daß du es mit verbundenen Augen schaffen wirst.»

Emily biß sich auf die Lippen und nickte schnell; dann warf sie Paula einen flehenden Blick zu.

Paula überbrückte den angespannten Augenblick rasch und sagte herzlich: «Gibt es irgend etwas, das ich für dich tun kann, Sandy? Irgendwas, das es dir leichter macht?»

«Nein, wirklich nicht, Paula, aber trotzdem vielen Dank.

Das heißt – ja! Eins könnt ihr *alle* für mich tun!» Der Blick seiner intelligenten hellblauen Augen ging über sie hin, und er trat von einem Fuß auf den anderen, änderte seine Stellung vor dem Kamin. «Ich möchte euch bitten, meine Krankheit geheimzuhalten, wenn es euch nichts ausmacht. Ich möchte wirklich nicht, daß sie zu einem Diskussionsthema in der Familie wird. Und ich möchte auch nicht mit Trauer und Mitgefühl überschüttet werden und lauter lange, kummervolle Gesichter um mich sehen.»

Emily schaute betroffen drein. «Ich achte deine Gefühle», sagte sie und hielt inne. Mit zitternder Stimme fuhr sie fort: «Ich werde mir Mühe geben, es Winston nicht zu erzählen, aber es wird mir sehr schwerfallen . . .»

«Natürlich mußt du es ihm erzählen!» rief ihr Bruder. Er schaute zu Paula und Anthony herüber. «Und natürlich müßt ihr es Shane und Sally mitteilen. Ich habe nicht gesagt, daß ihr sie ausschließen sollt, nur eure Kinder. Und deine, Emily, und unsere Halbschwestern. Ich möchte nicht, daß Amanda und Francesca es erfahren – zumindest noch nicht jetzt.»

«Und was ist mit Mummy?» fragte Emily besorgt. «Soll sie darüber auch im dunkeln gehalten werden?»

Alexander neigte das Haupt. «O ja, auf jeden Fall. Es ist besser, wenn Mutter gar nichts davon weiß. Sie wird so leicht wegen jeder Kleinigkeit hysterisch. Sie würde mich nur aufregen.»

Er schritt zum Beistelltisch aus der Zeit von King George hinüber und holte den Weißwein. «Ja, das wäre es dann wohl», sagte er, während er Paulas und Emilys Kristallkelche nachfüllte. «Ich glaube, ich habe alles gesagt. Ach übrigens, Emily, John Crawford ist natürlich im Bilde. Als mein Anwalt muß er Bescheid wissen, und er wird dir bei allen rechtlichen Angelegenheiten behilflich sein, wenn ich . . . äh . . . wenn ich nicht mehr da bin.»

«Ja», sagte sie ganz leise, verkrampfte die Hände im Schoß und wünschte, er würde nicht mehr von seinem nahen Tod sprechen.

«Das ist eine schreckliche Last gewesen, die du da ganz allein getragen hast, Sandy», sagte Anthony kurz darauf.

Emily und Paula waren zusammen weggegangen, und die beiden Männer tranken noch im Salon ihre Drinks aus, bevor sie gemeinsam essen gehen wollten.

Mit einem eindringlichen Blick auf seinen Cousin fügte der Graf hinzu: «Du hättest es mir eher sagen sollen, weißt du.»

«Vielleicht ja», räumte Alexander ein. «Aber um ehrlich zu sein, mußte ich erst selbst mit meiner Krankheit fertigwerden. Wie ich vorhin schon gesagt habe, durchlief ich alle möglichen Gefühle – Unglauben, Zorn, Frustration und schließlich ein Sichfügen. Dann kehrte der Zorn zurück, die Frustration und ein Gefühl völliger *Hilflosigkeit*. Ich steckte lange in einem emotionalen Auf und Ab, und natürlich konnte ich mich niemandem anvertrauen, ehe ich mich selbst im Griff hatte. Selbstverständlich wollte ich auch erst alle Möglichkeiten ausschöpfen, nach einer Heilung zu suchen, wenn es eine geben sollte. Schnell fand ich dann heraus, daß ich gar nichts tun konnte, als die Behandlung über mich ergehen zu lassen und aus dem bißchen gestundeter Zeit das Beste zu machen.»

Alexander lächelte schwach und zuckte die Achseln. «Ich habe mich inzwischen damit abgefunden, Anthony, und bin ganz beherrscht. Jetzt, wo diese Qual vorüber ist, kann ich mich entspannen und meinem Leben die nächsten paar Monate lang ins Auge sehen. Ich möchte sie gern so gut wie möglich nutzen . . .»

«Ja», erwiderte Anthony und merkte schnell, daß er nicht weitersprechen konnte. Er nahm schnell noch einen Schluck von seinem Scotch. Was für ein Jammer, dachte er und fragte sich, ob er ebensoviel Mut und Haltung bewiesen hätte wie sein Cousin, wenn er in derselben Lage gewesen wäre. Er war sich nicht sicher. Man mußte wirklich viel Rückgrat haben, um seinem eigenen Tod mit solch ungewöhnlichem Stoizismus entgegenzusehen.

«Also, Anthony, nun schau doch nicht so grämlich drein», sagte Alexander. «Und werde bitte nicht gefühlsduselig meinetwegen. Ich könnte das nicht . . . es ist mir sehr schwer gefallen, heute abend mit Emilys Reaktion fertigzuwerden. Ich verstehe natürlich, daß es für euch alle hart ist . . . aber es ist nicht so hart wie für mich.»

«Tut mir leid. Verzeih mir, alter Junge.»

«Schon gut . . . weißt du, ich möchte, daß alles so normal ist wie möglich. Das macht es soviel leichter für mich. Ich muß mich jetzt darum bemühen, meine Krankheit zu ignorieren, in meinen Geschäften fortzufahren, so gut es geht und so souverän wie möglich. Sonst ist es einfach die Hölle.»

«Du wirst doch nach Clonloughlin kommen, nicht?»

«Ja, in ungefähr zwei Wochen.»

«Prima. Sally und ich werden dich erwarten. Und wie lange kannst du bleiben, was meinst du?»

«Zehn Tage, vielleicht auch zwei Wochen.» Alexander trank seinen Wein aus und stellte das Glas auf den Beistelltisch neben dem Kamin. «Ich habe im Mark's Club einen Tisch für neun Uhr reserviert. Vielleicht sollten wir uns bald auf den Weg machen und noch einen Drink in der Bar nehmen . . .»

Alexander erhob sich, als nebenan in der Bibliothek das Telefon klingelte. «Du entschuldigst mich», sagte er und eilte hinaus. Gleich kam er wieder zurück. «Es ist für dich, Anthony . . . Sally ruft aus Irland an.»

«Ah ja, ich habe schon darauf gewartet. Danke.»

«Sag ihr jetzt noch nichts. Nicht am Telefon», ordnete Sandy an.

«Aber natürlich nicht», versicherte Anthony, während er durchs Zimmer und durch die zweiflügelige Mahagonitür in die Bibliothek ging.

Alexander setzte sich auf ein Sofa und schloß die Augen.

Die letzten Stunden waren anstrengend für ihn gewesen und hatten ihn geschwächt. Auch wenn die anderen sich sehr bemüht hatten, ihre Gefühle nicht zu zeigen, tapfer zu sein, hatte es sie doch sehr mitgenommen. Das hatte er natürlich schon vorher gewußt, und deshalb hatte es ihm auch so bevorgestanden, es ihnen zu sagen. Die Tortur, ihnen diese schlechte Nachricht zu bringen, hatte er nur überstanden, indem er sich ganz kühl und sachlich gab.

Er nahm seinen Tod jetzt mit Gleichmut hin, hatte sich in sein Schicksal ergeben. Und darum war es ihm gelungen, sich denen, die ihm am nächsten standen, anzuvertrauen, weil er *ihnen* helfen konnte, es genauso zu sehen. Natürlich war es für Emily am schwersten. Als Heranwachsende waren sie unzertrennlich gewesen. Sie hatten sich in gewisser Weise auf einander gestützt. Ihre Mutter war so unzuverlässig damals, lief von einem Mann zum anderen und heiratete Typen von zweifelhaftem Charakter. Ihr lieber, aber schwacher Vater, von der Last eines gebrochenen Herzens gebeugt, merkte kaum, daß es sie gab. Alexander seufzte leise. Was für eine Katastrophe war das Leben seines Vaters doch gewesen. Und auch das von seiner Mutter. Aber war das Leben nicht überhaupt eine Katastrophe?

Alexander vertrieb diesen Gedanken gleich wieder, da er sich heute abend nicht in tiefschürfende philosophische Spekulationen verlieren wollte, wie er es in der letzten Zeit oft getan hatte. Grandy würde so etwas nicht gutheißen, dachte er bei sich und lächelte, als er an Emma Harte dachte. Wie unbezwinglich war *sie* immer gewesen, bis zuletzt. Ihr Leben war ein Triumph gewesen. Soviel wußte er ... aber vielleicht umgab das Leben der meisten Leute Verhängnis und Tragik.

Alexander öffnete die Augen und sah sich blinzelnd im Zimmer um. Maggie hatte diesen Raum kurz nach ihrer Heirat eingerichtet, und für ihn war er immer das Symbol eines englischen Frühlings, ganz gleich zu welcher Jahreszeit, mit seinem Primel- und Narzissengelb, dem Blaßblau und den Grüntönen. Wenn das Zimmer renoviert werden mußte, ließ Alexander einfach nur die Farben auffrischen. So hatte er es seit ihrem Tod gehalten ...

Sein Cousin unterbrach seine Gedanken: «He, Sandy, geht es dir gut?» Besorgt beugte Alexander sich über ihn.

Alexander setzte sich aufrecht hin. «Ja, mir geht es prima ... ich habe mich nur etwas erholt ... die letzten Stunden waren ein bißchen anstrengend.»

«Ja, natürlich. Und nun komm, laß uns zu Mark's gehen.»

Zehn Minuten später verließen die beiden Cousins Alexanders Haus in Chesterfield Hill und gingen in die Charles Street, wo der Club lag.

Es war ein windiger, kühler Abend; Alexander schlug den Kragen seines Mantels hoch und schob fröstelnd die Hände in die Taschen. «Was macht Sally denn?» fragte er und fiel mit Anthony in Gleichschritt.

«Es geht ihr prima, wie immer. Sie läßt dich herzlich grüßen. Ich habe ihr gesagt, daß du uns besuchen würdest . . . sonst nichts.»

«Gut.»

Schweigend gingen sie weiter. Plötzlich sagte Anthony wie zu sich selbst: «Eines war allerdings merkwürdig . . .»

«Wieso, was denn?» fragte Alexander und schaute ihn interessiert an.

«Sally hat mir erzählt, daß Bridget ihr zusetzt . . . sie will wissen, wann ich nach Clonloughlin zurückkomme. Laut Sally will sie mich dringend sprechen. Sally hat sogar gesagt, sie wirkte etwas aufgeregt heute.»

«Das ist wirklich seltsam. Andererseits fand ich deine Haushälterin schon immer etwas exzentrisch, wenn du mir die Bemerkung erlaubst.»

«Wirklich? Mmmm. Vielleicht ist sie das . . . und auch ein bißchen abergläubisch, wie alle Iren. Nun, es wird schon nichts Wichtiges sein», schloß Anthony, als sie die Charles Street in Richtung Club überquerten.

Darin irrte er sich. Ereignisse, die über ein Jahrzehnt zurücklagen, sollten ihm ein weiteres Mal zu schaffen machen.

29

Am ersten Morgen, da Anthony wieder zurück in Clonloughlin war, regnete es, und ein leichter Nebel ließ die hageren dunklen Silhouetten der Bäume und die hohen Schornsteine, die sich so scharf vom bleifarbenen Himmel abhoben, weicher erscheinen.

Als er den Hauptweg zwischen den weitläufigen Rasenflächen entlangschritt, dachte er, wie schön das Haus doch selbst an einem trüben Wintertag war mit seinen symmetrischen, harmonischen Proportionen, den hohen Fenstern und den vier weißen palladischen Säulen, die die Eingangshalle stützten. Aus der Zeit von King George, war es ein eindrucksvolles Herrenhaus, das auf einer kleinen Erhebung in einem prächtigen Park stand und aus seinen vielen Fenstern eine schöne Sicht bot. Im ganzen waren es dreihundertfünfundsechzig Fenster, eins für jeden Tag des Jahres, eine herrliche Verrücktheit eines seiner Vorfahren, der das Haus im achtzehnten Jahrhundert erbaut hatte. Heimlich zollte Anthony dieser Verrücktheit Beifall. Die vielen Fenster waren einzigartig und gaben der Fassade etwas Anmutiges, öffneten das Innere der bukolischen Landschaft und erfüllten diese schönen Räume das ganze Jahr hindurch mit Licht und Luft und in den Sommermonaten auch mit dunstigem Sonnenschein.

Anthony liebte Clonloughlin mit einer tiefen, heftigen Leidenschaft. Es war das Haus seiner Vorfahren und der einzige Ort, an dem er leben wollte. Vor fünfundvierzig Jahren war er hier zur Welt gekommen und würde hier auch sterben, wenn seine Zeit gekommen war. Dann würde sein Sohn Jeremy seinen Platz einnehmen und die Linie der Standish ungebrochen fortführen, wie es schon seit Jahrhunderten gewesen war.

Alexander kam ihm in den Sinn, und er wurde wieder so traurig wie gestern nacht, als er mit Sally darüber geredet hatte. Obwohl sie ihn am Flughafen von Cork abgeholt hatte, hatte er doch der Versuchung widerstanden, ihr schon auf der Fahrt nach Hause die Nachricht von Sandy mitzuteilen. Er hatte es ihr nicht einmal dann erzählt, als sie schließlich Clonloughlin erreichten, sondern hatte gewartet, bis sie sich in der Abgeschiedenheit ihrer Schlafgemächer befanden.

Die grausamen Fakten von Sandys Krankheit hatten Sally sehr zugesetzt. Sie hatte geweint, und er hatte sie getröstet. Um sich dann wieder zu fangen und alles so positiv wie möglich zu sehen, hatten sie detaillierte Pläne geschmiedet für Sandys Aufenthalt bei ihnen, wenn er aus dem Krankenhaus entlassen war. Aber nachher, als Sally schließlich in seinen Armen einschlief, waren ihre Wangen wieder naß von Tränen. Sie und ihr Bruder Winston waren mit Sandy und Emily in Yorkshire aufgewachsen. Sie hatten sich ungewöhnlich nahe gestanden, und Sandy war einer der Paten von Giles, ihrem neunjährigen Sohn.

Als Anthony sich dem Haus näherte, hielt er sich links und ging auf der anderen Seite durch den Hintereingang hinein. Im kleinen Vorbau legte er seinen Umhang und die Tweedmütze ab, die ganz durchnäßt waren, und hängte sie zum Abtropfen hin. Dann setzte er sich auf den Holzstuhl, zog seine grünen Gummistiefel aus, braune Slipper an und eilte über den hinteren Korridor in die Bibliothek.

Das Haus war sehr still.

Es war noch früh, erst sieben, und Sally schlief noch, ebenso die Kinder in den Kinderzimmern. Er nahm am Schreibtisch nahe dem Fenster Platz, zog einen Haufen Post zu sich heran und sah all die Briefe durch, die sich in der Woche, da er geschäftlich in London zu tun hatte, angesammelt hatten.

Er hörte die Haushälterin nicht kommen, ehe sie ihn anredete.

«Guten Morgen, Eure Lordschaft», sagte Bridget O'Donnell. «Nachdem Sie gestern so spät gekommen sind, habe ich nicht damit gerechnet, daß Sie schon so früh auf sein würden. Verzeihen Sie, wenn ich das Feuer noch nicht angezündet habe.»

«Ah, guten Morgen, Bridget», sagte Anthony und sah lächelnd auf. «Das macht doch gar nichts, mir ist nicht kalt.»

«Der Kessel kocht schon. Ich werde eben noch das Feuer entfachen, dann komme ich gleich mit Ihrem Tee und Toast.»

«Danke», murmelte er, schaute wieder auf seine Papiere herab und überlegte, ob er sie fragen sollte, worüber sie mit ihm hatte sprechen wollen. Er entschied sich, es nicht zu tun. Es war viel besser, sich erst mit einem leichten Frühstück zu stärken. Bridget konnte manchmal sehr redselig sein, und dann mußte er eine enorme Geduld aufbringen. Dazu hatte er heute morgen keine Lust.

Er hörte, wie Streichhölzer entzündet wurden, und das leichte Zischen, als Papier und Holzspäne aufflammten und die Glut im Kamin hochschlug. Dann wurde ein Blasebalg betätigt, Metall kratzte auf Stein, als sie das Schutzgitter aufstellte, und schließlich verschwand sie in der Küche.

Anthony griff nach dem Brief, der die Handschrift seines Sohnes trug. Jeremy war nach den Weihnachtsferien gerade erst ins Internat zurückgekehrt, und während er den Umschlag aufschlitzte, überlegte er, was ihm sein ältester Sohn und Erbe wohl zu sagen hatte. Zweifellos würde er ihn um Geld bitten. Elfjährige Schuljungen waren immer pleite. Er lächelte. Jeremy war genauso, wie er in dem Alter gewesen war. Aber manchmal machte er sich um den Jungen Sorgen. Jem war nicht sehr kräftig, besaß nicht die robuste Gesundheit seines Bruders Giles und seiner Schwester India. Anthony mußte immer der Versuchung widerstehen, ihn zu verhätscheln, und Sally ging es ebenso.

Schnell überflog Anthony den Brief. Wie immer war es ein flüchtiger, ungenauer Bericht von Jeremys Aktivitäten in den letzten Tagen, seit er wieder auf der Schule war, und darunter stand unterstrichen: *Bitte schicke mir dringend Geld, Daddy, bitte.*

Eher als er gedacht hatte, kam Bridget mit dem Frühstückstablett hereingesegelt, und Anthony legte den Brief nieder.

«Wo soll ich es hinstellen, Eure Lordschaft?»

«Sie können es hier auf den Schreibtisch stellen», antwortete er und schob die Papiere beiseite, die er gerade durchgesehen hatte.

Das tat sie, dann ging sie um den großen Doppelschreibtisch herum und schaute Anthony an.

Er nahm die Teekanne, goß sich Tee in die riesige Frühstückstasse, fügte Milch hinzu und erwiderte schließlich ihren Blick. «Ja, was gibt es denn, Bridget?»

«Ich muß mit Ihnen sprechen, Lord Dunvale. Es ist wichtig.»

«Jetzt?»

«Ja, Sir, ich denke schon . . . ich möchte es gern hinter mich bringen . . . noch heute morgen.»

Anthony unterdrückte ein Seufzen. «Na gut.» Er verteilte seine Lieblings-Orangenmarmelade auf dem gebutterten Toast, biß hinein und nahm einen Schluck Tee. Als die Haushälterin stumm blieb, sagte er: «Also los, Bridget, heraus damit. Und stehen Sie da nicht herum, Sie wissen doch, daß ich das nicht ausstehen kann. Setzen Sie sich bitte.»

Sie ließ sich auf einem Stuhl ihm gegenüber nieder, rang nervös die Hände im Schoß und richtete ihre dunkelblauen Augen auf ihn.

Der Graf aß seinen Toast auf und wartete darauf, daß sie anfangen würde zu sprechen. Schließlich zog er eine Augenbraue hoch.

Bridget sagte langsam: «Ich weiß nicht so recht, wie ich es Ihnen sagen soll», und brach wieder ab.

Anthony, der die Tasse schon zum Mund gehoben hatte, setzte sie klappernd ab und sah sie alarmiert an. Dies war nun das zweite Mal in den letzten Tagen, daß jemand diese Worte benutzte. Zuerst Sandy und jetzt Bridget, und es schien ihm ein schlechtes Omen. «Sie sollten mir alles sagen können, Bridget. Wir kennen uns doch schließlich schon seit unserer Kinderzeit.»

Die Haushälterin nickte. «Ja, Eure Lordschaft . . . was ich Ihnen sagen muß . . . also es geht um Lady Dunvale.»

«Oh». Er klang überrascht, und seine Augen wurden schmal.

«Nicht die jetzige Lady Dunvale. Die erste.»

«Meine Mutter?»

«Nein, nein, nicht die verwitwete Gräfin. Ihre erste Frau . . . die meine ich . . . Lady Minerva, Sir.»

Überrascht lehnte Anthony sich zurück und warf Bridget einen langen, prüfenden Blick zu. «Und was *ist* mit der verstorbenen Lady Dunvale?» fragte er schließlich.

«Es . . . es . . . es geht um ihren Tod.»

Einen Augenblick lang konnte er sich weder rühren noch etwas sagen. Instinktiv wußte er, daß sie gleich etwas Schreckliches sagen würde, und er wappnete sich dagegen, ehe er murmelte: «Ist es denn wichtig, jetzt über ihren Tod zu sprechen . . . nach so langer Zeit?»

«Ja», erwiderte Bridget knapp.

«Und warum?» hakte er nach, außerstande, der Frage zu widerstehen, während er gleichzeitig kein Wort darüber hören wollte.

«Weil ich es nicht mehr auf meinem Gewissen haben möchte», erwiderte Bridget. «Ich muß Ihnen erzählen, was wirklich passiert ist . . . es war mir eine Last, ein richtiger Alptraum, auch nach all den Jahren.»

Sein Mund war ganz ausgetrocknet.

«Es ist kein Selbstmord gewesen, wie man es bei der gerichtlichen Untersuchung behauptet hat.»

Er runzelte verständnislos die Stirn, begriff nicht, was sie damit sagen wollte. «Wollen Sie mir erzählen, daß Lady Dunvale in den See gefallen ist, einen *Unfall* gehabt hat, wie ich immer dachte? Daß sie sich nicht das Leben genommen hat?»

«Nein, das hat sie auch nicht, sie . . .» Bridget unterbrach sich, schob die Lippen vor und murmelte dann: «Sie ist dort *hineingeworfen* worden.»

«Von wem?» Seine Stimme war kaum mehr als ein Flüstern.

«Von Michael Lamont. Sie hatten an jenem verhängnisvollen Samstag einen Streit, die beiden, und er schlug sie. Sie fiel hin und knallte mit dem Kopf gegen das Kamingitter aus Messing in seinem Wohnzimmer. Sie erinnern sich doch, daß sie eine Gesichtsverletzung hatte. Der Pathologe und Doktor Brennan erwähnten es bei der Totenschau. Nun, jedenfalls konnte Lamont sie nicht wiederbeleben. Es war, als sei sie bewußtlos. Einige Sekunden später begriff er, daß sie tot war. Er sagte, sie hätte wohl einen Herzschlag oder etwas Ähnliches erlitten. All der Alkohol, den sie während des Nachmittags und Abends getrunken hatte, die Beruhigungsmittel, die sie immer nahm ... diese Mischung hat sie umgebracht, sagte er. Also nahm Lamont sie und legte sie in den See, um alles zu vertuschen, und am nächsten Morgen fuhr er dort vorbei, tat so, als hätte er ihre Leiche gefunden ... dann kam er zum Herrenhaus und sagte Ihnen, daß es einen Unfall gegeben hätte. Er ließ die Polizei holen, und kein Mensch hatte irgendeinen Verdacht gegen *ihn*. Aber man verdächtigte Sie. Zumindest Sergeant McNamara.»

Die über ein Jahrzehnt zurückliegenden Ereignisse traten ihm plötzlich wieder vor Augen und trafen Anthony wie ein Schlag. Jetzt erinnerte er sich wieder genau und lebhaft an jedes kleinste Detail. Ihm war, als hätte man ihn mehrmals in den Bauch getreten, und er fing über und über an zu zittern, krampfte die Hände zusammen, damit sie ruhig blieben, und holte mehrmals tief Luft. Schließlich fragte er: «Und woher wissen Sie das alles, Bridget?»

«Ich habe Ihre Ladyschaft an jenem Nachmittag gesehen, als sie von Waterford nach Clonloughlin herübergefahren kam. Sie wissen ja, daß sie ziemlich oft aufs Gutsgelände kam, obwohl Sie es ihr untersagt hatten und mitten in der Scheidung steckten. Aber Lady Min konnte einfach nicht wegbleiben, sie liebte Clonloughlin so sehr. Sie kam auch oft, um mich zu besuchen. Und *ihn*. An jenem Nachmittag tranken wir gemeinsam Tee, und sie fuhr gegen fünf fort, sagte, sie wolle an den See hinunter ... sie hatte sich schon immer vom See angezogen gefühlt, schon als kleines Mädchen. Erinnern Sie sich noch an die Picknicks, die wir drei immer veranstalteten als Kinder? Jedenfalls sahen Sie ja dann ihr kleines rotes Auto am Seeufer, Sir, nachdem Ihr Landrover stehengeblieben war, und Sie beschlossen, zu Fuß nach Hause zu gehen und einen großen Umweg zu machen, um ihr nicht zu begegnen. Und Ihre Ladyschaft machte ebenfalls einen Spaziergang ... zu Michael Lamonts Haus. Sie erzählte mir, daß sie mit ihm zu Abend essen, aber dort nicht übernachten würde. Verstehen Sie, Eure Lordschaft, sie hatten ...

Bridget rang nach Luft und fuhr dann eilig und atemlos fort, ihre Worte überstürzten sich förmlich: «Sie hatten ein Verhältnis. Lady Min sagte zu mir, sie würde so gegen halb elf in der Küche vorbeischauen, um sich von mir zu verabschieden. Sie verließ Clonloughlin *nie*, ohne das zu tun. Als sie um diese Uhrzeit nicht gekommen war, machte ich mir Sorgen und ging zu Lamonts Haus, um nach ihr zu sehen.»

Bridget hielt inne, ihr Gesicht verzerrte sich, sie verlor fast die Beherrschung. Plötzlich mußte sie an ihre Kindheit denken, erinnerte sich, wie nahe sie einander gestanden hatten ... sie und Lady Minerva Glendenning, die Tochter des Grafen von Rothmerrion, und der junge Lord Anthony Standish, jetzt Graf von Dunvale. So lange war das her. Und doch waren jene Tage ihr so vertraut, als wäre es erst gestern gewesen, und sie hatten die schönste Zeit ihres Lebens ausgemacht.

Anthony, der sie beobachtete, sah den Kummer in Bridgets Gesicht, den Schmerz in ihren Augen, und er wollte gerade eine mitfühlende Geste machen, als er es sich unerklärlicherweise anders überlegte. Fast rauh sagte er: «Weiter, Bridget, erzählen Sie mir alles. *Ich muß es wissen.*»

Sie schluckte schwer und nickte. «Als ich bei Lamonts Tür ankam, war sie abgeschlossen, und die Vorhänge waren zugezogen, aber ich konnte sie hören. Sie schrien herum wie die Teufel, waren gemein, sagten sich schreckliche Sachen, und Ihre Ladyschaft ... sie klang sehr betrunken. Als hätte sie die Kontrolle über sich verloren. Dann war plötzlich alles ganz still. Ich bekam es mit der Angst. Ich klopfte heftig, sagte, ich wäre es, und Michael ließ mich hinein. Es blieb ihm auch nichts anderes übrig. Außerdem wußte er, wie sehr Lady Min und ich uns nahestanden. Als ich sie dort auf dem Boden liegen sah, setzte mein Herz aus. Ich lief zu ihr hin, versuchte sie wiederzubeleben. Aber sie war schon tot. Da fiel Lamont ein, daß man sie in den See legen könnte, damit es so aussähe, als hätte sie sich ertränkt. Verstehen Sie, er wollte nicht, daß Sie erfahren, daß er schon all die Jahre über mit Lady Min geschlafen hatte. Er fürchtete, entlassen zu werden, wenn Sie davon Wind bekämen. Und obwohl er mit Lady Mins Tod gar nichts zu tun hatte, könnte es *so aussehen*, als sei eben das der Fall. Das hat er zu mir gesagt, Eure Lordschaft. Und er hat es immer wiederholt, meinte, daß ein Indizienbeweis vernichtend sein könnte.»

Anthony war entsetzt und wütend. «Warum zum Teufel sind Sie denn nicht ins Herrenhaus gekommen und haben mich geholt?» fragte er aufgebracht, seine Stimme war laut geworden vor Abscheu und Zorn. «Warum haben Sie mit Lamont gemeinsame Sache gemacht?»

Bridget preßte die Lippen zusammen und schwieg.

Er sah den störrischen Zug um ihr Kinn, den Trotz in ihren eisblauen Augen, und wußte, daß alles Drängen umsonst war. Als Kind war sie schon eigensinnig und schwierig gewesen, im Laufe der Jahre hatte sie sich kaum geändert. Wenn sie ihre Gründe für ihr Schweigen bei Mins Tod nicht preisgeben wollte, so viele Jahre lang nicht, konnte nichts sie jetzt dazu zwingen.

Er lehnte sich zurück, betrachtete sie nachdenklich und bemühte sich, seinen Zorn zu bändigen, das Verlangen, sie heftig zu schütteln. Und dann kam ihm plötzlich ein furchtbarer Gedanke, der so unerträglich war, daß er gleich wieder versuchte, ihn zu verdrängen. Aber er hörte sich langsam und entschlossen sagen: «Warum waren Sie sich eigentlich so sicher, daß Lady Min schon tot war?» Er beugte sich vor und richtete seinen prüfenden, unerbittlichen Blick auf sie: «Vielleicht war Lady Min nur *bewußtlos*, Bridget. Dann hätte Michael Lamont sie ermordet, indem er sie in den See warf, während sie noch lebte.»

«Nein, nein, sie war tot, ich weiß genau, daß sie tot war!» rief Bridget aufgeregt, die flackernden Augen weit aufgerissen. «Ich weiß, daß sie tot war!» beharrte sie, nun schon fast hysterisch.

«Erinnern Sie sich nicht mehr an den Bericht des Pathologen? Doktor Stephen Kenmarr sagte, daß er bei der Autopsie ein Übermaß an Alkohol und Schlafmitteln in ihrem Blut und viel Wasser in ihren Lungen gefunden hätte. Daraus schloß er, daß der Tod durch Ertrinken eingetreten sei. Da ihre Lungen voller Wasser waren, kann sie noch nicht tot gewesen sein, als sie in den See gelegt wurde. Ich glaube nicht, daß eine Leiche Wasser einatmen kann.»

Als ihr die Implikationen seiner Worte klar wurden, erbleichte Bridget. Sie hatte Minerva wie eine Schwester geliebt, sie schon als Kind vom ersten Augenblick an bemuttert.

«Nein!» schrie Bridget. «Sie lebte nicht mehr. Sie war tot. Ich hätte ihr nie etwas zuleide getan. Ich habe sie geliebt. Ich habe sie geliebt. Das wissen Sie doch. Irgendwie muß das Wasser hinterher in ihre Lungen gesickert sein.»

Anthony überlegte, ob das wohl möglich wäre. Vielleicht ja, es kam wohl auf die Zeit an, die seit Mins Tod verstrichen war, ehe sie ins Wasser gelegt wurde. Er rieb sich müde die Stirn, schaute zur Haushälterin herüber und fragte sehr ruhig und beherrscht: «War ihr Körper denn noch warm, als Lamont sie zum See brachte?»

Bridget nickte, ganz sprachlos und erschüttert von der schrecklichen Idee des Grafen.

«Die Totenstarre setzt erst zwei bis vier Stunden nach dem Tod ein. Vielleicht konnte ihre Lunge noch eine kurze Zeit nach ihrem Tod Wasser aufnehmen. Vielleicht eine halbe Stunde danach noch. Aber bestimmt nicht länger, da bin ich ganz sicher. Allerdings könnte dies nur ein Pathologe letztendlich entscheiden», sagte Anthony leise, fast wie zu sich selbst, als dächte er laut.

Bridget starrte ihn an und verkrampfte die Hände im Schoß.

Ein langes, beklemmendes Schweigen trat ein. Die Angespanntheit zwischen ihnen war fast greifbar, sie hing schwer in der Luft.

Schließlich richtete der Graf den Blick auf seine Haushälterin und fragte: «Warum haben Sie sich so plötzlich dazu entschlossen, die Wahrheit zu sagen, sich mir jetzt, nach so vielen Jahren, anzuvertrauen? Erklären Sie mir das bitte, Bridget O'Donnell.»

«Aber ich habe es Ihnen doch schon gesagt», rief Bridget. «Ich konnte es nicht länger mit meinem Gewissen vereinbaren ... daß Sie nicht die Wahrheit wissen, wie sehr Ihnen das zu schaffen gemacht hat ... die Vorstellung, sie habe Selbstmord begangen, während sie ihrer Sinne nicht ganz mächtig war. Sie haben sich jahrelang Vorwürfe gemacht, sich und Ihrer Entscheidung, sie zu verlassen und eine Scheidung zu erzwingen, die Schuld an ihrem Tod gegeben. Und sicher haben Sie auch geglaubt, daß Ihr Verhältnis mit Ihrer Cousine Sally Harte zum Tod Ihrer Frau beigetragen hat.»

Anthony zuckte zusammen. Daran war schon etwas Wahres.

Bridget warf Anthony einen harten Blick zu. «Ich wollte Ihr Gewissen beruhigen, Eure Lordschaft.»

Den Teufel wolltest du das, dachte Anthony, der ihr keinen Augenblick lang geglaubt hatte. Und dann begriff er plötzlich alles. Es gab für ihn überhaupt keinen Zweifel daran, daß Bridget ein Verhältnis mit Michael Lamont gehabt hatte. Aber in ein paar Tagen würde Lamont Clonloughlin auf Nimmerwiedersehen verlassen. Er ging nach Amerika, um für Mrs. Alma Berringer, eine junge amerikanische Witwe, zu arbeiten, die kürzlich auf ihr Gestüt in Virginia zurückgekehrt war, nachdem sie im letzten Jahr Rothmerrion Lodge gemietet hatte. Lamont und Mrs. Berringer hatten ein freundschaftliches Verhältnis zueinander gehabt, aber Anthony hatte nicht geahnt, wieviel sie einander bedeuteten, ehe Lamont vor einem Monat bei ihm gekündigt und gesagt hatte, daß er in die Staaten gehen würde.

Anthony erhob sich, ging zum riesigen Steinkamin herüber, ergriff den Feuerhaken und bewegte die Holzscheite. Er sah nachdenklich aus. Und er war davon überzeugt, daß er recht hatte. Langsam drehte er sich um, stand Bridget gegenüber und studierte sie sorgfältig. Wenn sie auch nie wirklich hübsch gewesen war, hatte sie doch in jüngeren Jahren viel Reiz besessen mit ihrem flammendroten Haar, der milchweißen Haut und den kornblumenblauen Augen. Dieser Farbkontrast, ihre langen Beine und die geschmeidige Figur hatten immer die Aufmerksamkeit der Männer erregt. Leider hatte sie sich nicht gut gehalten. Das rote Haar war inzwischen ein verblaßtes, fleckiges Rotbraun, das schnell grauer wurde, und ihr Körper hatte seinen gertenschlanken Reiz verloren. Nur jene strahlendblauen Augen waren unverändert, lebendig und jung geblieben. Und sehr berechnend, fand er. Ja, Bridget O'Donnell war schon als Kind verschlagen und intrigant gewesen. Herrgott nochmal, wie hatte sie die arme Min tyrannisiert. Seltsam, daß ihm das jetzt erst auffiel.

«Es gibt eine alte Redensart, Bridget», sagte Anthony mit eisig-beherrschter Stimme. «‹Eines gekränkten Weibes Wut ist heißer als das Höllenfeuer.›»

«Verzeihung, Sir, ich verstehe nicht ganz.»

«Du liebst ihn. Du hast ihn vom ersten Tag an geliebt, seit er herkam, um das Gut für mich zu verwalten. Deshalb hast du ihm geholfen, ihn nach dem Tod meiner Frau gedeckt. Und nachdem sie gestorben war, hast *du* dich mit ihm eingelassen. Weil er dich jetzt verläßt, weggeht, einer anderen Frau nachläuft, willst du dich plötzlich rächen. Du willst Vergeltung und stößt Michael Lamont ein Messer in den Rücken. So und nicht anders ist es doch, oder?»

Sie hielt seinem Blick stand. «Nein», sagte sie tonlos. «So ist es nicht. Ich will Ihr Gewissen beruhigen. Ich möchte nicht, daß Sie sich wegen Mins Tod Vorwürfe machen.»

«Aber das tue ich gar nicht», entgegnete Anthony kalt. Das stimmte. «Ich tue es schon seit Jahren nicht mehr. Sie schwärzen Lamont an, weil er eine Jüngere und Hübschere gefunden hat. Wir wollen uns doch nichts vormachen, Bridget – Ihr Geliebter hat Sie sitzengelassen.»

Jetzt wurde sie tiefrot und sah auf ihre Hände hinab.

Anthony wußte, daß seine Worte ins Schwarze getroffen hatten.

Nach einer Weile fragte sie leise und schüchtern: «Was werden Sie jetzt mit Michael Lamont machen? Werden Sie ihn zur Verantwortung ziehen?»

Anthony schaute sie mehrere Sekunden lang unverwandt

an, dann ging er langsam durch das Zimmer und trat wieder hinter den Schreibtisch. Er beugte sich darüber und schaute tief in jene blauen Augen, die seinen Blick so argwöhnisch erwiderten.

«Natürlich werde ich mit Lamont darüber sprechen. Was Sie mir erzählt haben, kann ich nicht ignorieren. Das wußten Sie auch genau, deshalb haben Sie es mir ja überhaupt erzählt.» Nach einer kleinen Pause fuhr er fort: «Ich werde mich vielleicht auch an die Polizei wenden und die Untersuchungen anläßlich des Todes meiner Frau wieder aufnehmen lassen. Und dabei frage ich mich, Bridget, ob Ihnen jemals eingefallen ist, daß Sie dazu beigetragen haben, bei einem plötzlichen, zweifelhaften Todesfall Indizien zu vertuschen. Außerdem haben Sie Meineid begangen. Falls meine erste Frau tatsächlich noch gelebt haben sollte, als Michael Lamont sie in den See warf, sind Sie darüber hinaus eine Komplizin. *Die Komplizin bei einem Mord.*»

Sobald Bridget in die Küche zurückgekehrt war, rief Anthony in Cork an. Das Telefonat dauerte zehn Minuten, und meist hörte er nur zu. Als er schließlich ruhig auflegte, war sein Gesicht blaß und seine Miene finster.

Er warf einen Blick zur Uhr auf dem Kaminsims, erhob sich, verließ die Bibliothek und ging den Flur entlang bis zum Vorraum. Dort zog er Gummistiefel und Regenmantel an, nahm seine Tweedmütze vom Garderobenständer und ging hinaus.

Er schaute hoch. Es hatte aufgehört zu regnen, aber der Himmel war immer noch bedeckt, und ein leichter Nebel hielt an. Energisch ausschreitend, ging er den Pfad entlang, der zu Michael Lamonts Haus führte. Es lag dicht am See, vor einem Wäldchen neben einem Feld. Ohne zu klopfen, stürmte Anthony durch die Eingangstür, eilte durch den Flur und das Wohnzimmer ins angrenzende Büro hinein.

Lamont, ein dunkelhaariger, etwas massiger, aber gutaussehender Mann, saß hinter seinem Schreibtisch und trug Zahlen in ein großes Gutshauptbuch ein. Er schaute überrascht auf, als die Tür unvermittelt aufgerissen wurde und ein kalter Luftzug seine Papiere aufflattern ließ.

«Guten Morgen, Lord Dunvale», sagte er freundlich, und sein wettergegerbtes Gesicht verzog sich zu einem Lächeln. Dann verschwand das Lächeln wieder, als er Anthonys unheilverkündende Miene und seine zornige Haltung bemerkte.

«Ist irgend etwas passiert?» fragte Lamont und erhob sich.

Anthony antwortete nicht sofort. Er betrat das Zimmer, schloß die schwere Eichentür und lehnte sich dagegen. Er betrachtete den Gutsverwalter mit eisigem Blick. Lamont arbeitete schon seit fast zwanzig Jahren für ihn, und plötzlich fragte er sich, was um aller Welt wohl in ihm vorgehen mochte. Anthony war immer davon überzeugt gewesen, daß er Lamont durch und durch kannte; offenbar kannte er ihn aber kein bißchen. Er hatte ihn für einen zuverlässigen, ergebenen Angestellten und einen guten Freund gehalten. Nun empfand er bloß Abscheu für ihn.

Schließlich sagte Anthony: «Bridget hat mir heute morgen eine ziemlich seltsame Geschichte erzählt. Über den Tod von Lady Dunvale.»

Überrascht und überrumpelt sah Lamont ihn mit offenem Mund an, wollte erst etwas sagen, entschloß sich aber dann anders. Er trat schnell vom Schreibtisch zurück, ging ans andere Ende des Zimmers und blieb am Kamin stehen, weil er eine Distanz zwischen sich und Anthony schaffen wollte. Er griff nach einer Zigarette, zündete sie an und drehte sich dann wieder zum Grafen um.

Lamont sah unsicher aus, und seine dunklen Augen flackerten vor Angst. «Worauf wollen Sie hinaus?» fragte er schließlich.

«Bridget hat mir alles erzählt, mir jedes kleinste Detail darüber anvertraut, was in diesem Haus hier an jenem tragischen Abend geschehen ist.» Anthony machte einen Schritt nach vorn und trat dichter an den Gutsverwalter heran, fixierte ihn mit einem langen Blick.

Lamont wand sich unter dieser genauen, unverwandten Musterung. Blinzelnd schaute er schließlich weg, zog an seiner Zigarette und inhalierte tief.

«Wie konnten Sie denn so sicher sein, daß Min nach ihrem

Zusammenbruch tot war?» fragte Anthony hart. «Sie sind doch kein Arzt, Lamont.»

Lamonts Gesicht wurde knallrot, und er rief zornig: «Sie *war* tot! Ich versichere Ihnen, daß sie tot war!» Plötzlich begann er heftig zu husten, so daß es mehrere Minuten dauerte, bis er sich wieder erholt hatte. Als er schließlich wieder Luft bekam, sagte er: «Ich bin vielleicht kein Arzt, aber ich weiß, wann jemand aufgehört hat zu atmen.» Er zog wieder an seiner Zigarette und rief dann nervös mit zitternder Stimme: «Ich habe versucht, sie wiederzubeleben, Mund-zu-Mund-Beatmung gemacht, aber sie war schon tot. Ich habe Min geliebt. Das ist mehr, als Sie von sich behaupten können.»

Anthony machte einen Schritt nach vorn. Er hatte die Hände zu Fäusten geballt, und die Knöchel leuchteten weiß im blassen Morgenlicht. Er hätte gern mit der Faust in Lamonts rotes, versoffenes Gesicht geschlagen, es zu Brei zerschlagen, bis es unkenntlich war, aber er widerstand diesem Impuls und hielt sich weiterhin fest im Griff.

«Sie wissen überhaupt nicht, was Liebe ist, Lamont. Sie herumhurender, hinterhältiger Mistkerl sind eine Gefahr für jede anständige Frau.»

«Ausgerechnet *Sie* erzählen *mir* was übers Herumhuren. Was ist denn mit Ihnen!» schnaubte Lamont. «Sie haben mir Minerva doch mit Ihren ewigen Frauengeschichten und Ihrer jahrelangen Vernachlässigung förmlich in die Arme getrieben!»

Anthony beherrschte sich mit aller Kraft. Wieder fürchtete er, Lamont etwas anzutun. Dann sagte er langsam: «Warum sind Sie nicht zu mir gekommen, als meine Frau einen Zusammenbruch hatte? Oder haben zumindest einen Arzt geholt? Warum haben Sie alles in eigener Regie erledigt? Ihr Verhalten war gewissenlos und fahrlässig.»

Michael Lamont war kein besonders aufgeweckter Mann, aber er besaß genügend Bauernschläue, um zu begreifen, daß Bridget O'Donnell gründliche Arbeit geleistet hatte. Er sah ein, daß es keinen Sinn hatte zu lügen, und so murmelte er leise die reine Wahrheit: «Ich hatte Angst. Angst, daß Sie mich hinauswerfen würden, sobald Sie erführen, was zwischen uns vorgefallen war. Ich wollte meinen Job nicht verlieren. Außerdem hatte ich Angst, daß Sie mich für ihren Tod verantwortlich machen würden. Durch Indizienbeweise sind schon viele unschuldige Leute verurteilt worden. Begreifen Sie nicht», schloß er weinerlich, «ich hatte keine andere Wahl. Ich *mußte* alles vertuschen.»

Anthony spürte, wie ihn Ekel und Abneigung überkamen, aber er fixierte den Gutsverwalter weiter mit seinem stählernen Blick. «Ich frage mich nur, wie Sie mir all die Jahre hindurch überhaupt in die Augen sehen konnten bei dem Wissen um all die schrecklichen Dinge, die Sie getan, und all den Lügen, die Sie erfunden haben, um Ihre Haut zu retten. Ich verabscheue Sie, Lamont. Sie sind ein Ungeheuer.»

Lamont antwortete nicht. Wie dumm war er gewesen, nicht schon vor Jahren Clonloughlin zu verlassen. Er war wegen Bridget O'Donnell dageblieben, wegen der schrecklichen Macht, die sie über ihn besaß. Er hatte ihr nie ganz getraut – wie sich jetzt herausstellte, zu Recht. Als sie ihre Beziehung schließlich in gegenseitigem Einvernehmen lösten, hatte er geglaubt, sich endgültig von ihr befreit zu haben. Sie hegte keinen Groll gegen ihn, glaubte er. Darin hatte er sich geirrt. In dem Augenblick, da er etwas mit einer anderen Frau angefangen hatte, wandte sie sich wie eine Viper gegen ihn und suchte ihn zu vernichten. Das war ihr auch gelungen.

«Ich würde Ihnen gern die größte Tracht Prügel Ihres Lebens verabreichen», sagte Anthony gerade. «Aber ich werde Sie nicht anrühren. Ich lasse das Gesetz für mich arbeiten.»

Lamont zuckte zusammen, aus seinen Gedanken gerissen. Er sah zu Anthony hinüber. «*Was?* Was sagen Sie da?»

«Ich bin fest dazu entschlossen, das gerichtliche Verfahren zum Tod meiner Frau wiederaufnehmen zu lassen. Ich glaube, daß Sie Lady Dunvale getötet haben. Und ich werde zusehen, daß Sie dafür büßen», sagte Anthony kalt.

«Sie sind wahnsinnig, vollkommen wahnsinnig geworden!» brüllte Lamont, dessen dunkle Augen jetzt stark hervortraten und dessen Gesicht von Angst verzerrt war. «Sie wissen nicht, was Sie da reden, Dunvale. Min hat sich mit all dem Zeugs vergiftet, das sie ewig schluckte. Sie ist ein paar Minuten nach ihrem Zusammenbruch gestorben.»

«Da irren Sie sich gewaltig», sagte Anthony mörderisch sanft. «Sie war tief bewußtlos, was in der Tat die Folge von einem Übermaß an Alkohol und Schlafmitteln gewesen ist. Aber als Sie Min in den See geworfen haben, war sie noch sehr lebendig, und . . .»

«Ich glaube Ihnen kein Wort! Sie lügen! Sie denken sich das alles nur aus!»

«Tue ich nicht!» brüllte Anthony zurück. «Als Bridget sich mir heute morgen anvertraute, war ich mir über einige medizinische Details nicht ganz im klaren. Also habe ich die gerichtsmedizinische Abteilung des Krankenhauses in Cork angerufen, wo ich mich mit Dr. Stephen Kenmarr verbinden ließ, dem Pathologen, der die Autopsie bei Min durchgeführt hat. Er stellte damals fest, daß ihre Lungen voll Wasser waren, und hat bei der gerichtlichen Totenschau ausgesagt, daß ihr Tod durch Ertrinken eingetreten ist.»

Anthony hielt inne und fuhr dann langsam und sehr nachdrücklich fort, als wollte er seinen Worten zusätzliches Gewicht verleihen: «Dr. Kenmarr hat mir bestätigt, was ich schon befürchtet hatte . . . *daß nämlich ein Toter kein Wasser einatmen kann*. Demzufolge lebte Min noch, als Sie sie in den See warfen. Sie haben sie ertränkt.»

Michael Lamont spürte, wie die Wut ihn überkam, und er war von Anthonys schrecklicher Beschuldigung so schockiert und betäubt, daß er kaum stehen bleiben konnte. Er schwankte, streckte den Arm aus und hielt sich am Kaminsims fest. Die Vorstellung, daß er tatsächlich Mins Tod verschuldet haben könnte, entsetzte ihn, ihm wurde schwindelig. In all den Jahren hatte er sehr gelitten, und sein Betrug hatte ihn verfolgt, die Lügen, die er erzählt hatte, die Art und Weise, wie er alles vertuscht hatte, und er hatte nie aufgehört, mit seinem Schuldgefühl und seinem Gewissen zu ringen.

Nun rief er protestierend: «Nein, Dunvale, nein! Man konnte ihren Puls nicht mehr fühlen, ihr Herz schlug nicht mehr!» Seine Worte blieben ihm fast im Hals stecken, Tränen traten in seine Augen, und er verlor völlig die Fassung. «Ich hätte ihr nie etwas zuleide tun können», schluchzte er. «Ich habe sie geliebt. Reden Sie noch einmal mit Bridget. *Bitte. Bitte.* Sie wird es bestätigen, daß ich die Wahrheit sage. Min war tot . . . Bridget O'Donnell weiß das.»

«Sie lebte noch, Lamont!»

«Nein! Nein!» Ganz von Sinnen stürmte Lamont auf Anthony zu, seine Arme ruderten durch die Luft, und sein Gesicht war apoplektisch gerötet. Plötzlich spürte er einen heftigen Schmerz an seiner Schläfe, der an einer Gesichtshälfte entlanglief, aber er ließ sich davon nicht bremsen. Er machte einen Sprung auf Anthony zu. Dabei blendete ihn ein zweiter, sengender Schmerz. Das Blut schoß ihm zu Kopf, und alles wurde schwarz um ihn. Arme und Beine ausgebreitet, fiel er zu Boden. Dann war alles still.

Anthony stand überrascht da und schaute auf ihn hinab. Einen Augenblick lang konnte er sich nicht rühren. Ihm war die plötzliche, schreckliche Veränderung von Lamont schon aufgefallen, als jener auf ihn zustürzte, und er hatte sich gleich gedacht, daß er eine Art von Anfall haben müßte.

Er riß sich zusammen, bückte sich und fühlte Lamonts Puls. Dieser war schwach, aber vorhanden.

Eilig ging er ans Telefon und wählte die Nummer des kleinen Krankenhauses im Dorf von Clonloughlin.

«Dunvale am Apparat», sagte er zur diensthabenden Schwester, die sich meldete. «Könnten Sie bitte sofort einen Krankenwagen herschicken. Zum Haus des Gutsverwalters. Michael Lamont hat offenbar gerade einen Schlaganfall erlitten. Aber er lebt noch. Wenn Sie sich beeilen, können wir ihn vielleicht noch retten.»

Damit der Gerechtigkeit Genüge getan werden kann, dachte Anthony, als er auflegte.

30

«Ich muß es einfach machen!» rief Paula und drückte Michael Kallinskis Arm noch fester. «Es wäre ein Verbrechen, wenn ich mir diese Kette entgehen lassen würde.»

«Ja, das weiß ich». Michael betrachtete sie aus den Augenwinkeln. «Allerdings sind sechshundertfünfzig Millionen Dollar eine Menge Geld.»

«Das stimmt. Andererseits auch wieder nicht, nicht, wenn man bedenkt, was ich dafür bekomme. Eine Kaufhauskette, die renommiert ist und einen guten Ruf hat, dazu unschätzbare Grundstückswerte und Bilanzen, die in den schwarzen Zahlen stehen. Und es ist die ideale Kette für mich, Michael. Ich danke dir so sehr, daß du mich darauf aufmerksam gemacht hast.» Sie rückte dichter an ihn heran und setzte nachdrücklich, fast aufgeregt hinzu: «Die Lage von Larsons Geschäften könnte nicht besser sein, wenn ich sie mir selbst ausgedacht hätte. Westchester, Philadelphia und Boston decken die Ostküste ab. Chicago und Detroit den Mittleren Westen. Los Angeles und San Francisco die Westküste. Es ist geradezu ein Geschenk des Himmels, finde ich.»

«Hoffentlich klappt die Sache auch.»

Paula warf ihm einen scharfen Blick zu. «Wieso sollte das nicht klappen?» fragte sie, und ihre Stimme stieg besorgt an.

«Das kann man nie wissen, Paula. Aber ich glaube nicht, daß du dir allzu viele Sorgen machen mußt. Soweit ich weiß, ist niemand sonst hinter der Firma her, und laut Harvey in New York ist der Aufsichtsratsvorsitzende bereit, mit dir zu reden und die Verhandlungen zu eröffnen, wann immer du es möchtest. Und was Millard Larson sagt, gilt, denn er ist schließlich der Hauptaktionär und Geschäftsführer. Wenn ich du wäre, würde ich sobald wie möglich Pläne für einen Trip nach New York schmieden.»

«Ich bin ganz deiner Meinung und möchte auch fliegen. Aber ich kann nicht ... zumindest nicht in den nächsten zwei Wochen. Lorne und Tessa werden morgen aus ihren Internaten nach Hause kommen. Es sind Osterferien. Ich kann jetzt einfach nicht weg.»

«Ach herrje, Ostern habe ich ja ganz vergessen – da habe ich dieselben Probleme wie du und kann auch nicht weg.»

«Oh.» Erstaunt zog sie die Augenbrauen zusammen: «Willst du denn auch in die Staaten fliegen, Michael?»

«Ich dachte, ich sollte dasein für den Fall, daß du mich brauchst», erklärte er mit strahlendem Gesicht, die Stimme voller Enthusiasmus. «Schließlich bin ich derjenige, der dich mit Harvey Rawson bekannt gemacht hat, die Larson-Kette entdeckt und alles in die Wege geleitet hat.» Er lächelte ihr vertraulich zu. «Außerdem muß ich irgendwann diesen Monat sowieso geschäftlich in New York sein, und wenn ich gleichzeitig mit dir fliege, kann ich sozusagen zwei Fliegen mit einer Klappe schlagen.» Als sie darauf nicht gleich etwas sagte, fragte er: «Was meinst du dazu?»

«Hm ... ja ... wenn du es sagst.» Dann merkte sie, wie zögernd sie klang, und nickte schnell: «Ja, warum eigentlich nicht», setzte sie freudiger hinzu.

«Gut, das ist also abgemacht», rief er, schaute vergnügt drein und beglückwünschte sich heimlich zu seinem geschickten kleinen Manöver. Der Gedanke, daß er in New York allein mit ihr sein würde, erregte ihn. Aber er sagte ganz beiläufig: «Nun sollten wir uns lieber auf Dads Ausstellung konzentrieren. Er wirft uns schon seit zehn Minuten befremdete Blicke zu. Ich glaube, er ist ein bißchen verstimmt.»

Paula lachte. «Das ist er sicher. Wir sind ziemlich unhöflich gewesen, hier einfach mitten im Raum zu stehen und uns angeregt zu unterhalten. Wir haben nicht nur ihn und die anderen ignoriert, sondern auch all diese unschätzbaren Kunstwerke dazu. Komm, wir müssen gleich zu ihm hinübergehen. Er möchte mir höchstpersönlich die Ausstellung zeigen und mir etwas über jedes Stück von Fabergé erzählen, das ihm gehört. Ich muß ehrlich zugeben, daß mich all das sehr beeindruckt. Seine Sammlung ist viel größer, als ich es mir jemals hätte träumen lassen.»

«Nicht alles, was hier ausgestellt ist, gehört ihm», erklärte ihr Michael schnell. «Die Königin und die Königinmutter haben einige ihrer Fabergé-Objekte geliehen, ebenso Kenneth Snowman, der berühmte britische Experte, was Peter Carl Fabergé angeht, und Malcolm Forbes, der ein ebenso eifriger Sammler wie Dad ist.»

«Ich weiß. Das hat dein Vater mir schon erzählt. Trotzdem hat er eine großartige Sammlung.»

«Das kann man wohl sagen. Und das bedeutete für ihn in den letzten Jahren auch eine wirkliche Abwechslung zum Geschäft.»

Sie gingen auf den langen Salon zu, einen der beiden in der Royal Academy of Art im Burlington House, in dem der Empfang anläßlich der Eröffnung der Fabergé-Ausstellung an diesem Aprilabend stattfand. Sir Ronald Kallinski hatte die Festlichkeit zugunsten einer seiner Lieblingsstiftungen organisiert, und die Galerie war gedrängt voll.

Ein Kellner blieb vor ihnen stehen.

Michael nahm zwei Gläser Champagner von dem Silbertablett, murmelte seinen Dank und reichte Paula einen Kelch Dom Pérignon.

Als Sir Ronald die beiden auf sich zukommen sah, löste er sich aus einem kleinen Kreis und eilte ihnen entgegen.

«Ich weiß ja, daß ihr beiden Arbeitsfanatiker seid und selten an etwas anderes denkt, aber müßt ihr denn ausgerechnet während meines Empfangs eine Sitzung abhalten?» fragte er offensichtlich gereizt. Doch dann wurden seine Augen warm und herzlich und strahlten hell auf, als er Paulas Arm ergriff und sie die Galerie entlanggeleitete. Sein ganzer Ärger war wie weggewischt.

«Nun, meine Liebe», sagte er, «will ich dich herumführen. Ich habe viele neue Stücke hier, die du noch nicht kennst. Und du auch nicht, Michael», setzte er mit einem Blick über die Schulter hinzu.

«Ich habe mich schon seit Wochen hierauf gefreut», erwiderte Michael aufrichtig. «Es tut mir leid, daß wir uns in unsere Geschäftsbesprechung vertieft haben. Verzeih mir, Dad.»

«Alles klar, alles klar, mein Junge», erwiderte Sir Ronald knapp und marschierte mit Paula durch den Salon, Michael pflichtbewußt im Schlepptau. Plötzlich blieb er vor einem Schaukasten stehen.

Zu Paula gewandt, sagte er: «Dies gehört mir leider nicht. Ihre Majestät die Königin hat es uns gnädigerweise für die Ausstellung geliehen. Es ist eins meiner Lieblingskunstwerke. Es heißt ‹Mosaik-Ei› und ist vielleicht das eindrucksvollste von allen kaiserlichen Ostereiern. Es wurde der Zarin Alexandra Fjodorowna von Nikolai II. am Ostermorgen 1914 überreicht. Du siehst, daß es aus einer hauchdünnen Platinhülle besteht, die mit Blumen aus Edelsteinen ‹bestickt› ist . . . mit Rubinen, Saphiren, Diamanten und Smaragden, das Ganze von Perlenkränzen umgeben. Und schau mal, hier auf dem kleinen Goldständer sind die winzigen Profile der Zarenkinder in Sepia.»

«Es ist großartig», sagte Paula bewundernd und betrachtete das Ei vorgebeugt. «Der Ständer ist im Inneren des Eis verborgen, wenn es nicht aufgestellt ist, nicht wahr?»

«Richtig.» Sir Ronald ergriff ihren Arm, und die drei schritten weiter langsam die Galerie entlang, hielten von Zeit zu Zeit inne, um andere Kostbarkeiten zu bewundern. «Das ist das Schöne und Geniale an Fabergés Kunstwerken», fuhr er fort, «diese großartigen, oft zauberhaften Überraschungen, die im Ei selbst stecken. So wie dieser köstliche kleine goldene Hahn, der aus dem durchscheinenden, blauemaillierten kaiserlichen Osterei kommt, das deine Großmutter einst besessen hat», sagte Sir Ronald lächelnd zu ihr.

Paula lächelte zurück. «O ja, das Ei ist das Allerschönste – zumindest in meinen Augen, Onkel Ronnie. Und ich bin froh darüber, daß es zu deiner Sammlung gehört, daß du es bei der Auktion ersteigert hast. Zumindest ist es so bei den Clans geblieben.»

Er grinste. «Jenen Tag bei Sotheby's werde ich wohl nie

vergessen. Solch einen Konkurrenzkampf gab es um das Ei. Aber es war auch aufregend. Und ich war sehr zufrieden, als ich plötzlich merkte, daß es *mir* gehörte. Natürlich wird es heute abend auch ausgestellt. Komm, laß es uns ansehen, dann können wir in den anderen Salon hinübergehen. Da sind noch mehr atemberaubende Beispiele von Fabergés Meisterwerken, die für die Zarenfamilie geschaffen wurden, ehe die Dynastie der Romanows ihr tragisches Ende fand.»

«Ich wußte ja gar nicht, daß Amanda zur Ausstellung kommt!» rief Michael kurz darauf ganz überrascht, als er sie in der Tür stehen sah, wo sie sich suchend umschaute und offenbar nach ihnen Ausschau hielt.

«Ach, ich habe ganz vergessen, es dir zu erzählen», murmelte Paula. «Ich habe ihr eine Einladung geschickt, und sie meinte, sie würde ihr Bestes tun, um es noch zu schaffen.»

«Ich geh zu ihr und hol sie zu uns», sagte Michael und durchquerte eilig den Raum.

Paula schaute ihm nach und lächelte in sich hinein, dann sah sie seinen Vater an und zwinkerte.

Sir Ronald betrachtete sie einen Augenblick lang aufmerksam, dann sagte er langsam: «Gehe ich recht in der Annahme, daß du hier die *Kupplerin* spielst, Paula, und eine Ehe stiften möchtest?»

«Und wenn?» entgegnete sie lachend. «Sie ist doch so verliebt in ihn . . . und wäre es nicht schön, wenn Michael ihre Gefühle erwiderte, Onkel Ronnie?»

Sir Ronald schien erst etwas überrascht, dann wirkte er erfreut und nickte. «Das wäre es in der Tat. Amanda ist eine liebenswürdige junge Frau. Auch klug. Emily und Alexander haben sie gut ausgebildet. Sie hat unsere Übernahme der Lady Hamilton-Kleider wirklich sehr geschickt vorbereitet. Aber das weißt du natürlich selbst, meine Liebe. Wie ich es Emily vor ein paar Tagen schon gesagt habe, sind meine Leute zutiefst von Amanda beeindruckt. Es tut uns allen sehr leid, daß sie die Firma nicht für uns weiterleiten will. Emily hat erklärt, daß sie bei der Harte Unternehmensgruppe gebraucht wird, und das verstehe ich natürlich. Trotzdem . . .»

Er unterbrach sich, und eine tiefe Trauer verdüsterte seine Züge.

Paula wußte, daß er jetzt an Alexander dachte, der Onkel Ronnie ins Vertrauen gezogen hatte. Auch sie wurde plötzlich ganz traurig. Sandy hatte Anfang März all seine Ämter niedergelegt, nun war Emily Aufsichtsratsvorsitzende und Hauptgeschäftsführerin. Amanda war zur Chefin von Genret aufgerückt, während Winston weiterhin seine Abteilung leitete, die Yorkshire Consolidated Verlagsgruppe und deren Ableger, die ihm zum Teil gehörten. Die drei waren ein fest zusammenhaltendes Triumvirat geworden, und die Harte Unternehmensgruppe wurde ebenso gut geführt wie immer, aber Paula wußte, daß sie Alexander schrecklich vermißten. Sie vermißte ihn auch, da er nun zurückgezogen in Nutton Priory lebte, wenn sie auch oft mit ihm telefonierte.

«Hallo, Liebes», sagte Paula und begrüßte Amanda herzlich, als diese mit Michael zu ihnen trat. «Du siehst ganz großartig aus.»

«Danke, Paula», erwiderte Amanda lächelnd und gab ihrer Cousine einen leichten Kuß auf die Wange. «Hallo, Onkel Ronnie. Verzeih bitte, daß ich zu spät komme, aber der Verkehr war heute furchtbar.»

«Schon gut, meine Liebe», sagte Sir Ronald, ergriff ihre Hand und küßte sie schnell. «Nun, Michael, mach doch bitte die Honneurs und hol Amanda ein Glas Champagner.»

«Aber natürlich. Ich bin gleich wieder da.»

Jetzt wandte Amanda sich Paula zu, was Sir Ronald die Gelegenheit gab, sie verstohlen zu betrachten. Groß, schlank und blond, war Amanda eine hübsche junge Frau, die ihrer Halbschwester Emily sehr ähnlich sah. Heute abend trug sie ein raffiniert geschnittenes rotes Seidenkostüm mit einer viktorianischen Diamantenbrosche in Form einer Schleife, die an ein Revers geheftet war sowie alte Diamantohrringe. Chic aber unauffällig, dachte Sir Ronald, und sehr damenhaft. Plötzlich sah er sie mit neuen Augen – als eine potentielle Schwiegertochter. Diese Vorstellung sagte ihm sehr zu. Amanda war ganz ideal für Michael, ein intelligentes, charmantes und aufgeschlossenes Mädchen mit vollkommenen

Umgangsformen, wie alle Enkelinnen von Emma. Genau die Frau, die sein Sohn brauchte. Die Idee, daß die Clans der Hartes und der Kallinskis schließlich durch eine Ehe vereint werden könnten, begeisterte ihn. Er würde diese Freundschaft begünstigen, wie Paula es offenbar schon tat. Ja, Amanda und Michael mußten ein Paar werden. Er würde nachher ausführlich mit Paula darüber reden; sie würden gemeinsam einen Schlachtplan aushecken. Michael mußte sanft in diese Beziehung hineingeführt werden. Sein Sohn neigte zur Unschlüssigkeit, wenn es um Frauen ging. Und er war seit seiner Scheidung schon viel zu lange allein.

31

Der Garten war immer noch ihr magischer Zufluchtsort.

Schon seit ihrer Kinderzeit liebte Paula die Gartenarbeit, und das Pflanzen, Jäten, Beschneiden und Hacken hatten ihr immer schon Spaß gemacht. In der frischen Luft zu arbeiten beruhigte sie – und es versetzte sie unweigerlich in die beste Laune.

Vor langer Zeit hatte sie bereits festgestellt, daß ihr oft die wichtigsten Ideen in den Gärten von Pennistone Royal kamen, und der heutige Tag bildete darin keine Ausnahme. Es war ein strahlender Aprilnachmittag kurz nach Ostern, frisch und sonnig mit einer leichten Brise und einem pulverblauen Himmel, der kühl und wolkenlos war.

Während sie am neuen Steingarten arbeitete, konzentrierte sie ihre Gedanken auf das Geschäft, insbesondere auf die Larson-Kette in den Vereinigten Staaten. Sie befanden sich schon in der ersten Verhandlungsrunde, und nächste Woche wurde sie von Millard Larson in New York erwartet. Dann würden sie sich am Konferenztisch zusammensetzen und die Konditionen des Verkaufs ausfechten.

Als ihr zum ersten Mal die Idee gekommen war, die Kaufhauskette bis in die Staaten auszudehnen, lange bevor Larson's ins Gespräch kam, hatte sie beschlossen, die neue Einzelhandelsfirma mit ihrem eigenen Geld zu kaufen.

Sechshundertfünfzig Millionen Dollar, dachte sie und drehte und wendete diese Zahlen in Gedanken hin und her, während sie sich auf die alpinen Pflanzen konzentrierte, die sie gerade sortierte. Es war wirklich eine Menge Geld, gar kein Zweifel, und sie überlegte schon seit Tagen, welche finanzielle Lösung die beste sein würde.

Sie seufzte heimlich. Wenn ihre Mutter letztes Jahr darin eingewilligt hätte, die Sitex-Aktien zu verkaufen, wäre ihr Problem gelöst. Nach den Richtlinien und Bedingungen des großväterlichen Testaments hätten sie und ihr Bruder Philip automatisch ein Drittel des Verkaufserlöses erhalten – etliche Millionen Dollar für jeden. Aber ihre Mutter hatte sich geweigert, die Ölaktien zu verkaufen, und war hart geblieben. Paula war schon seit Monaten klar, daß sie das nötige Geld irgendwo anders hernehmen mußte, sobald sie die richtige Warenhauskette gefunden hatte.

Sie ließ sich mehrere Möglichkeiten durch den Kopf gehen, verwarf dann alle als zu verwickelt und kompliziert und kam auf ihre ursprüngliche Idee zurück. Sie fand es am besten, zehn Prozent der Harte-Aktien zu verkaufen, die Emma ihr hinterlassen hatte. Sie würden auf dem Markt zwischen zwei- und dreihundert Millionen Dollar einbringen, ohne ein allzugroßes Loch in ihren Besitz zu reißen. Mit einundvierzig Prozent wäre sie immer noch Hauptaktionärin sowie Aufsichtsratsvorsitzende und Hauptgeschäftsführerin der Harte-Kette. Den Rest des Geldes könnte sie leicht über die Banken aufbringen, indem sie die Einzelhandelskette mit ihren Werten, insbesondere den wertvollen Grundstücken, als Sicherheit anbot.

Jetzt plötzlich, nach einigen unentschlossenen Tagen, entschied sie sich. So würde sie es machen. Und sie würde gleich alles in die Wege leiten. Wenn sie am Montagmorgen in ihr Büro im Kaufhaus von Leeds kam, würde sie mit ihrem Börsenmakler sprechen.

Ein strahlendes Lächeln brach sich Bahn und vertrieb den besorgten, abwesenden Ausdruck, der schon den ganzen Tag lang auf ihrem Gesicht gelegen hatte, und es hielt an, während sie die letzten kleinen Gebirgsblumen in den engen Felsspalten anpflanzte.

«Mummy! Mummy!»

Beim Klang von Patricks Stimme hob Paula aufmerksam den Kopf. Er und seine Schwester Linnet kamen so schnell, wie ihre Beine sie tragen wollten, den Kiespfad entlanggelaufen, der von der langen Terrasse auf der Rückseite von Pennistone Royal in den Garten hinabführte.

Beide trugen Sweater und Jeans unter ihren Dufflecoats und Schals, und sie dachte noch, wie gesund und kräftig beide heute aussahen. Besonders Patrick. Jene Leere, die so oft seine Augen verdunkelte, fehlte jetzt, wie schon seit Wochen. Das freute sie und ließ ihre Hoffnung wiederaufleben, daß er doch geistige Fortschritte machte, wenn auch noch so kleine. Sie liebte ihr sensibles, behindertes und schönes Kind sehr.

«Patrick! Sei vorsichtig! Du wirst noch fallen!» rief sie. «Und du ebenfalls, Linnet! Lauft langsamer, ihr beide! Ich bin ja hier.» Dabei erhob sie sich, nahm den Korb mit Gartengerät und kletterte vorsichtig von den aufgeschichteten Felsen hinab.

Patrick rannte gegen sie, hielt sich an ihr fest, keuchte und war ganz aus der Puste.

Sie strich ihm das dunkle Haar aus dem Gesicht und lächelte. «Also sowas, du bist mir vielleicht einer. So schnell zu laufen, daß ich . . .»

«Aus der Puste, Mummy», unterbrach er sie und hob sein ernstes kleines Gesicht zu ihr empor. «Linnet auch aus der Puste.»

«Bin ich gar nicht!» protestierte Linnet heftig und warf ihm einen zornigen Blick zu.

Ohne sie zu beachten, fuhr Patrick fort: «Pferdchen, Mummy. Patrick möchte Pferdchen.»

Paula warf ihrer sechsjährigen Tochter einen fragenden Blick zu, wie sie es oft tat, wenn Patrick in Rätseln sprach und sie ihn gern verstehen wollte.

«Das Pferd auf dem Dachboden, Mummy», sagte Linnet. «Das möchte er haben. Ich habe gesagt, er dürfe es nicht nehmen, nicht ehe er Daddy gefragt hat. Und Daddy hat gesagt, er soll dich fragen.»

«*Das Pferd auf dem Dachboden.* Was meinst du damit, Liebling?»

«Das Karussellpferd . . . das immer rundherum fährt. Zur Musik, Mummy.»

«Das Karussell, ach ja, das Pferd auf dem Karussell. Jetzt verstehe ich.» Paula lächelte beide Kinder an. «Aber ich kann mich gar nicht daran erinnern, daß da ein Karussell auf dem Dachboden ist. Es muß wohl so sein, wenn ihr es gesehen habt.»

«Es ist in einer Truhe», fuhr Linnet aufgeregt fort. «Wir haben es eben erst entdeckt. Daddy hat uns nach unserem Spaziergang heute nachmittag auf dem Dachboden spielen lassen.»

«Tatsächlich.» Paula streifte ihre Gartenhandschuhe ab, warf sie oben auf den Korb, nahm eine kleine Hand in jede der ihren und führte die Kinder zum Haus zurück.

Kurz darauf stöberten alle drei in den alten Truhen, die seit vielen Jahren auf dem Dachboden von Pennistone Royal standen. Patrick hatte sich schon das Karussell genommen, das Paula ihm sofort gegeben hatte, und er drehte den kleinen Schlüssel herum und zog es auf, wie sie es ihm gezeigt hatte.

Die Karussellpferde bewegten sich zu den Klängen des «Karussellwalzers» auf und ab, und der kleine Junge war ganz fasziniert, es war eine Freude, sein glückliches, eifriges Gesicht anzusehen.

Linnet und Paula ließen ihn allein mit dem Karussell spielen und steckten die Köpfe in eine andere Truhe, die Paula hervorgezogen und aufgemacht hatte.

Eifrig suchten sie im Spielzeug herum, womit die Truhe bis obenhin gefüllt war, holten einen großen, bemalten Holzsoldaten heraus, einen Kasten Bauklötze, einen schmuddeligen Teddybär mit einem Arm und ohne Augen, einige Stofftiere, verschiedene Puzzles, eine Schachtel Zinnsoldaten und ein paar Stoffpuppen.

Schließlich hielten Paulas Hände bei einer wunderschönen Babypuppe aus Porzellan inne, die ganz unten in der Truhe lag. Als sie sie herauszog, hielt sie vor Überraschung und Freude den Atem an. Sie konnte sich noch gut an sie erinnern. Ihre Großmutter hatte sie ihr gegeben, und sie war sehr sorgsam damit umgegangen, hatte diese Puppe über alles geliebt. Schon vor Jahren hatte sie sie sorgfältig weggelegt, als sie nach Jims Tod von Long Meadow nach Pennistone Royal gezogen war. Eigentlich hatte sie die Puppe Tessa geben wollen, aber in dem schwierigen Jahr nach der Lawine hatte sie es wohl vergessen.

Sie hockte sich hin und hielt die Puppe vor sich, glättete ihre goldenen Locken und rückte das wertvolle ecrüfarbene Spitzenkleid zurecht. Es überraschte sie, daß die Puppe so gut erhalten und fast wie neu aussah.

Linnet beobachtete sie gespannt, die Augen sehnsüchtig auf die Puppe geheftet. «Ist es deine gewesen, Mummy?» fragte sie schließlich.

«Ja, Liebling. Meine Großmutter hat sie mir geschenkt, als ich in deinem Alter war.»

«Grandy Emma?»

Paula nickte.

«Dann willst du die Puppe nicht jemandem anderes geben, nicht? Wo *Grandy Emma* sie dir gegeben hat», sagte Linnet ernst, den Blick immer noch auf die Puppe gerichtet.

Paula lachte. «Nun, vielleicht würde ich sie einem Mädchen schenken, von dem ich weiß, daß es gut damit umgeht und sie ebenso sorgsam behandelt wie ich.»

«Tessa», sagte Linnet ganz leise und ruhig und etwas traurig.

«Nein. Ich glaube, sie heißt Linnet.»

«O Mummy, Mummy!»

«Hier, mein Liebling, ich schenke sie dir.» Paula hielt ihr die Puppe hin. «Ich nannte sie immer Florabelle.»

«So werde ich sie dann auch nennen.» Linnet rappelte sich auf und nahm mit strahlendem Lächeln die Puppe entgegen.

«Danke, Mummy, vielen Dank.» Sie schloß die Puppe fest in die Arme, rückte an Paula heran und kuschelte ihre Nase an deren Wange. «Ich liebe dich, Mummy», flüsterte sie. «Wie gut du riechst! Wie ein Blumenstrauß.» Linnet hielt den Kopf schräg und betrachtete Paula nachdenklich. Dann streckte sie die kleine Hand aus und berührte sanft Paulas Wange. «Du wirst doch nicht verlorengehen, Mummy, nicht?» fragte sie, und ihre Stimme klang seltsam wehmütig, fast ärgerlich.

Paulas Augenbrauen zogen sich zu einer welligen Linie zusammen. «Wie meinst du das, Liebes?»

«Manchmal, wenn wir darauf warten, daß du nach Hause kommst, sagt Daddy: ‹Eure Mutter ist wohl verlorengegangen. Ich weiß wirklich nicht, wo sie stecken könnte.› Und dann geht er ans Fenster und schaut hinaus. Und ich mach mir Sorgen, bis du kommst. Patrick auch, glaube ich.»

«Ach Süße, das ist doch nur eine Redensart. Es bedeutet nicht, daß ich wirklich verlorengegangen bin», sagte Paula und lächelte ihrer Tochter beruhigend zu.

«Bist du sicher, Mummy?»

«Ganz sicher.»

«Dann ist es ja gut.»

Paula strich mit der Hand über das rotgoldene Haar ihrer Tochter und blieb auf dem Fußboden sitzen, sah ihr zu, wie sie mit der Puppe spielte. Wie leicht es doch ist, Kinder zufriedenzustellen, dachte sie. Solange sie Liebe und Sorgfalt, Güte und Disziplin bekommen; das ist eigentlich alles, was zählt. Ihre Bedürfnisse sind im Grunde einfach. Wenn es mit Erwachsenen nur ebenso wäre . . .

«Hier steckt ihr also!» rief Shane von der Tür aus, so daß sie alle drei überrascht zusammenzuckten.

Paula erhob sich. «Wir haben alle möglichen Schätze in den Truhen gefunden», erklärte sie und ging eilig zu ihm hin. «Ein Karussell für Patrick und meine alte Puppe Florabelle für Linnet.»

Shane nickte und legte den Arm um seine Frau. «Aber nun solltet ihr nach unten kommen . . . Nanny wartet im Kinderzimmer mit dem Tee . . . für uns alle.»

«Das hat solchen Spaß gemacht, auch den Kleinen», sagte Shane zu Paula, als sie sich abends zum Essen umzogen. «Es ist schon eine Ewigkeit her, daß wir mit ihnen den Tee eingenommen haben. Wir sollten das öfter tun.»

«Ja, da hast du recht, Liebling», stimmte Paula ihm zu und beugte sich vor, betrachtete sich im Spiegel des Ankleidetisches, während sie die silberne Bürste über ihr glänzend schwarzes Haar führte. Dann legte sie die Bürste hin und betonte ihren Mund mit hellrotem Lippenstift. Schließlich besprühte sie sich mit dem von Christina Crowther kreierten

Parfüm «Blue Gardenia», das sie sehr liebte. «Und ich freue mich riesig über Patrick, die Fortschritte, die er macht, findest du nicht?» Sie wandte sich halb zu Shane um.

«Doch, bestimmt. Er hat sich sehr gebessert, sein allgemeines Verständnis hat ungemein zugenommen. Es ist der neue Hauslehrer. Mark vollbringt Wunder an dem Jungen.»

«Ja, das stimmt», sagte Paula.

Shane schlüpfte in einen dunkelblauen Blazer, rückte seine Krawatte zurecht und kam durchs Zimmer geschritten. Dann blieb er hinter Paula stehen und lächelte ihr im Spiegel zu, die Hände leicht auf ihre Schultern gelegt.

«Du bist so schön, Bohnenstange», sagte er und küßte sie sanft auf den Nacken. «Hör auf jetzt, dich herauszuputzen. Komm, laß uns oben ins Wohnzimmer gehen. Ich habe vorhin ein paar Flaschen Champagner auf Eis gelegt, so können wir uns noch einen ruhigen Drink genehmigen, ehe Emily und Winston zum Essen kommen.»

«Das ist eine prima Idee», rief Paula, schob den Ankleidehocker zurück, stand auf und reckte sich zu ihm empor, um ihm einen Kuß auf die Wange zu geben. «Aber du hast ja immer die besten Ideen.»

Sie hakte ihn ein, und dann schritten sie gemeinsam nach nebenan.

Das im oberen Stock gelegene Wohnzimmer von Pennistone Royal war Emmas Lieblingszimmer im großen alten Haus in Yorkshire gewesen, und Paula ging es genauso. Seine eindrucksvollen architektonischen Details, die großartige Ausstattung straften das Wort Wohnzimmer Lügen. Die hohe Decke war im Stil von Jakob I. gehalten und kunstvoll mit Stuck verziert. Hohe Bleiglasfenster flankierten einen ungewöhnlichen Erker, der Kamin war aus gebleichter Eiche geschnitzt und der Fußboden mit Parkett belegt. Emma hatte schon vor Jahren die imposante Größe des Raumes durch einen abgeklärten Charme ausbalanciert, eine intime und komfortable Atmosphäre und die ihr eigene diskrete Eleganz geschaffen.

Paula hatte nie das Bedürfnis gehabt, etwas im Zimmer zu verändern, was ohnehin ein Sakrileg gewesen wäre, und das

Dekor war dasselbe wie vor fast fünfzig Jahren – seit Emma das Haus in den dreißiger Jahren gekauft hatte. Jedes Jahr wurde der primelfarbene Wandanstrich im selben Ton erneuert und, sofern notwendig, neue Schonbezüge und Vorhänge angefertigt; ansonsten sah es genauso aus wie zu Emmas Lebzeiten.

Die unbezahlbare Landschaft von Turner mit ihren dunstigen Blau- und Grüntönen hing über dem Kamin, und die einzigen anderen Bilder, die sich im Salon befanden, waren die großartigen Porträts eines jungen Edelmannes und seiner Frau von Sir Joshua Reynolds. Sie harmonierten mit den Antiquitäten aus der Zeit von King George, dem Savonnerieteppich und dem erlesenen Rose Medallion-Porzellan im Chippendaleschrank. Die beiden riesigen Sofas in der Mitte des Zimmers, die einander neben einer Anrichte aus Mahagoni gegenüberstanden, waren mit buntbedrucktem gelben Chintz bezogen, und die antiken Porzellanlampen hatten Schirme aus cremefarbener Seide. Überall sonst glänzte Silber und Kristall.

Die Lampen waren eingeschaltet, und ein großes Feuer brannte im Kamin. Von der Wärme hatten sich die Narzissen, Osterglocken und Hyazinthen in ihren Schalen geöffnet und erfüllten den Raum mit ihrem Duft.

Als sie sich auf einem der Sofas niederließ, schien es Paula, als hätte das Zimmer noch nie schöner ausgesehen als heute abend. Es dämmerte bereits, und das Licht wechselte. Draußen vor den großen hohen Fenstern färbte sich der Himmel marineblau mit einem Hauch von Flieder, der unmerklich in Amethyst und ein dunkleres Lila überging. Ein kräftiger Wind hatte sich erhoben, ließ die Bäume rauschen, und ferner Donner kündigte ein Gewitter an.

Aber in dem anmutigen Raum herrschte eine friedliche Stille. Für Paula besaß das Wohnzimmer etwas Zeitloses, Unwandelbares. Es war von der Vergangenheit erfüllt, eigentlich von ihrem ganzen Leben und so vielen schönen Erinnerungen ... der Erinnerung an ihre Kindheit, ihre Jugend, an die Zeit, als sie vom Mädchen zur Frau wurde. Und von den Erinnerungen an die wichtigsten Menschen ihres Lebens ... die Lebenden und die Toten . . . ihr Vater und Grandy . . . ihre Mutter . . . Philip . . . die Freunde ihrer Jugend . . . und ihre Cousine Emily, ihre Cousins Winston und Alexander. Auch Shane gehörte zu diesen Erinnerungen, die in diesem Raum überdauerten. *Zuhause*, dachte sie. Hier ist mein Zuhause, hier komme ich her, wie auch meine Großmutter. Und deshalb könnte ich nirgendwo anders glücklich sein. . . .

«Was denkst du?» fragte Shane, der sich plötzlich über sie gebeugt hatte , so daß sie zusammenzuckte. Er reichte ihr das Kristallglas mit eiskaltem, sprudelndem Champagner.

«O Liebster, danke», sagte sie und nahm es entgegen. «Ich habe gerade daran gedacht, wie schön dieser Raum doch ist und wie sehr er von der Vergangenheit erfüllt ist.»

«Von allen Tagen unseres Lebens», sagte er und stieß seinen Sektkelch an ihren. «Seit wir kleine Kinder waren.»

Sie schauten sich lächelnd und liebevoll in die Augen, dann ging Shane zum anderen Sofa hinüber und machte es sich auf den dicken Chintzkissen gemütlich, entspannte sich.

Paula beugte sich vor, heftete ihren violetten Blick auf ihn. «Wo wir gerade von der Vergangenheit sprechen – in den letzten Tagen habe ich viel an die *Zukunft* gedacht, Shane, und bin jetzt fest dazu entschlossen, die Larson-Kette in den Staaten zu kaufen.»

Shane schaute sie scharf an. Der Ausdruck seiner schwarzen irischen Augen veränderte sich etwas, wurde besorgt, aber im selben ruhigen, beherrschten Ton wie eben sagte er: «Wenn du das wirklich willst, freue ich mich, daß du es machst, Liebes.» Im stillen fand er, sie würde sich vielleicht zuviel Verantwortung aufbürden, aber er mischte sich nie in ihre geschäftlichen Angelegenheiten ein und blieb immer neutral und objektiv. Das war einer der Gründe dafür, daß ihre Ehe so stabil war.

Langsam sagte sie: «Sechshundertfünfzig Millionen Dollar ist ein fairer Preis für die Kette, meine ich.» Sie zog eine schöngeschwungene Augenbraue empor. «Meinst du nicht?»

Er nickte. «Ja, da stimme ich dir zu. Das ist es.»

«Nun ja . . . ich habe beschlossen, sie selbst zu kaufen, mit meinem eigenen Geld», schloß sie und schaute ihn offen an.

Den Bruchteil einer Sekunde lang war er sprachlos und starrte sie überrascht an, doch wieder klang er ruhig und beherrscht, als er sagte: «Tatsächlich. Und was wirst du verkaufen, um das nötige Geld zusammenzubekommen?»

«Ich werde mir einen Teil von den Banken borgen, eine Hypothek auf die Grundstücke der Larson-Kette aufnehmen und einige andere Vermögenswerte der Kette als Sicherheit geben. So sollte ich ungefähr dreihundert Millionen Dollar zusammenbekommen. Um die andere Hälfte des Geldes aufzutreiben, das ich brauche, werde ich zehn Prozent meiner Harte-Aktien verkaufen.»

«Paula!» rief er besorgt. «Willst du das wirklich machen?» Er ließ sie nicht aus den Augen und sagte schnell: «Ist das nicht ziemlich *riskant*? Es liegt mir fern, mich in deine Geschäfte einzumischen, Liebling, aber diese Harte-Aktien sind doch eine mächtige Waffe – und deine Sicherheit – denn sie geben dir die absolute Macht in der Firma. Wenn du zehn von deinen einundfünfzig Prozent verkaufst, reduzierst du deine Anteile an der Firma und bietest dich einem eventuellen Herausforderer geradezu an.»

«Also, sei doch nicht albern, Shane. Wer soll mich denn herausfordern?» Sie lachte. «Ich habe die volle Unterstützung meines Aufsichtsrats und meiner Aktionäre hinter mir. Herrgott nochmal, das Geschäft gehört mir doch. Kein Mensch würde es wagen, sich gegen mich zu stellen, weder die Aufsichtsratsmitglieder noch die Aktionäre. Ich *bin* Harte's, genau wie Emma Harte's war.»

«Also ... ich weiß nicht so recht ...» fing Shane noch einmal an und verstummte dann. Er hatte die Regel gebrochen, an die er sich vom ersten Tag ihrer Ehe an gehalten hatte. Er hatte sich geschworen, ihr nie irgendwelche geschäftlichen Ratschläge zu geben, und hatte es auch nie getan. Sie war Emma Harte viel zu ähnlich, um seine Ratschläge zu benötigen. Paula war eigensinnig und unabhängig. Meist war ihr Urteil richtig, wie das ihrer Großmutter. Er holte tief Luft und widerstand der Versuchung, mit ihr über dieses Vorhaben zu streiten.

«Ich kann es deinem Gesicht ansehen, daß du dich dazu

entschlossen hast, die Dinge auf deine Weise zu regeln», sagte er bedächtig. «Du bist zuversichtlich, entschlossen, und deine Haltung ist bewundernswert, so sollte sie allerdings auch sein, wenn du dich auf so ein Wagnis einläßt.» Shane lächelte ihr zu und sagte aufrichtig: «Ich stehe voll und ganz hinter dir, Paula.»

«O Shane, Liebling, vielen Dank . . . vielen Dank, daß du an mich glaubst. Das bedeutet mir so viel. Ich habe das gerade gestern noch zu Michael gesagt.»

«Ja?»

Sie nickte. «Ich sagte ihm, daß ich hoffte, du würdest mit meinem Plan einverstanden sein. Übrigens wird er nächste Woche auch in New York sein, wenn ich dort bin.»

«Ist das Zufall . . . oder nicht?» Er sah sie aufmerksam an, die dunklen Augen zusammengekniffen.

«Nein, Liebster, es ist kein Zufall. Michael muß irgendwann in diesem Monat sowieso in New York sein, aber er hat seine Pläne auf meine abgestimmt. Er meint, er müßte dasein, um mir bei der Übernahme von Larson behilflich sein zu können.»

Shane erstarrte und blieb reglos auf dem Sofa sitzen; einen Augenblick lang sagte er nichts dazu. Dann räusperte er sich. «Du hast doch sonst nie Hilfe gebraucht bei Geschäftsabschlüssen. Von niemandem. Wieso jetzt auf einmal?»

Sie zuckte lachend die Achseln. «Ich brauche auch keine Hilfe, aber Michael hat mich mit Harvey Rawson bekannt gemacht und die Larson-Kette für mich entdeckt, weißt du. *Er* meint, er müßte da sein, und ich möchte seine Gefühle nicht verletzen, indem ich ihm sage, daß er nicht extra für mich hinzukommen braucht.»

«Ach so.»

Shane sprang auf und ging zum Beistelltisch hinüber, weil er sie seinen plötzlichen Zorn nicht merken lassen wollte. Er goß sich noch ein Glas Dom Pérignon ein und unterdrückte die Eifersucht, die er empfand, bemühte sich, eine ausreichend unbeteiligte Miene aufzusetzen. Michael ging ihm in der letzten Zeit auf die Nerven. Er hatte das instinktive Gefühl, daß dieser Mann sich stärker für seine Frau interessierte, als ihr bewußt war. Er vertraute Paula vollkommen, wußte, daß sie ihn von ganzem Herzen liebte. Aber er war sich nicht mehr sicher, ob er Michael Kallinski trauen konnte. Auf jeden Fall wollte er nicht, daß Paula in irgendeine peinliche oder unangenehme Situation geriet, wenn sie in New York war, was leicht geschehen konnte. Oder war er unfair gegen Michael? Schließlich war sein alter Freund doch ein Gentleman, oder?

Shane faßte einen spontanen Entschluß und wandte sich mit einem strahlenden Lächeln wieder seiner Frau zu. «Es sollte ja ein Geheimnis sein, aber ich kann es dir ebensogut auch jetzt schon sagen: Ich werde nächste Woche auch in New York sein, Paula, mein Liebling», improvisierte er. «Miranda braucht mich dort. Ich weiß, daß wir uns bemühen sollten, nicht gleichzeitig fortzusein, wegen der Kinder, aber dieser Trip ist unvermeidlich. Ich muß mich um ein paar ernsthafte Probleme kümmern.»

«Wie schön!» rief Paula, und ihr Gesicht leuchtete glücklich auf. «Patrick und Linnet werden bei Nanny und Mark bestens aufgehoben sein . . .» Paula brach ab und kicherte leise. «Zufällig ist Amanda dann auch gerade in den Staaten, um für Genret einzukaufen. Ich möchte ein paar Dinnerparties für sie geben . . . und für Michael. Verstehst du, Amanda ist ganz verrückt nach ihm, und Onkel Ronnie und ich meinen, daß sie ein ideales Paar wären.»

«Ich bin nicht so sicher, ob Michael sich momentan besonders für eine Ehe interessiert», bemerkte Shane, während er zum Sofa zurückschlenderte und sich hinsetzte. «Nicht nach diesem Debakel mit Valentine. Aber ich würde dir und Onkel Ronnie darin zustimmen, daß Amanda wirklich wie geschaffen für ihn ist.» Shane lehnte sich zurück und verspürte eine seltsame Erleichterung. Dann fügte er hinzu: «Aber wir sollten lieber getrennt fliegen, wie wir es immer tun.»

«Ja, natürlich, das ist das klügste. Und übrigens . . .» Paula unterbrach sich mitten im Satz, als die Tür plötzlich aufging und ihre Tochter Tessa erschien.

«Gute Nacht, Mummy und Daddy.» Sie blieb an der Tür stehen und warf ihnen Kußhändchen zu. «Ich gehe jetzt zu

Melanies Party. Ihr Bruder ist gerade gekommen und fährt mich hin.»

«So, wie du aussiehst, gehst du da nicht hin!» rief Paula und erhob sich.

Tessa runzelte die Stirn. «Was meinst du damit, Mummy?»

«Du weißt sehr wohl, was ich meine.» Paula winkte sie mit einem Finger heran. «Komm mal hierher, Tessa, ich möchte dich anschauen.»

«Es ist nur ein bißchen Rouge», murmelte Tessa, wobei sie ihrer Mutter einen feindseligen Blick zuwarf und sich nicht von der Schwelle rührte. «Alle benutzen das heutzutage.»

«Das bezweifle ich. Bitte komm zum Kamin herüber, Tessa.»

Widerwillig befolgte das Mädchen die Anordnung ihrer Mutter. Paula nahm sie bei den Schultern und drehte sie sanft zum Licht hin, das von den Lampen ausgestrahlt wurde, die auf Tischen beidseitig vom Kamin standen. Sie schüttelte den Kopf und verzog das Gesicht. «Nur ein bißchen Rouge, sagst du. Aber du hast dir auch die Wimpern getuscht und die Lippen angemalt.»

«Es ist doch nur *blaß*rosa Lippenstift!»

«Du bist erst *dreizehn*!» Bekümmert schüttelte Paula den Kopf. «Ich kann dir noch kein Make-up erlauben. Lauf schnell nach oben und wasch dir das Gesicht, bitte.»

«Nein! Nein! Ich werd's nicht abwaschen! Du bist einfach altmodisch! Das ist dein Problem!» rief Tessa wütend, warf Paula einen grimmigen Blick zu und machte eine zornige Kopfbewegung.

«Nun mal langsam, Tessa!» warnte Shane sie, setzte sich gerade hin und schaute sie drohend an. «So spricht man nicht mit seiner Mutter. Du bist sehr ungezogen. Das erlaube ich nicht.»

«Aber sie *ist* altmodisch, Daddy. Hinter dem Mond. Alle Mädchen in meiner Klasse tragen nach der Schule Make-up.»

«Das kann ich mir gar nicht vorstellen.» Paula trat einen Schritt zurück und betrachtete ihre Tochter mit neuen, unbeteiligten Augen. Mein Gott, dachte sie, Tessa könnte ohne weiteres für siebzehn durchgehen. Sie ist plötzlich erwachsen geworden. Wo sind nur all die Jahre geblieben? Es kommt mir wie gestern vor, daß sie ein Baby war und in ihrem Kinderwagen lag.

Sie nahm eine versöhnliche Haltung ein und sagte mit sanfterer Stimme: «Bitte tue, was ich dir gesagt habe, Liebes.»

Tessa preßte störrisch die Lippen aufeinander, und ihre silbergrauen Augen wurden trotzig. «Ich geh gar nicht zu der Party, wenn du mich dazu zwingst, mein Make-up abzulegen. Ich werde kindisch aussehen, lächerlich. Alle anderen Mädchen sind geschminkt und werden über mich lachen.»

Mutter und Tochter starrten einander an.

Paula schüttelte langsam den Kopf. «Nein, das werden sie nicht tun.»

«Mutter, bitte . . . sei doch nicht albern!» jammerte Tessa.

«Das bin ich ganz und gar nicht. Und solange du in diesem Hause wohnst und von uns ernährt wirst, hast du dich an unsere Regeln zu halten», sagte Paula ruhig, aber sehr bestimmt.

Tessa sah zu Boden und dachte krampfhaft nach. Sie sah natürlich ein, daß ihre Mutter die Oberhand besaß, trotzdem war sie ziemlich entschlossen, sich durchzusetzen. Sie fing anders herum an und sagte: «Ich mache dir ein Angebot. Ich werde . . .»

«Keine Verhandlungen», konterte Paula.

«Aber Verhandlungsgeschick ist oft das Geheimnis des geschäftlichen Erfolgs», versetzte Tessa, indem sie ein Zitat von Paula anführte.

Ihre Mutter schluckte ein Lächeln hinunter und schaute beiseite, um ihren amüsierten Blick zu verbergen. Shane war da weniger erfolgreich, er brach in lautes Lachen aus.

Paula schaute kopfschüttelnd zu ihm hinüber; dann wandte sie sich Tessa zu. «Na gut, du darfst das Rouge drauflassen. Aber das ist alles. Und für dieses Zugeständnis meinerseits mußt du mir versprechen, eine zusätzliche Stunde Klavier zu üben. Du hast das in der letzten Zeit vernachlässigt.»

«Okay, ich verspreche es. Aber laß mich auch bitte die

Wimperntusche behalten. Meine Wimpern sind so blaß. Ich sehe schrecklich aus, wie ausgeblichen. Ich werde doppelt soviel Klavier üben wie bisher und . . . und ich werde dir Linnet abnehmen, wenn Nanny ihren freien Tag hat.»

«Das ist morgen, weißt du», bemerkte Paula. Dann gab sie nach und sagte: «Okay, so machen wir es. Aber keinen Lippenstift. *Verstanden?*»

«Ja. Danke, Mums.» Tessas Gesicht strahlte, und sie tanzte leichtfüßig durch den Raum, drehte Pirouetten, bis sie die Tür erreicht hatte.

«Und komm nicht zu spät», befahl Paula.

«Nein, nein. Ciao.»

Hinter ihr fiel die Tür mit solch einem Krachen zu, daß Paula das Gesicht verzog und dann zusammenzuckte, als das Rose Medallion-Porzellan im Chippendaleschrank erzitterte. «Tess sieht älter aus als dreizehn, findest du nicht, Shane?»

«Ja, plötzlich ist sie ganz junge Dame geworden – ich meine, sie wächst fast ein bißchen zu schnell. Ich glaube, es ist Zeit, daß wir sie aus dem Harrogate College herausnehmen, Paula, und sie nach Heathfield schicken, wie wir es immer vorhatten.»

«Ich werde mich nächste Woche mit der Schulleiterin in Verbindung setzen. Ja, ich stimme dir zu – je eher Tess dorthin kommt, desto besser.»

«Ich habe dir schon immer gesagt, daß sie ein Einzelgänger ist, Paula. Sie und Lorne sind ganz unterschiedlich, wenn sie auch Zwillinge sind. Sie wird in den nächsten Jahren eine starke Hand brauchen.»

Paula nickte, sah ein, daß Shane recht hatte. Sie verlor sich in ihre Gedanken. Ihre Tochter war eigensinnig, dickköpfig, kühn und manchmal auch trotzig. Sie war ein liebes, herzliches, aufgeschlossenes Mädchen, auch gut in der Schule. Und doch konnte sie sehr eigenwillig sein, was in Paulas Augen ein negativer Zug war. Ihre Tochter kam sehr den Fairleys nach, hatte viele ihrer Eigenschaften geerbt, nicht zuletzt die persönliche Eitelkeit und die Überschätzung des eigenen Ichs, die zu den Charakterfehlern der Fairleys gehörten. Von den Hartes hat sie nicht viel, dachte Paula etwas niedergeschlagen. Sie sieht sogar genauso wie ihre Ururgroßmutter Adele Fairley aus, mit ihrem hellblonden Haar und jenen silbrigen, rätselhaften Augen. Ein kalter Schauer überlief Paula, und sie schaute ins Kaminfeuer.

«Du schaust so merkwürdig drein, Paula», sagte Shane. «Ist irgend etwas nicht in Ordnung, Liebling?»

«Nein, nein, gar nichts», rief sie und riß sich aus ihrer Grübelei. «Darf ich noch ein Glas Champagner haben, bitte?»

«Also hatte ich *doch* recht, oder?» sagte Emily und sah von Paula zu Winston hinüber. «Nun los, ihr beiden, gebt es wenigstens zu.»

«Du hattest in allem recht», sagte Paula. «Und es tut mir leid, daß ich deine Theorien vor all den Jahren vom Tisch gewischt habe.» Sie hob ihr Glas und nahm noch einen Schluck Rotwein. «Reicht dir das, Klößchen?»

Emily lächelte verschmitzt.

Winston sagte: «Und ich muß mich dafür entschuldigen, daß ich dich jemals für ein wenig verrückt gehalten habe, weil du immer darauf bestandest, daß Min keinen Selbstmord begangen hätte.»

«Ich nehme eure Entschuldigungen an.» Emily lächelte ihrem Mann und ihrer Cousine zu, ergriff das Besteck, schnitt in die Scheibe Frühlingslamm, die sie auf ihrem Teller hatte, und steckte einen Bissen in den Mund.

Shane, der nachdenklich seinen Wein trank, fragte: «Also hast du immer den Verdacht gehabt, daß es ein Mord gewesen ist, Emily?»

«Ja.»

«Und warum?» erkundigte sich Shane neugierig.

«Die fehlenden fünf Stunden haben mir Kopfzerbrechen bereitet, Shane.» Emily legte ihr Besteck nieder und lehnte sich zurück. «Ich konnte einfach nicht begreifen, wo Min von sechs Uhr abends, als Anthony sie zuerst am See entdeckt hatte, bis zu der Zeit gegen elf geblieben war, als sie starb. Ihr Auto blieb am See stehen, und so war ich sicher, daß sie irgend jemanden besucht hatte . . . entweder im Dorf Clonloughlin oder auf dem Gutsgelände. Ich habe sogar an einen Geliebten gedacht . . . aber ich kam trotzdem nicht dahinter . . . es blieb mir einfach rätselhaft.»

«Nun ist der Schleier schließlich gelüftet», sagte Winston. «Und zumindest meine Schwester ist sehr erleichtert. Jahrelang hat die arme Sally geglaubt, daß sie und Anthony irgendwie Min in den Tod getrieben hätten. Gott sei Dank hat sich das schließlich aufgeklärt. Die Dunvale-Familie ist von einer Last befreit worden.»

«Hat Anthony erzählt, warum Michael Lamont plötzlich gestanden hat, Min versehentlich getötet zu haben?» fragte Shane und richtete seinen Blick auf Winston.

«Anthony hat uns gesagt, daß Lamont einfach nicht mehr weitermachen konnte, daß ihn das Gewissen so plagte, daß er krank wurde», sagte Winston. «Offenbar ist er zu Anthony hingegangen und hat ihm die Wahrheit über jene Nacht erzählt. Als Anthony ihn darauf hinwies, daß ein Toter kein Wasser einatmen kann, Min deshalb noch am Leben gewesen sein mußte, als er sie in den See warf, geriet Lamont völlig außer sich und war so entsetzt, erschreckte sich derart, daß er einen Schlaganfall bekam.»

«Wenigstens hat Lamonts Tod es Anthony ermöglicht, die ganze Angelegenheit mit ihm zu begraben», murmelte Paula. «Es wäre doch schrecklich für die Familie, wenn Anthony den Fall wieder aufgreifen lassen müßte. Ganz abgesehen von Lamont, der dann zweifellos des Mordes angeklagt worden wäre.»

«Ich hatte immer das Gefühl, daß Bridget O'Donnell mehr wußte, als sie zugab», sagte Emily. «Als Anthony letzte Woche hier war, fragte ich ihn nach ihr, und er schaute mich sehr merkwürdig an. Er sagte, Bridget hätte gar nichts von Mins Tod gewußt, hätte gerade an jenem Abend in ihrem Zimmer gesessen und Migräne gehabt, wie sie es auch bei der gerichtlichen Totenschau behauptet hatte, als sie Anthony das Alibi gab. Aber . . .»

«Verzeihen Sie bitte, Mrs. O'Neill», sagte die Haushälterin, als sie das Eßzimmer betrat. «Es tut mir sehr leid, Sie während des Essens stören zu müssen, aber da ist ein wichtiger Anruf für Sie.»

«Danke, Mary», sagte Paula, schob ihren Stuhl zurück und erhob sich. «Entschuldigt mich eine Sekunde.»

Eilig trat sie in die Halle hinaus und ging ans nächste Telefon, wobei sie sich fragte, wer sie denn um diese Uhrzeit an einem Samstag anrufen könnte. Sie nahm ab. «Hallo?»

«Mrs. O'Neill, hier ist Ursula Hood.»

Paula hielt den Hörer fester, als sie Mrs. Hoods Stimme vernahm. Diese war Alexanders Haushälterin in Nutton Priory, und Paula stellte sich sofort auf eine unangenehme Nachricht ein. Ihre Kehle war trocken, als sie sagte: «Guten Abend, Mrs. Hood. Was gibt es denn?»

«Mrs. O'Neill . . . ich rufe an, weil . . . also, etwas Schreckliches ist passiert.» Die Stimme der Frau brach ab. Sie konnte nicht weitersprechen, und es entstand ein kurzes Schweigen, ehe sie sagte: «Mr. Barkstone ist heute am frühen Abend zur Jagd gegangen. Er . . . er . . . hat versehentlich auf sich geschossen.»

Die Härchen in Paulas Nacken richteten sich auf, und sie begann zu zittern. Unsicher fragte sie: «Ist er schwer verletzt, Mrs. Hood?»

Mrs. Hood räusperte sich. «Oh, Mrs. O'Neill . . . er ist . . . er ist . . . Mr. Barkstone ist tot. Es tut mir leid, es tut mir so leid.»

«Nein, das kann nicht sein!» rief Paula und hielt sich am Eichentisch fest, versuchte, mit dem Schock fertigzuwerden, und kämpfte mit den Tränen, die ihr plötzlich in die Augen getreten waren.

Mrs. Hood sagte leise: «Ich kann es noch gar nicht fassen, daß er tot ist . . . so ein lieber Mensch.» Sie verlor wieder die Fassung, aber fing sich dann und erklärte Paula: «Ich rufe *Sie* an, weil ich es nicht übers Herz bringen kann, seine Schwestern zu benachrichtigen . . . Ich weiß einfach nicht, wie ich es Mrs. Harte oder Miss Amanda und Miss Francesca beibringen soll . . . ich kann nicht . . .»

«Das ist schon in Ordnung, Mrs. Hood», sagte Paula langsam, «ich kann Sie verstehen. Mrs. Harte ist gerade zum

Abendessen hier. Ich werde es ihr und ihren Schwestern beibringen. Aber bitte ... können Sie mir etwas genauer erzählen, wie es passiert ist?»

«Nicht viel genauer, Mrs. O'Neill. Als Mr. Barkstone heute abend nicht zum Essen herunterkam, schickte ich den Butler in sein Schlafzimmer hinauf. Mr. Barkstone war nicht da. Es hatte den Anschein, als hätte ihn niemand aus dem Wald heimkehren sehen. Der Butler, der Diener und der Chauffeur gingen ihn dann suchen ...» Mrs. Hood schnupfte sich die Nase und schloß: «Sie haben ihn unter einer der großen Eichen gefunden, das Gewehr lag neben ihm. Er war schon tot.»

«Danke, Mrs. Hood», brachte Paula mühsam heraus, die sich sehr beherrschen mußte, ihrer Gefühle Herr zu werden und die Fassung zu bewahren. «Ich werde mich um alles kümmern. In ungefähr einer Stunde sind mein Mann und ich in Nutton Priory. Ich bin sicher, daß Mr. und Mrs. Harte mit uns kommen werden.»

«Ich warte auf Sie, Mrs. O'Neill, und vielen Dank.»

Paula legte auf und blieb noch kurz in der Halle stehen, dachte an ihren Cousin. O Sandy, Sandy, warum mußtest du auf diese Weise sterben? Ganz allein im Wald. Ihr Herz krampfte sich zusammen. Und dann kam ihr ein ganz schrecklicher, unvorstellbarer Gedanke und betäubte sie fast. *Hatte er Selbstmord begangen?* Nein. Niemals. Das hätte er nie getan, sagte sie sich. Sandy wollte so gern leben. Er hatte so schwer ums Überleben gekämpft. Jede Minute war ihm kostbar gewesen. Das hat er mir in der letzten Zeit so oft gesagt. Sie verwarf die Vorstellung eines Selbstmords wieder und verbannte sie aus ihren Gedanken.

Dann holte sie ein paarmal tief Luft und kehrte langsam ins Eßzimmer zurück, machte sich bereit, Emily die schreckliche Nachricht mitzuteilen.

32

Es war ein düsterer Tag im April.

Große graue Wolken zogen mit zunehmender Geschwindigkeit über den niedrigen Himmel, der mit der finsteren, schwärzlichen Moorlandschaft von Yorkshire verschmolz. Einsam und unversöhnlich, übte diese Landschaft an diesem Morgen auf alle eine einschüchternde Wirkung aus und warf dunkle Schatten über das Dorf Fairley. Kein Funken Sonne ließ jene wilden, windgepeitschten Flächen heute weicher erscheinen, und die kalte, frische Luft enthielt eine Vorahnung von Regen und nahem Gewitter.

Über die Landstraße, die die große penninische Bergkette durchtrennte, zog langsam eine Reihe Autos, die der Beerdigungsgesellschaft folgte. Bald verließ der Zug das Moor und begann seinen langsamen Abstieg ins Dorf; eine Viertelstunde später hielt er vor einer schönen kleinen normannischen Kirche. Hier stand der neue Pfarrer, Reverend Eric Clarke, wartend im alten Portal, um Familie und Freunde des Verstorbenen willkommen zu heißen.

Sechs Männer standen bereit, Alexanders Sarg zu tragen: Anthony Standish, der Graf von Dunvale, und Winston Harte, seine Cousins, Shane O'Neill und Michael Kallinski, schließlich noch zwei seiner Schulfreunde. Sie hatten ihn fast das ganze Leben lang gekannt, und so war es nur angemessen, daß sie ihn auf seinem letzten Weg begleiteten, ihn zu seinem Ruheplatz auf dem alten Friedhof brachten.

Die sechs Männer hoben Alexanders Sarg hoch, nahmen ihn mit Leichtigkeit auf die Schultern und trugen ihn durch das überdachte Tor auf den Friedhof, gingen mit langsamen, würdevollen Schritten den steingefliesten Pfad entlang. Das Herz war ihnen schwer, und der Schmerz zeichnete sich in ihren trauernden Gesichtern ab. Jeder hatte auf seine Weise sehr an dem Mann gehangen, den sie heute beerdigen sollten.

Sie trugen den Sarg ans Grab, wo der Pfarrer mit Alexanders trauernden Schwestern Emily, Amanda und Francesca sowie der weinenden Mutter Elizabeth stand, die ganz außer sich war und von ihrem französischen Gatten Marc Deboyne gestützt wurde. Auf der anderen Seite des Grabes standen die übrigen Familienmitglieder und viele Freunde, alle in Trauerkleidung.

Anthony sah niedergedrückt aus, sein Gesicht war gramvoll und starr, als er zu seiner Frau Sally und Paula hinüberging, die neben ihr stand. Er krümmte sich etwas unter seinem schwarzen Mantel und fröstelte in dem heftigen Wind, der vom Moor herabfuhr und das neue Laub an den Bäumen erbeben ließ, die Blumen an den Kränzen schüttelte. Anthony starrte die Gebinde an. Sie erinnerten daran, daß es Frühling war . . . zarte Blüten, so bunt gegen die dunkle Erde . . . das lebhafte Gelb und Lila von Jonquillen und Krokussen, das durchsichtige Weiß der bleichen Narzissen . . . das dunkle Blutrot der Tulpen. Er hörte kaum zu, als der Pfarrer das Begräbniszeremoniell begann, denn in seinem Kopf überschlugen sich sorgenvolle Gedanken.

Sandys Beerdigung erinnerte ihn an jenes Begräbnis, dem er vor kurzem erst in Irland beigewohnt hatte. Es bedrückte ihn immer noch, wie Michael Lamont an jenem schrecklichen Morgen in Clonloughlin zusammengebrochen war, als er ihn wegen Mins Tod zur Rede gestellt hatte. Lamont war einige Tage darauf im kleinen Krankenhaus an einem schweren Schlaganfall gestorben. Hätte er diesen überlebt, wäre sein Schicksal ein bloßes Dahinvegetieren gewesen. Seltsamerweise fühlte Anthony sich irgendwie für den Tod des Gutsverwalters verantwortlich. Andererseits – das hatte Sally auch schon gesagt – war Lamont so die Qual und Schande eines Gerichtsverfahrens erspart geblieben, das er wohl ohnehin nicht überlebt hätte. Vielleicht hatte Sally recht. Er versuchte, nicht mehr an Lamont zu denken, was ihm auch fast gelang.

Ein langer Seufzer entrang sich Anthony, und er wandte den Kopf, schaute Sally an, lächelte verzagt, als sie ihn unterhakte und dichter zu sich heranzog. Es war, als verstünde sie alles. Das tat sie natürlich auch. Sie standen einander sehr nahe, so nahe, wie es zwei Menschen möglich ist.

Er warf einen verstohlenen Blick zu seiner Mutter Edwina hinüber, der verwitweten Gräfin, und wünschte, sie hätte nicht darauf bestanden, mit ihnen zu Sandys Beerdigung aus Irland herüberzukommen. In der letzten Zeit war es ihr nicht gut gegangen, sie sah sehr zerbrechlich aus, eine weißhaarige alte Dame in den Siebzigern. Sie war das erste Kind von Emma Harte, die Tochter von Edwin Fairley.

Auf diesem Friedhof ist so viel Geschichte, wirklich ehrfurchtgebietend, dachte Anthony plötzlich und ließ den Blick über die Grabsteine gleiten. Überall lagen Hartes und Fairleys, Generationen von ihnen. Er war sowohl ein Harte wie auch ein Fairley, dazu ein Teil Standish. Dann fiel ihm ein, daß alles hier in der malerischen kleinen Kirche, die sich hinter ihm erhob, seinen Anfang genommen hatte . . . damit, daß Emma Harte hier im April 1889 getauft worden war. Fast hundert Jahre waren seitdem vergangen. Du meine Güte, seine Großmutter würde Ende dieses Monats dreiundneunzig werden, wenn sie noch lebte. Er vermißte sie immer noch, auch nach all den Jahren.

Plötzlich sah er Emma im Geiste vor sich. Was für eine einzigartige, brillante Frau sie doch gewesen war. Sie hatte all ihre Enkel geliebt, aber er wußte, daß sie ein besonderes Verhältnis zu Alexander gehabt hatte. Nun, das traf eigentlich auf sie alle zu. Sandy war es gelungen, die besten Seiten an ihnen zutage zu fördern. Ja, sie waren wirklich alle bessere Menschen geworden, weil sie ihn gekannt hatten.

Seine Gedanken kehrten wieder zu seinem Cousin zurück. Der Brief lag in der inneren Brusttasche seines Jacketts. Er hatte ihn immer bei sich getragen, seit er ihn einen Tag nach Sandys Tod erhalten hatte. Er wußte bereits, daß Sandy tot war, ehe der Brief mit der Morgenpost kam, weil Paula ihn am Abend zuvor von Nutton Priory aus angerufen hatte, um ihn und Sally davon zu benachrichtigen. Trotzdem war dieser Brief zuerst ein Schock gewesen – bis er ihn verstanden und Sandys Worte akzeptiert hatte.

Inzwischen hatte er ihn so oft gelesen, daß er ihn fast auswendig kannte. Ihm war, als seien ihm die Worte in sein Herz eingebrannt worden. Es war kein langer Brief, und er war sachlich und vernünftig, eigentlich wie Sandy selbst, und Sandy hatte ihn nur für seine Augen bestimmt. Deshalb hatte er ihn weder seiner Frau gezeigt, obwohl sie einander so nahestanden, noch Paula, die schließlich das Oberhaupt der Familie war. Aber sie brauchten davon nichts zu wissen.

Er schloß die Augen und sah Sandys Handschrift vor sich ... und jenen Absatz des Briefes, der ihn so bewegt hatte.

Ich wollte, daß Du verstehst, warum ich dies tue, Anthony, hatte Sandy mit seiner ordentlichen Schrift geschrieben. *Hauptsächlich ist es natürlich meinetwegen. Endlich die Gelegenheit, abzutreten. Aber es wird jedem von Euch die Qualen meines langsamen Sterbens ersparen. Ich weiß, daß Ihr es nicht ertragen könnt, mich leiden zu sehen. Und bevor ich aus dem Leben scheide, sage ich Dir auf Wiedersehen, lieber Cousin und Freund. Wisse, daß ich glücklich darüber bin, meine sterbliche Hülle abwerfen zu können ... ich entrinne ... ich bin frei ...*

Darunter hatte er noch gekritzelt: *Du bist mir so ein guter Freund gewesen, Anthony. Mehr als einmal hast Du mir über meine persönlichen Schwierigkeiten hinweggeholfen, vielleicht sogar, ohne es zu wissen. Ich danke dir. Alles Gute für Dich und die Deinen.*

Anthony sah ein, daß es unklug wäre, den Brief aufzubewahren, dennoch konnte er es nicht über sich bringen, ihn zu vernichten. Aber das mußte er. Heute noch. Nach der Beerdigung, sobald er wieder in Pennistone Royal war. Er würde in das Badezimmer ihrer Suite gehen, ihn verbrennen und anschließend die verkohlten Papierfetzen in der Toilette wegspülen. Nur er wußte, daß Sandy seinen Tod sorgfältig vorbereitet hatte, zum Jagen in den Wald gegangen war und sich, nachdem er ein paar Hasen und Kaninchen erlegt hatte, erschoß. Er hatte es so eingefädelt, daß es wie ein Unfall aussah. Anthony würde Sandys Geheimnis nie jemandem verraten. Es hatte natürlich eine gerichtliche Totenschau gegeben, und der Untersuchungsrichter war in seinem Urteil zu dem Schluß gekommen, daß es ein Unfall gewesen sein mußte, geradeso, wie Alexander es beabsichtigt hatte. Keiner ahnte die Wahrheit.

Und so soll es auch bleiben, flüsterte Anthony leise und schaute zum fernen Moor hinüber, dachte immer noch an Sandy. So viele Erinnerungen überkamen ihn . . . und trugen ihn noch einen Augenblick lang in die Vergangenheit zurück.

Mit einem Mal brach strahlender Sonnenschein durch die dunklen Wolken, und der bleifarbene, düstere Himmel wurde von dem wundervollsten Glanz erfüllt, der von unterhalb des verwischten Horizonts zu kommen schien. Anthony hielt den Atem an bei dieser plötzlich aufleuchtenden Schönheit, hob den Blick zum Himmel empor und lächelte. Und in der Stille seines sanften, liebevollen Herzens, verabschiedete er sich von Sandy. Seine Qual hat ein Ende, dachte Anthony. Jetzt ruht er schließlich in Frieden, ist zu seiner geliebten Maggie heimgegangen.

Die kurze Feier näherte sich ihrem Ende.

Der Sarg wurde in die üppige Erde Yorkshires herabgelassen, wo auch Sandys Vorfahren ruhten, und Anthony wandte sich vom Grab ab, als der Pfarrer sein Gebetbuch zuklappte.

Er nahm Sally beim Arm. «Laß uns nach Pennistone Royal zurückgehen auf einen Drink und zum Essen.»

Paula, die mit ihnen ging, erschauerte, sah von Shane zu Anthony und murmelte: «Ich hasse diese herzhaften Essen nach Beerdigungen. Sie sind barbarisch.»

«Nein», sagte Anthony leise, «das sind sie nicht.» Er hakte sie ein, als sie in Gleichschritt fielen und gemeinsam den steingefliesten Pfad zum überdachten Tor und den wartenden Autos entlanggingen. «Das Essen heute gibt uns die Gelegenheit, noch ein wenig zusammenzubleiben, einander trösten zu können . . . und Sandy als den zu erinnern, der er war. Trost daraus zu ziehen, ihn und seine Freundschaft gekannt zu haben. Und seines Lebens feierlich zu gedenken.»

Paula sollte diese Worte nicht mehr vergessen.

Sie hallten immer noch in ihr nach, als sie eine Woche

später morgens nach Heathrow gefahren wurde, um die Concorde nach New York zu nehmen.

Amanda saß neben ihr hinten im Rolls-Royce. Sie war traurig und in sich gekehrt und sagte kaum ein Wort. Kurz bevor sie den Flughafen erreicht hatten, streckte Paula die Hand aus und ergriff die ihrer Cousine.

Amanda sah zu ihr hin, runzelte leicht die Stirn und erwiderte dann Paulas Händedruck.

«Du denkst an Sandy, nicht wahr?» fragte Paula.

«Ja», flüsterte Amanda.

Paula streichelte liebevoll ihre Hand und sagte leise: «Trauere um ihn, trauere um ihn und laß den Kummer heraus. Das ist so wichtig . . . es ist ein Teil des Heilungsprozesses. Aber du solltest auch aus deinen schönen Erinnerungen an Sandy Trost ziehen, aus den Jahren, die du mit ihm verbracht hast, als du heranwuchsest. Sei froh, daß er dein Bruder gewesen ist, daß er dir soviel Liebe, soviel von sich gegeben hat.»

«Du bist sehr weise, Paula. Ich will es versuchen . . .» Amandas Lippen bebten. «Aber ich vermisse ihn so sehr.»

«Natürlich, das ist ganz normal. Und das wird auch anhalten – noch sehr lange. Aber ich glaube, daß es dich auch trösten wird zu wissen, daß Sandy nun nicht mehr leiden muß.» Paula hielt inne und setzte dann leise hinzu: «Laß ihn gehen, Liebes, laß ihm seine Ruhe.»

Es fiel Amanda schwer, etwas zu sagen, und so nickte sie nur mehrmals, wandte den Kopf ab und sah aus dem Fenster. Sie war zu aufgewühlt, als daß sie zusammenhängend hätte sprechen können, und sie wußte, daß Paula das verstehen und ihr Schweigen respektieren würde.

Aber kurz darauf, als sie in der Concorde Lounge saßen und vor dem Flug noch einen Kaffee tranken, rückte Amanda plötzlich dichter an Paula heran und sagte leise: «Danke, daß du so eine gute Freundin bist. Du hast mir sehr geholfen.» Sie schaute in die Ferne und murmelte dann: «Wie ungewiß doch das Leben ist, Paula, findest du nicht auch? Keiner von uns weiß, was ihm als nächstes zustoßen wird . . . das Leben kann sich im Nu ändern . . .»

«Ja . . . das Leben ist ungewiß. Aber es ist auch wunderbar, weißt du. Und das Leben ist für die Lebenden. Wir müssen nach vorne schauen.»

«Das hat Grandy immer gesagt!» Amanda schaute Paula in die Augen, und ein Lächeln brach sich Bahn. «Gestern hatte ich einen ganz überraschenden Anruf von Francesca . . . sie ist schwanger.»

«Wie schön! Wir müssen ein paar Babysachen in New York einkaufen.» Paula ergriff ihre Tasse, nahm einen Schluck Kaffee und betrachtete Amanda nachdenklich über den Rand hinweg. Sie stellte die Tasse auf die Untertasse zurück und sagte bedächtig: «Verzeih, wenn ich neugierig bin, aber du hast doch viel für Michael Kallinski übrig, nicht wahr?»

Amanda schaute sie an, Überraschung in den hellgrünen Augen. Eine leichte Röte kroch ihren Hals hoch und färbte ihre blassen Wangen. «Ist es *so* offensichtlich?»

«Nur für mich. Ich bin sehr aufmerksam, habe für solche Dinge einen sechsten Sinn, und außerdem kenne ich dich seit deiner Geburt, vergiß das nicht.»

«Aber *er* interessiert sich nicht für *mich*», behauptete Amanda.

«Das wollen wir mal sehen.»

«Wie meinst du das?»

«Michael ist in der letzten Zeit viel mit dir zusammen gewesen, aber immer nur geschäftlich, immer nur, wenn es sich um die Übernahme der Lady Hamilton-Kleider drehte. Nun sollte er dich in einem anderen Licht sehen, in Gesellschaft, mit anderen Männern, die sich um dich scharen . . . was sie meist tun, also schüttele nicht den Kopf. Solange du in New York bist, werden Shane und ich ein paar Essen und Cocktailparties veranstalten . . . ich möchte, daß Michael dich besser kennenlernt. Auf einer persönlicheren Ebene.»

«Oh», brachte Amanda nur heraus.

«Hab Vertrauen zu mir. Deine Zukunft sieht sehr verheißungsvoll aus, finde ich.»

«Deine auch», erwiderte Amanda schnell. «Ich bin sicher, daß du die Larson-Kette bekommen wirst.»

«Ich kann nur hoffen, daß du recht hast», sagte Paula und klopfte auf Holz.

Als der Concorde-Flug der British Airways nach New York startete, landete gerade ein Quantas-Flug aus Hongkong in Heathrow.

Innerhalb einer Stunde waren die Passagiere ausgestiegen, das Gepäck übers Laufband gekommen, und Jonathan Ainsley, dem man den erfolgreichen Geschäftsmann ansah, war durch den Zoll und in die Ankunftshalle geschritten.

Sein Blick ging über die Menschen hin, die an der Absperrung warteten, und er hob grüßend die Hand, als er das flammendrote Haar und strahlende Gesicht seiner chic angezogenen Cousine Sarah Lowther Pascal entdeckte.

Sarah winkte zurück, und einen Augenblick darauf umarmten sie einander herzlich.

«Willkommen daheim, Jonny», sagte Sarah, als sie sich voneinander lösten und sich anerkennend und erfreut betrachteten.

«Es ist schön, wieder hier zu sein. Nach einer Ewigkeit.» Er lächelte ihr zu, machte dem Dienstmann ein Zeichen, mit dem Gepäck hinter ihm herzukommen, ergriff Sarahs Arm und führte sie zum Parkplatz hinüber.

«Ich bin wirklich froh, daß deine Londonreise zeitlich mit meiner zusammenpaßt», sagte Jonathan zehn Minuten später, als sie in der großen, von einem Chauffeur gefahrenen Limousine bequem nach London hineinfuhren.

«Ich auch», sagte sie. «Yves wollte, daß ich mir die Galerie anschaue, die hier seine Werke vertritt, und ich hatte auch noch selbst einiges Geschäftliche zu erledigen diese Woche. Der Zeitpunkt war einfach genau richtig, Jonny.»

«Und wie geht es Yves?» fragte Jonathan.

«Großartig», erwiderte Sarah begeistert. «Er malt momentan ganz phantastisch.»

«Und verkauft auch sehr gut», murmelte Jonathan und warf ihr einen Blick zu. «Er ist nicht geizig gegen dich, sehe ich, wenn man nach dem Schmuck urteilen kann . . . und das Kostüm ist doch von Givenchy, oder?»

Sarah nickte, erfreut über seine Komplimente lächelnd. «Er ist sehr großzügig, aber meine eigenen Kapitalanlagen haben auch gute Dividenden abgeworfen . . .» Sie warf Jonathan einen Seitenblick zu. «Und wie geht es Arabella?»

«Ganz hervorragend!» Jonathans Gesicht erhellte sich sofort, und er fing an, ausführlich von Arabella und ihrem gemeinsamen Leben in Hongkong zu berichten, wobei er kaum Atem holte.

Sarah bedauerte insgeheim, den Namen der Frau erwähnt zu haben. Sie haßte die Gattin ihres Cousins.

Sie lehnte sich ins butterweiche, weinfarbene Leder der Sitze und tat, als schenkte sie Jonathan ihre ganze Aufmerksamkeit, nickte gelegentlich und sah aus, als nähme sie gespannt jedes seiner Worte auf, aber in Wirklichkeit hörte sie gar nicht zu.

Sie ist ganz Unschuld, die reine Unschuld, dachte Sarah, während sie an Arabella dachte. Aber ich habe sie sofort durchschaut. Sie ist klug und gerissen und auf ihren Vorteil bedacht. Und sie hat bestimmt eine Vergangenheit. Da bin ich mir ganz sicher. Wenn ich ihn nur vor ihr warnen könnte, aber das wage ich nicht. Sie konnte es kaum glauben, daß Jonathan auf Arabella Sutton hereingefallen war. Aber auch Yves, der sich sonst nicht für andere Frauen interessierte, war von ihr ganz hingerissen gewesen, als Jonathan sie Anfang des Jahres mit nach Mougins gebracht hatte. Natürlich war sie sehr charmant. Und schön. All dies silberblonde Haar, die schrägen Augen, die sensationelle Figur. Bestimmt eine heiße Nummer, dachte Sarah abfällig und empfand einen irrationalen Abscheu gegen sie. Im Grunde ging es sie nichts an, wen ihr Cousin heiratete. Aber sie hing an Jonny und wollte, daß es ihm gutging.

Sie hatte jetzt ihre eigene Familie, einen liebevollen Mann, ein reizendes, begabtes Kind. Aber Jonathan war das Symbol ihrer Vergangenheit, ihrer Bindung an England. Ihre Eltern lebten noch, Jonnys auch, ihre Tante Valerie und ihr Onkel Robin. Aber irgendwie war Jonathan derjenige, den sie am meisten liebte, auch wenn er für ihre Entfremdung von ihren übrigen Cousins und Cousinen, Tanten und Onkeln hauptsächlich verantwortlich zu machen war. Das Zerwürfnis in der Harte-Familie hatte sie sehr mitgenommen. Obwohl sie für einige Mitglieder nichts als Abneigung verspürte, litt sie doch unter der Verbannung und bedauerte, daß sie kein Mitglied jenes vornehmen Clans mehr war.

Arabella faszinierte Jonny – das war ganz offensichtlich. Sarah haßte es, um seine Aufmerksamkeit kämpfen zu müssen. So war es auch gewesen, als Sebastian Cross noch lebte. Sie waren Busenfreunde gewesen, seit ihrer gemeinsamen Zeit in Eton. Und sie hatten einander sehr nahegestanden, Sarah fragte sich immer, wieso. Sebastian war nicht besonders sympathisch gewesen. Sie fand ihn niederträchtig. Und er war so seltsam auf Jonny fixiert gewesen. Wenn sie es nicht besser gewußt hätte, hätte sie schwören können, daß Sebastian schwul war. Aber sein Ruf als Frauenheld war allseits bekannt. Jetzt fragte sie sich, ob das überhaupt einen Unterschied machte. Sebastian war solch ein seltsamer Vogel gewesen. Er starb an einer versehentlichen Überdosis Kokain. Nachdem Jonathan England verlassen hatte, hatte Sebastian nichts als Pech gehabt und nur noch katastrophale Geschäfte getätigt. Sie hatte gehört, daß er völlig verarmt gestorben war.

Jonathan berührte sie am Arm und rief ärgerlich: «Du siehst aus, als wärst du ganz weit weg, Sarah. Hörst du mir gar nicht zu?» Er schaute ihr ins Gesicht, die hellen Augen mißtrauisch zusammengekniffen.

«Doch, doch, natürlich höre ich dir zu», protestierte sie und wandte ihm ihre volle Aufmerksamkeit zu, da sie ihn nicht verärgern wollte. Jonny geriet leicht in Zorn.

«Hast du irgendwelche Sorgen?» drängte Jonathan sie, wie immer auf sie eingestimmt, als könnte er ihre Gedanken lesen. Mit dieser Fähigkeit hatte er Sarah schon oft entwaffnet.

«Offen gesagt, mußte ich gerade an Sebastian Cross denken», gestand sie. «Es ist doch seltsam, wie er gestorben ist, findest du nicht?»

Jonathan schwieg kurz.

«Ja», sagte er schließlich. «Äußerst seltsam.» Eine kleine Pause entstand, dann sagte er ruhig: «Er war bisexuell. Das wußte ich natürlich nicht.» Er sah Sarah offen ins Gesicht und vertraute sich ihr an: «Er hat mir das erst gesagt, als er nach Hongkong kam, um mich zu besuchen, das erste Jahr, in dem ich dort war . . . er gestand, daß ich . . . daß ich, äh, der Gegenstand seiner Leidenschaft sei.»

«Ach du meine Güte», sagte Sarah, nicht besonders überrascht von dieser plötzlichen Enthüllung. «Wie unangenehm für dich.»

Jonathan lächelte verkniffen. «Das kann man wohl sagen, Sarah. Aber er nahm meine Abweisung mit Anstand hin. Zumindest dachte ich das damals.»

Sarah sagte nichts dazu und beobachtete ihn.

«Meinst du, daß er deshalb gestorben ist, Sarah? Daß die Überdosis Absicht war . . . ein *fingierter Unfall*, verstehst du?»

«Hin und wieder habe ich mich das gefragt.»

«Eigentlich traurig.»

«Ja.»

«Wie gedankenlos von mir, Liebes, daß ich noch gar nicht nach deinem süßen Kind gefragt habe. Wie geht es der kleinen Chloe?» wechselte Jonathan plötzlich das Thema, da er ungern weiter über Sebastian Cross oder die Vergangenheit sprechen wollte. Ihn interessierte nur die Zukunft, die ihm momentan sehr verlockend erschien.

«Prima», erwiderte Sarah und stürzte sich in einen begeisterten Bericht über ihre Tochter, die eines ihrer beiden Lieblingsthemen war. Das andere war ihr Gatte. «Sie hat sich in ihren Onkel Jonny verliebt . . . und bevor ich Anfang dieser Woche Frankreich verließ, hat sie mir das Versprechen abgenommen, dich am Wochenende mit nach Mougins zu bringen. Du kommst doch, nicht wahr?»

«Ich werde es versuchen.»

«Gut.» Sarah wandte sich halb um und warf ihm einen langen, prüfenden Blick zu. «Was wolltest du damit sagen, als du mich aus Hongkong anriefst und meintest, unser Tag würde kommen, wir würden uns bald an Paula rächen können?»

Jonathan beugte sich zu ihr. Ein wissendes, verschlagenes Grinsen verzerrte sein kühles Gesicht. «Ich glaube, daß niemand unfehlbar ist, daß auch die gerissensten Magnaten mal einen falschen Zug machen. Und ich habe immer gewußt, daß Paula O'Neill eines Tages einen Fehler machen würde. Ich habe abgewartet . . . und sie beobachtet . . . und mein siebter Sinn sagt mir, daß sie drauf und dran ist, eine Dummheit zu machen. Alle Zeichen sprechen für uns. Sie hat schon viel zu lange Glück gehabt. Und wenn sie ihren tödlichen Fehler macht, werde ich da sein. Bereit sein, mich auf sie zu stürzen.»

Sarah schaute ihn gebannt an, ihre grünen Augen leuchteten. «Wie meinst du das? Woher weißt du das? Sag schon, Jonny, erzähl mir alles!»

«Später», sagte er und drückte ihren Arm auf die vertrauliche Weise, mit der er sie immer behandelte. «Laß uns warten, bis wir in der Abgeschiedenheit meiner Suite im Claridge's sind . . . dann werde ich dir erklären, wie ich Paula O'Neill zu Fall bringen werde.»

Sarah erschauerte vor Vorfreude und Lust beim Gedanken an Paulas Untergang. «Ich kann es kaum erwarten, deinen Plan kennenzulernen. Bestimmt ist er großartig . . . und wie habe ich danach gedürstet, mich an diesem kalten, frigiden, diebischen Weibsstück zu rächen. Sie hat mir Shane weggenommen, ganz abgesehen von allem anderen.»

«Ja, das hat sie», pflichtete Jonathan ihr bei, wie immer darauf bedacht, Sarah in ihrem schwärenden Haß auf Paula zu bestärken, da er eine Verbündete bei seinen Intrigen brauchte, wenn auch nur zur moralischen Unterstützung.

Er steckte die Hand in die Jackentasche und schloß die Finger um den Kieselstein aus Hammelfett-Jade, seinen Talisman. Er hatte ihm in der Vergangenheit viel Glück gebracht. Jonathan hatte keinen Grund zu zweifeln, daß er es auch weiterhin tun würde.

Gewinner und Verlierer

... und Taten unnatürlich
Erzeugen unnatürliche Zerrüttung ...
Shakespeare, *Macbeth*

Deshalb muß man ein Fuchs sein,
um Fallen zu erkennen, und ein Löwe,
um die Wölfe in die Flucht zu schlagen.
Machiavelli, *Der Fürst*

Alles oder Nichts.
Ibsen, *Brand*

33

«*Du bist wirklich das Beste, was Philip jemals zugestoßen ist*», sagte Daisy voller Liebe und Achtung für die junge Amerikanerin, die ihre Schwiegertochter geworden war.

Madelanas Gesicht leuchtete auf, sie lachte fröhlich und unbeschwert und machte es sich auf dem Sofa bequem. «Danke. Das ist lieb von dir.»

Die beiden saßen im Salon des Hauses bei Point Piper in Sydney, das Philip seit einigen Jahren gehörte und wo er und Maddy den größten Teil der Woche verbrachten, wenn sie nicht in Dunoon waren. Es war ein schöner Augustnachmittag, auch wenn es in Australien immer noch Winter war, und vorhin hatte Madelana die großen Glastüren aufgemacht, die zur Terrasse und dem Garten dahinter führten. Eine sanfte Brise wehte hinein, ließ die Seidenvorhänge flattern und rascheln und trug die Düfte von Geißblatt, Eukalyptus und den Salzgeruch der See mit sich.

Nach einer Weile lächelte Madelana ihrer Schwiegermutter zu und sagte: «Aber ich muß dasselbe über deinen Sohn sagen, Daisy. Er hat mich wieder zu einer ganzen Frau gemacht, all meine Traurigkeit und meinen Kummer vertrieben und mir so viel Liebe gegeben, daß ich manchmal glaube, vor lauter Glück platzen zu müssen.»

Daisy nickte, sie verstand Maddy sehr gut. Es hatte ihr von Anfang an gefallen, daß Maddy so offen und ohne Vorbehalte war. Sie konnte so leicht, manchmal sehr beredt, über ihre Gefühle sprechen. Außerdem freute es sie sehr, daß ihr Sohn ein Mustergatte war, sich nach all den Jahren des Herumtändelns ans Eheleben gewöhnt hatte und daß er und Maddy so überglücklich miteinander waren.

«Wenn eine Ehe gut läuft, gibt es nichts Besseres auf der ganzen Welt, nichts kann sie ersetzen», sagte Daisy bewegt. «Und es ist die reine Freude, mit einem Mann zusammenzusein, der so viel von sich einbringt . . . wie Philip und Jason es tun.»

Daisy hielt inne und schaute nach links zu den Fotos hinüber, auf denen ihr verstorbener Mann, Philip, Paula und die Zwillinge Lorne und Tessa sowie Daisy selbst zu sehen waren. Glückliche, liebevolle Familienbilder, die Philip auf einem kleinen Seitentisch am Kamin gruppiert hatte. Sie dachte einen Augenblick lang nach, erinnerte sich an ihr Leben mit David, dann wandte sie Maddy ein etwas wehmütiges Lächeln zu.

«Als David bei der Lawine ums Leben kam, dachte ich, alles sei für mich zu Ende. Und natürlich war es das auch in mancher Hinsicht», sagte Daisy vertraulich. Noch nie hatte sie mit Madelana so offen über ihre erste Ehe gesprochen.

«Weißt du, Maddy, ich hatte eine ganz wunderbare Beziehung zu meinem lieben David . . . seit ich ihn mit achtzehn heiratete. Ich glaubte, so etwas könnte es nie mit einem anderen Mann geben, und das stimmte auch – aus dem einfachen Grund, daß keine zwei Männer gleich sind, natürlich auch keine zwei Frauen, und jede Beziehung ist anders, hat ihre Stärken und Schwächen. Daß ich England verließ und hierher kam, half mir, einen neuen Anfang zu machen, und meine Wohltätigkeitsarbeit für kranke und bedürftige Kinder gab mir einen Lebenssinn. Aber Jason ist es gewesen, der mich wieder zu einer richtigen Frau gemacht hat. *Er* hat mich ins Leben zurückgebracht, Maddy.»

«Er ist ein wunderbarer Mensch», sagte Maddy aufrichtig, als sie an die vielen Aufmerksamkeiten und liebevollen Gesten des ruppigen Australiers ihr gegenüber in den vergangenen Monaten dachte. «Wir beide haben schrecklich viel Glück gehabt und zwei wirkliche Vierzigkaräter gefunden.»

«Das haben wir allerdings!» rief Daisy lachend, wie immer erheitert über Madelanas drollige Formulierungen. Sie konnte es gar nicht erwarten, Jason Maddys Worte über ihn zu erzählen, die sie sehr zutreffend fand. Immer noch lächelnd, beugte Daisy sich vor, ergriff ihre Teetasse und nahm einen Schluck.

Ein harmonisches Schweigen trat zwischen den beiden Frauen ein, die aus solch verschiedenen Gesellschaftsschichten stammten, aus so unterschiedlichen Welten, und die einander doch in dem Jahr, da sie sich kannten, sehr liebgewonnen hatten. Ihre große Gemeinsamkeit war die Liebe, die sie beide für Philip und Paula empfanden, und Maddys fanatische Verehrung von Emma Harte. Daisy hegte die Erinnerung an ihre Mutter und freute sich darüber, Maddys unablässige Fragen beantworten zu können, über Emma zu sprechen und Anekdoten über die legendäre Geschäftsfrau zu erzählen, und in ihrer Schwiegertochter hatte sie eine gebannte und aufmerksame Zuhörerin gefunden. Schließlich war da noch das Band des Kindes, das Madelana trug. Philips Kind . . . und der Erbe des McGill-Imperiums, nach dem Daisy sich schon so lange gesehnt hatte.

Daisy dachte jetzt ans Baby, als sie ihren Tee trank und Madelana still betrachtete. Sie wünschte, es würde kommen. Es war fast zwei Wochen überfällig, und alle wurden mit jedem Tag ungeduldiger. Nur Maddy nicht, die still und gesund war . . . und sich über all ihr Getue etwas amüsierte.

«Ich bin froh, daß du noch keine Amniozentese hast machen lassen», unterbrach Daisy das Schweigen. «Obwohl ich es kaum erwarten kann, herauszubekommen, ob nun ein Enkel oder eine Enkelin in deinem Bäuchlein sitzt.»

Madelana lächelte verschmitzt. «Ich glaube, ich wollte es noch nie wissen . . . ich möchte mich lieber überraschen lassen.» Sie legte die Hände auf ihren Leib und befühlte das Baby in einer beschützenden Gebärde, dann fing sie an zu lachen. «Allerdings habe ich das seltsame Gefühl, daß es ein Mädchen ist, Daisy.»

«Wirklich?»

Madelana nickte, beugte sich vor und verkündete dann: «Und wenn es ein Mädchen ist, werden wir sie Fiona Daisy Harte McGill nennen. Ein ziemlich langer Name, nicht? Aber wir wollten sie nach meiner Mutter und dir nennen und die Nachnamen ihrer Urgroßeltern beifügen.»

«Ich bin gerührt und fühle mich geehrt – und schrecklich geschmeichelt», erwiderte Daisy, deren strahlendblaue McGill-Augen, so sehr denen ihres Vaters ähnlich, vor Freude aufleuchteten.

Madelana rückte sich auf dem Sofa zurecht, schob sich in den Kissenberg hinein und suchte nach einer bequemeren Stellung. Sie fühlte sich ungeschickt und unbeholfen, auch etwas verkrampft mit einem Mal.

«Fühlst du dich nicht wohl?» fragte Daisy, der Maddys verzerrtes Gesicht, ihr Ausdruck von Schmerz aufgefallen war.

«Doch, es geht mir gut, ich bin nur ein bißchen steif heute. Aber ehrlich gesagt, wünschte ich auch, das Baby würde bald kommen. Mir ist wie einer riesigen, überreifen Wassermelone zumute, die gleich platzen wird! Und ich schleppe mich hinter Philip her wie ein Fisch auf dem Trocknen . . . ein riesiger, an den Strand gespülter Wal oder sowas Ähnliches!»

Daisy lachte vergnügt. «Und was, wenn es ein Junge wird? Habt ihr dafür auch schon einen Namen?»

«Paul McGill. Nach deinem Vater.»

«O Maddy! Wie schön von dir und Philip. Darüber freue ich mich besonders.»

Daisy erhob sich und ging zum Beistelltisch hinüber, wo sie ihre Handtasche abgestellt hatte, als sie vorhin kam. Sie öffnete sie, nahm ein kleines Lederetui heraus und ging damit zu Madelana zurück. Sie gab es ihr: «Dies ist für dich.»

Madelana schaute ihre Schwiegermutter überrascht an, dann betrachtete sie die Schmuckschachtel in ihren Händen. Das Leder war abgetragen und verkratzt, die goldgeprägte Kante vom Alter verblichen. Sie öffnete das Etui und hielt den Atem an, als sie die Smaragdbrosche auf dem schwarzen Samt ruhen sah.

«Aber Daisy, sie ist wunderschön. *Großartig*. Vielen, vielen Dank. Sie ist alt, nicht wahr?»

Daisy, die sich neben Madelana aufs Sofa gesetzt hatte, nickte. «Sie stammt aus den zwanziger Jahren. Ich wollte dir schon lange etwas ganz Besonderes schenken, und schließlich . . .»

«Aber das hast du doch schon!» unterbrach Madelana sie. «Ich habe von dir und Jason schon so viele außergewöhnliche Geschenke bekommen, ebenso von Philip. Ihr verwöhnt mich alle.»

«Wir lieben dich, Maddy. Aber wie ich schon sagte, ich wollte dir etwas wirklich Bedeutungsvolles zu diesem Zeitpunkt geben ... und so habe ich diese Smaragdbrosche aus meiner Sammlung ausgewählt. Nicht nur, weil sie kostbar ist und dir wunderbar stehen wird, sondern auch, weil sie meiner Mutter gehört hat. Ich glaube, du wirst das zu schätzen wissen, wirst den Gefühlswert mehr als alles andere zu schätzen wissen, der mit dieser Brosche verbunden ist.»

«Natürlich tue ich das. Aber ich kann sie doch nicht annehmen ... es ist schließlich ein Familienerbstück.»

«Und was bist *du*, wenn nicht ein Teil der Familie? Liebling, du bist doch Philips *Frau*», sagte Daisy leise, aber nachdrücklich. Sie nahm die Brosche aus dem Etui heraus, und dann schauten sie sie gemeinsam an, bewunderten die erlesene Handarbeit, die Schönheit des Entwurfs, den Glanz und die Farbtiefe der Smaragde.

Schließlich sagte Daisy: «Es gibt auch eine hübsche Geschichte zu diesem Schmuck ... möchtest du sie hören?»

«O ja, bitte.»

Daisy lächelte versonnen vor sich hin, als sie die Brosche in das Samtetui zurücklegte und sich wieder aufs Sofa setzte. Sie dachte an ihre Mutter und stellte sie sich als kleines Mädchen um die Jahrhundertwende vor, wie sie es in der Vergangenheit so oft getan und ihren außerordentlichen Charakter bewundert hatte.

«Die Geschichte fing eigentlich im Jahre 1904 an», erklärte Daisy. «Wie du bereits weißt, war Emma ein Dienstmädchen im Herrenhaus Fairley Hall, wo sie seit ihrem zwölften Lebensjahr gearbeitet hatte. Eines Sonntagnachmittags im März jenes Jahres kam ihr bester Freund Blackie O'Neill sie besuchen. Er hatte ihr eine grüne Glasbrosche, die wie eine Schleife geformt war, zu ihrem fünfzehnten Geburtstag Ende April gekauft. Er wollte weggehen, weißt du, und ihr etwas geben, ehe er fortging. Er sagte Emma, daß ihn, als er diese

Brosche in einem Schaufenster in Leeds gesehen hatte, die Steine an Emmas smaragdgrüne Augen erinnert hätten. Natürlich freute die junge Emma sich über diese billige Brosche, weil sie noch nie dergleichen bekommen hatte. Für sie war es das Schönste auf der Welt. Und an jenem Nachmittag machte Blackie ihr ein Versprechen ... er sagte, daß er ihr eines Tages, wenn er reich wäre, ein Abbild dieser Brosche aus echten Smaragden schenken würde. Und er hielt sein Wort. Viele Jahre später gab er ihr dies hier ... dies ist Blackies Smaragdbrosche», schloß Daisy. Dann setzte sie hinzu: «Als meine Mutter starb, hinterließ sie mir diese Brosche mitsamt ihrer Sammlung von Smaragden, die mein Vater ihr im Laufe der Jahre geschenkt hatte.»

«Welch eine wundervolle Geschichte ... und die Brosche ist wirklich sehr schön. Aber ich weiß immer noch nicht, ob ich sie überhaupt annehmen kann, Daisy. Steht sie nicht Paula zu, sie ist doch deine Tochter?»

«Aber nein, sie und ich möchten, daß du sie bekommst!» sagte Daisy beharrlich und drückte zärtlich Madelanas Hand. «Ich habe mit Paula geredet, sie findet, das sei das beste Geschenk für dich. Das finde ich auch. Und ich weiß, daß meine Mutter, wenn sie noch am Leben wäre, sie dir auch gegeben hätte.»

Madelana sah ein, daß es keinen Sinn hatte, sich weiter zu wehren, daß es sogar unhöflich wäre, und so murmelte sie noch einmal ihr Dankeschön und ließ sich die Smaragdbrosche von ihrer Schwiegermutter ans Umstandskleid heften. Sie erhob sich mühsam und ging zum Spiegel über dem Kamin hinüber, schaute sich an. Die Brosche war ganz außergewöhnlich, und es rührte Maddy zutiefst, daß Daisy ihr etwas schenkte, das einst Emma Harte gehört hatte.

Madelana ging zum Sofa zurück, und nach einer Weile lehnte Daisy sich tiefer in die Kissen. «Wo wir gerade von meiner Tochter sprechen ... findest du, daß sie einen Fehler gemacht hat, als sie die Larson-Kette in den Staaten gekauft hat?»

«Aber natürlich nicht!» rief Madelana und richtete sich auf, erwiderte Daisys durchdringenden Blick. «Sie ist eine großartige Geschäftsfrau, und ich habe sie noch keinen falschen Schachzug tun sehen.»

«Ich wünschte nur, sie hätte mir gesagt, warum sie damals wollte, daß ich die Sitex-Aktien verkaufe. Oder sie hätte mir zumindest die Gelegenheit gegeben, ihr das nötige Geld für die Übernahme von Larson's zukommen zu lassen.» Daisy seufzte tief. «Paula kann schrecklich eigensinnig sein, sie will alles nach ihrem Gutdünken machen. Sie ist meiner Mutter so ähnlich. Ach, ich weiß nicht . . . meist verwirren mich all diese Geschäfte nur.»

Daisy erhob sich, ging zum Kamin hinüber und legte eine Hand auf den Sims. «Und ich verstehe Shane nicht, wenn ich ehrlich sein soll. Ich begreife nicht, warum er mir oder Philip nicht schon lange etwas von ihren Plänen erzählt hat. Und warum hat er sie bloß nicht beraten? Nach dem, was er gestern abend gesagt hat, hätte er das doch machen sollen, finde ich. Oder?»

«Ich bezweifle, ob jemand Paula beraten kann. Sie ist zu sicher und von sich überzeugt und so brillant als Unternehmerin, daß sie von niemandem Ratschläge braucht. Außerdem würde Shane sich niemals einmischen. Er hält sich da raus . . . das ist auch das klügste, wie er sicher inzwischen weiß.»

Daisy runzelte die Stirn. «Einiges, was da gestern beim Dinner gesagt wurde, erstaunte mich, dich nicht?»

«Nein, eigentlich nicht», sagte Madelana ehrlich. «Vergiß nicht, daß ich im New Yorker Kaufhaus Paulas Assistentin gewesen bin. Sie sucht schon lange nach einer amerikanischen Kette. Und wie ich schon gesagt habe, traue ich ihrem Urteilsvermögen vollkommen. Das solltest du auch tun. Ich weiß, daß Philip es tut, und nach dem, was Shane gestern beim Dinner gesagt hat, tut er es auch.» Madelana warf Daisy einen Blick zu, der, wie sie hoffte, beruhigend war. «Und noch eins – ist dir jemals die Idee gekommen, daß Paula vielleicht gern etwas Eigenes schaffen würde?»

«Aber das hat sie doch, liebe Maddy», rief Daisy überrascht. «Sie leitet die Harte-Kette, ganz abgesehen von . . .»

«Die ist aber von Emma gegründet worden», erwiderte

Madelana schnell. «Alles, was Paula leitet, hat sie von ihrer Großmutter geerbt. Vielleicht hat sie im Innersten das Bedürfnis . . . also . . . etwas Eigenes zu finden und aufzubauen, mit ihrem eigenen Geld.»

«Hat sie das dir gegenüber angedeutet, als ihr zusammen in New York gearbeitet habt?»

«Nein, es ist nur so ein Gefühl, das ich habe, weil ich sie gut kenne.»

Daisy schaute noch erstaunter drein und schwieg dann, dachte über die Worte ihrer Schwiegertochter nach. Schließlich sagte sie: «Vielleicht hast du recht, liebe Maddy. Ich habe es noch nie von diesem Standpunkt aus betrachtet. Aber ganz davon abgesehen, finde ich trotzdem, daß sie sich zusätzlich zu allem anderen eine enorme Verantwortung aufgeladen hat.»

Maddy sagte liebevoll: «Versuch doch, dir keine Sorgen um Paula und ihre Pläne in den Staaten zu machen. Sie wird es schon schaffen, es wird alles gutgehen. Philip findet, daß sie ein Apfel ist, der nicht weit vom Stamm gefallen ist, und du hast doch vor ein paar Minuten auch gesagt, sie sei genauso wie deine Mutter. Es kann doch nicht so schlimm sein, eine zweite Emma Harte zu sein, oder?» schloß Maddy scherzhaft und zog eine Braue hoch.

Daisy lachte wohlwollend und sagte: «Nein, eigentlich nicht.»

34

Später, nachdem ihre Schwiegermutter wieder in ihr Haus in Rose Bay zurückgekehrt war, legte Madelana einen dicken weißen Wollumhang um und ging nach draußen. Sie schritt langsam durch die Gärten, wie sie es zweimal am Tag zu tun pflegte, und genoß die Bewegung an der frischen Luft.

Obwohl der Wind sich gelegt hatte, war es jetzt kalt und dämmerte, und in jenem lieblichen Zwielicht, das weder Tag noch Nacht war, sondern etwas in der Mitte, wirkte alles weicher und sanfter.

Der klare Himmel von vorhin hatte seine scharfen, eisblauen und weißen Farben verloren und dunkelte nun langsam, am Horizont flammten bernstein- und rosenfarbige Streifen auf, als die Sonne im Meer versank. Und in jenen stillen, schweigenden Gärten, in denen sich kein Blatt rührte, hörte man nur das Geräusch der Wellen gegen die Felsen der vorspringenden Landspitze, auf der das Haus stand.

Als sie das Ende des breiten Weges erreicht hatte, blieb Madelana einen Augenblick lang stehen und schaute über die endlose Fläche tintenschwarzen Wassers hin. Es sah kalt, abweisend, bodenlos tief aus, und sie fröstelte trotz ihres Wollumhangs. Dann machte sie eilig auf dem Absatz kehrt und ging zurück ins Haus. Sie sah, daß man in einigen Räumen gerade die Lampen anschaltete; schmale Lichtkorridore fluteten aus den Fenstern heraus und leuchteten ihr.

Wie warm und willkommen sah ihr Zuhause doch aus, verglichen mit der furchterregenden See hinter ihr. Sie beschleunigte ihren Schritt, wollte plötzlich wieder drinnen sein. Minuten später schloß sie die Glastüren der Bibliothek und ging durch den Raum ins Foyer hinaus, wobei sie immer noch ein wenig zitterte.

Als sie ihren Umhang in den Schrank in der Halle hängte, hörte sie Stimmengewirr aus der Küche. Es waren die beiden Hausmädchen Alice und Peggy und Mrs. Ordens, die Haushälterin, die da wie ein Schwarm munterer Spatzen zwitscherten. Die drei Frauen kümmerten sich hervorragend um sie und nahmen ihr viel von der Last ab, zwei Haushalte führen zu müssen – das Haus hier bei Point Piper und das Penthouse oben im McGill Tower. Sie machte einen Schritt auf die Tür zu, beschloß dann aber, sich erst umzuziehen und sich für den Abend fertigzumachen, ehe sie hineinging und mit ihnen redete.

Madelana entrang sich ein kleiner Glücksseufzer, als sie die Treppe hinaufstieg, die zu den oberen Stockwerken führte. In den letzten Tagen hatte sie ein angenehmes Gefühl der Zufriedenheit verspürt. Es war Philips Liebe und das Baby, das sie trug, die ihr dieses überschäumende Glücksgefühl verliehen. Bald würden sie zu dritt anstatt zu zweit sein. Sie konnte es kaum erwarten . . . sie sehnte sich danach, ihr Kind in den Armen zu halten.

Die rosige Glut des Kamins begrüßte sie, als sie die Tür ihres Schlafzimmers aufstieß und eintrat. Dies war einer der beiden Räume des Hauses, die sie nach ihrer Heirat hatte umgestalten lassen, und sie hatte eine Kombination aus weichen Grüntönen und einem eindrucksvollen weißen Chintzstoff gewählt, der mit rosa Pfingstrosen, scharlachroten Rosen, gelben Lilien und dunkelgrünen Blättern bedruckt war. Das Spiel der Grüntöne in der Dekoration und der luftige, reichlich verwendete Chintz betonten die Großzügigkeit des Schlafzimmers. Es gab noch ein großes Erkerfenster, von wo aus man auf die Gärten und über die See blicken konnte, einen runden, mit Kissen belegten Fenstersitz und ein riesiges Himmelbett.

In einer Ecke am Kamin stand ein kleiner antiker Schreibtisch, an dem Maddy jetzt Platz nahm und den Brief an Schwester Bronagh in Rom zu sich hinzog, an dem sie vorhin geschrieben hatte, als Daisy etwas früher als erwartet zum Tee erschien.

Sie las ihn schnell durch, fügte einen Schlußsatz und liebe Grüße hinzu und unterschrieb ihn dann. Nachdem sie ihn in einen Umschlag gesteckt und diesen zugeklebt hatte, schrieb sie die Adresse darauf und lehnte ihn an die anderen Briefe – an Schwester Mairéad in New York, Patsy Smith in Boston und Paula in London. Maddy war eine eifrige Korrespondentin und verfertigte regelmäßig unterhaltsame Briefe mit den letzten Neuigkeiten für ihre vier Lieblinge. Nach dem Mittagessen heute hatte sie beschlossen, die Briefe fertigzuschreiben, ehe sie ins Krankenhaus kam, um ihr Baby zu bekommen; sie war sicher, daß ihr Kind in dieser Woche zur Welt kommen würde.

Sie lehnte sich im Sessel zurück und dachte über das vergangene Jahr nach. Wie erstaunlich war es doch gewesen. *Wundervoll.* Das war wirklich das einzige Wort, mit dem man es traf. Aber es ist ja noch gar kein ganzes Jahr, dachte sie plötzlich. Ich bin Philip nicht vor September begegnet, und jetzt haben wir erst August. Wieviel doch in der kurzen Zeitspanne passiert ist. Sie legte die Hände in den Schoß, verschränkte die Finger unter ihrem schweren Leib und dachte wieder an das Baby, schmiedete ausufernde Zukunftspläne.

Schließlich hob sie den Blick zum kleinen Sticktuch empor, das sie seit ihrer Kinderzeit besaß. Es war mit all ihrem übrigen Besitz per Seefracht nach Australien gekommen und hing jetzt über ihrem Schreibtisch.

«Ist dein Tag mit Gebeten umsäumt, hält er besser zusammen», hatte ihre Mutter sorgsam mit hellblauer Wolle gestickt, vor all diesen Jahren.

O Mom, dachte sie, alles hat sich ganz wundervoll für mich gewendet, genauso, wie du es immer gesagt hast, als ich klein war. Ich bin doch dein Goldmädchen. Ich kann mich glücklich schätzen.

Madelanas Blick ging zu den silbergerahmten Fotos hinüber, die dort auf ihrem Schreibtisch standen . . . ihre Eltern, Kerry Anne, Joe und Lonnie. «Ihr seid nun schon lange von mir gegangen, aber ich trage jeden von euch in meinem Herzen und werde das auch immer tun», flüsterte sie.

Als sie länger ihre Familie anschaute, merkte sie, daß ihre Erinnerungen jetzt soviel lieblicher waren, nicht annähernd so schmerzlich wie früher. Das kam sicher, weil sie jetzt eine erfüllte, glückliche Frau war, die sich nicht mehr einsam und allein fühlte. Zumindest war ihr heftiges Gefühl des Verlusts abgemildert, wenn nicht völlig verschwunden.

Maddy verließ eine halbe Stunde später das Schlafzimmer, frisch hergerichtet und makellos gepflegt in einer gutgeschnittenen marineblauen Seidentunika über weiten, pyjamaartigen Hosen aus derselben dunklen Seide. Emmas Smaragdbrosche war an einer Schulter befestigt. Dazu trug sie eine erlesene einreihige Perlenkette, große Perlenohrringe und ihren Verlobungs- sowie Ehering. Über dem Arm hielt sie einen marineblauen Schal aus schwerer Jacquardseide, dicht mit Fransen besetzt, und ein marineblaues seidenes Abendtäschchen, in dem sie gerade ihre Briefe untergebracht hatte. Sie würde sie nachher beim Sydney-O'Neill Hotel einstecken.

Ehe sie hinunterging, blieb sie an einer Tür im Korridor stehen, öffnete sie und trat ein. Sie schaltete die nächste Lampe an und strahlte vor Freude, als sie sich im ehemaligen Gästezimmer umsah, das jetzt zum Kinderzimmer umgewandelt war. Philip und sie hatten es gemeinsam ausgestattet. Alles war fröhlich gelb und weiß, dazu knalliges Pink als munterer Farbakzent. Sie hatten sich für diese Kombination entschieden, weil sie weder dezidiert männlich noch weiblich war und deshalb für einen Jungen wie für ein Mädchen paßte.

Liebevoll strich sie mit einer Hand über die Wiege hin, ging ans Fenster, um einen etwas schief hängenden Druck mit einem Kinderreim darauf geradezurücken, ging ein wenig im geräumigen, angenehmen Raum auf und ab und überprüfte alles zum x-ten Mal. Dann schaltete sie die Lampe aus, schloß die Tür und lächelte glückselig, froh darüber, daß alles vollkommen und bereit für ihr Kind war.

In der Eingangshalle begegnete Maddy Mrs. Ordens.

«Ach, da sind Sie ja, Mrs. Amory», sagte die Haushälterin und schenkte ihr ein freundliches Lächeln. «Ich komme gerade herauf, um Ihnen zu sagen, daß Ken mit dem Auto da ist, um Sie nach Sydney zu fahren.»

«Danke, Mrs. Ordens», sagte Maddy ebenfalls lächelnd, «aber wir haben noch reichlich Zeit. Lassen Sie uns doch noch kurz in die Küche gehen, ich möchte noch einiges mit Ihnen besprechen, ehe ich losfahre.»

Shane hatte Madelana noch nie schöner gesehen als heute abend. Sie war offenbar noch heftiger in Philip verliebt als je zuvor, und er in sie, und jedes Wort und jede Bewegung drückten ihr gemeinsames Glück aus.

Das erste, was ihm aufgefallen war, als er vor einigen Tagen in Sydney ankam, war ihr volleres Gesicht. Es war nicht mehr so schmal wie im Januar, als er sie in Yorkshire gesehen hatte, und das bißchen zusätzliches Gewicht stand ihr gut. Ihre Wangen waren sanft gerötet, in ihren großen, grauen Augen tanzte das Licht, und von ihr ging ein seltsames Strahlen aus, das er ganz atemberaubend fand. Es war, als werde sie von innen erleuchtet. Kein Wunder, daß einige Leute im Restaurant immer wieder in ihre Richtung blickten. Aber Philip war natürlich auch ein gutaussehender Mann, sehr distinguiert, dessen Gesicht in Australien ausgesprochen bekannt war. Auch das mochte die vielen verstohlenen Blicke erklären. Diese beiden waren ein umwerfendes Paar, sie strahlten Glück und Erfolg aus.

Von Anfang an war es ein fröhlicher Abend gewesen.

Die drei hatten während des Essens im Orchideenzimmer des Hotels viel gelacht. Eigentlich hatte schon von dem Augenblick an, da sie in Shanes Suite ankam, wo Philip gerade einen Aperitif mit Shane trank, Fröhlichkeit in der Luft gelegen. Philip hatte sich um Madelana bemüht, sie in einen bequemen Sessel gedrängt, ihr kühles Evianwasser eingeschenkt und sich ebenso vernarrt gezeigt, wie er nun einmal war. Sie war herzlich und liebevoll, das glückliche Lächeln lag immer noch auf ihrem Gesicht. Shane freute sich für die beiden, er wußte ja genau, was eine gute Ehe wert war. Sie waren ebenso glücklich wie er und Paula.

Philip sagte gerade: «Jedenfalls werden wir dieses Wochenende nicht nach Dunoon gehen, Shane. Das Baby ist mittlerweile so überfällig, daß Dr. Hardcastle meint, wir sollten in

Sydney bleiben. Er glaubt, die Geburt stehe unmittelbar bevor, Maddy meint das auch, und deshalb ist es besser, wenn wir hierbleiben.»

«Da habt ihr ganz recht», sagte Shane. «Und von meinem selbstsüchtigen Standpunkt aus bin ich froh, daß ihr in der Stadt bleibt. Vielleicht werde ich am Sonntag nach Point Piper hinauskommen und den Tag mit euch beiden verbringen, wenn ihr Lust dazu habt und der kleine Lump sich immer noch nicht von der Stelle gerührt hat, versteht sich.»

Philip grinste. «Das hatten wir auch vor, obwohl wir hofften, du würdest das ganze Wochenende bei uns sein. Warum fährst du nicht mit mir am Feierabend hinaus, so kannst du dich ein bißchen entspannen und mal von dem Hotel und seinen Problemen loskommen.»

«Das ist eine prima Idee – so machen wir es. Es wird schön sein bei euch, sich ausruhen, wenig tun, außer lesen und Musik hören. Ich habe keine Minute abschalten können, seit ich hier angekommen bin.»

Maddy rief: «Wie schön, daß du bei uns bleiben willst, Shane! Und Mrs. Ordens ist eine großartige Köchin. Sie wird dir all deine Lieblingsgerichte kochen, du brauchst mir nur zu sagen, was du gern ißt.»

Shane schüttelte lachend den Kopf. «Keine Leckereien, Liebes. Paula hat mich streng auf Diät gesetzt. Sie meint, ich hätte in Südfrankreich diesen Sommer zugenommen. Nun ja, die Bohnenstange ist immer so knochendürr gewesen, daß wohl jeder neben ihr dick aussieht.» Er warf Madelana einen scherzhaften, vergnügten Blick zu. «Du bist ja auch ziemlich dünn – wenn du nicht schwanger bist.»

«Ja», pflichtete sie ihm bei, «ich glaube, daß Paula und ich Pfunde verbrennen, wenn wir arbeiten. Es ist wohl all die Nervenkraft, die wir aufwenden.»

«Wo wir gerade von Arbeit sprechen – willst du immer noch Harte's in Australien leiten, wenn das Baby da ist?» fragte Shane neugierig.

«O ja, ich denke schon», sagte Maddy. «Ich werde mir wohl ein, zwei Monate mit dem Baby freinehmen, denn ich kann meinen Papierkram und die Telefonate ja auch vom

Haus oder vom Penthouse aus machen, und dann werde ich wieder regelmäßige Bürozeiten haben . . . von neun bis fünf mit allem Drum und Dran.»

«Ich habe eine Suite für Maddy herrichten lassen, neben meinem Büro im McGill Tower», sagte Philip. «So ist sie nur einen Stock unter dem Kinderzimmer, das wir in der Wohnung oben eingerichtet haben.»

«Paula hat oft eins von unseren mit ins Büro geschleppt . . . und Emily auch», lachte Shane. «Es ist ein Charakteristikum der Harte-Frauen. Du paßt ja gut dazu, Maddy.»

Sie lächelte strahlend und brach dann in ein mattes Gähnen aus, das sie ohne viel Erfolg zu unterdrücken versuchte. Sie legte die Hand vor den Mund und mußte noch ein paarmal gähnen.

Dies entging Philip nicht. «Ich bringe meine Dame wohl besser nach Hause ins Bett», sagte er und erhob sich sofort, half Maddy auf. «Ich hoffe, es macht dir nichts aus, so einen kurzen Abend zu haben, Shane, aber ich glaube wirklich, daß wir uns auf den Weg machen sollten.»

«Aber natürlich macht es mir nichts aus.» Shane schob ebenfalls seinen Stuhl zurück und erhob sich. «Ich bringe euch hinunter, und es wird mir gar nicht schaden, mal zu einer vernünftigen Zeit ins Bett zu kommen.»

Shane geleitete sie durchs Orchideenzimmer, fuhr mit ihnen im Fahrstuhl hinunter und brachte sie durch die dunkelgrüne Marmorlobby bis zur Tür. «Da ist Ken mit dem Auto», sagte er, als sie auf die Straße hinaustraten. Er gab Maddy einen Gutenachtkuß, umarmte seinen Schwager und schlug fest die Wagentür zu, als sie eingestiegen waren. Dann winkte er ihnen nach.

Als der Rolls-Royce anfuhr, legte Philip den Arm um Madelana und zog sie auf dem Hintersitz fest an sich. «Fühlst du dich wohl, Herzchen?»

«Ja, mir geht es gut, Philip. Ich bin nur sehr müde, das ist alles.» Sie legte den Kopf an seinen Körper. «Plötzlich kam es über mich . . . so ein Gefühl totaler, absoluter Erschöpfung.»

«Glaubst du, daß das Baby kommt? Hast du schon Wehen?»

«Kein bißchen.» Sie lächelte, an seine Brust gedrückt, ließ den Arm unter sein Jackett und um seinen Rücken gleiten, weil sie ihm noch näher sein wollte. «Ich werde es dir sofort sagen, darauf kannst du dich verlassen, sobald ich das leiseste Zwicken verspüre.»

Er streichelte ihr kastanienbraunes Haar, neigte das Gesicht zu ihr herab und küßte ihren Scheitel. «O Gott, ich liebe dich so sehr, Maddy. Ich glaube nicht, daß ich es dir jemals klarmachen kann, wieviel du mir bedeutest.»

«Ach, ist das schön», sagte sie und lächelte wieder, dann mußte sie eine weitere Serie tiefen Gähnens unterdrücken. «Ich liebe dich auch . . . ich bin froh, wenn wir endlich zu Hause sind . . . ich kann es kaum erwarten, meinen Kopf aufs Kissen betten zu können.» Jetzt wurden ihr die Lider so schwer, daß sie sie kaum offenhalten konnte. Sie fielen herab und schlossen sich dann, und mit leichten Unterbrechungen schlummerte sie auf dem ganzen Weg zum Haus bei Point Piper.

Nach dem Frühstück am Morgen darauf ging Philip noch einmal nach oben, um sich von Maddy zu verabschieden.

Aber sie schlief immer noch so tief im großen Himmelbett, das kastanienbraune Haar übers Kissen gebreitet. Im Schlaf war ihr Gesicht ruhig und entspannt, ohne all die schnelle Beweglichkeit, die sie so lebendig machte, wenn sie wach war.

Wie schön meine Frau doch ist, dachte er, beugte sich über sie und küßte sie leicht auf die Wange. Er brachte es nicht übers Herz, sie zu wecken. Sie war am Abend zuvor fast bewußtlos vor Müdigkeit gewesen und brauchte ihre Ruhe heute morgen. Er schob ihr eine Haarsträhne aus dem Gesicht, küßte sie noch einmal und schlich dann leise hinaus.

In der Auffahrt wartete Ken schon mit dem Rolls, als Philip kurz vor sieben das Haus verließ, und Sekunden später waren sie unterwegs nach Sydney. Philip öffnete seine Aktentasche, ging die wichtigsten Dokumente durch, die er gestern abend von seinem Schreibtisch genommen hatte, und bereitete sich, wie stets während der halbstündigen Fahrt in die Stadt hinein, auf die Arbeit des Tages vor. Er machte sich einige kurze Notizen, studierte einen detaillierten Bericht von Tom Patterson, dem Leiter ihrer Bergwerksabteilung und einem der besten Opalexperten der Welt, ging andere Mitteilungen von verschiedenen Führungskräften durch, die für die McGill Corporation arbeiteten, und legte schließlich alle Unterlagen wieder in seine Tasche. Dann lehnte er sich zurück und dachte für den Rest der Fahrt über all das nach, was er gelesen hatte.

Als er die Chefetage der McGill Corporation oben im McGill Tower betrat, war es genau halb acht. Sein persönlicher Assistent Barry Graves und seine Sekretärin Maggie Bolton warteten bereits auf ihn. Nachdem sie einander freundlich begrüßt hatten, gingen sie alle in Philips Büro zu ihrer gewöhnlichen morgendlichen Besprechung.

Philip ließ sich auf dem Stuhl hinter seinem Schreibtisch nieder und sagte: «Das wichtigste Treffen auf unserer Agenda heute ist das mit Tom Patterson. Er ist hier gestern abend doch gut von Lightning Ridge eingetroffen, oder?»

«Ja», sagte Barry. «Er hat vor zehn Minuten angerufen, und ich habe ihm bestätigt, daß wir ihn gegen halb zwölf erwarten und wir in deinem privaten Speisezimmer zu Mittag essen werden.»

«Fein», sagte Philip. «Ich freue mich darauf, meinen alten Kumpel wiederzusehen und mit ihm sprechen zu können. Es ist Monate her, seit Tom in Sydney war. Sein Bericht enthält eine Menge relevanter Aspekte. Ich habe ihn auf dem Weg hierher noch mal durchgelesen, und ich möchte, daß er sich zu einigen Punkten, die er darin angesprochen hat, genauer äußert. Aber darüber brauchen wir nicht schon jetzt zu sprechen.» Philip schaute zu Maggie hinüber, die auf der anderen Seite des Schreibtisches saß, den Block in der Hand, den Kugelschreiber gezückt.

«Ist heute etwas Besonderes in der Post?» fragte er und schaute auf den Stoß Papier vor sich, dann sah er sie wieder an.

«Nein, nichts Umwerfendes – meist persönliche Briefe, ein paar Einladungen, Spendenaufforderungen, das Übliche. Oh, und noch ein fröhliches Kärtchen von Steve Carlson. Er ist immer noch in Coober Pedy. Und kommt gut zurecht», schloß Maggie mit der Andeutung eines Lächelns.

Philip mußte ebenfalls lächeln. «Soviel zu meiner Menschenkenntnis! Der Junge hat sich als recht geschickt erwiesen.»

Alle drei wechselten wissende Blicke und kicherten, als sie an den jungen Amerikaner dachten, den sie für einen Grünschnabel gehalten hatten, als er vor einem Jahr Philips Rat zum Opalbergbau eingeholt hatte.

Barry sagte mit einiger Schärfe: «Anfängerglück, das ist alles. Denkt an meine Worte, er wird schon noch Schiffbruch erleiden.» Dann schlug er einen der Ordner auf, die er auf dem Schoß hatte, und sagte rasch: «Ich habe jetzt alle Informationen, die du für die Zeitungskette in Queensland benötigst. Der Chef scheint an einem Verkauf interessiert zu sein. Ich habe eine Zusammenfassung mit allen wichtigen Details vorbereitet, Philip. Außerdem hat Gregory Cordovian gestern abend angerufen, nur ein paar Minuten, nachdem du weg warst. Er möchte sich mit dir treffen.»

«Tatsächlich!» rief Philip ganz überrascht. Dann sah er Barry forschend an: «Sollte er plötzlich den Waffenstillstand ausrufen wollen?»

«Schwer zu sagen. Er ist ein gerissener Kerl. Aber ich hatte das Gefühl, daß er sich mal freundlich mit dir unterhalten möchte. Mehr als jemals zuvor. Vielleicht möchte er auch diese TV-Stationen in Victoria verkaufen. Und denk dran, Philip, *er* hat *uns* angerufen, nicht wahr? Ich halte das für ein gutes Zeichen.»

«Stimmt. Und vielleicht hast du recht – was die TV-Stationen angeht.»

Barry nickte und klopfte auf den anderen Ordner, den er in der Hand hatte. «Hier sind Berichte über unsere Firmen für natürliche Energie drin, unsere Grundstücksabteilung in Sydney und unsere Bergbauvorhaben. Du mußt das meiste davon vor nächsten Donnerstag durchgesehen haben, weil wir dann die Sitzungen mit den leitenden Angestellten dieser Firmen haben.»

«Werde ich machen. Laß mir die Ordner da, Barry. Gibt es sonst noch was, Maggie?»

Seine Sekretärin blätterte zurück. «Ian MacDonald hat gestern spätnachmittags angerufen. Er hat einen vollen Satz Segel für Sie, unter anderem einen Spinnaker und ein Großsegel aus Kevlar. Er möchte wissen, wann er Sie sehen kann, und fragte, ob Sie vielleicht mit ihm auf dem Gelände etwas essen möchten.»

«Morgen oder Freitag . . . da kann ich doch, nicht?»

«Morgen ja. Aber Freitag, da geht's nicht. Sie haben eine Sitzung mit Ihrer Mutter und dem Kuratorium der Daisy McGill Amory Foundation. Ein Arbeitsessen hier im Tower im privaten Speisezimmer.»

«Ach ja, das hatte ich ganz vergessen.» Philip dachte einen Augenblick lang nach. «Vielleicht machen Sie dann mit Ian lieber einen Termin für nächste Woche aus. Das ist bequemer.»

«Gut.» Maggie erhob sich. «Das war's meinerseits, ich lasse Sie beide jetzt allein. Geben Sie mir Bescheid, wenn Sie eine Tasse Kaffee möchten, Philip.»

«Danke, das werde ich machen.»

Barry kam zum Schreibtisch hinübergeschlendert. «Ich habe momentan auch nichts mehr. Ich möchte in mein Büro zurück und mich in den Bericht vertiefen, den ich dir über den ausländischen Aktienbesitz deiner Mutter anfertige. Ich bin immer noch nicht sehr weit damit.»

«Okay, dann zieh los, Barry, tue, was du tun mußt. Ich habe jedenfalls schon mit all diesem Kram hier genug zu erledigen», sagte er und wies auf die Ordner, die Barry ihm gerade auf den Schreibtisch gelegt hatte. «Wir sehen uns beim Treffen mit Tom. Sag mir gleich Bescheid, wenn er angekommen ist.»

«Natürlich, Philip.»

Philip richtete seine Aufmerksamkeit auf die beiden Berichte über die Eisenerzaktien. Er lehnte sich zurück und fing an, den ersten zu lesen, der fünfzehn maschinengeschriebene Seiten umfaßte. Eine Stunde darauf las er gerade den zweiten und machte sich ausführlich Notizen dazu, als Maggie ihm eine Tasse Kaffee brachte, und es war bereits zehn Uhr, als er mit dem Bericht über die Grundstücke in Sydney anfing. Diesen hatte er gerade halb gelesen, als Maggies Stimme über die Sprechanlage ertönte.

«Philip . . .»

«Ja, Maggie?»

«Tut mir leid, wenn ich Sie stören muß, aber Ihre Haushälterin ist am Apparat. Sie sagt, es sei dringend.»

«Oh . . . in Ordnung, stellen Sie sie durch.» Sofort fing das Telefon zu seiner Linken an zu klingeln. Er nahm ab. «Ja, Mrs. Ordens?»

«Etwas ist mit Mrs. Amory nicht in Ordnung», sagte die Haushälterin und kam gleich zur Sache, ihre Angst und Sorge waren unüberhörbar.

«Wie meinen Sie das?» fragte Philip scharf, der sogleich alarmiert war. Er setzte sich gerader hin und umklammerte den Hörer.

«Ich kann sie nicht wecken. Ich habe um halb zehn bei ihr hineingeschaut, wie Sie es mir gesagt hatten, aber sie schlief so fest, daß ich beschloß, sie noch etwas ruhen zu lassen. Gerade habe ich ihr das Frühstückstablett hinaufgebracht, und ich bemühe mich nun schon seit zehn Minuten, sie zu wecken, aber es geht nicht, Mr. Amory. Ich glaube, sie ist bewußtlos.»

«O Gott!» Philip sprang auf, in seinem Kopf überschlugen sich die Alarmsignale. «Ich komme sofort!» rief er. «Nein, nein, das nützt nichts. Wir müssen sie ins Krankenhaus bringen. Auf die Intensivstation von St. Vincent's. Ich schicke einen Krankenwagen. Sie müssen mit ihr fahren. Ich werde Sie dort mit Dr. Hardcastle empfangen, aber ich rufe in ein paar Minuten noch einmal zurück. Sind Sie jetzt im Schlafzimmer?»

«Ja.»

«Dann bleiben Sie da, bis der Krankenwagen kommt. Und lassen Sie meine Frau keine Minute lang allein.»

«Nein, natürlich nicht. Aber beeilen Sie sich bitte, Mr. Amory. Ich spüre, daß etwas gar nicht in Ordnung ist.»

35

Ein privater Krankenwagen brachte Madelana ins St. Vincent's Hospital in Darlinghurst, ungefähr fünfzehn Minuten vom Haus bei Point Piper entfernt. Dieses Krankenhaus lag den östlichen Vororten von Sydney am nächsten und war auf Notfälle spezialisiert.

Mrs. Ordens fuhr mit Madelana im Krankenwagen und hielt ihre schlaffe Hand, wachte über sie, wie sie es Philip versprochen hatte. Keine Wimper bebte in dem blassen Gesicht, aber Madelanas Atem ging regelmäßig, und das zumindest beruhigte Mrs. Ordens.

Sobald sie das Krankenhaus erreicht hatten, wurde Madelana direkt auf die Intensivstation gebracht und Mrs. Ordens in ein privates Büro geführt, das auf Wunsch des Arztes der Patientin bereitgestellt worden war.

Rosita Ordens setzte sich und wartete auf Philip Amory. Er war schon unterwegs mit Malcolm Hardcastle, dem renommiertesten Gynäkologen von Sydney, der außerdem schon seit Jahren ein guter Freund von Philip war.

Rosita Ordens faltete die Hände und richtete den Blick auf die Tür. Sie wünschte, ihr Chef würde kommen. Er würde sicher gleich den Dingen auf den Grund gehen und herausfinden, was mit seiner Frau passiert war. Eines war sicher – ihr hatte der merkwürdige Blick nicht gefallen, den die beiden Sanitäter gewechselt hatten, als sie Madelana Amory sahen.

Rosita senkte den Kopf. Sie richtete all ihre Gedanken auf die reizende junge Amerikanerin, die sie in den vergangenen acht Monaten so liebgewonnen hatte, und wünschte mit aller

Kraft, daß sie gesund war, gleich die Augen öffnen und mit den Ärzten sprechen würde, die sie gerade untersuchten.

Katholikin wie Maddy, fing Rosita leise an zu beten. «Ave Maria, voll der Gnade, der Herr ist mit dir, du bist gebenedeit unter den Weibern und gebenedeit ist die Frucht deines Leibes Jesus . . . Ave Maria, voll der Gnade, der Herr ist mit dir, du bist gebenedeit . . . Ave Maria, voll der Gnade . . . Ave Maria . . .» Sie wiederholte die Worte immer wieder. Das Gebet half Rosita und gab ihr Trost in schwierigen Situationen. Darüber hinaus war sie fromm und glaubte, daß ihre Gebete von ihrem gütigen Gott erhört werden würden.

Plötzlich schaute sie erschreckt hoch, als die Tür aufging. «O Mr. Amory, Gott sei Dank, daß Sie da sind!» rief sie bei Philips Anblick, sprang auf und ging zu ihm hinüber.

Philip ergriff ihre Hand. «Danke, daß Sie mich gleich angerufen haben, Mrs. Ordens, und so schnell reagiert haben.»

«Haben Sie Mrs. Amory schon gesehen?»

«Nur sehr kurz, mit Dr. Hardcastle zusammen. Er untersucht sie gerade. Natürlich macht er sich Sorgen um das Baby. Und nachdem er mit den anderen Ärzten auf der Intensivstation gesprochen hat, bin ich sicher, daß er mir sagen kann, was ihren Zustand hervorgerufen hat.»

«Also ist sie bewußtlos?»

«Ich fürchte ja.»

Rosita Ordens zog scharf den Atem ein. «Ich wünschte, ich hätte eher versucht, sie zu wecken, und . . .»

«Machen Sie sich keine Vorwürfe, Mrs. Ordens», unterbrach Philip sie schnell. «Das hat gar keinen Sinn, und Sie haben gemacht, was Sie für richtig gehalten haben. Schließlich sah es so aus, als schliefe sie bloß tief. Ich habe das auch gedacht.»

Rosita Ordens nickte bedrückt. Ihre Besorgnis nahm zu.

«Ken wartet mit dem Auto draußen», fuhr Philip fort. «Er wird Sie nach Hause bringen. Ich rufe Sie gleich an, wenn ich mehr weiß.»

«Bitte tun Sie das, Mr. Amory. Ich mache mir Sorgen, bis ich etwas von Ihnen höre. Und Alice und Peggy auch.»

«Das weiß ich.» Er geleitete die Haushälterin zur Tür. «Ken parkt vor dem Haupteingang . . . er wartet auf Sie.»

«Danke, Mr. Amory.» Dann verließ Rosita eilig das Büro, sie wußte, daß ihr Chef allein sein wollte.

Philip setzte sich und überließ sich sogleich wieder seinen sorgenvollen Gedanken. In seinem Gehirn überschlug sich alles, und er suchte ratlos nach Antworten. Es war nicht normal, so wie Maddy in Bewußtlosigkeit zu versinken. Irgend etwas Ernstes hatte diesen Zustand bei ihr veranlaßt – davon war er überzeugt. Es mußte sofort Abhilfe geschaffen werden. Er würde ein Team von Spezialisten holen, ihnen seinen Privatjet schicken, falls das nötig war, wo immer sie sein sollten. Ja, das würde er gleich tun. *Jetzt.* Plötzlich stand er auf, dann setzte er sich wieder, die Nerven aufs höchste angespannt. Er verdrängte die schreckliche Panik, die ihn wieder zu erfassen drohte. Er mußte ruhig bleiben, alles mit kühler Intelligenz anpacken. Dennoch konnte er sich kaum noch halten. Er wollte auf die Intensivstation zurückeilen, um mit Maddy zusammenzusein, sich um sie zu kümmern, bei ihr zu bleiben, bis sie wieder so wie immer war. Aber das hatte in diesem Augenblick gar keinen Sinn. Er war hilflos und konnte nichts tun. Und sie war in den besten Händen. Philip war davon überzeugt, daß man den Fachleuten nicht hereinreden sollte. Er wollte hier nicht den Doktor spielen.

Nach einer Ewigkeit, wie es ihm schien – es waren aber bloß zwanzig Minuten – betrat Malcolm Hardcastle das Zimmer.

Philip war sofort auf den Beinen und schritt durch den Raum. Er sah den Gynäkologen scharf an, suchte in dessen Gesicht zu lesen, sein eigenes war angstvoll und ratlos. Eilig fragte er: «Was hat Maddys Zustand hervorgerufen, Malcolm?»

Der Arzt ergriff Philips Arm und führte ihn zur Sitzgruppe zurück. «Wir wollen uns einen Augenblick lang setzen.»

Philip war nicht auf den Kopf gefallen, und als Malcolm ihm keine direkte Antwort gab, beunruhigte ihn das zusätzlich. Die Angst um Maddy nahm ihn gefangen. «Was, meinen Sie, ist meiner Frau zwischen gestern abend und heute morgen zugestoßen?» fragte er heftig, seine blauen Augen blitzten.

Malcolm wußte nicht, wie er es ihm sagen sollte. Nach kurzem Zögern antwortete er dann ruhig: «Wir sind ziemlich sicher, daß Maddy eine Gehirnblutung gehabt hat.»

«O Gott, nein!» Philip starrte den Arzt an. Er war schockiert und fassungslos. «Das kann nicht sein . . . das kann einfach nicht sein!»

«Es tut mir leid, Philip, aber ich fürchte, alle Anzeichen dafür sind vorhanden. Zwei renommierte Gehirnchirurgen haben sich Maddy inzwischen angesehen. Ich habe mich mit ihnen besprochen und . . .»

«Ich möchte ein zweites Gutachten haben! Spezialisten sollen kommen!» rief Philip mit rauh erhobener Stimme.

«Das habe ich mir gedacht. Ich habe Dr. Litman bereits gebeten, sich mit Alan Stimpson in Verbindung zu setzen. Wie Sie sicherlich wissen, ist er der renommierteste Gehirnchirurg Australiens, einer der besten der Welt. Gott sei Dank wohnt er in Sydney.» Malcolm legte Philip die Hand auf den Arm und sagte beruhigend: «Und was noch besser ist, er war gerade heute morgen hier draußen im St. Margaret's Hospital in Darlinghurst. Dr. Litman hat ihn noch erreicht, ehe er zurück in die Innenstadt gefahren ist. Er wird in wenigen Sekunden bei uns sein.»

«Danke, Malcolm», sagte Philip, der sich wieder etwas beruhigt hatte. «Und verzeihen Sie bitte, daß ich so barsch gewesen bin. Ich mache mir solche Sorgen.»

«Das ist verständlich, Sie brauchen sich bei mir nicht zu entschuldigen, Philip. Ich weiß, unter welchem Druck Sie stehen.»

Es klopfte, und die Tür ging auf. Ein hochgewachsener, schlanker rotblonder Mann mit einem sommersprossigen Gesicht und mitfühlenden grauen Augen trat ein.

Malcolm Hardcastle sprang auf. «Das ging aber schnell, Alan. Danke, daß Sie gekommen sind. Ich möchte Sie gern mit Philip McGill Amory bekannt machen. Philip, dies ist Dr. Alan Stimpson, von dem ich gerade eben gesprochen habe.»

Philip, der ebenfalls aufgestanden war, begrüßte den berühmten Chirurgen. Sie schüttelten sich die Hand und setzten sich.

Alan Stimpson war sehr geradeheraus und fand, man sollte immer gleich zur Sache kommen. «Ich habe soeben mit Dr. Litman gesprochen, Mr. Amory, und ich werde Ihre Frau gleich untersuchen.» Sein Blick war ruhig und stetig, als er fortfuhr: «Allerdings war mir nicht klar, daß die Geburt des Kindes so unmittelbar bevorsteht, daß das Baby schon zwei Wochen überfällig ist.» Er schaute Malcolm an. «Haben Sie Mr. Amory erklärt, wie gefährlich eine Computertomographie für das ungeborene Kind jetzt wäre?»

Malcolm schüttelte den Kopf. «Nein, ich habe auf Sie gewartet.»

«Könnten Sie mir das bitte etwas genauer erklären?» sagte Philip zu Alan Stimpson. Er hatte inzwischen noch mehr Angst. Er verschränkte die Hände, um das Zittern zu unterdrücken.

«Dabei wäre das Risiko einer Strahlung gegeben, Mr. Amory. Sie würde wahrscheinlich das ungeborene Kind schädigen.»

Philip schwieg kurz. Dann fragte er: «Müssen Sie denn das Gehirn meiner Frau röntgen?»

«So könnten wir uns über das Ausmaß der Gehirnschädigung Gewißheit verschaffen.»

«Verstehe.»

Dr. Stimpson fuhr im selben sanften Ton fort: «Aber bevor wir darüber eine Entscheidung treffen, muß ich Mrs. Amory gründlich untersuchen. Dann werde ich mich mit meinen Kollegen beraten, und wir werden uns für die günstigste Behandlungsweise entscheiden.»

«Verstehe», sagte Philip. «Aber hoffentlich werden diese Entscheidungen schnell fallen. Es geht doch um jede Minute, nicht wahr?»

«Das ist richtig.» Alan Stimpson erhob sich. «Bitte entschuldigen Sie mich.» Als der Gehirnchirurg an der Tür war, sah er zum Gynäkologen hinüber. «Ich hätte gern, daß Sie bei dieser Untersuchung dabei sind, Malcolm, und uns beraten, was die Schwangerschaft Ihrer Patientin angeht.»

Malcolm sprang auf. «Natürlich, Alan.» Dann wandte er sich wieder Philip zu: «Bleiben Sie hier . . . und versuchen Sie, ruhig zu bleiben . . . sich keine Sorgen zu machen.»

«Ja», murmelte Philip, aber er wußte, daß er das unmöglich würde tun können. Sein Blick richtete sich nach innen, als er den Kopf zwischen den Händen vergrub und sich um Maddy Sorgen machte, mehr Angst um sie hatte als je zuvor. Ihm war ganz schwindelig von dem Schock. Er konnte es nicht glauben, daß solch eine schreckliche Sache passiert sein sollte. Ihr war es so gut gegangen gestern abend. Ihm war zumute, als befände er sich in irgendeinem scheußlichen Alptraum, der kein Ende nehmen wollte.

Zehn Minuten später hob Philip abrupt den Kopf und sah das besorgte Gesicht seines Schwagers Shane O'Neill vor sich, der in der Tür stand.

«Ich bin gleich hergekommen, als ich es gehört habe!» rief Shane. «Ich war draußen im Hotel. Barry hat es mir erzählt. Ich soll dir sagen, daß er Daisy noch nicht erreichen konnte.»

«Danke, daß du gekommen bist», murmelte Philip, erleichtert darüber, ihn zu sehen.

«Barry hat mir erzählt, daß die Haushälterin Maddy heute morgen bewußtlos aufgefunden hat. Was ist denn passiert, Philip? Was hat sie denn?»

«Die Ärzte meinen, sie hätte eine Gehirnblutung gehabt.»

«O mein Gott!» Shane war entsetzt. Er stand da und starrte Philip ungläubig an.

«Es ist wahrscheinlich während der Nacht passiert», setzte Philip hinzu. Seine Stimme war fast unhörbar.

Shane setzte sich auf den nächstbesten Stuhl. «Aber sie war doch ganz normal gestern abend beim Essen! Weiß man, was die Blutung hervorgerufen hat?»

Philip schüttelte den Kopf. «Noch nicht. Aber Dr. Stimpson untersucht sie gerade. Er ist einer der besten Gehirnchirurgen der Welt. Wir haben ein unheimliches Glück gehabt, daß er nicht im Ausland war, sondern ganz in der Nähe in einem Krankenhaus in Darlinghurst heute morgen.»

«Ich habe schon von Alan Stimpson gehört», sagte Shane. «Er ist ungeheuer tüchtig, hat schon einige an ein Wunder grenzende Gehirnoperationen durchgeführt. Wenn es danach geht, was ich über ihn gelesen habe, gibt es gar keinen Besseren.»

«Ja, er ist der Spezialist.» Philip wandte sich Shane zu. «Ich weiß nicht, was ich tue, wenn Maddy irgend etwas zustößt», sagte er plötzlich mit brüchiger Stimme. «Sie ist das Allerwichtigste in meinem Leben . . .» Er verschluckte das Ende seines Satzes, konnte einfach nicht weitersprechen, und wandte den Kopf ab, damit Shane die Tränen nicht sehen sollte, die plötzlich in seinen Augen aufstiegen.

«Maddy wird es schon schaffen», beruhigte Shane ihn betont zuversichtlich. «Wir wollen doch nicht das Schlimmste annehmen, sondern einfach vom Besten ausgehen. Wir müssen optimistisch sein, Philip. Du wirst sie nicht verlieren. Daran müssen wir fest glauben.»

«Ja . . . ich bin froh, daß du hier bist, Shane. Das hilft mir sehr.»

Shane nickte.

Eine Stille trat zwischen ihnen ein.

Jeder Gedanke von Philip, sein Herz, sein ganzes Sinnen waren auf seine Frau gerichtet, die jetzt auf der Intensivstation lag. Er stellte sich immer wieder ihr Gesicht vor. Es war bleich, still und ausdruckslos gewesen, als er sie zuletzt gesehen hatte. Er konnte es nicht vergessen, wie schlaff ihre Hand in seiner gelegen hatte. Es war so etwas Lebloses an Maddy gewesen. Seine Gedanken scheuten vor der Vorstellung zurück, sie könnte ihm entgleiten. Er weigerte sich, weiter darüber nachzudenken.

Von Zeit zu Zeit schaute Shane Philip an. Es traf ihn sehr, daß sein Schwager so leiden mußte. Aber er sagte kein Wort, weil er nicht aufdringlich sein wollte. Es war offensichtlich, daß Philip nicht reden und in Ruhe gelassen werden wollte. Er war mit seinen Gedanken ganz woanders, das schöne Gesicht von Sorgen zerfurcht, und seine strahlendblauen

Augen, die denen Paulas so ähnlich sahen, waren mit wachsender Angst erfüllt.

Shane lehnte sich zurück. Dann schickte er ein stummes Gebet für Maddy zum Himmel.

Als Daisy etwas später das Büro betrat, erhob Shane sich sofort und kam ihr entgegen. Sie war sehr blaß, und ihr Gesicht sah äußerst betroffen aus. Shane legte schützend den Arm um sie.

Sie schaute ratlos zu ihm auf. «Was ist denn nur mit Maddy passiert?» fragte sie mit bebender Stimme und klammerte sich an ihn.

Shane sagte gedämpft: «Es hat den Anschein, als hätte sie eine Gehirnblutung erlitten.»

«O nein! Nicht Maddy! Philip ...» Sie eilte auf ihren Sohn zu, setzte sich in den Sessel, den Shane gerade verlassen hatte und streckte die Hand nach Philip aus, um ihn zu trösten.

«Ich bin schon o.k., Ma», sagte Philip, als er ihre Hand ergriff und drückte. «Die Ärzte sind jetzt bei Maddy ... Malcolm Hardcastle, zwei Ärzte vom Krankenhaus und Alan Stimpson, der berühmte Gehirnchirurg.»

«Er hat einen hervorragenden Ruf», sagte Daisy, erleichtert, daß es gerade dieser Arzt war, der Maddy betreute. Sie schöpfte wieder neue Hoffnung. «Ich bin ihm mehrmals in der Stiftung begegnet ... er ist der Allerbeste. Man könnte sich keinen besseren Arzt für Maddy wünschen.»

«Ich weiß, Ma.»

Daisy schaute zu Shane hinüber, der neben ihr stand. «Barry macht sich große Sorgen ... er hat von keinem von euch irgend etwas gehört. Du mußt ihn anrufen, Shane, und ihn über den Stand der Dinge informieren. Dann kann er Jason benachrichtigen, der gestern abend nach Perth geflogen ist.»

«O Gott, ja, ich habe ganz vergessen, ihn anzurufen», murmelte Philip. «Das werde ich gleich tun, auch Mrs. Ordens zu Hause. Sie und die Hausmädchen machen sich ebensolche Sorgen wie wir.»

«Tut mir leid, Mr. Amory, aber es gibt kaum einen Zweifel daran, daß Ihre Frau eine Gehirnblutung erlitten hat», sagte

Dr. Stimpson eine knappe Stunde später zu Philip. «Ihr Zustand ist sehr ernst.»

Philip, der am Fenster stand, dachte, daß seine Beine unter ihm nachgeben würden. Er ließ sich schwerfällig auf dem nächsten Stuhl nieder. Er brachte kein Wort heraus.

Shane war eben von Daisy mit den beiden Ärzten bekannt gemacht worden, und nun ergriff er die Initiative. «Und was schlagen Sie vor, Dr. Stimpson?»

«Ich würde gern so schnell wie möglich das Gehirn-Scanning machen und dann den Schädel trepanieren. Durch diese Operation würde zumindest der Druck des Blutgerinnsels auf ihr Gehirn abnehmen. Ohne Schädelöffnung, darauf muß ich Sie aufmerksam machen, würde sie vielleicht niemals das Bewußtsein zurückerlangen. Sie könnte für den Rest ihres Lebens im Koma liegen.»

Philip unterdrückte einen angstvollen Aufschrei. Er ballte die Fäuste und grub die Fingernägel in die Handfläche.

Maddy, nie wieder bei Bewußtsein. Dieser Gedanke war so furchtbar, so erschreckend, daß er ihn nicht ertragen, geschweige denn akzeptieren konnte.

Alan Stimpson bemerkte voller Mitgefühl den Schmerz in Philips Gesicht, die Mischung aus Qual und Angst, die jetzt in jenen überraschend blauen Augen flackerte. Er schwieg und wartete darauf, daß der andere sich wieder fing.

Schließlich flüsterte Philip: «Bitte fahren Sie fort, Dr. Stimpson.»

«Außerdem besteht Gefahr für das Baby, Mr. Amory. Wenn Ihre Frau erst ein paar Wochen oder sogar ein paar Monate schwanger wäre, würde ich für einen Abbruch plädieren. Das ist natürlich jetzt, wo die Schwangerschaft schon so weit fortgeschritten ist, nicht mehr möglich. Außerdem können jeden Moment die Wehen einsetzen. Deshalb muß das Kind mit einem Kaiserschnitt geholt werden. Ich schlage vor, daß man dies ohne weiteren Aufschub in die Wege leitet.»

«Ich kann den Kaiserschnitt sofort machen», sagte Malcolm.

«Wird dadurch das Leben meiner Frau gefährdet werden?» fragte Philip schnell.

Alan Stimpson antwortete ihm. «Ganz im Gegenteil ... ich meine, sie wäre in größerer Gefahr, wenn Malcolm den Kaiserschnitt nicht ausführte. Außerdem ist da noch ein weiterer positiver Aspekt ... ich könnte das Scanning und die Schädeloperation durchführen, ohne mir Sorgen machen zu müssen, daß dem Ungeborenen etwas dabei zustoßen könnte.»

«Dann machen Sie den Kaiserschnitt. Gleich», sagte Philip schnell, der keine Zeit verlieren wollte. «Aber ich möchte gern, daß Maddy in ein Privatkrankenhaus gebracht wird ... natürlich nur, wenn sie transportfähig ist.»

«Wir können sie in den privaten Flügel dieses Krankenhauses gleich nebenan verlegen», sagte der Chirurg.

«Dann tun Sie das bitte.» Philip stand auf. «Ich möchte jetzt zu meiner Frau gehen und bei ihr sein. Ich begleite sie nach nebenan.»

36

*Am selben Nachmittag kurz nach zwei Uhr machte Malcolm Hard-*castle einen Kaiserschnitt bei Madelana Amory.

Das Kind, von dem er sie entband, war vollkommen gesund. Aber die Mutter wußte nichts davon. Sie lag immer noch im Koma.

Malcolm überbrachte Philip die Neuigkeit.

Dieser wartete mit Shane und Daisy ungeduldig in einem Raum neben dem Einzelzimmer, das er für Maddy hatte reservieren lassen.

«Sie haben ein kleines Mädchen bekommen, Philip. Eine Tochter», verkündete Malcolm.

Philip wanderte im Zimmer auf und ab.

Jetzt blieb er stehen und drehte sich zum Gynäkologen um. «Geht es Maddy gut? Hat sie alles gut überstanden?» fragte er, zuerst an seine Frau denkend.

«Ja. Und ihr Zustand ist derselbe wie bei ihrer Einlieferung heute morgen. Leider hat sie noch nicht das Bewußtsein wiedererlangt. Aber ihr Befinden hat sich auch nicht verschlechtert.»

«Ist das ein gutes Zeichen? Läßt das hoffen?» wollte Shane wissen.

«Ja . . . ihr Zustand scheint recht stabil zu sein.»

«Kann ich sie sehen?» fragte Philip.

«Jetzt noch nicht . . . sie ist gerade auf der Wachstation.»

«Aber wann denn?» fragte er ebenso leise und fordernd wie zuvor.

«In einer Stunde. Und was Ihre Tochter angeht . . . sie ist wunderschön und wiegt knapp acht Pfund.»

Philip entsann sich seiner guten Erziehung und drückte Malcolm fest die Hand. «Danke für alles, Malcolm. Ich bin Ihnen sehr dankbar und freue mich, daß es dem Baby gutgeht.»

«Können wir denn wenigstens das Kind sehen?» Daisy schaute Malcolm an und wandte ihren Blick dann ihrem Sohn zu, der neben ihr stand. «Ich würde gern meine Enkeltochter willkommen heißen.»

«Natürlich können Sie sie sehen, Mrs. Rickards.»

Alle vier verließen gemeinsam das Zimmer und gingen den Korridor zum Kinderzimmer entlang, in das die neugeborenen Babys gleich gebracht wurden und das mit großen Glasfenstern versehen war.

«Da ist sie!» rief Malcolm ein paar Sekunden später. Die diensthabende Schwester hatte den bekannten Gynäkologen erblickt, hob jetzt ein Baby aus seinem Körbchen und brachte es ans Fenster, so daß sie es alle sehen konnten.

«O Philip, sie ist wunderschön», murmelte Daisy, und ihre Augen leuchteten auf. «Und sieh mal, sie hat etwas rotblonden Flaum auf dem Kopf. Wir haben wohl noch einen Rotschopf in der Familie.»

«Ja», erwiderte ihr Sohn trocken und schaute das Baby durch die Glasscheibe an. Er wünschte, er könnte mehr Begeisterung über das Kind empfinden. Aber er war so verzweifelt wegen seiner Frau, daß ihm alles andere dagegen gleichgültig schien.

Schließlich wandte er sich vom Fenster des Kinderzimmers ab und zog Malcolm beiseite. «Und was passiert jetzt? Wann macht Stimpson die Computertomographie?»

«In Kürze. Aber warum gehen Sie nicht einmal nach draußen und schnappen etwas frische Luft – oder trinken einen Kaffee oder Tee mit Ihrer Mutter und Ihrem Schwager?»

«Ich verlasse das Krankenhaus nicht! Ich verlasse Maddy nicht!» rief Philip. «Vielleicht kann ich die anderen dazu überreden, hinauszugehen. Aber ich nicht, o nein. Und nochmals vielen Dank für alles, was Sie für meine Frau und mein Kind getan haben, Malcolm», sagte er und wandte sich ab.

Später, als sie wieder ins Zimmer im Privatflügel des Krankenhauses zurückgekehrt waren, schlug Philip Shane vor, er solle doch Daisy zum Haus bei Point Piper begleiten, sich etwas entspannen und eine Erfrischung zu sich nehmen. «Ihr müßt hier nicht mit mir wachen», murmelte er und ließ sich in einen Stuhl fallen.

«Wir möchten es aber», erwiderte Shane ohne Zögern. «Wir lassen dich dies hier nicht allein durchstehen.»

«Wir bleiben, Philip, da gibt es gar nichts!» sagte Daisy ebenso entschlossen wie die legendäre Emma. «Herrgott, Shane und ich könnten es gar nicht ertragen, so weit weg von dir und Maddy zu sein. Wir machen uns schon hier genug Sorgen und wollen nicht auch noch im Haus bei Point Piper von allem abgeschnitten sein, ohne zu wissen, was vor sich geht.»

Philip hatte nicht die Kraft, etwas darauf zu entgegnen oder sich auch noch mit Daisy oder Shane zu streiten.

Eine Zeitlang ging er nervös im Zimmer auf und ab, dann nach draußen auf den Korridor, wobei seine Unruhe wuchs. Im Bestreben, seine aufsteigende Angst einzudämmen, kehrte er ins Zimmer zurück und telefonierte mit seinem Büro im McGill Tower, sprach mit seiner Sekretärin Maggie und seinem Assistenten Barry. Gelegentlich machte er eine beiläufige Bemerkung zu Shane und seiner Mutter, schwieg ansonsten und starrte düster aus dem Fenster.

Er war es gewöhnt, alles im Griff zu haben und Herr seines Schicksals zu sein. Sein ganzes Erwachsenenleben hindurch war er ein Mann der Tat gewesen, der Entscheidungen fällte und handelte. Es ging gegen seine Natur, in einer Notsituation untätig dabeizustehen, ganz gleich, um was für einen Notfall es sich handeln mochte. Aber in diesem Augenblick, vielleicht dem schwersten seines Lebens, hatte er keine andere Wahl. Er war kein Arzt und konnte deshalb nichts tun, um der Frau zu helfen, die er über alles liebte. Sein Gefühl von Ohnmacht verstärkte sich, bis es seiner Angst gleichkam.

Kurz vor drei Uhr erlaubte man ihm, Maddy auf der Wachstation zu sehen. Sie reagierte nicht, wußte nichts von seiner Gegenwart und lag immer noch im Koma. Er kam mit neuer Angst, neuem Schmerz und zunehmend verzweifelt ins Zimmer zurück.

Daisy und Shane bemühten sich, ihn zu trösten und wieder aufzurichten, hatten damit aber nicht viel Erfolg.

«Ich weiß, daß es in solchen Momenten keinen richtigen Trost gibt», sagte Daisy, ging zu Philip hinüber und ergriff seinen Arm, voller Mitgefühl für ihren Sohn und Sorge um das Wohlergehen ihrer Schwiegertochter. «Aber wir müssen uns bemühen, tapfer zu sein und die Hoffnung nicht aufzugeben, Liebling. Maddy ist stark. Wenn eine diese Sache durchstehen kann, dann sie.»

Er sah auf Daisy hinab und nickte, dann wandte er sich ab, damit sie den Kummer und Schmerz nicht sah, der sich in seinem Gesicht abzeichnete.

Alan Stimpson kam um vier und sagte ihnen ruhig, daß er das Gehirn-Scanning gemacht habe.

«Ihre Frau hatte eine schwere Gehirnblutung, wie es mir gleich schien, als ich sie das erste Mal untersuchte, aber ich wollte ganz sicher sein», berichtete er.

Philip schluckte schwer. Seine schlimmsten Befürchtungen hatten sich bestätigt. Seine Stimme bebte leicht, als er fragte: «Und haben Sie irgendeine Idee, was diese Gehirnblutung hervorgerufen haben könnte?»

Alan Stimpson schwieg kurz. «Sie könnte sich durch die Schwangerschaft entwickelt haben. Es hat ähnliche Fälle gegeben.»

Der entsetzte Philip fand keine Worte.

«Ich möchte jetzt operieren, ihren Schädel trepanieren, Mr. Amory. Vielleicht wollen Sie sie noch einmal sehen, ehe sie für die Operation vorbereitet wird.»

«Ja.» Philip schaute zu seiner Mutter hinüber. «Wir sollten nach Vater Ryan schicken. Maddy würde die Anwesenheit ihres Beichtvaters wünschen, ganz gleich, wie die Operation ausgeht. Könntest du ihn holen lassen, Mutter?»

Wenn sie auch durch diese unvermutete Bitte aus der Fassung gebracht wurde und ihre eigene große Angst um Maddy noch zunahm, nickte Daisy dennoch. «Ja», sagte sie so ruhig sie es vermochte, «ich werde es gleich tun, Philip.»

«Alles spricht dafür, daß die Operation erfolgreich sein wird», sagte Alan Stimpson zuversichtlich und sah dann schnell von Daisy zu Philip. «Und ich werde alles in meiner Macht Stehende tun, um ihr Leben zu retten.»

«Das weiß ich», sagte Philip.

Die beiden Männer schwiegen, während sie gemeinsam den Korridor entlangschritten. Dann führte der Gehirnchirurg Philip ins Vorzimmer, das dicht beim Operationssaal lag, und schloß leise die Tür hinter sich.

Philip ging zu Maddy hinüber. Er stand da und schaute auf sie herab, liebte sie von ganzem Herzen. Wie klein und schutzlos sie aussah, wie sie da auf dem schmalen Krankenhausbett lag. Ihr Gesicht war ebenso weiß wie das Bettzeug. Vorhin hatte Alan Stimpson ihm gesagt, daß sie ihr das Haar abschneiden müßten. Ihr wunderschönes, kastanienbraunes Haar! Aber das war ihm gleich, Hauptsache, man rettete ihr Leben. Ihre Haare waren um ihr Gesicht auf dem Kissen ausgebreitet. Er berührte sie, fühlte ihre seidige Weichheit, dann bückte er sich und küßte eine Strähne.

Er setzte sich neben sie und ergriff ihre Hand. Sie war kraftlos. Er legte sein Gesicht an ihres und küßte ihre Wange. Dann flüsterte er in ihr Haar hinein: «Laß mich nicht allein, Maddy. Bitte laß mich nicht allein. Du mußt kämpfen. Kämpf um dein Leben, Liebling.»

Schließlich hob er den Kopf und schaute sie lange an, hoffte, betete um ein Flackern des Einverständnisses, ein Zeichen, daß sie ihn gehört hatte.

Aber es passierte nichts. Sie lag so still da.

Er küßte sie noch einmal und ging. Ihm war, als sei sein Herz in zwei Stücke zersprungen.

«Meine Uhr ist stehengeblieben», sagte Daisy zu Shane. «Wie spät ist es denn?»

Shane sah auf sein Handgelenk. «Fast sechs. Soll ich mal ein Kännchen Tee organisieren?»

«Ja, gern, ich könnte eine Tasse Tee gut gebrauchen. Und Sie, Vater Ryan?»

Maddys Beichtvater, der gerade eben angekommen war, sah von seinem Brevier auf. «Danke, Mrs. Rickards, das ist sehr nett. Ich schließe mich Ihnen an.»

«Philip?»

«Ich hätte lieber eine Tasse Kaffee, Ma, wenn . . .», sagte er und unterbrach sich, als Alan Stimpson eintrat.

Der Chirurg schloß die Tür hinter sich und lehnte sich dagegen. Er trug noch die grüne OP-Kleidung und kam offensichtlich direkt aus dem Operationssaal. Stumm blieb er bei der Tür stehen und sah Philip unverwandt an.

Philip erwiderte seinen Blick. Der andere Mann schaute so seltsam drein, er konnte seinen Gesichtsausdruck nicht recht deuten . . .

«Es tut mir leid, so leid, Mr. Amory», sagte Alan Stimpson. «Ich habe alles getan, was ich konnte, um Ihre Frau zu retten . . . aber sie ist eben auf dem Operationstisch gestorben. Es tut mir sehr leid.»

«Nein», sagte Philip. «Nein.»

Er griff nach dem Stuhl, hinter dem er stand, um sich daran festzuhalten. Die Knöchel seiner gebräunten Hände wurden weiß. Er schwankte ein wenig.

«Nein», sagte er noch einmal.

Vater Ryan erhob sich und half Daisy auf die Füße. Ihr waren die Tränen in die Augen getreten, und sie hatte eine Hand vor den Mund gepreßt, um das Schluchzen zurückzuhalten, das in ihrem Hals aufstieg. Schnell schritt sie auf Philip zu, gefolgt von Shane und Vater Ryan.

Daisy fühlte so schmerzlich mit ihrem Sohn. Sie wagte es kaum, daran zu denken, was für eine Auswirkung Maddys Tod auf ihn haben würde. Er hatte seine Frau angebetet. Das Leben ist ungerecht, dachte Daisy, und Tränen liefen ihr über die Wangen. Maddy war zu jung, um uns zu verlassen.

Philip ging seiner Mutter, Shane und dem besorgten Beichtvater aus dem Weg und schüttelte heftig den Kopf, als wollte er die Worte des Chirurgen auslöschen. Seine blauen Augen waren bestürzt und leer. Er griff nach Alan Stimpsons Arm. «Bringen Sie mich zu meiner Frau», krächzte er.

Stimpson führte ihn zum kleinen Vorraum neben dem Operationssaal zurück und ließ ihn mit Maddy allein.

Noch einmal schaute Philip auf sie hinab. Wie friedlich sie doch im Tode aussah! Es lag keine Spur von Schmerz oder

Leiden auf ihrem Gesicht. Er kniete neben dem Bett und ergriff ihre eiskalte Hand. Wider alle Vernunft versuchte er sie zu wärmen.

«Maddy! Maddy!» rief er plötzlich mit leiser Stimme, die rauh vor Qual war. «Warum mußtest du sterben? Ich habe nichts mehr ohne dich. Gar nichts . . . O Maddy, Maddy . . .»

Er neigte den Kopf, und die heißen Tränen fielen auf seine Finger, die mit ihren fest verschlungen waren, und er blieb lange an ihrer Seite, bis Shane kam und ihn fortführte.

37

Er brachte sie zurück nach Dunoon.

Nach einer kurzen Feierlichkeit im engsten Familienkreis in der katholischen Kathedrale St. Mary's in Sydney flog er sie zur Schaffarm in Coonamble zurück. Den ganzen Flug über saß er neben ihrem Sarg. Shane begleitete ihn.

Seine Mutter und Jason folgten in Jasons Firmenjet; bei ihnen befanden sich auch Vater Ryan und Barry Graves.

Sobald Philips Flugzeug gelandet war, ließ er ihren Sarg zum Herrenhaus hinauffahren, wo er in der langen Gemäldegalerie zwischen den Porträts seiner Vorfahren aufgebahrt wurde. Dort blieb er die ganze Nacht.

Der Morgen zeigte sich hell und strahlend mit einem tiefblauen, wolkenlosen Himmel, und im gleißenden, flirrenden Sonnenschein sahen die Gärten und das Anwesen von Dunoon prachtvoll aus. Aber Philip nahm nichts davon wahr. Er war taub von dem Schock und tat, was getan werden mußte, automatisch und rein mechanisch, meist vergaß er die anderen Menschen um sich herum.

Als Sargträger für den letzten Teil von Maddys Reise hatte er Shane, Jason, Barry, Tim, den Verwalter der Farm, und die Stallburschen Matt und Joe ausgewählt, die Maddy in der kurzen Zeit, da sie hier gelebt hatte, sehr ins Herz geschlossen hatten.

Um Punkt zehn Uhr am Samstagmorgen schulterten die Männer den Sarg und trugen ihn aus dem Herrenhaus hinaus. Sie folgten Vater Ryan den gewundenen Weg entlang, der durch die ausgedehnten Rasenflächen zum kleinen privaten Friedhof dahinter führte. Er lag auf einer geschützten

Lichtung, die von Bäumen umgeben und von einer alten Steinmauer eingefaßt war. Hier lagen Andrew McGill, der Gründervater, mit seiner Frau Tessa und all den anderen australischen McGills, die von ihnen abstammten. Ihre Gräber waren nur mit einfachen Marmorgrabsteinen bezeichnet.

Philip hatte die Stelle neben Paul für seine Frau ausgesucht.

Als er Madelana O'Shea zum erstenmal gesehen hatte, stand sie in der Galerie und schaute Pauls Porträt an; später hatte sie gesagt, daß sie dachte, der große Mann sei höchstpersönlich zum Leben erweckt worden, als sie *ihn* in der Tür der Galerie stehen sah. Maddy hatte oft im Scherz behauptet, er sehe wie ein Spieler auf einem Mississippidampfer aus, genau wie sein Großvater, und sie war von Paul McGill ebenso fasziniert gewesen wie von Emma Harte.

Und so schien es ihm sehr passend und angemessen, daß ihr letzter Ruheplatz neben dem seines Großvaters lag. Seltsamerweise war es ihm ein Trost zu wissen, daß sie dort in jenem Fleckchen Erde vereint waren.

Schließlich blieben der Priester, Philip und die Sargträger am offenen Grab stehen. Es lag in einer Ecke des Friedhofs; die schönen Goldulmen und die nach Zitronen duftenden Eukalyptusbäume spendeten ihm Schatten. Sie hatte diese Bäume sehr liebgewonnen, ebenso wie sie Dunoon und das großartige Land liebgewonnen hatte, zu dem es gehörte und das sie an das heimische Kentucky erinnert hatte.

Daisy stand da und wartete mit Mrs. Carr, der Haushälterin, den übrigen Hausangestellten und den Männern, die auf der Schaffarm arbeiteten, sowie ihren Frauen und Kindern. Alle gingen in Schwarz oder trugen schwarze Armbinden an ihren dunklen Kleidungsstücken, und die Frauen und Kinder trugen kleine Blumensträuße oder einzelne Blüten in den Händen. Als sie dort mit gesenkten Häuptern standen und Vater Ryan lauschten, der den katholischen Beerdigungsgottesdienst abhielt, weinten sie offen um Madelana, der sie sehr zugetan gewesen waren und die allzu kurz bei ihnen auf Dunoon gelebt hatte.

Philips Schmerz hatte sich nach innen gewandt.

Er lag in ihm eingefroren, und während des gesamten Gottesdienstes blieben seine Augen trocken. Er stand ganz steif da, den Körper starr, die Hände an den Seiten zu Fäusten geballt. Um ihn lag eine grimmige Düsterkeit, und seine lebendigen, kornblumenblauen Augen waren hohl und leer, sein schönes Gesicht mager und vollkommen ausdruckslos. Er war eine furchterregende Erscheinung, und ihn umgab eine Kühle, die alle von ihm fernhielt.

Als Vater Ryan das letzte Gebet für Maddys Seele gesprochen hatte und ihr Sarg in die Erde herabgelassen worden war, nahm Philip die leisen und aufrichtigen Beileidsbezeugungen seiner Angestellten entgegen und eilte anschließend direkt ins Herrenhaus zurück.

Shane und Daisy gingen ihm nach. Er sagte kein Wort, ehe sie das Haus erreicht hatten. In der großen Halle wandte er sich ihnen zu und murmelte: «Ich kann hier nicht bleiben. Ich gehe, Ma. Ich muß allein sein.»

Daisy schaute zu ihrem Sohn empor. Ihr Gesicht war blaß und verzerrt, die Augen rot vom Weinen. Sanft berührte sie seinen Arm. «Bitte mach es nicht wieder wie damals, als dein Vater bei der Lawine ums Leben kam, Philip. Du mußt den Schmerz herauslassen, du mußt um deine Maddy trauern. Nur dann wirst du wieder du selbst werden und weiterleben können.»

Er schaute Daisy an, als sähe er sie nicht. Sein Blick ging geradewegs durch sie hindurch, auf ein fernes Bild fixiert, das nur für ihn sichtbar war. «Ich möchte nicht leben. Nicht ohne Maddy.»

«Wie kannst du so etwas sagen! Du bist doch ein junger Mann!» rief Daisy.

«Du verstehst mich nicht, Mutter. Ich habe alles verloren.»

«Aber da ist doch das Baby, deine Tochter, Maddys Tochter», sagte Daisy schnell. Sie war deprimiert und kraftlos, und ihre Gefühle zeichneten sich nur allzu deutlich in ihrem besorgten Gesicht ab.

Wieder sah Philip durch seine Mutter hindurch. Er sagte kein Wort, machte kehrt, durchquerte die Eingangshalle und verließ das Herrenhaus, ohne sich noch einmal umzusehen.

Daisy sah ihm nach und empfand einen ungeheuren Schmerz um ihren Sohn. Sie fing leise an zu weinen und wandte sich Shane zu. Etwas schrecklich Hilfloses umgab sie. Sie wußte nicht, was sie tun sollte.

Shane legte den Arm um sie und führte sie in den Salon. «Philip wird sich schon wieder fangen», beruhigte er sie. «Er hat jetzt einen Schock und kann nicht klar denken.»

«Ja, das weiß ich, Shane, aber ich ängstige mich so um ihn. Paula geht es genauso», sagte Daisy unter Tränen. «Das hat sie mir gestern erzählt, als sie aus London anrief. Sie sagte: ‹Er darf seinen Schmerz nicht in sich schwären lassen wie damals, als Daddy starb. Sonst wird er über Maddys Tod nie hinwegkommen.› Ich verstehe ganz genau, wie sie das meint. Und natürlich hat sie recht.»

Daisy ließ sich auf dem Sofa nieder, suchte in ihrer Handtasche nach einem Taschentuch, trocknete sich die Augen und putzte sich die Nase. Dann sah sie zu Shane hinüber, der am Kamin stand, und sagte nachdrücklich: «Vielleicht haben wir einen schrecklichen Fehler gemacht, indem wir Paula nicht haben herkommen lassen.»

«Nein, Daisy, *bestimmt nicht*! Es ist eine viel zu lange Reise für sie, für die drei, vier Tage! Philip hat uns als erster darauf aufmerksam gemacht. Er war absolut dagegen, sie aus England kommen zu lassen.»

«Vielleicht hätte sie ihm helfen können. Sie haben einander immer nahegestanden, das weißt du doch, Shane.»

«Ja, vielleicht», lenkte Shane mit sanfterer Stimme ein. «Andererseits glaube ich, daß selbst *ihre* Anwesenheit nicht seinen Schock abgemildert und seinen Kummer besänftigt hätte. Es ist die Plötzlichkeit, daß es so schrecklich unerwartet geschah, was ihn so mitgenommen hat, von seinem qualvollen Schmerz ganz zu schweigen. Und das ist ja auch ganz verständlich, wenn man bedenkt, daß Maddy vor einer knappen Woche noch die Gesundheit selbst war und ihr gemeinsames Baby erwartet hat. Alles war so schön für die beiden, sie liebten einander so sehr. Und dann das! Über Nacht war sie tot. Es war wie ein Schlag vor die Stirn für ihn, er taumelt förmlich unter dieser Tragödie, Daisy. Aber er wird sich bestimmt wieder fangen. Er muß es tun ... es gibt keinen anderen Weg. Wir müssen ihm bloß Zeit lassen.»

«Ich weiß nicht», sagte Daisy zweifelnd, «er hat Maddy doch so angebetet.»

«Ja, das hat er», sagte Jason und kam in den Salon geschritten. Eilig trat er an Daisys Seite. «Und er wird noch sehr lange leiden. Aber Shane hat recht, Liebling. Philip wird sich wieder fangen. *Eines Tages*. Irgendwann tun wir das doch alle, nicht wahr?»

«Ja», flüsterte Daisy und dachte an David.

Jason setzte sich neben sie und legte tröstend den Arm um Daisy. «Also Schatz ... versuch, dir keine Sorgen um ihn zu machen.»

«Ich kann nicht anders.» Sie schaute Shane an. «Was glaubst du, wohin er gegangen ist?»

«Wahrscheinlich nach Sydney ... um allein zu sein. Wie ein leidendes Tier will er im stillen seine Wunden lecken.»

Jason sagte: «Philip hat einen riesigen Konzern zu leiten und ist sehr gewissenhaft, Daisy. Sei sicher, er wird Montag wieder am Steuer stehen, so wie immer, und wenn ich ihn so gut kenne, wie ich glaube, wird er sich ganz verbissen in die Arbeit stürzen.»

«Das wird auch seine Rettung sein», fiel Shane ruhig ein. «Er wird es wieder als Heilmittel gegen den Schmerz benutzen, wie er es damals getan hat, als David umkam, und es wird ihn auf den Beinen halten, bis der Heilungsprozeß in Gang kommt.»

«Ich hoffe inständig, daß er mit seinem Kummer fertig wird und sich ein zukünftiges Leben aufbauen kann», sagte Daisy.

Mit besorgtem Stirnrunzeln schaute sie dann von ihrem Mann zu ihrem Schwiegersohn. «Philip kann so seltsam sein. Er ist vielen Leuten seit Jahren ein Rätsel, mir auch manchmal.» Sie seufzte, dann stiegen ihr wieder Tränen in die Augen. «Arme Maddy, ich habe das Mädchen so geliebt. Aber das ging uns allen wohl so, nicht? Sie war wie eine zweite Tochter für mich. Warum mußte ausgerechnet *sie* sterben?» Daisy schüttelte den Kopf, und ehe einer der Männer etwas entgegnen konnte, fuhr sie leise fort: «Aber es sind immer die Guten, die gehen müssen, nicht wahr. Es ist alles so ungerecht ... *so ungerecht.*» Tränen liefen ihr über die Wangen.

Jason zog sie in seine Arme. «Ach, mein Liebling, mein Liebling», murmelte er und wollte sie trösten, sie beruhigen. Er war ratlos, ihm fehlten die Worte. Er wußte nur zu gut, daß in solch einem Augenblick Worte keinen Trost spenden können.

Nach einer Weile hatte Daisy sich wieder im Griff, richtete sich gerade auf, putzte sich die Nase und trocknete sich die Augen. Sie sah plötzlich ganz entschlossen aus und sagte, so tapfer, sie es vermochte: «Wir müssen stark sein, um Philip über diese Tragödie hinwegzuhelfen.»

«Er weiß, daß wir für ihn da sind», sagte Shane und schenkte Daisy sein strahlendstes Lächeln, gab sich möglichst zuversichtlich. «Vertraue nur darauf.»

«Ja, das will ich tun.» Dann wandte sie sich Jason zu. «Wo ist denn Vater Ryan?»

«Er ist in der Bibliothek mit Tim und seiner Frau und einigen anderen. Mrs. Carr serviert Kaffee und Kuchen und Drinks für diejenigen, die etwas Stärkeres haben möchten.»

«Wie unhöflich von uns! Wir sollten auch dort sein!» rief Daisy und erhob sich sogleich. «Wir müssen Philip vertreten.» Eilig verließ sie das Zimmer.

Jason folgte ihr auf dem Fuße, dahinter Shane.

Insgeheim machte Shane sich große Sorgen um Philip, auch wenn er Daisy gegenüber so zuversichtlich getan hatte. Er konnte es kaum erwarten, Dunoon am Montagmorgen zu verlassen. Es zog ihn ungeduldig nach Sydney, er wollte in Philips Nähe sein und ein wachsames Auge auf ihn haben.

Niemand wußte, wohin Philip an jenem Wochenende gegangen war, nachdem er am Tage von Maddys Begräbnis Dunoon so unvermittelt verlassen hatte.

Als Shane ihn später am Abend im Haus bei Point Piper zu erreichen suchte, sagte Mrs. Ordens, er sei nicht da. Auch im Penthouse im McGill Tower war er nicht, wie José, der philippinische Diener, Shane mitteilte.

Ob diese beiden nun im Auftrag ihres Arbeitgebers logen oder nicht, vermochte Shane nicht zu sagen; er war auch nicht besonders hartnäckig, da er wußte, daß Philip sich hinter dem Dienstpersonal verstecken würde, wenn er es wünschte. Er konnte ebenso eisern sein wie Paula. Das war ein von Emma Harte ererbtes Familiencharakteristikum.

Am Montagmorgen dann hatte Philip seine Büroräume im McGill Tower betreten, wie immer um Punkt halb acht, und Maggie und Barry in sein Zimmer zur gewohnten Morgenbesprechung gebeten.

Er strahlte eine solch eisige Zurückhaltung aus, und er war so furchtbar in seinem eisengepanzerten Schmerz, daß weder Maggie noch Barry es wagten, irgendeine tröstliche Geste ihm gegenüber zu machen oder eine persönliche Bemerkung fallenzulassen.

Wie Jason vorausgesagt hatte, stürzte Philip sich mit einer unbeschreiblichen Besessenheit in die Arbeit. Seine Arbeitstage wurden täglich länger. Er ging selten vor neun oder halb zehn Uhr abends ins Penthouse hinauf, wo er ein leichtes Abendessen einnahm, das ihm sein philippinischer Diener bereitet hatte. Danach zog er sich ins Schlafzimmer zurück, stand am nächsten Morgen um sechs auf und war um halb acht in seinem Büro, ohne ein einziges Mal von diesem erbarmungslosen Stundenplan abzuweichen. Er pflegte keinerlei geselligen Kontakt und sah niemanden außer seinen Angestellten. Im Grunde ging er jedem aus dem Weg, mit dem er nicht unmittelbar geschäftlich zu tun hatte, seine Mutter und Shane nicht ausgenommen, die ihm am nächsten standen. Die beiden sorgten sich immer mehr um ihn, konnten aber nichts tun.

Barry Graves, der während der Arbeitszeit fast ständig mit Philip zusammen war, erwartete stets, daß er irgend etwas zu Maddy, ihrem Tod oder dem Kind sagen würde, aber das geschah kein einziges Mal. Barry schien es, als würde Philip zusehends kälter und verschlossener werden. Er spürte, daß ein verborgener Zorn in Philip schwelte, der sich irgendwann einmal Bahn brechen mußte.

Schließlich rief Barry in seiner Verzweiflung Daisy in ihrem

Haus an der Rose Bay an und sprach mit ihr eingehend und vertraulich über ihren Sohn und die Sorgen, die er sich um ihn machte.

Sobald Daisy das Gespräch mit Barry beendet hatte, rief sie Shane an, der gerade von einer zweitägigen Reise nach Melbourne und Adelaide zurückgekommen war, wo er die O'Neill Hotels inspiziert hatte.

«Ich muß heute nach Sydney hineinfahren . . . ziemlich bald sogar. Darf ich bei dir vorbeischauen, Shane?» fragte Daisy.

«Natürlich», sagte er. «Das wäre prima.» Er schaute auf die Uhr auf seinem Schreibtisch. Es war genau fünf nach drei. «Komm doch so in einer Stunde. Wir trinken zusammen Tee und plaudern ein bißchen, liebe Daisy.»

«Danke, Shane, das würde mich sehr freuen.»

Um Punkt vier Uhr geleitete die Sekretärin seine Schwiegermutter in sein privates Büro im Sydney-O'Neill Hotel. Shane erhob sich und ging um den Schreibtisch herum, um sie zu begrüßen.

Nachdem er sie auf die Wange geküßte hatte, hielt er sie etwas von sich ab und betrachtete sie eingehend. «Du siehst ganz reizend aus, Daisy. Aber bekümmert», sagte er ruhig. «Wegen Philip, nehme ich an», setzte er hinzu und führte sie zum Sofa vor der Spiegelglaswand, die auf Sydney Harbour hinausging.

Daisy schwieg.

Sie setzten sich. Sie ergriff seine Hand und schaute ihn an. Sie hatte ihn schon immer gekannt, seit dem Tag, da er zur Welt gekommen war, und sie liebte ihn wie ein eigenes Kind.

Schließlich sagte sie: «Du bist immer so ein guter Freund für mich gewesen, Shane, und natürlich auch ein wunderbarer Schwiegersohn. Du warst mir ein großer Trost, als Mutter starb, und ich werde es wohl auch nie vergessen, wie du mir in der schrecklichsten Zeit meines Lebens beigestanden hast – als David umkam. Du bist eine Stütze für mich gewesen, und auch für Paula. Nun muß ich dich wieder einmal um Hilfe bitten, um einen Gefallen.»

«Du weißt, daß ich alles für dich tun würde, Daisy.»

«Geh zu Philip», sagte sie und schaute ihm flehend in die Augen. «Sprich mit ihm. Versuche, zu ihm vorzudringen. Mache ihm klar, daß er krank werden wird, wenn er so weitermacht.»

«Aber er will mich nicht sehen!» rief Shane. «Ich brauche eine Ewigkeit, um ihn ans Telefon zu bekommen. Du weißt ja, daß ich ihn jeden Tag anrufe. Maggie muß ihn buchstäblich dazu zwingen, meinen Anruf entgegenzunehmen. Es ist ein ziemlicher Eiertanz, das sage ich dir. Und wenn ich mich mit ihm verabreden möchte, fast darum bettele, versteckt er sich hinter seiner vielen Arbeit, geschäftlichen Verabredungen und so weiter.»

«Ja, ich weiß. Mir geht es genauso mit ihm. Er bringt mir denselben Widerstand entgegen. Aber ich glaube, daß du einer der beiden Menschen bist, die ihn wirklich erreichen können. Der andere ist Paula, aber sie ist nicht hier. Also mußt du es machen. Bitte, bitte tue es für mich und für Philip. Hilf ihm, sich selbst zu helfen», bat sie ihn ganz verzweifelt.

Shane schwieg nachdenklich.

«Geh heute noch zum Penthouse hinüber!» sagte Daisy schnell. «Erzwinge dir Einlaß! Aber nein, das wird nicht nötig sein. Ich werde José anrufen und ihm sagen, daß du kommst. Er wird dich hineinlassen. Und wenn du erst einmal drin bist, wird Philip dich auch empfangen, da bin ich sicher.»

«Gut», stimmte er ihr zu. «Ich gehe hin und tue, was ich kann.»

«Danke, Shane.» Sie bemühte sich zu lächeln, es gelang ihr aber nicht. «Barry ist auch sehr hilfsbereit gewesen», erklärte Daisy. «Aber er kommt bei Philip nicht weiter. Er macht sich schreckliche Sorgen um ihn. Er meint, Philip sei voller Zorn. Richtiggehend in Rage, daß Maddy sterben mußte. Es ist, als weigerte er sich, das hinzunehmen oder ihren Tod irgendwie zu verarbeiten.»

«Es ist ein schrecklicher Schock für ihn gewesen ... ein schwerer Schock.»

Daisy machte den Mund auf und schloß ihn wieder, biß sich auf die Unterlippe. Dann sagte sie leise: «O Shane, er ist nicht einmal gekommen, um das Baby zu sehen, seit Jason und ich die Kleine aus dem Krankenhaus zu uns genommen haben, und er hat mich auch noch nie nach ihr gefragt.»

Das überraschte Shane nicht sonderlich. «Gib ihm Zeit», sagte er und hielt nachdenklich inne. Sorgfältig wählte er seine Worte, als er hinzufügte: «Vielleicht macht er das Baby für Maddys Tod verantwortlich, und folglich sich selbst, da er der Vater des Kindes ist. Du weißt ja, was Alan Stimpson gesagt hat – daß Maddys Schwangerschaft zu der Gehirnblutung geführt haben könnte. Ich erinnere mich noch, wie entsetzt Philip aussah, als er das hörte.»

Daisy nickte. «Ja, ich erinnere mich, daran habe ich auch schon gedacht. Daß er sich die Schuld gibt, meine ich.» Sie seufzte schwer. «Barry meint, Philip hätte die schrecklichsten Depressionen. Maddys Tod ist eine furchtbare Wunde in seinem Herzen, die noch lange nicht zuheilen wird.»

Vielleicht wird sie das nie, dachte Shane düster, obwohl er diese Besorgnis seiner Schwiegermutter vorenthielt, da er sie nicht unnötig aufregen wollte. Statt dessen sagte er: «Erzähl mir doch von dem Baby, Daisy.»

Sofort hellte sich ihr Gesicht auf. «O Shane, sie ist so ein süßes kleines Ding. Weißt du, sie erinnert mich an deine Linnet und an Emilys Natalie. Sie wird auf jeden Fall ein weiterer Botticelli-Rotschopf werden . . . ist eine kleine Harte durch und durch.»

Shane hörte ihr lächelnd zu und nickte gelegentlich, er schenkte Daisy seine ungeteilte Aufmerksamkeit. Er wußte, wie wichtig es für sie war, über ihr neues Enkelkind reden zu können, die langersehnte Erbin des großen McGill-Imperiums. Arme Kleine, dachte er plötzlich, sie ist auf die Welt gekommen und trägt einen Schatten, eine schreckliche Last . . . den Tod ihrer Mutter. Shane wußte, daß er alles in seiner Macht Stehende tun mußte, um Philip dazu zu bringen, das Baby anzunehmen und zu lieben. Um ihrer beider willen. Der Vater brauchte die Tochter ebenso wie diese ihn.

Als Daisy schließlich gegangen war, arbeitete Shane sich durch einen Berg Papier, der sich in der letzten Woche angehäuft hatte. Dann verfaßte er einen kurzen, aber liebevollen Brief an Paula und schrieb Lorne, Tessa, Patrick und Linnet Postkarten. Kurz vor sechs war er fertig und ging in eine Konferenz mit Graham Johnson, dem geschäftsführenden Direktor der O'Neill Hotelkette in Australien, und drei anderen leitenden Angestellten des Konzerns. Haupttagesordnungspunkt war das neue O'Neill Hotel, das gerade in Perth gebaut wurde.

Um halb acht beendete Shane die Zusammenkunft und ging anschließend mit Graham ins Wentworth zum Abendessen. Wenn Shane in Sydney war, pflegte er häufig andere Hotels in der Stadt zu besuchen. Er machte sich gern ein Bild über die Einrichtung, das Essen, die Getränke, die Bedienung und den allgemeinen Zustand, um sein Hotel mit der Konkurrenz vergleichen zu können. Das Wentworth hatte ihm schon immer gefallen, und er und Graham verbrachten einige angenehme Stunden bei einem köstlichen Menü aus Frühlingslammbraten mit sehr saftigem Gemüse und einer hervorragenden Flasche australischen Rotweins. Meist unterhielten sie sich über das Geschäft und diverse Aspekte des neuen Hotels in Perth. Shane versprach Graham, mit diesem in der nächsten Woche nach Westaustralien zu fliegen, ehe er nach London zurückkehrte.

Es war zehn, als die beiden das Hotel verließen. Graham nahm ein Taxi nach Hause, und Shane marschierte auf die Bridge Street zu, wo der McGill Tower aufragte. Er brauchte den kleinen Spaziergang und die frische Luft, nachdem er den ganzen Tag lang in der Chefetage des Hotels eingesperrt gewesen war, außerdem wollte er sichergehen, daß Philip gegessen hatte und sich entspannte, wenn er beim Penthouse ankam. Daisy hatte vorgeschlagen, daß er gegen halb elf dort eintreffen sollte, und er hatte sich an ihren Rat gehalten.

Kurz darauf, als er sich dem Wolkenkratzer aus schwarzem Glas näherte, stählte Shane sich für das Zusammentreffen mit seinem Schwager. Er wußte, daß es schwierig werden würde – unangenehm, schmerzlich und aufwühlend. Während er im Fahrstuhl hinauffuhr, fragte er sich, was für einen Trost er Philip in seinem Kummer und Schmerz würde anbieten können, und sah ein, daß er es nicht wußte. Er konnte mit seinem Schwager nur mitfühlend sprechen und ihm sein Verständnis, seine Hilfsbereitschaft und seine Liebe anbieten.

Ganz wie Daisy es arrangiert hatte, ließ der Diener José Shane ein, sobald dieser klingelte.

Der Filipino geleitete ihn ins schöne, in Creme und Weiß gehaltene Wohnzimmer, das Aussicht über die ganze Stadt bot. Es war heute abend nur schwach erleuchtet, damit man den großartigen Ausblick ungestört genießen konnte. Sich höflich verbeugend, sagte der Diener: «Ich werde Mr. Amory sagen, daß Sie hier sind, Sir.»

«Danke, José.» Shane schlenderte auf einen Stuhl zu und nahm Platz.

Eine Sekunde darauf war José wieder zurück und verbeugte sich abermals. «Mr. Amory bittet Sie zu warten.»

«In Ordnung. Danke.»

Der Filipino verbeugte sich lächelnd und eilte lautlos hinaus.

Nachdem fünfzehn Minuten verstrichen waren, wurde Shane unruhig und fragte sich, was Philip wohl so beschäftigte. Er stand auf, ging zur Zimmerbar hinüber, schenkte sich einen kleinen Cognac ein und setzte sich wieder. Während er langsam trank, bereitete er sich innerlich auf Philip vor und suchte nach den richtigen Worten, dem richtigen Einstieg in das Gespräch mit ihm. Eines war besonders wichtig: Ganz gleich, was er heute abend erreichen mochte, er mußte Philip dazu überreden, morgen mit zu Daisy zu kommen. Um das Baby zu sehen. Das hatte er Daisy versprochen, aber er wußte auch so, wie wichtig es war, daß Philip seine Schuldgefühle überwand. Shane war davon überzeugt, daß das Baby der Schlüssel zu Philips Genesung war. Sobald er es akzeptierte, würde er es auch lieben, und erst dann konnte er sich von seinem Schmerz um Maddy, um ihren Verlust, langsam erholen.

Es dauerte noch eine Viertelstunde, ehe Philip schließlich aus seinem Arbeitszimmer kam. Er blieb in der Wohnzimmertür stehen und starrte Shane stumm und finster an.

Shane erhob sich sogleich, trat vor und hielt dann unvermittelt inne, wobei er scharf die Luft einzog. Er mußte sich sehr beherrschen, um beim Anblick seines Schwagers keinen besorgten Ausruf zu tun. Philip hatte abgenommen und sah erschöpft aus, aber am erschreckendsten wirkte sein Gesicht. Die Wangen waren hohl und eingefallen, die sonst so strahlend blauen Augen matt und rotgerändert, die lila Schatten darunter ähnelten Blutergüssen. Shane erschauerte, als er Philips schwarzes Haar betrachtete. Es war an den Schläfen beidseitig ganz weiß geworden.

Shane hatte nie daran gezweifelt, daß Philip unter Maddys Tod sehr litt, aber er hatte das Ausmaß dieses Leids unterschätzt. Diesem Mann war das Herz herausgerissen worden, er quälte sich viel mehr, als Shane je gedacht hatte. Nun sah er ein, daß die Gelassenheit, die Philip nach außen hin dokumentierte, vollkommen geheuchelt war. Seine kalte Beherrschung und Distanziertheit, von der Barry gesprochen hatte, waren sein einziger Schutz gegen den völligen Zusammenbruch. Während Shane Philip betrachtete, wurde ihm alles mit einem Mal klar, und ihn überkam ein heftiges Mitgefühl für seinen Schwager.

Shane trat vor, und die beiden Männer gaben sich so warmherzig wie stets die Hand.

«Ich hätte dich fast weggeschickt», sagte Philip. Er ließ Shanes Hand los, zuckte müde die Achseln und ging dann zur Bar hinüber, wo er sich einen großen Wodka eingoß und ein paar Eiswürfel aus dem silbernen Kübel dazutat.

«Aber es hätte keinen Sinn gehabt – sah ich plötzlich ein», fuhr er fort, ohne sich umzuwenden. «Ich wußte, daß du morgen oder übermorgen wiederkommen würdest, und meine Mutter. Und Jason. Und dann dachte ich, einer von euch könnte auf die irrsinnige Idee kommen, Paula hierherzuschleppen, und deshalb habe ich beschlossen, dich lieber zu empfangen . . .» Philip machte sich nicht die Mühe, seinen Satz zu beenden. Seine Stimme war erschöpft. Er war durch den Mangel an Schlaf entkräftet, und seine Müdigkeit wurde offenbar, als er lethargisch zum Sofa hinüberging und sich setzte. Seine sonstige Vitalität und Kraft waren wie ausgelöscht.

Shane beobachtete ihn eine Weile lang schweigend, dann murmelte er: «Maddys Beerdigung ist drei Wochen her, und seitdem hast du mich und Daisy jeweils erst einmal gesehen. Deine Mutter macht sich Sorgen um dich, Philip, und ich mir auch.»

«Das braucht ihr nicht! Mir geht's gut!» sagte Philip scharf, wobei er mehr Lebhaftigkeit an den Tag legte als zuvor.

«Das ist nicht wahr! Es geht dir gar nicht gut!» konterte Shane.

«Herrgott nochmal, ich bin völlig in Ordnung.»

«Das scheint mir nicht so. Und offen gesagt brauchst du deine Familie in einer Situation wie dieser. Du brauchst mich und Daisy und Jason. Bitte geh uns nicht aus dem Weg. Wir möchten dir helfen, Philip, und dich trösten, so gut wir können.»

«Es gibt keinen Trost für mich. Ich werde es überleben – alle überleben es, denke ich. Aber der Schmerz wird immer bei mir bleiben . . . sie war so jung, verstehst du denn nicht? Bei alten Menschen rechnet man damit, daß sie sterben . . . das ist der Lauf des Lebens. Wenn wir die Alten beerdigen, heilt die Zeit schließlich die Wunden. Aber wenn wir die Jungen zu Grabe tragen, läßt der Schmerz niemals nach.»

«Doch, das wird er, glaube mir», sagte Shane mitfühlend. «Und Maddy würde es nicht wollen, daß du so verbitterst. Sie würde von dir erwarten, daß du Kraft aus . . .»

«Ich möchte hier von dir keine religiösen Sprüche hören, Shane!» rief Philip gereizt aus.

«Ich wollte auch keine äußern», erwiderte Shane sanft.

Philip stieß ein langes, überdrüssiges Seufzen aus, lehnte sich im Sofa zurück und schloß die Augen.

Zwischen den beiden Männern wurde es eine Zeitlang still.

Plötzlich sprang Philip auf, ging zur Bar hinüber und tat noch ein paar Eiswürfel in sein Glas. Er warf Shane einen sehr durchdringenden Blick zu und sagte dann völlig niedergeschlagen: «Ich kann mich an das letzte Jahr gar nicht mehr erinnern, Shane. Das ist das Schrecklichste. Alles ist . . . alles ist . . . *leer*. Sie ist fortgegangen, als hätte sie in meinem Leben nie existiert.» Seine Stimme brach, dann sagte er heiser: «Ich kann mich nicht mehr an sie erinnern . . . ich kann mich nicht mehr an Maddy erinnern.»

«Das ist der Schock», sagte Shane schnell, davon überzeugt, daß er die Wahrheit sprach. «Es ist wirklich nur der Schock, Philip. Sie wird zu dir zurückkommen.»

Philip schüttelte heftig den Kopf. «Nein, das wird sie nicht. Das weiß ich.»

«Ihr Körper ist tot, aber ihr Geist ist bei dir», sagte Shane zu ihm. «Sie lebt in dir. Ihr Geist ist in dir und in dem Kind. Nur ihr Körper ist fortgegangen. Bitte glaube mir. Maddy ist in deinem Herzen und in deinen Erinnerungen, und sie wird immer bei dir sein. Außerdem gibt es das Kind.»

Philip sagte dazu nichts.

Er trat von der Bar zurück und ging langsam durchs Zimmer zum Fenster hinüber, wobei er sich wie ein alter Mann bewegte. Dann stand er da und schaute hinaus. Er hatte Shane aufmerksam zugehört, seine Worte in sich aufgenommen. Jetzt versuchte er mit ihnen fertigzuwerden, sie anzunehmen. Hatte Shane recht? Lebte Maddys Geist in ihm weiter? Würde sie immer bei ihm sein?

Er seufzte. Er fand keinen Trost in dem, was Shane gerade zu ihm gesagt hatte. Schon vor Tagen hatte er sich mit der Endgültigkeit des Todes abgefunden und es hingenommen, daß seine Maddy für immer von ihm gegangen war. Sie war sein Ein und Alles gewesen. Maddy hatte den Schmerz in ihm zum Verstummen gebracht; wenn er nur an sie dachte, war er vollkommen glücklich gewesen, das Herz war ihm warm geworden. Jetzt konnte er sich nicht einmal mehr ihr Gesicht ins Gedächtnis rufen. Er mußte ein Foto anschauen, um sich an sie zu erinnern. Er verstand das nicht. Er hatte sie so geliebt.

Er machte die Augen ganz fest zu und legte den schmerzenden Kopf an die Glasscheibe. Er hatte sie getötet. Er hatte die Frau getötet, die er über alles liebte, und zwar durch den Akt der Liebe selbst . . .

Shane sagte etwas, und Philip machte die Augen auf, aber er antwortete nicht. Er hatte seinem Schwager gar nicht zugehört.

Er starrte in den Nachthimmel. Wie großartig er heute abend war, ein tiefes Mitternachtsblau, samtglatt, wolkenlos, mit diamantenen Sternen übersät und den hellen, zwinkernden Lichtern von den vielen Wolkenkratzern der Stadt. Gegen die östlichen Vororte zu war der Himmel seltsam amethystfarben, der Ton löste sich in strahlende Goldnuancen und ein warmes, glühendes Rot auf.

Morgen wird es ein schöner Tag werden, dachte Philip geistesabwesend. *Bei Abendrot gibt's keine Not. Morgenrot, schlecht Wetter droht.* Wie oft hatte seine Großmutter das zu ihm gesagt, als er noch ein kleiner Junge war. Emma war immer von dem Himmel und den verschiedenen Lichteinfällen fasziniert gewesen. Plötzlich hatte er von der Schönheit dieses Abendhimmels einen Kloß in der Kehle und wußte gar nicht warum. Dann fiel es ihm wieder ein. Maddy hatte auch immer etwas zur Klarheit des Lichtes, der Form der Wolken und den wechselnden Farben des Tages, wenn es Nacht wurde, gesagt.

Plötzlich erstarrte Philip und trat dichter ans Fenster, die Stirn gerunzelt, den Blick auf eine dunkle Wolkenmasse gerichtet, die von den Wolkenkratzern einige Straßenblocks weiter aufstieg. Wie eigenartig das aussah. Er konnte nicht gleich herausfinden, worum es sich handelte. «O Gott!» rief er den Bruchteil einer Sekunde später. «O Gott!»

Shane war aufgesprungen und eilte zu ihm hinüber. «Was ist denn los? Ist dir nicht gut?»

Philip wirbelte herum, ergriff Shane beim Arm und zog ihn ans Fenster. «Schau mal! Da drüben! Der schwarze Rauch, die rote Glut. O Gott, Shane, bei dir brennt es! Das Sydney-O'Neill steht in Flammen!»

Shane verkrampfte sich. Ihm blieb die Luft weg, als er Philips Blick folgte. Er kannte die Skyline von Sydney nicht so gut wie sein Schwager, und er brauchte einen Augenblick, um den Rauch zu erkennen und seine Quelle auszumachen. Dann wußte er sofort, daß es wirklich sein Hotel war, das in Flammen aufging. Er hatte die große Glaswand entdeckt, hinter der sein berühmtes Orchideenzimmer lag.

Ohne ein Wort machte er auf dem Absatz kehrt und lief durch das Apartment.

Philip folgte ihm auf dem Fuße.

Gemeinsam nahmen sie den Fahrstuhl nach unten und sahen einander in sprachlosem Entsetzen an. Als die Türen aufgingen, sprangen sie gleichzeitig in die Lobby hinaus und rannten nach draußen in die Bridge Street.

Sie liefen auf das Sydney-O'Neill zu, und ihre hallenden Fußtritte wurden von den kreischenden Sirenen der drei Löschzüge übertönt, die mit halsbrecherischer Geschwindigkeit an ihnen vorüberrasten.

38

Während Shane auf das Hotel zulief, wußte er nicht, was ihn dort erwarten würde. Natürlich eine Katastrophe, aber von welchem Ausmaß?

Nur ein Hotelbesitzer konnte sich den wahren Schrecken eines Hotelbrandes mit all seinen alptraumhaften Konsequenzen ausmalen. Panik, Angst, Chaos und alle möglichen Verletzungen. Rauchvergiftung, Verbrennungen, gebrochene Knochen, Verletzungen, Schockzustände. Und Tod.

Er lief um die Ecke und konnte das Sydney-O'Neill jetzt direkt vor sich sehen, sein Lieblingshotel in der internationalen Kette. Was er sah, brachte ihn zum Stehen. « O Gott! Nein! Nein!» schrie er laut. Er war wie gelähmt, konnte sich nicht von der Stelle rühren.

Sein Hotel war ein Inferno.

Flammen, schwarzer Rauch und Hitze schlugen ihm entgegen. Über dem brennenden Gebäude kreisten Helikopter und holten Menschen vom Dach. Die Löschzüge waren sämtlich in Aktion, Feuerwehrleute machten sich mit Schläuchen auf der Erde und auf Leitern zu schaffen, andere benutzten Seile und Leitern, um jene zu retten, die in einigen der oberen Stockwerke gefangen waren. Krankenwagen und Polizeiautos waren an strategischen Punkten plaziert. Ärzte, Sanitäter und Polizisten taten ihr Möglichstes, um den Bedürftigten zu helfen. Drei Krankenwagen mit Verletzten fuhren gerade mit heulenden Sirenen an Shane vorüber aufs nächste Krankenhaus zu.

Er holte ein Taschentuch hervor und trocknete sich das feuchte Gesicht. Er schwitzte vom Laufen, von der plötzlichen großen Hitze und vor Angst um jene, die vielleicht immer noch im Hotel gefangensaßen. Die sich vor seinen Augen abspielende Szene war so schauerlich, wie er befürchtet hatte. Überall lag zersprungenes Glas und Schutt auf der Erde, blindmachender, tödlicher Qualm bedeckte jeden Zentimeter, man hörte die lauten Stimmen von Polizisten und Hotelangestellten, die irgendwelche Befehle brüllten, und das Weinen und Stöhnen der Verletzten. Eine Gruppe von Hotelgästen, viele von ihnen in Pyjamas, schauten ängstlich und verstört um sich, als sie sich neben einem Polizeiwagen zusammendrängten. Shane wollte gerade zu ihnen hinübergehen, als er sah, wie zwei Portiers ihnen behilflich waren. Sie wurden zum Krankenwagen geführt, der als Erste-Hilfe-Station eingerichtet worden war; dort würden ihre kleineren Verletzungen, Schocks und Wunden behandelt werden.

Den Mund mit einem Taschentuch bedeckend, schob Shane sich durch die wimmelnde Menge – die Hotelangestellten und den Werkschutz, die Polizeibeamten, Sanitäter und Fahrer der Krankenwagen. Er mußte dichter an das Hotel herankommen, mußte die Lage in den Griff bekommen.

Ein Polizist hielt ihn an. «Sie können nicht näher heran, Sir. Es könnte gefährlich sein.»

«Danke für die Warnung. Aber ich bin Shane O'Neill, der Besitzer des Hotels. Ich muß hin und tun, was ich kann, um den Leuten zu helfen.»

«Dann gehen Sie bitte, Mr. O'Neill», sagte der Polizist, der ihn plötzlich erkannt hatte. Er warf Shane einen mitfühlenden Blick zu, als er ihn durch die hölzerne Absperrung treten ließ, die man errichtet hatte.

Fast sofort entdeckte Shane Peter Wood, den Empfangschef des Nachtdienstes. Er griff nach dessen Arm.

Wood drehte sich heftig um. Als er Shane erkannte, malte sich Erleichterung in seinen rußigen Zügen. «Mr. O'Neill! Gott sei Dank, daß Ihnen nichts passiert ist! Wir versuchten Sie anzurufen, als der erste Alarm gegen elf Uhr ertönte, und merkten dann, daß Sie sich nicht in Ihrer Suite aufhielten. Aber wir wußten nicht, ob Sie vielleicht irgendwo anders im

Hotel waren. Wir haben uns schreckliche Sorgen gemacht und ständig nach Ihnen Ausschau gehalten.»

«Ich war nicht im Hotel», sagte Shane. Er schaute den Empfangschef unverwandt an. «Wissen Sie, wie viele Verletzte es gegeben hat?»

Peter Wood schüttelte den Kopf. «Nicht genau. Aber ich schätze, so ungefähr fünfzehn Leute.» Er hielt inne und sagte dann leiser: «Und vier Tote, glaube ich.»

«O Gott!» Shane zog Wood beiseite, als mehrere Hotelgäste von einem Wachmann des Hotels in Sicherheit gebracht wurden. Als sie außer Hörweite waren, fragte er: «Und weiß man schon, wodurch der Brand ausgelöst worden ist?»

«Nein. Aber ich habe so meinen Verdacht.»

Stirnrunzelnd schaute Shane ihn an. «Sie wollen doch nicht auf Brandstiftung hinaus?»

«Aber nein. Warum sollte jemand das Hotel anstecken wollen?»

«Vielleicht ein unzufriedener Angestellter? Oder jemand, der kürzlich entlassen worden ist?»

Wood sagte sehr bestimmt: «Nein, Mr. O'Neill, ich bin davon überzeugt, daß es nichts dergleichen war. Wenn Sie mich fragen, meine ich, daß es ein Unfall gewesen ist.»

«Ah ja. Und wo hat es angefangen, Peter?»

«Im vierunddreißigsten Stock.» Wood warf Shane einen bedeutungsvollen Blick zu. «Sie haben Glück gehabt, Mr. O'Neill. Sie sind gerade noch einmal davongekommen.»

Shane starrte Wood an, die volle Bedeutung seiner Worte verschlug ihm die Sprache. Seine eigene Suite lag in diesem Stockwerk, gemeinsam mit einer Reihe privater Apartments, die auf Dauer vermietet waren. Im fünfunddreißigsten Stock lagen einzelne Zimmer und Suiten für Hotelgäste, und den gesamten sechsunddreißigsten Stock nahm das berühmte Orchideenzimmer ein.

«Gott sei Dank, daß ich den fünfunddreißigsten Stock und das Orchideenzimmer wegen Renovierungen letzte Woche habe schließen lassen», rief Shane aus. «Sonst wäre diese Katastrophe noch zehnmal schlimmer ausgefallen, wenn wir Gäste im fünfunddreißigsten Stock gehabt hätten, ganz zu schweigen von zweihundert Leuten, die heute abend im Restaurant gegessen und getanzt hätten.»

«Ja, das haben wir auch alle gesagt.»

«Ich nehme an, daß die meisten Gäste übergangsweise in anderen Hotels untergebracht worden sind?»

Wood nickte. «Im Hilton und im Wentworth. Wir haben auch in anderer Hinsicht Glück gehabt, Sir. Das O'Neill war diese Woche nicht ganz ausgebucht.»

In diesem Augenblick kam Philip auf sie zugelaufen. Er schwitzte und war völlig außer Atem. «Ich habe schon nach dir gesucht», sagte er zu Shane, dann drehte er sich um und nickte Peter Wood zu. «Wo kann ich helfen?»

«Es gibt nicht mehr viel zu tun», erwiderte Shane. «Soweit ich sehen kann, haben mein Hotelpersonal und die verschiedenen Hilfsorganisationen, die herbeigerufen worden sind, ausgezeichnete Arbeit geleistet. Als ich vor einigen Minuten hier ankam, sah es wie das reine Chaos aus, ist es aber nicht. Es hat den Anschein, als sei inzwischen alles unter Kontrolle.» Er schaute zum Hotel hinüber, sein Gesichtsausdruck war schmerzlich. Zwei der mittleren Stockwerke brannten noch, aber man hatte Verstärkung geholt; weitere Feuerwehrleute kämpften mit neuen Energien gegen die Flammen und würden sie bald besiegt haben.

«Vielleicht kann ich . . .» fing Philip an.

Aber weder Shane noch Peter Wood konnten seine nächsten Worte verstehen. Seine Stimme ging in einer gewaltigen Explosion unter, die klang, als seien mehrere Fässer Dynamit losgegangen. Es zerriß die Luft und ließ alle zusammenzucken. Sie wirbelten herum. Schock und Angst malte sich in ihren Zügen.

«Was zum Teufel war das denn?» rief Philip.

«Von der großen Hitze im Innern des Hotels sind die Fenster herausgeflogen», sagte Shane und erschauerte. Ihm graute bei dem Gedanken, daß es noch mehr Verletzte gegeben haben könnte.

«Aber ich sehe gar keine Glassplitter herunterkommen», murmelte Philip ratlos.

«Ich auch nicht», erwiderte Shane. «Aber ich bin sicher, daß es das gewesen ist.»

«Vielleicht waren es die Fenster auf der anderen Seite des Gebäudes, Mr. Amory», schlug Peter Wood vor. «Die Räume, die auf Sydney Harbour hinausgehen.»

Eine junge Frau im Bademantel kam ihnen entgegengelaufen, deren Gesicht fleckig von Ruß war. Sie wirkte verstört und verängstigt. «Bitte helfen Sie mir», sagte sie und zog an Philips Arm. «Bitte, bitte helfen Sie mir. Ich kann mein kleines Mädchen nicht wiederfinden. Sie ist weg. Ich kann sie nicht finden. Ich weiß aber, daß wir sie herausgeholt haben. Das weiß ich bestimmt.» Ihr Gesicht verzerrte sich, und dann fing sie hysterisch an zu weinen.

Philip legte den Arm um sie. «Ich bin sicher, daß sie wohlbehalten ist. Kommen Sie doch mit mir, ich helfe Ihnen, Ihre Kleine zu finden.»

«Sie ist erst vier», schluchzte die Frau. «Ein Baby, noch ganz klein.»

Philip bemühte sich, sie zu trösten, und geleitete sie fort. Seine eigene Qual, sein alles überschwemmender Schmerz war von der schrecklichen Tragödie des Brandes verdrängt worden.

Gegen vier Uhr morgens war das Feuer gelöscht.

Alle Verletzten, rund fünfundzwanzig Menschen, waren in die Notaufnahme vom St. Vincent's Hospital und in andere Krankenhäuser der Stadt gebracht worden. Die Toten, neun Männer und Frauen, lagen im Leichenschauhaus.

Feuerwehrleute, Polizisten und Hotelangestellte sicherten das Gelände. Shane hatte seit mehreren Stunden die Leitung übernommen und mit besonnener Autorität und Entschlußkraft die Situation gemeistert.

Das Sydney-O'Neill war eine schwelende, rauchgeschwärzte Ruine, ein ausgebrannter Koloß in der Skyline. Shane und Philip standen zusammen inmitten von Schutt und Asche, als die Dämmerung hereinbrach, und schauten grimmig das zerstörte Gebäude an.

«Was für eine schreckliche Tragödie», murmelte Shane und wandte sich seinem Schwager zu. «So viele Tote und Verletzte. Es hätte einfach nicht passieren dürfen. Ich muß ständig an die Familien der Verunglückten denken.» Er seufzte schwer. «Nun, zumindest bin ich froh, daß du der jungen Frau helfen konntest. Sie war ja ganz außer sich. Wo hast du denn ihr kleines Mädchen gefunden?»

«In einem der Rettungswagen, ein Sanitäter kümmerte sich bereits um sie. Sie war Gott sei Dank nicht verletzt, nur verängstigt, weil sie ihre Mutter verloren hatte.» Philip ergriff Shanes Arm und versuchte ihn zu trösten. «Es tut mir leid, daß dir diese Katastrophe zugestoßen ist, Shane. Du machst dir Vorwürfe, weil Menschen gestorben sind und andere verletzt wurden. Und ich weiß, wie stolz du immer auf dein Sicherheitssystem gewesen bist.»

Als Shane schwieg, setzte Philip hinzu: «Ich verstehe, was gerade dieses Hotel dir bedeutet hat, Shane. Es tut mir so leid. Ich werde alles tun, um dir zu helfen.»

«Danke, Philip.» Shane rieb sich das müde Gesicht und schüttelte erschöpft den Kopf. Soviel zu Blackies Traum, dachte er und erinnerte sich daran, mit welcher Begeisterung sein Großvater das Sydney-O'Neill Hotel geplant hatte. Er hatte auf einem Besuch in Sydney mit Emma damals das Grundstück entdeckt und gekauft und beschlossen, daß hier das Flaggschiff der australischen Hotels entstehen sollte. Blackie hatte den Bau nicht mehr erlebt, aber vor seinem Tod hatte er noch die Entwürfe des Architekten begutachtet. Nun hatte sich sein Traum in wenigen Stunden in Rauch aufgelöst.

«Ich werde es wieder aufbauen», sagte Shane, als machte er seinem Großvater ein Versprechen.

«Das weiß ich», erwiderte Philip. «Und nun komm mit mir ins Penthouse und mach dich frisch. Du wirst Sachen zum Anziehen brauchen. Wie gut, daß wir ungefähr dieselbe Größe haben.»

Etwas später am Morgen richtete der erschöpfte Shane, nachdem er geduscht, sich rasiert und Kleider seines Schwagers angezogen hatte, im Konferenzsaal der McGill Corporation sein Hauptquartier ein.

Hier hielt er die erste Sitzung zur Untersuchung der Brandursache ab. Dabei waren der Empfangschef Peter

Wood, der gerade Nachtdienst gehabt hatte, als das Feuer ausbrach, der Generaldirektor Lewis Bingley; Graham Johnson, der geschäftsführende Direktor der O'Neill-Hotelkette in Australien, verschiedene Führungskräfte des Sydney-O'Neill sowie der Brandmeister Don Arnold, der in der vergangenen Nacht die Feuerwehr befehligt hatte.

Sobald alle einander vorgestellt waren und sich begrüßt hatten, kam Shane zur Sache. «Brandmeister Arnold, wir brauchen Sie, damit Licht in diese Angelegenheit kommt», sagte er. «Ich habe gehört, daß Sie und Ihre Leute ausführlich mit vielen Hotelangestellten gesprochen haben. Haben Sie eine Idee, was das Feuer ausgelöst haben könnte?»

«Sorglosigkeit eines Gastes», sagte der Brandmeister. «Nach dem zu urteilen, was wir im vierunddreißigsten Stock gefunden haben, wo das Feuer begann, und was wir sonst noch entdeckt haben, sind wir davon überzeugt, daß es durch eine Zigarette ausgelöst wurde. Sie fiel wahrscheinlich auf ein Sofa in einer Suite jenes Stockwerks. Einer der privaten Suiten, die Sie auf Dauer vermieten, und zwar in diesem Fall an die Jaty Corporation.»

«Könnten Sie das etwas genauer ausführen, Brandmeister Arnold?» bat Shane.

«Natürlich. Einer der Zimmerkellner ist heute morgen an mich herangetreten. Er sagte, er könne sich erinnern, in jener Suite einen Aschenbecher auf einer Sofalehne gesehen zu haben, als er gegen acht den Wagen mit dem Geschirr vom Abendessen fortschob. Ich nehme an, daß der Aschenbecher blieb, wo er war, und mehrmals benutzt wurde, ehe das Paar, das sich in der Suite befand, zu Bett ging. Später fiel der Aschenbecher auf das Sofa, und eine Zigarette, die nicht ganz ausgedrückt war, setzte es in Brand. Wahrscheinlich schwelte dies einige Stunden lang, bis es richtig anfing zu brennen. Wenige Sekunden, nachdem sie erwachten, waren die beiden Menschen in jener Suite tot.»

«Woher wissen Sie das?» fragte Shane ruhig.

«Zwei meiner Feuerwehrleute fanden sie zusammengekrümmt im Schlafzimmer. Sie waren nicht verbrannt. Sie sind an einer Rauchvergiftung vom brennenden Schaumstoff gestorben, mit dem das Sofa ausgepolstert war. Dieser ist extrem leicht entflammbar und kann in wenigen Sekunden schon jenes Inferno hervorrufen, das Sie gestern nacht in Ihrem Hotel erlebten. Die dabei entstehenden Flammen sind so stark und heiß, daß sie ein Loch in Decken und Wände reißen und Fenster herausdrücken können. Außerdem gibt dieser Schaumstoff tödliche Gase von sich, vorwiegend Zyanid und Kohlenmonoxid.»

Shane war vollkommen entsetzt. Er schaute Lewis Bingley an und rief scharf: «Die englische Regierung hat schon 1981 ein Gesetz gegen die Verwendung von Schaumstoff in Möbeln erlassen. Ich habe letztes Jahr in all meinen Hotels Schaumstoff verbieten lassen. Wieso ist er hier trotzdem verwandt worden?»

Lewis Bingley schüttelte den Kopf. «Wir haben Ihre Anweisungen befolgt, Mr. O'Neill. In den Möbeln dieses Hotels gibt es keinen Schaumstoff. Sie wissen doch, daß wir alle Möbel ersetzt haben.»

«Sie haben gehört, was Brandmeister Arnold soeben gesagt hat! Jenes Sofa in der Suite der Jaty Corporation war mit Schaumstoff gepolstert!»

Der Generaldirektor spitzte nervös den Mund. «Ich kann es mir nur so erklären, daß uns dies entgangen ist. *Irgendwie.* Verstehen Sie, Mr. O'Neill, der Präsident der Jaty Corporation hat seine eigenen Innenausstatter beauftragt, die Suite für ihn einzurichten.»

«Hat man ihnen unsere neuen Vorschriften mitgeteilt?» fragte Shane.

«O ja. Aber offensichtlich haben sie diese mißachtet», murmelte Bingley.

«Das ist ja ungeheuerlich!» explodierte Shane. «Auf jeden Fall ist es nachlässig von uns, nicht noch einmal zu überprüfen, ob die Innenausstatter auch unsere Vorschriften befolgt haben.» Er versuchte seinen heftigen Zorn zu bändigen und wandte sich wieder an den Brandmeister. «Wer war das Paar, das in der Suite starb? Hat man sie schon identifiziert?»

«Der Sohn und die Schwiegertochter des Präsidenten der Jaty Corporation.»

Shane schüttelte traurig den Kopf. Sein Gesicht war ernst und besorgt.

«Das ist also Ihre Annahme, wie der Brand entstand. Und was passierte dann, Brandmeister Arnold?»

«Ich denke, es lief etwa so», erklärte Don Arnold. «Um noch einmal schnell zu rekapitulieren: Die Zigarette setzte das Sofa in Brand. Der Schaumstoff schwelte und entzündete sich schließlich. Das ist meiner Meinung nach etwa gegen viertel oder zehn vor elf gewesen. Die Flammen waren so intensiv, daß sie innerhalb von Sekunden die Fenster herauspreßten. Der plötzliche Nachschub von Sauerstoff errichtete eine Flammenwand, die direkt durch die Türen der Suite hindurchbrannte. Vom Sauerstoff angetrieben, gewann das Feuer eine mörderische Kraft, während es blitzschnell über den Flur des vierunddreißigsten Stocks raste. Alles geschah in wenigen, vielleicht zehn oder fünfzehn Minuten. Feuer schreitet mit Lichtgeschwindigkeit voran.»

Shane nickte. Er brachte einen Augenblick lang kein Wort heraus. Der Bericht des Brandmeisters hatte ihn schockiert. Schlamperei, dachte er. Erst von den Innenausstattern und dann von meinen Führungskräften. Sie hätten diese private Suite überprüfen müssen, als sie fertig eingerichtet war. Dann hätte diese Tragödie vermieden werden können. Wieder seufzte er leise. Er mußte Lewis Bingley dafür zur Rechenschaft ziehen.

«Aber eines ist sicher, Mr. O'Neill», sagte Brandmeister Arnold gerade. «Ihr Sicherheitssystem ist wirklich gut. Die Rauchdetektoren, die Feuertüren und Sprinkler haben wie am Schnürchen funktioniert. Wäre das Hotel nicht so gut gegen Brand gesichert gewesen, hätten Sie eine viel größere Katastrophe erlebt.»

«Hier wird mir richtig mulmig zumute», sagte Jason.

Shane starrte ihn an. «Wie meinst du das?»

«Es deprimiert mich. So verdammt düster hier, die Jalousien zugezogen, die Lampen heruntergedreht.»

Jason warf der halbleeren Flasche Scotch auf dem Kaffeetisch einen schrägen Blick zu. «Und mitten am Nachmittag schon trinken, das ist doch sonst überhaupt nicht deine Art, Shane. Laß das sein, Kumpel, Schnaps bringt dich auch nicht weiter.»

«Ich bin stocknüchtern. Aber ich würde mich gern betrinken. Total besaufen, wenn du es genau wissen willst.»

Jason schüttelte den Kopf. «Du hast verdammtes Pech gehabt, Shane, riesengroßes Pech. Aber du bist doch kein Grünschnabel. Du weißt doch, daß sowas passieren kann.»

«Ich kann es einfach nicht fassen, daß das Hotel bis auf die Grundfesten abgebrannt ist», fing Shane an und hielt dann inne. Er sprang auf und wanderte im Zimmer auf und ab, wie er es schon seit Tagen tat.

«Schlamperei! Einfach eine verdammte Schlamperei!» schäumte er. «Wenn ich ihnen nicht jede Sekunde auf die Finger schaue, geht alles daneben . . .»

«Dann darfst du kein Geschäft leiten, wenn du den Ärger nicht vertragen kannst. Ärger gehört einfach dazu, Kumpel. Aber ich weiß natürlich, wie du das meinst. Das Feuer ist eine furchtbare Tragödie gewesen. Ich kann gut verstehen, daß du zornig bist.»

«Ich zahle die höchsten Löhne, saftige Gratifikationen, sie erhalten alle möglichen Vergünstigungen und Gott weiß was noch alles, und können dann nicht mal die Möbel in einer verdammten Suite überprüfen. Es ist kriminell, Jason. Kriminell. Du weißt genausogut wie ich, daß der Brand nie passiert wäre, wenn sie aufgepaßt hätten. Diese armen Leute wären nicht verletzt worden, hätten nicht sterben müssen, wenn meine Angestellten ordentlich gearbeitet hätten. Das bringt mich um den Verstand. So viel Leid und Schmerz für alle Betroffenen. Und ich werde jetzt über beide Ohren in Prozessen stecken, ganz zu schweigen von den Versicherungsgesellschaften. Jetzt fangen *die* an, die Brandursache zu ermitteln.»

«Nun, das war ja zu erwarten, Shane», erwiderte Jason schnell. «Das weißt du selbst. Und außerdem werden sie zum gleichen Schluß kommen wie der Brandmeister, da bin ich sicher. Sieh mal, es gibt gar keinen Grund, warum du nicht schon Pläne für den Wiederaufbau des Sydney-O'Neill schmieden und die Architekten mit den Entwürfen beauftragen könntest.»

«Ich glaube nicht, daß ich es wieder aufbauen werde.»

Jason war entsetzt. «Du mußt ein neues Hotel bauen, Shane! Das bist du deinem Großvater schuldig. Und was noch wichtiger ist, du bist es dir selbst schuldig.»

Shane entgegnete nichts. Er ließ sich schwer auf dem Sofa nieder, den Kopf in einer Geste müder Verzweiflung in die Hände gestützt.

Jason schaute auf ihn herab und machte sich große Sorgen. Er hatte Shane noch nie in diesem Zustand gesehen, so zerzaust und unrasiert, am Nachmittag noch in Pyjama und Bademantel. Was war bloß los mit diesen jungen Männern? Hatten sie keinen Mumm in den Knochen? Erst war Philip zusammengebrochen nach Maddys Tod, und jetzt sah Shane aus, als würde er auch gleich umkippen.

Jason räusperte sich. «Du warst vorhin mit Daisy am Telefon so kurz angebunden, daß sie mich gebeten hat, zu dir zu gehen und nachzuschauen, was los ist. Sie möchte, daß du heute abend zur Rose Bay zum Essen kommst.»

Shane schüttelte den Kopf. «Ich muß arbeiten.» Er schob einen Stapel Ordner, der auf dem Kaffeetisch lag, vor sich hin. «Ich muß mich noch um all den Papierkram wegen des Brandes kümmern.»

«Heute ist Samstag. Du muß auch mal eine Pause machen. Und wo steckt denn Philip überhaupt?»

«Ich weiß es wirklich nicht, Jason. Verzeih bitte, aber ich kann mir um ihn jetzt nicht auch noch Sorgen machen. Ehrlich gesagt, habe ich momentan genug eigene Probleme.»

«Ja, das weiß ich. Deshalb wollen Daisy und ich ja auch, daß du zum Essen herüberkommst. Es wird dir guttun, mal unter Menschen zu sein.»

«Nein, ich möchte allein sein. Und es ist wirklich am besten für mich. Ich habe noch eine Menge zu erledigen. Und es gibt auch vieles, worüber ich nachdenken muß.»

«Du weißt, daß du jederzeit kommen kannst, wenn du es dir anders überlegen solltest.»

«Ja. Und vielen Dank, Jason.»

Shane ergriff die Flasche Scotch und schenkte sich noch einen Drink ein.

Jason schüttelte traurig den Kopf, als er das Arbeitszimmer verließ, durchs Foyer ging und leise aus dem Penthouse trat.

39

Allein ritt er über sein Land.

Er saß auf Black Opal, seinem ebenholzschwarzen Hengst. Neben ihm ging ein reiterloses Pferd. Es war Gilda, die braune Stute, die er Maddy nach der Hochzeit geschenkt hatte. Ehe er den Stall verließ, hatte er ihr Maddys silbergetriebenen Sattel aufgelegt und die Steigbügel nach hinten geschlungen zum Zeichen, daß ihre Besitzerin sie nie wieder reiten würde.

Dies war das erste Mal, daß er wieder in Dunoon war, seit er Maddy hier vor vier Wochen beerdigt hatte.

Als er am Freitagabend ankam, hatten ihn Tim und alle anderen von der Schaffarm herzlich begrüßt, offenbar waren sie froh darüber, daß er schließlich zurückgekommen war. Ihm ging es ebenso.

Maddys Tod hatte ihn zerstört, und er war von einem unstillbaren Schmerz erfüllt. Er hatte gefürchtet, daß es quälend sein könnte, wieder hierher zu kommen. Sie waren in Dunoon so glücklich gewesen. Aber jetzt, als er an diesem Sonntagnachmittag durch die liebliche, idyllische Landschaft ritt, spürte er, wie sich ein gewisser Friede auf ihn legte. Er wußte, daß er ihn der Beschaulichkeit, Sanftheit und Stille verdankte, die hier herrschten.

Lange folgte er dem Lauf des Castlereagh River, dann bog er ab, überquerte einige Weiden und nahm schließlich den gewundenen Weg, der durch die grünen Berge von Dunoon führte. Als er das Ende des steilen Anstiegs erreicht hatte, saß er ab, ging zur großen Eiche hinüber und schaute über das großartige Land hin.

Wie herrlich es nach den zwei Regentagen war. Alles war grün und glänzte. Es war Ende August, der Winter fast zu Ende. In wenigen Wochen würde es Frühling werden, schon jetzt war es sehr schön und ungewöhnlich mild für diese Jahreszeit. Philip hob den Blick. Der Himmel war von einem strahlenden, wie blankgeputzten Blau, leuchtend vor Sonnenschein. Die Vollkommenheit des Tages schien Philips Traurigkeit nur noch zu unterstreichen. Es war ein Tag, den man gern mit jemandem teilen würde . . .

Philip wandte sich ab und ließ sich unter der Eiche nieder, den Kopf an den alten Stamm gelehnt. Dann nahm er seinen breitkrempigen Hut ab, warf ihn beiseite und versuchte sich zu entspannen. Seine Gedanken waren zerstreut und immer noch chaotisch, sein Geist wie betäubt von Schmerz. Aber vielleicht würde es ihm hier gelingen, ein wenig Erleichterung zu finden.

Hier war sein Lieblingsplatz, schon seit seiner Kindheit. Auch Maddy hatte diesen Aussichtspunkt liebgewonnen. Sie sagte immer, es sei, als gehörte man schon zum Himmel. Bei dieser Erinnerung mußte er lächeln, dann fiel ihm der Morgen wieder ein, da er ihr in der Gemäldegalerie begegnet war, vor einem knappen Jahr.

Sie waren hierher geritten, hatten eine Zeitlang unter diesem dichtbelaubten alten Baum gesessen. Er hatte einige sehr persönliche Dinge erzählt, was ihn damals selbst ein wenig überrascht hatte. Aber es war, als hätte sie nichts dagegen gehabt. Sie hatte ihn nur sehr lange angesehen mit ihren schönen, intelligenten grauen Augen, die so still und unverwandt blickten, aber sie hatte nichts dazu gesagt. Und genau in jenem Augenblick hatte er gewußt, daß er sie heiraten würde.

Madelana war ganz einzigartig gewesen unter den Frauen, die er kannte. Von Anfang an hatte er so ein vertrautes Gefühl zu ihr gehabt. Es war, als hätte er sie schon gekannt, sei von ihr getrennt und dann wieder mit ihr vereint worden. Jetzt begriff er, daß ihm dies so vorgekommen war, weil er sein ganzes Leben lang nach einer Frau wie sie gesucht hatte, weil sie die Frau war, die er sich immer gewünscht hatte. Schließlich hatte er sie gefunden, nur um sie wieder zu verlieren ... nach so kurzer Zeit.

Maddy hatte solch eine innere Anmut besessen. Vielleicht hatte sie deshalb so eine Ausstrahlung gehabt ... sie war ein leuchtendes Geschöpf gewesen. Das Bruchstück eines Gedichts von Rupert Brooke ging ihm durch den Kopf ... *Du warst wie das helle Licht / wenn nach der Nacht der Tag anbricht / ... und, in deinem weichen Kleid, / ungetrübte Zärtlichkeit.* Philip seufzte und schloß die Augen, ließ sich mit seinen zahllosen Gedanken treiben, und langsam kamen die Erinnerungen zurück. Ihm fiel jedes kleine Detail ihrer Liebe wieder ein ... jeder einzelne Augenblick, den er mit ihr verbracht hatte, stand ihm plötzlich kristallklar vor Augen. Er entsann sich der Stunden, der Tage, der Wochen, der Monate. Alles war genau und an seinem Platz, als führte man ihm einen Film vor. Und auf jenem Berg, wohin ihn einst Emma Harte als kleinen Jungen mitgenommen hatte, fand er seine Maddy wieder. Er sah sie, wie sie im ersten Augenblick gewesen war, als er sie in der Galerie entdeckt hatte, ihr Bild war unversehrt. Er roch den Duft ihres Haars, hörte ihr Lachen, ihre fröhliche Stimme, spürte die sanfte Berührung ihrer Hand auf der seinen. Und dann kamen die Tränen. Er weinte um sie und blieb auf dem Berg, bis das Licht des Tages nachließ.

Als er zum Herrenhaus zurückritt, die grünen Hügel Dunoons hinab, das reiterlose Pferd an seiner Seite, spürte er überall Maddys Gegenwart, und er wußte, daß er sie nie wieder verlieren würde. Sie war in seinem Herzen und würde Zeit seines Lebens ein Teil von ihm sein. Shane hatte doch recht gehabt. Ihr Geist lebte in ihm weiter.

Spätabends flog er nach Sydney zurück. Früh am Montagmorgen fuhr er zur Rose Bay hinaus.

Seine Mutter war sehr überrascht, ihn mitten in ihrem Wohnzimmer stehen zu sehen, und man merkte ihr die Verblüffung auch an, als sie ihm eilig entgegenkam, um ihn zu begrüßen.

Kühles Sonnenlicht fiel durch die Fenster ein und beleuchtete unbarmherzig Philips Gesicht. Daisy erschrak innerlich, und das Herz zog sich ihr zusammen. Er sah aus, als hätte er seit Wochen nicht mehr geschlafen. Sein Gesicht war ein Bild des Jammers. Verstört betrachtete sie seine Hagerkeit und die weißen Strähnen in seinem schwarzen Haar. Es kam Daisy vor, als sei er nur noch ein Schatten seiner selbst, hätte all seine Attraktivität verloren, als sei alle Kraft und Energie von ihm abgefallen.

Sie hätte ihren Sohn gern in den Arm genommen und getröstet, aber sie traute sich nicht. Seit Maddys Tod hatte er sie von sich gestoßen und auf Distanz gehalten, und sie hatte seine Wünsche respektiert; es war ihr nichts anderes übriggeblieben, als ihn seinem Schmerz zu überlassen.

Und so erstaunte es sie noch mehr, als er einen Schritt nach vorn tat und die Arme um sie schlang. Er hielt sie ganz fest, so wie er es als kleiner Junge getan hatte, der Trost brauchte, und sie klammerte sich an ihn und liebte ihn von ganzem Herzen. Keiner von ihnen sprach. Die lange Umarmung war genug, Worte erübrigten sich. Und Daisy verstand in ihrem Innern, daß sein Heilungsprozeß angefangen hatte. Sie dankte Gott dafür.

Schließlich gab er sie frei und sagte: «Also weißt du, Mutter, ich dachte, es sei besser, wenn ich mal herkäme und dich sehen würde . . .»

«Darüber bin ich sehr froh, Philip.»

«Mein Verhalten in der letzten Zeit tut mir leid, Ma. Es war unmöglich, ich war schwierig mit dir und auch mit allen anderen. Aber ich konnte einfach nicht anders.»

«Ach Liebling . . . ich verstehe dich doch, wirklich. Du hast so unglaublich gelitten.»

«Ja.» Er zögerte einen Augenblick lang, dann fuhr er langsam fort: «Maddys junges Leben mit einem Mal tragisch abgeschnitten zu sehen, ist eine Katastrophe für mich, und ich dachte wirklich, ich würde über ihren Verlust nie hinwegkommen. Es ist die Hölle gewesen, Ma. Aber gestern nacht, als ich von Dunoon zurückflog, sah ich auch ein, daß in meinem Schmerz viel Selbstmitleid war. Ich trauerte nicht nur um Maddy, sondern auch um mich selbst . . . und um das Leben, das wir nun nie mehr zusammen teilen können.»

«Das ist ganz normal», murmelte Daisy leise, ihre lebhaften blauen Augen voller Verständnis und Mitgefühl.

«Ja, vielleicht.» Er trat von ihr zurück, ging auf die Tür zu und drehte sich dann plötzlich nach ihr um. Es entstand eine kleine Pause, ehe er abrupt sagte: «Ich wollte das Baby holen.»

Daisy schaute ihn schnell an. Ihr wurde leichter zumute. «Fiona ist beim Kindermädchen. Der jungen Engländerin, die Maddy angestellt hat, ehe sie . . .» Daisy unterbrach sich und schaute Philip unsicher an.

«Hab keine Angst, Maddys Tod zu erwähnen, Ma. Ich muß ihn hinnehmen.»

Daisy konnte nur nicken. Sie fürchtete, ihre Stimme würde zittern, deshalb sagte sie nichts.

Sie führte ihn nach oben. «Das ist Mr. Amory. Mein Sohn», sagte Daisy zum Kindermädchen, als sie das Zimmer betraten.

«Ja, ich weiß, Mrs. Rickards. Wir haben uns schon einmal gesehen, als ich mich bei Mrs. Amory um diese Stelle bewarb.»

Philip schüttelte der jungen Frau die Hand und murmelte eine Begrüßung, dann ging er zur Wiege in einer Ecke des Schlafzimmers hinüber, das als Kinderzimmer diente.

Stumm schaute er auf das Baby hinab.

Er hatte sie seit dem Tage ihrer Geburt nicht mehr gesehen. Jetzt war sie schon einen Monat alt. Nach ein paar Sekunden beugte er sich hinab, griff in die Wiege und nahm sie etwas zögernd auf, sah besorgt aus, als könne sie in zwei Hälften zerbrechen.

Er hielt sie ein bißchen von sich ab und schaute in ihr kleines Gesicht. Zwei ernste graue Augen erwiderten standhaft seinen Blick. Maddys Augen, dachte er und hatte einen Kloß in der Kehle. Dann drückte er das Baby an seine Brust, dicht an sein Herz, und hielt sie fest in den Armen, eine Hand beschützend auf ihren Kopf gelegt. Dies war Maddys Kind. Sein Kind. Mit einem Mal überkam ihn eine heftige Liebe zu seinem Baby.

Langsam schritt er durchs Zimmer, Fiona immer noch in den Armen. An der Tür hielt er inne und drehte sich um.

«Ich nehme meine Tochter mit nach Hause», sagte er und warf Daisy einen Blick zu. «Schau nicht so besorgt drein, Ma. Es ist schon gut. Mir geht es gut.» Dann stahl sich ein kleines Lächeln in seine Mundwinkel. «Und *uns* wird es auch gutgehen. Wir haben ja einander.»

40

«*Ich habe versucht, dich zu erreichen, damit du nicht herkommst,* Emily», sagte Paula, als ihre Cousine eilig ins Arbeitszimmer des Hauses am Belgrave Square trat. «Aber es war zu spät. Deine Haushälterin sagte, du seiest gerade weggegangen.»

Emily blieb mitten auf dem antiken Aubussonteppich stehen. Sie kniff die Augen zusammen und schaute Paula an, die in einem großen Fleck Septembersonne auf dem Sofa saß. «Warum willst du denn nicht, daß ich dich nach Heathrow begleite?»

Paula schüttelte bedauernd den Kopf. «Ich habe eben mit Shane telefoniert. Er möchte nicht, daß ich nach Sydney komme. Also hab ich meinen Flug abgesagt.»

Emily war sehr überrascht. «Aber warum das denn? Du hast doch gestern noch gesagt, er sei sehr dafür gewesen, als du es ihm vorschlugst, und er hätte dich direkt gedrängt zu kommen.»

«Das hat er auch, und *ich* finde immer noch, daß ich ihm in so einer Situation zur Seite stehen sollte, aber jetzt sagt er, er könne alles allein schaffen, und beharrt darauf, daß er über den Schock des Brandes hinweg ist. Außerdem meint er, ich solle bei den Kindern bleiben. Du weißt ja, daß er diesen Tick hat, einer von uns müsse um ihretwillen unbedingt zu Hause bleiben.»

«Winston findet das ebenfalls. Aber wir doch auch», erinnerte Emily sie. Sie schaute Paula eindringlich an. «Vergiß nicht, daß Grandy uns beigebracht hat, verantwortungsbewußte Eltern zu sein. Sie hat immer gesagt, daß wir, wenn wir erst Kinder hätten, diesen vor allem den Vorrang geben müßten, daß ihre Bedürfnisse zuerst kommen müßten. Da war sie ganz kompromißlos – wohl, weil sie ihre eigenen so oft vernachlässigt hat.»

«Emily! Wie kannst du sowas sagen!»

«Aber es ist wahr. Grandy hat das selbst zugegeben. Sie hatte soviel Energie darauf verwendet, ihr Imperium aufzubauen, daß ihre Kinder erst an zweiter Stelle kamen. Mit Ausnahme deiner Mutter. Tante Daisy hat Glück gehabt. Weil Gran, als sie zur Welt kam, es wohl schon geschafft hatte.»

Paula konnte nicht anders als lachen. «Ja, ja, du hast wie immer recht, Emily.» Sie stieß einen langen Seufzer aus. «Wenn ich auch wirklich sehr gern bei Shane wäre, muß ich doch leider seine Entscheidung akzeptieren.» Ein trauriges kleines Lächeln spielte um ihren Mund. «Aber ich wünschte doch, daß ich den Anruf heute morgen verpaßt hätte. Verstehst du, ich glaube, daß er mich braucht, ganz egal, was er sagt, und wenn auch nur zur moralischen Unterstützung.»

«Ja, dann *fahr* doch einfach», schlug Emily vor.

«Also weißt du, Klößchen, das solltest du doch besser wissen!» Paula lachte hohl. «Shane wäre wütend auf mich – du weißt selbst, wie herrschsüchtig und diktatorisch er sein kann –, und dann wäre die Reise ganz umsonst.»

«Ja, dann ist es wohl besser, du respektierst seinen Entschluß», pflichtete Emily ihr bei, die wußte, wie schwierig Shane manchmal sein konnte. Sie nahm auf dem Stuhl gegenüber von Paula Platz und schaute zum Frühstückstablett hinüber, das zwischen ihnen auf dem antiken King George-Kaffeetisch stand und für zwei gedeckt war. «Es ist sehr nett von dir, auch für mich eine Tasse hinzustellen», sagte sie und lächelte ihrer Cousine zu. Während sie die Teekanne ergriff und ihnen einschenkte, betrachtete sie versonnen den Korb mit feinem französischen Frühstücksgebäck. «Du möchtest diese Brioche nicht haben, oder?»

«Nein, mir ist, als hätte ich in der letzten Woche zugenommen. Aber du solltest sie auch nicht essen», warnte Paula sie.

«Das weiß ich», sagte Emily und griff prompt danach. Sie kaute nachdenklich. Nach einem Schluck Tee lehnte sie sich zurück und sagte langsam: «Weißt du was, Paula, vielleicht sollte Winston nach Sydney fliegen. Zumindest könnte er Shane Gesellschaft leisten, und bestimmt könnte er sich auch sonst in mancher Hinsicht nützlich machen. Am Nachmittag verläßt er Toronto und wird heute abend in New York sein. Statt nach Rochester zu gehen und sich diese Druckerei anzusehen, könnte er nach L. A. fliegen. Von da aus nach Sydney weiter und diesen Nachtflug nehmen, von dem du immer schwärmst. Ich werde ihn gleich anrufen.»

«In Kanada ist es jetzt vier Uhr morgens!»

«Und wenn schon. Es ist ein Notfall.»

«Nein, das stimmt nicht, Emily. Nicht mehr. Außerdem finde ich nicht, daß Winston hinfahren sollte. Shane wird es schon schaffen, er ist sehr stark. Der Brand hat ihn nur ziemlich mitgenommen. Wem wäre das anders ergangen? Er war entsetzt darüber, daß so viele Leute verletzt und getötet worden sind. Das hat er bei jedem Anruf wieder gesagt, und du weißt, daß er fast dauernd mit mir telefoniert hat, seit es passiert ist. Ich glaube, er hatte einige Tage lang richtige Depressionen – zumindest nach dem, was Mummy mir erzählt hat. Aber er hat das jetzt überwunden, ich höre es an seiner Stimme. Wie gesagt, ich würde gern fliegen und bei ihm sein, aber ich muß mich wohl nach dem richten, was *er* für das Beste hält.»

«Ja», sagte Emily langsam, dann setzte sie hinzu: «Natürlich ist er stark – da hast du recht. Wenn irgend jemand damit fertigwerden kann, dann ist er es.»

«Das weiß ich, Klößchen. Und er ist ja auch nicht allein. Meine Mutter und Jason sind bei ihm, und natürlich auch Philip.»

«Geht es Philip etwas besser?» fragte Emily.

«Ja, Gott sei Dank. Shane hat mir erzählt, daß Philip gestern zu meiner Mutter gegangen ist und endlich das Baby abgeholt hat.»

«Wie schön! Ich habe mir schon Sorgen gemacht, muß ich ehrlich sagen. Ich hatte fast befürchtet, daß Tante Daisy und Jason Fiona aufziehen müßten. Stell dir das vor, in ihrem Alter!»

Paula mußte über diese Bemerkung ein wenig schmunzeln. «Shane glaubt, daß die Brandkatastrophe und ihre Folgen Philip aus seiner Erstarrung gelöst und ihn wieder in die Wirklichkeit zurückgeholt haben.»

«Da hat er sicher recht. Shane versteht viel von Menschen und weiß, was in ihnen vorgeht.» Traurig schüttelte sie den Kopf. «Die arme Maddy . . . sterben zu müssen, so plötzlich. Damit konnte ich erst gar nicht fertigwerden.»

«Ich weiß, was du meinst.» Paula verstummte und mußte ebenfalls an Maddy denken. Ein dumpfer Schmerz war in ihr, wenn sie an ihre Schwägerin dachte. Sie vermißte sie sehr, und ihre Trauer um sie war noch lange nicht abgeklungen. Manchmal traten ihr Tränen in die Augen, sogar bei der Arbeit, und dann mußte sie sich entschuldigen, wenn sie mit anderen Menschen zusammen war, und eilig hinausgehen, um allein zu sein. Maddy war eine ganz ungewöhnliche Frau gewesen und hatte ihnen allen viel bedeutet.

Paula lehnte sich in die Kissen zurück und sah in die Ferne. Ihr Gesicht war geistesabwesend.

Emily beobachtete sie, sagte aber nichts. Sie wollte sie in diesem Augenblick nicht stören. Sie wußte, daß Paula an Madelana dachte, deren Tod sie so mitgenommen und bestürzt hatte.

Unvermittelt murmelte Paula mit düsterer Stimme: «Langsam glaube ich, daß ein Fluch auf unserer Familie liegt.»

Von ihrem ernsten Ton aufgeschreckt, richtete Emily sich gerade auf und starrte sie verblüfft an. «Paula! Wie abergläubisch von dir! Du klingst ja ganz keltisch . . . etwas von Shanes irischer Art muß auf dich abgefärbt haben!»

«Na, denke bloß an letztes Jahr, Emily. Diese alte Betrugsaffäre in Irland lebte wieder auf und führte letztendlich zum Tod des Gutsverwalters. Es hat Anthony und Sally sehr zugesetzt, die Mins Tod noch einmal durchleben mußten. Und Anthony fühlt sich seitdem für Michael Lamonts Schlaganfall verantwortlich.»

«Es ist doch besser, daß Michael Lamont bei einem Schlaganfall umgekippt ist, als wenn er noch wegen Mordes vor Gericht gekommen wäre.»

«Herrgott nochmal, Emily! Manchmal verschlägt es mir den Atem, was du so von dir gibst!»

«Aber es stimmt doch, ich bin eben kein Heuchler!»

«Das weiß ich, aber du bist so *unverblümt*.»

«Wie Gran.»

«Ja, wie Gran», gab Paula zu. Eine kurze Pause entstand, danach fuhr sie leise fort: «Dann Sandys tödliche Krankheit, sein Jagdunfall, gefolgt von Maddys Gehirnblutung und Tod, und letzte Woche ging schließlich das Sydney-O'Neill in Rauch auf. Da muß man doch glauben, es läge ein Fluch auf der Familie. Und sieh dir die schrecklichen Dinge an, die Grandy ihr ganzes Leben lang zustießen. Und was ist mit der Lawine, die Daddy, Jim und Maggie tötete? Und mein kleiner Patrick, der behindert zur Welt kam.» Paula schaute Emily eindringlich an. «Es ist geradeso, als würden wir für irgend etwas bestraft.»

Emily, die Paula in diesen düsteren Gedanken nicht noch bestärken wollte, rief wegwerfend: «Ach Unsinn! Ich glaube das nicht. Wir sind eine große, weitverstreute Familie – wie die Kennedys. Menschen stößt im Laufe ihres Lebens alles Mögliche an Schrecklichem zu, aber wenn es viele Leute sind, so wie bei uns, kommen einem die Katastrophen zahlreicher vor als in einer kleinen Familie. Und trotz allem glaube *ich*, daß wir eine Menge Glück gehabt haben – in vieler Hinsicht.»

«Zugegeben, wir sind alle unglaublich erfolgreich und vermögend, aber wir haben mehr als unseren Teil an Tragödien abbekommen.»

«Wir werden wohl auch noch ein paar mehr erleben.»

«Meine Güte, Emily, das ist ja ein herrlicher Trost.»

«Tut mir leid, Liebes, so habe ich das nicht gemeint, und ich wollte die schrecklichen Ereignisse, die in Australien passiert sind, auch nicht leichtfertig abtun. Aber mit Aberglauben habe ich nichts im Sinn, und ich muß mich sehr über dich wundern. Ein Fluch über der Familie!» Emily grinste und schüttelte den Kopf, als amüsierte sie sich königlich. «Ich will dir was sagen – wenn unsere Gran noch am Leben wäre, würde sie darüber herzhaft lachen.»

«Wie meinst du das?»

«Sie würde das auch abtun. Sie hat oft gesagt, daß wir unser Leben selbst bestimmen, inmitten dessen leben, was wir selbst erschaffen, und letztendlich für alles selbst verantwortlich sind, was uns zustößt.»

«Daran kann ich mich gar nicht erinnern.» Stirnrunzelnd schaute Paula Emily an. Ihr Blick war verwundert. «Bist du sicher, daß es Grandy gewesen ist, die das gesagt hat?»

«Ganz sicher.»

Paula nickte und wechselte dann das Thema.

Später am Abend sollte sie sich an diese Worte erinnern, und als sie einsah, daß daran viel Wahres war, stieg in ihr eine wachsende Angst auf.

Den Rest des Morgens und den größten Teil des Nachmittags verbrachte Paula in den verschiedenen Verkaufsabteilungen des Kaufhauses in Knightsbridge.

Als sie kurz nach halb vier in ihr Büro zurückging, klingelte ihr privates Telefon. Sie eilte zum Schreibtisch, beugte sich hinüber und riß den Hörer in der Erwartung hoch, daß es vielleicht Shane wäre. Sydney hatte gegenüber London einen Zeitvorsprung von zehn Stunden, und er rief sie oft vor dem Schlafengehen an.

Deshalb klang ihre Stimme unbeschwert und fröhlich, als sie sich mit ihrem Namen meldete, den Hörer ans Ohr preßte und flink um den Schreibtisch herumging.

«Hier ist Charles Rossiter, Paula.»

«Hallo, Charles! Wie geht es Ihnen?» Sie war enttäuscht, klang aber weiterhin fröhlich.

«Äh . . . gut, danke.»

«Sie haben also meine Nachricht erhalten?»

«Nachricht?» Er klang abwesend und etwas ungeduldig.

«Ich habe Sie heute morgen angerufen, um Ihnen mitzuteilen, daß ich nicht nach Sydney fliege. So können wir nun doch am Freitag gemeinsam zu Mittag essen, wie wir es ursprünglich vorhatten.»

«Ach so, ja, natürlich habe ich sie erhalten . . .»

Eine kurze Pause entstand, der Bankier schien zu zögern, schließlich sagte Paula: «Deshalb rufen Sie doch an, nicht wahr? Um unsere Verabredung zu bestätigen?»

«Nein, eigentlich nicht.»

Sie fand, seine Stimme klinge seltsam. «Ist irgend etwas nicht in Ordnung, Charles?»

«Ja, leider.»

«Aber ich dachte, diese neuen Dokumente seien in Ordnung, und . . .»

«Es hat nichts mit Ihren üblichen Bankgeschäften mit uns zu tun, Paula», unterbrach Charles sie. «Etwas sehr Dringendes ist vorgefallen. Ich glaube, Sie müssen heute nachmittag zu einer Sitzung in die Bank kommen. So gegen fünf, würde ich vorschlagen.»

«Aber warum, Charles? Was ist passiert? Sie klingen sehr geheimnisvoll.»

«Vorhin habe ich einen Anruf von Sir Logan Curtis erhalten. Sie haben bestimmt schon von ihm gehört, von der Kanzlei Blair, Curtis, Somerset und Lomax.»

«Ja, natürlich. Sie sind eine renommierte Sozietät, Sir Logan ist einer der brillantesten Juristen des Landes.»

«Genau. Und Sir Logan möchte heute noch eine Sitzung einberufen. Hier in der Bank mit mir. Er möchte, daß Sie dabei sind.»

«Warum denn?» fragte sie überrascht.

«Er vertritt Ihren Cousin Jonathan Ainsley. Dieser ist gerade in London zu Besuch und kommt aus Hongkong, wo er offenbar die letzten zehn, zwölf Jahre gelebt hat. Laut Sir Logan wünscht Ainsley dieses Zusammentreffen mit uns. Um eine geschäftliche Angelegenheit mit Ihnen zu besprechen.»

Paula war so überrascht, daß sie fast den Hörer fallen gelassen hätte. Einen Augenblick lang hatte es ihr die Sprache verschlagen, dann rief sie: «Ich habe keinerlei geschäftliche Verbindungen zu Jonathan Ainsley! Was Sie auch wissen, Charles. Sie sind schon seit Jahren mein Bankier. Mein Cousin erhält natürlich Dividenden aus der Harte-Unternehmensgruppe, aber das ist sein einziger Berührungspunkt mit der Familie. Und mit all unseren geschäftlichen Angelegenheiten.»

«Nicht, wenn man Sir Logan Glauben schenken darf.»

«Aber Sie wissen es doch!» rief sie, wobei ihre Stimme schrill wurde. «Sir Logan ist falsch informiert worden.»

«Das scheint mir nicht so.»

«Charles, was um aller Welt wollen Sie damit sagen?» Bestürzt nahm sie auf ihrem Stuhl Platz.

«Entschuldigen Sie, Paula, ich möchte das am Telefon nicht weiter ausführen. Ganz abgesehen davon, daß diese Angelegenheit vertraulich ist, habe ich mich gerade aus unserer jährlichen Vorstandssitzung entfernt, um Sie anzurufen, nachdem ich beschlossen habe, Sir Logans Wunsch nach einem Zusammentreffen zu entsprechen. Ich habe es sehr eilig und muß gleich wieder in den Konferenzsaal zurück. Aber ich kann Ihnen versichern, daß Ihre Anwesenheit heute nachmittag *unbedingt erforderlich* ist.»

«Das verstehe ich nicht.»

«Was auch immer Jonathan Ainsleys Geschäfte mit Ihnen sein mögen, offenbar könnten sie diese Bank, die anderen Banken, mit denen Sie in der Stadt arbeiten, sowie die Harte-Kaufhäuser in Mitleidenschaft ziehen.»

«Nun verstehe ich gar nichts mehr! Das müssen Sie mir genauer erklären!»

«Das kann ich leider nicht, Paula», rief Charles und bemühte sich um Beherrschung. «Ich weiche Ihnen nicht aus. Bitte glauben Sie mir. Sir Logan hat mir die Sache nur grob umrissen. Auch er wollte am Telefon keine lange Unterhaltung über vertrauliche Geschäftsangelegenheiten führen. Trotzdem hat er betont, wie wichtig die Angelegenheit für uns alle ist. Deshalb habe ich der Sitzung zugestimmt. Es klingt sehr ernst. Und ich halte Ihre Anwesenheit für äußerst wichtig.»

«Ich werde dasein, Charles. Um Punkt fünf.»

«Gut. Und noch etwas . . . ich muß Sie warnen, Paula. Jonathan Ainsley wird heute nachmittag ebenfalls anwesend sein.»

«Verstehe», sagte sie finster.

Nachdem sie sich verabschiedet und aufgelegt hatte, lehnte Paula sich zurück und preßte die Finger gegen ihre Augen. Sie war so betäubt, daß sie einige Minuten brauchte, ihre zerstreuten Gedanken zu bündeln und wieder vernünftig nachdenken zu können.

Sie richtete ihre Aufmerksamkeit auf ihren Cousin. *Jonathan Ainsley*, dachte sie. *Warum ist er zurückgekommen? Was will er?* Sie wußte keine Antwort. Aber sie erinnerte sich an die Drohung, die er vor Jahren ausgesprochen hatte, und das Blut gefror in ihren Adern.

41

Es war genau fünf Minuten vor fünf, als Paula die Rossiter Merchant Bank in der Innenstadt betrat.

An der Rezeption wartete Charles Rossiters Sekretärin bereits auf sie und geleitete sie sogleich in Charles' Büro.

Der Präsident der Bank, ein alter Freund der Familie, eilte ihr entgegen und küßte sie auf die Wange.

«Sind sie schon da?» fragte Paula, als sie sich besorgt betrachteten.

«Ja, seit einer knappen Viertelstunde. Sie erwarten uns im Konferenzraum.»

«Wissen Sie inzwischen mehr über diese Sache, Charles?»

«Ein bißchen. Sir Logan hat es kurz mit mir besprochen.»

«Jonathan Ainsley besitzt Harte-Aktien, nicht wahr?»

Charles nickte.

«Er hat einige oder alle von meinen zehn Prozent aufgekauft, die ich kürzlich auf den Markt gebracht habe, nicht wahr?»

«Ja. *Alle.*»

«Das habe ich mir gedacht. Auf dem Weg hierher hab ich's mir zusammengereimt», murmelte Paula und warf dem Bankier ein trübes, zaghaftes Lächeln zu.

«Er möchte einen Sitz im Verwaltungsrat von Harte's haben.»

«Das kann er gar nicht verlangen. Zehn Prozent Anteile geben ihm nicht das Recht dazu, sowas zu verlangen! Er soll sich zum Teufel scheren!»

«Er fordert es aber, Paula. Und ich schätze, er hat es darauf abgesehen, Ihnen Schwierigkeiten zu machen.»

«Ja, natürlich, Charles. Sonst hätte er wohl nicht den ganzen Weg von Hongkong bis hierher auf sich genommen. Also wollen wir hineingehen? Es hinter uns bringen?»

«Ja, das sollten wir», stimmte Charles ihr zu und geleitete sie durchs Zimmer. Er öffnete eine Seitentür, die direkt in den mit Eichenholz getäfelten Konferenzsaal der Bank führte.

Sir Logan Curtis, klein, grauhaarig und jünger aussehend, als sie erwartet hatte, trat vor, als sie hereinkamen.

«Mrs. O'Neill, ich bin Logan Curtis», verkündete er, ehe Charles eine Gelegenheit hatte, sie miteinander bekannt zu machen. Lächelnd reichte er ihr die Hand.

Paula ergriff sie. «Guten Tag», sagte sie kühl. Aus den Augenwinkeln konnte sie Jonathan am Konferenztisch sitzen sehen. Er stand nicht auf und grüßte sie auch nicht, sie ignorierte ihn ebenfalls.

«Ihr Cousin wünscht Sie unter vier Augen zu sprechen, Mrs. O'Neill», sagte Sir Logan. «Wir werden uns jetzt zurückziehen und Sie allein lassen.» Er warf Charles Rossiter einen bedeutungsvollen Blick zu und ging in Richtung Tür.

Der Bankier, der es nicht besonders schätzte, aus seinem eigenen Konferenzsaal gewiesen zu werden, kochte förmlich. Er wandte sich Paula zu: «Ist Ihnen das recht?» fragte er und schaute sie besorgt an.

«Ja, natürlich, Charles», erwiderte sie gelassen.

Charles Rossiter konnte nicht umhin, ihre Beherrschung und außergewöhnliche Haltung unter diesen Umständen zu bewundern. Trotzdem glaubte er, noch hinzusetzen zu müssen: «Ich bin nebenan in meinem Büro, wenn Sie mich brauchen sollten, Paula.»

«Danke, Charles, das ist sehr aufmerksam von Ihnen.» Sie lächelte ihm zu, als er hinausging und die Tür leise hinter sich zumachte.

Allein mit ihrem Cousin, drehte sie sich langsam um und ging auf den Konferenztisch zu.

Jonathan ließ ihr Gesicht nicht aus den Augen. Er war in Hochstimmung und wußte, daß er die Oberhand hatte. Er genoß es, mit ihr Katz und Maus spielen zu können. Er hatte lange darauf gewartet, sich an Paula O'Neill rächen zu können, und nun war schließlich seine Stunde gekommen. Vorhin hatte er beschlossen, nicht aufzustehen oder sie zu bitten, doch Platz zu nehmen. Er würde diesem kalten, berechnenden Weibsstück keinen Tribut zollen, dieser Reinkarnation seiner diabolischen Großmutter Emma Harte.

Paula blieb einen knappen Meter vor dem Tisch stehen. Sie erwiderte seinen Blick, ohne mit der Wimper zu zucken. Ihre blauen Augen waren kalt und stählern.

Jonathan sprach als erster. Gelassen sagte er: «Es ist lange her, daß wir uns an einem Konferenztisch gegenübergesessen haben. Es war, glaube ich, vor zwölf Jahren, als der ehrwürdige Alexander mir die Kündigung überreichte und du mich aus der Familie hinauswarfst.»

«Ich bin sicher, daß diese Zusammenkunft nicht anberaumt worden ist, damit du und ich in alten Erinnerungen schwelgen können», sagte Paula scharf. «Also laß uns zur Sache kommen.»

«Die Sache ist die, daß ich . . .»

«Ich weiß, du besitzt Harte-Aktien», schnitt sie ihm brüsk das Wort ab. «Zehn Prozent. Ich weiß auch, daß du meinst, du seist zu einem Sitz im Verwaltungsrat berechtigt. Die Antwort lautet *nein*, das bist du nicht. Und nun, da du meine Antwort gehört hast, werde ich gehen.»

Paula machte kehrt und ging zur Tür zurück. Ihre Intelligenz und Intuition sagten ihr, daß er noch mehr in petto hatte, und so war sie weder überrascht noch bestürzt, als er sagte: «Ich bin noch nicht fertig, Paula. Ich habe dir noch etwas zu sagen.»

Sie hielt inne und drehte sich nach ihm um. «Und was?»

«Im Laufe der vielen Jahre habe ich durch verschiedene Mittelsmänner Harte-Aktien aufgekauft. Im ganzen habe ich jetzt sechsundzwanzig Prozent.»

Obwohl sie seine Worte überraschten, gelang es Paula, dies zu verbergen. Sie schaute ungerührt drein, Blick geradeaus, und beschloß, noch nichts dazu zu sagen. Sie beobachtete ihn aufmerksam. Instinktiv hatte sie eine Maske aufgesetzt.

«Darüber hinaus habe ich auch das Stimmrecht für weitere zwanzig Prozent . . .» Er machte eine dramatische Pause, und ein selbstzufriedenes Lächeln legte sich langsam über sein

Gesicht. «Stell dir vor, Paula, sechsundvierzig Prozent in meinen Händen! Und du hast nur noch einundvierzig.» Er lachte triumphierend. «Ich habe die Kontrolle über mehr Anteile an den Harte-Kaufhäusern als du!» Seine verschlagenen Augen glitzerten höhnisch. «Wie unklug von dir, dich in eine solch angreifbare Position zu manövrieren . . . nur um die Larson-Kette in den Staaten zu kaufen.»

Der Schock war so groß, daß Paula dachte, die Beine gäben unter ihr nach. Aber es gelang ihr, aufrecht und still stehen zu bleiben, trotz des Zitterns, das durch ihren Körper lief. Sie wagte es nicht, eine Reaktion zu zeigen.

Leise und gefaßt sagte sie: «Und über wessen zwanzig Prozent verfügst du?»

«Über die Anteile, die James und Cynthia Weston von ihrem Großvater, dem verstorbenen Samuel Weston, hinterlassen worden sind.»

«Sie sind minderjährig. Ihre Anteile sind in der Hand ihrer Anwälte, der Erbschaftsverwalter des Vermögens ihres Großvaters. Und Jackson, Coombe und Barbour stimmen aus Tradition immer mit mir, wie Sam Weston es tat, als Emma Harte noch lebte.»

«Loyalitäten können sich ändern, Paula.»

«Ich kann es kaum glauben, daß Jackson, Coombe und Barbour sich mit dir eingelassen haben sollen.»

«Glaube mir . . . es ist wahr.»

«Du bluffst doch nur.»

«Kein bißchen.» Er stand auf und schritt durchs Zimmer. Auf dem halben Weg zur Tür blieb er stehen und drehte sich um: «Ich brauche nur noch ein, zwei Wochen, um die fünf Prozent zu bekommen, die mir zur Aktienmehrheit bei Harte's noch fehlen. Du kannst schon anfangen, deine Sachen zu packen und dein Büro zu räumen. Ich werde demnächst dort einziehen.» Er warf ihr einen kalten, durchdringenden Blick zu, in dem sein bitterer Haß auf sie sichtbar wurde. «Du kannst abdanken. Ich werde ein Übernahmeangebot für Harte's machen. Und du kannst mir glauben, ich werde es schaffen. Diesmal werde ich der Sieger sein. Und du die Verliererin, Paula O'Neill!»

Sie ließ sich zu keiner Antwort herab.

Er schlug die Tür hinter sich zu, als er den Konferenzsaal verließ.

Paula sank auf den nächsten Stuhl.

Ihr ganzer Körper zitterte, und sie hielt sich an der Handtasche auf ihrem Schoß fest, um ihre Hände ruhigzuhalten. Ihr war, als hätte alle Kraft sie verlassen.

Jetzt trat Charles Rossiter ein. Er eilte schnell auf sie zu, sein Gesicht ebenso blaß wie das ihre, der Ausdruck ernst, Besorgnis im Blick.

«Ich wußte, daß Ärger auf uns zukommen würde, als ich heute nachmittag diesen Anruf bekam», rief er. «Aber ich ahnte nicht, daß es so schlimm sein würde. Sir Logan Curtis hat mich soeben detailliert über die Absichten Ainsleys in Kenntnis gesetzt. Ich bin sprachlos.»

Paula nickte, einen Augenblick lang konnte sie nicht sprechen. Sie hatte die Fassung verloren.

Charles warf ihr einen Blick zu. «Ich werde Ihnen einen Brandy holen. Sie sehen schrecklich aus.»

«Danke, aber keinen Brandy, Charles. Den mag ich nicht. Haben Sie Wodka?»

«Ja, ich werde Ihnen einen holen. Ich brauche auch einen Drink.»

Kurz darauf war er mit einer Flasche und zwei Gläsern aus der Bar in seinem Büro zurück. Er schenkte ihnen ein und reichte ihr ein Glas: «Stürzen Sie es einfach herunter. Das hilft.»

Sie tat, wie er ihr gesagt hatte, und fühlte den Alkohol in der Kehle brennen, dann ein Wärmegefühl. Einen Augenblick später sagte sie langsam und erstaunt: «Ich kann es kaum glauben, daß eine seriöse, traditionsbewußte Sozietät wie Jackson, Coombe und Barbour so etwas getan hat. Mit Jonathan gemeinsame Sache gemacht hat. Kann es sein, daß er blufft, Charles?»

«Das bezweifle ich. Und warum sollte er auch? Daß er Sir Logan Curtis zur Seite hatte, war ein Manöver seinerseits, Ihnen – mir – zu zeigen, daß er absolut einwandfrei und korrekt vorgeht und sein Vorhaben vollkommen rechtmäßig ist. Sir Logan erzählte mir, daß Ainsley reich, selbst ein Magnat und Besitzer einer großen Firma, Janus and Janus Holdings, in Hongkong sei. Er und seine Frau sind schon seit einigen Wochen im Claridge's abgestiegen. Nein, Paula, es ist bestimmt kein Bluff.»

Sie rief gereizt: «Aber warum sollte Arthur Jackson sich gegen mich stellen? Sich einverstanden erklären, mit den Anteilen, die er besitzt, für Jonathan zu stimmen?»

«Meiner Meinung nach ist es keine Frage, daß Ainsley Jackson einen großartigen Anreiz, irgend etwas sehr Vorteilhaftes für diese Kinder angeboten haben muß, wenn er für ihn stimmt. Ainsley muß mit der Sozietät irgendeine Vereinbarung getroffen haben, Paula. Er wäre heute nicht hierher gekommen, wenn er nicht alle Karten in der Hand hätte.»

Sie nickte bedrückt und wußte, daß er recht hatte.

«Er möchte natürlich Ihr Ansehen als Geschäftsführerin von Harte's bei unserer Bank schädigen, unser Vertrauen zu Ihnen erschüttern. Deshalb wollte er diese Sitzung hier abhalten. Ein schlauer Teufel ist er, nicht wahr? Aber ich will Ihnen gleich sagen . . . *ich* stehe hinter Ihnen, Paula. Diese Bank steht hinter Ihnen. So wie wir immer hinter Ihrer Großmutter gestanden haben.»

«Danke, Charles.» Finster schaute sie ihn an. «Ich sitze wirklich in der Patsche.»

«Ja, das stimmt.» Er hielt nachdenklich inne und fügte dann hinzu: «Das bloße *Gerücht* eines Übernahmeangebots für Harte's könnte schon eine Katastrophe für Sie sein.»

«Ich weiß.» Unvermittelt sprang sie auf.

Charles war betroffen. «Wohin wollen Sie?»

«Ich muß an die frische Luft. Ich gehe zurück zum Kaufhaus.»

«Aber Sie wollen doch bestimmt noch eingehender mit mir sprechen, irgendeine Strategie entwickeln, Paula.»

«Ich würde das lieber morgen machen, Charles, wenn es Ihnen recht ist. Ich habe jetzt einfach das Bedürfnis, allein zu sein. Entschuldigen Sie mich bitte.»

Sie saß am Schreibtisch in ihrem Büro bei Harte's in Knightsbridge, dem berühmtesten Kaufhaus der Welt, ihrem Stammsitz, ihrer Zitadelle.

Sie konnte sich weder rühren noch nachdenken, noch sich auf irgend etwas anderes konzentrieren als auf die schrecklichen Probleme, die ihr bevorstanden. Ihr war zumute, als hätte man sie niedergeknüppelt. Ihre Sinne taumelten noch, und von Zeit zu Zeit überkam sie eine Woge von Panik, die keinen klaren Gedanken zuließ.

Zum erstenmal in ihrem Leben hatte Paula O'Neill Angst.

Sie hatte Angst vor Jonathan Ainsley, vor der Macht, die er so plötzlich, so unerwartet über sie besaß. Sein Schreckgespenst hing über ihr wie eine große schwarze Wolke. Wenn sie Gefühle wie Hilf- und Machtlosigkeit auch haßte, wußte sie doch, daß sie sich ihrer nicht so schnell würde entledigen können.

Er hat mich in die Enge getrieben, dachte sie und bemühte sich, die Übelkeit zu überwinden, die in ihr aufstieg und sich im Laufe der letzten Stunde immer wieder bemerkbar gemacht hatte. *Er wird mich zur Strecke bringen, wie er es schon vor so vielen Jahren angedroht hat. Und ich bin selbst schuld daran.*

Die Übelkeit verstärkte sich, und sie lief nach nebenan ins Bad. Dort beugte sie sich über das Waschbecken und würgte, bis sie meinte, nichts mehr in sich zu haben. Als sie sich schließlich aufrichtete und im Spiegel betrachtete, sah sie, daß ihr Gesicht kalkfarben war, die Augen rot und wäßrig, die Wangen von zerlaufenem Maskara bedeckt. Nachdem sie sich mit einem feuchten Kosmetiktuch gereinigt hatte, füllte sie ein Glas mit kaltem Wasser und trank es dankbar aus. Mir ist vom Wodka übel geworden, sagte sie sich, obwohl sie wußte, daß das nicht stimmte. Nervosität, Angst und Panik waren es, die ihren Körper peinigten.

Sie ging in ihr Büro zurück und schritt eilig auf den Schreibtisch zu, als sie plötzlich stehenblieb. Ihr Blick blieb am Porträt ihrer Großmutter hängen, das sich über dem Kamin befand und von einer Leuchte oben am Rahmen angestrahlt wurde. Von der Schreibtischlampe abgesehen, war dies die einzige Lichtquelle im dunkel werdenden Raum.

Das Bild stach deutlich hervor. Sie ging dichter heran und sah zum geliebten Gesicht von Emma Harte empor, das so lebensnah in Öl eingefangen war.

O Grandy, was habe ich bloß getan? Wie konnte ich so dumm sein! Ich habe alles gefährdet, was du aufgebaut hast, habe mich selbst gefährdet. Einst batest du mich darum, deinen Traum zu bewahren, und jetzt habe ich genau das Gegenteil gemacht. Ich wollte nach den Sternen greifen. Ich habe dich enttäuscht. O Gran, was soll ich bloß machen? Wie kann ich meinen Vorsprung zurückgewinnen und verhindern, daß die Kaufhäuser in falsche Hände geraten?

Das schöne Gesicht auf dem Porträt erwiderte ihren Blick. Das Lächeln war freundlich, aber die grünen Augen achtsam und scharf.

Wäre sie doch noch am Leben, dachte Paula, die plötzlich einen Kloß in der Kehle hatte. Ihr traten die Tränen in die Augen. Sie fühlte sich so allein.

Dann trocknete sie ihr Gesicht mit einem Taschentuch und setzte sich aufs Sofa, betrachtete weiterhin das Gesicht ihrer Großmutter. Gereizt knüllte sie das Tuch in der Hand und fragte sich verzweifelt, wie die brillante Emma Harte sich wohl aus so einer schreckliche Klemme wie dieser befreit hätte.

Aber ihr fiel keine Lösung ein, sie wußte keine Rettung, und in ihrer Bedrängnis zerriß sie das Spitzentaschentuch in kleine Stücke. Sie war ausgepumpt und vor Angst wie gelähmt. Paula lehnte sich zurück, schloß die Augen und versuchte sich wieder zu fangen, hoffte, etwas Ordnung in ihre wirren, bedrückenden Gedanken bringen zu können.

Beim Stundenschlag der Uhr richtete sie sich abrupt auf. Sie schaute zum Kaminsims hinüber. Zu ihrer Überraschung war es schon neun Uhr. Wo war die Zeit geblieben? Hatte sie geschlafen? Sie begriff, daß sie über eine Stunde lang auf dem Sofa gesessen hatte.

Sie erhob sich, ging zum Schreibtisch hinüber, nahm den Hörer ab und legte gleich wieder auf. Es hatte keinen Sinn, Shane anzurufen. Er kämpfte schon mit genügend eigenen Problemen. Ihre Nachricht würde ihn nur aufregen. Es war viel besser, damit bis morgen oder übermorgen zu warten, wenn sie sich irgendeine Strategie zurechtgelegt hatte. Das war ganz unerläßlich: Sie mußte einen Weg finden, um Jonathan Ainsley davon abzuhalten, ein Übernahmeangebot für Harte's zu machen. *Das durfte sie nicht zulassen.*

Ganz plötzlich überkam sie das klaustrophobische Gefühl von neuem, das sie im Konferenzsaal der Rossiter Merchant Bank verspürt hatte. Ihr war, als müßte sie ersticken, und sie hatte das dringende Verlangen, aus diesem Raum herauszukommen, draußen zu sein, an der frischen Luft.

Sie ergriff ihre Tasche, lief aus dem Büro und nahm den Personalaufzug nach unten. Nachdem sie kurz den Wachmann gegrüßt hatte, der gerade Dienst hatte, verließ sie das Kaufhaus.

Die Luft war frisch an diesem Mittwochabend, schon recht kühl für September. Aber Paula hieß die Kühle willkommen und fand sie erfrischend. Ganz sicher übte sie eine belebende Wirkung auf sie aus, als sie von der Hauptgeschäftsstraße von Knightsbridge in Richtung ihres Hauses am Belgrave Square eilte.

Seit sie die Bank in der Innenstadt verlassen hatte, war ihr betäubt, ängstlich und kopflos zumute gewesen. Aber während sie jetzt dahinging, ließen diese negativen Gefühle langsam von ihr ab. Sie hatte nicht die geringste Ahnung, was sie tun sollte, wie sie gegen Jonathan Ainsley vorgehen sollte, aber sie wußte, daß es zwischen ihnen zu einem unerbittlichen Kampf kommen würde. Und sie war jetzt fest entschlossen, alles in diesen Kampf einzubringen und alles in ihrer Macht Stehende daranzusetzen, daß sie die Siegerin blieb. Sie konnte es sich nicht leisten zu verlieren. Ihr Cousin würde ein kühler, hinterhältiger und verschlagener Gegner sein – daran hatte sie keinen Zweifel. Es war keine leere Drohung gewesen. Jonathan meinte es todernst, er würde vor nichts zurückschrecken. Er wollte die Harte-Kaufhäuser haben. Und ebenso dringend wollte er sie, Paula, zugrunde richten. Um seiner selbst willen. Seine Ambitionen waren mit vielfältigen Gefühlen durchsetzt. Und was ihn vor allem antrieb, war seine heftige Eifersucht auf sie, die ihn schon in ihrer Kinderzeit beherrscht hatte.

Mit einem Mal fiel ihr ein, daß es mehrere Möglichkeiten gab, Jonathan zu überlisten. Aber würden sie funktionieren? Sie fragte sich, ob auch nur eine davon überhaupt legal war. Sie war sich nicht sicher. Morgen mußte sie sich die Satzung von Harte's durchlesen. Sie nahm sich vor, ihren Anwalt John Crawford anzurufen, sobald sie zu Hause war. Auf jeden Fall würde sie einen Rechtsbeistand brauchen.

Ihr Gehirn funktionierte wieder. Diese Feststellung erleichterte sie sehr. Nun überschlugen sich ihre Gedanken, und sie war so vertieft, daß sie, ohne es zu merken, an ihrem Haus vorbeiging. Es fiel ihr erst auf, als sie den Eaton Square überquerte.

Sofort war ihr klar, wohin sie gehen würde: zu Sir Ronald Kallinski. Zu ihrem Onkel Ronnie, ihrem weisen Mentor. Er war der einzige, der ihr helfen konnte, sie beraten konnte, wie Emma Harte sie beraten hätte, wenn sie noch am Leben gewesen wäre.

42

Wilberson, Sir Ronald Kallinskis Butler, öffnete wenige Sekunden, nachdem Paula im Haus am Eaton Square geklingelt hatte. Überrascht sah er sie auf der Eingangstreppe stehen. «Aber Mrs. O'Neill – guten Abend, Mrs. O'Neill», sagte er und neigte höflich den Kopf.

«Ist Sir Ronald da, Wilberson? Ich muß ihn dringend sprechen.»

«Aber er hat heute abend Gäste, Mrs. O'Neill. Er gibt eine Dinnerparty.»

«Es ist dringend, Wilberson. Bitte sagen Sie Sir Ronald, daß ich hier bin.» Ehe der Butler sie daran hindern konnte, war sie an ihm vorbei in die marmorne Eingangshalle geschritten, in der antike französische Gobelins hingen. «Ich werde hier warten», sagte sie bestimmt und stieß die Tür zur Bibliothek auf.

«Ja, Mrs. O'Neill», erwiderte Wilberson, der seine Gereiztheit bezwang, aber jetzt gequält dreinschaute, als er eilig durchs riesige Foyer schritt, um an der Tür zum Speisezimmer zu klopfen.

Kurze Zeit später eilte Sir Ronald zu ihr in die Bibliothek. Paulas Überraschungsbesuch abends um halb zehn hatte ihn in Erstaunen versetzt. Aber sein verwundertes Gesicht wurde besorgt, als er ihre Miene sah.

«Du siehst ja schrecklich aus, Paula! Was ist denn passiert? Bist du krank?»

«Nein, Onkel Ronnie. Und es tut mir leid, daß ich so unversehens bei dir hereingeschneit bin. Aber es ist etwas Furchtbares passiert. Ich sitze wirklich in der Klemme und brauche deine Hilfe. Es könnte zu einem Übernahmeangebot für Harte's kommen. Vielleicht verliere ich die Kaufhäuser.»

Sir Ronald war wie vom Donner gerührt. Sofort begriff er, daß sie nicht übertrieb. Das war nicht ihre Art.

«Einen Moment, bitte, Paula. Ich werde mich bei meinen Gästen entschuldigen und Michael bitten, einstweilen meinen Platz einzunehmen. Ich bin gleich wieder da.»

«Danke, Onkel Ronnie», sagte sie und setzte sich auf das lederne Chesterfield-Sofa. Als er zurückkam, nahm er einen Sessel ihr gegenüber. «Fang von vorne an, Paula, und laß nichts aus», befahl er dann.

Langsam, genau und mit ihrem gewohnten Sinn für Details erzählte sie ihm alles, was an jenem Tag geschehen war. Sie hatte ein großartiges Gedächtnis und konnte alle Unterhaltungen wörtlich wiedergeben. Paula fing mit Charles Rossiters Anruf an und endete mit der Gegenüberstellung mit Jonathan Ainsley.

Sir Ronald hatte ihr aufmerksam zugehört, das Kinn auf die Hand gestützt, und nickte von Zeit zu Zeit. Als sie ihm schließlich alles erzählt hatte, rief er zornig: «Mein Vater hatte ein Wort für Männer wie Jonathan Ainsley!» Er hielt inne, richtete den Blick auf sie und sagte dann verächtlich: «Ein *Ganove* ist er.»

«Ja, er ist der gerissenste Gauner, den ich kenne.» Paula räusperte sich. «Aber ich kann mir eigentlich nur selbst die Schuld geben. Ich habe mich seinesgleichen quasi in den Rachen geworfen.» Seufzend schüttelte sie den Kopf. «Ich habe vergessen, daß Harte's eine Aktiengesellschaft ist, daß ich Aktionäre habe. Ich glaubte, es gehörte mir, war sicher, daß mich nie jemand herausfordern würde. Ich war meiner selbst zu sicher. Auch zu nachlässig in mancher Hinsicht. Dann kommt es ja immer besonders dick, nicht wahr?»

Er nickte knapp und schaute sie dann prüfend an. Er liebte sie wie eine Tochter, bewunderte und achtete sie mehr als alles in der Welt. Sie war kühn, brillant und hatte einen guten Geschäftssinn. Es hatte sehr viel Tapferkeit erfordert, das zu sagen, was sie gerade gesagt hatte, ihre Fehler zuzugeben. Trotzdem hatte es ihn zu Beginn ihrer Unterhaltung zutiefst betroffen gemacht, als sie ihm erzählt hatte, daß sie einen Teil ihrer Harte-Aktien abgestoßen hatte. Das war ein äußerst gravierender Fehler gewesen.

«Ich werde nie verstehen, wie du diese zehn Prozent verkaufen konntest, Paula», hörte er sich scharf sagen. «Nie im Leben. Ein schwerer Fehler von dir.»

Sie schaute auf ihre Hände herab und spielte an ihrem Ehering herum. Als sie schließlich zu ihm aufsah, lächelte sie ihm traurig zu. «Ich weiß. Aber ich wollte eine Ladenkette mit meinem eigenen Geld kaufen . . . so daß sie wirklich mir gehören würde.»

«Dein Ego hat sich dir in den Weg gestellt.»

«Das stimmt.»

Sir Ronald stieß einen tiefen Seufzer aus und sagte dann freundlicher: «Aber niemand ist unfehlbar, Paula, schon gar nicht Geschäftsleute wie wir. Die Leute glauben immer, wir seien aus besonderem Holz geschnitzt, ein besonderer Menschenschlag, und gegen Schwächen gefeit. Man glaubt, wir seien nüchtern, leidenschaftslos und könnten ohne irgendwelche Probleme Geschäfte machen und große Vermögen ansammeln, so wie wir es getan haben. Aber das stimmt nicht.» Er schüttelte den Kopf und sagte schließlich: «In deinem Fall ist dir ein verständliches emotionales Bedürfnis in die Quere gekommen und hat dich abgelenkt.»

«Ich glaube, ich mußte mir etwas beweisen.»

Das war ein teures Vergnügen, dachte er bei sich, sagte aber: «Vorwürfe und Bedauern sind nur Zeitverschwendung. Wir müssen Nachteile in Vorteile umwandeln, sichergehen, daß du als Siegerin aus allem hervorgehst. Nun wollen wir mal deine Möglichkeiten durchgehen.»

Paula nickte. Seine Worte bestärkten sie in ihrer Haltung, die in seiner Gegenwart zuversichtlicher geworden war. «Ich könnte mich mit Arthur Jackson von Jackson, Coombe und Barbour in Verbindung setzen, an seinen Edelmut appellieren, ihn davon überzeugen, daß er seine Entscheidung rückgängig machen muß, mit seinem Aktienbestand für Jonathan zu stimmen», sagte sie. «Vielleicht kann ich sogar herausbekommen, welchen Anreiz Jonathan benutzt hat und . . .»

«Rufe Jackson auf jeden Fall an», unterbrach Sir Ronald sie. «Aber sei nicht überrascht, wenn er sich taub stellt. Er ist dir nicht verpflichtet, und er muß dir nichts erzählen.»

«Onkel Ronnie, er hat sich nicht anständig benommen!»

«Das mag so aussehen, muß aber nicht der Fall sein. Arthur Jackson ist der Erbschaftsverwalter von Sam Westons Nachlaß. Er hat nur eine Verpflichtung: diesen Kindern gegenüber, deren Interessen er vertritt. Wenn er ein lukratives Geschäft abschließen oder ihnen ein zusätzliches Einkommen verschaffen kann, wird er es tun.»

«Und das hat Jonathan ihm geboten, meinst du?»

«Höchstwahrscheinlich. Ainsley ist schon immer gerissen gewesen. Er hat ihn wohl damit gelockt, dem Weston-Nachlaß eine umfangreiche Dividende aus eigener Tasche zukommen zu lassen, solange die Sozietät in seinem Sinne stimmt.» Sir Ronald rieb sich das Kinn, schob den Mund vor und dachte nach. Dann sagte er: «Ich werde morgen mal ein paar Erkundigungen einziehen. Ich habe so meine Kanäle. In unserer Welt gibt es keine Geheimnisse, weißt du. Schieb den Anruf bei Arthur Jackson erst einmal auf.»

«Ja, gut. Danke, Onkel Ronnie.» Eifrig beugte sie sich vor. «Gibt es denn einen Grund, warum ich nicht versuchen sollte, Harte's zu privatisieren? Meine Aktionäre auszubezahlen?»

«Ja, einen sehr triftigen Grund. Ich werde das nicht zulassen.»

«Aber es wäre legal?»

«Ja. Doch um deine Firma zu privatisieren, müßtest du deinen Aktionären öffentlich Geld anbieten, auf dem freien Markt. Und damit würdest du dich sofort jedem Räuber und Aktienhai dieser Stadt und der Wall Street ausliefern.» Er schüttelte nachdrücklich den Kopf. «Nein, nein, das lasse ich nicht zu, Paula. Und warum sollten deine Aktionäre auch gerade dein Geld nehmen? Vielleicht nehmen sie lieber das von Sir Jimmy Goldsmith oder Sir James Hanson oder Carl Icahn oder Tiny Rowland . . . oder eben das von *Jonathan Ainsley*. Ihr alle würdet nur versuchen, euch gegenseitig zu überbieten, und nichts erreichen, als die Aktienpreise in die Höhe zu treiben.»

Ihr Gesicht verzog sich etwas, und sie sah weg, biß sich auf die Lippen. «Was soll ich also machen, Onkel Ronnie?»

«Du solltest anfangen, nach ein paar kleineren Aktionären Ausschau zu halten, die zusammen zehn Prozent der Harte-Anteile besitzen. Vielleicht vier, fünf, vielleicht sogar bis zu zwölf Leute. Mache sie ausfindig und zahle sie aus – notfalls mit einer Zugabe. Du hast doch schon einundvierzig Prozent. Du brauchst bloß einundfünfzig, um die Mehrheit zu bekommen.»

«Herrgott, bin ich dumm, Onkel Ronnie! Was ist nur mit mir los heute abend? Ich denke an gar nichts mehr. Ich bin wohl ziemlich durcheinander.»

«Das ist ja auch verständlich, du hast eben einen furchtbaren Schock erlitten. Außerdem . . .» Er hielt nachdenklich inne und fuhr dann fort: «Es gibt noch eines, was du tun solltest, meine Liebe.»

«Und was?»

«Du mußt Jonathan Ainsley unschädlich machen.»

«Wie denn?»

«Ich weiß noch nicht.» Sir Ronald erhob sich mühsam, ging zum Fenster hinüber und schaute auf den Eaton Square hinaus, während sein rascher Verstand verschiedene Möglichkeiten durchspielte. Schließlich drehte er sich um: «Was wissen wir über diesen *Gauner*?»

«Leider nicht viel, seit er England verließ und nach Hongkong ging.»

«*Hongkong!* Also da ist er schließlich gelandet, nachdem Alexander ihn gefeuert hat. Ein *sehr interessanter* Ort, Hongkong. Und nun erzähl mir das Wenige, was du weißt.»

Paula entsprach seiner Bitte und wiederholte die Informationen, die Charles Rossiter ihr gegeben und die er wiederum von Sir Logan Curtis erhalten hatte.

«Stelle Nachforschungen an, Paula», sagte Sir Ronald. «Und geh in die Tiefe. Hast du eine besondere Detektei für deine geschäftlichen Angelegenheiten? Wenn nicht, kann ich dir eine empfehlen.»

«Nein, das geht schon, danke. Ich bediene mich seit Jahren der Firma Figg International. Sie kümmern sich um die

Sicherheit in den Kaufhäusern und stellen die Wachmänner – all diese Routinesachen, weißt du. Und zufällig haben sie auch eine Detektei mit Büros und Angestellten in der ganzen Welt.»

«Gut. Beauftrage sie sofort. Ein Schuft wie Jonathan Ainsley muß mehr als eine Leiche im Keller . . .» Sir Ronald verschluckte das Ende seines Satzes, als plötzlich die Tür aufging.

Michael kam hereinspaziert, und als er Paula erblickte, rief er lachend: «Oho, du bist also die dringende Angelegenheit!» Dann merkte er, wie ernst Paula und sein Vater waren, und sagte ruhiger: «So, wie ihr beide dreinschaut, ist es wirklich dringend.» Sein Blick blieb an Paula hängen. Er bemerkte ihre außergewöhnliche Blässe, die müden Augen. «Was ist denn passiert? Es hat doch nichts mit dem Feuer in Sydney zu tun, Paula, oder?»

«Nein, Michael», erwiderte Paula ruhig und sah dann zu seinem Vater hinüber.

«Jonathan Ainsley ist zurückgekehrt, er ist hier in London. Um Paula Schwierigkeiten zu machen.»

«Wie das?» wollte Michael wissen.

«Onkel Ronnie wird es dir erklären.»

Sobald sein Vater ihn über das Geschehen aufgeklärt hatte, nahm Michael neben Paula auf dem Sofa Platz. Warmherzig ergriff er ihre Hand: «Dad hat ein paar großartige Vorschläge gemacht, aber womit kann *ich* dir helfen?» fragte er.

«Das weiß ich wirklich nicht, Michael, aber danke, daß du fragst. Ich muß gleich ins Kaufhaus zurück. Ich will die Akten und die Computerausdrucke durchgehen. Ich muß diese Aktionäre finden. Und zwar so schnell wie möglich.»

«Dann komme ich mit und helfe dir», sagte Michael.

«Aber das brauchst du doch nicht, ehrlich nicht. Onkel Ronnie hat Gäste. Ich habe eure Dinnerparty gestört.»

«Was du da vorhast, kannst du nicht allein machen», protestierte Michael heftig. «Daran sitzt du doch die ganze Nacht.»

«Ich wollte Emily anrufen.»

«Gute Idee. Warum rufen wir sie nicht von hier aus an?

Wir treffen uns mit ihr vor dem Kaufhaus. Wir drei sollten es gemeinsam anpacken.»

«Aber . . .»

«Laß Michael mit dir gehen, meine Liebe», unterbrach Sir Ronald sie. «Da habe ich auch ein besseres Gefühl, wenn ich weiß, daß er dort im Kaufhaus bei dir ist.»

«Also gut.» Paula stand auf und küßte ihn auf die Wange. Er umarmte sie. «Ich kann dir gar nicht genug danken, Onkel Ronnie.»

Er lächelte zu ihr hinab. «Wir sind doch eine Familie», sagte er.

43

«*Erkenne deinen Feind*», sagte Paula. «Nur darum geht es hier, Jack, deshalb habe ich Sie hergebeten.»

Jack Figg, der Hauptgeschäftsführer von Figg International, nickte beflissen. «Ich verstehe.»

«Die Lage ist kritisch. Sonst hätte ich Sie nicht um halb zwölf Uhr nachts ins Kaufhaus bestellt.»

«Das macht gar nichts. Ich komme jederzeit zu Ihnen, Paula.»

Jack Figg, der den größten und erfolgreichsten Sicherheitsdienst und die größte Detektei Englands führte, lehnte sich auf dem Stuhl ihr gegenüber zurück. Er zog einen ledernen Notizblock aus seinem Sportsakko und sagte: «Gut, Paula. Schießen Sie los. Geben Sie mir so viele Informationen wie möglich.»

«Das ist es ja gerade, ich habe kaum welche. Aber wie ich gehört habe, lebt Jonathan Ainsley seit rund zwölf Jahren in Hongkong. Seit er England verlassen hat. Ihm gehört eine Firma namens Janus and Janus Holdings. Höchstwahrscheinlich hat sie etwas mit Grundstückshandel zu tun, denn das ist immer seine Stärke gewesen. Er ist verheiratet, ich weiß aber nicht, mit wem. Charles Rossiter hat mir erzählt, daß sie momentan im Claridge's abgestiegen sind. Ach ja, und er hat auch noch erzählt, daß Jonathans Frau schwanger ist.» Paula zuckte die Achseln. «Mehr weiß ich nicht.»

«Hongkong wird natürlich unsere Ausgangsbasis sein. Aber ich werde ihn hier auch beobachten lassen, damit wir wissen, was er vorhat.»

«Das ist eine gute Idee – wie ich schon sagte, die Lage ist *kritisch.*»

«Ich verstehe. Und zweifelsohne hätten Sie die Informationen am liebsten gestern gehabt.»

«Nein, schon vor fünf Jahren, um genau zu sein», erwiderte Paula ruhig.

Jack Figg warf ihr einen wissenden Blick zu. «Aber ehrlich, wie lange habe ich nun Zeit?»

«Fünf Tage – allerhöchstens. Ich würde Ihren Bericht gern am Montag auf dem Schreibtisch liegen haben.»

«Du liebe Zeit, Paula! Sie erwarten ein Wunder. So schnell werde ich nicht fertigsein.»

«Jack, Sie müssen – sonst sind die Informationen für mich wertlos. Dann ist es zu spät.» Sie beugte sich über den Schreibtisch, das Gesicht angespannt, die blauen Augen fest auf ihn gerichtet: «Es ist mir gleich, wie viele Detektive Sie auf ihn ansetzen. Von mir aus hundert, wenn es nötig ist . . .»

«Das würde Sie eine Menge Geld kosten», warf Jack ein.

«Habe ich mit Ihnen jemals um Geld gefeilscht, Jack?»

«Nein, natürlich nicht – das ist nicht Ihre Art. Aber der Sache auf den Grund zu gehen und ein vollständiges Profil dieses Mannes zu erstellen kann sehr teuer werden. Und zwar schnell. Besonders, wenn es auch noch einen Zeitfaktor gibt. Um diese Art von Informationen zu erhalten, die Sie haben wollen, muß ich Ainsley auf den Kopf stellen. Und ich muß wirklich eine Menge Privatdetektive einsetzen. Es wird außerdem nötig sein, eine Reihe meiner Agenten aus anderen fernöstlichen Ländern nach Hongkong zu rufen. Das allein läßt die Kosten schon in die Höhe schnellen. Dann müssen wir alle möglichen Schmier- und Bestechungsgelder zahlen . . .»

«Sie brauchen mir nichts zu erklären, Jack», unterbrach Paula ihn. «*Machen* Sie es einfach. *Bitte.* Besorgen Sie mir so viele Informationen über Jonathan Ainsley wie möglich. Ich brauche Munition gegen ihn, um mich zu schützen. Es *muß* ein paar Leichen in seinem Keller geben.»

«Vielleicht auch nicht, Paula. Vielleicht hat er eine blütenreine Weste.»

Sie schwieg, weil sie wußte, daß er damit recht haben konnte.

«Aber ich hoffe, das wird nicht der Fall sein», setzte Jack schnell hinzu. «Um Ihretwillen. Und schauen Sie, ich werde versuchen, Montag wieder bei Ihnen zu sein. Aber es könnte auch Dienstag werden.»

«Tun Sie Ihr Bestes, Jack.»

«Ich werde noch heute nacht anfangen», versprach er, bereits ungeduldig, sich an sein Telefon und an sein Telexgerät zu setzen. Er stand auf. «Im Fernen Osten hat die Geschäftszeit gerade angefangen.»

Nachdem Paula Jack Figg zum Personalaufzug geleitet und ihm noch einmal gedankt hatte, ging sie schnell ins Büro zurück, in dem Emily und Michael an den Listen der Aktionäre von Harte's saßen.

«Schon Glück gehabt?» fragte sie von der Tür aus.

«Noch nicht», erwiderte Emily. «Aber keine Sorge, wir werden schon irgendwann auf die richtigen Namen stoßen. Wie ist es denn mit Jack Figg gelaufen? Macht er es?»

«Er macht es. Und ich habe großes Vertrauen zu ihm. Wenn es irgendwas zu finden gibt, wird Jack es finden.»

«Ach, ich bin sicher, daß es irgend etwas Finsteres in Jonathan Ainsleys Leben gibt!» rief Emily. «Er war schon immer seltsam und ging mit seltsamen Typen um, als er noch hier wohnte. Wie mit diesem schrecklichen Sebastian Cross.»

Paula spürte, wie ein kalter Schauer sie überlief. «Über *ihn* möchte ich momentan lieber nicht nachdenken, wenn du verzeihst.»

«Wie sollte er dich stören! Er ist tot. Und nun steh da nicht dumm rum, komm und hilf uns.»

«Ja, natürlich.» Paula setzte sich zu ihnen.

Emily schob ihr einen Stapel Computerausdrucke zu. «Fang mit diesen hier an, aber bevor du richtig loslegst, nimm eine Tasse Kaffee und eins der Sandwiches, die ich mitgebracht habe. Du hast den ganzen Abend noch nichts gegessen, Paula.»

«Ich habe auch keinen Hunger, Liebes. Aber ich werde einen Kaffee trinken. Danke, Klößchen.»

Paula konzentrierte sich auf das oberste Blatt und ließ ihren Blick schnell über die Namensliste gleiten. Harte's hatte Hunderte von Kleinaktionären, die nur wenige Anteile besaßen, sowie andere, die im Laufe der Jahre größere Aktienpakete erworben hatten. Plötzlich wurde ihr das Herz schwer. Es war doch eine langwierige Prozedur, ganz wie Michael es vorausgesagt hatte. Vielleicht benötigten sie länger als eine Nacht – vielleicht einige Tage –, um die Leute ausfindig zu machen, die sie brauchten. Jonathan hatte damit geprahlt, daß er in null Komma nichts die ihm noch fehlenden fünf Prozent zusammenbekommen würde. Aber es war keine bloße Angeberei gewesen. Sie wußte, daß er das auch tun würde.

«Bestimmt hat Jonathan seine Börsenmakler und alle möglichen Handlanger auf die Jagd nach Harte-Aktien geschickt!» rief sie, ihre Gedanken laut aussprechend, und warf Michael einen Blick zu.

Er sah sie an. «Bestimmt hat er das. Aber du hast einen Vorteil, Paula. Du besitzt die Insiderinformationen – diese Listen hier.»

«Ja», sagte sie stumpf und las weiter.

Emily brachte ihnen allen Kaffee und ließ sich neben Paula nieder. «Kopf hoch, Liebes. Wir werden bald die Ergebnisse haben. Viele Hände schaffen schnell, wie Gran immer gesagt hat. Aber ehrlich, ich wünschte, Winston und Shane wären hier, um uns zu helfen.»

«Ja, mir geht es genauso, Emily. Ich vermisse Shane so sehr, in jeder Hinsicht. Ich kann es kaum erwarten, daß er aus Australien zurückkommt. Mir ist immer zumute, als sei eine Hälfte von mir weg, wenn er nicht da ist.»

«Wirst du ihn morgen anrufen und ihm alles erzählen?» wollte Emily wissen.

«Das muß ich wohl – er wäre verletzt, wenn ich es nicht täte. Ich kann nur hoffen, daß es ihn nicht allzusehr mitnimmt. Das könnte ich nicht ertragen. Mein armer Liebling, er hat in der letzten Zeit allzuviel am Hals gehabt.»

Es waren ihr sanfter Ton, die liebevollen Nuancen, die Sehnsucht in ihren Augen, die Michael zutiefst trafen. *Sie liebt Shane*, dachte er in plötzlicher Erkenntnis. *Er ist ihr Leben*. Und im selben Augenblick wußte Michael, wie töricht es von ihm gewesen war anzunehmen, daß sie jemals seine Gefühle für sie erwidern würde. Der bloße Gedanke, was er in einem unbedachten Moment hätte tun können, erfüllte ihn mit tiefer Verlegenheit.

Er senkte den Kopf und tat, als konzentriere er sich auf die Namensliste, um seine plötzliche Scham zu verbergen. Sein körperliches Verlangen nach ihr hatte im vergangenen Jahr nicht abgenommen. Er hatte ständig von ihr phantasiert, aber jetzt sah er ein, wie lächerlich das gewesen war. Sie war glücklich mit seinem Freund verheiratet. Wie konnte er nur jemals glauben, sie würde sich für ihn oder irgendeinen anderen Mann interessieren. Schon in ihrer Kinderzeit hatte es nur Shane für sie gegeben.

Es war Michael zumute, als wäre ein Schleier von seinen Augen gelüftet worden. Plötzlich sah er ganz klar. Er verstand, was sie Anfang des Jahres zu tun versucht hatte ... sie hatte ihm immer wieder Amanda zugeschoben. Er hätte das schon vor Monaten in New York merken sollen, wissen sollen, daß Paula außerhalb seiner Reichweite war. Aber er war so in seine eigenen Phantasien verstrickt gewesen, daß er vielem gegenüber blind gewesen war, besonders der Realität.

«Ich hab's!» kreischte Emily plötzlich. «Ich hab einen Aktionär mit einem beträchtlichen Aktienpaket gefunden.»

«Wie viele?» fragte Paula, die kaum zu atmen wagte.

«*Vier* Prozent. Herrje, sie muß eine ziemlich wohlhabende Frau sein.»

«Und wie heißt sie?» fragte Paula aufgeregt, von Emilys Begeisterung angesteckt.

«Es ist eine Mrs. Iris Rumford vom ...» Emily fuhr mit dem Finger über den Ausdruck: «Bowden Ghyll House in Ilkley!»

«Eine Frau aus Yorkshire», sagte Michael ruhig. «Vielleicht ist das ein gutes Omen, Paula.»

Am Samstagvormittag um zehn saß Paula Mrs. Iris Rumford im hübschen Salon ihres schönen alten Herrenhauses in Ilkley gegenüber.

Es war leicht zu erkennen, daß Mrs. Rumford über ein beträchtliches Vermögen verfügte. Paula war sehr liebenswürdig empfangen worden. Gleich bei ihrer Ankunft bekam sie Kaffee angeboten.

Paula hatte eine Tasse davon entgegengenommen, und dann hatten die beiden Frauen Höflichkeiten ausgetauscht und über das Wetter gesprochen. Jetzt, als Paula ausgetrunken hatte, sagte sie: «Es war sehr freundlich von Ihnen, mich zu empfangen, Mrs. Rumford. Wie meine Assistentin Ihnen sicherlich schon gesagt hat, hätte ich gern mit Ihnen über Ihre Anteile an den Harte-Kaufhäusern gesprochen.»

«Ja. Das Vergnügen ist ganz meinerseits, Mrs. O'Neill. Und es war doch auch selbstverständlich, wo ich schon am Donnerstag mit Ihrem Cousin Jonathan Ainsley Tee getrunken habe.»

Paula ließ fast ihre Kaffeetasse fallen. Dann stellte sie diese vorsichtig auf den Beistelltisch. Das war das Allerletzte, womit sie gerechnet hatte, und sie warf Iris Rumford einen scharfen Blick zu. «Er ist wahrscheinlich zu Ihnen gekommen, um Sie wegen Ihrer Harte-Aktien zu sprechen?»

«Ja, Mrs. O'Neill. Das wollte er. Er hat mir einen ausgezeichneten Preis angeboten, ist wirklich ziemlich hoch gegangen.»

Paula fühlte, wie sich ihr die Kehle zuschnürte, und sie schluckte mehrmals, ehe sie fragte: «Und haben Sie sein Angebot angenommen, Mrs. Rumford?»

«Nein, das habe ich nicht.»

Paula entspannte sich. Sie lächelte die ältere Frau an. «Dann kann ich Ihnen ein Angebot dafür machen, nicht wahr?»

«Ja, das könnten Sie.»

«Sagen Sie mir Ihren Preis, Mrs. Rumford.»

«Ich habe keinen Preis.»

«Aber Sie müssen doch wissen, wieviel Sie für Ihre Aktien haben möchten.»

«Ich weiß es nicht. Verstehen Sie, ich bin gar nicht sonderlich daran interessiert, sie zu verkaufen. Mein verstorbener Mann hat sie mir 1959 gekauft.» Sie lachte amüsiert. «Ich hänge ein wenig sentimental an ihnen. Harte's ist mein Lieblingsgeschäft in Leeds. Ich habe dort immer viel eingekauft.»

Paula saß reglos da und versuchte, ihre Gereiztheit zu verbergen. Sie war offensichtlich vergebens hierher gekommen. Aber sie konnte es sich nicht leisten, diese Frau zu verärgern, dazu brauchte sie sie zu sehr. «Nun», sagte Paula, «natürlich freue ich mich, daß das Kaufhaus Ihnen gefällt und Sie eine zufriedene Kundin sind. Aber ich würde es wirklich zu schätzen wissen, wenn Sie mein Angebot noch einmal überdenken würden. Ich bin bereit, Ihre Anteile zum selben Preis zu erwerben, den Mr. Ainsley Ihnen genannt hat.»

Iris Rumford betrachtete sie einen Augenblick lang eindringlich, die Stirn in Falten gezogen, als versuchte sie, zu einer Entscheidung zu kommen. Dann fragte sie: «Wird es eine dieser großen Schlachten geben? Sie wissen schon, so wie man es immer im Wirtschaftsteil der *Sunday Times* liest?»

«Das will ich nicht hoffen», rief Paula leise.

Unerwartet erhob Iris Rumford sich.

Paula stand ebenfalls auf, da sie begriffen hatte, daß die Unterhaltung jetzt zu Ende war.

«Es tut mir leid, Mrs. O'Neill», murmelte Mrs. Rumford. «Vielleicht hätte ich Sie nicht herkommen lassen sollen. Ich fürchte, ich habe Ihre Zeit verschwendet. Verstehen Sie, erst dachte ich, daß ich meine Aktien verkaufen wollte, aber inzwischen habe ich es mir anders überlegt.»

«Das tut mir wirklich leid.» Paula bemühte sich, herzlich zu sein, und streckte ihr die Hand entgegen.

Iris Rumford schüttelte sie. «Jetzt sind Sie sicher zornig. Und ich kann es Ihnen nicht verargen. Vergeben Sie mir meinen Wankelmut, und entschuldigen Sie die Unentschlossenheit einer alten Dame.»

«Es macht nichts, wirklich nicht», sagte Paula. «Aber wenn Sie es sich wieder anders überlegen sollten, rufen Sie mich bitte an.»

Auf der ganzen Strecke zurück nach Leeds war Paula immer noch fuchsteufelswild.

Das seltsame Benehmen dieser Frau hatte sie verwirrt und gereizt, und natürlich auch enttäuscht. Wollte Iris Rumford sich nur einmal in ihrem Leben wichtig machen? Oder war es einfach Neugier von Seiten einer einsamen alten Frau? Hatte sie bloß Jonathan und Paula einmal treffen wollen? Paula fragte sich, wie Jonathan Ainsley Iris Rumford gefunden hatte, woher *er* wußte, daß *sie* ein Paket Harte-Aktien besaß.

Sie seufzte etwas entnervt, während sie tüchtig Gas gab und im Aston Martin auf Leeds zufuhr. Der Besuch bei Iris Rumford war pure Zeitverschwendung gewesen.

Den größten Teil des Tages verbrachte Paula an ihrem Schreibtisch im Kaufhaus von Leeds.

Mehrmals ging sie in den Verkaufsbereich hinaus, aber meist war sie mit ihren Papieren beschäftigt. Und sie bemühte sich, weder über Jonathan Ainsley und das drohende Übernahmeangebot nachzudenken, noch bei der schrecklichen Aussicht zu verweilen, daß sie die Kaufhäuser an ihn verlieren könnte.

Wenn Panik sie überkommen wollte, erinnerte sie sich daran, daß es ihren Börsenmaklern mit Charles Rossiter in den letzten zwei Tagen gelungen war, weitere sieben Prozent Harte-Aktien für sie zu erwerben. Sie hatten sie neun kleineren Aktionären abgekauft, die Emily und Michael mit Hilfe der Computerausdrucke gefunden hatten.

Jetzt brauche ich nur noch drei Prozent, sagte sie sich immer wieder leise, wenn sie sich Mut machen wollte. Die Worte gaben ihr Trost.

Um vier Uhr verstaute sie einen Stapel Papiere in ihrem Aktenköfferchen, schloß ihr Büro ab und verließ das Kaufhaus. Meist blieb sie sonst bis sechs, auch am Samstag. Aber heute abend kam Emily nach Pennistone Royal zum Essen hinüber, und Paula wollte vor Emilys Eintreffen noch eine Stunde mit Patrick und Linnet verbringen.

Es war ein herrlicher Nachmittag im September, sehr sonnig, und in Leeds war den ganzen Tag über viel los gewesen.

Der Verkehr war sehr zähflüssig auf der Chapeltown Road, als all die Leute, die in der Stadt ihre Einkäufe erledigt hatten, wieder in die Außenbezirke zurückfuhren. Paula war eine hervorragende Fahrerin, sie schlängelte sich zwischen den anderen Autos hindurch und war bald auf der offenen Straße nach Harrogate.

Gerade fuhr sie auf den Kreisverkehr bei Alwoodley zu, als ihr Autotelefon klingelte. Sie nahm ab: «Ja?», halb in der Erwartung, es würde Emily sein.

«Mrs. O'Neill, hier ist Doris vom Kaufhaus.»

«Ja, Doris?»

«Eine Mrs. Rumford aus Ilkley ist hier auf der anderen Leitung», sagte die Telefonistin. «Sie sagt, es sei sehr dringend. Offenbar haben Sie ihre Nummer.»

«Ja, die habe ich, Doris. Aber sie ist in meinem Aktenköfferchen. Bitte geben Sie ihr doch die Nummer des Autotelefons und sagen Sie, sie soll mich gleich zurückrufen. Ich danke Ihnen.»

Nur wenige Minuten, nachdem Paula aufgelegt hatte, klingelte das Autotelefon von neuem. Iris Rumford war am Apparat, und sie kam gleich zur Sache. «Ich wollte wissen, ob Sie morgen bei mir vorbeischauen könnten? Um noch einmal über diese Aktien zu sprechen.»

«Leider nein, Mrs. Rumford. Ich muß morgen nach London fahren. Aber wenn Sie sowieso nicht verkaufen wollen, gibt es doch auch gar nichts zu besprechen, oder?»

«Ich habe es mir überlegt, Mrs. O'Neill.»

«Warum kann ich dann nicht gleich kommen?»

«Gut, tun Sie das», stimmte Iris Rumford ihr zu.

«Sie wissen nicht, wer ich bin, nicht wahr?» sagte Iris Rumford eine Stunde später zu Paula.

Paula schüttelte den Kopf. «Müßte ich das? Kennen wir uns?» Ratlos zog sie die Brauen zusammen. Dann sah sie die andere Frau eindringlich an. Iris Rumford war dünn, aber lebhaft, hatte silbriges Haar und eine frische Gesichtsfarbe und mußte in den Siebzigern sein. Paula war sicher, daß sie sie nicht kannte. «Sind wir uns schon einmal begegnet?» fragte sie stirnrunzelnd.

Iris Rumford lehnte sich zurück und hielt Paulas durchdringendem Blick stand. Schließlich sagte sie langsam: «Nein, wir sind uns noch nie begegnet. Aber Sie haben meinen Bruder gekannt. Oder waren zumindest mit ihm bekannt.»

«Oh», sagte Paula und zog eine schwarze Braue empor. «Wie hieß er denn?»

«John Cross.»

Dieser Name überraschte Paula so sehr, daß sie fast einen lauten Ausruf tat. Dennoch gelang es ihr, mit ihrer gewohnten Stimme zu sagen: «Wir sind einander begegnet, als ihm Cross Communications noch gehörte.» Während sie sprach, mußte Paula an seinen verstorbenen Sohn Sebastian denken, der einst ihr Todfeind und Jonathans bester Freund gewesen war. Sofort begriff sie, woher Jonathan von Iris Rumford und ihren Harte-Aktien wußte.

«Sie sind sehr freundlich und höflich zu meinem Bruder gewesen am Ende seines Lebens», sprach Iris Rumford weiter. «Er hat mir von Ihnen erzählt, als er im Sterben lag. Er achtete Sie und fand Sie sehr fair. Ihren anderen Cousin, Mr. Alexander Barkstone, habe ich kurz kennengelernt, als mein Bruder in Leeds im St. Jame's Hospital lag.» Iris Rumford schaute ins Kaminfeuer. Eine kurze Pause entstand. «Sie und Mr. Barkstone . . . Sie sind ganz anders als Jonathan Ainsley . . .» Zaghaft lächelnd schaute sie Paula an.

Paula wartete und fragte sich, was wohl als nächstes kommen würde. Als Mrs. Rumford nichts weiter dazu sagte, erwiderte sie: «Ja, das glaube ich auch. Das hoffe ich. Aber leider ist Mr. Barkstone tot.»

«Das bedaure ich sehr.» Die alte Dame schaute wieder in die Flammen. Dann murmelte sie: «Seltsam, nicht wahr, wie unterschiedlich die Menschen einer Familie sein können. Mein Neffe Sebastian war schlecht und verworfen. Ich hatte nie etwas für ihn übrig. John vergötterte ihn natürlich, sein einziges Kind, seinen einzigen Sohn. Aber er hat meinen Bruder auf dem Gewissen, hat ihn mit seiner Schlechtigkeit ins Grab getrieben. Und Jonathan Ainsley ist genauso schlecht. Auch er hat ein paar Nägel in den Sarg meines armen Bruders getrieben. Ein übles Gesindel, Sebastian und Ihr Cousin.»

Plötzlich wandte Iris ihr silbernes Haupt und schaute Paula wieder an. «Ich wollte Sie kennenlernen, Mrs. O'Neill, um selbst zu urteilen, was für ein Mensch Sie sind. Deshalb ließ ich Sie heute morgen hierherkommen. Sie sind eine aufrichtige Frau – das sehe ich an Ihren Augen. Und ich habe hier in der Gegend auch noch nie etwas Schlechtes von Ihnen gehört. Man sagt oft, Sie seien wie Emma Harte. Sie war eine gute Frau. Ich freue mich, daß Sie ihr gleichen.»

Paula wußte nichts zu sagen. Sie hielt den Atem an.

«Und deshalb möchte ich, wenn Ihnen das hilft, meine Harte-Aktien an Sie verkaufen.»

Einen Augenblick lang war es Paula, als müsse sie in Tränen ausbrechen. «Vielen Dank, Mrs. Rumford. Es würde mir sehr, sehr helfen. Ich wäre sehr dankbar, wenn Sie die Aktien an mich statt an meinen Cousin verkaufen würden.»

«Ach, ihm wollte ich sie nie verkaufen. Ich wollte nur ... ihn noch einmal anschauen und mich vergewissern, daß mein Urteil über ihn richtig gewesen ist. Außerdem hat es mir auch ein bißchen Spaß gemacht, ihm den Leckerbissen vor der Nase pendeln zu lassen und ihn dann wegzuziehen.» Sie schüttelte den Kopf. Ein gerissenes Funkeln trat in ihre weisen alten Augen. «Als Sie mich beide wegen der Aktien anriefen, hatte ich das Gefühl, er wollte Ihnen Schwierigkeiten machen. Aber machen Sie sich nichts daraus, er wird eines Tages schon noch seine wohlverdiente Strafe erhalten.»

«Ja.» Paula beugte sich vor und sagte: «Ich habe Ihnen ja heute morgen gesagt, daß ich die Aktien zum selben Preis wie Jonathan Ainsley kaufen würde. Das gilt natürlich immer noch.»

«Ach, du meine Güte, das ist doch gar nicht wichtig! Ich will gar nicht mit Ihnen feilschen, Mrs. O'Neill. Sie können sie zum Marktpreis haben.»

44

Paula stand in ihrem Büro bei Harte's in Knightsbridge vor dem Kamin, unter Emmas Porträt. Es war Dienstag nachmittag um viertel nach drei, und sie wartete auf Jonathan Ainsley.

Meist trug sie Schwarz zur Arbeit. Aber heute hatte sie ein strahlend rotes Wollkleid gewählt, das einfach geschnitten war und lange Ärmel hatte. Sie fand die Farbe passend. Sie wirkte stark, herausfordernd, kühn und entsprach ihrer Gemütsverfassung.

Sie hatte einen Nachteil zu ihrem Vorteil verändert. Sie würde ihren Feind vernichten.

Aber als Jonathan einige Minuten darauf erschien, sah sie, daß er irrtümlich davon überzeugt zu sein schien, *sie* würde sich *ihm* unterwerfen. Seine ganze Haltung drückte seine Siegesgewißheit aus. Er kam hereingeschlendert, der Blick heiter, seine Art arrogant, sein Lächeln überlegen.

Mitten im Zimmer blieb er stehen.

Feinde, die sie waren, grüßten sie einander nicht.

«Du hast mir eine Nachricht geschickt», sagte er. «Hier bin ich. Was hast du mir zu sagen?»

«Du hast verloren!»

Er lachte ihr ins Gesicht. «Ich verliere nie!»

«Dann wird dies das erste Mal sein.» Sie hob leicht den Kopf in einer selbstsicheren, stolzen Geste. «Ich habe zusätzliche Harte-Aktien erworben . . .» Sie hielt inne, um ihren Worten Nachdruck zu verleihen. «Jetzt habe ich zweiundfünfzig Prozent.»

Diese Information überrumpelte ihn. Dann fing er sich wieder. Ohne irgendwelche Gefühle zu zeigen, sagte er höhnisch:

«Und wenn schon. Ich habe sechsundvierzig Prozent. Ich bin der *zweitgrößte* Aktionär und vollkommen dazu berechtigt, einen Sitz im Verwaltungsrat zu fordern. Das werde ich heute formell tun. Über meine Anwälte. Außerdem beabsichtige ich, das Übernahmeangebot abzugeben.» Sein Blick ging kalt über sie hin. «In nicht allzu ferner Zukunft wird dies Büro mir gehören.»

«Das bezweifle ich!» konterte sie. «Darüber hinaus hast du gar keine sechsundvierzig Prozent. Nur sechsundzwanzig.»

«Hast du vergessen, daß ich über die Aktien bestimmen kann, die Arthur Jackson für die Weston-Kinder verwaltet?»

«Ich vergesse gar nichts. Und ich bin fest davon überzeugt, daß Arthur Jackson nach dem heutigen Tag keine Geschäfte mehr mit dir abwickeln wird.»

«Sei doch nicht lächerlich!» Jetzt schaute er selbstgefällig drein. «Ich habe eine Vereinbarung mit ihm, mit der Sozietät. Eine schriftliche Vereinbarung.»

Paula tat einen Schritt nach vorn, griff nach einem großen Umschlag auf dem Kaffeetisch und hielt ihn hoch. Sie tippte mit ihrem leuchtend roten Fingernagel daran. «Wenn Arthur Jackson diesen Bericht durchgelesen hat, der ihm vor einer Stunde überbracht worden ist, wird er die Vereinbarung sicher in kleine Stücke zerreißen.»

«Was für ein Bericht ist das denn?» fragte Jonathan verächtlich.

«Eine Untersuchung deines Lebens in Hongkong.»

Er warf ihr einen abfälligen Blick zu und sagte zornig: «Du kannst mir gar nichts. Ich bin sauber.»

Paula betrachtete ihn nachdenklich. «Seltsamerweise», sagte sie nach einer kleinen Pause, «bin ich geneigt, dir zu glauben. Das wird aber sonst niemand tun.»

«Worauf willst du hinaus?»

Sie überging seine Frage und fuhr fort: «Du hast einen Partner in Hongkong, einen stillen Teilhaber namens Tony Chiu, Sohn von Wan Chin Chiu, der letztes Jahr gestorben ist. Der ältere Mann war dein Mentor und Berater und ebenfalls dein stiller Teilhaber, seit du in die Kronkolonie kamst. Ein Jammer, daß der Sohn nicht so ehrenwert und verläßlich ist wie der Vater.»

«Mein Leben und meine Geschäfte in Hongkong gehen dich gar nichts an!» platzte er heraus. Er war aufgebracht und beherrschte sich nur mühsam.

«Allerdings tun sie das. Es hat sehr viel mit mir zu tun, wenn du versuchst, Harte's zu übernehmen.»

«Das werde ich auch!»

«Das wirst du nicht!» Ihre Augen wurden schmal, und dann fuhr sie mit leiser, aber vernichtender Stimme fort: «Mit Interesse haben wir festgestellt, daß Tony Chiu noch einem Nebenerwerb nachgeht. Einem sehr profitablen Nebenerwerb. Er hat Verbindungen zu dem größten Opiumhändler im Goldenen Dreieck und einem riesigen Netz, das sich über Laos und Thailand erstreckt. Wie praktisch, findest du nicht auch, daß er offenbar das Geld über Janus und Janus Holdings waschen kann, ohne daß ihm bis jetzt irgendwer auf die Schliche gekommen ist. Was für eine großartige Fassade für ihn. Aber ich frage mich, wie die Regierung von Hongkong und die Polizei reagieren, was sie dagegen tun werden – wenn sie die Wahrheit erfahren.»

Er starrte sie an. «Du lügst!» brüllte er. «Dieser Bericht, an den du dich da mit aller Macht klammerst, besteht aus einem Haufen Lügen! Tony Chiu ist kein Drogenhändler, er ist ein anständiger und *angesehener* Bankier. Und er hat bestimmt nicht meine Firma benutzt, um Drogengeld zu waschen. Das wüßte ich. Er könnte so etwas nicht ohne mein Wissen tun.»

Sie lächelte giftig. «Sei nicht naiv. Du hast chinesische Angestellte, die seine Männer sind und von ihm dort hingesetzt worden sind, als sein Vater noch lebte. Er hat sie mit einem Blick auf die Zukunft ausgesucht, für die Zeit, wenn er die Bankangelegenheiten seines Vaters übernehmen würde. Und diese Männer sind seine Spitzel in deiner Firma.»

«Quatsch!»

«Deine Frau Arabella weiß alles darüber. Sie ist seine Geschäftspartnerin, schon seit Jahren. Und er hat zu verschiedenen Zeitpunkten mehrere ihrer Geschäfte finanziert, auch das Antiquitätengeschäft, das sie jetzt in Hongkong besitzt. Sie ist ebenfalls ein Spitzel von ihm. Deshalb hat sie dich geheiratet. Um dich zu bespitzeln.»

Jonathan war aschgrau vor Wut und konnte kaum noch zusammenhängend sprechen. Er hätte Paula O'Neill gern ins Gesicht geschlagen dafür, daß sie so unerhörte Dinge über Arabella sagte. Er holte mehrmals tief Luft und keuchte dann zornig: «Irgendwer mit blühender Phantasie hat dir da einen Roman geschrieben. *Es sind alles Lügen, Lügen, Lügen!*» Sein Atem ging unregelmäßig, als er schloß: «Er ist mein stiller Teilhaber. Man sieht uns nie zusammen. Meine Frau kennt ihn nicht einmal.»

«Warum fragst du sie nicht einfach?»

Sein Mund wölbte sich vor, und seine blassen Augen waren voller Haß auf sie. Dann richtete er einen Blick auf das Porträt von Emma Harte über ihr, und sein Abscheu gegen diese beiden Frauen verstärkte sich. «Du mieses Weibsstück!» zischte er. «Du bist ebenso schlimm wie diese alte Kuh! Ich scheiße auf ihr Grab! Ich scheiße auf deins!» fluchte er.

Diese Beleidigung ihrer Großmutter brachte Paula in Rage. Sie bereitete sich nun auf den tödlichen Schlag vor. Ganz langsam sagte sie: «Die schöne Arabella Sutton, Arzttochter aus Hampshire, ist nicht ganz das, als was sie erscheint. Du weißt sicher, daß sie jahrelang in Paris gelebt hat. Aber wußtest du, daß sie ein ‹Claude-Mädchen› gewesen ist?» Paula lachte kalt und sagte höhnisch: «Erzähl mir nicht, ein Mann von Welt wie du wüßte nichts von Madame Claude. Sie hat den erfolgreichsten, ja den exklusivsten Sexsalon von ganz Paris geleitet. Und bis 1977 . . .»

Jonathan starrte sie an. Er war sprachlos.

« . . . ist Arabella Sutton, *deine Frau*, eine von Madame Claudes Callgirls gewesen. Damals hieß sie Francine.»

«Ich glaube dir kein Wort», brüllte er. «Arabella ist . . .»

«Glaube mir!» rief sie zurück. Sie warf ihm den Bericht entgegen. Er fiel zu seinen Füßen nieder. «Der Bericht und Kopien gewisser amtlicher Dokumente, die beigeheftet sind, werden sicher eine interessante Lektüre für dich abgeben.»

Jonathan betrachtete ihn aus den Augenwinkeln, machte aber keine Anstalten, ihn aufzuheben.

Paula sagte eisig: «Statt zu versuchen, mein Haus einzureißen, solltest du lieber dein eigenes in Ordnung bringen.»

Er machte den Mund auf, um etwas zu sagen, schloß ihn dann aber wieder. Er schaute auf den Umschlag zu seinen Füßen. Er hätte ihr gern gezeigt, was er über ihren Bericht dachte, indem er einfach fortging. Aber das konnte er nicht. Sein heftiges Verlangen, sein verzehrender Wunsch, die amtlichen Dokumente zu sehen, von denen sie eben gesprochen hatte, waren stärker. Er bückte sich, hob den Umschlag auf, drehte sich um und ging zur Tür.

«Ich habe gewonnen!» rief Paula ihm nach. «Daß du das ja nicht vergißt!»

Er hielt inne und schaute sich nach ihr um: «Das werden wir noch sehen», sagte er.

Paula ging zu ihrem Schreibtisch zurück, setzte sich und griff nach dem Telefon. Dann zögerte sie. Sie saß eine Zeitlang da und dachte nach. Es gab noch eine einzige Sache, die sie hinter sich bringen mußte, um ihren endgültigen Sieg zu sichern, aber diese erforderte absolute Skrupellosigkeit; sie mußte skrupelloser sein, als Emma Harte es jemals gewesen war. Noch schreckte sie vor diesem Vorhaben zurück. Sie sah zum Porträt ihrer Großmutter hinüber und richtete ihren Blick dann auf das Foto, das im silbernen Rahmen auf ihrem Schreibtisch stand. Darauf waren Shane und die Kinder zu sehen. Auch sie waren Emmas Erben. Sie mußte Harte's für sie bewahren, ganz gleich, um welchen Preis.

Ohne weiteres Zögern griff sie nach ihrem Privattelefon und wählte Sir Ronalds Durchwahlnummer.

Nach zweimaligem Klingeln nahm er ab. «Kallinski.»

«Onkel Ronnie, ich bin's noch einmal. Tut mir leid, daß ich dich heute unentwegt belästige.»

«Aber das tust du doch gar nicht, Liebes.» Er machte eine kurze Pause. «Ist er weg?»

«Ja. Er war erschüttert, gab aber nichts zu. Er wirkte fest entschlossen, mich weiterhin zu bekämpfen. Und deshalb werde ich mich seiner auf die Weise entledigen, die wir besprochen haben. Eine Kopie des Berichts geht an die Behörden in Hongkong. Aber ehrlich, Onkel Ronnie, ich . . .»

«Es tut dir doch hoffentlich nicht leid, Paula.»

«So bin ich viel skrupelloser, als Grandy es jemals gewesen ist.»

«Das ist nicht wahr, Liebes. Emma konnte auch *außerordentlich* skrupellos sein, wenn es etwas gab, wofür man skrupellos sein mußte . . . so wie Harte's, das Geschäftsimperium, das sie aus dem Nichts aufbaute, und die Menschen, die sie liebte.»

«Vielleicht hast du recht.»

«Ganz bestimmt», murmelte Sir Ronald. Dann sagte er mit weicherer Stimme: «Ich habe dir gestern abend gesagt, daß Jonathan Ainsley nie von dir ablassen wird. Er wird immer versuchen, die Kaufhäuser zu bekommen. Das liegt in der Natur dieses Mannes.»

Als sie am anderen Ende des Telefons noch immer schwieg, setzte Sir Ronald hinzu: «Du hast gar keine andere Wahl, als ihn jetzt zu stoppen. Um dich zu schützen.»

«Ja, das ist mir klar, Onkel Ronnie.»

Er saß im Foyer von Claridge's in einer Ecke, wo gerade der Nachmittagstee serviert wurde. Aber er vernahm kaum etwas vom Klappern des Teegeschirrs, den Geigen oder den verschiedenen Hintergrundgeräuschen. Er las viel zu konzentriert, um irgend etwas zu bemerken.

Jonathan hatte den Bericht schon zweimal gelesen.

Zuerst hatte er ihn als pure Erfindung abtun wollen, als irgendjemandes rachsüchtige Auslegung der Zusammenhänge, besonders, was den Teil über Tony Chiu anging. Aber nun gelang es ihm nicht mehr. Es waren zu viele gesicherte Informationen enthalten, als daß man das Ganze als Schwindel hätte abtun können. Überrascht hatte er eine ganze Seite über seine Affäre mit Lady Susan Sorrell gelesen. Sie hatten ihre Beziehung so geheimgehalten, daß er kaum seinen Augen traute, als er ihren Namen las. Er war ganz sicher, daß Susan über ihre Beziehung nicht geplaudert hatte, als diese noch bestand. Und auch nicht nachher. Sie hatte schreckliche Angst vor Klatsch und vor dem Zorn ihres Gatten. Eine

Scheidung von ihrem reichen Bankier war das letzte, was sie sich wünschte.

Er selbst kam bei dem Ganzen so sauber weg, wie er sich auch Paula O'Neill gegenüber dargestellt hatte, trotz der Informationen über Tony, die ihn erschreckten und alarmierten. Wenn das alles wirklich stimmte, konnte er in etwas hineingezogen werden, wovon er nicht die geringste Ahnung hatte. Sein Unternehmen war vielleicht in Gefahr, ebenso er selbst. Alles könnte sehr besorgniserregend werden. So bald wie möglich mußte er nach Hongkong zurückfliegen und dort seine eigenen Erkundigungen einziehen.

Was ihn aber am meisten bedrückte, war der detaillierte Bericht über Arabellas Vergangenheit. Dieser war mit fotokopierten Dokumenten untermauert, die sich auf ihre Jahre in Paris bezogen. Ihr ganzes Leben in Frankreich war aufgerollt und genauestens beschrieben worden. Es war für ihn keine Frage mehr, daß sie den Namen Francine getragen hatte und eine von Madame Claudes Mädchen gewesen war. Ganz abgesehen von den Unterlagen, gab es so viele andere Dinge an ihr, die ihn dem Bericht Glauben schenken ließen. Da war ihre erotische Erfahrung und Kenntnis, ihre allgemeine Haltung Männern gegenüber, die den Beruf der Kurtisane ahnen ließen, ihre Kultiviertheit, ihre Welterfahrenheit, ihre Eleganz . . . Madame Claudes Mädchen waren alle wie sie gewesen.

Er schob die Papiere sorgfältig in den Umschlag zurück, erhob sich und ging eilig zum Lift hinüber. Momentan konnte er nichts in der Hongkong-Angelegenheit unternehmen, aber er konnte nach oben gehen und die Frau zur Rede stellen, mit der er verheiratet war.

Während er mit dem Lift in den zehnten Stock hinauffuhr, kochte sein unterdrückter Zorn wieder in ihm auf und steigerte sich zu einer schrecklichen Rage. Er war aschgrau im Gesicht und zitterte am ganzen Körper, als er die Suite betrat. Obwohl er leise hineinkam, hörte sie ihn und schritt lächelnd ins Foyer hinaus.

«Jonathan, Liebster, wie ist es denn gelaufen?» fragte sie, kam zu ihm und küßte ihn auf die Wange.

Jonathan war wie erschlagen von dem, was er gerade über seine Frau gelesen hatte, und konnte ihre Berührung kaum ertragen. Er machte sich ganz starr, um nicht auf ihren Kuß zu reagieren oder sie zu schlagen.

Er hatte sie geliebt, sie für seinen kostbarsten Besitz gehalten. Aber jetzt war sie besudelt, beschädigt, wertlos.

Wieder fragte sie: «Wie ist denn die Sitzung bei Harte's gelaufen?»

«Ach, nichts Besonderes», sagte er unverbindlich und hielt immer noch an sich, obwohl er vor Wut kochte.

Arabella warf ihm einen merkwürdigen Blick zu, merkte seine plötzliche Kälte; dann tat sie es aber ab und sagte sich, daß er sicher über Paula O'Neill so wütend war, seine Erzfeindin.

Sie wandte sich um, ging ins Wohnzimmer zurück, wo sie gerade gelesen hatte, und machte es sich auf dem Sofa bequem. Ihr Strickkorb lag neben ihr, und nun zog sie das Babyjäckchen hervor, an dem sie gerade arbeitete, und begann mit den Nadeln zu hantieren.

Jonathan kam ihr nach, legte den Umschlag auf den Beistelltisch und ging zur Bar hinüber, wo er sich einen großzügigen Wodka einschenkte.

Er stand da und trank ihn in kleinen Schlucken, dachte, wie hochschwanger sie doch aussah heute nachmittag. Das Baby konnte jeden Moment kommen, und wenn er auch Arabella gern direkt zur Rede gestellt hätte, wußte er doch, daß er sich zurückhalten mußte. Er wollte sie nicht mehr um sich haben und würde sich so bald wie möglich von ihr scheiden lassen, aber auf jeden Fall wollte er sein Kind ... seinen Sohn und Erben.

Im Plauderton sagte er: «Kennst du zufällig einen Mann in Hongkong namens Tony Chiu?»

Falls Arabella von dieser Frage überrascht wurde, zeigte sie es nicht.

«Nein, wie kommst du denn darauf?» murmelte sie, die Ruhe selbst.

«Ach, nur so. Heute beim Lunch mit meinen Anwälten fiel sein Name, und ich dachte, du hättest ihn vielleicht bei deinen Reisen kennengelernt und wüßtest etwas über ihn.»

«Leider nein, Liebling.»

Er trank den Wodka aus, griff nach dem Umschlag und ging durchs Zimmer. Nachdem er ihr gegenüber Platz genommen hatte, sagte er: «Du hast jahrelang in Paris gewohnt ... aber du möchtest nie dorthin. Warum eigentlich nicht?»

«Es hat mir nie besonders gefallen», sagte sie und schaute von ihrem Strickzeug auf, wobei sie ihn liebevoll anlächelte.

«Und warum hast du dann fast acht Jahre dort gewohnt?»

«Ich habe dort gearbeitet. Du weißt ja, daß ich Fotomodell war. Aber warum fragst du mich plötzlich nach Paris, Jonny, mein Liebling?»

«Hast du Angst, nach Paris zu gehen?» fragte er langsam.

«Natürlich nicht. Warum bist du mit einem Mal so seltsam? Ich verstehe dich nicht.»

«Hast du Angst, einen deiner ehemaligen ... Liebhaber zu treffen, ist es das, *Francine*?»

Arabella starrte ihn an. Ihre pechschwarzen Augen waren ganz unschuldig. «Ich weiß nicht, worauf du hinauswillst und warum du mich Francine nennst.» Sie lachte unbeschwert und schüttelte den Kopf.

«Weil das der Name ist, den du trugst, als du ein Callgirl warst.»

«Was in aller Welt sagst du denn da?» rief sie und schaute ihn von der Seite an.

«Streite es nicht ab! Die Unterlagen sind alle hier, dank Paula O'Neill. Lies selbst», sagte er und ließ sie dabei nicht aus den Augen. «Es ist eine Untersuchung über mein Leben, und dabei beschäftigen sich ein paar Seiten auch intensiv mit deinem.»

Arabella blieb nichts anderes übrig, als den Bericht entgegenzunehmen, den er ihr hinhielt.

«Lies.»

Plötzlich hatte sie Angst. Sie sah das dunkle Glimmen in seinen Augen, seinen kalten, unversöhnlichen Gesichtsausdruck. Er konnte grausam und gefährlich werden, wenn man ihm in die Quere kam, das wußte sie, sie wußte alles über sein Wesen.

Also tat sie, was er sie geheißen hatte, und ließ ihren Blick schnell über die Seiten gleiten. Sie wollte es nicht lesen, denn sie wußte, daß diese Papiere sie verdammten. Aber einige Worte sprangen ihr dennoch in die Augen, sie nahm in großen Zügen den Inhalt auf, und das Herz zog sich ihr zusammen.

Sie gab ihm die Papiere zurück. Ihr Gesicht war kalkweiß. Tränen glitzerten in ihren Augen. «Liebling, bitte verstehe doch. Laß es mich erklären. Bitte. Meine Vergangenheit hat nichts mit heute zu tun, mit jetzt, mit dir, mit uns. Es ist alles schon so lange her. Ich war sehr jung damals, erst neunzehn. Jenes Leben habe ich schon lange hinter mir gelassen, Jonny, mein Liebling.»

«Ich frage dich jetzt noch einmal», sagte er. «Kennst du Tony Chiu?»

«Ja», flüsterte sie.

«Hat er dein Geschäft mit antiker Jade in Hongkong unterstützt?»

«Ja.»

«Und warum?»

«Wir haben vorher schon mehrmals zusammen Geschäfte gemacht. Er finanziert vielerlei Unternehmen.»

«Und er hat dich auf mich angesetzt, nicht wahr? Mich als Ziel für dich hingestellt. Er wollte, daß du mich umgarnst, damit ich dich heirate und du in seinem Auftrag ein Auge auf mich haben konntest.»

«Nein, nein, das stimmt nicht. O Jonny, ich hab mich in dich verliebt! Wirklich! Das weißt du doch!»

«Gib zu, daß du mich reingelegt hast. Ich weiß alles», wütete er.

Sie fing jetzt an zu zittern. Durcheinandergebracht, rief sie: «Ja, ich versuchte dich an jenem Abend bei Susan Sorrell zu umgarnen, als wir uns zum erstenmal sahen. Aber sehr bald danach verliebte ich mich richtig in dich. Ich wollte nichts anderes tun, als dich zu lieben. *Wirklich.* Das mußt du doch wissen seit unserer Zeit in Mougins, unserer unglaublichen Intimität dort, als wir uns näher waren als je zuvor.»

«Ich kann dir gar nichts mehr glauben», rief er und goß sich noch einen Drink ein.

Sie sah ihn schweigend an. Dann setzte er sich wieder. «Ich habe Tony gesagt, ich könne ihm keine Informationen mehr über dich geben», sagte sie. «*Ich wollte es nicht.* Und in dieser Entscheidung wurde ich bestärkt, als ich unser Kind empfing ... ich liebe dich», wiederholte sie aufrichtig, den Blick unverwandt auf ihn gerichtet.

«Und hast du etwas mit seinen Drogengeschäften zu tun?»

«Ich weiß nicht, wovon du redest», rief sie ehrlich überrascht.

«Zum Donnerwetter nochmal, hör auf, alles abzustreiten!» brüllte er. Irgendeine Saite in ihm zerriß. Er sprang auf, ergriff sie bei den Schultern und schüttelte sie heftig. «Hure», brüllte er, «Nutte, *putain*. Ich habe dich geliebt – nein, vergöttert. Ich dachte, du wärst vollkommen, die schönste Frau der Welt, ohne jeden Makel. Aber du bist nichts als ... Schmutz.»

Arabella brach in unbeherrschtes Schluchzen aus. «Du mußt mir glauben, Jonny. Ich liebe dich von ganzem Herzen, und ich habe ihm nichts über ...»

«Lügnerin!» brüllte er.

Sie streckte die Hand nach ihm aus und hielt ihn am Aufschlag seines Mantels fest.

Er schüttelte ihre Hände von sich ab, im Gesicht Verachtung und Haß. «Faß mich nicht an.»

Plötzlich verzerrten sich Arabellas Züge, und sie preßte die Hände gegen den Leib. «Das Baby! Ich glaube, das Baby kommt. Ich habe eine Wehe. O bitte, hilf mir ... hilf mir, Jonny. Bring mich ins Krankenhaus. *Bitte*», bettelte sie.

Als er sie in die London Clinic gebracht hatte, war Arabella schon in den Wehen. Man brachte sie sofort in den Kreißsaal.

Jonathan begab sich in der berühmten Privatklinik in den Aufenthaltsraum für werdende Väter. Anderthalb Stunden später war sein Sohn da. Eine Krankenschwester trat ein und sagte es ihm. Bald könnte er seine Frau und sein Kind sehen.

Arabella war ihm völlig gleichgültig. Er interessierte sich bloß für seinen Sohn. Den Erben, den er immer hatte haben wollen. Er würde ihr das Kind sobald wie möglich wegnehmen. Frauen wie Arabella – Huren – hatten für Kinder nichts übrig. Der Junge würde wie ein englischer Gentleman erzogen werden. Plötzlich dachte er über Schulen nach. Er würde ihn nach Eton schicken, das er selbst besucht hatte, und dann nach Cambridge.

In seinen Gedanken versunken, saß er ruhig da und wartete geduldig darauf, sein Kind sehen zu können. Er merkte, daß er ganz aufgeregt war und sich darauf freute, das Baby im Arm halten zu können. Seine Eltern würden glücklich sein. Dies war ihr erster Enkel. Vielleicht würde er den Jungen Robin nennen. Nach der Taufe wollte er einen Empfang im Unterhaus haben. Als führender Politiker und Parlamentsmitglied konnte sein Vater dies mühelos arrangieren.

Er schaltete um und dachte jetzt an Paula O'Neill, an das Problem der Harte-Kaufhäuser. Er war entschlossener denn je, seinen Plan durchzusetzen, ihr die Herrschaft über die Warenhauskette zu entreißen. Das mußte er tun. Jetzt hatte er einen Sohn und Erben, an den er denken mußte.

Früher als erwartet kam eine Krankenschwester und holte ihn ab. Er folgte ihr über den Flur zur privaten Suite, die er vor einem Monat für Arabella reservieren lassen hatte. Die Schwester führte ihn hinein und verschwand dann, sie wollte das Baby holen.

Arabella lag im Bett, in die Kissen gestützt. Sie sah blaß und erschöpft aus.

«Jonny», begann sie wieder und griff nach seiner Hand. Ihre Augen sahen flehentlich drein. «Bitte behandele mich nicht so. Gib mir noch eine Chance, um unseres Kindes willen. Ich habe nie etwas getan, um dir zu schaden. Nie. Ich liebe dich, Jonny.»

«Ich möchte nicht mir dir sprechen», bellte er.

«Aber Jonny . . .» Sie unterbrach sich, als die Tür aufging. Die Schwester von vorhin kam herein und hatte jetzt das Baby auf dem Arm, das in Decken und einen spitzenbesetzten Kaschmirschal gewickelt war.

Eilig trat er zum Bett hinüber, als die Schwester Arabella das Baby in die ausgestreckten Arme legte. Gemeinsam schauten sie ihr Kind an.

Jonathan erstarrte. Das erste, was er sah, war die Mongolenfalte am Auge, jenes kleine Stückchen Haut, das den inneren Augenwinkel bedeckt und unmißverständlich asiatisch ist.

Der Schock, der sich in seinen Zügen malte, war ein Echo des bestürzten Ausdrucks in ihrem Gesicht. Sprachlos schaute Arabella zu ihm empor.

«Das ist nicht mein Kind!» brüllte Jonathan, der vor Wut explodierte. «Es ist von Tony Chiu oder von irgendeinem anderen Chinesen, du verdammte Hure!»

Dann stieß er die fassungslose Krankenschwester beiseite und rannte fast taumelnd aus der Suite hinaus, wollte soviel Abstand zwischen sich und Arabella legen wie möglich.

Der uniformierte Chauffeur drehte den Zündschlüssel um, und dann fuhr der stattliche, silbergraue Rolls-Royce geräuschlos vom Claridge Hotel in Richtung Flughafen.

Jonathan lehnte sich zurück und versank fast im handschuhweichen Leder der Sitze. Sein Zorn war ungeheuer und wollte nicht nachlassen. Er konnte über den Schock von Arabellas Vergangenheit, ihre Falschheit, ihren Betrug und die Tatsache, daß sie mit einem anderen Mann geschlafen hatte, während sie mit ihm verheiratet war, nicht hinwegkommen. Mit einem Asiaten. Das konnte sie nicht abstreiten. Das Baby war der lebendige Beweis dafür. *Tony Chiu*, dachte Jonathan zum x-ten Mal. Ihr alter Freund und Wohltäter war der wahrscheinlichste Kandidat.

Er warf einen Blick auf sein Aktenköfferchen, das neben ihm auf dem Rücksitz lag, und konzentrierte sich wieder auf den Bericht. Er war sich nicht sicher, inwieweit die Informationen über Tony Chius Aktivitäten stimmten. Aber falls der Mann wirklich über Janus und Janus Geld waschen sollte, würde er dem Einhalt gebieten. Sofort. Und irgendwie würde er auch einen Weg finden, um es seinem chinesischen Geschäftspartner heimzuzahlen.

Jonathan konnte es kaum abwarten, nach Hongkong zurückzukommen. Er schaute auf seine Armbanduhr und sah, daß es erst halb zehn war. Er hatte noch genug Zeit, den

Mitternachtsflug zu erreichen, der ihn in die britische Kronkolonie bringen würde.

Als er die Hand in die Tasche steckte, schlossen sich seine Finger automatisch um den Stein aus Hammelfettjade. Er holte ihn hervor, betrachtete ihn im trüben Licht im Innern des Autos. Nachdenklich kniff er die Augen zusammen. Er sah nicht mehr aus wie vorher. Irgendwie war der Glanz verschwunden. Aber es war doch sein Talisman. Er lachte hohl. Ein schöner Talisman. In der letzten Zeit hatte er ihm kein Glück gebracht. Er war nur ein schlechter Götze. Ein sehr schlechter Götze.

Jonathan kurbelte das Fenster hinunter und warf den Stein auf die Straße, sah ihm nach, wie er in den Rinnstein rollte.

Der Wagen brauste dahin. Jonathan lehnte sich lächelnd zurück. Er war froh darüber, das Jadestück loszusein. Vielleicht würde er jetzt mehr Glück haben.

Epilog

Jeder einelne von uns baut sich sein Leben selbst . . . Es gibt keinen Weg, die Schuld abzuschieben, und niemand anders kann die Ehrungen in Empfang nehmen.

Paul McGill in *Des Lebens bittere Süße*

Gemeinsam saßen sie auf den Felsen des «Gipfels der Welt».

Es war ein herrlicher Samstagnachmittag gegen Ende September. Der Himmel war blau wie Ehrenpreis und glitzerte im Sonnenschein, die unversöhnliche Moorlandschaft unter ihnen wurde von dem wogenden lila Heidekraut verschönert. Irgendwo aus der Ferne hörte man Wasserrauschen, als ein Bach über felsige Klippen herabstürzte, und in der klaren Luft lag der Duft von Farn, Heidekraut und Blaubeeren.

Sie hatten eine Zeitlang geschwiegen, sich ihren Gedanken hingegeben, es genossen, beisammen zu sein in der friedlichen Stille hier oben.

Plötzlich zog Shane Paula in die Arme und drückte sie fest an sich. «Es ist wundervoll, wieder zu Hause zu sein, bei dir zu sein», sagte er. «Ich fühle mich so verloren, wenn wir voneinander getrennt sind.»

Sie wandte den Kopf und lächelte ihn an. «Mir geht es genauso.»

«Ich bin froh, daß wir heute ins Moor gegangen sind», fuhr Shane fort. «Es ist ganz unvergleichlich.»

«Grandys Moor», sagte Paula. «Sie hat es auch sehr geliebt.»

«Besonders diese Stelle hier oben, den ‹Gipfel der Welt›.»

«Grandy hat einmal gesagt, das Geheimnis des Lebens bestünde darin, auszuharren», murmelte Paula und schaute ihn fragend an. «Ich hoffe, daß mir das gelingt.»

«Aber natürlich, mein Liebling. *Es ist dir schon gelungen.* Und du hast nicht bloß ausgeharrt, du hast gesiegt. Sie wäre sehr stolz auf dich. Emma wollte immer, daß du die Allerbeste sein solltest. Und das bist du.»

«Du bist voreingenommen.»

«Das stimmt. Aber trotzdem habe ich recht.»

«Fast hätte ich Harte's verloren, Shane», flüsterte sie.

«Aber du hast es nicht. Und das ist doch alles, was zählt, Paula.»

Er sprang von den Steinen herab, ergriff ihre Hände und half ihr hinunter. «Komm, laß uns zurückgehen. Ich habe Patrick und Linnet versprochen, daß wir mit ihnen im Kinderzimmer den Tee einnehmen werden.»

Sie schritten durchs Heidekraut, einander an den Händen haltend und vom Wind vorwärtsgedrückt, als sie auf ihr Auto zugingen, das auf dem Feldweg stand. Paula warf Shane einen verstohlenen Blick zu. Sie liebte ihn und war erleichtert und glücklich darüber, daß er aus Australien zurückgekommen war. Gestern abend war er in Yorkshire angekommen und hatte seitdem nicht mehr aufgehört zu reden, so erfüllt war er von seinen Plänen, das Sydney-O'Neill wiederaufzubauen.

Paula blieb plötzlich stehen.

Shane verhielt ebenfalls seinen Schritt und schaute sie an. «Was ist denn?» fragte er. «Ist etwas nicht in Ordnung?»

«Das will ich nicht hoffen», erwiderte sie und fing an zu lachen. Ihre Augen strahlten vor Glück. «Ich wollte es dir schon gestern abend sagen, aber du gabst mir keine Gelegenheit dazu . . .»

«Was denn sagen?» forschte er nach.

Sie preßte sich an ihn und schaute in sein Gesicht empor, jenes Gesicht, daß sie ihr ganzes Leben lang gekannt und geliebt hatte. «Wir werden noch ein Baby haben. Ich bin schon im dritten Monat.»

Er zog sie in die Arme und drückte sie fest an sich, dann hielt er sie etwas von sich fort. «Das ist das schönste Willkommensgeschenk, das ich jemals erhalten habe», sagte Shane dann und lächelte sie an.

Und das Lächeln wich auf dem ganzen Weg nach Pennistone Royal nicht wieder von seinem Gesicht.

Die Originalausgabe erschien 1988 unter dem Titel
«To Be the Best» bei Doubleday & Company, Inc., New York
Umschlag- und Einbandgestaltung Nina Rothfos
(Foto: Gunter Kremer)

BARBARA TAYLOR BRADFORD

Wer Liebe sät

Roman
Deutsch von Sonja Schleichert
496 Seiten. Gebunden

Barbara Taylor Bradford ist eine Meisterin der spannend geschilderten Schicksale. Ob in Nordengland, im einfachen Milieu vor und während des Zweiten Weltkrieges, ob im verrückten London der sechziger Jahre oder im New York der Erfolgreichen und Arrivierten – immer fängt sie die Atmosphäre mit der Sicherheit einer großen Erzählerin ein.
«Wer Liebe sät» ist die spannende Saga einer englischen Familie. Grundmotiv des Romans bildet der Generationskonflikt: Die erfolgreiche Modeschöpferin Christina Crowther akzeptiert nicht, daß die Tochter ihren eigenen Weg gehen will.
«Herz und Gemüt kommen bei diesem Roman, der sich besonders an Frauen wendet, voll auf ihre Rechnung.» *Modeblatt, Zürich*

Barbara Taylor Bradford

Bewahrt den Traum

Roman
Deutsch von Sonja Schleichert
640 Seiten. Gebunden

Ehrgeiz, Opferbereitschaft und Intelligenz haben Emma Harte zu einer der wohlhabendsten Frauen der Welt gemacht. Sie wacht souverän über einen streitsüchtigen und impulsiven Familienclan. Doch mit ihrem achtzigsten Geburtstag kommt der Zeitpunkt, die Führung ihres immensen internationalen Industrieimperiums in jüngere Hände zu legen. Niemand scheint besser geeignet als die schöne und vitale Enkelin Paula. Doch Paulas Aufgabe erweist sich als nahezu unlösbar. Nicht nur die übergangenen Verwandten, sondern auch der feindliche Geschäftsmann John Cross versuchen voller Bosheit, Paula in einem Netz von Intrigen zu fangen. Doch Hilfe naht von unerwarteter Seite ...
Die Autorin erzählt mit hinreißendem Charme und großem Einfühlungsvermögen die Geschichte zweier Frauen, die sich ihren rechtmäßigen Platz in einer durch und durch männlichen Welt erkämpfen. Diese Familiensaga ist eines jener Bücher, deren Zauber einen bedauern läßt, daß sie eine letzte Seite haben.